Die schönsten Märchen aus 1001 Nacht

Die schönsten Märchen aus 1001 Nacht

in der Übertragung
von Gustav Weil

Mit den Illustrationen
der Ausgabe von 1865

Ausgewählt von Sabine Appel

Anaconda

Die Erzählungen dieses Bandes folgen der Originalausgabe von 1865. Sie wurden in Orthographie, Interpunktion und Textgestalt heutigen Lesegewohnheiten behutsam angepaßt.

Die Deutsche Nationalbibliothek verzeichnet diese Publikation in der Deutschen Nationalbibliographie; detaillierte bibliographische Daten sind im Internet unter http://dnb.d-nb.de abrufbar.

Umschlagmotiv: Flying Over Istanbul and the Galata Tower on the Magic Carpet, from »Aladdin and the Magic Lamp«, fairy tale from the »Thousand and One Nights«, 19th century miniature, © The Art Archive / University Library Istanbul / Gianni Dagli Orti
Umschlaggestaltung: www.katjaholst.de
Satz und Layout: GEM mbH, Ratingen
Printed in Czech Republic 2011
ISBN 978-3-86647-691-2
www.anacondaverlag.de
info@anaconda-verlag.de

Inhalt

EINGANG

Bei dem Namen Gottes, des Gnädigen und Barmherzigen, Friede und Heil über unsern Herrn Mohammed, den Obersten der Gesandten Gottes, auch über seine Familie und Gefährten insgesamt; Friede und Heil immer fortdauernd bis zum Tage des Gerichts. Amen, o Herr der Welten! Das Leben der Früheren ist eine Lehre für die Späteren, dazu daß der Mensch die Lehren, welche anderen zuteil geworden sind, schaue und sich daran belehre, und die Geschichte der älteren Völker lese und sich daraus unterrichte. Gelobt sei Gott, der die Begebenheiten der Früheren als Unterricht für Spätere aufgestellt hat. Zu dieser Art von Belehrung gehören nun auch die Erzählungen: »Tausend und eine Nacht« genannt. Es wird nämlich von dem, was bei früheren Völkern geschehen, berichtet (Gott weiß das Verborgene; er ist allweise und barmherzig und edel!):

Es regierte einst in den ältesten Zeiten und verflossenen Äonen ein König von den Sassaniden* auf den Inseln Indiens und Chinas, der viele

* Man sieht hieraus, wie wenig historische und geographische Kenntnisse unser Erzähler haben mußte, da er einen persischen Regenten über Indien und China herrschen läßt.

Truppen und Verbündete, Diener und zahlreiches Gefolge besaß. Auch hatte er zwei wackere, tapfere Söhne, von denen jedoch der ältere noch tapferer war, als der jüngere; er herrschte über viele Länder und war so gerecht gegen seine Untertanen, daß ihn alle sehr liebten. Sein Name war Scheherban, sein jüngerer Bruder hieß Schahseman, und war König von Samarkand in Persien. Beide hatten ihre Heimat nicht verlassen und jeder regierte höchst glücklich 20 Jahre lang in seinem Reiche. Da sehnte sich der ältere König nach seinem jüngeren Bruder, und befahl seinem Wesir, zu jenem hinzureisen und ihn zu ihm zu bringen. Der jüngere Bruder gehorchte alsbald und machte Anstalten zur Reise, und ließ Zelte, Kamele, Maultiere, Diener und Gefolge herbeikommen. Die Regierung war indes dem Wesir übertragen und der König reiste ab nach dem Lande seines Bruders. Um Mitternacht erinnerte er sich, etwas im Schlosse vergessen zu haben; als er dahin zurückkam, fand er seine Frau in vertrautem Umgang mit einem schwarzen Sklaven; bei diesem Anblick ward die ganze Welt schwarz in seinen Augen; er dachte, wenn dies schon vorfällt, ehe ich kaum die Stadt verlassen, was wird diese Verruchte tun, wenn ich einmal weit entfernt bin? Er zog sein Schwert und erstach beide; dann ließ er sogleich wieder aufbrechen und reiste immerfort, bis er in die Nähe der Hauptstadt seines Bruders kam. Dort ließ er seinem Bruder durch Boten seine Ankunft melden. Dieser erschien sehr erfreut; um ihn zu begrüßen, ließ er die Stadt beleuchten, setzte sich zu ihm und unterhielt sich aufs angenehmste mit ihm. Aber der König Schahseman dachte an die Begebenheit mit seiner Gemahlin, und dieses kränkte ihn so tief, daß er bleich wurde und sein Körper an Kraft abnahm. Als sein Bruder ihn in diesem Zustande sah, dachte er, dies ist gewiß, weil er von seinem Lande und Königreiche entfernt lebt; er ließ ihn deshalb in Ruhe und fragte nach nichts. Doch eines Tages sagte er zu ihm: »O mein Bruder! Ich sehe, dein Körper wird immer schwächer und deine Farbe bleicher.« Jener antwortete ihm: »Ich habe eine innere Krankheit«; aber er sagte ihm nicht, was er von seiner Frau gesehen. Hierauf versetzte der ältere: »Ich möchte, daß du mit mir auf die Jagd gingest, vielleicht wird dich dies zerstreuen«; da jener sich aber weigerte, ging er allein fort. Nun waren im Schlosse des jüngeren Königs, d. h. das der jüngere Bruder bewohnte, Fenster, die auf den Garten seines Bruders gingen. Hier sah er auf einmal die Türe des Schlosses sich öffnen, und zwanzig Sklavinnen und zwanzig Sklaven herauskommen; in ihrer Mitte ging die Frau seines Bruders, ausgezeichnet schön und von bewundernswertem Wuchse. Als sie, d. h. die Sklavinnen, zu einem Teiche gelangt waren, entkleideten sie sich und setzten sich zu den Sklaven. Da rief die Königin: »Masud!«, und es kam ein schwarzer Sklave und umarmte sie und sie umarmte ihn. Die übrigen Sklaven taten dasselbe mit den Sklavinnen, und so brachten sie den ganzen Tag zu mit Küssen und Umarmungen. Als der Bruder des Königs dies sah, dachte er bei sich: bei Gott! mein Unglück ist geringer als dieses; dies ist mehr als mir geschehen! Kummer und Gram fühlte er nun plötzlich weichen und er konnte wieder essen und trinken.

Als hierauf sein Bruder von der Reise zurückkam und sie einander begrüßten, da sah der König Scheherban, daß sein Bruder Schahseman sein voriges Aussehen erlangt hatte und mit Appetit aß, während er früher nur wenig gegessen, und er sagte zu ihm: »O mein Bruder, ich sah dich ganz gelb und nun siehst du wieder gut aus, sage mir doch, wie dieses zugeht?« Worauf ihm jener antwortete: »Ich will dir zuerst sagen, warum ich übel aussah, und dann, wie ich wieder meine vorige Farbe bekam. Wisse, mein Bruder, als du deinen Wesir schicktest, um mich zu dir zu holen, machte ich mich reisefertig und ging zur Stadt hinaus; da erinnerte ich mich, daß ich etwas im Schlosse vergessen; ich kehrte allein zurück und fand einen schwarzen Sklaven bei meiner Frau; ich erschlug sie beide und kam zu dir her und dachte immer an diesen Vorfall. Dies ist die Ursache, warum sich meine Farbe verändert und ich so schwach geworden. Was aber das wiedererlangte gute Aussehen betrifft, so erlasse mir, es zu erwähnen!« Als sein Bruder dies hörte, sprach er: »Ich beschwöre dich bei Gott, sage mir alles.« Da erzählte jener ihm alles, was er gesehen. Und als hierauf Scheherban seinem Bruder Schahseman sagte: »Ich will mich mit meinen eigenen Augen überzeugen«, entgegnete ihm dieser: »Sprich, du wollest auf die Jagd gehen, und verbirg dich bei mir, dann wirst du sogleich zur Überzeugung gelangen.«

Der König ließ bekanntmachen, er wolle eine Reise machen; es zogen Truppen mit Zelten zur Stadt hinaus. Der König begab sich auch ins Lager und sagte seinen Pagen: »Lasset niemand zu mir hereinkommen!« Er verkleidete sich dann und ging heimlich in seines Bruders Schloß, setzte sich dort ans Fenster, das den Garten beherrschte, und nach einer Weile kamen die Sklavinnen mit ihrer Gebieterin und den Sklaven in den Garten, und taten wieder alles, so wie es der Bruder erzählt hatte, so lange, bis das Nachmittagsgebet ausgerufen wurde. Als Scheherban dies gesehen, verließ ihn die Besinnung, und er sprach zu seinem Bruder Schahseman: »Komm, wir wollen unseres Weges gehen; wir wollen nichts mit der Regierung zu schaffen haben, bis wir jemand finden, dem es ebenso geht, wie uns; ist dieses nicht der Fall, so

sei uns Tod besser als Leben.« Sie gingen hierauf zu einer verborgenen Türe des Schlosses hinaus und reisten Tag und Nacht, bis sie in eine liebliche Ebene kamen, wo neben dem Meere eine süße Wasserquelle sprudelte. Sie tranken von dieser Quelle und ruhten aus; nach einer Weile fing das Meer an zu toben, es stieg eine schwarze Säule zum Himmel empor, die ihre Richtung gegen die Ebene nahm. Als sie dies sahen, fürchteten sie sich sehr und stiegen auf einen Baum, erwartend, was es wohl geben möchte?

Da kam ein Geist, von denen unseres Herrn Salomo* (Friede sei mit ihm!), von langer Statur, großem Kopfe und breiter Brust; er hatte einen gläsernen Kasten auf dem Kopfe, an dem vier Schlösser von Stahl waren. Er setzte sich unter den Baum, auf welchen die Brüder gestiegen, legte den Kasten ab, nahm vier Schlüssel aus dem Schoß, öffnete die Schlösser und zog ein Mädchen heraus, vollkommen gewachsen, mit gewölbtem Busen, süßem Munde und mit einem Gesichte wie der Vollmond. Der Geist sah sie liebevoll an und sprach: »O Herrin aller freien Frauen! o du, die ich entführt, ehe sie jemand außer mir gekannt! o Geliebte meines Herzens! laß mich ein wenig in deinem Schoße schlafen.« Hierauf legte er den Kopf auf ihre Knie und schlief und schnarchte wie der Donner. Als das Mädchen nun aber den Kopf in die Höhe hob und Scheherban und seinen Bruder erblickte, legte sie langsam den Kopf des Geistes auf den Boden, und bat sie, sie möchten doch herunterkommen. Jene antworteten: »Bei deinem Leben, o Herrin! entschuldige uns, wenn wir nicht kommen!« Da erwiderte sie: »Wenn ihr nicht kommt, so rufe ich den Geist, meinen Gemahl, daß er euch auffresse.« Sie winkte ihnen dann noch einmal freundlich zu, und sie stiegen zu ihr herunter. Jetzt verlangte sie, daß sie ihr beide zu Willen sein sollten. Sie antworteten aber: »Bei Gott, Herrin! verschone uns damit, wir fürchten uns zu sehr vor diesem Geist.« Sie sprach jedoch: »Ihr müßt mir gewähren, oder ich schwöre bei dem, der die Himmel gewölbt hat, wenn ihr meinen Wunsch nicht erfüllt, so wecke ich den

* Salomo wird von den Muselmännern als das Oberhaupt der Geister angesehen.

Geist, daß er euch töte. Ihr dürft mir nicht widerstehen!« Da taten beide Brüder, was sie verlangte. Jetzt zog sie einen Beutel aus ihren Gewändern hervor und zählte 98 Siegelringe und sprach: »Wißt ihr wohl, was dies für Ringe sind? Sie kommen von 98 Männern, die sich mir gefällig zeigten. Gebt mir also auch die eurigen, so sind es hundert Männer, die mir dazu verhalfen, diesen häßlichen, abscheulichen Geist zu hintergehen, der mich in diesen Kasten eingesperrt und in diesem tobenden Meere wohnen läßt und so strenge bewacht, damit ich tugendhaft bleibe und niemanden außer ihm zuteil werde. Dieses Scheusal weiß nicht, daß die Bestimmung sich nicht ändern läßt und daß das Wollen der Frauen sich von niemanden abhängig macht.«

Als die beiden Könige dies hörten, wunderten sie sich sehr und sagten: »Gott! Gott! es gibt keinen Schutz und keine Macht, außer beim erhabenen Gott! Wir wollen deshalb bei Gott gegen die List der Frauen Hilfe suchen, denn sie ist wahrlich zu groß.« Hierauf sprach sie zu ihnen: »Geht nun eures Weges!« – Und als sie hierauf weggegangen waren, sprach Scheherban zu seinem Bruder: »Mein Bruder! sieh, dies Abenteuer ist noch bedeutungsvoller als das unsrige. Hier ist ein Geist, der sein Mädchen in der Hochzeitsnacht raubte und es in einen gläsernen Kasten gesperrt hat, der mit vier Schlössern geschlossen ist. Er hat ihr das Meer zur Wohnung gegeben, weil er glaubte, sie so der Bestimmung und dem Schicksal zu entreißen, sie aber hat doch, wie wir gesehen, hundertfache Untreue geübt. Laß uns also jetzt getrost in unser Königreich zurückkehren, und den Beschluß fassen, nie mehr zu heiraten: ich will dir schon sagen, wie ich es machen will.« Sie kehrten also wieder um und gingen, bis es Nacht ward; und am dritten Tage kamen sie wieder in ihre Heimat, traten unter die Zelte, setzten sich auf den königlichen Thron, und es kamen die Intendanten, Adjutanten, Fürsten, Großen und andre Leute. Sogleich wurde befohlen, in die Stadt zu ziehen. Der König begab sich in das Schloß, ließ den Wesir kommen und befahl ihm, sogleich seine Gemahlin zu töten. Der Wesir brachte sie um. Alsdann ging der König zu den Sklavinnen, zog sein Schwert, erschlug sie alle, ließ dann andere kommen und schwor: daß er jede Nacht eine andere sich erwählen wolle, die er dann des Morgens hinrichten lassen werde, denn es gäbe auf der ganzen Erde kein tugendhaftes Weib. Schahseman machte sich auch sogleich auf, um abzureisen, nachdem ihm sein Bruder das Nötige zur Reise gegeben hatte, und so kehrte er in sein Land zurück. Sultan Scheherban befahl indessen seinem Wesir, ihm die Sklavin für die Nacht zu bringen. Dieser führte ihm eine der Fürstentöchter zu. Der König verfügte sich zu ihr, aber am Morgen befahl er dem Wesir, ihr den Kopf abzuschneiden. Dieser mußte den Befehlen des Sultans gehorchen und sie umbringen. Dann schaffte er ihm eine andere Tochter der Großen des Landes, die auch wieder am Morgen umgebracht wurde. Und so ging es lange fort; jede Nacht erhielt er ein Mädchen und des Morgens ließ er sie dann hinrichten, bis es zuletzt kein Mädchen mehr gab und die Mütter und Väter weinten und seufzten und dem König den Tod wünschten und dem Schöpfer der Himmel klagten und den Erhörer der Gebete zu Hilfe riefen. Nun hatte der oberste Wesir, dem er stets den Befehl gegeben, die Frauen umzubringen, zwei Töchter. Die ältere hieß Scheherazade und die jüngere Dinarsad. Jene hatte viele Bücher gelesen, unter anderen auch philosophische und medizinische Werke; sie hatte Gedichte auswendig gelernt und kannte Geschichten, Volkstraditionen und Reden der Weisen und der Könige; sie war sehr gelehrt und gebildet. Einst sprach nun Scheherazade zu ihrem Vater: »Mein Vater! ich will dir mein Geheimnis anvertrauen; ich wünsche, daß du mich mit dem Sultan Scheherban verheiratest; denn ich will entweder die Welt von diesen Mordtaten befreien oder selbst sterben wie die andern.« Als ihr Vater, der Wesir, dies hörte, sagte er: »Du Torin, weißt du nicht, daß der König geschworen hat, jeden Morgen sein Mädchen töten zu lassen? Wenn ich dich also zu ihm führe, so wird er mit dir dasselbe tun.« Sie antwortete: »Ich will zu ihm geführt werden, mag er mich auch umbringen.« Da erwiderte der Vater: »Was fällt dir ein, daß du dich selbst so in Gefahr bringen willst?« Sie antwortete: »Gleichviel, aber führe mich nur zu ihm!« Der Wesir sagte hierauf zornig: »Wer nicht mit Klugheit zu Werke geht, stürzt sich ins Verderben, und wer nicht die Folgen einer Sache berechnet, hat keinen Freund in der Welt; wie man sprichwörtlich sagt: ich saß in Wohlbehagen, da ließ mir mein Übermut keine Ruhe. Ich fürchte sehr, es möchte dir gehen, wie dem Ochsen und dem Esel mit dem Bauer.« Da sagte sie: »Was ist das für eine Geschichte?«, und der Wesir erzählte:

»Wisse! es war einmal ein reicher Kaufmann, der viele Güter, Diener, Kamele und anderes Vieh besaß; er hatte Frau und Kinder, wohnte auf dem Lande und beschäftigte sich mit Ackerbau; er kannte die Sprache aller Tiere und es war über ihn verhängt, daß, sobald er dies Geheimnis einem mitteilen würde, er sogleich sterben müsse. Obschon er nun die Sprache der Tiere und Vögel verstand, so durfte er doch niemanden etwas davon erzählen, aus Furcht vor dem Tode. Er hatte in seinem Hause einen Ochsen und einen Esel an einer Krippe nahe aneinander festgebunden. Eines Tages setzte sich der Kaufmann in ihre Nähe mit seiner Frau und seinen Kindern, die vor ihm spielten. Da hörte er, wie der Stier dem Esel sagte: »Ich wünsche dir Glück zu deiner Ruhe, zu der Bedienung, die du hast, indem man unter dir kehrt und spritzt, und dir gesiebte Gerste und klares Wasser bringt, während man mich Armen von Mitternacht an fortführt und mich ackern läßt; man legt auf meinen Hals etwas, das man Joch und Pflug nennt, und so arbeite ich den ganzen Tag, durchfurche die Erde, werde unausstehlich müde, werde noch von den Bauern geschlagen, meine Seiten werden zerschunden, an meinem Halse wird die Haut abgerieben, man läßt mich von einer Nacht zur anderen arbeiten, dann bringt man mich in den Rindstall, wirft mir Bohnen mit Unrat vermischt und Spreu vor; ich liege im Kot, wie in einer Pfütze, die ganze Nacht, während du dich in einem gekehrten, bespritzten und abgeputzten Stalle befindest; deine Krippe ist rein und mit Stroh gefüllt; du ruhst immer aus; nur selten kommt unserm Kaufmann ein Geschäft vor, zu dem er auf dir reitet, und auch dann kehrt er bald wieder nach Hause zurück. Du ruhest, während ich mich abmühe, du schläfst, während ich wache, ich hungre, wenn du satt bist.« Als der Stier ausgeredet hatte, wendete sich der Esel zu ihm und sagte: »O Dummkopf! wer dich den Vater der Verblüfften genannt, hat nicht gelogen; du hast weder Verstand noch Schlauheit, du weißt dir nicht zu raten und bringst dich allmählich durch deinen inneren Groll ums Leben; hast du noch nie das Sprichwort gehört: wer keine Leitung annimmt, verfehlt den rechten Weg? höre mich drum, Stier! Wenn der

Landmann dich anbindet, so stampfe mit den Füßen, stoße mit den Hörnern, und schreie immerfort, bis man dir Bohnen hinwirft. Dann friß nichts davon, rieche nur so daran herum und schiebe sie zurück und koste sie nicht, begnüge dich mit dem Stroh und der Spreu. Tust du dies, so wirst du sehen, daß es dir gut bekommt und deiner Ruhe zuträglich wird.« Als der Stier dies hörte und sah, daß der Esel ihm diesen Rat gegeben, dankte er ihm in seiner Sprache, wünschte ihm viel Gutes zum Lohne, hielt seinen Rat für gut, und sprach zu ihm: »Mögest du vor allem Übel bewahrt sein, o Vater der Gescheiten!« – Dies alles, meine Tochter, geschah, während der Kaufmann es hörte und verstand.

Als nun am folgenden Tag der Bauer kam, um den Ochsen herauszuführen, und ihn an den Pflug zu spannen, damit er arbeite, da fand er den Ochsen nachlässig in seiner Arbeit, denn er befolgte den Rat des Esels; als der Bauer aber anfing ihn zu schlagen, fiel der Ochs aus List auf den Boden, so wie es ihn der Esel gelehrt, bis es Nacht geworden war. Da ging der Bauer mit ihm nach Hause und band ihn an die Krippe; aber der Ochs fing an mit den Füßen zu stampfen und laut zu brüllen und suchte sich von der Krippe loszureißen. Der Bauer wunderte sich darüber, und brachte ihm Bohnen und Futter; der Ochse roch daran herum, ging zurück, legte sich weit davon nieder, und kaute an dem Stroh und der Spreu bis zum Morgen. Als der Bauer kam und die Krippe voll mit Bohnen und Stroh fand, und nichts daran fehlte, und den Ochsen mit aufgeblasenem Leibe, ausgestreckten Füßen und fast ohne Atem erblickte, ward er sehr betrübt und sprach: »Bei Gott, der Ochs muß heute krank sein, darum konnte er auch gestern nicht arbeiten.« Er ging nun zum Kaufmann und sagte ihm: »Herr! der Ochs ist krank, er hat diese Nacht nichts von seinem Futter gefressen.« Da aber der Kaufmann die Sache wohl wußte, so sprach er zum Bauer: »Geh, nimm den listigen Esel, spanne ihn an den Pflug, und zwinge ihn zur Arbeit, bis er des Ochsen Stelle versieht.« Der Bauer spannte den Esel ein, führte ihn aufs Feld, schlug ihn und quälte ihn, bis er pflügte; er schlug in so lange, bis er fast die Rippen zerbrochen und die Haut vom Halse abgeschunden hatte; als er ihn des Abends wieder nach Hause führte, konnte der Esel keinen Fuß mehr rühren und trug seine Ohren niederhängend. Der

Ochs hingegen hatte den ganzen Tag ausgeruht, die ganze Krippe geleert, und für den Esel gebetet und seinen Rat gelobt. Als abends der Esel zu ihm kam, stand er vor ihm auf und sprach: »Guten Abend, o Vater der Gescheiten: Du hast mir bei Gott eine unbeschreibliche Wohltat erwiesen, mögest du stets geleitet und zum Ziele geführt werden; Gott belohne dich dafür statt meiner, o Vater der Aufgeweckten!«

Aber vor Zorn antwortete ihm der Esel nichts; denn er dachte: dies alles ist mir wegen meines unseligen Rats widerfahren; es war mir ganz wohl, da ließ mir mein Übermut keine Ruhe, bringe ich ihn nicht durch irgendeine List in seinen früheren Stand zurück, so gehe ich dabei zugrunde. Er schlich hierauf müde zur Krippe. Der Ochs aber streckte sich und kaute wieder und wünschte ihm immer viel Gutes.

Ebenso, meine Tochter, wirst du verderben durch deinen schlimmen Entschluß; bleibe also ruhig und stürze dich nicht selbst in das Verderben; ich rate dir aus Mitleid für dich.« Sie aber erwiderte: »Ich will zum Sultan gehen, um ihn zu heiraten.« Der Vater sagte noch einmal: »Tu dies nicht!«, aber sie erwiderte: »Es muß geschehen.« Da der Vater sprach: »Wenn du nicht ruhig bleibst, so werde ich mit dir verfahren, wie der Kaufmann mit seiner Frau.« – »Was tat der Kaufmann mit ihr?« fragte die Tochter und der Wesir antwortete: »Wisse, nachdem dies zwischen dem Ochsen und dem Esel vorgefallen, ging der Kaufmann einmal in der Nacht beim Mondschein in den Stall; da hörte er, wie der Esel dem Ochsen sagte: »O Vater der Ochsen! was wirst du wohl morgen tun, wenn dir der Bauer das Futter bringt?« Jener antwortete: »Was anders, als du mich gelehrt? Das werde ich stets tun, ich werde mich krank stellen, auf den Boden werfen und meinen Leib aufblasen.« Da schüttelte der Esel seinen Kopf und sagte: »Tu dies nicht, o Vater der Ochsen! Weißt du, was ich von unserm Herrn, dem Kaufmann, gehört habe, und was er dem Bauer gesagt?« – »Nun, was hat er gesagt?« fragte der Ochs. »Er sagte«, antwortete der Esel, »wenn heute der Ochs nicht aufsteht, und sein Futter nicht frißt, so laß ich ihn gleich beim Metzger schlachten; laß ihm die Haut abziehen, und ich verteile dann sein Fleisch unter die Armen. Folge mir daher, ich fürchte für dich, und einen guten Rat erteilen eine Gewissenssache; – wenn man dir das Futter bringt, so friß alles rein auf, damit man dich nicht schlachte.« Der Ochs fing an zu schreien und zu blasen, und der Kaufmann machte sich auf und lachte laut über diesen Vorfall. Da fragte ihn seine Frau: »Warum lachst du? spottest du meiner?« Er sagte: »Nein.« – »So sage mir, warum du lachest?« – »Ich kann dir's nicht sagen, denn ich habe ein Unglück zu befürchten, wenn ich ausplaudre, was die Tiere in ihrer Sprache reden.« Sie fragte hierauf noch einmal: »Wer hindert dich, mir es zu sagen?« – »Ich weiß, daß ich sterben muß.« – »Bei Gott, du lügst! das ist nur eine Ausrede, und bei dem Herrn des Himmels, wenn du mir's nicht sagst, bleibe ich keinen Augenblick mehr bei dir, du mußt es mir sagen.«

Sie ging dann ins Haus und weinte bis zum anderen Morgen. Der Kaufmann fragte sie: »Was meinst du also? Fürchte Gott! geh in dich! nimm deine Frage zurück und laß mich in Ruhe!« – »Ich lasse davon nicht ab, du mußt es mir sagen.« – »Wie? du bestehst darauf, wenn ich dir gleich sage, daß ich sterben muß?« – »Du mußt mir's sagen und solltest du auch sterben.« – »So will ich vorerst deine Familie und Verwandte rufen.« Er ging nun und holte ihren Vater, ihre Verwandten und noch einige Nachbarn.«

Der Kaufmann sagte ihnen, sein Tod wäre nahe, sie weinten alle, so wie auch die Kinder und der Bauer: es war eine große Trauer um ihn. Jetzt ließ er die Zeugen und Gerichtsleute kommen, gab seiner Frau, was ihr gebührte, machte ein Testament für seine Kinder, schenkte seinen Sklavinnen die Freiheit und nahm von den Seinigen Abschied. Nun weinten sogar die Zeugen; die Kinder liefen zur Frau und sprachen: »Laß doch ab von deinem Willen! denn wüßte dein Mann nicht ganz gewiß, daß er sterben muß, wenn er sein Geheimnis offenbart, so würde er alles dies nicht tun«; da sie sich aber nicht zurückbringen ließ, so weinten und trauerten alle.

Nun aber, meine Tochter Scheherazade, waren in diesem Hause fünfzig Hühner und ein Hahn; der Kaufmann saß betrübt über seine Trennung von der Welt, von seiner Familie und seinen Kindern. Während er so nachdachte und schon das Geheimnis entdecken wollte, da hörte er, wie sein Hund in seiner Sprache zum Hahn sagte, der eben die Flügel übereinanderschlug und auf ein Huhn sprang, dann sogleich

wieder auf ein anderes: »O Hahn! Schämst du dich nicht vor deinem Herrn, dich heute so zu betragen?« – »Was gibt's denn heute?« fragte der Hahn; da antwortete der Hund: »Weißt du nicht, daß unser Herr heute in Trauer ist, weil seine Frau durchaus sein Geheimnis wissen will, worauf er sogleich sterben muß? Es handelt sich nämlich darum, daß er ihr die Sprache der Tiere erkläre, weshalb er sehr betrübt ist, und du schlägst mit deinen Flügeln und springst umher mit Freuden, schämst du dich nicht?« – Da hörte der Kaufmann, wie der Hahn antwortete: »O der einfältige, närrische Mann! wie doch unser Herr so wenig Verstand hat! Ich habe fünfzig Hühner und stelle sie alle zufrieden, und mein Herr hat nur eine Frau und glaubt noch Verstand zu haben. Weiß er sich nicht mit ihr zu helfen.« Da sagte der Hund: »Aber was sollte er mit ihr beginnen?« Und der Hahn antwortete: »Er sollte einen Eichenstock nehmen, mit ihr in sein Zimmer gehen, die Türe schließen, über sie herfallen und sie so lange prügeln, bis er ihr Hände und Füße zerschlagen; sie würde dann bald schreien: »Ich will keine Worte und keine Erklärung.« Er solle sie aber dann so lange schlagen, bis sie von ihrer Verrücktheit abläßt, und er soll nicht aufhören, bis sie ihm in nichts mehr widerspricht. Tut er dies, so hat er Ruhe, bleibt leben und macht der Trauer ein Ende.«

Als der Kaufmann die Rede des Hahnes mit dem Hunde hörte, stand er schnell auf, nahm einen Stock von Eichenholz, führte seine Frau auf sein Zimmer, riegelte die Türe zu, angeblich um ihr die Erklärung zu geben, und fiel dann über ihre Rippen und Schultern mit Schlägen her; er prügelte sie in einem fort; sie schrie um Hilfe und sagte: »Ich will dich nach nichts mehr fragen.« Zuletzt, als er müde war vom Schlagen, öffnete er die Tür, die Frau ging hinaus, den Vorfall bereuend, und durch den guten Rat des Hahns ward die Trauer in Freude verwandelt. – Nun, meine Tochter, werde ich mit dir auch so verfahren, wenn du nicht abläßt.« Aber sie antwortete: »Ich werde nie zurücktreten, auch wird diese Geschichte meinen Entschluß nicht ändern, und führst du mich nicht zum Sultan, so werde ich allein zu ihm gehen und gegen dich klagen, daß du einem Mann seines Standes mich verweigerst, und ein Mädchen wie mich deinem Herrn entziehst.« Der Vater fragte wieder: »Es muß also sein?« – »Ja«, antwortete sie. Nun, sagt der Erzähler, als er sich lange mit ihr abgemüht und geplagt hatte, ging er zum König Scheherban und wünschte ihm Glück, küßte die Erde vor ihm, und sagte ihm, daß er ihm in der nächsten Nacht seine Tochter bringen werde. Der Sultan fragte ganz erstaunt: »Was ist dies? da ich doch bei dem, der die Himmel gewölbt, bis morgen befehlen werde, sie umzubringen? und tust du es nicht, so werde ich ohne weiteres dich umbringen lassen.« Er antwortete: »O König der Zeit! Sie hat es gewünscht, ich habe ihr alles gesagt, sie wollte nichts hören, sondern diese Nacht bei dir sein.« Der König sprach: »Gut, geh, mache Vorbereitungen zu ihrer Ankunft und bring sie diese Nacht zu mir!« Der Wesir ging, brachte die Botschaft seiner Tochter und sagte: »Gott gebe mir keine Sehnsucht nach dir!« Scheherazade freute sich sehr, machte alle ihre Sachen zurecht, ging zu ihrer jüngeren Schwester Dinarsad und sprach zu ihr: »Höre, meine Schwester, was ich dir anempfehle: wenn ich bei dem Sultan bin, werde ich nach dir schicken; wenn du dann kommst und siehst, daß der Sultan sich nicht mehr mit mir beschäftigt, so sage zu mir: O Schwester! wenn du nicht schläfst, so erzähle uns von deinen schönen Geschichten, damit wir die Nacht dabei durchwachen! Dies wird meine und der Welt Rettung von diesem Unheil verursachen und den König von seiner unseligen Gewohnheit abbringen.« Jene sagte zu, und als es Nacht war, begab sich Scheherazade zu dem König. Dieser empfing sie in zärtlicher Weise und begann mit ihr zu scherzen, sie aber weinte. – Als er sie fragte, warum sie weine, antwortete sie: »O König der Zeit! ich habe eine Schwester, von der ich diese Nacht noch Abschied nehmen möchte.« Der König schickte nach Dinarsad. Diese wartete, bis der Sultan sich an ihrer Schwester ergötzt und etwas ge-

schlafen hatte, dann seufzte sie und sagte: »O meine Schwester! wenn du nicht schläfst, so erzähle uns von deinen schönen Geschichten, daß wir die Nacht dabei durchwachen, vor Tagesanbruch will ich dir dann Lebewohl sagen, denn ich weiß ja nicht, wie es morgen mit dir enden wird.« Scheherazade fragte den Sultan um Erlaubnis, und als er diese erteilte, ward sie hocherfreut und begann:

Geschichte des Kaufmanns mit dem Geiste

Man behauptet, o glückseliger, einsichtsvoller König, es sei einmal ein reicher, wohlhabender Mann gewesen, der viele Güter, Sklaven, Bediente, Weiber und Kinder besaß, und in allen Ländern Waren und Schulden ausstehen hatte. Dieser bestieg einst sein Tier, nachdem er einen Quersack mit Lebensmitteln, aus Zwieback und mekkanischen Datteln bestehend, gefüllt, und reiste nach Gottes Willen viele Tage und Nächte. Gott hatte ihm eine glückliche Reise bestimmt, und er erreichte das erwünschte Land, machte seine Geschäfte dort ab, und trat die Rückreise nach seiner Heimat und zu seiner Familie an. Als er am dritten, vierten Tage auf der Reise war, ward ihm sehr heiß, und als die Hitze immer heftiger ward, sah er einen Garten vor sich, in welchem er Schatten zu finden hoffte. Er stellte sich unter einen Nußbaum, neben welchem eine Wasserquelle rann, setzte sich neben denselben, band sein Tier fest, nahm einige Zwiebacke und Datteln aus dem Quersacke, aß und warf die Dattelkerne rechts und links, bis er satt war, dann stand er auf, wusch sich und betete. Nachdem er dieses vollendet hatte, kam auf einmal ein alter Geist auf ihn zu. Seine Füße waren auf der Erde und sein Kopf in den Wolken; er hatte ein gezogenes Schwert in der Hand, ging

auf den Kaufmann los, blieb dann vor ihm stehen und schrie ihm zu: »Steh auf, daß ich dich mit diesem Schwerte umbringe, wie du mein Kind umgebracht.« Als der Kaufmann die Worte des Geistes hörte, und ihn ansah, erschrak er und fürchtete sich sehr vor ihm: »Mein Herr! für welches Vergehen willst du mich umbringen?« Der Geist antwortete: »Ich will dich umbringen, wie du meinen Sohn umgebracht.« Der Kaufmann fragte: »Wer hat denn dieses getan?«, und der Geist antwortete: »Du.« Da sprach der Kaufmann: »Ich habe ihn bei Gott nicht umgebracht, wo, wann und wie soll ich ihn denn getötet haben?«

Da entgegnete der Geist: »Bist du nicht hier gesessen und hast Datteln aus deinem Sack genommen, die Datteln gegessen und die Kerne rechts und links geworfen?« – »Es ist wahr, dieses habe ich getan«, antwortete der Kaufmann. »Nun«, versetzte der Geist, »auf diese Weise hast du meinen Sohn getötet; denn während du aßest und die Kerne wegwarfst, ging mein Sohn vorüber, es traf ihn ein Kern und tötete ihn. Und spricht nicht das Gesetz: wer tötet, soll wieder getötet werden?« Der Kaufmann sagte: »Ich gehöre Gott und wende mich zu ihm, es gibt keine Macht und keinen Schutz, außer beim erhabenen Gott; wenn ich wirklich dein Kind getötet habe, so habe ich es ungern getan, du solltest mir also wohl verzeihen.« Aber der Geist antwortete: »Keineswegs, du mußt umgebracht werden!« Hierauf ergriff er ihn, streckte ihn auf den Boden hin, und hob das Schwert auf, ihn zu töten; da weinte der Kaufmann und schrie nach seiner Familie, seiner Frau und seinen Kindern, er glaubte schon zu sterben und vergoß so viele Tränen, daß seine Kleider davon naß wurden, und sagte: »Es gibt nur bei dem erhabenen Gott Macht und Schutzt« Hierauf sprach er folgende Verse:

»Die Zeit besteht aus zwei Tagen, der eine gewährt Sicherheit, der andere droht Gefahren; das Leben besteht aus zwei Teilen, der eine ist klar, der andere trübe; siehst du nicht, wenn Sturmwinde toben, wie sie nur die Gipfel der Bäume erschüttern? Wie manches Grüne und Dürre ist auf der Erde und doch wird nur das, was Früchte hat, mit Steinen geworfen. Im Himmel sind zahllose Sterne, und nur Sonne und Mond verlieren zuweilen ihr Licht. Du hast eine gute Meinung von den Tagen, wenn sie schön sind, und berechnest nicht, was das Schicksal noch bringt. Die Nächte haben dich in Ruhe gelassen, und du ließest dich durch sie täuschen; während die Nacht am klarsten scheint, kommt aber das Unglück herbei.«

Als der Kaufmann diese Verse gesprochen und sich satt geweint hatte, sagte der Geist abermals: »Jetzt muß ich dich umbringen.« Da flehte der Kaufmann: »Kann es nicht anders sein?« – »So muß es geschehen«, antwortete der Geist, und hob wieder das Schwert auf, um ihn zu töten. – Hier bemerkte Scheherazade den Tagesanbruch und erzählte nicht weiter; das Innere des Königs Scheherban glühte aber vor Verlangen nach der Fortsetzung der Erzählung. Als die Morgenröte schon angebrochen war, sagte Dinarsad ihrer Schwester Scheherazade: »Bei Gott, wie schön, wie angenehm und wie wunderbar ist deine Erzählung!« Da antwortete sie: »Was ist dies alles im Vergleich zu dem, was ich in der nächsten Nacht erzählen werde, wenn mich mein Herr, der König leben läßt; es wird noch wunderbarer und überraschender sein.« Da sagte der Sultan: »Bei Gott, ich werde dich nicht umbringen lassen, bis ich das übrige der Erzählung gehört; erst nach der nächsten Nacht sollst du sterben!« Wie es nun ganz hell war und die Sonne zu leuchten anfing, stand der König auf und beschäftigte sich mit seinen Regierungsangelegenheiten.

Der Wesir, Scheherazades Vater, war sehr erstaunt, als der König bis abends die Regierungsgeschäfte besorgte. Der König ging dann nach Hause, bestieg sein Lager, und Scheherazade mußte sich zu ihm verfügen. Nachdem dies geschehen, ruhten beide ein wenig, dann sagte Dinarsad ihrer Schwester Scheherazade: »Ich beschwöre dich bei Gott, meine Schwester, wenn du nicht schläfst, so teile uns wieder etwas von deinen schönen Erzählungen mit, daß wir die Zeit, in der wir doch nicht schlafen, angenehm zubringen.« Da sagte der Sultan: »Doch zuerst den Beschluß der Erzählung des Kaufmanns mit dem Geiste, denn sie gefällt mir«; und Scheherazade sprach: »Es gereicht mir zum Vergnügen und zur Ehre, o glückseliger König«, und fuhr also fort:

Man behauptet, o glückseliger und wohldenkender König!, daß, als der Geist seine Hand mit dem Schwerte in die Höhe hob, der Kaufmann zu ihm sagte: »Nun, stolzer Geist, willst du mich denn durchaus töten?« – »Gewiß«, erwiderte der Geist. Da sagte der Kaufmann: »Willst du mir nicht Zeit lassen, bis ich von meiner Familie, von meiner Frau und meinen Kindern Abschied genommen, bis ich mein Erbe unter ihnen verteilt und meinen Letzten Willen ihnen bekanntgemacht habe? Wenn alles dies geschehen, will ich zu dir zurückkehren, und dann kannst du mich töten.« Der Geist antwortete hierauf: »Ich fürchte, wenn ich dich loslasse, daß du nicht mehr wiederkehren wirst.« Da sagte der Kaufmann: »Ich schwöre dir einen Eid und nehme den Herrn des Himmels und der Erde zum Zeugen, daß ich wieder zu dir kommen werde.« Nun sagte der Geist: »Wie lange Frist begehrst du?« – »Ich fordere ein Jahr«, erwiderte der Kaufmann, »bis ich von meinen Kindern und meiner Familie Abschied genommen und mich von dem mir anvertrauten Gute befreit habe; zu Anfang des nächsten Jahres komme ich dann wieder.« Da fragte der Geist noch einmal: »Bürgt mir Gott für deine Wiederkehr?« – »Gott bürgt dir für meine Worte«, antwortete der Kaufmann.

Als er nun so geschworen und ihn der Geist losgelassen, bestieg er sein Tier wieder, machte sich mit traurigem Herzen auf den Weg, und reiste in einem fort, bis er nach seiner Heimat kam. Als er seine Kinder und seine Frau sah, fing er an, viele Tränen zu vergießen und höchst betrübt und niedergeschlagen zu werden. Seine Leute wunderten sich über ihn, und seine Frau fragte ihn, was ihm fehle und warum er so weine und so niedergeschlagen wäre, während sie sich doch alle über seine Ankunft freuten. »Wie soll ich nicht jammern«, antwortete er, »da ich nur noch ein Jahr und nicht mehr zu leben habe.« Hierauf erzählte er ihnen, was ihm auf der Reise mit dem Geiste widerfahren und wie er ihm geschworen, daß er nach einem Jahr wiederkehren werde, um sich von ihm töten zu lassen. Als sie dies vernahmen, weinten sie alle. Die Frau schlug sich ins Gesicht und riß sich die Haare aus, die Töchter stießen Jammergeschrei aus, und die Söhne groß und klein schrien laut. Alles trauerte, die Kinder weinten den ganzen Tag um ihren Vater herum, und sie nahmen gegenseitig Abschied voneinander. Am folgenden Tage fing er an, sein Erbteil unter ihnen zu verteilen und sein Testament zu machen; er machte sich auch von den Leuten frei, denen er etwas schuldig war, gab große Geschenke und Almosen, und nahm Leute an, die den Koran für ihn lesen mußten. Dann ließ er Zeugen und Gerichtsschreiber kommen, schenkte seinen Sklaven und Sklavinnen die Freiheit, gab den erwachsenen Kindern ihren Teil von seinem Vermögen, machte ein Testament für den Teil der Kleinen, gab seiner Frau, was ihr verschrieben war, und so war er beschäftigt, bis das Jahr abgelaufen und nur noch so viel davon übrigblieb, als er zur Reise brauchte. Nun schickte er sich zur Reise an, wusch sich, betete, nahm sein Totengewand und sagte seiner Frau und seinen Kindern Lebewohl. Diese schrien und weinten alle zusammen, und auch er vergoß viele Tränen und sprach zu ihnen: »Bei meinem Haupt und bei meinen Augen, dies ist ein Beschluß Gottes, es ist sein Urteil und seine Bestimmung, der Mensch ist eben nur zum Tode geschaffen.« Jetzt nahm er zum letzten Male Abschied, bestieg sein Tier, reiste Tag und Nacht, bis er zu dem Garten gelangte. Es war gerade ein Jahr verstrichen. Er setzte sich an den Ort, wo er die Datteln gegessen, und erwartete mit traurigem Herzen und weinenden Augen den Geist. Während er so dasaß, kam ein alter Mann mit einer Gazelle an einer Kette auf ihn zu und grüßte ihn. Der Kaufmann erwiderte seinen Gruß und der Alte fragte ihn, was er hier tue an diesem Orte der Geister und

Teufelskinder; denn dieser Garten ist von Dämonen bewohnt und es geht keinem gut, der darin verweilt. Der Kaufmann erzählte ihm seine ganze Geschichte mit dem Geiste von Anfang bis zu Ende. Der Alte wunderte sich sehr, wie er hörte, daß er hier seinen Tod erwarte, und sagte: »Du mußt ein Mann von großer Redlichkeit sein.« Hierauf setzte er sich neben ihn und sprach: »Ich werde, nicht von hier weichen, bis ich sehe, wie es dir mit dem Geiste gehen wird.« Sie blieben nun beisammen sitzen und unterhielten sich miteinander.

Hier bemerkte Scheherazade, daß der Tag nahe sei, und sie hörte auf zu erzählen. Ihre Schwester Dinarsad sagte zu ihr: »Wie schön und wunderbar ist deine Erzählung.« Aber Scheherazade erwiderte: »Ich werde auch die nächste Nacht noch viel Schöneres und Wunderbareres erzählen, wenn mein Herr, der König, mich leben läßt.«

In der folgenden Nacht sprach Dinarsad zu ihrer Schwester: »Ich beschwöre dich bei Gott, meine Schwester! wenn du nicht schläfst, so erzähle uns wieder eine von deinen schönen Erzählungen, daß wir die Nacht dabei durchwachen«, und der König setzte hinzu: »Vollende die Geschichte des Kaufmanns!« – »Es gereicht mir zum Vergnügen und zur Ehre«, erwiderte Scheherazade und fuhr also fort:

Ich hörte, o glückseliger König, daß, während der Kaufmann mit dem Alten der Gazelle sich unterhielt, noch ein alter Mann mit zwei schwarzen wolfartigen Hündinnen dazukam; er grüßte sie und die beiden erwiderten seinen Gruß; dann sagte er, was sie hier täten, und der Alte mit der Gazelle erzählte jenem die Geschichte des Kaufmanns mit dem Geiste, dem er geschworen, wiederzukommen, und den er nun erwarte, um von ihm getötet zu werden. »Ich kam nur zufällig hierher«, setzte er hinzu, »aber ich schwor, nicht von hier zu weichen, bis ich sehe, was zwischen ihm und dem Geiste sich ereignen wird.« Als der Mann mit den Hündinnen dies hörte, wunderte er sich besonders darüber, daß der Kaufmann seinen Eid so treu gehalten, und sagte: »Auch ich kann diesen Ort nicht verlassen, bis ich weiß, was sich zwischen dem Kaufmann und dem Geiste zutragen wird.« Während sie so im Gespräch waren, kam noch ein alter Mann mit einem schlechten mageren Maultiere; nach gegenseitigem Gruße fragte dieser: »Was tut ihr hier und warum ist der Kaufmann so traurig und niedergeschlagen?« Die beiden Alten erzählten ihm nun die Geschichte und sagten ihm auch, daß sie hier warten wollten, um zu sehen, wie es ihm mit dem Geist ergehen werde. Als der Alte dies hörte, sagte er: »Auch ich, bei Gott, will nicht von hinnen weichen, bis ich sehe, was sich mit diesem Mann und dem Geiste ereignen wird«; er setzte sich hierauf zu ihnen, und sie unterhielten sich eine kleine Weile. Da kam auf einmal ein großer Staub aus der Wüste hergezogen und der Geist erschien mit einem bloßen Schwerte von Stahl in der Hand und ging auf sie zu, ohne sie zu grüßen. Als er bei ihnen war, zog er den Kaufmann an der linken Hand in die Höhe und sprach: »Steh auf, daß ich dich töte!« Der Kaufmann weinte, und die drei Alten weinten auch und jammerten laut.

Hier bemerkte Scheherazade den Tagesanbruch und schwieg. Dinarsad sprach zu ihr: »O wie schön und wundervoll ist deine Erzählung, meine Schwester.« Scheherazade erwiderte: »Was ist dies im Vergleich zu dem, was ich euch in der folgenden Nacht erzählen werde, wenn mein Herr, der König, mich leben läßt; es wird noch weit wunderbarer, angenehmer und entzückender sein.« Das Herz des Königs entbrannte vor Verlangen, die weitere Erzählung zu hören, und beschloß bei sich: Bei Gott, ich lasse sie nicht umbringen, bis ich das Ende der Geschichte vernommen, und gehört habe, was aus dem Kaufmann geworden, dann erst will ich sie, nach meiner Gewohnheit, gleich den übrigen Frauen töten lassen. Er ging hierauf seinen Regierungsgeschäften nach und traf ihren Vater, den Wesir, der darüber sehr erstaunt war. Bis zur Nacht blieb er im Diwan,* ging dann wieder in seinen Palast zurück, begab sich zu Bette, und nachdem er mit Scheherazade eine Weile geschlafen, sprach Dinarsad: »Ich beschwöre dich bei Gott, meine Schwester! wenn du nicht schläfst, so erzähle uns eine deiner schönen Erzählungen, damit wir den übrigen Teil der Nacht dabei durchwachen.« Jene sagte: »Es macht mir Vergnügen und Ehre«, und erzählte:

Man behauptet, o glückseliger König, daß, als der Geist den Kaufmann töten wollte, der erste Alte mit der Gazelle auf jenen zuging und ihm Hände und Füße küßte, und also sprach: »O du Krone der Könige der Geister, wenn ich dir erzähle, was mir mit dieser Gazelle widerfahren, und du meine Erzählung noch wunderbarer findest, als das, was dir mit dem Kaufmann begegnet, wirst du mir zuliebe ihm ein Drittel seiner Schuld verzeihen?« – »Recht gern«, entgegnete der Geist. Und der Alte erzählte:

* Diwan bedeutet hier Staatsrat, wird aber auch sonst für jede Versammlung, wo Staatsgeschäfte besorgt werden, gebraucht; das Wort heißt eigentlich Rat, wird aber auch bekanntlich von einer Sammlung Gedichte und von einem Sofa gebraucht.

Geschichte des ersten Greises mit der Gazelle

Wisse, o Geist, daß diese Gazelle die Tochter meines Oheims ist; sie ist mein Blut und von Kindheit an meine Frau, denn sie war erst zehn Jahre alt, als ich sie heiratete, und ist folglich erst bei mir mannbar geworden. Ich lebte dreißig Jahre mit ihr, ohne mit einem Kinde beglückt zu werden; doch hatte ich während dieser ganzen Zeit ihr immer viel Gutes erzeigt und sie geehrt. Aber ich kaufte noch eine Sklavin, die mir einen Knaben gebar, schön wie der Mond. Jetzt wurde meine erste Frau eifersüchtig. Als mein Sohn zwölf Jahre alt war, mußte ich eine Reise unternehmen; ich empfahl ihn meiner Frau aufs angelegentlichste, ihn und seine Mutter. Ein Jahr blieb ich aus. Während meiner Abwesenheit hatte meine Frau die Zauberkunst gelernt; sie nahm meinen Sohn und verzauberte ihn in ein Kalb, ließ meinen Hirten kommen und übergab ihm das Kalb und sagte: »Laß dieses Kalb mit den Stieren weiden.« Dann verzauberte sie die Mutter in eine Kuh und übergab sie ebenfalls den Hirten. Als ich nun bei der Rückkehr meine Frau nach dem Sohn und seiner Mutter fragte, sagte sie mir, die Mutter sei gestorben und der Sohn vor zwei Monaten davongelaufen; sie aber habe seither nichts mehr von ihm gehört:

Als ich diese Worte vernahm, entbrannte mein Herz über meinen Sohn und bekümmerte sich um die Mutter. Ich stellte ein ganzes Jahr Nachforschungen nach meinem Sohn an. Nun kam das große Fest Gottes,* ich schickte zum Hirten hin und ließ ihm sagen, er möge mir eine fette Kuh bringen, damit ich das Fest feiern könne. Er brachte mir meine verzauberte Frau. Als ich sie nun binden ließ und sie schlachten wollte, weinte und seufzte sie: »Mbu! Mbu!« und die Tränen liefen ihr über die Wangen herunter: ich war darüber erstaunt, blieb gerührt vor ihr stehen und sagte dem Hirten: »Bringe mir eine andere.« Da sagte meines Oheims Tochter: »Schlachte nur diese, denn er hat keine bessere und keine fettere, wir wollen sie daher am Festtage verzehren.«

Ich ging wieder auf sie zu, um sie zu schlachten, aber sie schrie wieder: »Mbu! Mbu!« Ich blieb vor ihr stehen und sagte hierauf zum Hirten: »Schlachte du sie statt meiner.« Er schlachtete sie und zog ihr die Haut ab, aber da fand er weder Fleisch noch Fett, es war nichts an ihr als Haut und Knochen. Ich bereute es, sie geschlachtet zu haben, und sagte zu dem Hirten: »Nimm du sie, oder gib sie, wem du willst, und suche mir ein fettes Kalb heraus.« Er nahm die Kuh und ging fort; ich weiß nicht, was er mit ihr getan; dann kam er wieder und brachte mir meinen Sohn, die Seele meines Herzens, in der Gestalt eines fetten Kalbes. Als mein Sohn mich sah, zerriß er das Seil, das an seinem Kopf befestigt war, sprang auf mich zu und legte seinen Kopf auf meine Füße. Ich wunderte mich darüber, war gerührt und bemitleidete durch eine geheime göttliche Kraft mein eigenes

*Das große Bairamfest wird am zehnten Tage des Monats Eilhudjah (der Wallfahrt) gefeiert, es wird dabei in allen reichen Familien ein Lamm geschlachtet.

Blut. Mein Innerstes kam in Bewegung, als ich die Tränen des Kalbes, meines Sohnes sah, wie sie über seine Wangen herabflossen und wie es dabei mit seinen Vorderfüßen die Erde scharrte; ich ließ es nun los und sprach zu dem Hirten: »Laß dieses Kalb bei der Herde und verpflege es gut und bring mir ein anderes!« Da schrie meines Oheims Tochter, diese Gazelle hier: »Schlachte kein anderes als dieses Kalb!« Ich erzürnte mich und sagte: »Ich habe dir schon gehorcht, als ich die Kuh schlachtete, und es hat nichts genützt, nun werde ich dir aber bei diesem Kalb kein Gehör geben und es nicht schlachten.« Sie drang aber in mich und sprach: – »Dieses Kalb muß geschlachtet werden«; sie nahm dann ein Messer und ließ das Kalb binden.«

Scheherazade bemerkte nun den Tagesanbruch und hörte auf zu erzählen. Dinarsad sprach zu ihr: »O meine Schwester, wie schön und wunderbar ist deine Erzählung.« Scheherazade erwiderte: »Was ist dies im Vergleich zu dem, was ich euch in der nächsten Nacht erzählen werde, wenn mein Herr, der König, mich leben läßt; es wird noch viel wunderbarer, angenehmer und entzückender sein.« Das Herz des Königs brannte vor Verlangen, die weitere Erzählung zu hören, und er beschloß bei sich: Bei Gott, ich lasse sie nicht umbringen, bis ich das Ende der Geschichte vernommen und gehört habe, was aus dem Kaufmann geworden; dann erst will ich sie nach meiner Gewohnheit, gleich den übrigen Frauen töten lassen. Er ging hierauf seinen Regierungsgeschäften nach und traf ihren Vater, den Wesir, der darüber sehr erstaunt war. Bis zur Nacht blieb er im Diwan, und dann ging er wieder in seinen Palast zurück, begab sich zu Bette, und nachdem er mit Scheherazade eine Weile geschlafen, sprach Dinarsad: »Ich beschwör dich bei Gott, meine Schwester, wenn du nicht schläfst, so unterhalte mich mit einer deiner schönen Erzählungen, damit wir den übrigen Teil der Nacht dabei durchwachen.« Jene sagte: »Es macht mir Vergnügen und Ehre.« Da erwiderte Dinarsad: »Tu dies aber nicht, ehe dir unser König, Gott erhalte ihn lange! die Erlaubnis dazu gibt. Als hierauf der König sagte: »Erzähle!«, da sprach Scheherazade.

Ich habe vernommen, o glückseliger König, daß der Alte mit der Gazelle zu dem Geiste sagte: »Ich nahm ihr das Messer aus der Hand und wollte selbst mein Kind schlachten, da schluchzte und weinte es, legte seinen Kopf auf meine Füße, streckte die Zunge heraus, gleichsam um

mir ein Zeichen zu geben. Ich aber wandte mich von ihm ab und ließ es los, denn mein Herz war zu gerührt. Hierauf sprach ich zu meiner Gemahlin: »Ich empfehle dir dieses Kalb, das ich eben losgelassen.« Sie gab sich zufrieden, als ich ihr versprach, es zum nächsten Feste zu schlachten, und sie willigte ein, jetzt ein anderes zu töten. So verging diese Nacht. Am folgenden Morgen, als es hell geworden, kam der Hirte zu mir, ohne daß meine Frau etwas merkte, und sagte: »Mein Herr, ich habe dir eine gute Nachricht zu bringen, wirst du mir deshalb wohl ein Geschenk machen?« – »Du sollst eines haben«, erwiderte ich; »erzähle nur!« Da sagte er wieder: »Ich habe eine Tochter, die zaubern kann und Beschwörungen gelernt hat; als ich gestern mit dem Kalbe, das du freigelassen, nach Hause kam, um es mit den anderen jungen Stieren weiden zu lassen, betrachtete meine Tochter dasselbe und weinte und lachte. Ich fragte sie: »Warum weinst und lachst du so?« Und sie antwortete mir: »Dieses Kalb ist der Sohn unseres Herrn, des Eigentümers dieses Viehes; er ist von der Gemahlin seines Vaters verzaubert worden, darum lache ich. Weinen muß ich über seine Mutter, die sein Vater geschlachtet hat.« Ich konnte kaum die Morgenröte erwarten, um dir diese gute Nachricht vom Leben deines Kindes zu bringen.« – Als ich, o Geist, dies hörte, schrie ich laut auf und fiel in Ohnmacht. Nachdem ich wieder zu mir gekommen war, ging ich mit dem Hirten in sein Haus, lief zu meinem Sohne, warf mich über ihn her, umarmte ihn und weinte. Er wandte seinen Kopf nach mir, aus seinen Augen flossen Tränen und er streckte seine Zunge heraus, gleichsam um mich auf seinen Zustand aufmerksam zu machen. Ich wendete mich hierauf zur Tochter des Hirten und sagte zu ihr: »Wenn du ihn wieder vom Zauber befreien kannst, so schenke ich dir mein Vieh und alles, was ich sonst besitze.« Sie beteuerte mir, daß sie weder nach meinem Vieh noch nach meinem anderen Besitztum gelüste. »Nur unter zwei Bedingungen«, sprach sie, »will ich deinen Sohn befreien: Erstens mußt du mich mit ihm verheiraten, und zweitens mußt du mir erlauben, die zu verzaubern, die ihn in diesen Zustand versetzt hat, denn sonst werde ich immer ihre Bosheit und ihre Ränke gegen ihn zu befürchten haben.« Ich erwiderte: »Ganz gut, ich gebe dir und meinem Sohne noch mein Vermögen obendrein; ebenso gebe ich dir volle Macht über die Tochter meines Oheims, die so gegen meinen Sohn gehandelt und mich überredet hat, seine Mutter zu schlachten; ich will sie dir bringen, du magst mit ihr verfahren, wie du willst.« Sie antwortete: »Ich will ihr nur das zu kosten geben, womit sie andere speiste.« Hierauf füllte sie eine Schüssel mit Wasser, sprach den Zauber darüber, beugte sich dann zu meinem Sohne und sagte: »O du Kalb, bist du ein Geschöpf des Allgewaltigen, Allmächtigen, so bleibe unverändert! bist du aber treulos verzaubert, so verlasse diese Gestalt und nimm mit Erlaubnis des Schöpfers der Welt wieder eine menschliche an!« Sie bespritzte ihn dann mit dem Wasser aus der Schüssel, und er ward wieder ein Mensch wie früher; es dauerte aber nicht lange, da fiel ich ohnmächtig auf ihn hin. Als ich wieder zu mir gekommen war, erzählte er, was die Tochter meines Oheims, diese Gazelle hier, ihm und seiner Mutter getan. Ich sagte ihm: »Nun, mein Sohn hat uns ein Wesen gesandt, das für dich, deine Mutter und mich an ihr Rache nehmen wird.« Hierauf verheiratete ich meinen Sohn mit der Tochter des Hirten, die schön war wie der Vollmond, dabei sehr geschickt, gelehrt und kenntnisreich, viele Dichter gelesen und Zauber- und Schwarzkunst gelernt hatte. Sie verzauberte die Tochter meines

Oheims hier in die Gestalt einer Gazelle und sagte: »Dir zulieb habe ich sie in eine schöne Gestalt verzaubert, damit ihr Anblick dir nicht zum Abscheu werde.« Und sie blieb Jahre und Monate bei uns; dann starb die Frau meines Sohnes, die Tochter des Hirten, und mein Sohn reiste in das Land des jungen Mannes, mit dem dir dieses Abenteuer begegnet ist. Ich ging nun, meinen Sohn zu besuchen, und nahm die Tochter meines Oheims, diese Gazelle hier, mit mir, und so kam ich hierher zu euch. Dies ist meine Geschichte; ist sie nicht sonderbar und wundervoll?«

»Nun«, antwortete der Geist, »ich schenke dir den dritten Teil seiner Schuld.« Hierauf, o erhabener König, kam der zweite Alte, der mit den beiden schwarzen Hunden, und sprach: »Auch ich will dir erzählen, was mir mit meinen Brüdern,* diesen beiden schwarzen Hunden, widerfahren ist; du wirst sehen, daß meine Erzählung noch wunderbarer und unglaublicher als die dieses Mannes ist. Wirst du, wenn ich dir sie erzähle, mir auch einen Dritteil seiner Schuld schenken?« – »Jawohl«, antwortete der Geist.

Geschichte des zweiten Greises mit den beiden Hunden

Hierauf sprach der zweite Alte mit den beiden Hunden also: »Folgendes ist meine Geschichte, o Geist: Diese zwei Hunde sind meine zwei Brüder; wir waren, als unser Vater starb, drei Brüder; er hinterließ uns 3000 Dinare; ich eröffnete einen Laden und kaufte und verkaufte,

* Es heißt zwar an dieser Stelle im Texte Kinder, man sieht aber wohl in der Folge, daß es Brüder heißen muß, daher denn auch hier das Letztere gewählt wurde.

ebenso meine Geschwister. Es dauerte nicht lange, da verkaufte mein ältester Bruder, einer dieser Hunde, alles, was er im Laden hatte, für 1000 Dinare,* kaufte verschiedene Waren mit diesem Gelde ein und reiste weg; er blieb ein volles Jahr aus. Eines Tages, als ich in meinem Laden saß, stand er bettelnd vor mir; ich sagte: »Gott helfe dir!« Da sprach er weinend: »Kennst du mich nicht mehr?« Ich betrachtete ihn näher und sah, daß es mein Bruder war; ich hieß ihn willkommen, trat mit ihm in den Laden, fragte ihn, wie es ihm ginge, und er antwortete mir: »Frage mich nicht, denn es ist mir schlecht ergangen; alles Geld ist dahin.« Ich brachte ihn dann ins Bad, gab ihm eines meiner Kleider anzuziehen und nahm ihn zu mir. Als ich nun meine Rechnungen über mein Geschäft in Ordnung brachte und fand, daß mein Kapital von 1000 Dinaren sich verdoppelt hatte, so teilte ich es mit meinem Bruder und sagte ihm: »Nun denke dir, du seiest gar nicht abgereist gewesen.« Er nahm das Geld voller Freude und eröffnete wieder einen Laden. – Ich lebte so viele Tage und Nächte; da ging mein zweiter Bruder, der andere Hund hier, verkaufte auch, was er hatte, sammelte sein Vermögen ein und wollte ebenfalls eine Reise machen. Wir rieten ihm ab; er bestand aber darauf, reiste mit einer Karawane fort und blieb ein volles Jahr aus; dann kam er in demselben Zustand wieder zu mir, wie sein älterer Bruder. Ich sagte ihm: »Wie, mein Bruder, habe ich dir nicht von deiner Reise abgeraten?« Er erwiderte weinend: »O mein Bruder, es war so meine Bestimmung; nun bin ich arm, ich besitze keinen Dirham,** ich bin nackt und habe kein Hemd.« Ich nahm ihn dann, o Geist! mit mir ins Bad, gab ihm eins von meinen neuen Kleidern anzuziehen, ging mit ihm in meinen Laden, wo wir aßen und tranken. Hierauf sprach ich zu ihm: »Ich will nun, wie alljährlich, die Rechnungen schließen, und was ich gewonnen, will ich mit dir teilen.« Hierauf, o Geist, machte ich die Rechnung von meinem Geschäft und fand 2000 Dinare. Ich dankte dem erhabenen Schöpfer, gab 1000 Dinare meinem Bruder und behielt 1000 für mich, und mein Bruder eröffnete

* Der Dinar hat ungefähr einen Wert von 5 EURO.

** Es gehen 20–25 Dirham auf ein Dinar.

aufs neue einen Laden. – So lebten wir einige Zeit, da kamen meine Brüder zu mir und wollten, daß ich mit ihnen reise; ich weigerte mich und sprach zu ihnen: »Was habt ihr bei euren Reisen gewonnen, so daß auch ich einen Gewinn erwarten könnte?« Ich gab ihnen kein Gehör, und wir blieben wieder in unseren Läden und handelten. Sie aber schlugen mir alle Jahre von neuem vor, mit ihnen zu reisen; ich wollte nie einwilligen, bis zum sechsten Jahre, da sagte ich zu ihnen: »Seht, meine Brüder, ich will wohl mit euch reisen, doch will ich zuerst sehen, was ihr an Vermögen habt.« Als ich suchte, fand ich nichts bei ihnen, denn sie hatten durch Essen, Trinken und allerlei Gelüste alles verschwendet. Ich sagte ihnen kein Wort, machte die Rechnung von dem, was ich an Geld und Waren im Laden hatte, und fand 6000 Dinare. Dies freute mich, und nachdem ich zwei Teile daraus gemacht, sagte ich zu beiden. »Hier sind 3000 Dinare für euch und für mich, daß wir damit handeln.« Ich vergrub dann die übrigen 3000 Dinare für den Fall, daß es mir ginge, wie es meinen Brüdern ergangen, damit ich wieder 3000 Dinare fände, um einen Laden eröffnen zu können. Es waren beide damit zufrieden; ich gab jedem 1000 Dinare und behielt 1000 für mich; wir kauften die nötigen Waren ein, bereiteten uns zur Reise vor, mieteten ein Schiff und reisten, auf Gott vertrauend, Tag und Nacht und Nacht und Tag.

Ich reiste nun einen Monat lang auf dem Meere mit meinen Brüdern, diesen beiden Hunden, da kamen wir vor eine große Stadt; wir gingen hinein, verkauften unsere Waren so gut, daß wir an einem Dinar zehn gewannen. Damit kauften wir andere Waren ein und wollten abreisen; da fand ich am Ufer des Meeres ein Mädchen mit zerrissenen Kleidern. Es küßte meine Hand und sagte: »Mein Herr, tu mir einen Gefallen, du wirst dafür belohnt werden, der Schöpfer wird mir wohl die Mittel verschaffen, dir deine Wohltat zu vergelten.« Ich sagte ihr: »Gut, ich will dir einen Gefallen erweisen, ohne daß du mich dafür zu belohnen brauchst.« Sie sprach hierauf: »Heirate mich und schenke mir Kleider und nimm mich mit als deine Frau; schon besitzest du mein Herz, sei daher wohltätig gegen mich, ich werde dich dafür belohnen, laß dich nur von meinem armseligen Zustand nicht abschrecken.« Als ich das hörte, bekam ich nach Gottes Eingebung Mitleid mit ihr, ich nahm sie mit aufs Schiff, machte ihr ein Lager zurecht und näherte mich ihr. – Wir reisten Tag und Nacht; ich liebte sie immer mehr, denn sie war schön wie der Vollmond am Himmel; ich war stets um sie und vergaß durch sie meine beiden Brüder, diese Hunde, ganz. Sie aber waren neidisch und gönnten mir mein Glück nicht, auch waren sie nach meinem Vermögen und Wohlstand lüstern, daher sprachen sie davon, mich umzubringen, denn der Teufel hatte ihnen diese Tat schön vorgemalt. Als ich nun in einer Nacht mit meiner Frau fest schlief, nahmen sie uns beide und warfen uns ins Meer. Aber meine Frau verwandelte sich sofort in einen Geist und trug mich auf eine Insel. Als Gott Tag werden ließ, sprach sie zu mir: »Nun, mein Gatte, habe ich dich belohnt, indem ich dich vom Tode befreite. Wisse, daß ich zu den guten Genien gehöre, die alles im Namen Gottes tun. Als ich dich am Ufer des Meeres gesehen, liebte ich dich sogleich und ging zu dir in dem Zustande, wie du mich sahst, erklärte dir meine Liebe, und du nahmst mich auf; jetzt aber muß ich deine Brüder umbringen.« Als sie so zu mir sprach, war ich über ihre Handlungsweise sehr erstaunt; ich dankte ihr und bat, sie solle meine Brüder nicht umbringen, sonst würde auch ich sterben. Ich erzählte ihr hierauf alles, was mir schon mit ihnen widerfahren war. Als sie meine Erzählung angehört, erzürnte sie sich heftig gegen sie und sagte: »Sogleich soll ihr Schiff untergehen, damit sie umkommen.« Ich bat sie bei Gott, daß sie dies nicht tun möge. »Es gibt einen Spruch«, sagte ich: »Vergelte Böses mit Gutem! Es sind ja doch meine Bruder!« Hierauf drang ich in sie und mäßigte ihren Zorn; sie hob mich in die Luft und flog mit mir so hoch, daß man uns nicht mehr sehen konnte; dann ließ sie mich auf das Dach meines Hauses nieder. Ich ging ins Haus hinunter, grub die 3000 Dinare aus der Erde und öffnete meinen Laden wieder. Als ich abends, nachdem mich alle Leute vom Markte gegrüßt, in mein Haus zurückkehrte, fand ich diese beiden Hunde dort angebunden. Als sie mich sahen, seufzten sie mir zu, hingen sich an mich und vergossen Tränen; ich erschrak darüber und wußte nicht, was vorgefallen; da kam meine Frau und sprach: »Mein Herr! hier sind deine Brüder.« Ich fragte sie, wer so mit ihnen verfahren. Sie antwortete: »Ich habe es über sie verhängt, und erst in zehn Jahren werden sie frei werden.« Hierauf verließ sie mich, nachdem sie mir ihren Wohnort angegeben. Nun sind die zehn

Jahre verstrichen, und ich machte mich mit ihnen auf den Weg, damit sie erlöst werden. – Hier fand ich nun diesen Mann und diesen Greis mit der Gazelle; ich erkundigte mich nach dem Zustande des jungen Mannes, er erzählte mir, was ihm mit dir widerfahren, und ich beschloß, nicht von hinnen zu weichen, bis ich sehe, was unser Herr, der Geist, dem Manne tun wird. Dies ist meine Erzählung, ist sie nicht wunderbar?«

Da sprach der Geist: »Ich schenke dir das Dritteil seiner Schuld.«

Der dritte Greis trat nun hervor und sprach also: »O du Geist, mein Herr! du wirst mich wohl nicht betrüben und mir auch ein Dritteil seiner Schuld schenken, wenn ich dir meine Geschichte mit diesem Maultier erzählt haben werde, die noch wunderbarer und befremdender als die Geschichte dieser beiden ist.« – »Erzähle«, versetzte der Geist und der Greis hub an:

Geschichte des dritten Greises mit dem Maultiere

Höre, o Geist! diese Mauleselin war meine Gemahlin. Ich machte einst eine Reise und war ein volles Jahr von ihr weggeblieben. Nach vollendeten Geschäften kam ich in der Nacht wieder nach Hause zurück. Als ich ins Zimmer trat, fand ich einen schwarzen Sklaven bei ihr; sie unterhielten sich miteinander, warfen sich verliebte Blicke zu, scherzten und küßten und neckten einander. Als sie mich sah, kam sie mir mit einem Becher voll Wasser entgegen, sprach einige Worte darüber, besprengte mich damit und sagte: »Verlasse deine Gestalt und nimm die eines Hundes an.« Sogleich ward ich zum Hunde und sie jagte mich aus dem Hause. Ich lief in einem fort bis zu dem Laden eines Metzgers; dort fraß ich die Kno-

chen, die unter seinem Tische lagen. Als der Metzger mich sah, nahm er mich zu sich, und als seine Tochter mich betrachtete, bedeckte sie ihr Gesicht vor mir und sagte zu ihrem Vater: »Was bringst du einen fremden Mann zu uns herein?« Ihr Vater antwortete: »Wo ist ein Mann?« – »Diesen Hund«, antwortete sie, »hat seine Frau verzaubert; doch ich kann ihn befreien.« Als ihr Vater dies hörte, sprach er zu ihr: »Bei Gott, meine Tochter! Befreie ihn, du wirst damit eine gute Tat ausüben.« Die Tochter des Metzgers stand nun auf, nahm einen Becher voll Wasser, murmelte etwas vor sich hin, bespritzte mich mit dem Wasser ein wenig und sagte dann zu mir: »Kehre wieder in deine frühere Gestalt zurück mit der Erlaubnis des erhabenen Gottes.« Als ich nun meine frühere Gestalt angenommen, küßte ich ihre Hände und sprach: »Ich beschwöre dich bei Gott, verzaubere meine Frau, so wie sie mich verzaubert hat.« Hierauf gab sie mir ein wenig von jenem Wasser und sagte: »Wenn sie schläft, so bespritze sie damit und sprich sie dann mit einem Namen an, welcher dir gefällt, sie wird die Gestalt annehmen, die du gewählt.« Ich nahm das Wasser, ging zu meiner Frau, fand sie tief schlafend, bespritzte sie mit dem Wasser und sagte dann: »Verlasse deine Gestalt und nimm die einer Mauleselin an!« Sogleich ward sie eine Mauleselin; und sie ist's, die du hier mit eigenen Augen siehst, o Sultan und Oberhaupt der Könige der Geister!« – Der Greis fragte sie noch, ob dies nicht alles wahr sei. Sie nickte mit dem Kopfe und winkte ja. »Dies ist die Erzählung von dem, was mir widerfahren.«

Der Geist verwunderte sich darüber, schüttelte sich vor Freude und sagte: »Nun Greis, ich schenke dir das noch übrige Dritteil der Schuld dieses Mannes und lasse ihn völlig frei.«

Der Kaufmann ging hierauf zu den drei Greisen, dankte ihnen für ihre Güte, und sie wünschten ihm Glück zu seiner Rettung, nahmen Abschied von ihm und trennten sich. Jeder ging seines Weges; der Kaufmann kehrte in sein Land zurück, und seine Frau und Kinder freuten sich sehr, als sie ihn kommen sahen, und er lebte glücklich mit ihnen, bis ihn der Tod erreichte.

»Diese Erzählung«, sagte Scheherazade, »ist jedoch nicht schöner und wunderbarer, als die des Fischers.« – »Ich beschwöre dich bei Gott, meine Schwester!« sprach Dinarsad, »was ist dies für eine Erzählung?« – Da begann jene:

Geschichte des Fischers mit dem Geiste

Man erzählte mir, daß es einmal einen Fischer gegeben habe, der schon hochbejahrt war. Er hatte eine Frau und drei Töchter, war arm und besaß nicht einmal seine tägliche Nahrung. Er war gewohnt, sein Netz nur viermal am Tage auszuwerfen. – Einst ging er bei Mondesschein zum Dorfe hinaus an das Ufer des Stroms, er legte seinen Korb ab, schürzte sein Hemd auf, watete bis zur Mitte des Körpers ins Wasser, warf das Netz aus und wartete, bis es untersank; dann zog er es an sich und wollte es langsam zusammenlegen, aber er fand es durch etwas zurückgehalten und zog daher mit größerer Gewalt daran. Da er es dennoch nicht von der Stelle brachte, so ging er ans Land, befestigte das Ende des Seils, an dem das Netz war, entkleidete sich, tauchte in der Nähe des Netzes unter und arbeitete sich so lange ab, bis er es endlich ans Ufer gezogen; hier fand er einen toten Esel darin, der das Netz ganz zerrissen hatte. Als der Fischer dies sah, war er sehr betrübt und niedergeschlagen und sprach: »Es gibt nur Schutz und Kraft beim erhabenen Gott. Mit dem Lebensunterhalte geht es wunderbar zu.« Hierauf sagte er folgende Worte:

»O du, der du untertauchest in das Dunkel der Nacht und der Gefahr, bemühe dich nicht so sehr, denn der Lebensunterhalt kommt nicht durch die Anstrengung; siehst du das Meer mit dem Fischer, der darin steht, um seinen Lebensunterhalt zu suchen, während die Sterne der Nacht sich verbergen? Er taucht unter bis zur Mitte des Körpers und läßt sich von den Wellen schlagen; sein Auge hört nicht auf, das Netz zu beobachten. Und wenn endlich die tödliche Angel einem Fische die Kiemen spaltet, dann ist er mit seiner Nacht zufrieden. Den Fisch aber kauft ihm keiner ab, der die Macht im schönsten Wohlbehagen, nicht in der Kälte zugebracht. Gelobt sei mein Herr, er gibt dem einen und versagt dem andern; der eine fängt Fische und der andere ißt sie.«

Als der Fischer seine Verse vollendet und den Esel aus seinem Netze befreit hatte, setzte er sich auf die Erde und besserte jenes wieder aus. Als er damit fertig war, drückte er es tüchtig aus, ging wieder ins Wasser, rief den Namen Gottes an, warf es aus und wartete, bis es untertauchte. Jetzt zog er die Schnur langsam an sich, fand sie aber wieder anhängend und zwar noch fester als zuvor. Er glaubte, es sei ein Fisch, und freute sich darüber, zog seine Kleider aus und tauchte unter, um es loszumachen. Langsam zog er es an Land und fand nun einen großen irdenen Topf voll Sand und Kot darin. Als er dies sah, weinte er und war sehr betrübt und sprach: »Dies ist ein wunderbarer Tag; ich gehöre Gott und vertraue auf ihn.« Hierauf sagte er folgende Verse:

»O quälendes Schicksal, höre auf! Glaubst du mich noch nicht gehörig verfolgt zu haben? Verschone mich doch aus Gnade! Ich ging aus, meinen Lebensunterhalt zu suchen, und jetzt weiß ich's: er ist für mich dahin. Ich werde weder vom Glücke begünstigt, noch nützt mir meiner Hände Arbeit. Wie mancher Unwissende ist bei den Sternen, und mancher Gelehrte bleibt im Staube verborgen.«

Er warf dann den Topf weg, drückte das Wasser aus dem Netze, breitete es aus, bat Gott um Verzeihung, ging wieder ans Meer, warf dann das Netz zum dritten Male aus und wartete, bis es untertauchte. Jetzt zog er es wieder an sich und fand es voll Scherben, Steine, Knochen und anderem Unrat. Der Fischer weinte vor vieler Müdigkeit, Anstrengung und wegen seines Mißgeschicks; er gedachte auch seiner Frau und Kinder, die zu Hause ohne Nahrung waren, schlug sich ins Gesicht und sprach folgende Verse:

»Der Lebensunterhalt ist so, daß du ihn weder lösen noch aber binden kannst; weder Bildung noch Kunst können dir ihn verschaffen. Glück und Unterhalt sind nur Bestimmung; so herrscht Fruchtbarkeit in einem Lande und Mangel in einem andern. Die Wechsel des Schicksals erniedrigen jenen edlen Menschen und erheben den, der keinen Wert hat. Hole mich daher heim, o Tod, denn das Leben ist abscheulich, wenn Falken erniedrigt und Enten erhöht werden. Es ist kein Wunder, wenn du einen Tugendhaften arm siehst und einen Lasterhaften mit reichen Gütern. Unser Lebensunterhalt ist uns vorausbestimmt, und im Schicksalsbuche sind wir wie Vögel, die bald hier, bald dort etwas aufzulesen finden. Ein Vogel umfliegt die Erde nach Osten und Westen, und ein anderer erhält das Wertvolle, ohne die Flügel zu bewegen.«

Der Fischer erhob dann sein Auge zum Himmel, die Morgenröte war schon angebrochen und der Tag fing an zu leuchten; da sprach er: »O Gott, du weißt, daß ich mein Netz an einem Tage nur viermal auswerfe; schon habe ich es dreimal getan, mir bleibt also nur noch einmal es zu tun übrig. Tue mir ein Wunder, o Herr, wie du es Moses im Meere getan!« Hierauf flickte er das Netz wieder, warf es ins Meer, wartete, bis es untersank und hängenblieb, um es dann an sich zu ziehen; allein er konnte es nicht, denn es war ganz zerzaust und auf dem Grunde verwikkelt. »Es gibt keinen Schutz und keine Macht, außer bei dem erhabenen Gott!« rief er aus, dann entkleidete er sich, tauchte unter und gab sich viele Mühe, es loszumachen. Als er damit an Land gegangen, fand er etwas Schweres darin, und als er es nach vieler Mühe entwirrte, fand er eine gefüllte messingne Flasche, oben mit Blei geschlossen und unseres Herrn Salomos* Siegel darauf eingegraben. Als der Fischer dies sah, freute er sich und dachte: »Dies verkaufe ich dem Kupferschmied, es ist gewiß zwei Malter Weizen wert.« Er schüttelte nun die Flasche und bemerkte, daß sie mit etwas angefüllt war. Da dachte er: Ich will doch einmal sehen, was in dieser Flasche ist; ich will sie erst öffnen und dann verkaufen. Er zog ein Messer aus der Tasche, durchstach damit das Blei und arbeitete so lange, bis er die Flasche geöffnet; hierauf nahm er sie, setzte sie an den Mund und schüttelte sie, aber es kam nichts heraus. Der Fischer war darüber sehr erstaunt. Doch nach einer Weile stieg Rauch aus der Flasche empor, der sich über die Erde verbreitete und immer zunahm, bis er das ganze Meer bedeckte, dann stieg er gegen die Wolken des Himmels. Der Fischer wunderte sich, als er dies sah. Als dann aller Rauch aus der Flasche war, verdichtete und vereinigte er sich und ward zu einem Geiste, dessen Füße auf der Erde waren und dessen Haupt bis in die Wolken ging. Er hatte einen Kopf wie ein Brunnenloch. Vorderzähne wie eisene Hacken, einen Mund wie eine Höhle, Zähne wie Felsensteine, Nasenlöcher wie Trompeten, Ohren wie Tartschen, einen Schlund wie eine Gasse, Augen wie Laternen: mit einem Worte, er war abscheulich häßlich. Friede sei mit uns!** Als der Fischer ihn sah, zitterte er am ganzen Körper, seine Zähne klapperten und sein Hals wurde trocken. Da sagte der Geist: »O Salomo, Prophet Gottes! verzeihe, verzeihe! ich will dir nie mehr ungehorsam sein und deinen Befehlen nimmer zuwider handeln.«

* Nach den Traditionen der Mohammedaner war Salomo Herr der ganzen Erde mit allen ihren irdischen und geistigen Wesen.

** Heißt soviel als: Gott bewahre uns vor so etwas!

Als der Geist dies gesagt, erwiderte ihm der Fischer: »O Geist, was sagst du von unserm Herrn Salomo, dem Propheten Gottes, der vor achtzehnhundert und einigen Jahren gestorben ist, und wir leben jetzt in einer viel späteren Zeit? Was ist dir widerfahren? wie bist du in diese Flasche hineingeraten?« Als der Geist dies hörte, sagte er: »Vernimm eine gute Nachricht!« Da dachte der Fischer bei sich: »O Tag der Glückseligkeit!« Der Geist aber fuhr fort: »Ich bringe dir die Nachricht, daß du sogleich umgebracht werden sollst.« Hierauf sprach der Fischer: »Du verdienst für die Botschaft, daß dir der Schutz und die Gnade Gottes entzogen werde; warum willst du mich umbringen, da ich dich doch befreit, aus der Tiefe des Meeres herausgezogen und auf die Erde versetzt habe?« Der Geist aber antwortete: »Bitte dir etwas aus von mir.« Der Fischer sagte freudig: »Was sollte ich mir von dir ausbitten?« Und der Geist antwortete: »Bitte dir eine Todesart aus, an der du sterben willst, damit ich dich nach deiner Wahl töte.« – »Was habe ich verbrochen«, wiederholte der Fischer, »ist das mein Lohn, daß ich dich befreit habe?«

Darauf sprach der Geist: »Höre meine Geschichte!« – »So erzähle!« erwiderte der Fischer, doch mach's kurz, denn ich gehöre zu den Heiligen.« Und der Geist sprach: »Wisse, ich gehöre zu den widerspenstigen und abtrünnigen Geistern, ich war mit dem Geiste Sacher Salomo, dem Propheten Gottes, ungehorsam. Er sandte mir Asas,* Sohn des Berachja, welcher gegen meinen Willen zu mir kam und das Urteil über mich aussprach und vollzog. Er fesselte mich auf eine demütigende Weise mit Gewalt und brachte mich zu Salomo, dem Propheten Gottes. Als dieser mich sah, nahm er zu Gott seine Zuflucht, sich vor mir und meiner Gestalt fürchtend. Er sagte mir, ich solle ihm gehorsam werden; aber als ich mich dessen weigerte, ließ er diese messingne Flasche bringen, sperrte mich hinein, schloß sie mit Blei, drückte den Namen des erhabenen Gottes darauf und befahl dann einem Geiste, mich wegzutragen und in die Mitte des Meeres zu versenken. Nachdem ich 200 Jahre darin geblieben war, beschloß ich, den reich zu machen, der in den ersten 200 Jahren mich befreien würde. Die 200 Jahre verflossen aber, ohne daß mich jemand befreite. Es vergingen dann wieder 200 Jahre, und ich beschloß nunmehr, dem, der mich befreien würde, alle Schätze der Erde zu öffnen; es vergingen aber 400 Jahre und niemand befreite mich. In den folgenden 200 Jahren beschloß ich, meinen Befreier zum Sultan zu machen, selbst sein Diener zu werden und ihm täglich drei Wünsche zu gewähren. Aber auch in diesen 200 Jahren befreite mich niemand. Nun ward ich böse, stampfte, tobte, schnarchte und beschloß, den zu töten, der von nun an mich befreien würde, ihn entweder den schrecklichsten Tod sterben oder ihn selbst wählen zu lassen, wie er sterben wolle. Kurz, nach diesem Beschlusse kamst du, mich zu befreien. Sage mir jetzt also, auf welche Weise ich dich umbringen soll.«

Als der Fischer diese Worte des Geistes gehört, sprach er: »Ich gehöre Gott an und kehre zu ihm zurück: mußte ich gerade in diesen unglück-

* Asas ist der berühmte Minister Salomos, der bei den Orientalen als Symbol der Weisheit gilt, so daß noch jetzt die Minister mit diesem Namen betitelt werden.

lichen Jahren dich befreien, so ist mein Schicksal verflucht; doch verzeihe mir. Gott wird auch dir verzeihen, töte mich nicht, sonst wird Gott jemandem die Kraft verleihen, auch dich zu töten.« – »Es hilft alles nichts«, erwiderte hierauf der Geist; »sage mir nur, wie du sterben willst.« Als der Fischer sah, daß er wirklich umgebracht werden sollte, war er sehr betrübt und rief weinend aus: »O meine Kinder! Gott lasse mir nicht das Herz weich um euch werden!« Hierauf wandte er sich wieder zum Geiste und sagte: »Bei Gott, verzeihe mir zum Lohne, daß ich dich aus dieser messingnen Flasche befreit habe.« Da antwortete der Geist: »Gerade weil du mich gerettet hast, will ich dich umbringen.« – »Wie«, sagte der Fischer: »ich habe dir eine Wohltat erzeigt, und du willst mir dafür Böses tun? Wahrlich, das Sprichwort lügt nicht, welches sagt:

»Wir haben ihm Gutes erwiesen, man hat mit Bösem uns vergolten; so, bei meinem Leben, handeln alle ruchlosen Menschen. Wer Gutes tut dem, der es nicht verdient, dem wird es gehen wie einem, der einer Hyäne Obdach gibt.«Der Geist versetzte nun: »Zaudere nicht lange, du wirst umgebracht, wie ich dir gesagt habe.« Da dachte der Fischer bei sich selbst: Dieser ist ein Geist und ich bin ein Mensch, Gott hat mich durch Verstand über ihn erhoben, ich will mit meinem Verstande ihn überlisten. Er überlegte eine Weile und sprach dann zu dem Geiste: »Willst du mich denn durchaus töten?« Und als der Geist diese Frage bejahte, sprach er weiter: »Bei der Wahrheit des höchsten Namens, der auf Salomos, Sohn Davids, Siegel gestochen war, wirst du mir die Wahrheit sagen, wenn ich dich um etwas befrage?« Der Geist zitterte und bebte, als er den erhabenen Namen erwähnen hörte, und antwortete: »Frage immerhin, doch mach's kurz!«

Da sagte der Fischer zu dem Geiste: »Bei dem Namen des erhabenen Gottes frage ich dich, warst du in dieser Flasche eingesperrt?« – »Ich war darin eingesperrt, beim erhabenen Gotte«, antwortete der Geist. »Du lügst«, versetzte der Fischer, »diese Flasche kann nicht einmal deine Hand fassen und würde schon durch deine Füße zersprengt werden, wie soll sie dich ganz fassen können?« Da sagte der Geist wieder: »Bei Gott, ich war darin; willst du es nicht glauben?« – »Nein«, antwortete der Fischer. Da löste sich der Geist nach und nach auf, ward ganz Rauch, der in die

Höhe stieg und sich über das Meer und das Land ausbreitete. Er zog sich dann wieder zusammen und nach und nach in die Flasche, bis er endlich ganz darin war, da schrie er aus der Flasche heraus: »Siehst du nun, Fischer, wie ich in der Flasche bin? Glaubst du mir jetzt?« Aber der Fischer nahm sogleich das Blei, mit dem die Flasche geschlossen war, und drückte es wieder auf dieselbe. Dann rief er: »O Geist! wähle du nun, wie du sterben willst und wie ich dich wieder ins Meer werfen soll; dann werde ich hier ein Haus bauen lassen und alle Fischer warnen, die hier fischen wollen, und ihnen sagen: Hier liegt ein Geist, der den umbringt, der ihn heraufzieht und befreit, und ihn nur wählen läßt, welchen Tod er sterben wolle.« Als der Geist dies hörte und sich eingesperrt sah und herauswollte und nicht konnte, weil Salomos, des Sohnes Davids Siegel ihn zurückhielt, so merkte er wohl, daß der Fischer ihn überlistet hatte, und er sprach zu ihm: »Guter Fischer, tue doch das nicht, ich habe nur meinen Scherz mit dir gehabt.« – »Du lügst«, sagte der Fischer, »du schändlichster und niedrigster aller Geister!« Der Fischer rollte dann die Flasche gegen das Meer, während der Geist schrie: »Nicht doch, nicht doch!« Aber der Fischer sagte: »Ja doch, ja doch!« Jetzt ward der Geist sehr demütig und sprach in bittendem Tone: »Was willst du tun, guter Fischer?« – »Dich ins Meer werfen«, antwortete dieser, »und hast du zum ersten Male 800 Jahre im Meer bleiben müssen, so werde ich dich diesmal bis zur letzten Stunde darin lassen. Habe ich dir nicht gesagt: Laß mich leben, Gott wird dich erhalten, du wolltest aber durchaus treulos gegen mich werden und mich umbringen: nun werde ich eben so gegen dich verfahren.« Da sprach der Geist: »Öffne, o Fischer! ich will dich reich machen und dir viel Gutes erweisen.« – »Du lügst«, sagte der Fischer. »Wir beide gleichen dem Könige der Griechen und dem Arzte Duban.« – »Wieso?« fragte der Geist.

Geschichte des griechischen Königs und des Arztes Duban

Wisse«, antwortete der Fischer, »es war in einer Stadt Persiens, im Lande Suman, ein König, der auch die Griechen beherrschte. Dieser war so aussätzig, daß kein Arzt ihn heilen konnte: er hatte allerlei Medikamente getrunken, allein alles war vergebens. Nun kam einmal ein griechischer Arzt, namens Duban, in diese Stadt, dieser hatte griechische, persische, türkische, arabische, lateinische, syrische und hebräische Bücher gelesen und alle in diesen Sprachen vorhandenen Wissenschaften studiert; er wußte die Grundsätze ihrer Arzneikunst, kannte alle Pflanzen, die nützlichen und schädlichen Kräuter, auch verstand er die Philosophie und hatte alle Wissenschaften umfaßt. Als er in die Stadt des Königs der Griechen kam und nach einem Aufenthalte von einigen Tagen hörte, daß der König schon lange aussätzig sei und kein Arzt ihn heilen könne, so zog er gleich am folgenden Morgen, sobald Gott den Morgenstern leuchten ließ, sein schönstes Kleid an, ging zum König, sagte ihm, wer er sei, und sprach hierauf: »O König, ich habe von dem Aussatz gehört, der deinen Körper behaftet und den kein Arzt zu vertreiben weiß; ich will dich nun heilen, ohne dir eine Arznei zu trinken oder etwas Fettes zum Einreiben zu geben.« Als der König dies hörte, sagte er zu ihm: »Wenn du dies kannst, so will ich dich und deine Enkel reich machen, dir viel Gutes erweisen und du sollst mein Haus und Tischgenosse werden.« Er schenkte ihm sogleich ein Ehrenkleid und andere Gegenstände und fügte hinzu: »Wirst du mich wirklich von meinem Aussatz heilen, ohne daß ich Arzneien trinken muß?« Und als jener dies bejahte, überraschte es den König sehr, und er fing an, große Freundschaft für ihn zu fühlen. Hierauf sprach er: »Sage mir voraus, bis wann du mich heilen wirst.« – »Morgen, so der erhabene Gott will«, antwortete der Arzt. Er ging hierauf wieder in die Stadt, mietete sich ein Haus, holte seine Wurzeln und Medikamente herbei, verfertigte einen hohlen Kolben mit einem hohlen Griffe und goß die nur ihm bekannten Medikamente hinein; er befestigte darauf den Kolben mit vieler Kunst und Geschicklichkeit, machte auch nach seinem besten Wissen Bälle dazu, und als alles vollendet war, ging er damit am anderen Tage zum König, küßte die Erde vor ihm und wünschte ihm viel Ruhm und Glück.

Als der Arzt zum König kam, befahl dieser ihm, sich niederzusetzen: es waren die Fürsten, Adjutanten, Wesire, Staatsräte und alle Vornehmen des Königreichs versammelt. Der Arzt reichte dann, in Gegenwart des ganzen Diwans, dem König den Kolben und sagte ihm: »O erhabener König! nimm diesen Kolben und gehe mit den Fürsten und Staatsmännern auf die Rennbahn und werfe Bälle damit, bis deine Hand schwitzt, die dann durch den hohlen Griff die Arznei in sich ziehen wird; von hier wird sie in den Arm gehen und sich dann über den ganzen Körper verbreiten. Hast du bemerkt, daß auf diese Weise die Arznei dich durchdrungen hat und in deinen Körper übergegangen ist, so kehre gleich in den Palast zurück, geh ins Bad, wasche dich rein, schlafe, und dann wirst du mit der Gnade Gottes gesund werden. Friede sei mit uns!«

Der König der Griechen nahm den Kolben und befahl, daß man nach der Rennbahn ziehe; man schleuderte die Bälle, der König fing sie auf, warf sie zurück und spielte so fort, immer auf seinem Pferde sitzend, bis seine Hand in Schweiß kam und die Arznei sich über seinen ganzen Körper verbreitet hatte. Als der Arzt Duban dies merkte, riet er dem König, jetzt in den Palast zurückzukehren. Der König nahm dann ein Bad, wusch sich und begab sich dann wieder in den Palast. Der Arzt Duban brachte die Nacht in seinem Hause zu. Morgens stand er früh auf, verfügte sich nach dem königlichen Palast und bat um die Erlaubnis, einzutreten. Als ihm dieses gestattet worden war, küßte er die Erde vor dem König und sprach folgende Verse:

»Die Tugenden haben eine hohe Stufe erreicht, als du ihr Vater genannt wardst; und ist je ein anderer ihr Vater genannt worden, so lehnte er es ab. Du, dessen Angesicht mit seinem Glanz die dunkelste Nacht des Schicksals verwischt, dessen Angesicht immer leuchtend strahlte, wenn auch das Antlitz der Zeit immerfort drohend aussieht, deine Güte hat uns so reich beschenkt, daß du uns geworden, was die Wolken dem trockenen

Lande, du hast deine Güter durch Geschenke so lange verschleudert, bis du deinen Zweck: den höchsten Ruhm, erreichest!«

Als der Arzt Duban mit diesen Versen zu Ende war, erhob sich der König, um ihn zu umarmen und neben sich sitzen zu lassen. Dann unterhielt er sich mit ihm und machte ihm kostbare Geschenke; denn als der König früh ins Bad gegangen war, fühlte er sich schon ganz geheilt und sein Körper war wie reines Silber geworden. Hocherfreut ging er daher in den Staatsrat, wohin auch der Arzt Duban kam, dem er viel Ehren erwies und den er zu seinem Tisch- und Hausgenossen machte, denn er sagte ihm: »Ein Mann wie du, der Arzt aller Ärzte und ihr Lehrer, verdient, daß er Königen diene und in ihrer Gesellschaft lebe.«

Nachdem der König der Griechen den Arzt so reich belohnt und sich über seine Kunst und Geschicklichkeit höchst verwundert hatte, sprach

er: »Dieser Mann verdient alle Ehrenbezeugungen, er soll stets in meiner Umgebung sein, denn er hat ohne Medizin mich geheilt, nachdem alle Ärzte mit allen ihren Medikamenten mich aufgegeben; er soll nun mein vertrauter Freund werden.« Hierauf brachte der König die ganze Nacht sehr heiter zu und hörte nicht auf, den Arzt zu loben. Des Morgens bestieg er den königlichen Thron, und als die Wesire und Großen des Reichs versammelt waren, ließ der König den Arzt rufen, behielt ihn bei sich bis Nacht und ließ ihm wieder 1000 Dinare geben; der Arzt ging nach Hause zu seiner Frau und lobte den König der Griechen.

Am folgenden Morgen bestieg der König wieder den Thron, und es kamen wie gewöhnlich die Wesire und Großen und wünschten ihm Glück und Heil. Nun hatte aber der König einen ebenso schmutzigen als geizigen und neidischen Wesir; als dieser sah, wie gut der Arzt mit dem König stand und wie sehr er beschenkt und geehrt wurde, befürchtete er, daß der König ihn absetzen möchte, um dem Arzt seine Stelle zu geben; er beneidete ihn daher und hegte böse Gedanken gegen ihn. Als nun dieser Wesir vor den König trat und ihm Ruhm und Glück wünschte, fügte er die Worte hinzu: »O erhabener König, tugendhafter Fürst, ich bin durch deine Wohltaten und deinen Segen groß geworden, darum muß ich dir einen wichtigen Rat geben, denn wenn ich ihn dir verschwiege, so müßte ich ein Bastard sein, der Gutes mit Bösem vergilt; wenn du es befiehlst, so werde ich dir ihn offenbaren.« Der König erwiderte: »Sprich, was hast du mir für einen Rat zu geben?« Und der Wesir antwortete: » O König! wer nicht die Folgen einer Sache voraussieht, der findet am Schicksal keinen Freund; ich habe bemerkt, daß der König nicht auf dem guten Pfade geht, denn er hat seinem Feinde Gutes getan, der den Untergang seiner Regierung wünscht und seine Wohltaten mißbraucht. Ja, du hast dich ihm so sehr genähert, daß ich für dich deshalb sehr besorgt bin.« – »Wen meinst du?« sagte der König. »Wenn du schläfst, so erwache!« antwortete hierauf der Wesir, »denn ich meine den Arzt Duban, der vom Lande Suman kam.« Da fragte der König: »Und der wäre mein Feind? Der ist ja mein aufrichtigster Freund, ich achte ihn mehr als alle Menschen, denn er hat mich geheilt, nachdem alle Ärzte an meiner Krankheit verzweifelten.

Man findet in unserer Zeit seinesgleichen nicht wieder, weder im Orient noch im Okzident, nicht in der Nähe und nicht in der Ferne, und du wagst es, so etwas von ihm zu sagen? Ich werde ihm von heute an ein Monatsgehalt von 1000 Dinaren mit allen seinem Range gebührenden Ehren festsetzen, und wenn ich sogar meine Schätze und mein Königreich mit ihm teilte, so wäre es nur wenig im Verhältnis zu seinen Verdiensten; ich glaube, du sagst dies nur aus Neid, und ich fürchte, ich könnte, wenn ich deinen Rat befolge, es bereuen, wie der König Sindbad es bereute, seinen Falken getötet zu haben.«

»Um Verzeihung, o König der Zeit«, sprach der Wesir, »was ist das für eine Geschichte?« – »Folgende«, erwiderte hierauf der König.

Geschichte des persischen Königs mit seinem Falken

Ein persischer König, welcher ein großer Jagdliebhaber war, hatte einen Falken, der ihm so teuer war, daß er ihn bei Tag und Nacht in seiner Nähe hatte und sogar auf der Hand herumtrug. Sooft er auf die Jagd ging, nahm er ihn mit sich und gab ihm aus einer goldenen Schale zu trinken, die er ihm um den Hals hing. Eines Tages trat der Oberstjägermeister zu ihm herein und meldete ihm, es sei alles zur Jagd bereit. Der König machte sich auf, nahm den Falken in die Hand und zog mit seinen Leuten in ein gewisses Tal, wo die Jäger einen Kreis bildeten. Da zeigte sich eine Gazelle innerhalb des Kreises, und der König sagte: »Ich töte denjenigen, an dessen Seite die Gazelle entwischt.« Der Kreis zog sich hierauf enger zusammen und siehe da, die Gazelle trat auf den König zu, stellte sich auf die Hinterfüße und legte die Vorderfüße auf die Brust, als wollte sie vor dem König die Erde küssen. Der König neigte sich zur

Gazelle hin, diese machte aber einen Sprung über seinen Kopf, und befand sich im Freien. Als der König sich hierauf seinen Leuten zuwandte, bemerkte er, wie sie sich mit ihren Augen Zeichen gaben und nach ihm hinsahen. Er fragte seinen Wesir, was dies bedeute? Dieser antwortete: »Sie geben einander zu verstehen, wie du den mit Todesstrafe bedroht hast, der die Gazelle entwischen läßt, und nun doch selbst an ihrer Flucht schuld bist.« Da schwor der König bei seinem Haupte, er werde sie verfolgen, bis er sie fange. Alsbald setzte er ihr mit dem Falken nach, der ihr die Augen auspickte und sie blendete. Dann nahm er eine Keule, schlug sie zu Boden, zog ihr die Haut ab und befestigte sie an seinem Sattelknopf. Dies geschah an einem heißen Tage, in einer wasserlosen Wüste, so daß der König und sein Roß an Durst litten. Da erblickte er einen Baum, an welchem eine fette Flüssigkeit wie Wasser herablief. Er sammelte sie in einen Schlauch, den er mit sich führte, und füllte die Schale damit, die der Falke am Hals trug, und stellte sie vor sich hin; da stieß der Falke mit dem Schnabel daran und stürzte sie um. Der König füllte die Schale zum zweitenmal, und stellte sie vor den Falken, weil er glaubte, er sei durstig und habe trinken wollen, aber auch diesmal stieß er mit dem Schnabel daran und stürzte sie um. Der König war aufgebracht gegen den Falken, füllte die Schale zum drittenmal und reichte sie dem Pferd hin, aber der Falke stieß sie mit seinen Flügeln um. Da sprach der König: »Gott beschäme dich, du verdammter Vogel, du hast mich, dich selbst und das Pferd vom Trinken abgehalten«, und hieb ihm mit dem Schwerte die Flügel ab. Der Falke hob seinen Kopf in die Höhe und deutete nach dem Baum hin, unter welchem der König saß. Dieser blickte hinauf und sah eine Schlange und überzeugte sich, daß die Flüssigkeit das von ihr ausströmende Gift war. Jetzt bereute er es, dem Falken die Flügel abgehauen zu haben, und kehrte wieder auf seinem Pferde mit der Gazelle nach der Stelle zurück, wo er sein Gefolge gelassen hatte, gab die Gazelle dem Koch, setzte sich dann auf den Thron, mit dem Falken auf der Hand, der aber alsbald, einen schmerzlichen Ton von sich gebend, tot zur Erde fiel. Der König ergoß sich in Klagen darüber, daß er den Falken getötet, der ihm das Leben gerettet. Dies ist die Geschichte des persischen Königs. Eine andere Geschichte, die des Ehemanns mit dem Papagei, dient mir auch zur Warnung vor Übereilung.« Der Wesir bat den König, ihm auch diese Geschichte zu erzählen, und jener begann:

Geschichte des Ehemanns und des Papageien

Ich habe gehört, daß es einmal einen sehr eifersüchtigen Mann gegeben, der eine schöne, liebenswürdige und tugendhafte Frau hatte. Obschon er dieser Frau wegen sich nie auf Reisen begeben, so mußte er doch einmal eine notwendige Reise unternehmen. Da ging er auf den Geflügelmarkt, kaufte dort einen Vogel und brachte ihn nach Hause, damit er in seiner Abwesenheit als Wache dienen möchte und ihm, was in seinem Hause vorgegangen, erzähle. Dieser Papagei war sehr schlau und listig. Wie nun der Mann nach vollendeten Geschäften von seiner Reise zurückgekehrt war und den Papagei holen ließ, um ihn zu fragen, was seine Frau während seiner Abwesenheit getan, erzählte ihm derselbe, was sie jeden Tag mit ihrem Geliebten getrieben. Als der Mann dies hörte, ging er zu seiner Frau, überhäufte sie mit Schlägen und geriet in den heftigsten Zorn. Die Frau glaubte, irgendeine ihrer Sklavinnen habe sie bei ihrem Mann verraten; sie ließ daher ihre Sklavinnen eine nach der anderen kommen, aber alle schworen, daß sie zugehört, wie der Papagei ihren Mann von allem benachrichtigt habe. Als dies nun die Frau hörte, befahl sie einer Sklavin, eine Mühle zu nehmen und unter dem Käfig zu mahlen, einer anderen befahl sie, über den Käfig Wasser herunterzugießen, und einer dritten, die ganze Nacht mit einem Metallspiegel hin und her zu laufen. Ihr Gemahl war wieder abwesend in jener Nacht. Als er nun des Morgens den Papagei holen ließ und ihn fragte, was diese Nacht in seiner Abwesenheit sich ereignet, sagte dieser aus: »O mein Herr! entschuldige

mich, ich konnte nichts hören und nichts sehen vor lauter Dunkelheit und Regen und Donner und Blitz die ganze Nacht durch bis zum Morgen.« Dies war aber in der Sommerjahreszeit im Monat Tamus.* Der Mann erwiderte ihm hierauf: »Wehe dir! jetzt ist doch keine Regenzeit.« – »So ist es«, antwortete jener, »bei Gott, ich habe gesehen, was ich dir erzählte.« Nun dachte der Mann, daß der Papagei auch damals gelogen habe, als er ihm von der Untreue seiner Frau erzählt. Hierüber geriet er in Zorn, streckte die Hand nach dem Vogel aus, zog ihn aus dem Käfig, schleuderte ihn gegen den Boden und brachte ihn um. Nachdem der Papagei tot war, erfuhr der Mann erst von seinen Nachbarn, daß der Papagei wahr gesprochen von seiner Frau, sowie auch die List, die diese gegen ihn angewandt; er bereute dann, ihn umgebracht zu haben, aber seine Reue half nichts mehr. Wie mancher ist schon unschuldig zu schwerer Strafe verurteilt worden, fuhr der König fort, wie uns auch die Geschichte des Malers Mahmud lehrt. Er erzählte dann dem Wesir folgende Geschichte:

* Der Monat Tamus entspricht ungefähr dem Juli.

Geschichte Mahmuds

Ein Maler sah eines Tages bei einem seiner Freunde das Bild einer Frau, in welche er sich leidenschaftlich verliebte; er ruhte nicht eher, als bis er erfuhr, wo diejenige wohne, welche als Urbild des Bildnisses gedient hatte. Man sagte ihm, es seien die Züge einer berühmten Sängerin des Großwesirs, des Beherrschers von Indien. Alsbald begann Mahmud, so hieß der Maler, seine Reise nach Indien und gönnte sich weder Rast noch Ruhe, bevor er dort angekommen war. Er nahm seine Wohnung bei einem Salbenhändler und zog von ihm Erkundigungen ein; dieser erzählte seinem Gast, daß das Reich sehr durch die Verfolgungen beunruhigt Würde, welche der Sultan gegen die Zauberer anstellte. Zu gleicher Zeit entdeckte Mahmud, daß seine Geliebte eine der Sklavinnen des Wesirs sei, und baute darauf seinen Plan.

Mit allen einem Räuber nötigen Werkzeuge versehen, schlich er sich in einer Nacht zum Palast des Wesirs, zu welchem er vermittelst seines Seiles sehr leicht Eingang fand. Über das flache Dach fand er bald den Weg in einen Hof, von welchem aus er ein hell erleuchtetes Gemach erblickte. Er wandte sich dahin und trat in ein Zimmer; hier sah er ein Mädchen, schön wie die aufgehende Sonne, schlafend auf einem elfenbeinernen, mit Gold und Edelsteinen reich verzierten Ruhebett. Um das Bett her standen Lampen, welche nach allen Seiten hin das glänzendste Licht verbreiteten. Indem er sich ihr näherte, erkannte er sogleich, daß es seine Geliebte sei.

Darauf zog er einen Dolch aus seinem Gürtel und machte ihr an der Hand eine leichte Wunde, so daß sie erwachte. Das Mädchen war ganz außer sich vor Furcht, als sie einen Fremden mit gezücktem Dolch erblickte. Sie hielt ihn für einen Räuber, bat ihn dringend, ihr das Leben zu lassen, und bot ihm ihr Schmuckkästchen, das neben ihr stand, mit allem, was darin war, an. Mahmud nahm das Kästchen und verließ eiligst den Palast des Wesirs. – Am folgenden Morgen verkleidete er sich als Sofi, verbarg das geraubte Kästchen unter seinem Gewande und trat vor den Kaiser von Indien. »Mächtigster Herrscher der Erde«, redete er zu ihm, »ich bin ein Geistlicher aus Chorasan; der Ruf deiner hohen Tugenden ist bis zu mir gedrungen, und ich habe mich aufgemacht nach deiner herrlichen Hauptstadt, um unter dem Zepter eines so gerechten Fürsten zu leben. Als ich ans Tor kam, fand ich es verschlossen, und war so gezwungen, die Nacht vor der Stadt zuzubringen. Ich legte mich auf den Boden zum Schlafen nieder, aber bald sah ich vier Weiber, die eine von ihnen ritt auf einer Hyäne, die zweite auf einem Widder, die dritte auf einer schwarzen Hündin und die vierte auf einem Leoparden. Ich sah gar bald, daß es Zauberinnen seien; eine von ihnen nahte sich mir und trat mich mit Füßen und schlug mich mit einem Fuchsschwanz, dessen Streiche furchtbar schmerzten. Ich rief laut mehrere Male den Namen des höchsten Gottes und mit einem Messer verwundete ich sie an der Hand, worauf sie mich losließ; doch fliehend ließ sie diese kostbare Schatulle in meinen Händen, für mich hat sie freilich keinen Wert, weil ich auf alle Freuden der Welt verzichtet habe.« Nach diesen Worten übergab Mahmud dem Kaiser von Indien das Kästchen und ging hinweg. Der Kaiser erkannte es alsbald, denn er hatte erst vor wenigen Tagen seinem Großwesir ein Geschenk damit gemacht, dieser es aber wiederum seiner Lieblingssklavin gegeben.

Sie wurde nach dem Palast geholt, und als man an ihrer Hand die Wunde entdeckte, von der der Sofi gesprochen hatte, zweifelte man nicht an der Wahrheit seiner Aussage. Hierauf ward sie als Zauberin verurteilt, in einer Grube, deren steile Wände ihre Flucht unmöglich machten, zu verhungern. Kaum hatte Mahmud den glücklichen Erfolg seiner List vernommen, so eilte er nach der Grube, in welcher seine Geliebte gefangen saß, und durch Bestechung und Überredung der Wächter, welchen er sein merkwürdiges Abenteuer erzählte, gelang es ihm, sie zu befreien; doch nahmen sie ihm vorher das Versprechen ab, auf der Stelle mit ihr aus dem Lande zu fliehen. Das tat er und erfreute sich so des Besitzes seiner Geliebten.

Als der Wesir diese Geschichten angehört hatte, sprach er: »O König, was hat mir denn der Arzt Böses getan, daß ich ihn zu töten Lust haben sollte? Ich gebe dir den Rat nur aus Liebe zu dir, aus Besorgnis für dich; wenn ich nicht die Wahrheit sage, so möge es mir gehen wie jenem

Wesir, der gegen einen König einmal eine arge List gebrauchen wollte.« – »Wie war dies?« fragte der König der Griechen. Da begann der Wesir zu erzählen:

»O glückseliger König, es war einst ein König, der einen Sohn hatte, welcher ein leidenschaftlicher Jäger war, deswegen der König einem Wesir befohlen hatte, seinen Sohn überall zu begleiten, wohin er auch gehen möge. Eines Tages war der Wesir mit dem Prinzen auf der Jagd. Als sie in der Wüste waren, sah der Wesir ein wildes Tier und befahl dem Prinzen, ihm nachzujagen: der Prinz jagte ihm so lange nach, bis er die Spuren seines Weges verlor, er irrte eine Weile in der Wüste umher, ohne zu wissen, wohin er sich wenden sollte. Da sah er mit einem Male ein weinendes Mädchen, ging auf sie zu und fragte sie, woher sie komme. Das Mädchen antwortete: »Ich bin die Tochter eines Königs von Indien und reiste mit einer zahlreichen Gesellschaft. Auf einmal schlief ich ein, meine Gesellschaft ließ mich allein; ich kannte den Ort nicht, wo ich war, irrte in diesem abgelegenen Lande umher und wußte nicht, wohin ich mich wenden sollte.« Als der Jüngling dies hörte, bemitleidete er sie, ließ sie hinter sich auf sein Pferd steigen und ritt mit ihr, bis er zu einer Ruine kam. Da sagte das Mädchen: »Ich habe hier ein Geschäft.« Er ließ sie absteigen, sie trat in die Ruine und blieb eine Weile darin; der Prinz ging ihr nach, und siehe da, es war auf einmal ein Werwolf,* der zu seinen Jungen sagte: »Ich habe euch einen schönen

* Die Araber glauben, dieses dämonische Tier (arabisch ghula genannt) könne, um die Menschen irrezuführen, jede Gestalt annehmen.

fetten Jüngling gebracht«; und sie antworteten darauf: »Bring ihn uns herein, o Mutter, daß wir uns an seinem Fleisch weiden.«

Es sagt der Erzähler: Als nun der Prinz dies hörte, fürchtete er sich sehr, seine Achseln bebten, er war für sein Leben besorgt und verließ schnell den Ort; aber der Werwolf ging ihm nach und fragte ihn: »Was fürchtest du?« Der Prinz sagte: »Ich habe mich verirrt, und fürchte mich vor einem Feind.« Da versetzte der Werwolf: »Wenn du doch, wie du mir gesagt hast, ein Prinz bist, warum suchst du ihn nicht durch Geld zu versöhnen?« »Er will kein Geld«, antwortete der Prinz, »er trachtet mir nach dem Leben, obgleich ich ihm kein Unrecht getan.« Jener antwortete ihm: »Fasse nur Mut, fürchte nichts!« Der Jüngling erhob dann seine Augen zum Himmel und sagte: »O Gott! hilf mir gegen meinen Feind, du bist ja allmächtig.« Als der Werwolf dies Gebet hörte, lief er davon, und der Prinz konnte unbeschädigt zu seinem Vater zurückkehren; auch erzählte er diesem alles, was ihm widerfahren, und daß der Wesir ihn geheißen, dem Wild nachzujagen und dann zurückgeblieben sei, so daß ihm dann das Abenteuer mit dem Werwolf begegnet. Der König ließ sogleich den Wesir rufen und hinrichten. – Ebenso du, o König! Sobald der Arzt hierhergekommen war, hattest du ihm viel Gutes erzeigt und dich ihm genähert, jetzt geht er damit um, dich zu töten; denn wisse, o König, er ist ein Spion, der von einem entfernten Lande zu deinem Untergang hierhergekommen ist. Hast du nicht erfahren, wie er deinen Körper durch etwas, das er dir in die Hand gegeben, geheilt hat?« – »Das ist wahr, o Wesir«, sagte der König zornig. »Nun«, versetzte der Wesir, »es wäre leicht möglich, daß er dir etwas in die Hand gäbe, wovon du sterben müßtest.« Der König antwortete wieder zornig: »Du hast ganz recht, o Wesir, es ist so, wie du sagst! Er ist gekommen, mich zu töten, denn wer mich durch etwas heilen konnte, das ich in die Hand nahm, kann mich auch leicht durch irgendein Gift auf solche Weise töten. Aber«, fügte er noch hinzu: »o du ratgebender Wesir, was soll ich nun mit ihm anfangen?« – »Schicke zu ihm«, antwortete der Wesir, »laß ihn herkommen, und wenn erscheint, so laß ihm den Kopf abschlagen, dann bist du am Ziel deiner Wünsche und hast deinen Zweck erreicht.« – »Dies wird wohl das beste sein«, sagte der König, »so kann's nicht fehlen.« Er schickte sogleich zum Arzt Duban, welcher ganz freudig erschien, weil ihm der König so viele Gnade erwiesen und so viele Geschenke gemacht, und sprach beim Hereintreten folgende Verse:

»Wenn ich nicht jeden Tag deine Verdienste lobte, so sage mir, wem würde ich wohl meine Verse und meine Prosa weihen? Noch ehe ich um etwas bat, kamst du, fern von allen Ausreden und Entschuldigungen, mir mit deiner Gnade zuvor. Warum sollte ich dich nicht, wie du es verdienst, loben, und deine Huld, so wie ich sie im Herzen fühle, öffentlich verkünden? Ich will die Wohltaten, die du an mir ausgeübt, preisen, sie sind meiner Zunge leicht, wenn sie auch meinen Rücken beschweren.«*

»Weißt du, o Arzt,warum ich dich hierher rufen ließ?« – »Nein, o König«, antwortete der Arzt. – »Nun«, sagte der König, »ich ließ dich rufen, um dich zu töten.« Der Arzt fragte ganz erstaunt: »Warum? Was habe ich verbrochen?« – »Ich habe gehört«, sagte der König, »du seiest ein Spion und hierhergekommen, um mich zu töten, darum will ich dir zuvorkommen, ehe deine List gegen mich gelingt.« Hierauf schrie er sogleich dem Scharfrichter zu: »Schlage diesem Arzt den Kopf ab, und schaffe uns Ruhe vor den bösen Folgen, die er für uns haben könnte.« – Es sagt nun weiter der Erzähler: Als der Arzt dies hörte, wußte er, daß er schon wegen der Gunst des Königs beneidet worden, daß man sich gegen ihn verschworen und ihn verleumdet habe, um durch seinen Tod sich vor ihm Ruhe zu schaffen; er sah auch, daß der König wenig Verstand und Geist habe, er bekam Reue, als ihm nichts mehr helfen wollte, und er sprach: »Es gibt keinen Schutz und keine Macht, außer bei dem erhabenen Gott! Ich habe etwas Gutes getan und es wird mit Bösem vergolten!« Während er dies dachte, sagte der König noch einmal: »Schlage ihm sogleich den Kopf ab!« Da sprach der Arzt: »Laß mich leben, Gott wird auch dich erhalten, bring mich nicht um, sonst wird Gott auch dich töten!«

Er wiederholte dann dasselbe, wie ich es bei dir tat, o Geist! und du weigertest dich doch und wolltest mich umbringen.

* Durch die Last der erhaltenen Geschenke nämlich.

Der König sagte hierauf zum Arzt Duban: »Ich muß dich umbringen lassen, denn da du mich durch ein bloßes Anfassen geheilt, so kannst du mich auch leicht auf solche Art noch töten.« Da sprach der Arzt: »Ist das mein Lohn, o König, willst du das Gute mit Bösem vergelten?« – »Nur nicht lange gezaudert, du mußt heute noch ohne Aufschub umgebracht werden.« – Als der Arzt sah, daß es Ernst wurde, war er sehr betrübt, seufzte und weinte und machte sich Vorwürfe, Leuten, die es nicht verdienten, Gutes erzeigt und auf einen schlechten Boden Samen gestreut zu haben. Da kam der Scharfrichter herbei, verband ihm die Augen, fesselte ihm die Hände und zog sein Schwert. Der Arzt jammerte immerfort und sagte: »Bei Gott, o König, laß mich nicht umbringen, sonst wird Gott auch dich töten! Laß mich leben und Gott wird auch dich erhalten.« Dann sprach er folgende Verse:

»Ich habe guten Rat erteilt und dafür Undank geerntet. Mein Rat hat mich in die Wohnung der Verachtung gebracht, während Treulose belohnt werden. Bleibe ich leben, so will ich nie mehr einen Rat erteilen, sterbe ich, so möge jedem Ratgeber von allen Menschen geflucht werden.«

Dann sagte er noch: »Ist das mein Lohn? Du belohnst mich wie das Krokodil.« Der König sagte: »Was ist das für eine Geschichte mit dem Krokodil?« – »Ich kann dir sie jetzt nicht erzählen«, erwiderte der Arzt, »doch läßt du mich leben, so wird Gott auch dich erhalten, tötest du mich, so wird Gott dich auch töten.« Der Arzt weinte sehr; einige Vertraute des Königs standen auf und sprachen: »Verzeihe ihm, uns zuliebe, sein Verbrechen, wenn er ein solches begangen! Wir haben übrigens nichts von ihm gesehen, das eine solche Strafe verdiente.« Aber der König antwortete ihnen: »Ihr wißt nicht, warum ich ihn umbringen lasse. Ich sage euch, daß, wenn ich ihn verschone, ich gewiß selbst untergehe; wer mich durch ein äußeres Anfassen von einem Übel heilte, an dem alle Ärzte verzweifelten, kann mich auch etwas anfassen lassen, wovon ich sterbe, ich muß ihn also töten lassen, um sicher vor ihm zu sein.« Der Arzt flehte noch einmal: »Ich beschwöre dich bei Gott, laß mich leben.« Aber der König blieb dabei, ihn töten zu lassen.

Als der Arzt nun seinen Tod mit Gewißheit sah, sagte er: »O König, verschiebe nur meinen Tod, bis ich nach Hause gegangen, um anzuordnen, wie man mich beerdigen solle, Almosen verteile, Geschenke mache, unter meinen Kindern ihr Erbe verteile, meiner Frau ihr Bestimmtes gebe und meine Bücher Leuten schenke, die sie verdienen. Auch habe ich ein höchst ausgezeichnetes Buch, das ich dir schenken will, verwahre es wohl in deinem Schatze!« – »Und worin besteht der Wert dieses Buches?« fragte der König. »Es enthält unzählbare Geheimnisse. Das erste ist: wenn du mich hast umbringen lassen und das sechste Blatt öffnest und drei Zeilen von der rechten Seite liesest und mich ansprichst, so wird mein Kopf auf alle deine Fragen antworten können.« Der König war sehr erstaunt und sagte: »Das ist höchst sonderbar, dein Kopf wird mit mir reden, wenn ich das Buch öffne und drei Zeilen darin lese?« Er gab ihm dann sogleich Erlaubnis, nach Hause zu gehen. Der Arzt tat dieses, verrichtete sein Geschäft bis zum anderen Tag, dann kam er wieder in den Palast, wo die Fürsten, Wesire, Adjutanten und sonstigen Großen des Reichs alle versammelt waren. Der Arzt Duban kam mit einem alten Buche und einem Schächtelchen mit Pulver, er setzte sich und forderte eine Schüssel. Als man sie ihm gebracht, streute er das Pulver hinein und sprach: »O König, nimm dieses Buch, öffne es aber nicht, bis mir der Kopf abgeschlagen ist. Wenn dies geschehen, so lasse ihn in die Schüssel auf das Pulver setzen; das Blut wird dann sogleich gestillt werden; öffne hierauf das Buch und frage meinen Kopf, er wird dir sicher antworten. Es gibt keinen Schutz und keine Kraft, außer bei dem erhabenen Gott: doch lässest du mich leben, so wird auch Gott dich erhalten.« Aber der König sagte: »Ich werde dich um so gewisser töten lassen, damit ich sehe, wie dein Kopf mit mir sprechen wird.« Der König ließ ihm hierauf den Kopf abschlagen und nahm ihm das Buch ab. Als der Scharfrichter damit fertig war, ward der Kopf in die Schüssel auf das Pulver gedrückt, und das Blut hörte sogleich auf zu fließen. Der Arzt Duban öffnete dann die Augen und sagte: »Nun kannst du das Buch öffnen, o König!«

Der König tat es und schlug ein Blatt nach dem anderen um; da die Blätter aber aneinanderklebten, legte er den Finger an die Lippen und

benetzte ihn; so wendete er bis zum siebenten Blatte herum, fand aber nichts darin geschrieben. Darauf sagte er: »O Arzt, ich finde ja nichts in diesem Buch.« Der Kopf des Arztes antwortete: »Schlage nur weiter um!« Der König schlug immer weiter um und benetzte den Finger dabei, bis er die Arznei, mit der das Buch vergiftet war, abgerieben hatte. Auf einmal fing der König an zu wanken und Schwindel zu fühlen.

Als der Kopf des Arztes sah, daß der König der Griechen nicht mehr aufrecht stehen konnte, dachte er sich, daß er das Gift eingesogen, und sprach folgende Verse:

»Sie haben ein strenges Gericht gehalten, und noch ein wenig, so war es, als hätten sie kein Urteil gefällt. Wären sie gerecht gewesen, so wäre auch ihnen Gerechtigkeit widerfahren, ihre Gewalttat wurde ihnen aber vom Schicksal mit Elend und Tod vergolten, und nachher sagte ihnen eine bildliche Sprache: dies ist dafür – und man kann dem Schicksal keine Vorwürfe machen.«

Als der Kopf des Arztes so gesprochen, fiel der König tot hin, und auch der Kopf des Arztes blieb leblos.

Fortsetzung der Geschichte des Fischers mit dem Geiste

Der Fischer sagte hierauf zu dem Geiste: »Hätte der König den Arzt leben lassen, so hätte Gott auch ihn erhalten, weil er ihn aber umbringen ließ, hat Gott auch ihn getötet; ebenso du, o Geist, weil du mich durchaus töten wolltest, werde ich dich wieder in diese Flasche sperren und in den Abgrund des Meeres werfen.« Der Geist schrie: »O Fischer, tu dies nicht! Befreie mich und bestrafe mich nicht. Der Menschen Handlungen müssen immer edler sein als die eines Geistes, habe ich auch schlecht gehandelt, so tu du doch Gutes! Denn das Sprichwort sagt: Vergelte Böses mit Gutem, verfahre nicht wie Imama mit Ateka verfuhr.« – »Was haben Imama und Ateka getan?« – »Jetzt«, sagte der Geist, »ist nicht Zeit, davon zu reden, solang ich in diesem engen Gefängnis bin; wenn du mich freigelassen, will ich dir's erzählen.« Aber der Fischer antwortete: »Ich lasse dich nicht heraus, ich werfe dich ins Meer, denn ich habe dich lange gebeten und doch wolltest du mich schuldlos umbringen, obschon ich dich aus deinem Gefängnis befreite. Da du dies getan, weiß ich, daß du von schlechter Natur bist und von gemeinem Stoffe, du vergiltst Gutes mit Bösem; ich werde daher, wenn ich dich ins Meer geworfen habe, hier ein Haus bauen und darauf schreiben: Hier haust ein Geist; wer ihn heraufzieht, wird von ihm getötet; dann kannst du lange unten bleiben, du verächtlichster aller Geister!«

Da sprach der Geist: »Laß mich diesmal wieder frei; ich verspreche, dir gar nichts zuleid zu tun, vielmehr dir nützlich zu sein. Du sollst reich werden.« Als er darauf einen Eid geleistet und bei jenem erhabenem Namen geschworen, der auf Salomos Siegel stand, da öffnete der Fischer die Flasche, aus der wieder Rauch in die Höhe stieg, und es bildete sich ein Geist daraus; er zertrat hierauf die Flasche mit den Füßen und flog gegen das Meer hin. Als der Fischer dies sah, fürchtete er etwas Schlimmes; er verunreinigte seine Kleider und sah den Tod schon nahe, denn er hielt dieses Zertreten für ein böses Zeichen. Dann faßte er aber wieder Mut und sprach: »O Geist! du hast einen Eid geschworen, darfst also nicht treulos gegen mich werden, sonst wird es Gott auch gegen dich. Ich wiederhole dir, was der Arzt Duban sagte: Laß mich leben, Gott wird dich auch erhalten.« Der Geist lachte und sagte: »Folge mir, Fischer!« Dieser folgte ihm nun erschrocken, denn er glaubte, nicht mit dem Leben davonzukommen. Sie gingen durch die Wüste bis zu einem Berge; dort fanden sie mitten in einer großen Einöde vier kleine Hügel und zwischen diesen einen See. Der Geist blieb hier stehen und sagte dem Fischer, er solle nun sein Netz auswerfen. Dieser sah im See rote, weiße, blaue und gelbe Fische und war sehr erstaunt darüber. Dann warf er sein Netz aus, und als er es an sich zog, brachte er vier Fische heraus: einen roten, einen weißen, einen blauen und einen gelben; als er dies sah, freute er sich sehr. Der Geist sagte ihm dann: »Gehe damit hin zu deinem Sultan, er wird dich reich machen; aber fische nicht mehr als einmal am Tage. Entschuldige mich, wenn ich dich jetzt verlasse, ich weiß, nachdem ich so lang in der Tiefe des Meeres gelebt habe, mir auf der Oberfläche der Erde nicht mehr zu raten. Allah stehe dir bei!«

Hierauf stampfte der Geist mit den Füßen; die Erde öffnete sich und verschlang ihn, und der Fischer ging freudig in die Stadt zurück, verwundert über das, was ihm mit dem Geist widerfahren, und über die farbigen Fische. Er verfügte sich in den Palast des Sultans und brachte sie ihm.

Als der Sultan die Fische sah, wunderte er sich sehr darüber und sagte seinem Wesir: »Bringe sie der Köchin, die uns der König der Neugriechen geschenkt.« Der Wesir brachte sie diesem Mädchen und sagte: »Backe sie recht gut, denn es hat sie jemand dem König zum Geschenk gemacht.« Auch ließ der Sultan dem Fischer 400 Dinare geben; dieser lief damit nach Hause und fiel und stand auf und stolperte und glaubte, es sei nur ein Traum. Er kaufte dann seiner Familie, was sie bedurfte.

Dies ist's, was den Fischer angeht. Was aber die Köchin betrifft, so nahm sie die Fische und spaltete sie und salzte sie, setzte die Pfanne aufs Feuer, goß Öl hinein und wartete, bis es heiß war, warf dann die Fische hinein, ließ sie darin, bis sie auf der rechten Seite gebacken waren, und drehte sie um. Da spaltete sich auf einmal die Mauer und es kam aus der Öffnung ein schönes Mädchen heraus, von hübschem Wuchse, oval

gebildeten Wangen, ohne Tadel, die Augen mit Kohle bemalt; sie hatte ein Oberkleid von blauem Atlas an mit Kreisen aus ägyptischen Blumen, kostbare Ringe an den Ohren und am Arm, und in der Hand trug sie ein indisches Rohr. Sie steckte das Rohr in die Pfanne und sagte mit wohltönender Stimme: »O Fisch, hältst du dein Versprechen?«

Es sagt der Erzähler: Als die Köchin dies sah und hörte, fiel sie in Ohnmacht. Das Mädchen wiederholte noch einmal seine Frage, und die Fische hoben ihre Köpfe auf und sagten ebenfalls in klarer Sprache: »Jawohl, jawohl, wenn du wiederkehrst, so kehren auch wir wieder, bist du treu, so sind auch wir treu, fliehst du uns, so haben wir doch das Unsrige getan.« Sie stürzte dann die Pfanne um und ging weg, wie sie gekommen war, und die Wand schloß sich wieder. Als die Köchin wieder zur Besinnung gelangt war und die Fische ganz verbrannt und in Kohlen verwandelt fand, war sie sehr betrübt und fürchtete sich vor dem

König und sagte: »Dem König ist bei seinem ersten Kriegszug der Lanzenschaft zerbrochen.«* Als sie nun in diesem Zustande war, kam der Wesir und forderte die Fische und sagte ihr, der Sultan warte darauf. Die Köchin fing an zu weinen und erzählte dem Wesir, was ihr mit den Fischen geschehen. Er war sehr erstaunt, ließ sogleich den Fischer holen und sagte zu ihm: »Du mußt uns sogleich andere Fische, die den ersten gleichen, bringen, denn sie gefallen uns sehr.« Der Fischer nahm seine Gerätschaften, ging zu den vier Hügeln an den See, warf sein Netz aus und zog vier ähnliche Fische heraus; er kehrte dann heim und brachte sie dem Wesir. Dieser gab sie der Köchin und sagte ihr: »Backe sie nun in meiner Gegenwart, ich will die Geschichte mit ansehen.« Die Köchin reinigte die Fische, stellte die Pfanne auf und warf sie hinein. Als sie gebacken waren, öffnete sich die Wand wieder, das Mädchen kam wieder in derselben Kleidung, mit einem Rohr in der Hand, steckte es in die Pfanne und sagte: »O Fisch, hältst du dein Versprechen?« Die Fische streckten dann ihre Köpfe in die Höhe und sagten: »Wohl, wohl, kehrst du wieder, kehren auch wir wieder, bist du treu, so sind auch wir es, fliehst du uns, so haben wir doch das Unsrige getan.«

Als die Fische so gesprochen, stürzte das Mädchen die Pfanne um und verschwand durch die Spalte der Wand und diese schloß sich hierauf wieder. Da sagte der Wesir: »So etwas kann man dem König nicht verbergen.« Er ging daher zu ihm und erzählte ihm, was sich mit den Fischen zugetragen. Der Sultan rief voller Verwunderung: »Ich muß das mit meinen Augen sehen«, und schickte sogleich nach dem Fischer, zu dem er sagte: »Hole mir gleich noch vier Fische, wie die ersten, eile aber damit.« Der Fischer ging, nahm seine Gerätschaften mit an den See, fischte vier Fische von verschiedener Farbe, wie die ersten, und brachte sie dem Sultan. Dieser gab ihm wieder vierhundert Dinare, zugleich ließ er ihn streng bewachen, und sprach zum Wesir: »Geh und backe du selbst diese Fische in meiner Gegenwart!« Jener setzte nun die Pfanne

*Ein arabisches Sprichwort von einem, dem gleich der Anfang seines Unternehmens mißlingt.

aufs Feuer, nachdem er die Fische zurechtgelegt, goß Öl hinein und warf die Fische darauf, als es heiß geworden war. Sobald aber die Fische gebacken waren, spaltete sich wieder die Wand der Küche, und es kam ein schwarzer Sklave heraus, gerade als wäre es ein Berg oder ein Überbleibsel vom Stamme Aad.* Der König und der Wesir fürchteten sich vor ihm, denn er war sehr lang und breit und hatte einen grünen Ast in der Hand. Er sagte in deutlicher Sprache: »O Fische, bleibt ihr beim Versprechen?« Sie hoben ihre Köpfe auf und riefen: »Wohl, wohl, kehrst du wieder, kehren auch wir wieder, bist du treu, so sind auch wir es, fliehst du uns, so haben wir doch das Unsrige getan.« Hierauf stürzte der Sklave die Pfanne um, die Fische verbrannten und wurden zu Kohlen. Dann verschwand der Sklave durch die Wand, die sich sogleich wieder zusammenfügte. Der Sultan erschrak über diesen Vorfall und sagte: »Ich kann mich unmöglich mehr niederlegen, bis ich auf den Grund dieser Sache gekommen, es ist gewiß ein besonderes Verhältnis mit diesen Fischen.« Er ließ schnell den Fischer holen, und als dieser kam, sprach er zu ihm: »Wo hast du diese Fische her?« – »Aus einem See«, antwortete der Fischer, »außerhalb der Stadt zwischen vier Bergen.« Der Sultan fragte dann den Wesir: »Kennst du diesen See?« Er antwortete: »Ich gehe schon dreißig Jahre lang auf die Jagd, durchstreiche die Ebenen und Gebirge und habe nie diesen See gefunden.« Da fragte der Sultan den Fischer: »Wie weit ist's nach diesem See?« – »Zwei Stunden«, antwortete der Fischer. Der Sultan befahl hierauf einigen Soldaten, mit ihm zu reiten, auch den Wesir nahm er mit und der Fischer mußte vorangehen. Der fluchte dem Geist. Sie gingen bis zum Berge hin und sahen den See mit Fischen von allen Farben. Der Sultan war sehr erstaunt darüber und sagte: »Ist's möglich, daß noch niemand diesen Ort gesehen hat, da dieser See doch so nahe an der Stadt liegt?« Er fragte die Soldaten, ob einer von ihnen diesen Ort gekannt; aber alle antworteten, sie sähen ihn jetzt

* Aad ist ein Stamm, den Gott ausgerottet hat, als er dem Propheten Hud kein Gehör geben wollte, der ihn zum wahren Gottesdienste zurückzuführen sich bemühte. Alle Leute dieses Stammes waren von riesenhafter Gestalt.

zum erstenmal. Da schwor der Sultan: »Beim erhabenen Gott: ich gehe nicht in die Stadt zurück, bis ich weiß, was das für ein See und für bunte Fische sind.« Er befahl dann, abzusteigen und die Zelte aufzuschlagen, dann stieg er selbst ab und blieb bis zur Nacht. Jetzt rief er seinen Wesir, der ein sehr erfahrener und vielwissender Mann war; er ging nämlich heimlich zu ihm, ohne daß die Soldaten es merkten, und sprach: »Ich will etwas tun, das ich dir mitteilen will; ich will mich nämlich von den übrigen absondern, um zu sehen, was dies für Fische sind. Ich gehe nun fort. Morgen sagst du den Truppen und hohen Beamten: ich sei krank und es könne niemand vorgelassen werden; du wohnst indes in meinem Zelt, und ich bleibe drei Tage lang weg, nicht länger.« Der Wesir sagte: »Es soll alles so besorgt werden.« Dann umgürtete sich der Sultan mit seinem Schwerte, ging fort und schlug den Weg jenseits des Berges ein, bis der Morgen zu leuchten anfing. Als die Sonne aufging, sah er in der Ferne etwas Schwarzes, er freute sich und dachte, vielleicht finde ich jemanden, der mir Auskunft geben kann. Er ging darauf zu und siehe da, es war ein Schloß, aus schwarzen Steinen gehauen und mit eisernen Platten belegt, das unter einem glücklichen Gestirne gebaut war.

Das Schloß hatte ein Tor, von welchem ein Flügel durch den anderen Flügel geschlossen war. Der König freute sich und klopfte leise, hörte aber keine Antwort; er klopfte noch einmal etwas stärker, hörte wieder nichts und erblickte auch niemanden. Da dachte er, ohne Zweifel ist dieses Schloß unbewohnt; er machte sich dann Mut, ging in einen Gang und schrie: »O Bewohner des Schlosses! hier ist ein fremder, bittender und hungriger Reisender; habt ihr wohl etwas Lebensmittel? der Herr aller Sklaven wird euch reichlich dafür belohnen.« Er wiederholte dies zum zweiten und dritten Male, hörte aber keine Antwort. Dann faßte er stärkeren Mut, schritt durch den Gang ins Innere des Schlosses, drehte sich rechts und links um und sah niemand, bemerkte aber, daß das Schloß mit seidenen Teppichen, worauf goldene Sterne gestickt, bedeckt war, er sah auch schöne Vorhänge und Polster und Sofas. Mitten im Saale war ein großer Raum, ringsherum Diwans und Nischen und Nebenzimmer; auch war ein Springbrunnen da mit vier goldenen Löwen, die aus dem Rachen Wasser spien, das so klar wie Perlen und Edelsteine war. Es flogen allerlei Vögel im Saale herum, die ein goldnes Netz nicht entwischen ließ. Der König war sehr erstaunt, niemand hier zu finden, den er ausfragen konnte; er setzte sich auf die Seite des Saals und hörte dann eine seufzende Stimme aus traurigem Herzen, welche sang:

»O Schicksal, du schonst mich nicht und hast kein Erbarmen; mein Leben schwebt ja zwischen Qualen und Gefahr. Habt ihr nicht Mitleid mit einem Großen seines Volks, der im Bunde der Liebe erniedrigt wurde, mit dem Reichsten unter seinem Volke, der verarmte? Ich war eifersüchtig auf die Luft, die euch anwehte, aber wo das Schicksal niederfällt, da verdunkelt sich das Gesicht. Was nützt die Kunst des Schützen, wenn er dem Feinde begegnet, die Sehne aber in dem Augenblick zerreißt, da er den Pfeil schleudern will? wenn dann ganze Scharen sich um den Tapfern häufen, wie sollte er dem Schicksal entfliehen?«

Als der König diese Verse und ein lautes Weinen gehört, ging er der Stimme nach und fand einen Vorhang an der Tür eines Zimmers hängen, hob ihn auf und sah darin einen Jüngling, auf einem eine Elle hohen Thron sitzend. Er war ein hübscher Jüngling von regelmäßigem Wuchs, klarer Sprache, leuchtender Stirne, frischen Haarlocken, roten Wangen, darauf hatte er ein Fleckchen wie Ambra, gleichwie der Dichter sagte:

»Er war hübsch gewachsen, durch seine Haare und seine Stirne wandelte die Welt zugleich in Licht und Dunkelheit. Verleugnet nicht das braune Fleckchen auf seiner Wange, denn auch die Anemone hat ein solches.«

Der König freute sich und grüßte den Jüngling, der einen seidenen Mantel mit goldnen ägyptischen Stickereien anhatte; auf seinem Haupte trug er eine ägyptische Krone. Man merkte ihm aber an, daß er traurig war und geweint hatte; er erwiderte freundlich des Königs Gruß und sagte: »Du verdienst mehr, als daß ich vor dir aufstehe, drum entschuldige mich.« – »Ich entschuldige dich, o Jüngling!« sprach der Sultan, »ich bin hier dein Gast und komme in einer wichtigen Angelegenheit zu dir. Du sollst mir nämlich über den See und die farbigen Fische Auskunft geben, über dieses Schloß, das du allein bewohnst, ohne daß dir jemand Gesellschaft leistet, sowie auch über die Ursache deines Weinens.« Als

der Jüngling dies hörte, flossen seine Tränen auf seine Wangen und seine Brust, er sprach dann folgende Verse:

»Sagt denen, die vom Schicksal mißhandelt worden, wie viele Unglücksfälle hat es schon verbreitet! Wenn du auch schläfst, so schläft das Auge Gottes nicht; wem waren wohl die Zeiten immer günstig? wem dauerte die Welt ewig?«

Er weinte dann wieder heftig, und der König wunderte sich darüber und fragte nochmals: »O Jüngling, warum weinst du?« Da antwortete er: »Wie soll ich nicht über meine Lage weinen?« Er hob den Saum des Kleides auf und der König sah, wie er halb Mensch und halb ein schwarzer Stein war.

Der König war sehr betrübt und niedergeschlagen über diesen Anblick und sagte: »O Jüngling, du hast meinen eigenen Kummer noch vermehrt, ich wünschte über die Fische Nachricht zu bekommen, nun muß ich auch noch nach deiner Geschichte mich erkundigen, es gibt keinen Schutz und keine Macht außer bei Gott. O Jüngling, erzähle mir schnell.« Nun sagte der Jüngling: »Leihe mir dein Gesicht und dein

Gehör, denn es hat sich eine wunderbare Geschichte mit mir und diesen Fischen zugetragen; wenn sie mit einer Nadel in den Augenwinkel gestochen wäre, so würde sie eine Belehrung für jeden abgeben, der sich belehren möchte.«

Geschichte des versteinerten Prinzen

Wisse, o Herr! mein Vater war König dieser Stadt, sein Name war Sultan Mahmud, er regierte ungefähr 70 Jahre lang über die Inseln dieser Berge. Als er starb, regierte ich an seiner Stelle und heiratete meine Muhme, die mich so sehr liebte, daß, wenn ich nur einen Tag von ihr abwesend war, sie weder aß und trank, bis ich wieder bei ihr war; sie lebte auf diese Weise fünf Jahre mit mir. Eines Tags ging sie ins Bad, ordnete ein Nachtessen an, dann kam ich in dieses Schloß und schlief hier, an dem Orte, wo du jetzt dich befindest; ich ließ zwei Sklavinnen zu mir kommen, mich zu beräuchern. Eine saß mir zu Häupten und die andere zu Füßen. Es war mir nicht recht wohl, ich konnte nicht schlafen, obschon meine Augen geschlossen waren, ich atmete schwer. Da hörte ich, wie die eine Sklavin zur anderen sagte: »O Masuda! sieh unseren armen Herrn! Schade für seine Jugend, die er mit unserer verfluchten Herrin zubringen muß.« – »Schweige!« sagte die andere, »Gott verdamme die Verräterinnen und Buhlerinnen. Es paßt wirklich ein junger Mann, wie unser König, nicht zu dieser Metze, die keine Nacht zu Hause schläft.« – »Aber unser Herr ist sehr dumm«, versetzte die erstere wieder, »er sollte es doch merken, wenn er nachts erwacht und sie nicht neben sich findet.« – »Weh dir«, sagte die zweite, »Gott verdamme die Metze, unsere Gebieterin, die gibt ihm einen Schlaftrank, daß er wie ein Toter schläft, dann geht sie aus, bleibt bis morgens weg, wo sie erst ihren Mann aufweckt mit Räucherwerk, das sie ihm vor

seine Nase hält. Schade um ihn!« – »Als ich«, sagte der Jüngling, »dies Gespräch der beiden Sklavinnen hörte, ward ich sehr aufgebracht. Wie nun meine Frau aus dem Bade kam, konnte ich die Nacht nicht erwarten, wir ließen den Tisch bereiten, aßen ein wenig, gingen dann zu Bett, sie reichte mir wieder einen Schlaftrank, ich tat, als wenn ich tränke, goß ihn aber aus, dann stellte ich mich, als wenn ich schliefe, und streckte mich auf dem Lager aus. Da sprach sie: »Schlafe! o möchtest du nie mehr erwachen! Bei Gott, deine Gestalt ist mir zum Ekel, ich bin deiner satt.« Sie stand dann auf, kleidete sich an, beräucherte sich, umgürtete mein Schwert, öffnete die Türe und ging hinaus; ich stand auf und folgte ihr durch die ganze Stadt nach bis ans Tor, ohne daß sie mich bemerkte, sie sagte am Tor etwas, das ich nicht verstand, die Riegel fielen und das Tor öffnete sich von selbst, sie ging zum Tor hinaus, ich folgte ihr, bis sie zwischen einigen Schutthaufen an eine kleine Hütte aus Ziegelsteinen kam, ich stellte mich auf das Dach der Hütte und belauschte sie, und siehe da, meine Frau stand vor einem alten schwarzen Sklaven, der auf einem Bündel Rohr saß, ganz in Lumpen gekleidet. Sie küßte die Erde vor ihm. Der Sklave hob seinen Kopf zu ihr auf und sagte: »Wehe dir, wo bleibst du so lange? Soeben waren unsere schwarzen Vettern da, und haben sich jeder mit seinem Liebchen vergnügt, und haben getrunken, ich wollte nichts trinken, weil du abwesend warst.« Da sagte meine Frau: »O mein Herz! Geliebter meines Herzens! weißt du nicht, daß ich mit meinem Vetter verheiratet bin? daß ich die Welt hasse, weil ich ihn sehen muß; wenn ich nichts für dich fürchtete, so ließe ich die Sonne nicht aufgehen, ehe ich seine Stadt verwüstet hätte, daß Nachteulen und Raben darin herumschrien und Füchse und Wölfe darin wohnten; ich würde ihre Steine hinter den Berg Kaf* werfen.« – »Du lügst«, sagte der Schwarze, »du Verdammte! Ich schwöre dir bei der Ehre der Schwarzen, daß wir von dieser Nacht an nicht mehr mit unseren Vettern zusammenkommen, ich werde gar nicht mehr dein Freund sein und dich nicht mehr berühren. Du Verdammte spielst nur so mit uns; sind wir denn nur für deine Lust da, du Übelriechende!« Als ich hörte, wie er mit ihr umging, ward die Welt ganz schwarz vor mir, ich wußte nicht mehr, wo ich war. Meine Frau fing an zu weinen und sagte zu dem Schwarzen: »O Geliebter meines Herzens! was bleibt mir, wenn du mir zürnst? wer nimmt mich auf, wenn du mich verjagst? O mein Geliebter! mein Herz! mein Augenlicht!« Sie hörte nicht auf, vor ihm zu weinen und zu flehen, bis er wieder gut war; da freute sie sich, legte einige Kleider ab und sagte: »Mein Herr! hast du nichts zu essen für deine Sklavin?« Er antwortete: »Decke dieses Becken auf!« Sie deckte es auf und fand darin ein Stück von einer Maus; dieses aß sie, dann sagte er ihr: »In diesem Topf ist noch Bier, trinke es!« Sie trank, wusch ihre Hand, setzte sich dann zu ihm auf das Bündel Rohr mitten unter den Lumpen. Ich stieg vom Dache herunter, nahm das Schwert, mit dem meine Frau gekommen, und schwang es, um beide zu töten; ich schlug zuerst den Schwarzen auf den Hals und glaubte schon mit ihm fertig zu sein, aber ich durchschlug nur die Haut,

* Der Berg Kaf ist nach orientalischen Begriffen das Ende der Welt.

das Fleisch und die Kehle, es waren jedoch die Halsadern nicht durchschnitten. Ich glaubte indessen doch, ihn getötet zu haben, er schrie laut auf und meine Frau fiel seitwärts so, daß sie hinter mir war; ich legte dann das Schwert nieder an seine Stelle, kehrte zur Stadt zurück, ging ins Schloß, begab mich in mein Bett und blieb bis zum Morgen liegen. Als meine Frau zurückkam, sah ich, daß sie ihre Haare abgeschnitten und Trauerkleider angezogen hatte; sie sagte mir: »O mein Vetter, wirst du dich wohl dem, was ich tue, widersetzen wollen? Wisse, ich habe Nachricht erhalten, daß meine Mutter gestorben ist, daß mein Vater im heiligen Kriege umgekommen, daß einer meiner Brüder durch einen Schlangenbiß und ein anderer durch einen Sturz das Leben verloren; ich muß daher weinen und trauern.« Als ich dies hörte, ließ ich sie gehen und sagte ihr: »Tu, was du willst, ich werde dich nicht hindern.« Sie verharrte nun ein volles Jahr in Weinen und Trauern.« Nach einem Jahr sprach sie zu mir: »Ich möchte, daß du mir im Hause eine Grabstätte mit einem Zimmer bauen ließest, damit ich darin allein trauern könnte, ich würde es das Trauergebäude nennen.« Ich sagte ihr wieder: »Tu, was dir gut dünkt!« Jetzt erteilte sie sogleich Befehl, ließ sich das Trauerhaus bauen, und in dessen Mitte eine Kuppel errichten. Den Sklaven aber brachte sie in die Grabeshöhle. Diesem war nicht mehr zu helfen. Er lebte zwar, denn seine Zeit war nicht abgelaufen, auch konnte er noch trinken, aber vom Tage an, wo ich ihn verwundet hatte, nicht mehr sprechen. Meine Frau besuchte ihn nun morgens und abends, und weinte und brachte ihm Wein und Fleischsuppen. So verging ein ganzes Jahr, in welchem ich alles dieses mit Geduld ertrug. Nach diesem Jahre ging ich ihr einmal nach, ohne daß sie es merkte: ich hörte, wie sie weinte und sagte: »O mein Geliebter! o mein Herz! Warum muß ich das von deiner Liebe erfahren? warum sieht dich mein Auge nicht immer und warum in einem solchen Zustand? warum sprichst du nicht mit mir, o sage mir doch etwas!«, dann fügte sie noch folgende Verse hinzu:

»Ein Tag der Wunscherfüllung ist der, an welchem ich eure Nähe gewonnen, ein Tag des Unheils der, an welchem ihr euch von mir trennt. Wenn ich in der größten Angst und Furcht übernachte, so ist mir eure Nähe doch süßer als die gewisseste Sicherheit.«

»Lebte ich im schönsten Wohlbehagen und besäße ich die ganze Welt, das Reich der Chosroen, so würde ich es doch nicht so hoch als den Flügel einer Mücke anschlagen, wenn mein Auge dich nicht sähe.«

Als sie dies vollendet hatte, sagte ich zu ihr: »Muhme, höre doch einmal auf zu trauern! Du hast genug vergebens geweint.« Sie antwortete mir: »Widersetze dich meinem Willen nicht, sonst bringe ich mich um.« Ich schwieg und überließ sie ihrem Zustand; sie aber fuhr wieder ein Jahr fort zu trauern und zu weinen. Nach dem dritten Jahr, an einem Tage, wo ich gerade eines unangenehmen Ereignisses willen im Zorne war, ging ich ihr wieder nach, denn nun dauerte mir diese Qual doch zu lange; ich fand sie bei der Grabeshöhle unter der Kuppel und hörte, wie sie sagte: »Werde ich denn, o mein Herr, kein einziges Wort mehr von dir vernehmen? nun gibst du mir schon drei Jahre keine Antwort.« Dann vernahm ich folgende Verse von ihr:

»O Grab! o Grab! haben seine Reize aufgehört zu sein? ist seine blühende Gestalt von dir gewichen? O Grab, du bist ja doch kein Himmel und kein Lustgarten, wie kann Sonne und Mond sich in dir vereinigen?«

Mein Zorn nahm überhand, als ich dies hörte, und ich rief: »Wehe! wie lange wird noch dieser Schmerz dauern.« Dann aber sprach ich folgende Verse:

»O Grab! o Grab! haben seine Unvollkommenheiten noch nicht aufgehört? hat sein abscheulicher Blick sich von dir gewandt? O Grab! du bist ja doch kein Teich und kein Topf, wie kann Schmutz und Ruß sich in dir vereinigen?«

Als sie meine Verse hörte, stand sie auf und sagte: »Wehe dir! du Hund! du hast mir dies getan, du hast den Geliebten meines Herzens verwundet und hast mich um seine Jugend durch seinen Tod gebracht. Nun ist er schon drei Jahre weder tot noch lebendig.« Ich antwortete: »O du abscheulichste, du schmutzigste Dirne unter allen, die Schwarze lieben! Freilich habe ich dies getan.« Jetzt entblößte ich mein Schwert und ging auf sie zu, um sie umzubringen; als sie dies sah, rief sie lachend:»Ziehe dich zurück, wie ein Hund! was vorüber ist, kehrt nicht mehr wieder, bis die Toten wiederbelebt werden. Gott hat mir Macht gegeben über den, der mir etwas getan, worüber in meinem Herzen ein unauslöschliches Feuer entbrannte.« Sie stellte sich dann aufrecht auf die Füße, sprach etwas, das ich nicht verstand, und rief: »Werde durch meine Kraft und meinen Zauber halb Stein und halb Mensch!« – Ich ward nun sogleich, wie du mich jetzt siehst, o Herr! Betrübt und niedergeschlagen, kann ich weder stehen noch sitzen, noch schlafen, ich bin nicht tot bei den Toten und lebe nicht mit den Lebendigen.«

»Als ich so war, wie du mich jetzt siehst«, erzählte der verzauberte Mann ferner, »erhob sich meine Frau und verzauberte die Stadt mit allen Gärten und Marktplätzen, und dies ist der Ort, wo jetzt deine Zelte mit den Truppen sind. Die Bewohner der Stadt waren Muselmänner, Christen, Juden und Feueranbeter. Sie verzauberte nun die Muselmänner in weiße Fische, die Feueranbeter in rote, die Christen in blaue und die Juden in gelbe, ebenso verwandelte sie die Inseln in vier Berge, die sie mit einem See umgab. Aber dies genügte ihr noch nicht. Nun kommt sie noch jeden Tag, entkleidet mich, gibt mir hundert Streiche, bis mein Blut fließt und meine Schultern wund sind; dann umkleidet sie meinen Oberleib mit einem härenen Stoffe und hüllt darüber dieses Ehrenkleid.« Der junge Mann weinte hierauf und sprach folgende Verse:

»Ich trage standhaft deinen Beschluß und dein Urteil, o Gott! Ich habe Geduld, wenn du an diesem Zustande Wohlgefallen hast; man hat mir Unrecht und Gewalt angetan, doch wird vielleicht das Paradies mir meinen Verlust ersetzen. Gewiß, mein Herr, entgeht deinem Auge kein Übeltäter, ich bete daher zu dir, schütze mich gegen das Unrecht meiner Quäler.«

Der Sultan sprach zu dem verzauberten Manne: »Du hast zwar meine Wißbegierde gestillt, doch meinen Kummer nur noch vermehrt: wo, junger Mann, ist sie und wo ist der Sklave?« – »Mein Herr«, antwortete hierauf der junge Mann, »der Sklave liegt in der Grabstätte unter der Kuppel, und sie ist in dem Saale, dieser Tür gegenüber; sie besucht den Sklaven täglich bei Sonnenaufgang, und wenn sie dann zurückkommt, gibt sie mir die hundert Prügel; ich schreie und weine, kann mich aber

nicht bewegen, um sie zu bändigen, ich habe keine Kraft, mich zu verteidigen, weil die eine Hälfte meines Körpers aus Stein und nur die andere Hälfte aus Fleisch und Blut ist. Nach meiner Züchtigung geht sie dann wieder zum Sklaven, gibt ihm Wein und Fleischbrühe zu trinken, und am Morgen früh kehrt sie erst wieder zurück.« Da sprach der König: »Bei Gott! junger Mann, ich werde hier etwas tun, was lange nach mir allenthalben erzählt werden wird.« Er setzte sich hierauf nieder und unterhielt sich mit dem jungen Manne bis zur Nacht. Sie schliefen dann bis an den Morgen, da machte sich der König auf, legte einen Teil seiner Kleider ab, zog sein Schwert aus der Scheide und ging zur Grabstätte. Hier erblickte er viele Wachskerzen und Lampen, Weihrauch, wohlriechende Öle und andere Aromen: er schritt auf den Sklaven zu, tötete ihn und warf ihn in einen Brunnen, der im Schlosse war. Dann zog er des Sklaven Kleider an, legte sich tief in die Grabeshöhle, behielt aber immer sein bloßes Schwert unter den Kleidern. Nach einer Weile kam die verruchte Zauberin, und das erste, was sie tat, war, ihren Vetter zu entkleiden und ihn tüchtig durchzuprügeln. Ihr Vetter schrie: »O wehe, Muhme, habe Mitleid mit mir, ich habe genug gelitten, der Zustand, in dem ich mich befinde, genüge dir!« Sie aber antwortete: »Hast du wohl mit meinem Geliebten Mitleid gehabt?«

Als die Zauberin ihren Vetter geschlagen, bis sie müde war und das Blut von seinen Seiten herabfloß, kleidete sie ihn in ein härenes Kleid, legte ein linnenes darüber und ging dann zum Sklaven. Sie nahm, wie gewöhnlich, Wein und Fleischbrühe mit, und als sie unter die Kuppel trat, fing sie an zu weinen und zu schreien: »O Geliebter, es war doch sonst deine Gewohnheit nicht, mir deine Nähe zu versagen; o stoße mich nicht länger zurück! besuche mich wieder, denn dein Besuch gibt mir Leben. O nahe dich mir! die Trennung ist doch nicht in deiner Gewohnheit: bleibe nicht fern von mir, denn unsere Feinde frohlocken über uns! O mein Herr, sprich mit mir!« Sie fügte diesen Klagen noch folgende Verse hinzu:

»Wie lange noch diese Zurückhaltung? diese Pein? habe ich noch nicht genug Tränen vergossen?«

»O mein Geliebter! sprich doch mit mir! sage mir doch etwas! o meine Seele, antworte mir doch!« Da sprach der König mit schwerer Zunge und tiefer Stimme, so wie die Schwarzen reden: »Ach! ach! ach! es gibt keinen Schutz und keine Macht, außer bei dem erhabenen Gott.« Als sie ihn sprechen hörte, freute sie sich so sehr, daß sie in Ohnmacht fiel; als sie wieder zu sich gekommen, sprach sie: »O mein Herr! hast du wirklich mit mir gesprochen? ist es wahr, daß du mich angeredet?« Da erwiderte der König: »Du Verfluchte! verdienst du wohl, daß jemand dich anrede?« Sie fragte: »Warum dies?«, und er antwortete: »Du quälst deinen Gemahl den ganzen Tag, er schreit immer um Hilfe, so daß ich gar nicht schlafen kann, er weint und klagt von abends bis morgens und flucht dir und mir. Nun ist mir dies schon längst zum Überdruß und höchst lästig; und wäre dies nicht, ich wäre längst wieder genesen; das ist die Ursache, warum ich dir so lange nicht geantwortet und nichts mit dir gesprochen habe.« Sie antwortete hierauf: »Mit deiner Erlaubnis, mein Herr, will ich ihn befreien«; und da er zu ihr sagte: »So befreie ihn denn, daß wir einmal Ruhe vor ihm bekommen«, so ging sie hinaus, nahm eine Schüssel voll Wasser, sprach etwas darüber, bis es zu kochen und aufzuwallen anfing, wie ein Topf am Feuer; sie bespritzte hierauf ihren Gemahl damit und sprach: »Bei der Wahrheit dessen, was ich eben gesehen und gesprochen, hat dich Gott so geschaffen oder aus Zorn dir diese Gestalt gegeben, so verändere dich nicht, bist du aber durch meine Zauberkunst so geworden, so nimm durch die Kraft des Schöpfers der Welt deine frühere Gestalt wieder an!«

Sogleich erhob sich der junge Mann ganz aufrecht, freute sich seiner Befreiung und daß er lebte, und rief: »Gott sei gelobt!« Die Frau aber sagte ihm: »Geh von mir hinweg und komme nie wieder hierher: sobald ich dich wiedersehe, töte ich dich.« Als er weggegangen war, kehrte sie zur Kuppel zurück, trat in die Grabeshöhle hinunter und sagte: »O mein Herr, komme doch heraus, damit ich deine schöne Gestalt wiedersehe.« Der König antwortete wieder in einer Sprache, die der eines Schwarzen glich: »Wohl hast du jetzt mir vor einem Zweige Ruhe verschafft, nun aber schaffe mir auch Ruhe vor dem Stamme!« Sie antwortete: »O mein Herr! was ist denn der Stamm?« – »Wehe dir!« versetzte er, »du Verruchte, es sind die Bewohner der Stadt der vier Inseln! denn jede Nacht um Mitternacht strecken die Fische ihre Köpfe in die Höhe, schreien um Hilfe und fluchen mir; darum kann ich nicht gesund werden. Gehe also schnell hin und befreie sie, kehre dann wieder zurück; gib mir die Hand und hilf mir aufstehen, denn schon sehr nahe bin ich wieder der Genesung.« Als sie dies hörte, freute sie sich mit der guten Botschaft und sprach: »Recht gern, mein Herr! im Namen Gottes, mein Herz!« Sie machte sich dann auf, ging zum See und nahm ein wenig Wasser daraus und sprach einiges über das Wasser, da fingen die Fische an zu tanzen, ihr Zauber löste sich und die Stadtbewohner standen wieder da, kauften und verkauften, gaben und nahmen. Sie kehrte jetzt wieder zur Kuppel und sprach: »O mein Herr! gib mir deine edle Hand und steh auf!« Da sagte der König mit tiefer Stimme: »Komm näher!« Sie trat näher zu ihm hin. »Komm noch näher!« rief er wieder. Als sie nun hierauf ganz nahe zu ihm hinging, bis sie ihn berührte, sprang der König auf, spaltete sie mit dem Schwerte in zwei Teile und warf sie so geteilt auf den Boden, dann ging er hinaus und fand den entzauberten Mann, der ihn erwartete und den er zu seiner Rettung beglückwünschte. Der junge Mann küßte die Hand des Sultans, dankte ihm und wünschte ihm viel Gutes. Der König fragte ihn: »Willst du in deiner Stadt bleiben oder willst du mit mir in meine Stadt kommen?« Da erwiderte der junge Mann: »O Herr der Zeit und Meister deines Jahrhunderts, weißt du wohl, wie weit von meiner Stadt zu der deinigen ist?« – »Eine halbe Tagesreise«, antwortete der König. Aber der junge Mann sagte ihm: »Erwache doch! man braucht ein volles Jahr von deiner Stadt zur meinigen; nur als du hierherkamst, war die Stadt verzaubert und der Weg dahin so nahe. Jetzt kann ich dich keinen Augenblick verlassen.« Da sagte der König: »Gelobt sei Gott, der dich mir beschert, du sollst nun mein Sohn werden, da ich noch in meinem Leben mit keinem Sohne beschenkt worden bin.« Sie umarmten sich, küßten sich, dankten einander und freuten sich. Als sie miteinander ins Schloß kamen, sagte der entzauberte König den Großen und Ausgezeichneten seines Reichs, daß er nun eine Reise machen wolle; er packte dann ein, was er für die Reise brauchte. Die Fürsten und Kaufleute der Stadt brachten ihm alles, was er bedurfte, und er machte zehn Tage lang seine Vorbereitungen zur Reise. Dann reiste er ab mit dem Sultan, dessen Herz sich nach seiner Residenz sehnte, von der er so lange abwesend war. Er nahm fünfzig Sklaven mit und hundert Ladungen an Geschenken, Vorräten und Gütern. Die Sklaven mußten sie auf der Reise bedienen, die sie ein ganzes Jahr lang, Tag und Nacht, fortsetzten.

Gott hatte ihnen eine glückliche Reise bestimmt. Sie langten in der Stadt an und ließen sogleich dem Wesir sagen, daß der Sultan glücklich angekommen sei. Der Wesir, alle Truppen und die größte Zahl der Einwohner zogen höchsterfreut dem Sultan entgegen, denn schon hatten sie alle Hoffnung verloren, ihn jemals wiederzufinden. Sie schmückten die Häuser der Stadt und breiteten seidene Teppiche auf den Boden aus. Nachdem die Truppen alle vorübermarschiert waren, blieb der Wesir beim Sultan, es verbeugten sich aber alle vor dem Sultan und brachten ihm ihre Glückwünsche dar. Der König setzte sich auf den Thron und sagte seinem Wesir alles, was dem jungen Manne widerfahren, er erzählte ihm auch, was er selbst dessen Muhme getan, und wie er dadurch jenen und die ganze Stadt befreit habe, weshalb er ein ganzes Jahr abwesend geblieben. Der Wesir wandte sich hierauf zum jungen Manne und wünschte ihm Glück zu seiner Rettung. Der König bestätigte dann die Verweser und Adjutanten, einen jeden in seinem Range, verteilte Ehrenkleider und machte viele Geschenke; er schickte auch nach dem Fischer, der die Ursache der Befreiung des jungen Mannes und der Einwohner gewesen war. Als jener erschien, beschenkte er ihn und fragte ihn, ob er Kinder habe. Nachdem dieser geantwortet, er habe einen Sohn und zwei Töchter, mußte er sie gleich holen, der König heiratete die eine und der junge Mann die andere. Hierauf machte der König den Fischer zu seinem Schatzmeister. Dem Wesir verlieh er eine Ehrenkette und schickte ihn als Sultan in die Stadt der schwarzen Inseln, nachdem er ihn hatte schwören lassen, daß er ihn besuchen wolle. Die fünfzig Sklaven, die er mitgebracht hatte, gab er ihm mit und viel Volk, und die übrigen Großen und Statthalter wurden reichlich beschenkt. Der Wesir verabschiedete sich dann, küßte dem König die Hand und reiste ab; der Sultan und der junge Mann blieben in der Stadt, und der Fischer ward einer der reichsten Leute jener Zeit und seine Töchter waren alle mit Königen verheiratet.

Die Sultanin Scheherazade fuhr fort, den Sultan mit ihren schönen Geschichten zu unterhalten und begann nun die Geschichte vom Zauberpferde.

Geschichte vom Zauberpferde

Herr! man erzählt: Es herrschte einmal vor undenklichen Zeiten ein König in Persien, namens Sabur, der war der größte und mächtigste unter allen Herrschern seiner Zeit und besaß unermeßliche Länder und Reichtümer, die von einer zahllosen Armee verteidigt wurden. Er war aber ebenso berühmt wegen seiner schönen Tugenden als wegen seiner furchtbaren Macht und Größe, denn er war nicht allein ein Mann von ausgebreiteten Kenntnissen, gewandt und voll Unternehmungsgeist, sondern sein Herz war auch ebenso weich und teilnahmsvoll als sein Verstand scharf und durchdringend; seine Hand war ebenso mildtätig und freigebig gegen die Armen als für den Bösen furchtbar und strafend. Er war ein Trost für den Unglücklichen und Beladenen, und der Verstoßene und Verfolgte fand stets eine Freistätte bei ihm. Seine Verwandten liebte er zärtlich, gegen die Fremden war er milde, und nie wurde ein Fall bekannt, daß ein Unterdrückter ihn vergebens um Recht gegen die Gewalt angefleht hätte. Er war Vater von drei Mädchen und einem Sohne. Dieser König feierte jährlich zwei Feste, Niradj und Mihrdjan. An diesem Festtage pflegte er alle seine Paläste zu öffnen, Geschenke zu machen, Amnestien zu veröffentlichen, Pförtner und andre Aufseher zu entfernen, so daß alle seine Untertanen freien Zutritt zu ihm hatten, um ihn zu begrüßen, zu beglückwünschen und Geschenke darzubringen. Dieser König war ein großer Liebhaber von Philosophie und Geometrie. Nun traf es sich an einem dieser Festtage, daß drei äußerst gelehrte und erstaunlich weise Männer mit kostbaren bewunderungswerten Geschenken in seine Stadt kamen. Sie waren alle drei aus verschiedenen Ländern und sprachen auch verschiedene Sprachen. Der eine war ein Inder, der andere ein Grieche und der dritte ein Perser. Der Inder ging zuerst zum König, warf sich vor ihm nieder und übergab ihm, indem er zum Feste Glück wünschte, ein höchst bewunderungswürdiges Geschenk. Es war eine mit kostbaren Edelsteinen verzierte goldene Bildsäule, die ein goldenes Horn in der Hand hielt. Nachdem der König dasselbe von allen Seiten genau betrachtet hatte, sagte er zu dem Inder: »Weiser Mann, zu welchem Zweck soll dies dienen?« – »Herr«, erwiderte der Inder, »dies Bildnis hat die Eigenschaft, daß, wenn ein Spion in die Stadt kommt, es sogleich in das goldene Horn stößt. Der Spion wird sogleich zu zittern anfangen und tot niederfallen.« Der König, im höchsten Grade überrascht von den Worten des Inders, sagte zu ihm: »O Weiser! bei Gott! wenn du wahr sprichst, so werde ich all deine Wünsche erfüllen.« Hierauf trat der griechische Weise vor, warf sich dem König zu Füßen und überreichte ihm ein silbernes Becken, in dessen Mitte ein goldener Pfau saß, rundherum umgeben von 24 Jungen. Nachdem der König es betrachtet hatte, fragte er den Weisen, was der Zweck dieses Werkes sei. »Herr!« erwiderte der Grieche, »dieser Pfau hier wird nach Verfluß jeder Stunde eines seiner Jungen picken und so die Tageszeit anzeigen. Nach einem Monat aber wird er jedesmal den Schnabel öffnen, und darinnen wird der Mond erscheinen.« Als der König das hörte, sagte er: »O Weiser, sprichst du wahr, so soll jeder deiner Wünsche erfüllt werden.« Sodann trat der persische Weise hervor, beugte sich zur Erde und überreichte dem König ein Pferd aus Ebenholz, mit Gold und Edelsteinen beschlagen, vollkommen ausgerüstet, mit prächtigem königlichem Sattel, Zaum und Steigbügeln, und dem nur die Sprache fehlte. Der König war sehr erstaunt beim Anblick dieses kunstreich gebildeten Pferdes und fragte, wozu dieses leblose Pferd diene. »Mein Gebieter!« antwortete der Weise, »dieses Pferd legt mit seinem Reiter in einem Tag eine Strecke von einem Jahre zurück, denn es fliegt durch die Luft.« Der König war im höchsten Grade erstaunt über das Zusammentreffen dieser drei Wunder an einem Tage und sagte zu dem Perser: »Bei dem erhabenen Gott, dem Schöpfer und Erhalter der Menschen durch Getränke und Nahrung, wenn du die Wahrheit gesprochen hast und deine Rede sich bewährt, so gewähre ich dir im voraus jede Bitte, die du an mich stellen magst.« Er bewirtete dann die Weisen drei Tage lang, um ihre Gaben zu prüfen. Jeder brachte sein Werk mit und machte den König mit dessen Bewegungen bekannt. Das Bildnis stieß alsbald ins Horn, der Pfau pickte die Jungen und der Weise schwang sich aufs Pferd, stieg in die Höhe und ließ sich wieder herunter. Der König geriet beinahe außer sich vor Freude und sagte zu den Weisen: »Ihr habt eure Versprechen erfüllt und die Wahrheit eurer Worte durch die Tat bewiesen; nun ist es an mir, auch mein Versprechen in Erfüllung gehen zu lassen. Fordere jeder von mir, was er will, er soll es auf der Stelle haben.« – Die Weisen hatten aber schon von den drei Prinzessinnen gehört, sie sagten daher: »Wenn der König, unser Herr, mit uns zufrieden ist, unsere Geschenke annimmt und uns erlaubt, etwas zu erbitten, so möchten wir, daß der König, der doch gewiß sein Wort nicht brechen wird, uns seine drei Töchter gebe und uns zu seinen Schwiegersöhnen annehme.« Der König sagte: »Ich werde eurer Bitte willfahren«, und er ließ sogleich beim Kadi die Ehekontrakte abfassen.«

Die Prinzessinnen hatten aber hinter einem Vorhange dem Schauspiele zugesehen, und als die jüngste ihren künftigen Gemahl, den Perser, betrachtete, entdeckte sie, daß er ein hundertjähriger Greis war, mit einer Stirne voll Runzeln und Falten, mit borstigem Haupthaare, während die Haare der Augenbrauen und des Bartes ausgefallen waren. Seine Augen waren rot und triefend, und seine Wangen so abscheulich gelb und eingefallen, daß man jeden Knochen seines Gesichts sehen konnte. Er hatte eine Nase wie Bedindjan*; seine paar Zähne waren teils ausgefallen, teils locker; seine Lippen blau und lappig, wie Kamelnieren, und seine ganze Haut eingeschrumpft und lederfarben. In der Tat, er war ein Wunder von Häßlichkeit und von einer ganz unbekannten Rasse; der abscheulichste unter allen Menschen, glich er ganz und gar einem Teufel, so daß selbst die Vögel vor ihm in ihr Nest flohen. Das Mädchen aber war das schönste und liebenswürdigste ihrer Zeit; niedlicher als eine Gazelle, zarter als ein Zephir, übertraf sie den Mond an Glanz und milder Schönheit; sie beschämte alle Baumzweige, wenn sie sich sanft wiegte, und keine Gazelle kam ihr gleich in der Geschwindigkeit und Kühnheit der Wendungen. Sie war schöner und anmutiger als ihre Schwestern.

Als diese Prinzessin nun ihren Bräutigam sah, eilte sie in ihr Gemach, streute Erde auf ihr Haupt, zerriß ihre Kleider und fing an unter lautem Weinen und Wehklagen sich Gesicht und Brust zu zerschlagen. Ihr Bruder, der sie weit mehr als seine anderen Schwestern liebte, kam eben von der Reise zurück. Wie er nun ihr Geschrei und Weinen hörte, eilte er zu ihr hinein, schlug sich an die Brust und fragte sie, was ihr denn zugestoßen sei, sie solle ihm die Wahrheit sagen und nichts verhehlen. Sie brach in die Worte aus: »Mein teurer Bruder! Gewiß, wenn deinem Vater

* Ein Gemüse in der Form von Gurken.

durch mich das Schloß zu eng geworden, will ich es gerne verlassen. Hat er an mir etwas seiner Tochter Unwürdiges gesehen, will ich mich von ihm entfernen, oder will er nicht länger mehr für mich sorgen, so gibt es für mich ja einen Gott, der mich führen und nicht verlassen wird.« Ihr Bruder, der den Sinn dieser Reden nicht recht begreifen konnte, bat sie, ihm das alles deutlicher zu sagen, denn noch wisse er den Grund nicht, warum sie so bewegt und betrübt sei. Sie antwortete: »Wisse, teurer Bruder! mein Vater hat mich mit einem Zauberer verlobt, der ihm ein schwarzes hölzernes Pferd geschenkt und ihn mit seiner Zauberkunst überlistet hat. Ich aber mag diesen Alten nicht, ich will nicht seinetwillen auf die Welt gekommen sein.« Ihr Bruder sprach ihr Trost und Mut ein, verließ sie dann und eilte zu seinem Vater, den er fragte: »Wer ist der Zauberer, mit welchem du meine jüngste Schwester verlobt hast, und was hat er dir für ein Geschenk gemacht, daß du seinetwillen deine Tochter vor Gram sterben lassen willst? Das soll nicht sein!« Der Weise, der diese Rede mit anhörte, ergrimmte in seinem Herzen über den Prinzen. Der König aber sprach zu seinem Sohne: »Wenn du das Pferd und seine Kunst gesehen haben wirst, so wirst du vor Erstaunen fast den Verstand verlieren.« Er befahl dann den Dienern, es herbeizuführen, und als der Prinz es sah, gefiel es ihm, und da er ein guter Reiter war, schwang er sich sogleich in den Sattel und stieß ihm die Steigbügel in den Leib.* Als sich aber das Pferd nicht von der Stelle bewegte, sprach der König zu dem Weisen: »Geh und zeige ihm, wie man es in Bewegung setzt, dann wird er sich wohl deinem Wunsche nicht mehr widersetzen.« Der Weise, der schon einen tödlichen Haß auf den Prinzen geworfen hatte, ging zu ihm hin, und zeigte ihm einen Wirbel an der rechten Seite des Pferdes, welcher dazu diente, das Pferd steigen zu machen, und verließ ihn. Der Prinz rieb den Wirbel und nun stieg das Pferd mit ihm in die Höhe und flog mit so reißender Schnelligkeit dahin, daß er bald gar nicht mehr gesehen wurde. Der König ward besorgt um seinen Sohn und fragte den Weisen: »Wie kann er nun aber das Pferd wieder zur Erde lenken?« »Herr«, ver-

* Bekanntlich dienen im Orient die spitzigen Steigbügel auch als Sporen.

setzte der Weise, »diese Kunst besitze ich nicht, auch ist's seine und nicht meine Schuld, wenn du ihn bis zum Auferstehungstag nicht mehr wiedersiehst. Aus Dünkel und Hochmut verschmähte er, mich zu fragen, auf welche Weise das Pferd dahin gebracht wird, wieder niederwärts zu fliegen, und ich selbst dachte im Augenblick nicht daran, es ihm zu sagen.« Der König geriet über diese Worte in so heftigen Zorn, daß er den Weisen schlagen und einsperren ließ. Er selbst riß die Krone von seinem Haupte, schlug sich ins Gesicht und auf die Brust, jammerte und weinte. Die Tore des Palastes wurden geschlossen und alle Festlichkeiten eingestellt; nicht allein der König, seine Gemahlin und Töchter waren von diesem großen Unglück so schmerzlich berührt, sondern auch alle Stadtbewohner teilten ihren Kummer über den Verlust des Prinzen. So war auf einmal Lust in Trauer, und Glück in Unglück verwandelt, und aus einem Freudentage ein Trauertag geworden.

Der Prinz ward indessen von dem Pferde bis in die Nähe der Sonne emporgetragen, er war dem Tode nahe und war darauf gefaßt, zwischen den Himmelskörpern umzukommen. Da dachte er: wenn ich doch sterben muß, so will ich wenigstens sehen, ob der, welcher den Wirbel zum

Aufsteigen gemacht, nicht auch einen gemacht hat, durch welchen das Pferd dazu gebracht wird, daß es sich wieder herablasse. Der Prinz war nämlich ein kluger, scharfsinniger und entschlossener Mann. – Er streckte daher seine Hand nach der linken Seite des Pferdes aus und fand einen zweiten Wirbel, den er sogleich rieb. Augeblicklich bemerkte er auch, daß das Pferd sich niedersenke: und als er wieder rieb, erblickte er bald die Erde und so näherte er sich der Erdoberfläche immer mehr, und er war außer sich vor Freude und dankte Gott für seine Rettung. Dann rieb er wieder den rechten Wirbel ein wenig und flog in geringer Höhe weiter. Als es Abend war, erblickte er ein hohes Schloß, mitten in einer blühenden Ebene, durch die murmelnde silberklare Bäche flossen, wo herrliche Blumen standen und muntere Gazellen umhersprangen. Gleich darauf sah er eine große Stadt, mit einer festen Zitadelle, Türmen und hohen Mauern, und auf der anderen Seite der Stadt war ein sehr hohes und festes Schloß, um welches er vierzig bepanzerte Sklaven mit Schwertern, Bogen und Lanzen bewaffnet, umhergehen sah. Er dachte bei sich selbst: o wüßte ich doch nur, in welchem Lande ich mich befinde; nach einigem Nachdenken aber entschloß er sich, die Nacht auf der Terrasse des Schlosses zuzubringen und sich nach und nach mit den Bewohnern desselben zu befreunden. Sogleich bemühte er sich nun, das Pferd nach dem Schlosse hinzulenken und es auf die Terrasse niederzulassen. Die Nacht war schon hereingebrochen, als ihm dies gelang und er äußerst hungrig und durstig abstieg. Er untersuchte die Terrasse von allen Seiten, bis er endlich eine Treppe fand, die in das Innere des Schlosses hinabführte. Er stieg die Treppe hinunter, und kam auf einen Platz vor der Türe des Schlosses, dessen Boden mit weißem Marmor gepflastert, vom Monde beleuchtet war; hier sah er sich überall um und bemerkte ein Licht, das aus dem Inneren des Schlosses schimmerte. Als er darauf zuging, kam er an eine Türe, vor welcher ein Sklave schlief, gleich einem von Solimans Geistern, lang wie ein Baum und breit wie eine steinerne Bank. Zu seiner Seite brannte ein Licht und lag ein Schwert, das wie eine Feuerflamme funkelte; nebenan aber stand ein Tischchen mit steinernen Pfeilern. Der Prinz zauderte einige Augenblicke, bald aber faßte er sich und sprach: »Ich rufe Gott um Hilfe an!

Du, o Gott, der du mich soeben vom Untergang befreit hast, gib mir nun auch die Kraft, mir über dieses Schloß Auskunft zu verschaffen.« Mit diesen Worten streckte er die Hand nach dem Tischchen aus, ergriff es und ging damit auf die Seite, hob die Decke weg und fand herrliche Speisen, und aß und trank, bis er satt war. Dann ruhte er ein wenig aus, trug das Tischchen wieder an seinen vorigen Platz, nahte sich auf den Zehen dem Schlafenden und zog ihm das Schwert aus der Scheide. Damit ging er vorwärts, ohne zu wissen, was die Bestimmung über ihn verhängen werde; bald erblickte er wieder eine Türe, welche mit einem Vorhang bedeckt war. Er ging darauf zu, hob den Vorhang auf und trat in das Zimmer, wo ein Thron aus weißem Elfenbein stand, mit Perlen, Rubinen und anderen Edelsteinen besetzt, und an dem Fuße desselben lagen vier schlafende Sklavinnen; er näherte sich dem Throne, um zu sehen, wer auf ihm liege, und fand ein schlafendes Mädchen, schön wie der leuchtende Mond, von ihren langen Haaren umwallt. Er bewunderte ihre Schönheit und Anmut, ihren Wuchs und ihr Ebenmaß. Ihre Stirne leuchtete wie der Mond, ihre Wangen, von einem zarten Male angehaucht, glichen Anemonen. Als der Prinz sie sah, kümmerte er sich nicht mehr um Gefahr und Tod. Er näherte sich ihr zitternd und bebend und küßte sie auf ihre rechte Wange. Sie erwachte sogleich und öffnete ihre Augen und blickte den Prinzen an, der ihr zu Häupten stand, und sagte zu ihm: »Wer bist du, Jüngling, und wo kommst du her?« Er antwortete: »Ich bin dein Sklave und dein Geliebter.« »Wer aber hat dich hierher gebracht?« sagte die Prinzessin weiter. »Mein Gott und mein Schicksal«, erwiderte der Prinz.

Die Prinzessin, welche ihr Vater mit einem der vornehmsten Männer der Stadt verlobt hatte, glaubte, der Prinz sei ihr Verlobter. Sie betrachtete ihn näher und da er schön wie der leuchtende Mond war, breitete sich über ihr Herz das Netz der Liebe wie ein flammendes Feuer aus und sie begann sich mit ihm traulich zu unterhalten. Plötzlich erwachten die Sklavinnen und als sie den Prinzen neben ihrer Herrin sitzen sahen, riefen sie: »O Herrin! wer ist denn der junge Mann, der bei dir ist?« – »Ich weiß es nicht«, antwortete die Prinzessin; »ich habe ihn so bei mir gefunden, als ich erwachte. Ohne Zweifel ist es mein Verlobter.« Die Sklavinnen aber sagten: »O Herrin, beim erhabenen Gott! dein Verlobter kann nicht einmal dieses Mannes Diener sein.« Und mit diesen Worten gingen sie zu dem noch immer schlafenden Sklaven, weckten ihn auf und riefen ihm zu: »So bewachst du das Schloß, daß Leute hereinkommen, während wir schlafen?« Als der Sklave dies hörte, sprang er erschrocken auf und wollte nach seinem Schwert greifen, da er es aber nimmer fand, ging er voll Angst und Betäubung zu seiner Herrin. Sowie er den Prinzen neben der Prinzessin sitzen sah, rief er ihm entgegen: »Wer hat dich hierher gebracht, du Betrüger! du Dieb! du niedrig Geborener!« Bei diesen Schimpfreden sprang der Prinz mit dem Schwerte in der Faust wie ein Löwe auf; aber der Sklave entfloh und eilte zitternd und bebend in die Gemächer des Königs und erzählte ihm, was vorgefallen. Der König erschrak, machte sich auf, ergriff sein Schwert und sagte zu dem Sklaven: »Wehe dir! du Hund, was ist das für eine schlimme Nachricht?« »Herr«, erwiderte der Sklave, »der Schlaf hat uns überwältigt und als wir erwachten, sahen wir auf einmal einen Mann von vornehmem Aussehen und schöner Gestalt neben meiner Gebieterin sitzen; weder ich noch eine der Sklavinnen konnten begreifen, wie er hereingekommen, ob er von oben oder von unten gekommen ist.« Der König eilte selbst mit dem Schwerte in der Hand in die Gemächer der Prinzessin, um diesen Vorfall zu untersuchen. Als er in ihr Zimmer trat und den Prinzen neben seiner Tochter sitzen sah, geriet er in eine unglaubliche Wut; er zog sein Schwert, drang auf ihn ein und wollte ihm den Kopf spalten. Der Prinz aber hob sich von dem Throne, streckte ihm sein Schwert entgegen und sagte: »Beim erhabenen Gott! wäre mir dies Haus nicht durch meinen Eintritt heilig, so würde ich dich denen, die in deiner Väter Gruft liegen, nachsenden.«

Der König sagte: »Wer bist du, Betrüger? und wer ist dein Vater, daß du es wagen darfst, in solchem Tone mit mir zu reden und meine Tochter in ihrem Schlosse zu überfallen? Weißt du nicht, daß ich der größte König der Erde bin? Bei dem erhabenen Gott, ich will dich der Welt zum Beispiel und Schrecken den martervollsten Tod sterben lassen, du Dieb! du niedrig Geborener!« Der Prinz lächelte und sagte: »Herr! du setzt mich in Erstaunen durch deinen schwachen Verstand und dein grobes Benehmen! Könntest du dich auch meiner bemächtigen und mich umbringen lassen, was würde es dir nützen? Würden da die Leute nicht sagen, der König hat einen jungen Mann bei seiner Tochter gefunden und ihn töten lassen. So würde Spott und Schande über dich kommen, und kein Mensch mehr Ehrfurcht vor dir haben. Übrigens sind wir auch Könige und Söhne von Königen, und wenn wir wollten, wäre es uns ein leichtes, dich vom Throne ins Verderben zu stürzen! Doch Gott sei davor, daß je etwas Böses von mir bekannt werde. Kannst du übrigens deiner Tochter einen besseren Mann wünschen? Und wenn sie Prinzessin ist, so bin ich ein Sohn des Königs von Persien!« Der König fragte ihn: »Warum aber bist du nicht, wie es Sitte ist, zu mir gekommen und hast um sie angehalten?« Der Prinz erwiderte: »Was geschehen ist, ist

geschehen. Doch will ich dir einen Vorschlag machen. Laß von deinen Truppen versammeln, soviel du willst, und ich will ganz allein gegen sie kämpfen; werde ich besiegt, so geschieht es, weil ich eine Schuld begangen, schlage ich sie aber in die Flucht, so wird man mich wohl nicht mehr mit Geringschätzung behandeln. Menschen kann man nicht wie Korn abmähen und messen.« Der König war sehr zufrieden mit dem Vorschlag, der ihn aus der Verlegenheit riß, wie er den Prinzen töten lassen solle, ohne sich und seine Tochter in Schande zu bringen. »Es sei so!« sprach er, versammelte, sobald der Tag anbrach, seine Truppen und stellte sie in Schlachtordnung, und befahl, den Prinzen herbeizuführen und ihm ein Pferd und Waffen zu bringen. Der Prinz aber sagte: »Ich will mein eigenes Pferd besteigen; befehle nur, daß man es von der Terrasse, wo es angebunden ist, herabhole.« Als das Pferd herbeigeführt wurde, bewunderte der König die Schönheit und künstliche Arbeit desselben. Der Prinz bestieg es, und die Truppen umringten ihn von allen Seiten, um ihn zu erschlagen. Der Prinz drehte den Wirbel an der rechten Seite des Pferdes, und augenblicklich erhob es sich in die Luft wie ein Vogel. Der König rief immer: »Ergreift ihn.« Die Soldaten aber sagten: »O König, wen sollen wir ergreifen? bei dem erhabenen Gotte! der ist ein Teufel, ein abtrünniger Geist! Gelobt sei Gott, der dich von ihm befreit hat!« Der König und seine Truppen kehrten verwirrt und betäubt ins Schloß zurück. Der König ging in die Gemächer der Prinzessin und erzählte ihr das Vorgefallene, dann schimpfte er über den Prinzen und sagte: »Gott verdamme diesen schlechten, betrügerischen Zauberer!« Der König glaubte nämlich, durch solche Reden seine Tochter trösten zu müssen, und ahnte nicht, daß ihr Herz für den Prinzen in Liebe entbrannt war. Als er aber die Tränen sah, die ihren Augen entquollen, suchte er sie zu beruhigen und verließ sie. Die Prinzessin aber brach nun in lautes Weinen und Jammern aus und konnte weder essen noch trinken, noch schlafen.

Der Prinz Kamr al Akmar (Mond der Monde, so hieß er) durchflog indessen die Luft, bis er in das Land seines Vaters kam. Er ließ sich auf der Terrasse seines väterlichen Schlosses nieder und stieg vom Pferde; wie er die Treppe in das Schloß hinunterging, fand er Asche auf die Pfosten des Schlosses gestreut, so daß er glauben mußte, es sei jemand von seinen Verwandten gestorben; er eilte in die inneren Gemächer nach seiner Gewohnheit, und hier fand er seinen Vater, seine Mutter und Schwestern in Trauerkleider gehüllt, mit bleichen, schmerzentstellten Gesichtern. Sein Vater sah ihn zuerst; er stieß einen lauten Schrei aus und fiel in Ohnmacht; und als er nach einer Weile wieder zu sich kam, drückte er seinen Sohn an seine Brust. Die Königin und die Prinzessinnen, welche dies vernahmen, stürzten auf ihn zu, umarmten und küßten ihn und fragten ihn unter Tränen, wie es ihm ergangen sei. Er erzählte ihnen alles, was ihm begegnet war, von Anfang an bis zum Ende. Als er seine Erzählung geschlossen hatte, sagte sein Vater: »Gelobt sei Gott, der Erhabene, für deine Rettung, du Freude meines Auges und Leben meines Herzens!« Die Nachricht durchflog schnell die Stadt und verbreitete überall Jubel und Freude; man schlug Trommeln und Pauken und verwechselte die Trauerkleider mit Freudenkleidern; die Stadt wurde festlich geschmückt, und die Leute drängten sich herbei, um dem König Glück zu wünschen. Dieser ordnete große Festlichkeiten an, erließ alle Strafen, ließ alle Gefangenen frei und gab sieben Tage und sieben Nächte lang Mahlzeiten, bei denen jedermann essen und trinken und sich ergötzen konnte. Dann ritt der König mit seinem Sohne durch die Straßen, damit alle Leute ihn sehen und sich seiner erfreuen konnten. Als die öffentlichen Festlichkeiten zu Ende waren, gingen die Stadtbewohner wieder nach Hause, der König aber begab sich mit seinem Sohne ins Schloß. Da sie nun so bei Tische saßen und aßen und tranken und sich belustigten, ergriff eine schöne Sklavin, die Meisterin im Lautenspiele war, die Laute, schlug die Saiten und sang folgende auf die Trennung bezügliche Verse:

»Glaube nicht, daß ich in der Ferne deiner vergesse; denn was könnte ich noch denken, wenn ich dich vergäße? Die Zeit vergeht, aber meine Liebe zu dir ist ewig. Mit ihr werde ich sterben, und mit ihr werde ich wieder auferstehen!«

Als der Prinz diese Verse hörte, ward sein Herz ganz entzündet von der Flamme der Sehnsucht; Schmerz und Trauer überwältigten seine Seele, und er verließ seinen Vater heimlich, bestieg das Pferd aus Ebenholz und flog auf ihm in einem fort, bis er das Schloß der Prinzessin erblickte. Er ließ sich wieder auf der Terrasse nieder und stieg dieselbe Treppe wie früher hinab, wo er auch den Sklaven, wie das erste Mal, schlafend fand; leise ging er an ihm vorbei auf den Vorhang zu, der die Türe des Schlafgemachs der Prinzessin bedeckte; er blieb ruhig hinter dem Vorhange stehen und lauschte. Diese fand er laut weinend und jammernd und Verse rezitierend. Die Mädchen wurden durch das laute Schluchzen und Weinen der Prinzessin aus dem Schlafe aufgeweckt und sagten zu ihr: »O Gebieterin, warum doch grämst du dich so über einen, der deinen Gram nicht mit dir teilt?« Die Prinzessin aber sagte: »O ihr unverständigen Mädchen, ist das ein Mann, den man wieder vergessen kann?« Und nun brach sie wieder von neuem in Jammern und Weinen aus, bis sie endlich einschlief. Der Prinz hörte und sah das alles von der Türe aus mit an, und sein Herz pochte so heftig, und seine Brust war beklommen. Er trat in das Zimmer und ging zu dem Throne, wo die Prinzessin lag, und zog sie an der Hand. Die Prinzessin erwachte sogleich bei dieser Berührung, und wie sie die Augen aufschlug, sah sie den Prinzen vor ihr stehen. Der Prinz sagte zu ihr: »Warum weinst du und bist so traurig?« Als sie ihn erkannte, sprang sie auf, fiel ihm um den Hals, küßte ihn und sagte: »Deinetwegen, weil ich von dir getrennt bin.« Der Prinz sagte: »Laß das Geschehene, ich bin jetzt sehr hungrig und durstig.« Sie ließ sogleich Speisen und Getränke auftragen und unterhielt sich dann mit ihm bis tief in die Nacht hinein. Als der Morgen anbrach, stand er auf, um Abschied von ihr zu nehmen, ehe der Sklave erwachte. Schems ulnahar (so hieß sie) fragte ihn: »Wohin gehst du?« – »Zu meinem Vater«, sagte er, »doch verspreche ich dir, jede Woche einmal zu dir zu kommen.« Sie aber sagte:

»Ich beschwöre dich bei dem erhabenen Gott, nimm mich mit dir, wohin du auch gehen magst, und laß mich nicht ein zweites Mal die Bitterkeit der Trennung kosten.« Der Prinz sagte: »Willst du mit mir ziehen?« Und als sie mit einem Ja antwortete, sagte er: »So erhebe dich, daß wir abreisen.« Schems ulnahar eilte sogleich nach einer Kiste und zog die kostbarsten, mit Gold und Juwelen besetzten Gewänder an. Dann gingen sie leise, ohne daß die Mädchen etwas merkten, hinaus und kamen

so auf die Terrasse und stiegen beide auf das Ebenholzpferd. Der Prinz rieb dann den Wirbel, worauf das Pferd wie ein Vogel durch die Lüfte flog, bis sie sich über der Hauptstadt des Königs von Persien befanden. Der Prinz ließ das Pferd in einem Garten außerhalb der Stadt langsam nieder, hob die Prinzessin herab und führte sie in ein Lusthaus und sagte: »Bleibe du einstweilen hier, ich will zu meinen Eltern gehen und sie von deiner Ankunft benachrichtigen. Die Wesire und die ganze Armee sollen dir entgegeneilen und mit Pracht und Glanz vor dir herziehen.« Hierauf eilte er zu seinem Vater und erzählte ihm sein ganzes Abenteuer. Der König und die Königin freuten sich sehr, und er gab sogleich Befehl, alles zusammenzurufen, und alle Leute strömten hinaus nach dem Garten.

Der persische Weise, den der König bei der ersten Rückkehr des Prinzen wieder in Freiheit gesetzt hatte, hielt sich gewöhnlich beim Gärtner auf und ging oft in dem Garten ein und aus. So traf es sich denn, daß er an dem Tage, wo der Prinz mit der Prinzessin ankam, sie sah und den Prinzen erkannte. Er näherte sich dem Lusthause und fand ein Mädchen, schöner als die leuchtende Sonne, und neben ihr stand das Pferd von Ebenholz. Da dachte er: »Bei dem erhabenen Gott, dieser junge Mann hat mein Herz in Flammen gesetzt wegen seiner Schwester, ich will ihm jetzt Gleiches mit Gleichem vergelten und dieses Mädchen mit meinem Pferde zugleich entführen.« Er klopfte dann an die Türe des Gemaches, und als die Prinzessin fragte, wer da sei, antwortete er: »Dein Sklave und dein Diener. Dein Herr schickt mich zu dir und läßt dich bitten, mir zu folgen; ich soll dich auf dem Pferde der Stadt näher bringen, weil meine Herrin, die Königin, nicht so weit gehen kann und sich doch so sehr darauf freut, dich zu sehen und zu begrüßen, daß sie sich niemand zuvorkommen lassen will.« Die Prinzessin zweifelte nicht im mindesten an der Wahrheit dieser Botschaft und öffnete die Türe, wie sie aber seine häßliche Gestalt, seine abscheuliche Gesichtsfarbe und Züge sah, sagte sie: »Hat meine Herrin keinen feineren Diener als dich, um mich zu ihr zu bringen?« Der Perser antwortete: »Meines Herrn Sklaven sind alle einer schöner als der andere, aber aus Eifersucht wählte er mich aus den Sklaven, den du hier vor dir siehst, denn ich bin einer seiner ältesten Diener.« Die Prinzessin fand dies alles wahrscheinlich. Sie schwang sich aufs Pferd, und der Perser saß hinter ihr auf, rieb den Wirbel, so daß sich das Pferd in die Lüfte schwang und die Richtung nach China nahm.

Zu gleicher Zeit, wo der Weise die Prinzessin entführte, brach der Zug zu ihrem Empfang von dem Palaste auf. Unter dem Schall von Trommeln, Pauken und Trompeten zog der Prinz mit seinem Vater, seiner Mutter, den Wesiren an der Spitze der Truppen in den Garten ein. Der Prinz trat zuerst in das Lusthaus, um seine geliebte Prinzessin zu holen, als er aber das Gemach leer fand, warf er seinen Turban auf die Erde und schlug sich ins Gesicht und auf die Brust. Als er den Gärtner bemerkte, schrie er ihn an: »Du Betrüger, wo ist die Prinzessin, was hast du mit ihr begonnen? Sage mir die Wahrheit oder ich schlage dir den Kopf vom Rumpfe!« Der Gärtner, der in der größten Verlegenheit war, sagte: »Mein Herr! du sprichst da von etwas, wovon ich gar nichts weiß. Bei meinem Leben und dem geehrten Barte deines Vaters! ich weiß nicht, was du meinst, und habe nichts gesehen von dem, weshalb du mich in Verdacht hast.« Er fragte dann den Gärtner, wer heute in den Garten gekommen sei. Dieser antwortete: »Niemand als der persische Weise.« Der Prinz wußte, als er dies hörte, daß der persische Weise die

Prinzessin entführt, er geriet ganz außer sich und schämte sich auch vor den Leuten. Nach einigem Nachdenken sagte er zu seinem Vater: »Gehe du mit den Truppen in die Stadt zurück, ich weiche nicht von hinnen, bis ich im klaren über diese Sache bin.« Sein Vater schlug sich weinend auf die Brust und sagte: »Mein Sohn! fasse dich und tröste dein Herz, und wähle dir eine Prinzessin zur Gattin von allen Prinzessinnen der Erde.« Der Prinz aber antwortete nicht hierauf, sondern ließ ihn allein in die Stadt zurückkehren. Und so ward die Freude wieder in Trauer verwandelt.

Um aber wieder auf den persischen Weisen zurückzukommen, so lenkte dieser das Zauberpferd in China zur Erde und stieg mit der Prinzessin in einer grünen Ebene unter einem Baum an einer Quelle ab. Als sie sich hier niedergelassen hatten, fragte die Prinzessin: »Wo ist dein Herr, und wo ist sein Vater und seine Mutter?« Er antwortete: »Gott verdamme sie alle; jetzt bin ich dein Herr. Dies Pferd hier gehört mir, ich habe es gemacht. Glaube nur nicht, daß du den Prinzen je wiedersehen wirst, ich bin besser als er und werde jeden deiner Wünsche befriedigen und dich kleiden, wie du es verlangst; ich bin ein reicher Mann und besitze nicht nur viele Sklaven und Sklavinnen, sondern auch viele Güter, und mein Einkommen ist unermeßlich.« Er scherzte dann mit ihr und suchte sich bei ihr einzuschmeicheln, aber sie stieß ihn fünfhundert Meilen weit von sich weg und fing an zu seufzen und zu weinen. Der Weise lag zu Boden und schlief ein. (Möge Gott ihn nie wieder aufrichten!) Durch die Bestimmung des erhabenen Gottes traf es sich nun, daß der König von China gerade in jener Gegend jagte, und da ihn große Hitze sehr durstig machte, suchte er diese Quelle unter dem Baume auf, um seinen Durst zu löschen und auszuruhen. Als er hier ein weinendes Mädchen sah mit einem Pferde an der Seite, während der Weise auf einer anderen Seite hingestreckt lag, bewunderte er ihre Schönheit und ward ganz entzückt von ihr. Als er sie eine Weile betrachtet hatte, stieß er den Weisen mit dem Fuße, bis er sich erhob, dann fragte er ihn, wer das Mädchen sei, das er mit sich führe. Er antwortete: »Sie ist meine Frau.« Die Prinzessin sprang bei diesen Worten auf, küßte die Steigbügel des Königs und sagte: »Er lügt, o Herr! und ist ein listiger Zauberer, der

mich durch List und Verrat gestohlen hat.« Der König von China sagte: »Gebt diesem Alten sogleich die Bastonade und führt ihn gefesselt ins Gefängnis.« Die Diener des Königs vollstreckten diesen Befehl. Der König kehrte dann an ihrer Seite nach der Stadt zurück. Unterwegs fragte er sie, was denn das für ein Pferd sei. Die Prinzessin antwortete: »O Herr! auf dem hölzernen Pferde ritt er vor den Leuten und machte allerlei Kunststücke darauf.« Wie der König das hörte, befahl er seinen Dienern, das Pferd in die Schatzkammer zu führen. Er gab die Jagd auf und sagte: »Wir sind ausgegangen, wilde Tiere zu jagen, und haben dafür eine menschliche Gazelle gefangen.« Er war sehr heiter und vergnügt, als er in seinen Palast kam, ließ er der Prinzessin sein Gemach anweisen, und noch am selben Abend ging er zu ihr, um ihr seine Hand anzubieten. Die Prinzessin stellte sich aber wahnsinnig. Sie schlug die Hände zusammen, stampfte mit den Füßen und zerriß unter wilden Schreien ihre Kleider; der Sultan verließ höchst verwirrt und betrübt über diesen Krankheitsanfall ihr Gemach, stellte Frauen zu ihrer Bedienung auf, und verschwendete viel Geld an Ärzte und Astrologen, die die Prinzessin von ihrer Verstandsverwirrung heilen sollten.

Während das mit der Prinzessin vorfiel, wanderte der Prinz von einem Land zum andern, und durchstreifte alle Städte, bis ihn das Allwissende und Allhörende wie durch einen Zufall nach China führte. Er kam in die Hauptstadt und als er die Basare und öffentlichen Plätze besuchte, um zu hören, womit die Leute sich unterhalten, hörte er mehrere Leute auf dem Basar von dem König und einem Mädchen sprechen, das man allgemein bedauerte. Er näherte sich den Leuten und ersuchte sie, ihm diese Begebenheit auch mitzuteilen. »Wisse«, sagte der eine von ihnen, »unser König ging vor einiger Zeit auf die Jagd, da sah er ein schönes Mädchen mit einem alten Manne und neben ihnen stand ein Pferd von schwarzem Holze. Als der König den Alten nach dem Mädchen fragte, sagte dieser: »Sie ist meine Frau.« Das Mädchen aber schrie: »Bewahre Gott, er lügt und ist ein Zauberer, der mich listigerweise aus meines Vaters Hause entfernt hat.« Der König ließ den Alten ins Gefängnis werfen; das hölzerne Pferd befahl er in seine Schatzkammer zu führen; das Mädchen aber nahm er mit sich ins Schloß und wollte sie heiraten. Da ward das Mädchen plötzlich verrückt und besessen. Seit einem Jahre wendet der König alles für Ärzte und Astrologen auf, aber noch hat sich keiner gefunden, der ihr hätte helfen können.« Als der Prinz diese Erzählung hörte, war er außer sich vor Freude und rief: »Gott sei gelobt und gepriesen! Es bringt dir jemand Neuigkeiten, die du nicht gesucht hast.« Der Prinz kleidete sich als Astrologe, machte sich weite herabhängende Ärmel, setzte einen großen Turban auf, färbte seine Augenbrauen und kämmte seinen Bart. Dann nahm er eine Schachtel mit einer Handvoll Sand und ein altes Buch von feinem Pergament unter den Arm; in die eine Hand nahm er einen Stock, in die andere einen Rosenkranz und ging, wie die Astrologen pflegen, die Perlen des Rosenkranzes abzählend, langsam einher und schrie: »Glück unserm Quartier und dem eurigen!« So kam er an das Tor des Palastes, wo er zu dem Pförtner sagte: »Ich möchte, daß du dem König sagest: Ein weiser Sterndeuter ist aus Persien gekommen, hat die Geschichte deiner Sklavin gehört und will sie heilen.« Der Pförtner eilte schnell ans Tor, führte den Prinzen zum

König. Dieser benahm sich ganz wie ein echter Sterndeuter, sprach vieles Vernünftige und Verständliche, und murmelte eine Menge Worte unter einander her, die keiner der Anwesenden verstehen konnte, er grüßte dann den König und neigte den Kopf zur Erde. Der König sagte zu ihm: »O Weiser, ich habe ein Mädchen, das seit einem Jahre mit den Händen schlägt und mit den Füßen stampft, wenn du sie heilst, so gebe ich dir, was du begehrst.« Der Prinz sagte: »Laß mich zu ihr führen, daß ich die Ursache ihrer Krankheit erforsche und sehen kann, zu welcher Klasse von Geistern der gehört, der in ihr haust.« Der König befahl sogleich dem Oberstkämmerer, den verkleideten Prinzen in die Gemächer der Prinzessin zu führen, damit er ihren Zustand untersuche. Als der Prinz vor die Türe ihres Zimmers kam, hörte er, wie sie unter vielen Tränen Verse rezitierte. Sein Herz entbrannte um ihretwillen und er trat schnell in das Zimmer, in welchem sie mit geschlossenen Augen ganz entstellt von brennender Liebe lag, und sagte: »Gott möge dich aus diesem Zustande retten, Schems ulnahar! mit der Hilfe des Allmächtigen ist die Erlösung da! Ich bin Kamr al Akmar Als sie seine Stimme hörte und ihn erkannte, erhob sie sich, schlang ihre Arme um seinen Nacken und küßte ihn, dann fragte sie den Prinzen, wie er denn zu ihr habe kommen können. Er aber antwortete ihr: »Es ist jetzt keine Zeit zu langen Gesprächen, denn der Oberstkämmerer steht im Vorgemache, und noch weiß ich nicht, auf welche Weise ich dich befreien soll. Indessen will ich einen Versuch machen, ob es nicht durch List geschehen kann; ist das nicht möglich, so eile ich zu meinem Vater zurück und werde dann an der Spitze aller Truppen nach China kommen und Krieg mit ihm führen, Gott wird dann nach seinem Willen beschließen.« Er verließ sie dann, ging zu dem König zurück und sagte: »Herr! ich will dir ein Wunder zeigen!« Der König erhob sich sogleich und ging mit Kamr al Akmar zu der Prinzessin. Diese fing sogleich an zu schreien und zu schäumen, stampfte mit den Füßen und schlug mit den Händen. Hierauf ging der Prinz auf sie zu, murmelte seine Beschwörungen her und schäumte und blies ihr ins Gesicht, biß sie ins Ohr und flüsterte ihr zu: »Stehe jetzt mit Würde auf, gehe zum König hin, küsse ihm die Hand und zeige dich ihm gefällig.« Als der verkleidete Prinz das Ohr der Prinzessin losließ, sank sie wie ohnmächtig nieder und blieb einige Augenblicke so liegen, dann stand sie auf wie eine vom Schlaf erwachte, und näherte sich dem König, küßte voll Ehrerbietung seine Hand und sagte: »Willkommen, mein Herr und König! Ich bin erstaunt darüber, daß du deine Sklavin heute besuchst.« Der König war außer sich vor Freude, als er diese Worte hörte, welche mit einer süßen Stimme gesprochen wurden. Er wendete sich dann zu dem Prinzen und sagte: »Wünsche dir etwas, ich gewähre dir deine Bitte im voraus.« Der Prinz entgegnete: »Herr! die Zeit der Wohltat ist noch nicht da, denn ich fürchte sehr, daß die Krankheit des Mädchens wieder ausbreche. Ich wünschte«, fuhr der Prinz fort, »daß sie von zehn Sklavinnen ins Bad getragen werde; sie darf aber nicht mit dem Fuß den Boden berühren. Dann laß ihr den kostbarsten Schmuck von Edelsteinen umhängen, damit ihr Herz seinen Kummer vergesse und ihr Gemüt sich erfreue. Ist das alles geschehen, so laß sie außerhalb der Stadt an den Ort bringen, wo du sie gefunden hast; denn dort ist der böse Geist in sie gefahren.« Als der König diese Worte des Prinzen hörte, sagte er ihm: »Gott grüße dich, o Künstler, o Philosoph, ich habe noch keinen so geschickten Arzt gefunden, wie mochtest du nur wissen, daß ich das Mädchen außerhalb der Stadt gefunden.« Er ließ sogleich die Befehle des Prinzen vollziehen und kleidete sie mit Schmuck, der eine ganze Schatzkammer wert war, dann trug man sie unter den Baum, wohin sich auch der König mit den Wesiren und seinen Truppen sowie mit dem Prinzen begab. Dieser murmelte Beschwörungen her, blickte bald gen Himmel, bald zur Erde, und ließ Räucherwerke bereiten. Nach einer Weile hob er den Kopf in die Höhe, trat zu dem König und sagte: »Herr! mir ist klargeworden, daß der Teufel, der in dieses Mädchen gefahren, seinen eigentlichen Sitz im Leibe eines Tieres aus schwarzem Ebenholze hat. Wird nun dieses Tier nicht gefunden, daß ich dem bösen Geiste auflauern kann, so wird das Mädchen jeden Monat von ihm befallen werden.« Bei diesen Worten des Prinzen sagte der König: »Du bist ein göttlicher Mann und Meister aller Weisen und Philosophen! Du hast bei Gott recht, denn ich sah mit eigenen Augen, wie neben dem Mädchen und dem alten Räuber ein Pferd von schwarzem Ebenholze stand, das vielleicht das Tier ist, von dem du sprichst.«

Der König gab sogleich die nötigen Befehle, und nach kurzer Zeit ward das Pferd herbeigeführt. Der Prinz untersuchte es aufs genaueste, um sich zu überzeugen, daß es unbeschädigt sei, dann befahl er, das Räucherwerk anzuzünden. Hierauf zog er eine Handvoll zerschnittenes Papier aus seinem Turban und sagte: »Sobald ich auf dem Pferde sitze, so setzet das Mädchen hinter mich und werfet dies Papier in die Flammen. Wenn dem Pferde dieser Geruch in die Nase kommt, wird es das Maul und die Nüstern aufsperren, um ihn einzusaugen, und dann wird der Teufel aus seinem Leibe fahren, sobald ich diesen Wirbel drehe.« Man befolgte genau seine Befehle und sobald das Mädchen hinter ihm saß, drehte er den Wirbel, und das Pferd erhob sich mit ihm und der Prinzessin wie ein Vogel. Der König rief seinen Leuten: »Haltet sie an! haltet sie an!« Als sie ihn aber davonfliegen sahen, sagten sie: »O Herr! was ist da zu tun, das ist ein Teufel oder ein böser Geist! Der König aber, der noch in die Luft starrte, als schon längst jede Spur von dem Pferde verschwunden war, schrie plötzlich laut auf und fiel in Ohnmacht. Als er wieder zu sich kam, sagte er: »Es gibt keine Macht und keinen Schutz, außer bei Gott, dem Erhabenen! Hat jemals einer einen Menschen fliegen sehen? Bei Gott, das ist höchst wunderbar!« Dann kehrte er mit seinen vor Erstaunen ganz erstarrten Wesiren und Truppen in die Stadt zurück, ließ den weisen Perser aus dem Gefängnisse holen und schrie ihn an: »Elender Betrüger! Warum hast du mir die wunderbare Eigenschaft dieses hölzernen Pferdes nicht gesagt, so daß es einem nichtswürdigen Landstreicher gelungen ist, mir dieses Mädchen zu entführen, das noch einen ganzen Schatz an ihrem Körper hängen hat?« Als der Weise diese Worte hörte, schrie und weinte er laut und schlug sich in das Gesicht und sagte: »O Herr! Wisse, ich habe dieses kunstreiche Pferd gemacht und es Sabur, dem König von Persien gebracht, der mir dafür die Hand seiner jüngsten Tochter versprach. Sein Sohn aber ist der Räuber des Mädchens und des Pferdes, und es sieht so und so aus.« Hierauf erzählte er ihm seine ganze Geschichte von Anfang bis zu Ende, und der König geriet darüber in solchen Grimm, daß er dem Bersten nahe war, und er betrauerte sein ganzes Leben hindurch den Verlust des Mädchens und des Pferdes. Der Prinz aber durchflog die Luft, bis er der Residenz seines Vaters nahe

war, dann ließ er sich im Schlosse seines Vaters nieder; denn das Sprichwort sagt: »Durch häufiges Fallen lernt man gehen«, und wäre er gleich anfangs vorsichtig gewesen, so wären ihm alle diese Unglücksfälle nicht zugestoßen. Seine Eltern waren über seine Ankunft mit dem Mädchen und dem Pferde nicht wenig erfreut. Diese glückliche Nachricht durchflog schnell die ganze Stadt, und alle, die es hörten, lobten und dankten Gott dem Allmächtigen. Das ganze Volk, die Wesire und die Truppen versammelten sich, um dem König Glück zu wünschen. Auch dem großen König, dem Vater der Prinzessin, schickte man Boten mit Briefen und dieser sandte die herrlichen Geschenke an seine Tochter und an seinen Schwiegersohn. Nun ließ der König die Stadt festlich schmücken; sieben Tage und sieben Nächte dauerten die Festlichkeiten, und eine Menge Geldes ward unter die Armen ausgeteilt. Das Zauberpferd ward in die Schatzkammer gestellt, und ihr ganzes Leben war nur eine fortlaufende Kette der süßesten Annehmlichkeiten, bis auch sie der Zerstörer aller Freuden und der Trenner aller Bündnisse, der Tod, überfiel.

Scheherazade, begann hierauf folgende Erzählung:

Geschichte Sindbads des Seefahrers

Man behauptet, o glückseliger und verständiger König!, daß unter der Regierung des Kalifen Harun Arraschid, Gott erbarme sich seiner! in Bagdad zwei Männer lebten: der eine hieß Sindbad der Seemann und der andere Sindbad der Lastträger. Sindbad der Lastträger war ein sehr armer Mann, der eine große Familie und einen kleinen Verdienst hatte; Sindbad der Seemann hingegen war ein äußerst angesehener und weiser Kaufmann, der einen so ausgebreiteten Handel trieb, daß er am Ende gar nicht mehr wußte, wo er das viele gewonnene Gold und Silber und die mancherlei Waren aufbewahren sollte. Er kaufte Sklaven und Sklavinnen und besaß einen Palast, der einem Sultan zur Wohnung hätte dienen können. Die Wände waren mit den reizendsten Malereien und Zieraten bedeckt, und glänzten von Gold und Edelsteinen; alle Zimmer wurden mit Ambra und mit Aloe vermischtem Rosenwasser besprengt, köstliche Räucherwerke vermengten sich mit dem Dufte der Blumen, welche in den ans Haus grenzenden Gärten wuchsen, die alles enthielten, was sich das Herz nur wünschen kann. Viele Sklaven waren zur Bedienung aufgestellt, und fortwährend erscholl Gesang und Musik von Zimbeln, Harfen und anderen Instrumenten. Während der Seemann dies alles besaß, war der andere ein armer Teufel, der um Lohn den Leuten ihre Lasten da und dorthin trug. Eines Tages nun kam ein Mann auf ihn zu und sagte: »Willst du mir diese Last da und dahin tragen?« Sindbad erklärte sich bereit dazu und nachdem ihm der Fremde den geringen Lohn gegeben und gesagt hatte, wo er den Pack hintragen soll, ging er fort. Sindbad lud sich die Bürde auf und verfolgte den ihm angegebenen Weg. Dieser führte an dem Haus Sindbads des Seefahrers vorüber, und da der Träger sehr ermüdet war, so legte er seinen Pack nieder, um ein wenig zu ruhen. Vor dem Hause war sauber gekehrt und bespritzt, der Ort war kühl und von Wohlgerüchen geschwängert, welche das Herz erquicken und die Müdigkeit verscheuchen.

Wie er nun so dasaß und den süßen Duft einatmete und sich abkühlte und ausruhte, hörte er aus dem Inneren des Hauses muntere Vogelstimmen von Tauben und Nachtigallen, Töne der Laute und Harfe, und entzückenden Gesang von Mädchen. Er sah in das Haus hinein und erblickte viele Diener und Sklaven und die feinsten Speisen und allerlei Gewürz, wie man es gewöhnlich nur bei Königen und Sultanen findet. Da hob er sein Auge zum Himmel empor und sagte: »O Schöpfer! o Erhalter! o allmächtiger Gott! Verzeihe mir meine Sünden, ich kehre von allen meinen Beirrungen zu dir zurück! O Herr! Niemand ist unter den Sterblichen, der etwas einwenden könnte gegen das, was du tust. Niemand darf sich fragen, warum du so handelst und nicht anders! Du weißt alle Geheimnisse und deine Macht kennt keine Grenze! Sei gelobt und gepriesen, o Herr! Wie groß und erhaben ist deine Herrschaft, du verteilst Armut und Reichtum, Glück und Unglück, wie es dir gefällt! Wie groß, o Herr! wie erhaben ist deine Macht! Du hast diese Diener und diese Jungen und den Herrn dieses Ortes glücklich gemacht; sie leben Tag und Nacht in jeglicher Lust und Freude, dein Befehl wird an allen deinen Geschöpfen vollzogen, die einen führen ein ruhiges Leben, die andern, wie ich, ein mühevolles, von allen Freuden beraubtes.« Dann sprach er folgende Verse:

»Wie viele Qual ohne Ruhe! während andere den Schatten des Glükkes genießen. Ich lebe in täglichen Beschwerden und Sorgen, und übergroß ist meine Last. Andere sind selig ohne Leid, und nie gibt ihnen das Schicksal eine Last, wie mir, zu tragen. Sie sind immer vergnügt im Leben, haben Reichtum und Ansehen. Essen und Trinken. Und doch entstehen alle Geschöpfe aus einem Tropfen, und doch gleichen die anderen mir, und ich bin wie sie. Aber unser Leben und Schicksal ist sehr verschieden, ihre Bürde gleicht der meinigen nicht! Ich erfinde nichts, meine Worte gehen zu dir, o gerechter Richter, dein Spruch ist doch Gerechtigkeit!«

Kaum hatte Sindbad diese Verse geendigt, so sah er einen sehr hübschen, reichgekleideten Jungen von feinem, schönem Ansehen zur Türe herauskommen und auf sich zugehen. Der Junge ergriff ihn an der Hand und sagte: »Mein Gebieter, der Eigentümer dieses Hauses schickt mich zu dir, er will dich sprechen.« Der Träger sträubte sich anfangs einzutreten, doch fand er keinen Grund, sich zu weigern, so hob er denn seine Last auf, legte sie in die Vorhalle des Hauses zum Pförtner, und folgte dem Jungen ins Haus, das sehr geräumig und solid gebaut war, bis sie in einen großen Saal kamen. An seinen vier Seiten waren Erhöhungen mit kostbaren Diwanen angebracht, in der Mitte sprang ein Springbrunnen, die Fenster gingen auf einen schönen Garten, ein erfrischender Zephir führte den Duft der Blumen, den Gesang der Vögel und das Murmeln der Bäche durch die Fenster zu den Ohren der ehrwürdigen Versammlung, welche in weitem Kreise um den Hausherrn herumsaß. Dieser nahm den Ehrenplatz auf einer Erhöhung ein und war ein ehrwürdiger Greis. Als der Lastträger eintrat, grüßte er und küßte die Erde vor den Gästen und dem Hausherrn und dachte: nur im Paradiese gibt es einen solchen Ort. Dann blieb er wie ein wohlgebildeter, anständiger Mann ruhig stehen. Alle erwiderten seinen Gruß und hießen ihn willkommen. Der Hausherr aber grüßte und empfing ihn noch besonders, lud in ein, sich neben ihm niederzulassen, und fragte ihn, wie er heiße, wo er her sei und was für ein Geschäft er treibe? Der Lastträger antwortete ihm:

»Wisse, mein Herr! ich heiße Sindbad der Landmann oder Lastträger, denn meine Beschäftigung besteht darin, den Leuten um Lohn ihre Lasten zu tragen. Dies ist mein einziges Geschäft, das mich ernährt. Ich bin ein sehr armer Mann und weiß nichts anderes zu treiben, um mich vor dem Hungertod zu schützen.« Der Hausherr sagte zu ihm: »Sei nochmals willkommen, du Lastträger! wisse, auch ich heiße Sindbad wie du, ich bin Sindbad der Seemann, und du Sindbad der Landmann. Ich heiße dich daher als meinen Bruder willkommen.« Er ließ ihm dann kostbare Speisen vorsetzen, und da er hungrig war, aß er, bis er satt war, worauf dann die Sklaven den Tisch wegtrugen. Der Hausherr hieß ihn dann nochmals willkommen und versicherte ihn, daß ihm seine Gesellschaft sehr angenehm sei. Dann fuhr er fort: »Ich möchte nun, daß du die Verse wiederholtest, welche ich dich vorhin sprechen hörte, da ich zufällig am Fenster stand:« Bei diesen Worten senkte Sindbad, der sich schämte, voll Verlegenheit das Haupt und sagte: »Bei Gott, Herr! nimm mir diese Worte nicht übel! Die große Müdigkeit und die Qual der Armut führt oft den Menschen zu törichten und unanständigen Reden!« – »Glaube ja nicht«, erwiderte der Hausherr, »daß ich dir darum erzürne! Ich betrachte dich nun als meinen Bruder und du hast nichts von mir zu befürchten. Ich bitte dich daher, sage mir jene Verse noch einmal her.« Der Träger trug nun noch einmal die Verse vor, und sie gefielen dem Hausherrn ungemein. Nachdem er ihr seinen Beifall und Dank ausgedrückt hatte, sagte er zu ihm: »Wisse, o Bruder, man nennt mich Sindbad den Seemann, ich will dir alles erzählen, was mir widerfahren ist, ehe ich zu diesem Hause und zu einer solchen Gesellschaft gelangte, denn erst nach schweren Verlusten, großen Mühseligkeiten und unendlichen Qualen habe ich solchen Wohlstand erreicht. Was habe ich nicht in früherer Zeit leiden müssen! Ich habe sieben Reisen gemacht, und jede bildet eine wunderbare Erzählung, die mit Gold geschrieben werden sollte, um jedermann zum Beispiel zu dienen!« Hierauf begann er folgendermaßen: »Wisset, ihr geehrten Herren! mein Vater, der ein sehr reicher Kaufmann war, starb, als ich noch ein kleiner Junge war, und hinterließ mir ein ungeheures Vermögen an liegenden Gütern, Geld und kostbaren Waren. Ich ließ mir wohl sein und verbrachte meine Zeit mit guten Speisen und Getränken und Gesellschaften, die ich meinen guten Freunden gab, und glaubte, das würde mir von Nutzen sein, oder ewig so fortgehen. Jahrelang hatte ich so gelebt, bis ich zur Vernunft zurückkehrte und aus meinem Leichtsinn erwachte, da fand ich mein Vermögen geschwunden und meine Lage verändert. Ich war ganz betäubt und zerknirscht, als all mein Geld dahin war und ich einsah, daß ich dem Schicksal nicht entfliehen könnte. Da fielen mir die Worte ein, die ich als Kind oft von meinem Vater als einen Spruch von dem Herrn Suleimann, Friede sei mit ihm! sagen hörte: »Drei Dinge sind drei anderen vorzuziehen! Der Sterbetag dem Geburtstag, ein lebendiger Hund einem toten Löwen, und ein Grab dem festesten Palaste!« Dann ging ich mit mir zu Rate, was ich tun sollte. Nach einiger Überlegung verkaufte ich, was ich an Kleidungsstücken, Gerätschaften und liegenden Gütern noch besaß. Ungefähr 3000 Dirham war der Erlös davon; mich trieb es, nun zu reisen, fremde Länder und Städte zu sehen, und ich gedachte der Verse eines Dichters, welcher sagt:

»Eine hohe Stufe wird nach dem Maße der Anstrengungen erreicht. Wer hoch steigen will, muß manche Nacht durchwachen. Wer Perlen wünscht, muß in die Tiefe des Meeres tauchen, dann erst kann er Ansehen und Reichtum erwerben. Wer aber Hoheit und Ansehen wünscht, ohne mit Kraft danach zu streben, der verliert sein Leben in unerfüllbaren Wünschen.«

Erste Reise Sindbads

Ich machte mich also auf, erzählte Sindbad, und kaufte allerlei Waren ein. Da ich aber besondere Lust zu einer Seereise hatte, ließ ich alles auf ein Schiff laden, das nach Baßrah ging. Das Schiff war sehr groß und es waren viele Kaufleute darauf; wir reisten nun von einer Insel zur andern, von einem Meer ins andere, von einem Ufer ans andere. Überall, wo wir ankerten, verkauften oder vertauschten wir unsere Waren. So ging es lange gut fort auf dem Meer, bis wir an eine schöne Insel kamen mit Bäumen, auf welchen viele Vögel herumflogen und die Einheit Gottes verkündigten. Diese Insel war herrlich grün und schien ein Lustgarten des Paradieses zu sein. Der Kapitän des Schiffes rief seinen Leuten zu, die Segel einzuziehen und vor dieser Insel Anker zu werfen. Nun verließ alles das Schiff und lief auf die Insel; es wurden Fische bereitet, Herde aufgerichtet und Pfannen darüber gehängt und Feuer angezündet. Der eine wusch seine Kleider, der andere kochte, der dritte ging auf der Insel spazieren, um Gottes Schöpfung zu bewundern. Alle waren munter, aßen und tranken auf der Insel. Während wir so in der größten Freude waren, schrie auf einmal der Kapitän ganz laut vom Schiffe aus uns zu: »Wehe, ihr Reisenden! kommt schnell auf das Schiff, laßt alle eure Gerätschaften im Stiche und rettet nur schnell euer Leben vor dem Untergange, denn die Insel, auf der ihr seid, ist nichts als ein großer Fisch, der nun zu wenig Wasser hat und nicht auf dem Lande leben kann. Auch hat der Wind den Sand von ihm weggeblasen, und da er jetzt das Feuer auf seinem Rücken spürt, fängt er an, sich zu bewegen und wird nun mit euch ins Meer tauchen; kommt daher schnell aufs Schiff und rettet euer Leben.« Aber noch ehe der Kapitän ausgeredet hatte, fing die Insel an sich zu bewegen und mitten ins stürmende Meer unterzutauchen, so daß alle, die darauf waren, untergingen. Auch ich sank in die schäumenden Wellen, aber Gott half mir durch ein großes Brett, auf dem die Reisenden gewaschen hatten. Mit leichtem Herzen bestieg ich es, und der Wind spielte mit mir mitten im Meere. Der Kapitän, der die Leute, die auf der Insel waren, untergehen sah, spannte die Segel auf und fuhr mit der Mannschaft, die bei ihm auf dem Schiffe geblieben, davon. Ich sah das Schiff von ferne, konnte es aber nicht mehr einholen. Der Tag war schon vorüber, die Nacht brach herein mit ihrer Dunkelheit, und das Schiff entschwand nun ganz meinen Blicken. So blieb ich auf dem Brett die ganze Nacht hindurch. Am anderen Morgen warf mich eine große Woge glücklicherweise auf eine Insel. Die Ufer aber waren so abschüssig, daß man nirgends hinaufsteigen konnte, und ich wäre angesichts derselben untergegangen, wenn nicht einer der Bäume, welche längs der Küste standen, seine Äste so weit erstreckt hätte, daß ich sie ergreifen konnte. Ich hing mich mit aller Kraft und Anstrengung daran fest, kletterte auf den Baum hinauf und von da herunter auf die Insel. Als ich meine Füße betrachtete, sah ich, daß die Fische das Innere meiner Zehen abgefressen hatten, ohne daß ich es vor vieler Anstrengung bemerkt hatte. Ich warf mich nun auf den Boden nieder, denn ich war von meinen vielen Leiden bewußtlos wie ein Toter. So blieb ich vom ersten Nachmittag bis zum folgenden Morgen liegen, und erwachte erst, als die Sonne sich schon über die Erde verbreitet und die Insel beschienen hatte. Ich richtete mich auf und versuchte zu gehen, was mir aber bei dem Zustande meiner Füße, die in der Nacht noch angeschwollen waren, sehr schwer wurde; dessenungeachtet schleppte ich mich weiter, blieb dann wieder stehen und dachte über

meine Lage nach, dann machte ich einige Schritte auf den Fersen, aß von Früchten dieser Insel und trank aus den Bächen. Mitten in der Insel fand ich eine frische süße Wasserquelle, und blieb hier einen Tag und eine Nacht, und der Schlaf und die Ruhe, die ich hier fand, gaben mir meine Kräfte wieder und ich konnte mich leichter bewegen; ich ging unter den Bäumen spazieren und schnitt mir einen Stock, um mich darauf zu stützen. Auf einmal leuchtete etwas von der Seite des Meeres her wie ein hoher Hügel; ich ging darauf los, mich immer an den Ästen festhaltend, und erblickte ein Pferd, welches an einen Baum gebunden war.

Als es mich sah, wieherte und tobte es so heftig, daß ich erschrak. Dann rief auf einmal eine männliche Stimme und sagte: »Wie kommst du hierher, und woher kommst du? aus welchem Lande bist du?« Ich sagte: »Wisse, Fragender! ich bin ein fremder Mann, der auf einem Schiffe Schiffbruch erlitt und sich auf diese Insel rettete; nun weiß ich nicht, wohin ich mich wenden soll.« Als der Fremde, ein kräftiger, starker Mann, mich angehört hatte, kam er zum Vorschein, ergriff meine Hand und stieg mit mir in eine Höhle hinab, in welcher sich ein schönes, großes Zimmer befand, das mit Teppichen bedeckt war. Er ließ mich an der obern Seite dieses Zimmers niedersitzen und brachte mir einige Speisen, von denen ich aß, bis ich ganz satt war. Mein Geist erholte sich und mein Schrecken ließ nach. Als er sah, daß ich meinen Hunger gestillt und ausgeruht hatte, erkundigte er sich nach meinem Zustand und nach meinen Abenteuern. Ich erzählte ihm meine ganze Geschichte von der frühesten Zeit bis jetzt. Er hörte mit vielem Erstaunen zu, und ich sagte zu ihm: »Nimm mir nicht übel, mein Herr, da ich dir nun alles, was mich betrifft, erzählt habe, willst du mich wohl auch über deine Lage aufklären und mir sagen, wer du bist und warum du hier so abgeschlossen lebst?« Da antwortete er: »Wisse, ich bin der Oberstallmeister des Königs Mihrdjan, und habe die Aufsicht über seine Stallknechte und andere Diener; wir erziehen ihm echte Rassepferde. Zu dieser Zeit nämlich bringen wir eine Stute von echter Rasse hierher, binden sie an den Ort, den du gesehen hast, und verbergen uns dann in dieser Höhle. Sobald es nun still ist, kommt ein Meerhengst und bespringt die angebundene Stute, welche er dann mit sich ins Meer nehmen will, weil sie aber angebunden ist und ihm nicht folgen kann, zu zerreißen sucht; sobald er aber mit dem Maul nach ihr greift, um sie umzubringen, stürzen wir bewaffnet aus der Höhle hervor, so daß er sich fürchtet, entflieht und ins Meer zurückkehrt. Die Stute trägt dann von diesem Hengste, und die Jungen werden so gute Pferde, wie man sie nur bei den Sultanen der Inseln und des Meeres trifft. Wir warten eben, daß der Hengst komme, und sind wir mit unserer Arbeit fertig, so gehen wir nach Haus und nehmen dich mit. Es ist ein Glück für dich, daß du uns hier getroffen hast; sonst hättest du niemand gefunden, der dir einen Weg gezeigt hätte, und du wärest nie mehr in ein bewohntes Land gekommen, denn du bist weit davon entfernt. Du wärest hier in Trauer gestorben, und niemand hätte etwas von deinem Tode gewußt.« Während wir so sprachen, stieg ein Pferd aus den Meereswogen hervor wie ein reißender Löwe; es war höher und breiter als gewöhnliche Pferde und hatte stärkere Füße. Es ging auf die Stute los, belegte sie und wollte sie mitnehmen, da schrie es aber der Mann mit seinem Gefolge an, und sie stürzten mit Lanzen aus der Höhle hervor, so daß es entfloh und wie ein wütendes Kamel ins Meer zurückkehrte. Der Mann band darauf die Stute los und ließ sie eine Weile auf der Insel springen. Es kamen dann noch viele andere dazu, die auch mit Stuten auf der anderen Seite der Insel waren. Als nun alle versammelt waren, nahmen sie die Polster aus der Höhle und ließen, was noch von Lebensmitteln übrig war, zurück. Wir gingen dann immerfort, bis wir zur Stadt des Königs Mihrdjan kamen, der sich sehr freute, als er die Pferde ankommen sah. Man erzählte ihm mein Abenteuer und stellte mich ihm vor; er hieß mich willkommen, erkundigte sich nach meinem Wohle und ich erzählte ihm alles, was mich betraf. Der König war sehr erstaunt und sprach: »Bei Gott, du betrittst nun ein neues Leben; gelobt sei Gott, der dich gerettet hat!« Er schenkte mir Kleider, zog mich in seine Nähe und seine Großmut ging so weit, daß er mich zum Aufseher über die Küsten des Meeres machte. Lange genoß ich seine Freigebigkeit, wofür ich ihm seine Geschäfte besorgte, bei denen ich auch meinen eigenen Vorteil fand. Sooft Kaufleute oder andere Reisende uns besuchten, erkundigte ich mich nach Bagdad, denn ich hoffte immer, jemand zu finden, der dahin reisen würde; aber niemand war je dort gewesen, niemand wußte was von Bagdad. Mir ward nun bald unheimlich in der Fremde, nach einer so langen Entfernung vom Vaterlande und von meinen Leuten. Einst kam ich zum König und grüßte ihn, da fand ich indische Kaufleute bei ihm; wir grüßten uns gegenseitig, sie fragten mich nach meinem Lande und erzählten mir dafür von Indien und wie seine Einwohner in verschiedene Stämme eingeteilt wären. Unter diesen seien die Schakirijeh die vornehmsten, weil sie nie ein Unrecht begehen, noch jemand beneiden; denn das Völkchen der Brahmanen, das nie Wein trinkt, aber doch immer munter und heiter in Scherz und Freude lebt. In ihrem Lande gibt es Pferde, Kamele und Rindvieh. Sie sagten mir auch, daß die Inder sich in zweiundvierzig Sekten teilen. In dem Lande des Königs Mihrdjan sah ich eine Insel, Kasel genannt, in der man Tag und Nacht Tamburin und andere Instrumente spielen hört; die Seeleute sagten mir, die Einwohner seien recht wackere und verständige Leute. Auch sah ich in jenem Meere zwei Fische, einen zweihundert Ellen lang, und einen andern, hundert Ellen lang, deren Kopf dem einer Nachteule glich. Überhaupt begegnete mir auf dieser Reise so viel Wunderbares, daß ich gar nicht alles beschreiben kann. Nachdem ich einige Zeit in diesem Königreiche zugebracht hatte, ging ich einst nach meiner Gewohnheit ans Meeresufer; da landete ein Schiff, sehr reich beladen. Ich blieb stehen, bis die ganze Ladung ausgeschifft war, um sie aufzunehmen. Da kam der Kapitän des Schiffes zu mir und sagte: »Herr! wir haben noch Waren auf dem Schiff, deren Eigentümer wir auf einer Insel verloren haben, wir wissen nicht, ob er noch am Leben, oder ob er umgekommen ist!« Ich fragte ihn nach dessen Namen und er sagte: »Sein Name steht auf seiner Ladung, er heißt Sindbad der Seemann, und war von Bagdad aus auf unser Schiff gekommen.« Der Kapitän erzählte mir dann alles, was vorgefallen, »und«, setzte er hinzu, »wir haben ihn nicht mehr gesehen. Wir wollen daher seine Ladung verkaufen, ihren Wert aufnehmen und das Geld seiner Familie bringen.« Nun erhob ich meine Stimme und sagte dem Kapitän: »Ich bin Sindbad der Seemann, den du aus deinem Schiff auf jene Insel ausgeschifft, und dieser und jener war mit uns; als der Fisch sich zu bewegen anfing, riefst du den Reisenden zu, sich zu retten; einige stiegen schnell aufs Schiff, andere blieben zurück, zu diesen gehörte auch ich«, und so erzählte ich ihm alles, was mir widerfahren, von Anfang bis zu Ende. Er sagte: »Gelobt sei Gott für deine Rettung.«

Der Kapitän neigte jedoch nachdenkend seinen Kopf und schwieg, dann sagte er: »Es gibt keinen Schutz und keine Macht, außer bei Gott, dem Erhabenen. Es ist keine Redlichkeit und kein Glauben mehr unter den Menschen.« Ich fragte ihn, warum er dies sage? und er antwortete: »Weil du mich den Namen Sindbads nennen hörtest, und ich dir schon seine ganze Geschichte erzählt habe, gibst du dich für ihn aus, um dich dieser Ladung zu bemächtigen. Bei Gott! das ist eine Sünde; denn ich und alle, die mit auf dem Schiff waren, sahen ihn mit eigenen Augen ertrinken.« Ich sagte ihm: »O Kapitän! höre meine Erzählung und merke wohl auf! denn Lüge ist nur Sache der Heuchler, ich habe dir ja schon alles erzählt, wie es mir gegangen und wie ich gerettet worden bin.« Ich erinnerte ihn dann noch an das, was zwischen mir und ihm auf dem Schiffe vorgefallen war, ehe wir zur Insel kamen, und an verschiedene Zeichen zwischen uns, von dem Tage an, wo wir von Baßrah abreisten. Als er von mir diese Zeichen vernahm und meine Sache ihm klar ward und er sich unsrer Gespräche erinnerte, überzeugte er sich, daß ich wirklich Sindbad sei, und benachrichtigte davon alle, die auf dem Schiffe waren; sie versammelten sich um mich, grüßten mich, erkannten mich und glaubten mir, so daß nun auch der Kapitän von meiner Aufrichtigkeit überzeugt ward. Ich erzählte den Kaufleuten alles, was ich gelitten und gesehen, und wie ich gerettet worden, und sie waren sehr erstaunt darüber. Der Kapitän übergab mir dann alles, was mir gehörte. Ich öffnete sogleich einen Ballen, nahm einiges Kostbare heraus, schenkte es dem König Mihrdjan und sagte ihm, daß dieser Kapitän der Herr des Schiffes sei, auf dem ich war, und daß meine sämtlichen Waren angelangt seien, worauf er mich sehr ehrte und mir viele Geschenke machte. Ich verkaufte dann meine Ladung und gewann sehr viel daran; dann kaufte ich andere Waren von dieser Stadt, packte sie ein und brachte sie aufs Schiff. Nachdem ich vom König Mihrdjan, der mir noch viele Geschenke machte, Abschied genommen hatte, reisten wir mit Erlaubnis des erhabenen Gottes ab. Die Bestimmung begünstigte uns mit einem guten Wind, und wir reisten glücklich Tag und Nacht, von Insel zu Insel und von Meer zu Meer, bis wir in Baßrah ankamen. Freudig über unser Wohl gingen wir in die Stadt, und nach einem kurzen Aufenthalt daselbst reisten wir nach Bagdad. Ich begab mich mit den vielen Waren, die ich mitgebracht, in mein Stadtviertel, grüßte meine Nachbarn und Freunde, kaufte mein Haus wieder und bewohnte es mit allen meinen Verwandten, die sich sehr über mein Glück freuten. Dann kaufte ich viele Sklavinnen und Sklaven, Häuser und Güter, schöner als die früheren waren, die ich hatte verkaufen müssen. Ich schaffte mir alles wieder neu an, was ich früher vergeudet. Alle meine Leiden vergaß ich in kurzer Zeit, und lebte wieder ganz in der schönsten Freude, in angenehmer Gesellschaft, bei gutem Essen und Trinken. Das ist's, was meine erste Reise betrifft.

»Doch die Nacht umgibt uns schon; du hast uns durch deinen Besuch viel Freude gemacht: bleibe daher noch bei uns zum Nachtessen. Komme dann morgen wieder, damit ich dir mit Gottes Segen erzählen kann, was mir auf der zweiten Reise begegnet ist.« – Als das Nachtessen vorüber war, ließ Sindbad dem Lastträger hundert Dinare auszahlen. Derselbe nahm sie an und ging mit seiner Last seines Weges, ganz erstaunt über das, was er gehört hatte; ebenso alle anwesenden Freunde Sindbads.

Der Lastträger konnte kaum den Tag erwarten, als er aufstand, sich wusch, sein Morgengebet verrichtete und zu Sindbad dem Seefahrer ging. Er wünschte ihm guten Morgen, küßte die Erde zu seinen Füßen und dankte ihm für seine Wohltaten. Drauf, da die übrigen Freunde auch schon da waren, bildeten sie einen Kreis um ihn, wie am ersten Tage. Sindbad der Seefahrer bewillkommte den Lastträger und sagte zu ihm: »Deine Gesellschaft ist uns sehr angenehm.« Hierauf hieß er sie sich zum Tische, der mit den köstlichsten Speisen bedeckt war, setzen, und sie ließen sich es wohl schmecken; dann wurde der Weintisch gebracht, auf welchem es an auserlesenen frischen und trockenen Früchten, Lekkerbissen, Wohlgerüchen von Blumen und allerlei Sorbetten nicht fehlte. Als sie sich satt gegessen und getrunken hatten, sprach der Seefahrer zu dem Lastträger: »Höre mir, Bruder! aufmerksam zu, was ich von den Abenteuern meiner zweiten Reise erzählen werde: sie sind weit merkwürdiger als die der ersten und ich habe noch Härteres auf derselben gelitten.« Er begann hierauf wie folgt:

Zweite Reise Sindbads

Nach meiner ersten Reise war ich, wie ich gestern erzählt habe, wieder zu meinem frühern Wohlleben in Gesellschaft von Freunden zurückgekehrt. Diese Lebensweise dauerte eine Weile. Eines Tages, als ich sehr vergnügt war, ergriff mich die Lust zu reisen und zu handeln wieder. Ich kaufte Waren, die sich zu einer Seereise eigneten, und schiffte mich auf einem guten Schiffe mit anderen Handelsleuten ein. Nachdem wir uns den Segen Gottes erfleht hatten, lichteten wir die Anker und gingen unter Segel.

Wir fuhren von Insel zu Insel, von Land zu Land, von Stadt zu Stadt, sahen uns alles an und machten vorteilhafte Tauschgeschäfte. Eines Tages warf uns das Geschick, nach Gottes Willen, auf eine Insel, die reich an verschiedenen Fruchtgattungen, Blumen und Vögeln, aber so verlassen war, daß wir weder eine Wohnung noch überhaupt ein menschliches Wesen entdecken konnten. Der Kapitän ankerte vor dieser Insel, die Reisenden stiegen aus und ergötzten sich an diesen Bäumen, Bächen und Vögeln, und bewunderten die Schöpfung Gottes. Auch ich verließ das Schiff, setzte mich an einer sprudelnden Quelle nieder und ließ mir von einem Sklaven kostbare Speisen auftragen. Nachdem ich gegessen und getrunken hatte, schickte ich den Diener wieder mit dem Tische aufs Schiff zurück, ich aber erquickte mich an der klaren Luft, die mich umwehte, und schlief ein. Als ich erwachte, sah ich das Schiff nicht mehr, und fand mich ganz allein, das Schiff war abgesegelt und niemand hatte an mich gedacht. Da überfiel mich so großer Kummer und Ärger, daß mir fast die Galle zersprang, denn ich hatte keinerlei Lebensmittel noch sonst was bei mir, war innerlich und äußerlich erschöpft und verzweifelte am Leben. Ich gab mich allerlei Gedanken hin, seufzte und jammerte, schalt mich selbst, daß ich eine zweite Reise unternommen, da ich doch zu Hause mit meiner Familie bei größtem Überflusse an Speisen, Getränken und Kleidung, in Ruhe hätte leben können. Ich bereute es, Bagdad verlassen und mich nochmals auf die See begeben zu haben, nachdem ich das erstemal schon so viel gelitten, und sogar ohne Gottes besondere Gnade umgekommen wäre. Ich geriet fast von Sinnen.

Zuletzt ergab ich mich in den Willen Gottes, ging eine Weile gedankenlos umher, dann stieg ich auf einen hohen Baum, um von da aus nach allen Seiten zu spähen, ob ich einen Menschen entdecke. Meine Blicke schweiften über die Meeresfläche hin, konnten jedoch nichts als Himmel und Wasser entdecken.

Endlich erblickte ich auf der Insel etwas Weißes. Ich stieg vom Baume und wendete mich nach der Seite, wo ich den Gegenstand meiner Aufmerksamkeit wahrgenommen hatte.

Schon in einiger Entfernung bemerkte ich, daß es eine außerordentlich große weiße Kugel war. Näher gekommen, berührte ich sie und fand, daß sie zarter als Seide war. Ich ging um dieselbe herum, um nach einer Öffnung zu sehen, ohne daß ich jedoch eine entdecken konnte; ich hielt es auch für unmöglich, hinaufzusteigen, da sie sehr glatt war. Sie konnte fünfzig Schritte im Umfange haben. Als die Sonne sich zum Untergang neigte, verfinsterte sich auf einmal die Luft, wie wenn sie von einer dunklen Wolke bedeckt gewesen wäre. Großes Erstaunen über diese Erscheinung befiel mich, denn wir waren im Sommer, ich entdeckte aber, daß sie von einem Vogel von außerordentlicher Größe herrührte. Es fiel mir bei, daß mir die Matrosen oft von einem Vogel, den sie Rock nannten, erzählt hatten, und daß die große Kugel, die mich in ein solches Erstaunen versetzt hatte, ein Ei dieses Vogels sein müsse. In der Tat, er schlug sein Gefieder auseinander und ließ sich darauf nieder, gleichsam um es auszubrüten.

Als der Vogel auf dem Ei saß und seine Füße ausstreckte, erhob ich mich, band mich daran fest mit der Binde meines Turbans, denn ich dachte bei mir: morgen wird der Vogel seinen Flug fortsetzen und könnte dich auf diese Weise von dieser verlassenen Insel auf bewohntes Land bringen, dann machst du die Binde wieder los, brauchst nicht mehr auf Inseln umherzuziehen und bist vor wilden Tieren sicher. So brachte ich die Nacht wachend zu. Am folgenden Morgen flog er, sobald der Tag anbrach, davon und trug mich tief in die Wolken hinein, daß ich nichts mehr unter mir sah; er schien das Gewicht, das an einem seiner Füße hing, durchaus nicht mehr zu spüren, als wenn eine Feder an seinen Krallen hinge; darauf stieg er aus der schreckhaften Höhe wieder herab mit einer Schnelligkeit, die mir die Besinnung raubte. Als er wieder mit mir Boden gefaßt hatte, band ich schnell die Binde los, die mich an ihn gefesselt hatte. Kaum war mir dies jedoch gelungen, als er mit dem Schnabel eine Schlange von unerhörter Größe erfaßte und mit ihr davonflog. Hierüber war ich sehr erstaunt und verlor meinen Mut. Nachdem ich mich wieder etwas gefaßt hatte, stellte ich Betrachtungen über meine Lage an. Der Ort, wo ich mich befand, war ein großer Hügel, unter mir war ein großes, weites Tal, von allen Seiten mit Bergen umgeben, deren Spitzen sich in den Wolken verloren, so daß kein Auge sie sehen konnte, noch jemand imstande war, sie zu ersteigen. Ich machte mir Vorwürfe über das, was ich getan, und sagte: es gibt keinen Schutz und keine Macht, außer bei Gott, dem Erhabenen! Sowie ich einer Gefahr entgehe, gerate ich in eine andere.

Während ich im Tale umherging, entdeckte ich, daß dessen Boden aus Diamant bestand. Es ist ein sehr harter, fester Stein, den man weder mit Eisen noch mit Stahl brechen kann und der zum Zerschneiden von Porzellan und Perlen und Mineralien gekauft wird. In dem Tale gibt es auch eine große Anzahl Schlangen, so lang und dick wie ein großer Dattelbaum, so daß jede von ihnen einen Elefanten hätte verschlingen können. Während des Tages zogen sie sich in ihre Höhlen, aus Furcht vor dem Vogel Rock, zurück und kamen erst des Nachts zum Vorschein.

Ich ging im Tale umher, bis ich eine große Höhle erblickte, ich ging auf sie zu und trat hinein. Den Eingang, der nieder und eng war, verstopfte ich mit einem großen Stein. Als ich mich aber in der Höhle umsah, entdeckte ich eine große Schlange, welche auf Eiern von der Größe eines Elefanten lag. Ich konnte die ganze Nacht vor Furcht nicht schlafen, denn ich erblickte bald noch andere von gleicher Art. Doch nahm ich mich zusammen und hielt mich wach, bis der Tag anbrach und einen Schein in die Höhle warf, da schob ich den Stein von der Höhle weg, ging heraus, und wandelte, vom langen Wachen und von Furcht wie eine Leiche aussehend, im Tale umher. Auf einmal fiel ein

geschlachtetes Tier vom Berge herab. Als ich dies sah, fiel mir ein, was mir früher ein Kaufmann erzählt hatte: Es gibt einen Berg von Diamantstein, der aber so hoch ist, daß ihn niemand besteigen kann, die Kaufleute gebrauchen aber eine List, um sich Diamantsteine zu verschaffen. Sie schlachten ein Lamm, ziehen ihm die Haut ab und werfen das Fleisch in das Tal, so daß Steine an dem frischen Fleisch hängen bleiben. Wenn dann die Adler dieses Fleisch nehmen und damit auf die Höhe fliegen, so gehen die Landsleute auf die Adler los und zwingen sie durch starkes Geschrei, davonzufliegen und das Fleisch im Stich zu lassen, worauf die Kaufleute die Diamanten von den Fleischstücken lösen und mitnehmen, und das Fleisch den Raubtieren überlassen. Sie bedienen sich dieser List, weil es kein anderes Mittel gibt, um Diamanten und Magnetsteine zu gewinnen.

Ich fing an, viele Diamanten zu sammeln und einzustecken. Ich nahm also das Stück Fleisch und band es mit dem Tuche meines Turbans an meine Brust fest. Bald kam ein Adler und faßte mit seinen Krallen dasjenige Stück, in das ich mich hineingebunden hatte, und trug es auf den Gipfel des Berges und wollte es verzehren, aber die Handelsleute, die in der Nähe waren, schrien laut und machten großen Lärm mit Brettern, um den Adler von seiner Beute zu verscheuchen, was ihnen auch gelang. Ich aber machte mich, sobald der Adler das Lamm verlassen hatte, los und blieb daneben stehen. Einer derselben näherte sich hierauf und suchte nach Steinen an dem Tiere, und als er keine fand, schrie er: »Wehe! Wehe! alle meine Mühe war vergebens, meine Reise bringt mir keinen Vorteil.« Als er dann seinen Blick auf mich warf, erschrak er. Ich sagte: »Fürchte nichts, mein Bruder, ich bin ein Mensch wie du, ich bin auf wunderbare Weise hierhergekommen. Auch sollst du keinen Schaden haben, ich besitze viele Diamantsteine und gebe dir mehr, als du an diesem Tiere gefunden hättest, dem ich meine Rettung verdanke, da ich mit demselben auf diesen Berg gekommen bin, sei nur ohne Sorge!« Ich hatte nicht sobald geendigt, als die anderen Handelsleute, die mich bemerkt hatten, sich um mich versammelten und ihr Erstaunen, mich zu sehen, ausdrückten, das ich noch durch Erzählung meiner Geschichte vermehrte. Sie sagten mir, daß ein jeder von ihnen ein solches geschlachtetes Tier ins Tal werfe, und zeigten mir die Diamanten, die jeder gewonnen hatte. Da zog ich eine Handvoll aus meiner Tasche und gab sie dem Kaufmann, mit dessen Lamm ich auf den Berg gekommen war, und da es mehr war, als er gefunden hätte, freute er sich sehr und dankte mir. Die übrigen Dia-

manten verkaufte ich den Kaufleuten, und ließ mir einen Beutel geben und legte das übrige Geld in einen Gurt, den ich bei mir trug. Ich reiste dann mit ihnen von Land zu Land und von Stadt zu Stadt, machte überall Geschäfte, bis wir glücklich in Baßrah anlangten.

Unter vielen Inseln, die wir durchwanderten, war auch eine, auf welcher der Kampferbaum wächst, der so dick und laubig ist, daß hundert Menschen in seinem Schatten Platz haben. Die Flüssigkeit, die den Kampfer gibt, fließt aus einer Öffnung, die man mit einer langen Lanze oben am Baume macht. Dieselbe sieht wie Milch aus, verdichtet sich wie Gummi und bildet den Saft des Baumes; nachdem die Flüssigkeit ausgelassen, dörrt der Baum und stirbt ab.

Auf der nämlichen Insel gibt es Rhinozerosse, Tiere, größer und stärker als der Elefant, sie weiden wie Büffel, deren es viele Sorten auf dieser Insel gibt, und wie Stiere bei uns frei umher; sie tragen ein zehn Ellen langes starkes Horn, so dick wie ein Dattelbaum. Man sieht darauf Umrisse, die einen Menschen vorstellen. Das Rhinozeros schlägt sich, wie mir ein Reisender erzählt hat, mit dem Elefanten, durchbohrt ihm den Leib mit seinem Horn und trägt ihn auf seinem Kopfe, ohne eine Last zu spüren, umher, bis er tot ist; bald jedoch fließt im Sommer bei der Hitze das Fett des Elefanten über seine Augen und macht sie blind. Darauf kommt der Vogel Rock, umfaßt sie beide mit seinen Krallen, um sie in sein Nest zu tragen und seine Jungen damit zu füttern. Ich habe auf jener Insel noch andere Merkwürdigkeiten und Wunderdinge gesehen. Als wir nach Baßrah kamen, hielten wir uns einige Tage auf, dann reisten wir nach Bagdad. Meine Familie freute sich über meine glückliche Ankunft und meine Freunde beglückwünschten mich und ich machte ihnen sowohl als meinen Nachbarn viele Geschenke, setzte wieder mein Handelsgeschäft fort mit allerlei Waren und Edelsteinen, derer ich mehr als früher besaß, schaffte mir schöne Diener an und ließ es wohl sein bei gutem Essen, Trinken und allerlei Zerstreuungen. Ich ward wegen meiner Abenteuer bewundert und von jedem, der eine große Reise unternehmen wollte, zu Rat gezogen.

Hiermit schloß Sindbad die Erzählung seiner zweiten Reise. Er gab noch hundert Zechinen dem Lastträger und lud ihn auf den folgenden Tag ein, die Erzählung der dritten Reise zu hören.

Der Lastträger ging nach Hause und kam den darauffolgenden Tag wieder. Man setzte sich zu Tische. Sindbad fuhr, nach genommener Mahlzeit, folgendermaßen fort:

Dritte Reise Sindbads

Wisset, meine Freunde! nachdem ich, wie ich euch gestern erzählt habe, einige Zeit in Bagdad mich dem Wohlleben hingegeben hatte, kam mir wieder die Lust zu reisen und zu Erwerb, denn der Mensch sehnt sich immer nach etwas, ich packte daher viele Waren für eine Seereise zusammen, vergaß meine frühern Leiden, reiste nach Baßrah, und ging am Ufer des Meeres umher. Da sah ich ein großes Schiff, auf welchem angesehene, rechtschaffene und fromme Kaufleute sich befanden, ich ließ meine sämtlichen Waren auf das Schiff bringen und die Kaufleute freuten sich mit meiner Gesellschaft. Wir reisten mit Gottes Segen ohne Unfall und machten großen Gewinn. Eines Tages, als wir ganz vergnügt auf wogendem Meere waren, stieß der Kapitän ein Jammergeschrei aus, schlug sich ins Gesicht, riß sich die Haare vom Barte aus und zerriß seine Kleider. Dann rief er laut: »O ihr Kaufleute! wir sind alle verloren.« Als wir fragten, was es gebe, sagte er: »Wisset, daß die heftigen Stürme uns vom Wege abgeführt haben, und unser Mißgeschick hat uns an die Affeninsel gebracht, auf welcher Affen wie Heuschrekken umherspringen. Noch ist kein Mensch auf diese Insel gekommen, der nicht seinen Tod gefunden hätte.« Der Kapitän warf die Anker aus und ließ die Segel einziehen, aber alsbald kamen die Affen von der Insel her auf uns zu, stiegen von allen Seiten her auf das Schiff in so großer Zahl, daß wir sie weder töten noch fortjagen konnten. Bald bissen sie auch mit ihren Zähnen das Ankertau und die Segelstricke durch, zogen das Schiff ans Land, ließen uns aussteigen und verschwanden mit dem

Schiffe samt allem, was darauf war. Diese Affen hatten gelbe Augen, schwarze Gesichter und klebrige Haare. Wir gingen, ohne zu wissen, was aus uns werden sollte, auf der Insel umher und nährten uns von Pflanzen. Da leuchtete uns eine Wohnung mitten in der Insel entgegen und als wir uns näherten, bemerkten wir ein großes, wohlgebautes, hohes Schloß, mit einem großen Tore und zwei Flügeln von Ebenholz. Wir traten hinein und befanden uns in einem großen Hofe, in welchem viele Gebeine umherlagen und viel grünes und trockenes Holz aufgespeichert war. Wir wunderten uns sehr darüber, blieben jedoch, da wir sehr müde und niedergeschlagen waren, im Schlosse, in welchem wir keinen Menschen sahen.

Während wir in diesem Zustande der Verzweiflung waren, bebte auf einmal die Erde mit uns und mit einem Geräusch, ähnlich dem Brausen des Sturmwindes, trat eine schwarze Menschengestalt, groß wie ein Palmbaum, zu uns heran. Sie hatte rote Augen, ein schwarzes Gesicht, weite Nasenlöcher und einen großen Mund. Sie setzte sich auf eine Bank und ruhte ein wenig aus, dann heftete sie ihre Augen auf uns und trat uns näher. Beim Anblick dieses Riesen bebten und zitterten wir vor Angst. Er faßte mich dann, setzte mich auf seine Hand wie einen Sperling, drehte mich herum und befühlte mich, wie es ein Metzger mit einem Schlachttiere tut, und stellte mich dann auf die Seite, fern von meinen Reisegefährten. Er verfuhr dann mit diesen in gleicher Weise, bis er an den Kapitän kam, welcher der Fetteste von uns war. Diesen packte er am Nacken, warf ihn aufs Gesicht, setzte seinen Fuß auf das Genick und zerbrach es. Hierauf holte er viel Holz herbei und zündete ein Feuer an, und als das Holz zu Kohlen ward, nahm er einen großen Bratspieß, durchbohrte damit den Kapitän, hob ihn über die Kohlen, drehte ihn rechts und links über denselben, bis er gebraten war, legte den Leichnam vor sich hin, bis er kalt war, darauf riß er mit den Nägeln von ihm herunter, aß davon, bis er satt war, und warf die abgenagten Beine auf die Seite. Dann kehrte er nach seinem Platz zurück, legte sich auf die Bank und schnarchte wie ein Tier, das man schlachtet. Wir aber blieben voneinander getrennt stehen und wagten es nicht, aus Furcht, uns wieder zu vereinigen, bis Gott den Morgen leuchten ließ und der Riese sei-

nes Weges ging, ohne daß wir wußten, wohin, dann traten wir wieder zusammen und bedauerten den Kapitän und dachten: morgen wird es einem anderen von uns ebenso ergehen, und wir werden alle hinsterben, ohne daß jemand etwas von uns wisse. Wir beschlossen, auf der Insel ein Versteck zu suchen, oder zu entfliehen. Wir fanden aber keinen sicheren Ort, wir kehrten daher, nachdem wir einige Pflanzen als Nahrung zu uns genommen, wieder in das Schloß zurück und setzten uns auf unsern frühern Platz. Kaum saßen wir, so erbebte die Erde, der Riese erschien, trat auf uns zu, nachdem er ein wenig auf der Bank ausgeruht hatte, drehte uns einen nach dem anderen herum, ergriff dann einen von uns und verfuhr mit ihm wie mit dem ersten. Nachdem er ihn gebraten und verzehrt hatte, legte er sich wieder auf die Bank und schnarchte, wie wenn ein Sturmwind brauste, die ganze Nacht durch, wir aber konnten vor Furcht nicht schlafen. Als der Tag leuchtete, verließ er uns, wir traten dann zusammen, klagten über unsere Lage und dachten: bei Gott, besser ertrinken als gebraten werden. Da sagte einer von uns: »Meine Freunde, laßt uns eine List ersinnen, diesen Verruchten zu töten und uns und allen Gläubigen Ruhe zu schaffen.« Die übrigen Kaufleute stimmten mit diesem Vorschlag überein, ich aber sagte: »Guter Rat ist noch besser als Totschlagen, wollt ihr durchaus töten, so lasset uns vorher von diesem Holz ein Floß bauen, das wir am Ufer bereithalten. Gelingt es uns, den Riesen zu töten, so mag daraus werden, was Gott will, wenn nicht, so steigen wir auf das Floß und rudern in die hohe See und vertrauen auf Gott. Werden wir gerettet, nun gut, ertrinken wir, so sterben wir als Märtyrer und werden doch nicht getötet und verbrannt.« Mein Rat wurde gutgeheißen, wir trugen alsbald Holz nach dem Ufer, nahmen Stricke, die um das Schloß herum lagen, und allerlei Fetzen, die wir zusammenflochten, und banden damit das Floß fest, das wir am Ufer befestigten. Hierauf kehrten wir in das Schloß zurück und kaum hatten wir unsern frühern Platz wieder eingenommen, so bebte die Erde und jenes Ungeheuer kam wieder mit einem Getöse wie ein Sturmwind, faßte einen von uns und verfuhr mit ihm wie mit dem ersten. Als er ihn gebraten und verzehrt hatte, schlief er wie gewöhnlich wieder ein. Da nahmen wir den eisernen Spieß, an dem er die Menschen gebraten hatte, legten ihn auf die Kohlen, trugen noch mehr Holz hinzu und legten einen zweiten Spieß daneben. Als sie rot wie feurige Kohlen waren, gingen wir damit auf den verruchten Schwarzen zu, der wie der Donner

schnarchte, und bohrten die Spieße in seine Augen. Er stieß einen fürchterlichen Schrei aus, erhob sich von der Bank und ging im Hofe umher, nach uns greifend, wir verbargen uns aber, doch überfiel uns große Angst und wir sahen schon den Tod vor Augen. Indessen hatte er das Gesicht verloren und er ging unter gräßlichem Geheul und Gestampf zur Türe hinaus, so daß die Erde unter uns bebte. Wir verließen das Schloß und begaben uns an das Ufer der Insel, wo wir unsere Flöße stehen hatten, und wir sagten zueinander: wenn der Verruchte bis nach Sonnenuntergang ausbleibt, so dürfen wir annehmen, daß er umgekommen ist, kehrt er aber wieder ins Schloß, so müssen wir uns auf die Flöße begeben und fortrudern und uns in den Willen Gottes ergeben. Während wir uns so besprachen, kam der Schwarze mit zwei andern, die noch stärker und greulicher waren als er und wie Werwölfe aussahen, mit Augen wie glühende Kohlen. Als wir ihn so, auf die Schultern seiner beiden Gefährten gestützt, dem Schlosse zugehen sahen, begaben wir uns auf unsere Flöße, die wir so schnell als möglich vom Ufer wegzurudern suchten. Die Riesen bemerkten dies zeitig, bewaffneten sich mit großen Steinen, liefen auf das Ufer zu und warfen uns die Steine nach, von denen uns viele trafen und töteten, während andere ins Meer fielen. Da ich und meine Kameraden mit allen Kräften ruderten, so befanden wir uns bald auf der hohen See und wurden ein Spiel der Winde und Wellen, die uns hin und her warfen, wir waren nur noch unsrer drei, die übrigen waren umgekommen und wurden, wie sie tot waren, von uns ins Meer geworfen. Trotz aller Hungerqual hörten wir doch nicht auf, mit aller Kraft zu rudern und uns gegenseitig zu ermutigen, bis wir vom Winde gegen eine Insel getrieben wurden, auf welcher wir Bäche, Bäume und Vögel fanden. Da wir vor Ermüdung, Hunger und Furcht wie Leichen waren, freuten wir uns über unsere Rettung und stärkten uns an den Früchten dieser Insel. Als der Abend nahte, legten wir uns nieder und schliefen

ein. Auf einmal wurden wir von einem Geräusch, ähnlich dem eines Sturmwindes, geweckt und groß war unsere Furcht, als wir uns von einer mächtigen großen Schlange umzingelt sahen. Sie fuhr auf einen meiner Kameraden los und würgte ihn hinunter; man sah nur noch seine Schultern und seinen Kopf aus ihrem Rachen hervorstehen; er schrie laut und die Schlange machte eine schnelle Bewegung, indem sie sich zusammen- und gleich darauf wieder auseinanderrollte. Wir hörten seine Gebeine krachen und verschlungen war der ganze Mann! Darauf ging die Schlange wieder ihres Weges. Wir beiden übrigen fürchteten, die Schlange möchte auch bald in ähnlicher Weise mit uns verfahren, und wir sagten: »Es gibt keinen Schutz und keine Macht außer bei Gott, dem Erhabenen. Schon fühlten wir uns glücklich, der Grausamkeit der Riesen und der Wut der Wellen entgangen zu sein; und jetzt befinden wir uns in Lagen, die noch schrecklicher sind.«

Wir gingen auf der Insel umher, um eine Zuflucht zu suchen, fanden aber keine, wir aßen von den Früchten, die darauf wuchsen, mit der schrecklichen Vermutung, daß einer von uns von der Schlange noch diesen Abend aufgefressen werde. Endlich bemerkten wir einen hohen Baum, auf den wir stiegen, um uns die Nacht über in Sicherheit zu bringen. Gleich darauf nahte sich die Schlange dem Baume, auf dem wir waren. Sie legte sich an dessen Stamm und erreichte meinen Kameraden und würgte ihn hinunter, ich stieg auf die obersten Zweige und dachte, wenn ich herunterstürze und umkomme, so habe ich doch Ruhe vor dieser Angst vor dem Hunger und den Strapazen in der Fremde. Indessen ging die Schlange, nachdem sie meinen Gefährten am Baume zermalmt hatte, wieder ihres Weges, und ich brachte die Nacht allein auf dem Baume zu, erschüttert von dem, was ich gesehen, und entschlossen, mich vom Baume herunterzustürzen, falls die Schlange wiederkehren sollte, denn ich dachte, lieber so sterben, als von der Schlange verschlungen zu werden. Am folgenden Morgen wollte ich mich ins Meer werfen, aber mein Innerstes sträubte sich dagegen, denn der Mensch hängt doch am Leben. Ich machte mich daher auf, suchte verschiedenes Holz und trockenes Gesträuch zusammen, aus dem ich Stricke flocht, ich umgab mich dann von allen Seiten mit festgebundenen Brettern und

Scheitern, so daß ich wie in einer Kiste lag und die Schlange mich nicht erreichen konnte. Die Schlange kam des Abends und schlich um mich herum. Sie konnte meiner jedoch nicht habhaft werden wegen des Walls, der mir zum Schutze diente, und trieb es so bis zum Tage, indem sie unter fortwährendem Gezische sich bald näherte, bald wieder entfernte; ich sah alles und war dem Tode nahe vor Furcht. Als der Tag nahte, zog sie sich zurück; ich machte mich alsbald von dem Holze los, lief auf der Insel umher, aß einige Früchte und gelangte auf einen Hügel, von welchem ich ein Schiff mitten in den Meereswellen erblickte. Ich rief aus voller Kehle demselben entgegen, winkte mit dem Zweige eines Baumes und ward sogleich von der Schiffsmannschaft gesehen.

Das Schiff näherte sich dem Ufer und die Leute fragten mich, wer ich sei. Ich antwortete: »Ich bin ein Mensch, nehmet mich auf, ich will euch erzählen, wie ich hierhergekommen.« Sie nahmen mich auf, brachten mir einigen Proviant und als ich mich gestärkt hatte, erzählte ich ihnen meine ganze Leidensgeschichte von meiner Abreise aus der Heimat an bis zum Augenblick, wo ich aufs Schiff kam, und sie waren sehr erstaunt über meine Abenteuer! Sie zogen mir dann meine zerfetzten und übelriechenden Kleider aus, warfen sie in das Meer, brachten mir andere, reine Kleider sowie auch verschiedene Lebensmittel und frisches Wasser. So ward ich wieder neu belebt, nachdem ich schon der Verzweiflung preisgegeben war, und ich wähnte mich im Traume, als ich, nach so schweren Leiden, mich wieder in solchem Wohlbehagen sah.

Wir hielten eine Zeitlang das Meer bei günstigem Winde und landeten endlich bei Kalaset, woher man das Sandelholz bezieht, und gingen im Hafen dieser Insel vor Anker. Meine Reisegefährten und sämtliche Handelsleute fingen an, ihre Waren ausschiffen zu lassen, um sie zu verkaufen, oder um Tauschhandel zu treiben. Unterdessen rief mir der Schiffskapitän und sprach zu mir: »Höre, mein Herr! du bist fremd und arm, und hast uns erzählt, was du gelitten, darum will ich dir Gutes zuwenden und um Gottes willen Nutzen verschaffen.« Als ich hierauf antwortete, ich sei allerdings in größter Dürftigkeit, er möge tun, was ihm gut dünke, fuhr er fort: »Wisse! auf dem Schiffe befinden sich Waren, die einem Handelsmanne von Bagdad gehörten, der mehrere

Jahre mit uns gereist ist, und den wir dann verloren haben. Wir wollen seine Waren verkaufen, das Geld dafür nehmen und es nach Rückkunft seinen Erben zustellen, sowie sie sich als solche ausweisen werden. Du aber sollst sie verkaufen und einen entsprechenden Lohn dafür in Empfang nehmen, wovon du auf der Reise leben kannst.« Ich dankte Gott, sprach kein Wort, und nahm mich zusammen, bis alle Waren ausgeladen waren und die Kaufleute sich miteinander unterhielten; da wendete ich mich zum Kapitän und bat ihn, mir näheres über den Eigentümer dieser Waren zu berichten, und als er erzählte, wie sie ihn auf einer Insel zurückgelassen, weil sie ihn ganz vergessen hatten, und dabei auch meinen Namen nannte, war meine Freude grenzenlos und ich rief laut: »O Kapitän, o ihr Kaufleute! bei Gott, ich bin Sindbad der Seefahrer, die Waren gehören mir, alle Kaufleute werden es bezeugen.« Da sagte der Kapitän: »Wie magst du dies behaupten?« und er wollte nichts von allem glauben. Bald versammelten sich die übrigen um uns; die einen glaubten mir, während mich die anderen für einen Lügner hielten. Da trat auf einmal ein Handelsmann aus ihrer Mitte hervor, grüßte mich und sprach: »Du hast wahr gesprochen, Sindbad der Seemann; dieses Geld und diese Waren gehören dir. (Doch höre, so erzählte Sindbad, wie dies zuging.) Dieser Kaufmann sagte: Ich erzählte euch vor kurzem das Wunderbarste, was mir jemals auf Reisen begegnet, als ich nämlich einst Diamanten sammelte und vom Diamantberge herab Fleischstücke auswarf, wie einst ein Mensch daran festgebunden war. Dies war Sindbad, der mir dann viele Diamanten schenkte, von denen er die Taschen voll hatte. Wir reisten dann zusammen nach Baßrah, von wo er sich nach Bagdad begab, ich weiß nicht, was ihm inzwischen zugestoßen, danke aber Gott, daß er wieder bei uns ist, um euch zu überzeugen, daß ich euch die Wahrheit berichtet und daß ihn der Herr wieder zu seinen Waren geführt.« Nachdem dieser Kaufmann so gesprochen, gab ich dem Kapitän noch andere Zeichen, so daß er keinen Zweifel mehr hatte und mich aufs neue willkommen hieß und umarmte und sagte: »Gott sei für deine Rettung gepriesen.« Nachdem ich dann meine ganze Geschichte erzählt und noch andere Beweise angeführt hatte, wurden mir meine Waren ausgeliefert, ich handelte damit und machte ungewöhnlich großen Gewinn.

Von der Insel Kalaset segelten wir nach Indien, wo ich Gewürznelken, Ingwer und andere Spezereien einkaufte. Von hier segelten wir nach Sind, wo wir auch Handel trieben und uns das Land ansahen. Auf dieser Reise sah ich unzählbare Merkwürdigkeiten, unter anderem Fische wie Stiere und Esel, auch Vögel, die aus einer Seemuschel hervorgehen und auf dem Wasser Eier legen und ausbrüten und nie das trockene Land betreten. Endlich kam ich, nach einer lange Reise von Insel zu Insel, in Baßrah an und erreichte schließlich wieder Bagdad mit mehr Geld und Waren, als ich selbst wußte. Ich machte meinen Freunden und Bekannten viele Geschenke, kleidete Weisen und Witwen, schaffte mir wieder Sklaven und Sklavinnen an, und lebte in süßer Behaglichkeit an guten Speisen und Getränken, an Musik, Gesang und schönen Mädchen mich ergötzend, froh und heiter und gedachte nicht mehr der ausgestandenen Leiden. Das ist der Schluß meiner dritten Reise.

Sindbad ließ dann Speisen auftragen, gab dem Lastträger wieder hundert Goldstücke und sprach: »Komme morgen wieder, du sollst dann hören, was mir noch Merkwürdigeres auf der vierten Reise begegnet ist.« Der Lastenträger versprach es und ging nach Hause, verwundert über das, was er von Sindbad gehört hatte: des anderen Tages ging er wieder zu ihm. Als sie alle beisammen waren, schmausten sie wie den vorhergehenden Tag; später begann Sindbad:

Vierte Reise Sindbads

Ich lebte einige Zeit allen Lebensgenüssen hingegeben und vergaß alle früheren Strapazen im Übermaße meines Glücks und meiner blühenden Geschäfte. Eines Tages besuchten mich vornehme Kaufleute, die durch ihr Gespräch über Handel und Reisen auch meine Wanderlust

wieder weckten, so daß ich beschloß, mit ihnen zu reisen, um neue Länder zu sehen. Ich kaufte kostbare Waren für den Seehandel ein und begab mich mit meinen Freunden auf ein großes Schiff. Wir waren längere Zeit unterwegs, als wir eines Tages bei einer bisher außerordentlich günstigen Fahrt von einem Windstoß getroffen wurden, der den Kapitän zwang, die Segel einzuziehen und die Anker auszuwerfen – der Sturm kam aber dann von vorne, zerriß unsere Segel sowie das Ankertau und schlug den Mastbaum um, so daß das Schiff unterging und eine große Anzahl Handelsleute ertranken und die Ladung zugrunde ging.

Ich und einige andere Handelsleute hatten das Glück, uns an einem Brette festhalten zu können, auf dem wir einige Zeit bei stillem Winde mit Händen und Füßen fortruderten. Dann erhob sich der Sturm wieder und die Wellen trieben uns, nach Gottes Bestimmung, gegen eine große Insel. Wir stiegen ans Land, außer uns vor Erschöpfung, Hunger, Durst und Kälte, und nährten uns von einigen Pflanzen. Die Nacht aber ruhten wir am Ufer aus. Den darauffolgenden Tag entfernten wir uns mit dem ersten Strahl der Sonne vom Ufer, drangen auf der Insel vor und bemerkten Wohnungen, denen wir uns näherten. Sogleich kam ein Schwarzer aus den Hütten uns entgegen. Ohne uns zu grüßen, ergriff er uns und führte uns zu ihrem Oberhaupte. Man stellte uns eine Speise vor, die wir nicht kannten, noch je gesehen hatten. Meine Kameraden, an denen Hunger gezehrt hatte, aßen davon. Ich aber hatte einen Ekel davor und wollte trotz meinem Hunger nicht einmal davon kosten; dies war mein von Gott beschiedenes Glück, denn kurz darauf bemerkte ich, daß meine Kameraden den Verstand verloren hatten, und wie Rasende weiteraßen. Man reichte uns darauf Kokosnußöl; meine Kameraden, die schon von Sinnen waren, aßen auch hiervon und rieben sich damit ein. Ich erstaunte darüber und sah dann, daß es Magier waren, die jeden Fremden, der zu ihnen kam, mästeten und ihrem König, der ein Werwolf war, gebraten zu essen gaben. Dies geschah meinen Kameraden, die durch diese Speisen ihren Verstand verloren hatten, ich aber blieb zwei Tage bei ihnen und enthielt mich aus Furcht und Angst jeder Speise und jeden Getränks. Ich zehrte sichtbar ab und meine Haut dorrte aus: die Schwarzen bemerkten meinen krankhaften Zustand und ließen mich leben und kümmerten sich gar nicht um mich.

Auf diese Weise konnte ich mich eines Tags von den Wohnungen der Schwarzen entfernen und, mich von den Pflanzen der Insel nährend, verstohlen weitergehen. Da bemerkte ich in der Ferne einen Greis und ging auf ihn zu, um zu sehen, wer er sei. Er war der Hirt, der die Menschen auf die Weide führte, welche vom König verzehrt werden sollten. Er mußte sie, nachdem sie von der genannten Speise gegessen hatten, ins Freie führen, wo sie von den Früchten der Insel gemästet wurden, bis sie recht fett wurden. Als ich dies wahrnahm, fürchtete ich mich und wollte umkehren; der Greis, welcher merkte, daß ich verständiger als die anderen war, gab mir durch ein Zeichen zu verstehen, daß ich den Weg nach rechts einschlagen sollte, um zu meinem Ziele zu gelangen. Ich folgte dieser Weisung, schlug den bezeichneten Weg rechts ein, fürchtete immer, verfolgt zu werden, lief bald, ging dann wieder langsam und ruhte aus, und endlich als die Nacht hereinbrach und ich weit entfernt vom Greis war, legte ich mich nieder, konnte aber vor Angst und Müdigkeit nicht schlafen. Ich stand wieder auf, ging die ganze Nacht durch, des Morgens ruhte ich wieder aus und stärkte mich an einigen Pflanzen und Früchten und setzte so meinen Marsch sieben Tage lang fort.

Am achten Tage bemerkte ich in der Ferne einen Greis, ich ging auf ihn zu und erreichte ihn erst beim Sonnenuntergang. Da fand ich bei ihm weiße Menschen, die beschäftigt waren, Pfeffer zu sammeln, sie kamen mir sogleich, als sie meiner ansichtig wurden, entgegen und fragten mich, wer ich sei und woher ich komme. Ich erzählte ihnen, wie ich Schiffbruch gelitten, auf diese Insel gekommen und in die Hände der Schwarzen gefallen sei. Sie unterbrachen mich mit der Frage: durch welche Wunder ich den Schwarzen habe entkommen können, welche diese Insel beherrschen. Ich erzählte ihnen alles von Anfang bis zu Ende, was hier zu wiederholen überflüssig wäre, und sie waren höchlich verwundert darüber.

Sie brachten mir dann etwas zu essen, und als ich gegessen und ausgeruht hatte, schiffte ich mich mit ihnen ein, und wir begaben uns auf die Insel, woher sie gekommen waren. Sie brachten mich zu ihrem König, der mich begrüßte und begierig, meine Geschichte zu hören, sich dieselbe genau erzählen ließ.

Nachdem ich alles erzählt hatte, beglückwünschte er mich, hieß mich sitzen und ließ mir zu essen geben; ich pries Gott, dankte ihm für seine Güte und blieb in seiner Hauptstadt, welche sehr bevölkert war und großen Handel trieb. Dieser reizende Aufenthalt tröstete mich mächtig über mein Unglück, und die Güte, die der König für mich hatte, machte mich vollends zufrieden, und ich befreundete mich bald mit den Bewohnern der Stadt.

Ich bemerkte in diesem Lande etwas, das mir sehr ungewöhnlich schien. Jedermann ritt auf den besten Pferden ohne Steigbügel und ohne Sattel. Ich fragte eines Tages den König, warum er sich keines Sattels bediene. Seine Antwort war, ich spreche ihm von Dingen, deren Anwendung er nicht kenne. Ich bat um die Erlaubnis, einen Sattel zu verfertigen, und ging sogleich zu einem Schreiner und lehrte ihn, einen Sattel nach einer Zeichnung bauen, die ich ihm gab. Als derselbe fertig war, fütterte ich ihn mit Wolle aus und besetzte ihn mit Leder. Drauf ging ich zum Schmied, der mir eine Gebißstange und Steigbügel, wie ich ihm zeigte, machte.

Als alles dies aufs beste fertig war, ging ich hin zum König, suchte eines seiner besten Pferde aus, legte ihm Sattel und Zaum an und bat ihn, das Pferd zu besteigen. Der König bestieg dasselbe und hatte an der Erfindung solchen Gefallen, daß er mir seine Freude durch die glänzendsten Geschenke bezeigte. Drauf machte ich verschiedene Sättel für die übrigen Großen des Reichs, die mir alle Dinge schenkten, die mich binnen kurzem zum reichen Mann machten. Auch bei den übrigen Einwohnern kam ich in großen Ruf und war allgemein geschätzt und geachtet, weil ich den Schreiner gelehrt hatte, das Gerippe zum Sattel zu verfertigen und den Schmied, Zaum und Steigbügel zu schmieden. Eines Tages sagte mir der König: »Sindbad! Ich habe dich gern und weiß auch, daß alle meine Untertanen dasselbe tun. Ich habe eine Bitte an dich; du mußt mir versprechen, sie zu erfüllen, dann wirst du alles Gute erlangen.« »König!« war meine Antwort, »was verlangst du von mir?« Der König erwiderte: »Mein Wunsch ist, du nehmest eine der vornehmsten Töchter meiner Stadt zur Frau, damit dich dieselbe fessele und du einer der Unsrigen werdest, ich will dir Einkünfte verschaffen, die dir gestatten, im Überfluß zu leben.« Da ich nicht wagte, dem Befehl des Königs zuwiderzuhandeln, so erwiderte ich: »Du hast zu gebieten, o König der Zeit!« Er ließ alsbald den Kadi und die Gerichtszeugen rufen und verheiratete mich mit einer vornehmen, adeligen, sehr schönen Frau, die viel Geld und Güter besaß. Er wies mir dann eine Wohnung an, schenkte mir Sklaven und gab mir Diener und bestimmte mir ein Gehalt und Rationen. Ich freute mich damit und dachte: ich gebe mich der Fügung Gottes hin, will er mich einst wieder in meine Heimat zurückführen, so kann es niemand hindern, und es bleibt mir dann die Wahl, ob ich die Frau mitnehme oder entlasse. Indessen liebte ich bald meine Frau und ward auch von ihr geliebt, so daß wir eine geraume Zeit sehr glücklich lebten. Eines Tages hörte ich ein Jammergeschrei aus dem Hause meines Nachbarn, mit dem ich befreundet war. Ich fragte nach der Ursache dieses Jammers und vernahm, seine Gattin sei gestorben. Ich hielt es für meine Pflicht, ihn zu besuchen. Ich ging zu ihm, um ihn zu trösten, und fand ihn tief bekümmert. »Gott stärke dich, vermehre deinen Lohn, erbarme sich der Verstorbenen und verleihe dir ein langes Leben!« war meine Anrede. »Ach!« rief er aus, »was können mir deine Wünsche nützen? Ich habe bloß noch eine Stunde zu leben! Ich sehe dich und alle meine Freunde nicht wieder bis zum Auferstehungstage.« Ich fragte: »Wieso dies?« »Wisse«, erwiderte er, »man wird alsbald meine Frau waschen und in ein Totengewand hüllen und beerdigen und mich mit ihr begraben. Dies ist der Gebrauch unseres Volks: der lebende Mann wird mit seiner gestorbenen Frau und die lebende Frau mit ihrem gestorbenen Mann begraben, damit sie auch nach dem Tode vereinigt bleiben.« Ich sagte: »Bei Gott, das ist eine abscheuliche Sitte, der sich niemand gern unterwirft.« Während wir uns so unterhielten, kamen die meisten Stadtbewohner herbei, um die Trauernden zu trösten. Man legte dann die Frau in einen Sarg und ging damit ans Ende der Insel bis zu einem großen Stein, der eine große Zisterne bedeckte. Der Stein wurde aufgehoben, und der Leichnam sowohl als der lebendige Mann wurden an einem Strick hinabgelassen. Der Mann, dem man einen Krug Wasser und sieben Brötchen mitgab, löste den Strick ab, der wieder heraufgezogen wurde, worauf dann die Öffnung wieder mit dem Stein geschlossen wurde und jeder seines Weges ging. Als ich hierauf wieder zum König kam, sagte ich ihm: »O mein Herr! wie mögt ihr Menschen lebendig begraben?« Er antwortete: »So ist es Sitte bei uns: stirbt ein Mann, so wird seine Gattin mit ihm begraben, stirbt eine Frau, so folgt ihr der Gatte ins Grab. So war es Sitte bei unsern Vätern und Ahnen und den Königen vor uns.« Ich sagte: »Das ist eine schlimme Sitte«, dann fragte ich: »Gilt dieses Gesetz auch für Fremdlinge?« »Allerdings«, erwiderte er mir, »sind sie nicht davon ausgenommen.« Die Furcht, daß meine Frau vor mir sterben könne und daß ich dann lebend mit ihr begraben würde, flößte mir sehr trübe Gedanken ein. Ich befand mich wie in einem Gefängnis durch diese Worte des Königs und verabscheute meinen Aufenthalt in einer solchen Stadt. Am Ende beruhigte ich mich wieder und dachte: vielleicht sterbe ich vor meiner Frau, oder wird mir Gott helfen, daß ich vor ihrem Tode in meine Heimat zurückkehre. Aber nach einiger Zeit erkrankte sie, hütete das Bett und starb.

Mein Schmerz war groß, denn ich konnte nicht mehr entfliehen. Viele Leute kamen, um mich und die Verwandten der Frau zu trösten, und der König selbst erschien auch, um mir sein Beileid zu bezeugen. Man stattete alsbald meine Frau aus und trug sie in einem Sarge nach jenem Berge, hob den Stein von der Zisterne, dann sprach man mir

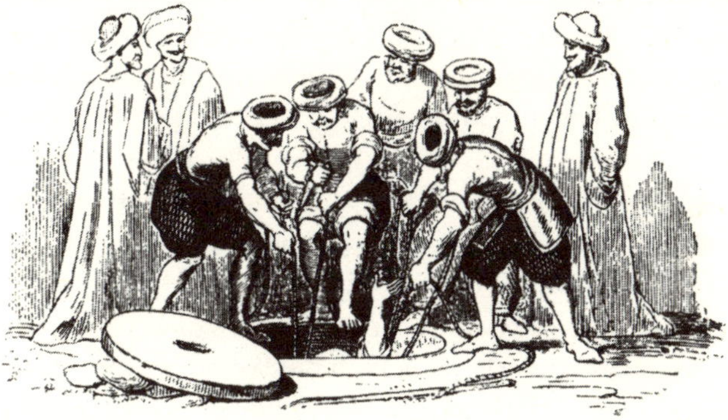

Trost zu und verabschiedete sich von mir. Ich schrie: »Ist es erlaubt von Gott, einen Fremden lebendig zu begraben? Ich bin nicht von den Eurigen, kannte eure Sitte nicht, hätte ich sie gekannt, so würde ich keine eurer Frauen geheiratet haben.« Sie hörten mich aber nicht an und hatten kein Mitleid mit mir. Sie banden mich fest, ließen mich in die Zisterne hinab und riefen mir zu: mache den Strick los! als ich dies nicht tat und fortwährend schrie, warfen sie den Strick auf mich herab und deckten die Öffnung wie gewöhnlich zu. Da sie gewohnt waren, den Verstorbenen die schönsten Kleider und den kostbarsten Schmuck anzuziehen, so geschah dies auch bei meiner Frau, welche wertvolle Edelsteine an ihrem Schmuck hatte. Als die Leute fort waren, sah ich mich in der Zisterne um, welche von einem abscheulichen Gestank angefüllt war, und vernahm ein leises Stöhnen, das meine Angst noch vermehrte. Es kam von einem Manne, der wenige Tage vor mir hinabgelassen worden war. Ich wurde fast rasend vor Verzweiflung und dachte: es gibt keinen Schutz und keine Macht außer bei Gott. Gottes Wille geschehe!

warum mußte ich mich in dieser Stadt verheiraten, ich war doch früher so vergnügt. Ich erinnerte mich an mein früheres glückliches Leben und dachte: wäre ich doch wenigstens einen schönen Tod gestorben und gewaschen und beerdigt worden! Bei Gott, sowie ich einem Unheil entkomme, stürze ich in ein anderes, und am Ende soll ich so jämmerlich umkommen und lebendig begraben werden. Gott verdamme das Gelüste nach weltlichen Dingen, nur meine Gier hat mich in so verzweifelte Lage gebracht, ich fuhr dann fort, mir selbst Vorwürfe zu machen und mir zu sagen, daß ich dies und noch mehr von Gott verdient habe, da ich ein freies, ruhiges Leben geführt hatte und nicht geruht, bis ich in eine dunkle Zisterne zu Leichen geworfen wurde. Ich wünschte mir den Tod, wendete mich dann vom Satan ab und flehte Gottes Schutz an. Ich hatte jedoch eine schlimme Nacht, war hungrig und durstig, und befand mich in solcher Dunkelheit, daß ich den Tag nicht von der Nacht unterscheiden konnte. Ich streckte die Hand nach dem Brot aus und aß etwa die Hälfte eines Brötchens, nahm auch ein wenig Wasser aus dem Krug, denn ich dachte: ich will wenig essen, vielleicht rettet mich Gott noch. Dann ging ich an den Seiten der Zisterne umher und sah, daß es eine große Höhle war, in welcher viele Leichen und Knochen umherlagen. Plötzlich ging die Öffnung der Zisterne wieder auf, es kam Licht von oben, und ich dachte: es wird vielleicht wieder jemand begraben. Ich blickte hinauf, ohne gesehen zu werden, und bald ließ man einen toten Mann und eine hübsche lebendige Frau zu mir herab, der man, wie gewöhnlich, einen Krug Wasser und sieben Brötchen mitgab. Sobald die Leute von der Öffnung fern waren, machte ich mich auf und gab ihr schnell mit einem der Knochen, die umherlagen, zwei Schläge auf den Kopf, wovon sie die Besinnung und das Leben verlor. Ich nahm dann ihr Brot und ihr Wasser und was sie an Schmuck und Edelsteinen an sich hatte und nährte mich von diesem Brot, nahm aber nie zu viel zu mir, damit der Vorrat lang währte, denn ich hoffte immer noch auf Gottes Hilfe. So lebte ich längere Zeit, indem ich immer die Leute, die man lebendig herabließ, erschlug und mich ihres Vorrats bemächtigte. Eines Tages, als ich so dasaß, hörte ich ein Rasseln an den Knochen, die an der Seite der Zisterne lagen. Ich stand auf, um zu sehen, was dies bedeute, denn ich fürchtete mich, da bemerkte ich, wie etwas vor mir herging, ich ergriff einen Knochen und verfolgte den Gegenstand, er lief aber vor mir weg. Ich verfolgte ihn so lange, bis ich ein Licht entdeckte, das in der Ferne einem Sterne glich. Ich ging diesem Lichte immer näher und dachte, vielleicht hat die Zisterne eine zweite Öffnung, und entdeckte zuletzt, daß es von einer Öffnung des Felsens kam, die nach dem Meere ging und durch welche Tiere kamen, um die toten Gebeine zu fressen. Als ich dessen gewiß war, beruhigte ich mich und sah wieder neues Leben vor mir, nachdem ich mich dem Tode verfallen geglaubt hatte, und mir war, als träumte ich. Ich gab mir Mühe, um durch die Öffnung zu gelangen, und befand mich am Ufer des Meeres, durch einen hohen Berg von der Stadt getrennt, nach welcher gar kein Weg führte.

Ich dankte Gott für meine Rettung. Drauf ging ich in die Höhle zurück, um das Brot und Wasser zu suchen, das ich noch darin hatte, dann kehrte ich wieder zurück und nahm alle Diamanten, Perlen, Rubinen, goldene Armspangen mit den übrigen Goldstoffen, die sich in den Bahren befanden, weg, um sie ans Meeresufer zu tragen. Ich machte mehrere Packen daraus und hüllte sie in Totengewänder ein. Ich ging dann jeden Tag wieder in die Höhle, erschlug die Leute, die man lebendig herabgelassen und nahm ihr Brot und ihr Wasser. Nach einiger Zeit, als ich so am Ufer des Meeres saß, bemerkte ich ein Schiff, das vorübersegelte. Ich rief aus vollem Halse, damit man mich höre, und winkte mit einem Fetzen von einem Totengewande, das neben mir lag. Man bemerkte mich, und die Schaluppe ward abgesandt, um mich an Bord zu führen. Auf die Frage der Matrosen, wer ich sei und wie ich mich an diesem Ort befinde, wo sie vor mir noch keinen Menschen gesehen, antwortete ich, ich sei ein Kaufmann und habe mich auf einem Schiffe befunden, das untergegangen ist, und mit großer Anstrengung mich hierher mit einigen Effekten und etwas Schmuck gerettet. Ich sagte ihnen aber nichts von dem, was mir in der Stadt und in der Höhle widerfahren, weil ich fürchtete, es möchte jemand aus der Stadt auf dem Schiffe sein.

Sie nahmen mich mit meinen Effekten auf, und als ich auf das Schiff kam, sammelte sich alles um mich herum, und als der Kapitän mich ausfragte, wiederholte ich, was ich den Matrosen erzählt hatte, und bemerkte, daß ich meine ganze Ladung verloren, kein Geld besitze und nur einigen Schmuck aus dem Schiffbruch gerettet habe. Ich bot ihm dann einiges davon an, da er mich doch aufgenommen, er nahm aber nichts an, indem er sagte, daß er Gott zu Ehren jeden, der Schiffbruch gelitten oder auf einer Insel verlassen ist, aufnehme und mit Proviant versorge, und daß er sich freue, mich außer aller Gefahr auf seinem Schiffe zu sehen. In der Tat versorgte mich der Kapitän unentgeltlich, bis wir glücklich nach Baßrah kamen, von wo ich, nach kurzem Aufenthalt, mich nach Bagdad begab. Ich teilte meine Schätze mit meiner Familie und mit meinen Freunden, beschenkte die Armen und Waisen und lebte wieder einige Zeit in Lust und Wonne mit meinen Freunden. Das sind die Abenteuer meiner vierten Reise, komme aber morgen wieder, sagte er hierauf zu Sindbad dem Landmanne, »um die Geschichte meiner fünften Reise zu vernehmen, die noch wunderbarer als die der früheren ist.« Er ließ ihm dann wieder hundert Dinare geben, und am folgenden Morgen, als er wiederkehrte und man gegessen und getrunken hatte, begann der Seefahrer folgende Erzählung:

Fünfte Reise Sindbads

Die Genüsse übten solche Gewalt auf mich aus, daß ich schnell die ausgestandenen Leiden und Strapazen vergaß. Aufs neue reizte mich der Trieb, fremde Länder zu sehen; ich kaufte daher Waren, ließ sie einpacken und reiste damit nach Baßrah. Als ich an das Ufer des Meeres kam, sah ich ein großes Schiff, auf dem viele Kaufleute waren. Ich kaufte es, nahm einen Kapitän und Matrosen in Sold und bestieg es mit einem Sklaven und Dienern. Wir lasen die erste Sure des Korans und reisten mit Gottes Hilfe Tag und Nacht, von Stadt zu Stadt und von

Land zu Land, bis uns das Geschick auf eine verlassene Insel trieb, wo wir ein Ei des Vogels Rock fanden, das in der Ferne einer Kuppel gleich sah. Das Junge war gerade im Begriff, herauszuschlüpfen, und dessen Schnabel war schon sichtbar.

Die Handelsleute, die sich mit mir eingeschifft hatten und auch mit mir ans Land gestiegen waren, schlugen mit Steinen auf das Ei los, brachten darin eine Öffnung an, aus der sie das

Junge des Vogels Rock herausnahmen. Sie schlachteten es und nahmen viel Fleisch davon. Ich schlief neben dem Schiffe; als ich erwachte, rief ich ihnen zu, das Ei nicht zu berühren, da sonst der Vogel unser Schiff zertrümmern würde, aber sie hörten nicht auf meine Worte, so sehr ich sie auch deshalb anschrie. Während wir so sprachen, verfinsterte sich die Atmosphäre, und die Sonne verhüllte sich, obgleich es zur Mittagszeit war. Die Sonne ward wie von einer schwarzen Wolke überzogen, und als wir gen Himmel sahen, bemerkten wir, daß die vermeintliche Wolke die Flügel des Vogels Rock waren, der in der Luft über seinem Ei umherkreiste. Der Kapitän rief uns zu, so schnell als möglich das Schiff zu besteigen, um nicht vom Rock getötet zu werden. Wir eilten auf das Schiff und entfernten uns eilig vom Ufer. Inzwischen sah sich der Vogel nach seinem Ei um und stieß ein furchtbares Geheul aus, als er es zerbrochen fand. Er verfolgte uns dann mit seinem Weibchen, und trotz aller Anstrengung, das Schiff so schnell als möglich in Bewegung zu setzen, fanden sie sich doch bald über unserm Schiffe, und wir bemerkten, daß jeder zwischen seinen Krallen ein Felsenstück von ungeheurer Größe hielt. Der Rock ließ hierauf das Felsenstück, das er hielt, über uns herfallen; der Steuermann konnte jedoch noch schnell genug dem Schiffe eine andere Wendung geben, wodurch jenes ins Meer fiel und dasselbe bis auf den Grund aufwühlte, so daß das Schiff in die Höhe gehoben und dann wieder niedergeworfen ward und nahezu unterging. Kaum waren wir durch Gottes Hilfe dieser Gefahr entronnen, so ließ das Weibchen die noch größere Felsenmasse mitten auf unser Schiff fallen, so daß es zerschmettert ward. Die Matrosen und Reisenden ertranken; ich selbst kam unter Wasser, glücklicherweise konnte ich mich an einem Stücke der Schiffstrümmer halten. Indem ich mich so drei Tage mit der Hand hielt und mit den Füßen ruderte, wurde ich endlich mit günstigem Winde gegen eine Insel getrieben.

Ich war wie eine Leiche vor Hunger, Müdigkeit und Ärger, und ich machte mir wieder Vorwürfe, daß ich mein glückliches Leben aufgegeben und aus Übermut mich neuen Gefahren ausgesetzt hatte. Als ich indessen eine Weile geschlafen und mich gestärkt hatte, ging ich auf der Insel umher und fand sie reich an Vögeln, Bächen und Baumfrüchten. Ich aß und trank, bis ich gesättigt war, und legte mich des Abends nieder in großer Furcht, weil ich keine Spur von einem menschlichen Wesen entdeckt hatte.

Als ich ein wenig auf der Insel zwischen Bäumen und Bächen vordrang, bemerkte ich einen Mann, der bei einem tätigen Wasserrade saß. Er war ganz nackt, hatte nur eine Schürze aus Palmfasern und einen Gürtel aus geflochtenen Blättern an. Ich dachte, er ist vielleicht fremd wie ich, und näherte mich, ihn grüßend. Er erwiderte meinen Gruß mit Anstand und Freundlichkeit und hieß mich willkommen. Ich fragte ihn, wer er sei, woher er komme und auf welchem Orte ich mich befände.

Er gab mir durch Zeichen zu verstehen, daß ich ihn zu dem Brunnen des Wasserrads tragen sollte.

Anfangs dachte ich mir, daß sein Zustand wirklich diese Hilfe nötig mache; ich nahm ihm daher auf meinen Rücken und trug ihn bis an den bezeichneten Ort, dann hieß ich ihn absteigen und wollte ihn niedersetzen, ich konnte ihn aber nicht von den Schultern herunterbringen, denn er hatte mir die Beine um den Hals geschlungen, deren Haut der eines Büffels glich und die so schwer wie ein Berg waren. Als ich sah, in welch neues Unglück ich mich gestürzt, rief ich: »Es gibt keinen Schutz und keine Macht, außer bei Gott, dem Erhabenen.« Sooft ich von einem Übel frei bin, stürze ich in ein anderes, mein Herz ward von Schrecken erfüllt, die Welt schwarz vor meinen Augen, und ich fiel wie eine Leiche zur Erde nieder. Er hob seine Beine ein wenig auf, und ich ruhte und sah, daß seine Beine meinen Hals noch ärger zerschunden hatten, als wenn er mit einer Peitsche geschlagen worden wäre. Ich erhob mich und wollte davonlaufen, aber er rief mich zurück und befahl mir, ihn

unter den Bäumen umherzutragen, und als ich mich nicht beeilte, sprang er wieder auf meine Schultern und stieß mich mit seinen Füßen, daß ich glaubte, er habe mir Brust und Rippen zerbrochen. So trug ich ihn dann mitten in die Insel, denn sooft ich stehenblieb, schlug er mich, ich war wie sein Gefangener, so daß ich am Leben verzweifelte. Er aber aß von den Früchten der Bäume und verunreinigte mich und stieg weder bei Tag noch bei Nacht von meinem Nacken herunter, selbst wenn er schlief hatte er seine Beine fest um meinen Hals geschlungen, so daß ich mich nicht losmachen konnte, und wenn ich nicht alsbald nach seinem Wunsche aufstand oder weiterging, so schlug er mich auf die Seiten und auf die Brust, und seine Schläge waren ärger als Peitschenhiebe, so daß ich aus Furcht vor ihm ganz gehorsam sein mußte. Ich wünschte den Tod herbei und machte mir Vorwürfe, daß ich mich von meiner Leidenschaft aus der Ruhe in solche Qualen habe stürzen lassen, auch nahm ich mir vor, in Zukunft mich keinem Menschen mehr zu nähern, der mich um Hilfe angeht.

Eines Tages fand ich auf meinem Wege mehrere trockene Kürbisse; ich nahm einen ausgetrockneten, höhlte ihn schön aus und drückte den Saft mehrerer Trauben hinein. Als ich den Kürbis angefüllt hatte, schloß ich die Öffnung wieder, die ich am oberen Teile angebracht hatte, und legte ihn einige Tage in die Sonne, bis der Traubensaft sich in starken Wein verwandelt hatte. Dann trank ich jeden Tag davon, und er gab mir Kraft und berauschte mich, daß ich keine Müdigkeit mehr fühlte. Eines Tages ward ich vom Weine so munter, daß ich anfing zu singen, Verse zu rezitieren, die Hände zusammenzuschlagen und mit dem Greis hin und her zu hüpfen.

Als der Greis die Wirkung merkte, die das Getränk auf mich gemacht hatte, gab er mir zu verstehen, daß er auch davon trinken wolle; ich reichte ihm daher den Kürbis hin, den er ergriff und bis auf den letzten Tropfen leerte. Er wurde alsbald sehr heiter, klatschte mit den Händen, hüpfte auf meinen Schultern, seine Beine fingen an sich zu lockern, er zitterte an allen Gliedern und wurde ganz betäubt, da löste ich ihm seine Beine von meinen Schultern, setzte ihn auf die Erde und freute mich sehr, als ich ihn noch immer ganz bewußtlos sah. Ich holte dann einen

großen Stein zwischen den Bäumen hervor, warf ihn mit aller Kraft auf seinen Kopf, so daß ich ihm den Hirnschädel zerschmetterte und sein Blut sich mit seinem Fleische mischte. Gott eilte mit seiner Seele in die Hölle. (Möge er kein Erbarmen mit ihm haben!)

Ich ging dann wieder an das Ufer an die Stelle zurück, an der ich mich früher befand, und nährte mich von den Früchten der Insel und sah immer nach dem Meere hin. Groß war meine Freude, als eines Tages ein Schiff heransegelte und an dieser Insel ankerte. Ich ging auf die Mannschaft zu, grüßte sie, man erwiderte meinen Gruß, und bald sammelten sich alle Leute vom Schiffe um mich, um zu hören, wie ich hierhergekommen. Nachdem ich nun meine ganze Geschichte erzählt hatte, sagte der Kapitän: »Der Alte, den du erschlagen hast, wird der Scheich des Meeres genannt, niemand ist ihm noch lebendig entkommen, und wer unter ihm umgekommen ist, den hat er gefressen.« Man wünschte mir Glück zu meiner Rettung, schenkte mir Lebensmittel und Kleidungsstücke und nahm mich mit auf das Schiff, das nach wenigen Tagen gegen eine große Stadt getrieben wurde, die am Ufer des Meeres lag, mit einem großen, festen Schlosse, welches Mauern mit einem eisenbeschlagenen Tore umgaben. Durch dieses Tor begeben sich die Bewohner der Stadt des Abends an das Ufer und besteigen ihre Nachen, auf denen sie mitten im Meere die Nacht zubringen, aus Furcht vor den Affen. Ich dachte mit Bewunderung darüber nach und erinnerte mich an meine früheren Abenteuer mit den Affen und gedachte auch meiner Freunde. Während ich aber so, in Gedanken vertieft, in der Stadt umherging, segelte das Schiff weiter, und ich bereute es, mich davon entfernt zu haben, aber meine Reue konnte mir nichts mehr nützen. Als ein Mann aus dieser Stadt mich so nachdenkend sah, sagte er zu mir: »Du scheinst hier fremd zu sein.« Ich antwortete: »Allerdings, ich befand mich auf dem Schiffe, das hier geankert hatte, und während ich mich in der Stadt umsah, segelte es weiter und ließ mich zurück, ich bin nun allein, ganz unbekannt mit der Stadt und ihren Bewohnern.« Der Mann erwiderte: »Sei ohne Furcht, geh mit mir auf meinen Nachen, denn wenn du die Nacht in der Stadt bleibst, kommst du um.« Ich folgte ihm und stieg in seinen Nachen, der sich ungefähr eine Meile weit von der Küste entfernte und erst des Morgens wieder nach der Stadt zurückgebracht wurde, welche an der Grenze des Landes der Schwarzen lag, denn wer die Nacht über in der Stadt blieb, wurde von den Affen aufgefressen. Den Tag über ging jeder seinem Geschäfte nach. Mich aber fragte der Mann, der mich aufgenommen hatte: »Verstehst du kein Handwerk?« Ich antwortete: »Bei Gott, ich bin kein Handwerker, ich war ein reicher Kaufmann, trieb Handel, habe aber durch Schiffbruch alles verloren.« Ich erzählte ihm dann meine ganze Leidensgeschichte, und als er sie mit großem Erstaunen angehört hatte, sagte er, indem er mir einen baumwollenen Beutel mit Steinen gefüllt überreichte: »Nimm diesen Beutel und folge mir!« Er führte mich dann zu einer Gesellschaft und sagte: »Hier ist ein fremder Mann, der Schiffbruch gelitten und nichts mehr besitzt und kein Handwerk versteht, nehmet ihn mit, lehrt ihn euer Geschäft, vielleicht erwirbt er so viel, daß er damit in seine Heimat zurückkehren kann.« Die Leute, denen er mich so empfohlen hatte, hießen mich willkommen und sagten: »Bei unserem Haupte und unsern

Augen.« Hierauf sagte der Mann: »Tu nun, was sie tun, und wenn du zurückkehrst, so komme wieder zu mir.« Er verließ mich dann, nachdem er mir noch einige Lebensmittel gegeben hatte. Ich dankte ihm und schloß mich den übrigen an, bis sie zu hohen, glatten Bäumen gelangten, auf die kein Mensch hinaufklettern konnte, und unter welchen viele Affen lagen. Als die Affen uns sahen, stiegen sie auf die Bäume. Die Leute warfen ihnen Steine aus ihren Taschen nach, worauf die Affen Früchte pflückten und herabwarfen. Als ich sie näher betrachtete, waren es Kokosnüsse, und die Bäume waren Kokosnußbäume, deren Früchte nur auf diese Weise gewonnen werden konnten.

Ich nahm dann auch Steine aus meinem Beutel und schleuderte sie gegen die Affen, die mich wieder mit Nüssen bewarfen, die ich in großer Zahl sammelte. So brachten wir den ganzen Tag zu, und des Abends kehrten wir in die Stadt zurück, und ich übergab dem Manne, der mich aufgenommen, was ich gesammelt hatte. Er freute sich und sagte: »Geh jeden Tag mit den Leuten und bringe, was dir Gott beschert, vielleicht bringst du so viel zusammen, daß, wenn du sie verkaufst, du mit dem Erlös in deine Heimat zurückkehren kannst.« Ich dankte ihm und wünschte ihm viel Gutes für das, was er mich gelehrt, und fuhr fort, Nüsse zu sammeln und zu verkaufen und das Geld um mich herum zu binden. Eines Tages ankerte ein Schiff vor dieser Stadt, auf welchem viele Kaufleute waren, die mit ihren Waren Tauschhandel trieben. Ich ging zu meinem Wirte und sagte ihm, daß ich die Absicht habe, mit dem angekommenen Schiffe abzureisen. Er ging zum Kapitän, mietete mir einen Platz, gab mir noch einige Lebensmittel und nahm Abschied von mir. Ich begab mich auf das Schiff mit vielen Kokosnüssen, denn ich hatte nur einen Teil derselben verkauft, auch schenkten mir meine Gefährten noch viele Nüsse, und wir reisten von Insel zu Insel, bis wir an eine große Stadt kamen. Ich vertauschte meine Nüsse gegen Gewürznelken und Pfeffer und sah mir den Pfefferbaum an, von dem man mir sagte, er trage große Büschel, und neben jedem Büschel wachse ein großes Blatt, das ihn beschatte und gegen Regen schütze, und wenn er aufhört, sich wieder nach unten wende. Wir kamen auch auf andere Inseln, auf welchen verschiedenes Aloeholz wächst, deren Bäume im

Meer wurzeln. Die Bewohner derselben sind dem Weine und der Unsittlichkeit ergeben und wissen nichts vom Gebete. Dann kamen wir auf die Insel der Perlensammler, ich gab Tauchern viele Kokosnüsse und ließ sie für mich untertauchen und vertraute dabei auf Gott. Sie brachten viele kostbare Perlen herauf, und ich wurde reicher, als ich es je war. So reisten wir immer weiter bis nach Baßrah. Hier hielt ich mich einige Tage auf, um auszuruhen, dann mietete ich ein Schiff und reiste mit allen meinen Waren nach Bagdad zu meiner Familie und zu meinen Freunden, von denen ich geglaubt hatte, ich würde sie nie mehr wiedersehen. Nun lebte ich wieder wie früher in Lust und Wonne und vergaß bald alle meine Leiden. »Das sind meine Abenteuer der fünften Reise«, so schloß Sindbad seine Erzählung, ließ dann Sindbad dem Landmann wieder hundert Dinare geben und lud ihn ein, am folgenden Morgen wiederzukehren, um die Ereignisse der sechsten Reise zu hören.

Sechste Reise Sindbads

Am folgenden Morgen erzählte Sindbad der Seefahrer: »Nachdem ich längere Zeit im höchsten Glück gelebt hatte und immer reicher wurde, kamen reisende Kaufleute zu mir und sprachen von ihren Reisen und von ihrem großen Gewinn, da überkam mich auch wieder die Lust zu reisen und fremde Länder zu besuchen. Ich kaufte kostbare Waren für eine Seereise, schaffte mir Proviant an und mietete ein Schiff nach Baßrah. Hier fand ich ein großes Schiff, mit vielen angesehenen Kaufleuten, ich reiste mit ihnen, nach dem Willen Gottes, von Meer zu Meer, von Insel zu Insel und von Stadt zu Stadt, machte überall Geschäfte und lebte sehr vergnügt, bis eines Tages der Kapitän plötzlich seine Matrosen anschrie, sich wie ein Weib ins Gesicht schlug, den Turban vom Haupt warf und sich den Bart ausraufte und rief: »Wehe! mein Haus ist verödet!

meine Kinder sind Waisen!« Als wir ihn in solchem Zustand sahen, wurde das Licht zu Finsternis in unsern Augen. Wir gingen auf ihn zu und fragten ihn, was vorgefallen? Er antwortete: »Wir können diesem Berg nicht entrinnen, es ist ein hoher Berg und darunter ein sehr harter, wir haben den Weg verfehlt und das Schicksal hat uns an einen Ort getrieben, von welchem noch niemand entkommen ist, doch seid fest im Glauben und betet zu Gott, vielleicht ist eine reine Seele unter euch, deren Gebet Gott erhört, daß wir gerettet werden.« Wir fingen an zu beten und der Kapitän stieg auf den Mastbaum, um zu sehen, wo wir uns hinwenden könnten, er fand aber kein Mittel, das Schiff abzulenken, er stieg daher wieder herunter und fiel vor Gram ohnmächtig auf das Schiff. Bald darauf wehte uns ein Wind vom Berg entgegen, das Schiff drehte sich dreimal im Kreise herum, stieß dann zweimal gegen den Berg und wurde zerschmettert, und was darauf war, ging unter. Manche Reisende, worunter auch ich, klammerten sich an der Seite des Berges an und es gelang ihnen, ihn zu erklimmen, andere ertranken. Als wir auf dem Berg waren, sahen wir eine Insel mit großen Bäumen und am Ufer lagen viele Gebeine und Hirnschalen von Menschen und viele Waren und wertvolle Gegenstände von zertrümmerten Schiffen, welche der Wind und die Wellen dahin getrieben hatten. Ich ging, über meine Lage nachdenkend und mir Vorwürfe machend, daß ich mich neuen Gefahren ausgesetzt, mit den anderen Geretteten auf der Insel umher, bis wir an eine frische Quelle kamen, die aus dem Berg entsprang. Wir tranken und gingen weiter und waren erstaunt über die Masse kostbarer Güter, die am Ufer herumlagen und von gescheiterten Schiffen herrührten. Auch fanden wir allerlei Edelsteine auf dem Berg sowohl als auf dem Grund der Quelle, von welcher wir tranken, desgleichen sahen wir verschiedene Sorten edle Aloebäume. Auch fließt Ambra an der Seite eines Bächleins wie Wachs, das die Seetiere verschlingen, dann aber im Meere wieder ausspeien, worauf es Farbe und Beschaffenheit ändert. Alles dies findet sich auf dieser Insel, die aber wegen des Berges, an welchem die Schiffe scheitern, unzugänglich ist. Wir gingen nun ratlos umher, ohne zu wissen, wohin, und wurden immer schwächer, denn wir mußten uns von Pflanzen nähren. Sooft einer von uns starb, wuschen wir ihn, hüllten ihn in seine Kleider

und beerdigten ihn am Ufer der Insel. Unsere Zahl ward immer geringer, sie schmolz bald auf drei zusammen und schließlich blieb ich allein noch am Leben. Ich machte mir Vorwürfe und dachte: wäre ich doch vor meinen Gefährten gestorben, sie hätten mich doch gewaschen, eingehüllt und beerdigt, während jetzt niemand dies tun kann. Ich grub mir dann ein tiefes Grab und dachte, wenn ich meine Lebenskraft gesunken fühle, so lege ich mich hinein und sterbe darin.

Während ich damit beschäftigt war, konnte ich mich nicht enthalten, mir Vorstellungen darüber zu machen, daß ich schuld an meinem eigenen Unglück sei, und meine Reue zu gestehen, daß ich abermals ohne Not mich auf die Reise begeben habe.

Gott, der Allmächtige, flößte mir dann den Gedanken ein: Dieser Bach, der unter die Erde fließt, müsse notwendig an irgendeiner Stelle wieder hervortreten. Wenn ich ein Floß baue und mich damit dem

Laufe des Wassers anvertraue, so werde ich entweder mit Gottes Hilfe gerettet, oder zugrunde gehen; ist letzteres der Fall, so ist es doch besser, auf dem Bache als hier umzukommen.

Ich fing sogleich an, das Floß zu bauen: ich machte es aus Schiffstrümmern und dicken Seilen, die von den gescheiterten Schiffen am Ufer umherlagen, und band sie so stark zusammen, daß ein Fahrzeug daraus entstand, wie ein Fischerkahn, so fest wie mit Nägeln beschlagen und ungefähr so breit wie der Bach. Als es fertig war, belud ich es mit einigen Packen Perlen, Edelsteinen, grauem Bernstein und Aloeholz. Ich packte alles mit einigen Pflanzen zur Nahrung fest zusammen und schiffte mich auf meinem Floße mit zwei kleinen Rudern ein, und überließ mich dem Laufe des Stroms, indem ich mich dem Segen des Allmächtigen empfahl.

Sowie ich mich in der Höhle befand, sah ich keine Tageshelle mehr, und der Lauf des Flusses riß mich fort, ohne daß ich bemerken konnte, wohin. Ich fuhr während einiger Tage in dieser Dunkelheit, ohne daß ich einen Lichtstrahl entdecken konnte. Ich fand zuweilen die Wölbung der Höhle so nieder, daß ich nahe daran war, mir den Kopf zu verletzen, auch war an manchen Stellen der Bach so eingeengt, daß ich die Ruder auf den Kahn legen mußte. Ich bereute, was ich getan, und vor Todesangst vergaß ich Hunger und Durst. So ging das fort, bald schlief ich ein, bald erwachte ich wieder, bald wurde der Bach eingeengt, bald war er wieder breit und die Strömung trieb den Kahn immer vorwärts. Endlich fiel ich vor Schwäche und Hunger in einen festen Schlaf, und als ich aufwachte, sah ich mich auf einem freien Felde, am Ufer eines Flusses, woselbst mein Floß angebunden war, und mitten unter einer großen Zahl Indianer und Schwarzer. Sie redeten mich an; ich verstand jedoch ihre Sprache nicht. In diesem Augenblick war ich so von Freude ergriffen, daß ich nicht wußte, ob ich wachte oder träumte, und rief mir die Worte des Dichters zu:

»Lasse dem Schicksal seinen Lauf und schlafe ohne Sorgen, im Augenblick, wo du darüber erschrickst, hat Gott schon alles anders gefügt.«

Einer der Schwarzen, welcher sah, daß ich nicht antworten konnte, sagte in arabischer Sprache: »Der Friede Gottes sei mit dir!« Ich antwortete: »Mit dir sei Gottes Friede und Segen!« Drauf erzählte er mir: »Wir bewohnen das Feld, das du siehst, und sind gekommen, dasselbe aus dem Flusse zu bewässern. Wir bemerkten deinen Kahn, in welchem du schliefst. Wir haben ihn festgebunden und gewartet, bis du aufwachtest. Erzähle uns, wer du bist und wo du herkommst.« Ich antwortete ihnen, daß sie mir vorher etwas zu essen geben sollten, da ich sonst verhungere, und daß ich dann ihre Neugier befriedigen würde.

Sie brachten mir alsdann mehrere Speisen, womit ich meinen Hunger stillte. Als ich mich gestärkt und beruhigt hatte, erzählte ich ihnen ganz getreu alles, was mir zugestoßen war, und sie bezeigten mir ihre Verwunderung darüber. Sobald ich geendigt hatte, sagten sie untereinander: »Wir müssen unserem König Nachricht geben von diesem Fremden und ihn zu ihm führen.« Dann sagten sie mir: »Wir wollen dich zu unserem König führen.« Ich erwiderte: »Ich sei bereit, ihnen zu folgen.« Sie nahmen mich alsbald in ihre Mitte und zogen auch den Kahn mit, in welchem alle meine Edelsteine, Perlen und Ambra waren. Als ich vor dem König stand, bewillkommte er mich, hieß mich zu ihm sitzen und erkundigte sich nach meinen Verhältnissen. Ich erzählte alles und der Mann, der mich angeredet hatte, verdolmetschte es ihm. Er war sehr erstaunt über mein Abenteuer und erwies mir viele Ehre, worauf ich ihm einige Perlen und Edelsteine zum Geschenk machte; er nahm das Geschenk an, ließ Speisen und Getränke auftragen und mir eine Wohnung im Schlosse einräumen. So lebte ich eine geraume Zeit bei ihm hochgeehrt und erzählte ihm von meiner Heimat und von der Regierung Harun Arraschids, wodurch mein Ansehen noch größer ward.

Eines Tages, als ich so dasaß, hörte ich, daß Kaufleute nach Baßrah reisen wollten; da ich sie kannte, beschloß ich, mich ihnen anzuschließen, und dachte, der König wird mich ihnen empfehlen. Ich begab mich alsbald zu ihm, küßte die Erde vor ihm und teilte ihm meinen Entschluß mit. Er schickte alsbald zu den Kaufleuten, empfahl mich ihnen, machte mir viele Geschenke und stattete mich mit allen Reisebedürfnissen aus. So reisten wir denn im Vertrauen auf Gott, von Meer zu Meer und von Insel zu Insel, bis wir, nach Gottes Willen, in Baßrah anlangten, von wo ich nach wenigen Tagen mich nach Bagdad begab. Meine Familie hatte mich schon tot geglaubt und freute sich daher sehr über meine Ankunft.

Ich teilte wieder viele Geschenke an meine Freunde sowie an die Armen aus. Der Kalif hörte von meiner Rückkehr und ließ mich rufen. Ich küßte die Erde vor ihm und überreichte ihm seiner würdige Edelsteine und Perlen sowie auch etwas Ambra und Aloeholz, und erzählte ihm auf sein Verlangen, was mir auf der ganzen Reise widerfahren, vom Tage an, als ich Bagdad verlassen hatte. Er nahm mein Geschenk an, hörte mir mit Erstaunen zu, erwies mir große Ehre und befahl seinen Sekretären, die ganze Geschichte niederzuschreiben und zur Belehrung für jeden, der sie hört, in der Schatzkammer aufzubewahren. Ich lebte nun wieder in Bagdad, allen Genüssen des Lebens hingegeben und vergaß bald, was ich gelitten hatte.

»Das sind meine Abenteuer von der sechsten Reise. Morgen komme wieder«, sagte er zu Sindbad dem Landmann, »um die meiner siebenten Reise zu vernehmen, die noch wunderbarer und entzückender sind.« Er ließ ihm wieder hundert Dinare geben, und als er am folgenden Tag wiederkehrte und die übrigen Freunde beisammen waren und gegessen und getrunken hatten, begann Sindbad der Seefahrer also:

Siebente Reise Sindbads

Nachdem ich einige Zeit höchst angenehm in Bagdad gelebt hatte, überwältigte mich wieder die Reiselust. Ich kaufte allerlei Waren, packte sie in Ballen zu einer Seereise und begab mich, blindlings der Leitung Gottes vertrauend, nach Baßrah. Hier fand ich ein großes Schiff mit vornehmen Kaufleuten, mit denen ich mich befreundete und einschiffte.

Als wir eine Strecke weit gefahren waren, erhob sich ein starker Sturm, und es regnete so stark, daß wir unsere Ladungen mit allerlei Kleidungsstücken und Tüchern zudeckten, und zu Gott beteten, daß er die Gefahr von uns abwende; der Schiffskapitän aber umgürtete sich, nahm seine Zuflucht zu Gott vor Satan, stieg auf den Mastbaum und sah sich nach allen Seiten um; darauf schrie er die Leute, die auf dem Schiffe waren, an, schlug sich am Kopf und ins Gesicht, warf seinen Turban ab und raufte sich mit folgenden Worten seinen Bart: »fleht Gott um Rettung an! Weint um euer Leben und sagt einander Lebewohl!« Wir fragten ihn, was geschehen sei? Er antwortete: »Wir sind von unserm Wege abgekommen und der Wind wird uns bald ans äußerste Ende der Welt gebracht haben.« Er stieg dann vom Mastkorb herunter, öffnete eine Kiste und nahm einen blauen baumwollenen Beutel mit Erde gefüllt heraus. Darauf holte er eine Tasse Wasser, mischte die Erde unter dasselbe und roch daran, um davon zu kosten; darauf brachte er ein Buch herbei, las darin und brach in Jammer aus, indem er sprach: »Wisset, dieses Buch sagt etwas Wunderbares, das darauf deutet, daß, wer auf dieses Meer gerate, untergehe. Es heißt das Meer des königlichen Landes. Hier ist das Grab des Propheten Salomo, Sohn Davids, Friede sei mit ihm! Kein Schiff, das auf dieses Meer kommt, bleibt unbeschädigt.« Wir waren sehr erstaunt über die Worte des Kapitäns. Kaum kamen wir jedoch wieder zu uns selbst, so krachte das Schiff nach einem heftigen Windstoß, von dem es getroffen worden war. Wir sagten einander Lebewohl, weinten und beteten das Totengebet und ergaben uns in den Willen Gottes. Da schwammen drei ungeheuere Fische, groß wie Berge, auf uns zu und umgaben unser Schiff und der größte unter ihnen öffnete seinen Rachen, um das ganze Schiff zu verschlingen, denn er war so weit wie ein Stadttor, oder wie ein breites Tal. Wir flehten Gottes Hilfe an und kurz drauf hob ein starker Sturmwind das Schiff in die Höhe und schmetterte es im Herunterfallen gegen den Kopf eines Fisches, so daß es in Stücke ging und wir alle ins Meer sanken. Aber der erhabene Gott ließ uns ein großes Brett ergreifen, woran wir uns klammerten, und ich ruderte wieder mit den Füßen, wie bei früheren Schiffbrüchen, Wind und Welle warfen uns damit an das Ufer einer Insel. Todeskrank von Hunger, Kälte, Durst, Müdigkeit und Wachen kamen wir daselbst wie elende Küchlein an. Ich machte mir Vorwürfe über das, was ich getan, und sagte zu mir: »Meine früheren Reisen haben mich nicht bekehrt; sooft ich in großer Gefahr war, habe ich mir vergebens vorgenommen, nicht mehr zu reisen, darum verdiene ich, bei Gott, was mir widerfährt, denn ich lebte in größtem Wohlstand und Gottes Huld hatte mir geschenkt, was ich nur wünschen konnte.« Ich weinte lange, flehte Gottes Gnade an und rief ihn als Zeugen auf, daß ich, wenn ich diesmal gerettet werde, nie mehr meine Heimat verlassen und nie mehr von einer Reise sprechen würde, ging mit zerknirschtem Gemüt am Meeresufer umher, indem ich mir die Verse des Dichters ins Gedächtnis zurückrief:

»Wenn die Dinge sich verwickeln und einen Knoten bilden, so kommt eine Bestimmung vom Himmel und entwirrt sie. Habe Geduld; was dunkel war, wird hell werden, und der den Knoten geknüpft hat, wird ihn vielleicht auch wieder lösen.«

So irrte ich lange am Meeresufer umher, aß von den Pflanzen der Erde und trank das Wasser der Quellen. Als ich so längere Zeit in Jammer und vielfacher Not gelebt und mir den Tod gewünscht hatte, fiel es mir ein, wieder einen kleinen Nachen zu bauen und darauf, wie früher einmal, das Meer zu befahren. Ich dachte: werde ich gerettet, so ist es eine Fügung Gottes, gehe ich unter, so ist meine Qual zu Ende.

Ich sammelte mir dann Holz und Bretter von den gestrandeten Schiffen, zerriß mein Kleid und flocht einen Strick daraus, womit ich die Bretter und das Holz fest zusammenband, dann ließ ich den Nachen ins Meer und ruderte darauf drei Tage lang, ohne zu essen oder zu trinken, auch ließ mich die Furcht nicht schlafen. Am vierten Tage kam ich an einen hohen Berg, aus welchem Wasser in die Erde floß. Ich hielt hier an und sagte zu mir: Es gibt keinen Schutz und keine Macht, außer bei Gott, dem Erhabenen! Wärest du doch an deinem Platze geblieben und hättest Datteln und andere Pflanzen gegessen. Hier jedoch mußt du umkommen! Eine Rückkehr war jedoch nicht möglich, denn ich konnte den Kahn in seinem Laufe nicht aufhalten, den der Fluß unter den Berg, wie unter eine Brücke, durchtrieb. Ich legte mich in den Nachen, doch war dessen Raum so eng, daß ich oft Seiten und Rücken an den Bergwänden aufstieß. Nach einiger Zeit kam ich mit Gottes Hilfe wieder unter dem Berge hervor in ein weites Tal, in das hinab sich das Wasser mit einem donnerähnlichen Geräusch ergoß. Ich hielt mich mit der Hand an dem Nachen fest, mit dem die Wellen rechts und links spielten. Ich fürchtete mich sehr, ins Wasser zu fallen, und vergaß darüber Essen und Trinken: indessen schwamm der Nachen, von der Strömung und dem Winde pfeilschnell getrieben, bis mich die Bestimmung nach einer volkreichen Stadt von großem Umfang brachte. Da ich außerstande war, den Nachen anzuhalten, so warfen mir die Leute der Stadt, als sie mich sahen, Stricke zu, die ich jedoch nicht fassen konnte, bis sie zuletzt ein großes Netz über den ganzen Nachen zogen und mich damit ans Land brachten. Ich war nackt und abgehärmt wie ein Toter, vor Hunger und Durst, Wachen und Anstrengung. Da kam ein Mann auf mich zu, warf ein hübsches Kleid um mich, und nahm mich mit sich nach Hause, wo er mich in ein Bad führte. Alle seine Leute bewillkommten mich freudig, hießen mich sitzen und brachten mir zu essen. Ich aß, bis ich satt war, denn ich war sehr hungrig. Dann brachten mir Knaben und Sklavinnen warmes Wasser, womit ich mir die Hände wusch. Hierauf dankte ich Gott, der mich gerettet. Auch wurde mir ein besonderer Ort an der Seite des Hauses angewiesen, woselbst ich von Sklaven und Sklavinnen bedient wurde. So blieb ich drei Tage lang, am vierten Tage kam der Alte und sagte: »Herr, du bist uns willkommen, und das Jahr ist durch deine glückliche Ankunft gesegnet.« Meine Antwort war: »Gott erhalte dich und belohne dich für das, was du an mir tust!« Er jedoch sagte zu mir: »Wisse, mein Sohn! während du hier als Gast weilest, habe ich durch meine Diener deine Waren ans Land bringen und inzwischen trocknen lassen. Willst du nun mit mir auf den Markt gehen und sehen, wie sie verkauft werden?« Ich wußte nicht, was ich antworten sollte, da ich keine Waren mitgebracht hatte. Ich sagte ihm dann: »Mein Vater! du weißt das besser.« Er versetzte: »Das ist deine Sache, laß uns gehen, um deine Waren zu verkaufen und andere einzutauschen, und um auch selbst mit den Kaufleuten bekannt zu werden.« Ich gehorchte und folgte ihm.

Auf dem Markte grüßten und bewillkommten mich alle anwesenden Handelsleute und wünschten mir Glück zu meiner Rettung. Zugleich fand ich, daß unter den Waren, wovon der Alte gesprochen hatte, die Balken und Bretter verstanden waren, die ich auf der Insel gesammelt hatte. Als der Makler das Holz ausrief, überboten sich die Kaufleute bis zu 10 000 Dinaren. Dann bot niemand mehr. Der Alte sagte zu mir: »Mein Sohn! das ist der jetzige Wert deiner Ware, die im Augenblick nicht gesucht ist, wenn du willst, kannst du sie verkaufen, wenn du sie aber noch liegen lassen willst, so kannst du einen höheren Preis erzielen.« Ich sagte: »Ich überlasse es deinem Gutdünken.« Darauf erwiderte er: »Nun, ich will dir noch weitere hundert Dinare geben, wenn du mir dein Holz verkaufen willst.« Ich schloß den Handel ab, worauf er das Holz in sein Magazin bringen ließ und mit mir in das Haus ging, das er mir angewiesen hatte, und er schickte mir 10 100 Dinare und eine Kiste mit einem Schlosse und sagte mir, ich soll das Geld verschließen und den Schlüssel bei mir tragen, da ich nichts davon auszugeben brauche, solange ich bei ihm bleibe.

Nach Verlauf einiger Zeit nahte er sich eines Tags mir mit den Worten: »Ich will dir einen Vorschlag machen, willst du ihn annehmen?« – »Laß hören«, war meine Antwort. »Wisse«, fuhr er fort, »ich bin ein alter, reicher Mann, habe keinen Sohn, wohl aber eine junge Tochter von schönem Gesichte und hübschem Wuchse. Ich wünsche, daß du sie heiratest, bei mir bleibest und mein Sohn werdest; ich übergebe dir mein ganzes Vermögen.« Ich schwieg, denn so viele Güte beschämte mich. Er aber fuhr fort: »Tue, wie du willst, du kannst meine Tochter heiraten, oder auch so hierbleiben, ohne an etwas Mangel zu leiden, oder mit Waren in deine Heimat zurückkehren. Unser Land«, fügte er hinzu, »ist die Grenze des bewohnten Landes, hinter uns beginnt der vierte Weltteil, der unbewohnt ist.« Auf alles dies konnte ich bloß erwidern: »Tue, Herr! mit deinem Knechte, wie du willst, du bist ja wie ein Vater gegen mich, ich bin hier fremd und habe auch infolge meiner vielen Leiden und Strapazen jede Einsicht verloren.« Er ließ hierauf den Kadi und Zeugen rufen und verheiratete mich mit seiner Tochter, indem er ein großes Fest veranstaltete und mich ihr zuführte. Ich fand sie, wie er gesagt hatte, wunderschön, liebenswürdig und hübsch gewachsen. Sie hatte einen reichen Schmuck an Ketten, Juwelen und goldenen Ringen, die waren wohl tausend Dinare wert. Den Wert ihrer Kleider aber konnte niemand schätzen. Ich lebte eine Zeitlang mit ihr; ihr Vater hatte mich zum Herrn aller seiner Güter gemacht, und ich war wie ein Eingeborner der Stadt und trieb großen Handel. Ich entdeckte, wie bei jedem Neumonde den Leuten Flügel wuchsen und ihre ganze Gestalt sich veränderte und die der Vögel annahm; sie flogen gen Himmel, und nur die Kinder blieben zu Hause. Als nun wieder einmal Neumond war und die Leute ihre Gestalten veränderten, hing ich mich an einen fest und sagte: »Bei Gott, du mußt mich mitnehmen.« Er drehte sich herum und sagte mir: »Dies ist unmöglich.« Mit vieler Mühe brachte ich es endlich dahin, daß er mich auf den Rükken nahm, mit mir so hoch in die Luft flog, daß ich hören konnte, wie die Engel Gott preisen. Darauf rief ich: »Gelobt und gepriesen sei Gott!« Aber kaum hatte ich diese Worte gesagt, da fiel ein starkes Feuer vom Himmel auf sie, daß sie fast verbrannten, sie entflohen sämtlich, und derjenige, der mich trug, warf mich auf den Gipfel eines hohen Berges. Sie waren alle ganz mutlos, schalten auf mich, gingen fort und ließen mich allein. Ich bereute, was ich mir selbst getan, und sagte: Es gibt keinen Schutz und keine Macht, außer bei Gott, dem Erhabenen! Sooft mir Gott gnädig ist und mich aus einer schlimmen Lage befreit, stürze ich mich in eine andere; ich machte mir Vorwürfe, etwas unternommen zu haben, das über meine Kräfte war. Ich ging an den Seiten des Berges herum, ohne zu wissen, wohin? Da begegneten mir zwei Jünglinge, welche wie der Mond aussahen, jeder von ihnen hatte einen goldenen Stock in der Hand; ich ging auf sie zu, grüßte sie und sie bewillkommten mich. Dann sagte ich ihnen: »Ich beschwöre euch bei Gott, wer seid ihr?« Sie antworteten: »Wir sind Einsiedler, die auf diesem Berge wohnen und Gott anbeten«; sie gaben mir auch einen Stock, wie sie einen hatten, gingen ihres Weges und ließen mich allein. Da kam auf einmal eine große Schlange unter dem Berge hervor und trug im Rachen einen Mann, der nur noch mit dem Kopfe heraussah. Der Mann schrie: »Wer von dieser Schlange mich befreit, den wird Gott vor jedem Unheil bewahren.« Ich schlug die Schlange mit dem goldenen Stocke, den mir die Jünglinge gegeben hatten, und sie spie den Mann aus; ich schlug sie dann noch einmal und sie entfloh. Da kam der Mann und sagte mir: »Weil du mich so tapfer gerettet hast, so will ich dein Gefährte werden und dir beistehen.« Ich hieß ihn willkommen und ging eine Weile mit ihm auf dem Berge umher. Da nahte sich uns eine Menge Menschen, und siehe da! der Mann, der mich auf dem Nacken getragen hatte, war unter ihnen. Ich grüßte ihn und sagte: »Ist es so, daß Brüder gegeneinander verfahren?« Der Mann antwortete: »Freund! du hättest uns beinahe ins Verderben gestürzt, dadurch daß du den Namen Gottes erwähntest.« Ich bat ihn um Verzeihung und er ließ sich bewegen, mich auf seinen Rücken zu nehmen, jedoch mußte ich die Bedingung eingehen, den Namen Gottes nicht mehr auszusprechen. Ich gab hierauf den goldenen Stock dem Mann, den ich von der Schlange befreit hatte, und nahm Abschied von ihm. Ich kam kurz darauf auf dem Rücken meines neuen Landmanns zu Hause an, meine Frau, der ich von meiner Reise nichts gesagt hatte, und jetzt erst erzählte, wie es mir gegangen, wünschte mir Glück zu meiner Rettung und riet mir, nie mehr mit den Leuten dieser Stadt umzugehen, da sie ungläubige Genien seien, die den Namen Gottes nicht kennen und ihn nicht anbeten. Sie fuhr dann fort: »Da mein Vater tot ist und wir hier niemanden mehr haben, so wollen wir unsere Güter verkaufen und in deine Heimat ziehen.« Ich gab meine Einwilligung dazu und wartete, bis jemand aus der Stadt auch abreisen wollte, um mich ihm anzuschließen. Eines Tages

hörte ich, daß eine Anzahl Fremder, die sich in der Stadt aufhielten, abreisen wollten und daß sie ein großes Schiff gebaut hatten. Ich begab mich zu ihnen, mietete einen Platz, schiffte mich mit meiner Frau und aller meiner beweglichen Habe ein, und ließ die liegenden Güter zurück, und wir reisten von Insel zu Insel und von Meer zu Meer, bis wir glücklich in Baßrah anlangten. In Baßrah hielt ich mich nicht auf, sondern ging schnell nach Bagdad, der Friedensstadt. Gelobt sei Gott! der mich mit meinen Freunden, worunter auch du, Sindbad der Lastträger, gehörst, wiedervereinigt hat. Das ist der Schluß der Erzählung Sindbads.

Als Scheherazade dieselbe geendigt hatte, sprach ihre Schwester Dinarsad: »Schwester! wie angenehm und entzückend ist deine Erzählung!« Da antwortete sie: »Was ist dies alles gegen die Erzählung von den Schlafenden und Wachenden? die ist noch weit wunderbarer.« Der Sultan war begierig, sie zu hören, und sie begann:

Erzählung vom Schlafenden und Wachenden

Ich habe vernommen, König der Zeit!, daß unter dem Kalifen Harun Arraschid ein Handelsmann lebte, der einen Sohn mit Namen Abul Hasan Alchali hatte. Derselbe erhielt bei seines Vaters Tode ein ungeheures Vermögen, das er in zwei Teile teilte; die eine Hälfte sollte unangegriffen bleiben, von der anderen lebte er. Seine gewöhnliche Gesellschaft waren Krieger und Handelsleute, die ihm den einen Teil seines Vermögens bald durchbringen halfen. Dann ging er zu seinen Freunden und Gesellschaftern, stellte ihnen seine Lage vor und sagte ihnen, wie wenig ihm geblieben sei; aber niemand kehrte sich an ihn. Mit zerknirschtem Herzen über diese Unbill ging er zu seiner Mutter und erzählte ihr, was ihm widerfahren sei. Sie aber sprach: »O Abul Hasan! dies sind die Kinder des Jahrhunderts; hast du Vermögen, so nähern sie sich dir; hast du nichts mehr, so entfernen sie sich von dir.« Sie betrübte sich um seinetwillen und er seufzte und sprach unter Tränen folgende Verse:

»Ist mein Vermögen gering, so kümmert sich niemand um mich; ist es aber groß, so befreunden sich alle Leute mit mir. Mancher ist nur wegen meines Besitzes mein Freund geworden, und hat sich in einen Feind verwandelt, als ich mein Gut verlor.«

Abul Hasan ging dann nach dem Orte, wo er die andere Hälfte seines Vermögens aufbewahrt hatte, und lebte davon. Er schwor, mit keinem seiner früheren Freunde mehr zusammenzukommen, sondern sich jede Nacht eine andere Gesellschaft zu wählen und sie des Morgens wieder zu verlassen. Er setzte sich deshalb jeden Abend auf die Brücke, sprach jeden Fremden an, den er vorübergehen sah, führte ihn in sein Haus und brachte die Nacht in dessen Gesellschaft zu; des Morgens ließ er ihn gehen, ohne sich weiter nach ihm umzusehen oder ihn nur zu grüßen. So trieb er es ein ganzes Jahr hindurch. Als er eines Abends nach seiner Gewohnheit wieder auf der Brücke saß, kamen der Kalif und Masrur, das Schwert seiner Rache, vorüber, verkleidet, wie sie häufig zu tun pflegten. Als Abul Hasan sie sah, ging er auf sie zu, ohne sie zu kennen, und sprach wie folgt zu ihnen:

»Wollt ihr wohl mit mir in meine Wohnung gehen und essen und trinken, was dieselbe bietet, nämlich doppeltes Brot (so übereinander gebacken), gekochtes Fleisch und klaren Wein?« Der Kalif wollte nicht einwilligen, aber Abul Hasan beschwor ihn bei Gott, er möge doch sein Gast sein und seine Hoffnung nicht täuschen, und drang so lange in ihn, bis er einwilligte und ihm diese Gnade erwies. Abul Hasan freute sich sehr, ging dem Kalifen voran und unterhielt ihn, bis sie in seine Wohnung kamen. Der Kalif ließ seinen Diener vor der Türe und trat ein, und Abul Hasan ließ, sobald er sich niedergelassen hatte, eine Mahlzeit vorsetzen, wovon er selbst aß, damit es seinem Gaste besser schmecke. Abul Hasan brachte auch, nachdem sie ihre Hände gewaschen hatten, Weingefäße, setzte sich wieder neben den Kalifen, trank selbst und schenkte ihm ein und unterhielt ihn. Der Kalif bewunderte diese Gastfreundschaft und Wohltätigkeit und sagte: »Laß mich wissen, wer du bist, damit ich dich für deine Wohltaten belohne.« Abul Hasan antwortete lächelnd: »Herr! fern sei von mir die Rückkehr zur Vergangenheit, ich will kein zweites Mal mit dir zusammentreffen.« Der Kalif fragte verwundert: »Warum?« Abul Hasan antwortete: »Meine Geschichte ist sonderbar und mein Benehmen hat seinen Grund.« »Welchen Grund?« fragte der Kalif. Abul Hasan antwortete: »Die Ursache hat einen Schweif.« Als der Kalif darüber lachte, sagte jener: »Ich will dir meine Worte durch die Geschichte von dem Feinschmecker und dem Koch klar machen. Wisse, mein Herr! Ein Feinschmecker stand eines Morgens auf und hatte kein Geld mehr. Die Welt ward ihm eng, er verlor allen Mut und legte sich wieder schlafen, bis die Sonne am höchsten stand und ihn die Hitze nicht mehr ruhen ließ und ihm Schaum vor den Mund stieg. Ohne einen Dirham zu besitzen, ging er am Laden eines Kochs vorüber, der eben einen Topf über dem Feuer stehen hatte, worin reines Fett war und woraus die köstlichsten Gewürze dufteten. Der Koch stand hinter den Töpfen, putzte die Waage ab, wusch die Schüsseln rein, kehrte den Laden aus und bespritzte ihn mit Wasser; da kam der Feinschmecker, grüßte ihn, ging in den Laden und sagte zu dem Koch: »Wiege mir für einen halben Dirham Fleisch, für einen viertel Dirham Gemüse und für einen viertel Dirham Brot.« Der

Koch wog ihm alles vor, was er begehrte; er aß alles auf und leckte noch die Schüssel aus, wußte aber nicht, wie er seine Zeche bezahlen sollte. Er sah sich im ganzen Laden um, endlich fiel sein Blick auf ein umgestürztes Becken; er hob es auf und fand einen frischen Pferdschweif darunter, von

dem noch das Blut tropfte, und er merkte wohl, daß der Koch Pferde-Fleisch verkaufe. Als er diese Schandtat entdeckte, freute er sich, wusch seine Hände, schüttelte den Kopf und ging fort. Als dies der Koch bemerkte, schrie er ihm nach: »Haltet den Dieb, den Betrüger!« Der Feinschmecker blieb stehen und sagte: »Dummkopf! was schreist du mir so nach.« Der Koch geriet in Zorn, stieg vom Laden herunter und sagte: »Was redest du noch, du Fleisch-, Gemüse- und Brotesser! Du, der, nachdem alles aufgegessen ist, weggeht, ohne die Zeche dafür zu zahlen.« Der Feinschmecker sagte: »Du lügst, du Viehsohn!« Da packte ihn der Koch am Hals und schrie: »Herbei, ihr Muselmänner! das ist das Erste, was ich heute verkaufte; dieser Mann kommt, verzehrt meine Speisen und bezahlt mir nichts dafür!« Die Leute versammelten sich um sie, schalten den Feinschmecker und sagten: »Bezahle ihm, was du gegessen hast!« Er sagte: »Ich habe ihm einen Dirham gegeben, ehe ich in seinen Laden trat.« Der Koch aber beteuerte bei allem, was heilig ist, daß er hiervon nichts wisse. Der Feinschmecker hingegen beschwor die Wahrheit seiner Behauptung, schimpfte und schlug ihm endlich ins Gesicht. Zuletzt packten sie einander an und würgten sich. Als die Leute dies sahen, fragten sie: »Was bedeutet dieser Streit und warum schlagt ihr euch?« Da sagte der Feinschmecker: »Ein Verbrechen (dsanb*) ist die Ursache unseres Streits.« Der Koch, der dies hörte, sagte: »Bei Gott, du hast recht, es war ein Dirham, den du mir gegeben, und du hast nicht für einen ganzen Dirham verzehrt, laß dir daher, was dir noch gehört, zurückgeben.« Der Koch hatte wohl gemerkt, was der Feinschmecker mit dem Worte dsanb sagen wolle.«

»Nun, mein Freund! auch meine Geschichte hat ihren Grund.« Der Kalif lachte und sprach: »Laß ihn hören!«

Abul Hasan sprach: »Mit Vergnügen; wisse, ich heiße Abul Hasan Alchali; als mein Vater starb, hinterließ er mir ein großes Vermögen, das ich in zwei Teile teilte, den einen zum Aufbewahren, den andern, um damit in Gesellschaft meiner Freunde und Genossen zu leben. Niemand

* dsanb heißt Verbrechen und zugleich auch Schweif.

war mir bekannt, der nicht auch zu meinen Tafelfreunden geladen ward. Durch diese Ausschweifungen schwand bald mein noch so großes Vermögen zur Hälfte. Ich ging daher zu meinen bisherigen Freunden, die mir so wacker geholfen hatten, dasselbe durchzubringen, und verlangte Beistand und Hilfe von ihnen, die sie mir jedoch alle verweigerten. Kein einziger wollte einen Laib Brot mit mir teilen. Dies schmerzte mich; ich ging daher zu meiner Mutter, klagte ihr mein Leid, sie aber sagte zu mir: »So sind die Freunde, besitzt du Güter, so essen sie dich arm, und hast du nichts, so verlassen sie dich!« Hierauf nahm ich die zweite Hälfte meines Vermögens wieder heraus und schwor, niemand mehr länger als eine Nacht zu meinem Tischgenossen zu machen, und ihn dann nicht mehr zu grüßen, noch sonst mit ihm zu verkehren. Daher waren auch vorhin meine Worte zu dir: »Ferne sei von mir, daß Vergangenes wiederkehre; denn ich werde nur diese Nacht mit dir zusammen sein.« Als der Kalif dies hörte, lachte er heftig und sagte: »Bei Gott, mein Freund! du bist hinlänglich entschuldigt, da ich nun die Ursache kenne und weiß, daß sie ein Verbrechen deiner Freunde ist; doch aber werde ich, so Gott will, nicht ganz von dir scheiden.« Da sagte Abul Hasan: »Habe ich dir nicht gesagt, ferne von mir, daß Vergangenes wiederkehre?«

Es ward dann eine gebratene Gans und feines Brot aufgetragen, die Abul Hasan zerschnitt und dem Kalifen vorlegte; sie aßen miteinander, bis die satt waren; dann brachte man ihnen Wasserbecken, Kanne und Pottasche, und sie wuschen ihre Hände. Darauf ließ Abul Hasan drei Wachskerzen und drei Lampen anzünden und den Weintisch bringen, und setzte alten, klaren, gewürzten Wein darauf, der wie Moschus duftete; er füllte damit den ersten Becher an und sagte: »Gast! laß uns ohne Zwang fröhlich und heiter sein! Wenn du willst, so betrachte mich als deinen Diener! Möchte ich nie mit deinem Verluste heimgesucht werden!« Er trank dann aus, füllte den zweiten Becher und reichte ihn dem Kalifen, dem Abul Hasan in Worten und Tun so wohl gefiel, daß er sich vornahm, ihn zu belohnen. Als Abul Hasan ihm den Becher überreichte, nachdem er ihn geküßt hatte, sagte er folgende Verse:

»Hätten wir eure Ankunft vorher gewußt, wir würden euch das Innerste unseres Herzens oder das Schwarze des Auges gereicht haben.

Wir hätten unsere Brust als Teppich zu eurem Empfang ausgebreitet und wäret ihr selbst über unsere Augenlider einhergeschritten.«

Als der Kalif diese Worte hörte, nahm er ihm den Becher ab, küßte ihn und trank ihn aus; darauf gab er ihn wieder zurück. Abul Hasan nahm den Becher, füllte ihn wieder, trank ihn aus, füllte ihn nochmals, küßte ihn dreimal und reichte ihn dem Kalifen mit den Worten:

»Eure Ankunft bringt mir Ehre, das bekenne ich, seid ihr ferne, so kann euch niemand ersetzen.«

Er sagte dann zum Kalifen: »Trinke zu deinem Wohl, zu deinem Heil und zur Entfernung alles Übels.« So tranken sie fort bis Mitternacht und waren guter Dinge. Drauf sagte der Kalif zu Abul Hasan: »Hast du irgendeinen Wunsch, den du erfüllt, oder irgendein Übel, das du beseitigt wünschest?« Er antwortete: »Bei Gott! ich habe kein anderes Verlangen, als daß ich einmal herrschen, befehlen und verbieten könnte, ohne jemand darüber Rechenschaft zu geben.« Der Kalif erwiderte: »Sage mir, Freund! wozu das?« Abul Hasan antwortete: »Ich wünsche von Gott, mich an meinen Nachbarn rächen zu können. In meiner Nachbarschaft befindet sich eine Moschee, darin sind vier Scheiche, die sich immer ärgern, wenn ein Gast zu mir kommt; sie schimpfen und schmähen mich dafür, und drohen mir, mich beim Fürsten der Gläubigen zu verklagen; sie haben mich schon so geplagt, daß ich beim erhabenen Gott wünsche, nur einen Tag herrschen zu dürfen, um einem jeden von ihnen vierhundert Peitschenhiebe geben lassen zu können, und zwar vor der Moschee, dann würde ich sie in der Stadt herumführen und vor ihnen ausrufen lassen: das ist der Lohn und noch der geringste Lohn für den, der gegen andere Leute gehässig ist und ihre Freude stört! Dies ist mein einziger Wunsch.« Der Kalif sprach: »Gott erfülle denselben! Laß uns nun austrinken; denn diese Nacht bleibe ich bei dir und vor Tag gehen wir zusammen fort!« Abul Hasan sagte: »Fern von mir!« Da füllte der Kalif einen Becher, warf ein Stückchen Bendi (eine häufig zum Schlaftrank gebrauchte Pflanze), von der Insel Kreta, hinein, reichte ihn dem Abul Hasan und sprach: »Ich beschwöre dich bei meinem Leben, Freund! trinke aus diesem Becher!« Abul Hasan sagte: »Nun, bei deinem Leben; ich nehme ihn aus deiner Hand!« Kaum hatte er daraus getrunken, so fiel er wie ein Toter auf sein Gesicht zur Erde. Der Kalif ging weg und sagte seinem Diener Masrur, der außen stand: »Geh hinein zu dem Mann, der schlafend daliegt, trage ihn in meinen Palast und schließe die Türe dieses Hauses zu.« Dann ging er fort. Masrur nahm Abul Hasan auf die Schulter, schloß dessen Türe und folgte seinem Herrn.

Der Tag war angebrochen und schon hatte der Hahn gekräht. Er ging mit Abul Hasan auf den Schultern in den Palast und legte ihn zu den Füßen des Beherrschers der Gläubigen. Dieser lachte und schickte zu Djafar, dem Barmakiden, und sagte zu ihm, als er erschien: »Merke dir diesen Mann! und wenn du ihn morgen an meiner Stelle auf dem Throne der Kalifen in meinem Gewande siehst, so bleibe in seinen Diensten und befehle allen Fürsten, Großen und Hohen des Reichs, seinen Befehlen Folge zu leisten; auch du selbst tue, was er befiehlt, und widersetze dich während des Tags keinem seiner Befehle.« Djafar vernahm gehorsam die Befehle des Kalifen und entfernte sich. Der Kalif ging dann zu den Sklavinnen, die im Schloß waren, und sagte ihnen: »Wenn dieser Mann, der hier schläft, morgen erwacht, so küßt die Erde vor ihm, bekleidet ihn mit dem Ehrenkleid und bedient ihn in allem, wie mich selbst. Darauf sprechet zu ihm: du bist der Kalif!« Er trug ihnen dann noch mehr auf, was sie ihm sagen und tun sollten, verbarg sich dann hinter einem Vorhang und schlief. So viel, was den Kalifen angeht. Abul Hasan aber schlief in einem fort, bis die Sonne schon hoch stand. Da nahte sich ihm eine Sklavin und sprach: »Herr! es ist Zeit, das Morgengebet zu verrichten.« Als Abul Hasan die Worte der Sklavin hörte, lachte er und sah sich verwundert um, bald nach den azurnen und vergoldeten Wänden, bald nach der Decke, die ganz golden war: er sah viele Zimmer ringsumher, deren Türen mit seidenen, goldgestickten Vorhängen behangen waren; allerlei goldene, porzellanene und kristallene Gefäße, schöne Betten und Teppiche auf den Böden ausgebreitet, brennende Lampen, und eine Menge von Sklavinnen, Dienern, Mamelucken und hübschen Knaben, die ihn umringten. Abul Hasan ward ganz verwirrt und sagte: »Entweder ich träume, oder dies ist das Paradies und die Wohnung des Friedens.« Er drückte dann die Augen wieder zu und legte sich nieder. Da sagte ihm ein Diener: »Herr! Fürst der Gläubigen! Es ist doch sonst nicht deine Gewohnheit!« Es nahten sich darauf alle Sklavinnen des Schlosses und richteten ihn sanft auf. Er befand sich auf einem hohen Bette, das ganz mit Seide gefüllt war, und sie hielten ihn mit einem Kissen in die Höhe. Wie er nun die Größe des Schlosses und alle diese Sklavinnen und Diener zu seinem Dienste bereit sah, lachte er über sich selbst und sagte: »Bei Gott! ich weiß nicht, ob ich schlafe oder wache.« Bald stand er auf, bald setzte er sich wieder. Die Mädchen lachten heimlich über ihn. Er ward ganz verwirrt in seinem Kopfe und biß sich auf die Finger, bis es ihn schmerzte; dann schrie er und wurde böse. Der Kalif sah ihm zu, ohne von ihm bemerkt zu werden, und lachte. Abul Hasan wandte sich zu einer Sklavin und rief ihr zu; als sie kam, sagte er: »Beim erhabenen Gott! bin ich Fürst der Gläubigen?« Sie sagte: »Ja, Herr! beim allmächtigen Gott! du bist jetzt Fürst der Gläubigen.« Er sagte: »Du lügst, Dirne!« Er wandte sich dann zu dem großen Diener und rief ihm zu; als er kam und die Erde vor ihm küßte, fragte er: »Wer ist der Fürst der Gläubigen?« Der Diener antwortete: »Du, Herr:« Da sagte er: »Du lügst, Schurke!« Er wandte sich dann zu einem anderen Verschnittenen und sagte: »Sprich, Alter! bin ich Fürst der Gläubigen?« Der antwortete: »Bei Gott, Herr! Du bist jetzt Fürst der Gläubigen und Stellvertreter des Herrn der Welten.« Abul Hasan lachte über sich selbst, indem er sich in Vermutungen über die Veränderung erschöpfte, die mit ihm vorgegangen war, und sagte: »Wie soll ich nun in einer Nacht Fürst der Gläubigen geworden sein, da ich doch gestern noch Abul Hasan war?« Da trat ein alter Diener hervor und sagte: »Der Name Gottes sei mit dir! Du bist der Fürst der Gläubigen und Stellvertreter des Herrn der Welten.« Abermals schlossen alle Sklaven und Sklavinnen einen Kreis um ihn, und ein Mameluck reichte ihm ein paar seidene mit Gold gestickte Schuhe; Abul Hasan nahm sie und wollte sie in den Ärmel stecken. Da sagte der Mameluck: »Herr! das ist ja für deine Füße, damit du leicht gehest!« Abul Hasan schämte sich, warf sie aus dem Ärmel heraus und zog sie an die Füße; der Kalif starb fast vor Lachen. Als er ganz angekleidet war, brachten ihm Sklavinnen ein goldenes Waschbecken mit einer silbernen Kanne, gossen ihm Wasser über die Hände, und er wusch sich; dann breiteten sie einen Teppich unter ihm aus, damit er bete; er wußte aber nicht, wie er beten sollte, und er kniete zwanzigmal nieder und fiel zur Erde und dachte immer bei sich selbst: »Bei

Gott! bin ich wirklich Fürst der Gläubigen? Wäre es ein Traum, wie könnte alles so in Ordnung aufeinanderfolgen?« Und so redete er sich nach und nach ein, er sei wirklich der Kalif. Als er das Gebet vollendet hatte, umgaben ihn Mamelucken und Sklavinnen mit seidenem Weißzeug; dann kleideten sie ihm das Ehrenkleid des Kalifen an und gaben ihm ein langes Schwert in die Hand; ein großer Sklave ging voraus und kleine Mameluk-ken folgten ihm nach, bis sie zum Audienzsaal kamen, da hoben sie den Vorhang auf und er setzte sich auf den Thron des Richters und Beherrschers der Gläubigen. Hier sah er die vielen Vorhänge, die vierzig Türen, die berühmten Männer, wie Alidjli, Arrakaschi, Abadan, Djedim und den Gesellschafter Abu Ischak; um ihn blinkten Schwerter, vergoldete Klingen, scharftreffende Pfeile nebst Bogen; er sah Perser, Araber, Türken, Deilamiten und eine Menge Prinzen, Wesire, Truppen und Volk, sowie die Vornehmen des Reichs und die Herren der Gewalt; die Macht der Abassiden und das Ehrfurcht gebietende Ansehen des Propheten erschienen ihm in voller Pracht. Er setzte sich auf den Thron des Kalifen und legte das Schwert auf seinen Schoß. Da kamen alle Leute, küßten die Erde vor ihm und wünschten ihm ein langes Leben. Drauf trat Djafar, der Barmakide, hervor, küßte die Erde und sprach: »Mögen deine Füße den Boden Gottes betreten, das Paradies deine Wohnung sein, und die Hölle die deiner Feinde! Niemand tue dir was zuleide und das Feuer der Hölle glimme nicht für dich, großmächtiger Kalif und Beherrscher der Länder!« Abul Hasan schrie ihn an: »Hund der Söhne Barmaks! Geh sogleich du und der Polizeioberste der Stadt nach dem Ort so und so in das Stadtviertel so und so, gib der Mutter Abul Hasans hundert Dinare und grüße sie von mir; dann nimm die vier Scheiche und den Imam der Moschee des Viertels, lasse jedem von ihnen vierhundert Prügel geben und sie auf den Kamelen rückwärts sitzend in der Stadt herumführen. Der Ausrufer gehe vor ihnen mit den Worten her: das ist der Lohn und der geringste Lohn für den, der durch Schmähen und Übelreden seine Nachbarn stört, und dadurch ihnen Vergnügen, Essen und Trinken verbittert; drauf verbanne sie aus der Stadt.«

Djafar sagte: »Dein Wille ist mir Gebot:« verließ Abul Hasan, ging in die Stadt und tat, wie ihm befohlen worden. Abul Hasan fuhr fort, als Kalif zu handeln; er gab und nahm, erteilte Befehle und Verbote, und alles, was er befahl, wurde vollzogen, bis der Tage zu Ende war. Dann erlaubte er den Leuten zu gehen, und die Fürsten und Großen des Reiches gingen ihren Geschäften nach. Da erschienen die Diener und wünschten ihm langes Leben und handelten in seinem Dienste; sie hoben den Vorhang auf und er trat in den Saal des Harems. Er fand dort Wachskerzen und Lampen in buntem Schimmer brennen, und Sängerinnen, die auf Instrumenten spielten. Er ward ganz verwirrt in seinem Kopfe und sage: »Bei Gott! ich bin doch der Fürst der Gläubigen.« Als er in den Saal kam, traten ihm Sklavinnen entgegen, führten, ihn auf den erhöhten Raum im Saal* (Jwan) und brachten ihm einen herrlichen Tisch mit den

* Die Säle im Orient sind in zwei Teile geteilt; der Türe gegenüber ist ein niederer Raum, dann auf beiden Seiten ein erhöhter, zu welchem eine oder mehrere Stufen hinaufführen.

köstlichsten Speisen; er aß, so lange es ihm schmeckte, bis er satt war. Er rief dann einer Sklavin zu: »Wie heißt du?« Sie antwortete: »Tarka.« Er fragte eine andere: »Wie ist dein Name?« und sie antwortete: »Tochfa.« So fragte er alle Mädchen nach ihrem Namen; dann ging er in den Trinksaal; er fand alles vollständig besetzt. Es waren zehn große Schüsseln mit allerlei Früchten, Backwerk und Süßigkeiten darauf; er setzte sich und aß davon, bis er genug hatte. Er fand dann drei Gruppen Sängerinnen, und kam ganz außer sich. Die Sängerinnen setzten sich und es standen viele Diener, Mamelucken, Sklavinnen, Jünglinge und Mädchen um ihn herum; ein Teil setzte sich und der andere blieb stehen. Die Mädchen sangen und machten auf verschiedenen Instrumenten Musik, wovon der Saal harmonisch widertönte. Abul Hasan glaubte in diesem Augenblick, er wäre im Paradies; es wurde ihm wohl im Herzen und er war höchst vergnügt. Er machte den Mädchen viele Geschenke; bald rief er diese zu sich, bald küßte er jene; dann spielte er wieder mit einer andern, gab der einen zu trinken und der anderen zu essen, bis die Nacht völlig angebrochen war. Dann befahl der Kalif, der diesem allen zugesehen und daran seine größte Freude hatte, einer dieser Sklavinnen, ein Stück Bendj in den Becher zu werfen und es Abul Hasan zu. trinken zu geben. Das Mädchen tat, wie ihr der Kalif befohlen, und kaum hatte Abul Hasan den Becher geleert, so sank ihm sein Kopf vor Schlaf auf seine Schultern. Der Kalif trat dann lachend hinter dem Vorhang hervor und rief dem Diener, der Abul Hasan hierhergebracht hatte, und sagte zu ihm: »Bringe diesen wieder in sein Haus zurück!« Der Jüngling trug ihn in seine Wohnung, legte ihn dort nieder, ging fort, schloß die Tür hinter sich zu, und kehrte dann wieder zum Kalifen zurück, der bis zum Morgen schlief.

Auch Abul Hasan schlief, bis Gott den Morgen hell leuchten ließ; als er erwachte, schrie er: »O Tafacha! o Racha! o Muska! o Tochfa!« Er schrie so lange, bis ihn seine Mutter hörte, wie er fremden Mädchen zurief. Sie stand auf, ging zu ihm und sagte: »Der Name Gottes sei mit dir! steh auf mein Sohn! O Abul Hasan, du träumst!« Als er seine Augen öffnete und eine alte Frau bei sich sah, hob er die Augen auf und sagte: »Wer bist du?« Sie aber fragte: »Erkennst du deine Mutter nicht?« Er sagte: »Du lügst, ich bin Fürst der Gläubigen, der Kalif Gottes!« Seine Mutter schrie:

»Gott erhalte dir deinen Verstand, mein Sohn! schweig, sonst ist es um unser Leben und dein Vermögen geschehen, wenn jemand dies hört und es dem Kalifen hinterbringt.« Bei diesen Worten erwachte er ganz, erkannte seine Mutter und seine Wohnung; strengte seinen Verstand an und sprach: »Bei Gott! Mutter! Ich sah mich im Traume im Palast des Kalifen, von Sklavinnen und Mamelucken umgeben, habe regiert und Befehle ausgeteilt.« Und kurz darauf sagte er: »Beim allmächtigen Gott! es war doch kein Traum!« Dann besann er sich wieder und sagte: »Es ist doch wahr, ich bin Abul Hasan Alchali, und habe nur im Traum den Kalifen gespielt und Befehle und Verbote erlassen.« Dann dachte er wieder nach und sagte mit voller Bestimmtheit: »Es war doch kein Traum, ich bin der Kalif, ich habe ja Ehrenkleider und andere Geschenke ausgeteilt.« Seine Mutter aber sprach: »Mein Sohn, du spielst mit deinem Verstand, du wirst ins Irrenhaus kommen und stadtkundig werden; denn was du gesehen hast, kommt vom Teufel; es sind teuflische Täuschungen des Traumes; so spiegelt oft der Teufel das Verschiedenartigste dem menschlichen Verstand vor. Sage mir, mein Sohn! war gestern abend jemand bei dir?« Abul Hasan dachte nach und sagte: »Ja, es schlief jemand bei mir, dem ich meine Geschichte erzählte, und ohne Zweifel gehörte der zu den Teufeln; denn du hast doch recht, meine

Mutter, ich bin Abul Hasan.« Da sagte seine Mutter: »Höre, was ich dir angenehmes zu erzählen habe! Gestern kam der Wesir Djafar, der Barmakide, und ließ den Scheichen der Moschee und dem Imam jedem vierhundert Prügel geben, dann wurden sie aus der Stadt verbannt, und es wurde vor ihnen ausgerufen: Das ist der Lohn und der geringste Lohn für diejenigen, die ihre Nachbarn kränken und ihnen ihr Leben verbittern! Und mir hat er 100 Dinare geschickt und mich grüßen lassen.« Da schrie Abul Hasan: »Du verdammte Alte! wie willst du mir weismachen, ich sei nicht Kalif, ich habe doch Djafar befohlen, die Scheiche zu prügeln und sie öffentlicher Schande preiszugeben; auch bin ich es, der dir 100 Dinare mit einem Gruße gesendet. Ich bin wirklich der Fürst der Gläubigen, du verdammte Alte! und du bist eine Lügnerin und willst mich verwirren.« Er stand dann auf und schlug seine Mutter mit einem Mandelbaumstock, bis sie um Hilfe schrie.

Die Nachbarn kamen zu Hilfe und hörten, wie Abul Hasan zu ihr sagte: »Du verfluchte Alte hast mich verzaubert, bin ich nicht der Fürst der Gläubigen?« Die Leute sprachen unter sich: »Kein Zweifel, der ist gewiß rasend geworden!« Deswegen ergriffen sie ihn, banden ihn und führten ihn ins Irrenhaus; der Aufseher fragte: »Was ist diesem Jüngling?« Da antworteten sie: »Er ist rasend!« Abul Hasan aber rief in einem fort: »Bei Gott, sie lügen! Ich bin nicht rasend, ich bin der Fürst der Gläubigen!« Der Aufseher sagte: »Du lügst, du Verruchter aller Wahnsinnigen!« Er zog ihm dann seine Kleider aus, legte ihm eine schwere Kette um den Hals, band ihn an ein hohes Gitter und schlug ihn zweimal des Tages und zweimal in der Nacht. Nach zehn Tagen kam seine Mutter zu ihm und sagte: »Mein Sohn Abul Hasan! werde wieder verständig; das ist das Werk der Teufel.« Abul Hasan erwiderte: »Du hast recht, Mutter! ich will von jetzt an bloß Abul Hasan sein und nicht mehr rasen; lasse mich nur freimachen, denn ich gehe fast zugrunde!« Seine Mutter ging zum Aufseher, machte ihn frei und kehrte mit ihm in seine Wohnung zurück.

Als der Monat zu Ende ging und ein neuer begann, wünschte Abul Hasan wieder einmal Wein zu trinken; er ließ nach seiner Gewohnheit wieder seine Wohnung mit Teppichen ausschmücken, auch Speisen und Wein bereithalten und ging auf die Brücke, um jemand zu erwarten und ihn nach seiner Gewohnheit einzuladen. Da ging der Kalif an ihm vorüber. Abul Hasan grüßte ihn aber nicht und sagte: »Keinen Gruß, keinen Willkomm den Verrätern! Ihr seid ein Teufel!« Der Kalif ging auf ihn zu und sprach: »Mein Freund! habe ich dir nicht vorher gesagt, daß ich wieder zu dir komme!« Abul Hasan sagte: »Ich will nichts mit dir gemein haben, denn das Sprichwort sagt:

»Es ist besser und angenehmer, von einem Freunde fern zu sein; denn wenn das Auge nichts sieht, betrübt sich auch das Herz nicht.«

Und in Wahrheit, Freund! in der Macht, die wir zusammen zechend zubrachten, war es, als wenn der Teufel mich besessen hätte.« Der Kalif sagte: »Und wer war der Teufel?« Abul Hasan antwortete: »Du!« Der Kalif lächelte, setzte sich zu ihm, gab ihm süße Worte und sprach: »Freund, als ich von dir wegging, ließ ich die Türe offen, vielleicht ist dann der Teufel zu dir gekommen.« Abul Hasan sagte: »Frage nicht nach dem, was mir widerfahren; warum hast du die Tür offengelassen, daß der böse Geist mir nahen konnte.« Hierauf erzählte Abul Hasan von Anfang bis zu Ende alles, was ihm widerfahren. Der Kalif lachte, ohne es jedoch Abul Hasan merken zu lassen; dann sprach er zu ihm: »Gelobt sei Gott, daß er das Übel von dir abgewendet hat, und ich dich wieder wohl sehe!« Abul Hasan entgegnete: »Ich werde dich dennoch nicht zum zweitenmal zu meinem Gesellschafter und Tischgenossen nehmen; denn das Sprichwort sagt: Wer an einem Steine stolpert und sich ihm wieder nähert, verdient Tadel. Ich werde also nicht mehr mit dir zusammen zechen, weil ich keinen guten Ausgang davon sehe.« Der Kalif schmeichelte dem Abul Hasan und bestürmte ihn so lange mit Bitten, ihn doch als seinen Gast mitzunehmen, bis Abul Hasan nochmals einwilligte, ihm Speisen vorstellte und ihn mit Worten freundlich unterhielt. Er erzählte dann noch einmal dem Kalifen alles, was ihm widerfahren, und der Kalif lachte heimlich. Die Speisen wurden abgetragen und der Weintisch gebracht. Abul Hasan füllte den Becher, küßte ihn dreimal, dann gab er ihn dem Kalifen und sagte: »Ich bin der Diener meines Gastes! Laß es dich nicht reuen; sei munter und verlaß mich nicht!« Dann sprach er folgende Verse:

»Höre die Worte des Ratgebers! – Das Leben hat keinen Reiz ohne Wein! Ich trinke immerfort, in die tiefste Nacht hinein, bis zuletzt der Schlaf meinen Kopf auf den Becher stürzt. Meine Freude ist der Wein, der wie die Sonne strahlt und dessen Feuer die Sorgen verscheucht!«

Als der Kalif diese Verse hörte, wurde er ganz entzückt; er nahm den Becher und trank ihn aus; so zechten sie die ganze Nacht durch, bis ihnen der Wein in den Kopf stieg. Da sagte Abul Hasan zum Kalifen: »O mein Gast! ich weiß nicht, wie mir geworden ist. Mir ist, als wäre ich Fürst der Gläubigen gewesen und habe Befehle gegeben und Geschenke verteilt: es war wirklich kein Traum.« Der Kalif sagte: »Es sind Täuschungen des Traumes!« Dann warf er ein Stückchen Bendj in den Becher und sprach: »Bei meinem Leben! Trinke diesen Becher leer!« Abul Hasan nahm ihn und trank.

Der Kalif hatte großes Wohlgefallen an dem ganzen Wesen Abul Hasans und sagte zu sich: »In Wahrheit, ich will ihn zu meinem Tischgenossen und Gesellschafter machen.« Sobald Abul Hasan indessen den Becher ausgetrunken hatte, fiel er um. Der Kalif stand sogleich auf und sagte zu seinem Diener: »Bringe ihn in das Schloß und lege ihn auf mein Bett nieder.« Ins Schloß zurückgekehrt, befahl er dann seinen Sklavinnen und Mamelucken, ihn wieder zu umgeben, und verbarg sich an einem Ort, wo ihn Abul Hasan nicht sehen konnte. Er befahl ferner einer Sklavin, die Laute vor ihm zu spielen, und den übrigen Sklavinnen, sie auf anderen Instrumenten zu begleiten. Gegen Morgen erwachte Abul Hasan vom Lärm der Lauten, Tamburinen, Flöten und des Gesangs.

Als er sich wieder im Schlosse von Sklavinnen und Dienern umgeben sah, sagte er: »Es gibt keinen Schutz und keine Macht, außer bei Gott, dem Erhabenen! Der Teufel ist gewiß wieder, wie das erste Mal, in mich gefahren. O Gott, beschäme den Teufel! Ich fürchte mich vor dem Irrenhaus und vor dem, was ich daselbst gelitten habe.« Er drückte die Augen zu, legte den Kopf in seinen Schoß, lachte ein wenig, hob dann den Kopf wieder auf, als er mit einem Male das Schloß beleuchtet sah, den Gesang der Sklavinnen hörte. Ein Diener ließ sich dann ihm zur Seite nieder und sprach: »Setze dich, o Fürst der Gläubigen! und betrachte einmal dein Schloß und deine Sklavinnen!« Abul Hasan sagte: »Beim Schutze Gottes! bin ich wirklich der Fürst der Gläubigen? Lügt ihr nicht? Ich bin gestern nicht ausgegangen und habe nicht Recht gesprochen, sondern getrunken und geschlafen, bis dieser Diener mich aufweckte.« Indessen richtete Abul Hasan sich auf und setzte sich aufrecht. Er erinnerte sich an alles, was ihm mit seiner Mutter begegnet, wie er sie geschlagen, wie er dann ins Irrenhaus gekommen war, ja, er sah noch die Spuren der Prügel, die ihm der Aufseher gegeben. Er wurde ganz irre an sich selbst, dachte nach und fragte: »Bei Gott! ich weiß nicht, wie mir ist, noch wie mir geschehen.«

Abul Hasan wandte sich dann zu einer von den Sklavinnen und sagte: »Wer bin ich?« Sie antwortete: »Der Fürst der Gläubigen!« Er sagte: »Du lügst, Dirne! Wenn ich wirklich der Fürst der Gläubigen bin, so beiße mich in den Finger!« Sie biß ihn heftig in den Finger, bis er sagte: »Es ist genug.« Er fragte dann einen alten Diener: »Wer bin ich?« Der antwortete: »Du bist der Fürst der Gläubigen!« Abul Hasan ließ ihn gehen; er wurde ganz verwirrt und sann lange nach; dann wendete er sich zu einem kleinen Mamelucken und sagte zu ihm: »Beiße mich ins Ohr!« und er neigte sein Ohr nach dessen Munde hin. Der Mameluck war noch sehr jung, hatte noch wenig Verstand und biß das Ohr beinahe entzwei. Auch verstand der Mameluck nicht Arabisch, und sooft Abul Hasan ihm sagte: »Genug!«, verstand dieser: »immer zu!« und biß nur immer heftiger. Die Sklavinnen achteten nicht auf Abul Hasan, der nun um Hilfe schrie; der Kalif aber wurde vor Lachen fast ohnmächtig. Endlich schlug Abul Hasan den Mamelucken, bis er sein Ohr losließ; dann warf er sein Kleid ab und tanzte unter den Mädchen herum, die ihm aber die Hände banden und sich fast totlachten. Der Kalif fiel in Ohnmacht vor vielem Lachen. Als er wieder zu sich kam, trat er zu ihm heraus und sagte: »Wehe dir, Abul Hasan! Du bringst mich um vor vielem Lachen.« Abul Hasan wendete sich zu ihm, erkannte ihn und sagte: »Bei Gott! du bringst mich, meine Mutter, die Scheiche und den Imam der Moschee um.« Der Kalif rief ihn dann in seine Nähe, nahm ihn zu sich aufs Schloß, gab ihm eine Frau und machte ihn zum ersten seiner vertrautesten Gesellschafter, welche waren: Idjli, Rakaschi, Abdan, Hasan, Farrasdak, Lus, Sukr, Omar Attartis, Abu Nawas, Abu Jshak und Abul Hasan; man erzählte von jedem eine Geschichte, die in einem anderen Buch erwähnt werden.

Abul Hasan stand dem Kalifen so nahe und wurde so sehr vor allen anderen vorgezogen, daß er neben ihm und seiner Gattin Subeida, Kasems Tochter, zu sitzen pflegte, und ihre Schatzmeisterin heiratete, welche Nushat Alfuad (Herzenslust) hieß. Mit dieser führte er ein so üppiges und freudenreiches Leben, bis alles, was sie besaßen, verschwelgt war. Als sie nichts mehr hatten, sagte Abul Hasan zu seiner Gattin Nushat Alfuad: »Ich möchte gerne gegen den Kalifen eine List gebrauchen, und wünsche, daß du ein gleiches mit der Frau Subeida tust, um zweihundert Dinare und zwei Stücke Seidenzeug von ihnen zu bekommen.« Seine Frau sagte: »Tue, was du willst!«

Nushat Alfuad fragte dann Abul Hasan: »Was willst du denn tun?« Da antwortete er: »Wir wollen uns tot stellen; wenn ich mich wie ein Toter ausstrecke, so breite ein seidenes Tuch über mich aus, löse meinen Turban auf, binde die Zehen meiner Füße zusammen, lege ein Messer und ein wenig Salz auf mein Herz, dann laß deine Haare flattern und geh zu deiner Herrin Subeida, zerreiße dein Kleid, schlage dir ins Gesicht und schreie. Sie wird dich dann fragen, was dir widerfahren? Du antwortest ihr: Mögest du lange leben! Abul Hasan ist tot! Sie wird dann über mich trauern und weinen und ihrer Schatzmeisterin befehlen, dir hundert Dinare und ein Stück Seidenzeug zu geben, zu dir aber sagen: Gehe und

besorge das Nötige zu seiner Beerdigung, und laß in fortbringen. Du nimmst die hundert Dinare und das Stück Seidenstoff und kommst wieder zu mir. Ich stehe dann auf und du legst dich an meinen Platz; darauf gehe ich zum Kalifen und sage ihm: Mögest du leben für Rushat Alfuad! Ich zerreiße meine Kleider und zerraufe meinen Bart. Er wird dann über dich trauern, seinem Schatzmeister befehlen, mir hundert Dinare und ein Stück Seidenstoff zu geben, und mir sagen: Geh, mache die Anstalten zu ihrer Beerdigung und laß sie fortbringen! und alsbald komme ich wieder zu dir.« Rushat Alfuad freute sich über den Vorschlag und sagte: »Es ist wahr, diese List ist vortrefflich!« Sie drückte ihm dann die Augen zu, band ihm die Füße zusammen, bedeckte ihn mit einem Tuch, und tat, wie ihr Herr ihr gesagt hatte. Sie zerriß ihr Kleid, entblößte ihr Haupt, ließ die Haare aufgelöst flattern und ging zur Frau Subeida, wo sie schrie und weinte. Als die Frau Subeida sie in diesem Zustand sah, fragte sie: »Was bedeutet dein Weinen? Was ist dir geschehen?« Sie antwortete weinend und klagend: »Mögest du lange für Abul Hasan leben, Herrin; denn er ist tot.« Die Frau Subeida war sehr betrübt darüber und sagte: »Der arme Abul Hasan!« und weinte ihm eine Träne. Dann befahl sie ihrer Schatzmeisterin, an Rushat Alfuad hundert Dinare auszuzahlen und ihr ein Stück Seidenstoff zu geben; und sagte zu Rushat Alfuad: »Geh', statte ihn aus und laß ihn beerdigen!« Rushat Alfuad nahm die hundert Dinare und das Stück Seidenzeug und ging freudig nach Hause zu Abul Hasan, um ihm zu erzählen, wie es ihr ergangen. Er stand ebenso freudig auf, umgürtete sich und tanzte; die hundert Dinare und das Stück Seidenzeug aber bewahrte er auf.

Abul Hasan streckte dann Rushat Alfuad auf dem Boden aus und tat mit ihr, wie sie vorhin mit ihm getan hatte; dann zerriß er sein Kleid, raufte sich seinen Bart aus, löste sich seinen Turban auf und lief zum Kalifen, der im Richtersaale saß, und schlug sich auf die Brust vor ihm.

Der Kalif fragte ihn: »Was ist dir, Abul Hasan?« Der weinte und sprach: »O wäre doch dein Gesellschafter nie gewesen und seine Stunde nie gekommen!« Der Kalif fragte: »So spreche doch!« Abul Hasan sagte endlich: »Mögest du leben, Herr! für Rushat Alfuad; sie ist tot!« Der Kalif rief aus: »Es gibt keinen Gott außer Gott!« und schlug die Hände übereinander. Er tröstete dann Abul Hasan und sagte zu ihm: »Sei nicht betrübt, du sollst eine andere Frau haben!« Dann befahl er dem Schatzmeister, er solle Abul Hasan ein Stück Seidenzeug und hundert Dinare geben. Dieser gab ihm, was der Kalif befohlen; dann sagte der Kalif: »Geh', statte sie aus und laß sie auf eine anständige Weise beerdigen!« Abul Hasan nahm, was ihm geschenkt worden, ging freudig nach Hause zu Rushat Alfuad und sagte ihr: »Steh' auf! denn schon haben wir unsere Absicht erreicht.« Sie stand auf; er übergab ihr die hundert Dinare und das Stück Seidenzeug, worüber sie sich freute. Sie legten das Gold zu dem Gold, und das Seidenzeug zu dem, das sie schon hatten, setzten sich nieder und waren fröhlicher Dinge.

Sobald Abul Hasan vom Kalifen weggegangen war, um Rushat Alfuad auszustatten, hob der Kalif in seiner Bestürzung den Diwan auf und ging, gestützt auf Masrur, den Scharfrichter der Rache, um die Frau Subeida wegen ihrer Sklavin zu trösten; da fand er sie weinend und die Ankunft des Kalifen erwartend, um ihn wegen Abul Hasan zu trösten. Der Kalif sagte: »Mögest du lange leben für deine Sklavin Rushat Alfuad.« Sie antwortete: »Herr! Gott erhalte meine Sklavin! und mögest du leben für deinen Gesellschafter Abul Hasan, denn er ist tot.« Der Kalif lächelte und sagte zu seinem Diener: »O Masrur! wahrlich, die Frauen haben wenig Vernunft; ich beschwöre dich bei Gott, war nicht eben Abul Hasan bei mir?« Da sagte die Frau Subeida und lachte mitten im Schmerze: »Laß doch deinen Scherz! Ist es nicht genug, daß Abul Hasan tot ist, soll auch noch meine Sklavin tot sein? so daß jedes von uns etwas verliere; und du sagst noch, ich habe wenig Vernunft?« Der Kalif erwiderte: »Gewiß, Rushat Alfuad ist tot!« Aber die Frau Subeida sagte: »Abul Hasan war gewiß nicht bei dir und du hast ihn nicht gesehen: hingegen war Rushat Alfuad eben bei mir, traurig, weinend, mit zerrissenen Kleidern; ich habe sie getröstet und ihr hundert Dinare und ein Stück Seidenzeug reichen lassen, und ich erwartete dich, um dich wegen deines Gesellschafters Abul Hasan zu trösten; ich wollte eben nach dir schicken.« Der Kalif lachte und sagte: »Es ist niemand anders als Rushat Alfuad gestorben.« Aber die Frau Subeida sagte: »Es ist niemand anders als Abul Hasan gestorben.« Der Kalif wurde so zornig, daß ihm die Haschimitische* Ader zwischen den Augen anschwoll. Er sagte zu Masrur: »Geh in das Haus Abul Hasans und sieh, wer dort gestorben ist!« Masrur lief fort, und der Kalif sagte zur Frau Subeida: »Willst du wetten?« Sie sagte: »Ja, ich wette, daß Abul Hasan tot ist!« und der Kalif: »Und ich wette, daß Rushat Alfuad tot ist! Ich setze den Lustgarten zum Preis gegen dein Schloß und den Bildersaal.« Sie blieben nun beisammen, um die Rückkehr Masrurs zu erwarten, der eilig fortgelaufen war, bis er in Abul Hasans Quartier kam.

Abul Hasan saß an ein Fenster gelehnt und bemerkte, wie Masrur gegen seine Wohnung kam; da sprach er zu Rushat Alfuad: »Mir ist, als hätte der Kalif, nachdem ich ihn verlassen, den Diwan aufgehoben und wäre zu Frau Subeida gegangen, um sie über deinen Verlust zu trösten, während sie ein gleiches mit ihm tun wollte, und zu ihm sagte: Gott vermehre deinen Lohn für den Tod Abul Hasans! und als habe der Kalif ihr dann geantwortet: Niemand anders, als Rushat Alfuad ist gestorben, möge dich Gott für sie leben lassen! Sie wird dann wieder erwidert haben: Nein, dein Gesellschafter Abul Hasan ist gestorben, und er wird behauptet haben: Nein, Rushat Alfuad ist tot! Sie werden dann so lange gestritten haben, bis der Kalif zornig wurde und sie miteinander wetteten und Masrur abschickten, um zu sehen, wer der Gestorbene ist. Das beste ist nun, du legst dich hin, damit Masrur dich tot sieht, es dem Kalifen berichtet und meine Worte bestätigt.« Rushat Alfuad streckte sich hin und Abul Hasan deckte sie mit ihrem Tuche zu, und setzte sich ihr zur Seite und weinte. Da kam Masrur ins Zimmer und grüßte Abul Hasan; er sah Rushat Alfuad ausgestreckt, deckte ihr Gesicht auf und sagte: »Es gibt keinen Gott, außer Gott! Unsere Schwester Alfuad ist tot; wie schnell raffte sie die Bestimmung weg! Gott erbarme sich deiner und befreie dich von jeder Schuld!« Er kehrte dann zurück und erzählte dem Kalifen und der Frau Subeida, was vorgefallen, und lachte dabei. Der Kalif sagte: »Das ist keine Zeit zum Lachen, du Verruchter! Erzähle

* Haschim war der Stammvater der Kalifen von Bagdad.

uns, wer gestorben!« Masrur sagte dem Kalifen: »Bei Gott, Herr! Abul Hasan ist wohl, und nur Rushat Alfuad ist tot.« Der Kalif sagte zu Subeida: »Du hast dein Schloß bei der Wette verloren«, und lachte sie aus und sagte: »Masrur! erzähle, was du gesehen!« Der sagte: »In Wahrheit, meine Gebieterin! ich bin in einem fort gelaufen, bis ich in Abul Hasans Wohnung kam, da sah ich Rushat Alfuad tot ausgestreckt, und Abul Hasan saß ihr zur Seite und weinte; ich grüßte, tröstete ihn und setzte mich neben ihn; drauf entblößte ich Rushat Alfuads Gesicht und sah, daß sie tot war; denn ihr Gesicht war aufgedunsen. Ich sagte dann zu Abul Hasan: laß sie bald beerdigen, damit wir für sie beten, und er sagte: wohl! So verließ ich ihn, damit er alle Anstalten zur Beerdigung treffe, und kam hierher, um es euch zu berichten.« Der Kalif lachte und sprach: »Wiederhole alles dies deiner Herrin, die so wenig Vernunft hat.« Als die Frau Subeida die Worte Masrurs hörte, geriet sie in Zorn und sagte: »Nur der hat wenig Vernunft, der einem Sklaven etwas glaubt!« und sie schimpfte über Masrur, während der Kalif lachte.

Masrur war böse und sagte dem Kalifen: »Wer gesagt hat, die Weiber haben wenig Vernunft und Glauben, hat die Wahrheit gesagt.« Da sagte die Frau Subeida: »Du scherzest mit mir und dieser Sklave spottet meiner, um dir zu gefallen; ich selbst will jemand schicken, um zu sehen, wer gestorben ist.« Sie rief dann ihre alte Erzieherin und sagte ihr: »Geh schnell in das Haus Rushat Alfuads und sieh, wer von den beiden gestorben ist; säume aber nicht!« Der Kalif und Masrur lachten, und die Alte lief in einem fort bis in die Straße Abul Hasans. Als dieser sie sah und erkannte, sagte er zu Rushat Alfuad: »Mir ist, als hätte die Frau Subeida nach uns geschickt, um zu sehen, wer gestorben ist; denn sie wird Masrur, der gesagt hat, du seist tot, nicht glauben, und hat darum ihre alte Erzieherin geschickt, um Nachricht zu erhalten. Nun ist's besser, ich stelle mich tot, damit du vor der Frau Subeida nicht als Lügnerin erscheinst.« Abul Hasan streckte sich dann hin und Rushat Alfuad bedeckte ihn, und band ihm seine Augen und seine Füße zu, setzte sich ihm zur Seite und weinte. Als die Alte hereintrat, sah sie, wie Rushat Alfuad dasaß und weinte und bei ihrem Eintritt laut aufschrie, auch sagte sie zu ihr: »Sieh' einmal, was mir geschehen! Abul Hasan ist tot und hat mich alleingelassen!« Sie jammerte dann fort, zerriß ihre Kleider und fügte hinzu: »O wie gut er war!« Die Alte sagte. »Es ist wahr, du hast ein Recht zu jammern, da ihr aneinander gewöhnt wart.« Da die Alte wußte, was Masrur dem Kalifen und der Frau Subeida berichtet, sagte sie zu Rushat Alfuad, Masrur habe zwischen dem Kalifen und der Frau Subeida Uneinigkeit gestiftet. Rushat Alfuad fragte: »Welche Uneinigkeit, meine Mutter?« Die Alte antwortete: »O meine Tochter! Masrur ist zum Kalifen und der Frau Subeida gekommen und hat ihnen gesagt, du seist gestorben, Abul Hasan aber sei wohlauf.« Rushat Alfuad sagte: »O meine Tante! ich war ja eben bei meiner Gebieterin und sie hat mir hundert Dinare und ein Stück Seidenzeug gegeben. Sie nun, in welchem Zustand ich bin, wie einsam und verlassen! ich weiß nicht, was ich anfangen soll; o wäre ich doch gestorben und lebte dafür er noch!« Sie weinte dann und die Alte weinte mit ihr. Dann trat die Alte näher und deckte Abul Hasans Gesicht auf. Sie sah seine Augen verbunden und davon sein Gesicht aufgedunsen; sie deckte ihn wieder zu und sagte: »In der Tat, du hast Abul Hasans Tod zu betrauern!« Sie tröstete sie noch und ging wieder zur Frau Subeida und erzählte ihr, was sie gesehen. Die Frau Subeida sagte ihr lächelnd: »Erzähle es dem Kalifen, der behauptet, ich habe wenig Vernunft und Glauben, und der diesen verruchten, lügnerischen Sklaven über mich erhoben hat.«

Masrur sagte: »Diese Alte lügt! ich habe Abul Hasan gesund gesehen, und Rushat Alfuad lag tot.« Die Alte sagte: »Du lügst! und willst zwischen dem Kalifen und der Frau Subeida Zwist stiften.« Masrur erwiderte: »Niemand anders als du lügt, verruchte Alte! und deine Gebieterin läßt sich von dir betören und glaubt dir.« Die Frau Subeida schrie ihn an, denn sie wurde von seiner Rede beleidigt und brach in Tränen aus. Da sagte der Kalif: »Ich und du und mein Diener und die Alte, wir alle lügen! Das beste ist wohl, wir vier gehen zusammen und sehen, wer von uns die Wahrheit gesagt hat.« Masrur sagte: »Laßt uns gehen, damit ich diese verruchte Alte einmal wegen ihrer Lügen durch eine Portion Prügel zurechtweise.« Die Alte erwiderte: »Du Verrückter« gleicht denn dein Verstand dem meinigen? Du hast nicht mehr Verstand, als ein Huhn!« Masrur wurde böse über diese Worte und wollte über sie her-

fallen. Aber die Frau Subeida hielt ihn zurück und sagte: »Wir werden gleich sehen, wer von euch beiden gelogen hat.« Sie machten sich nun alle vier auf, wetteten miteinander und gingen gerade vom Schlosse in das Quartier Abul Hasans. Als dieser sie sah, sagte er zu seiner Frau: »Wahrlich, nicht jeder Dreck ist ein Kuchen, und nicht immer kommt der Krug ganz davon. Mir ahnt, die Alte hat ihrer Gebieterin erzählt, wie sie uns getroffen hat, und ist mit Masrur in Streit geraten; sie haben nun auf unsern Tod gewettet und sind selbst gekommen, der Kalif, die Frau Subeida, der Diener und die Alte.« Rushat Alfuad erhob sich von ihrem Lager und sprach: »Was ist nun zu tun?« Abul Hasan erwiderte: »Wir müssen uns nun beide tot stellen; wir wollen uns ausstrecken und den Atem zurückhalten.« Rushat Alfuad befolgte seinen Rat, und sie streckten sich beide hin, banden ihre Füße zusammen, drückten ihre Augen zu, hielten den Atem zurück und bedeckten sich der Länge nach mit einem Tuch.

Als der Kalif, die Frau Subeida, Masrur und die Alte in Abul Hasans Haus kamen und diesen neben seiner Frau tot ausgestreckt sahen, da weinte die Frau Subeida und sagte: »Sie haben so lange Böses von meiner Sklavin gesagt, bis sie wirklich gestorben ist. Doch glaube ich, daß der Tod Abul Hasans sie so geschmerzt hat, daß sie auch starb.« Der Kalif sagte: »Komme mir nicht mit deinen Worten zuvor, sie ist vor Abul Hasan gestorben, denn Abul Hasan ist mit zerrissenen Kleidern und ausgerauftem Bart, mit Ziegelsteinen seine Brust zerschlagend, zu mir gekommen, und ich habe ihm hundert Dinare und ein Stück Seidenzeug geben lassen und ihm gesagt: Geh, laß sie beerdigen! ich will dir noch eine bessere Sklavin geben, die sie dir leicht ersetzt. Es scheint daher, daß er das nicht verschmerzen konnte und nach ihr gestorben ist. Ich habe also die Wette gewonnen.« Die Frau Subeida aber widersprach lange dem Kalifen, und sie stritten so heftig, daß zuletzt der Kalif, der den beiden Toten zur Seite saß, sagte: »Bei dem Grabe des Gesandten Gottes (Gott sei ihm gnädig und bewahre ihn!) und bei dem Grabe meiner Väter und Vorväter! wenn jemand mir sagt, wer von ihnen beiden zuerst gestorben ist, will ich ihm tausend Dinare geben!« Als Abul Hasan dies hörte, sprang er schnell auf und sagte: »Ich war es, der zuerst starb, Fürst der Gläubigen, halte nun deinen Eid und gib die tausend Dinare her!« Dann stand auch Rushat Alfuad auf und trat zum Kalifen und zu der Frau Subeida vor, die sich sehr freuten, beide wohl zu sehen; sie wünschten ihnen Glück zu ihrer Genesung und merkten wohl, daß ihr Tod nur eine List war, um Geld zu bekommen. Aber die Frau Subeida machte Rushat Alfuad Vorwürfe und sagte ihr: »Du hättest ja auf eine andere Weise von mir fordern können, was du brauchtest, ohne mein Herz so zu betrüben.« Rushat Alfuad antwortete: »Ich schämte mich, meine Gebieterin!« Der Kalif fiel aber vor Lachen fast in Ohnmacht und sagte: »Abul Hasan! Du bist einer der Ausgelassenen und machst immer tolles Zeug!« Abul Hasan antwortete: »Fürst der Gläubigen! Ich habe nach dieser List gegriffen, weil alles Geld, das du mir gegeben, dahin war; denn ich schämte mich, wieder von dir zu fordern; schon wie ich allein war, sparte ich kein Geld; nun, da du mir diese Sklavin zur Frau gegeben, würde ich dein ganzes Vermögen durchbringen, wenn ich es besäße. Ich habe daher, als alles aufgezehrt war, diese List gebraucht, um hundert Dinare und ein Stück Seidenzeug zu erlangen; alles als Mildtätigkeit unseres Herrn (des Kalifen)! Nun aber halte schnell deinen Eid und gib mir tausend Dinare!« Der Kalif und die Frau Subeida lachten und kehrten wieder ins Schloß zurück; der Kalif gab dem Abul Hasan die tausend Dinare und setzte hinzu: »Nimm sie als Geschenk deiner Wiederauferstehung vom Tode!« Dann ließ der Kalif die Einkünfte und Besoldung von Abul Hasan erhöhen, und sie lebten in Lust und Freuden fort, bis der Zerstörer alles Vergnügens, der Trenner aller Vereinigung, der Verwüster aller Schlösser, und der, der die Gräber bevölkert, sie überfiel.

Hier endigte Scheherazade ihre Erzählung, und in der folgenden Nacht begann sie von neuem.

Der arme Fischer und der Beherrscher der Gläubigen

Man behauptet, o König der Zeit! es lebte in der frühesten Zeit in Bagdad ein Fischer mit Namen Chalif; er hatte viel Unglück und wenig Wohlstand. Eines Tages saß er in seinem Hof, war nachdenklich und sagte: »Es gibt keinen Schutz und keine Macht, außer bei Gott, dem Erhabenen! Was habe ich wohl gegen meinen Herrn verbrochen, daß ich unter allen Fischern am wenigsten Glück habe? Ich kann doch wohl sagen, daß in Bagdad kein geschickterer Fischer ist, als ich bin.« Dieser Mann wohnte in einem wüsten Ort, Chan genannt, d. h. Herberge, in einem Zimmer ohne Tür; ging er aus zu fischen, so legte er das Netz auf seine Schulter, ohne Korb und ohne Tuch; und wenn die Leute ihm sagten: »Chalif! warum nimmst du keinen Korb mit, um die Fische hineinzutun, die du fangen wirst?«, antwortete er: »Ich würde ihn leer zurückbringen, wie ich ihn mitgenommen, denn ich würde nichts fangen.« Eines Tages stand er mit Tagesanbruch auf, nahm sein Netz auf seine Schultern, blickte gen Himmel und sagte wehmütig: »O Gott! der du für Moses, Sohn Amrans, das Meer gebeugt hast, gib mir die Notdurft des Lebens! du bist der beste Versorger.« Er öffnete dann das Netz, warf es ins Meer, und wartete, bis es sank; als er es wieder an sich zog, fand er einen toten Hund darin. Er machte ihn los, warf ihn weg und

sprach: »O unseliger Morgen mit diesem Hund! nachdem ich mich schon des Gewichtes, das im Netze war, gefreut hatte.« Er flickte hierauf das Netz, das zerrissen war, und sagte: »Der Geruch dieses toten Hundes hat gewiß viele Fische hierhergezogen.« Er warf das Netz wieder aus und zog das Gerippe eines Kamels mit herauf, wodurch das Netz auf allen Seiten zerrissen wurde. Als Chalif dies sah, weinte er und sagte: »Es gibt keinen Schutz und keine Macht, außer bei Gott, dem Erhabenen! Was habe ich wohl gegen meinen Herrn verbrochen, daß ich weniger Glück habe und weniger Lebensunterhalt finde, als die übrigen Fischer? daß ich nicht einmal einen Fisch oder sonst ein Tierchen fange, das ich in der Asche braten und essen könnte; und doch sag ich, es gibt keinen geschickteren Fischer, als ich bin.« Er rief aus: »In Gottes Namen!«, warf das Netz wieder, und fand darin, als er es an sich zog, einen aussätzigen, halblinden, kahlen, krummen Affen, mit einem gebogenen Rohr in der Hand. Der Fischer Chalif sagte: »Das ist ein gesegneter Anfang; wer bist du, Affe?« Gott ließ den Affen sprechen, und er sagte: »Kennst du mich

nicht?« Chalif antwortete: »Nein, bei Gott!« Der Affe sagte: »Ich bin dein Affe.« Chalif fragte: »Was tue ich mit dir, Affe?« Er antwortete: »Ich bringe dir jeden Morgen, was dir Gott als Lebensunterhalt bestimmt.« Da sprach der Fischer: »Du hast bis jetzt das deinige getan; nun will ich aber auch dir dein gutes Auge noch blenden und den krummen Fuß abschneiden; Gott verdamme dich! du sollst nun ganz lahm und blind werden! Doch was bedeutet das Rohr, das du in der Hand hast?« Der Affe antwortete: »Damit vertreibe ich die Fische, daß sie nicht in dein Netz gehen.« Chalif erwiderte: »Darum will ich dich heute auch auf eine saubere Weise züchtigen und auf alle denkbare Weise quälen; ich werde dir das Fleisch von den Gebeinen reißen, du böses Eigentum!« Mit diesen Worten machte der Fischer ein Stück Seil von seinem Leibe los, band den Affen neben sich an einen Baum, und sagte: »Siehst du, Hundsaffe! ich werfe jetzt das Netz wieder aus, fange ich etwas, gut; wo nicht, so bringe ich dich mit den schrecklichsten Qualen um, und schaffe mir Ruhe, vor dir, du unheilvolles Gut!«

Er warf hierauf das Netz wieder aus, und fand wieder einen Affen darin; da sagte Chalif: »Gepriesen sei der erhabene Gott! ich habe geglaubt, aus dem Tigrisfluß kämen nur Fische, und nun gibt's hier nur Affen!« Er wandte sich zu diesem Affen und fand ihn gutaussehend; er hatte ein rundes Gesicht, einen goldenen Ring am Ohr, einen blauen Gürtel am Leib und glänzte wie ein brennendes Licht. Chalif fragte ihn: »Wer bist du, Affe?« Der antwortete: »O Chalif! ich bin der Affe des Juden, des Wechslers des Kalifen, des Glücksvaters, dem ich jeden Morgen zehn Goldstücke zu verdienen gebe.« Chalif sagte ihm: »Bei Gott! du bist ein hübscher Affe und gleichest nicht jenem häßlichen Tier dort.« Er nahm dann einen Stock und fiel über den halbblinden Affen her, bis er ihm die Rippen zerbrach und er vor Schmerzen hin und her sprang. Da sagte der hübsche Affe: »O Chalif! was nützt dir dies Schlagen, und wenn du ihn auch zu Tode prügelst?« Chalif erwiderte: »Was ist denn zu tun? soll ich ihn wieder gehen lassen, damit er mit seiner Mißgestalt mir wieder die Fische vertreibe und mich jeden Tag um das bringe, was mir Gott als Lebensunterhalt bestimmt? Nein, ich will ihn umbringen, damit ich Ruhe vor ihm habe, und dich an seiner Stelle zu meinem Affen nehmen, um jeden Tag zehn Goldstücke zu gewinnen.« Der hübsche Affe sagte hierauf: »Ich will dir einen bessern Rat geben: wenn du mir gehorchst, wirst du Ruhe bekommen, und ich werde an seiner Stelle dein Affe werden.« Chalif sagte: »Was willst du mir raten?« Er antwortete: »O Chalif! wirf jetzt dein Netz aus, und es wird ein schöner, kostbarer Fisch heraufkommen, desgleichen niemals gesehen worden; ich will dir dann sagen, was du damit tun sollst.« Da sagte Chalif: »Nimm dich in acht! wenn ich abermals einen Affen heraufziehe, so schneide ich euch alle drei in sechs Stücke.« Der Affe sagte: »Gut, Chalif! ich nehme diese Bedingung an.« Chalif warf wieder das Netz in den Strom: wie er es an sich zog, war ein schön geformter Fisch mit rundem Kopf darin. Als Chalif diesen Fisch sah, verlor er fast den Verstand vor Freude und sprach: »Gelobt sei Gott! was ist das für eine edle Gestalt; wären diese Affen noch im Strom gewesen, so wäre gewiß dieser Fisch nicht heraufgekommen.« Da sagte ihm der hübsche Affe: »Chalif! wenn du mir gehorchst, wird es dir gutgehen.« Chalif antwortete: »Gott verdamme jeden, der dir von nun an widerspricht!« Der Affe sagte: »Chalif, nimm diesen Fisch, lege ihn in einen Korb, mit ein wenig Gras unten drin und ein wenig oben darauf; kaufe dir dann einige Stengel Basilienkraut vom Blumenhändler, stecke sie ihm in den Mund und deck ihn mit einem Tuch zu, geh damit durch die Straßen Bagdads, und wenn ihn jemand von dir kaufen will, so verkaufe ihn nicht, bis du auf den Basar der Juweliere und Geldwechsler kommst; zähle daselbst fünf Magazine auf deiner rechten Seite und gehe in das sechste, das dem jüdischen Geldwechsler, dem Glücksvater, gehört. Wenn er dich fragt, was du willst, so sage ihm: Ich bin ein Fischer, habe das Netz auf gut Glück ausgeworfen, da kam dieser kostbare, schön geformte Fisch herauf, den ich dir als Geschenk bringe; wenn er dir Geld geben will, so nimm nichts an, weder wenig noch viel, sonst kann unser Werk nicht gelingen. Sag ihm nur: Ich verlange von dir ein einziges Wort, sprich zu mir nur: Ich verkaufe dir meinen Affen für den deinigen, und mein Los für das deinige. Wenn der Jude dir dies gesagt, so gib ihm den Fisch und ich werde dein Affe, und dieser blinde, lahme, krätzige wird der seinige.« Chalif erwiderte: »Du hast recht, Affe«, und dachte immer an das, was ihm der Affe gesagt, bis er in den Laden des jüdischen Wechslers kam.

Er sah den Juden hier sitzen, von vielen Dienern umgeben, wie er befahl, verbot, gab und nahm. Der Fischer legte seinen Korb vor ihm nieder, und sagte: »O Sultan der Juden! ich bin ein Fischer, bin heute an den Tigris gegangen und habe mein Netz in deinem Namen ausgeworfen. Da kam dieser schöne Fisch herauf, den ich dir hier zum Geschenk bringe.« Mit diesen Worten nahm Chalif das Gras herunter, so daß der Fisch zum Vorschein kam. Als der Jude ihn sah, bewunderte er ihn und sagte: »Gepriesen sei der Schöpfer!« und reichte einen Dinar dem Fischer, der ihn aber nicht annahm. Der Jude wollte ihm zwei Dinare geben, er nahm sie aber nicht; nach und nach bot er bis auf zehn Dinare, und der Fischer weigerte sich immer, sie anzunehmen. Endlich sagte der Jude: »Wahrlich, du Muselmann, du bist recht habgierig; sag mir, wieviel du willst?« Chalif antwortete: »Ich will nur ein einziges Wort von dir.« Der Jude ward ganz blaß und sagte: »Du willst mich gewiß von meinem Glauben abbringen, geh deines Weges!« Chalif aber versetzte: »Bei Gott, o Jude! es ist mir ganz gleich, ob du Muselmann oder Christ wirst.« Der Jude fragte: »Nun, was soll ich denn sagen?« Chalif antwortete: »Sage: ich verkaufe dir meinen Affen für den deinigen, und mein Los für das deinige.« Der Jude lachte, hielt den Fischer für blödsinnig und sprach: »Ich verkaufe dir meinen Affen für den deinigen, und mein Los für das deinige!« und setzte noch spottend hinzu: »Ihr seid alle meine Zeugen! nun, Elender! wirst du nichts bekommen (für den Fisch).« Chalif ging dann fort, und sagte: »Es gibt keinen Schutz und keine Macht, außer bei Gott, dem Erhabenen! Es ist schade, daß ich das Gold nicht genommen.« Er machte sich selbst Vorwürfe und rief immer: »Schade um das Gold!« Er ging dann wieder dem Tigris zu, fand aber die beiden Affen nicht mehr; nun schlug er sich ins Gesicht, weinte und streute sich Asche aufs Haupt, und sagte: »Hätte mich der zweite Affe nicht betrogen, so wäre doch der erste nicht entflohen.« Er schrie und weinte bei heftigem Hunger und brennender Hitze immerfort; dann nahm er sein Netz und sagte: »Ich will es mit Gottes Segen auswerfen, vielleicht werde ich ein kleines Fischchen fangen, es braten und essen.« Er warf daher sein Netz aus, ließ es ins Wasser, bis es sank, und als er es an sich zog, war es voller Fische; er freute sich darüber, nahm die Fische aus dem Netz und legte sie auf die Erde. Während er dies tat, kam eine Frau, welche schrie: »Es ist Mangel an Fischen in der Stadt!« Als sie Chalif sah, fragte sie ihn: »Verkaufst du deine Fische, o Lehrer?«* Chalif sagte: »Soll ich mir etwa Kleider daraus schneiden? Ich verkaufe alles, bis auf meinen Bart.« Sie gab ihm einen Dinar und er füllte ihren Korb mit Fischen. Kaum war sie fort, kam ein Diener, der für einen Dinar Fische wollte. Sie waren noch im Gespräch, da kam schon ein dritter, und so fort bis zur Asserstunde, wo er zehn Goldstücke eingenommen hatte. Da er nun sehr hungrig war, legte er sein Netz zusammen, ging auf den Basar, kaufte sich ein wollenes Oberkleid, ein Hemd und einen Turban, zusammen für einen Dinar. Es blieben ihm vom Dinar noch zwei Drachmen, dafür kaufte er Käse und Honig und tat es in das Schüsselchen eines Ölhändlers; er aß, bis er satt war, und alle Glieder wieder zu Kräften kamen; dann ging er nach Hause mit einem neuen Rock am Leib, dem Turban auf dem Haupt und neun Dinaren im Mund, höchst selig, da er in seinem Leben noch nicht so glücklich gewesen war. Er wollte schlafen, konnte es aber nicht vor innerer Aufregung, und spielte bis Mitternacht mit seinem Gold.

Er dachte: der Kalif, Beherrscher der Gläubigen, wird gewiß hören, daß ich Gold habe, und zu Djafar sagen: geh zum Fischer Chalif und fordere von ihm einige Dinare! gebe ich sie ihm, wird es mir weh tun; gebe ich sie nicht, wird er mich züchtigen lassen; doch ich will das lieber ertragen, als ihm mein Geld geben; ich will einmal sehen, ob meine Haut Schläge aushalten kann. Er nahm dann eine Matrosenpeitsche, hundertundsechzigfach geflochten, und schlug sich immerfort, bis er an allen Seiten blutete, und schrie dabei: » O Muselmänner! ich bin ein armer Mann! wo soll ich das Geld hernehmen? geht zu den Leuten, die etwas besitzen!« Als er so schrie, hörten ihn seine Nachbarn und glaubten, es seien Diebe, die ihn so prügelten, um Geld von ihm zu erpressen, und er rufe um Hilfe. Die Leute versammelten sich und stiegen von der Terrasse herunter mit Waffen in der Hand. Da Chalif sein Gemach ver-

* Muallim werden oft Leute genannt, denen man einen Ehrentitel geben will, wenn sie auch nicht lesen können; doch werden vorzugsweise Kopten so genannt.

schlossen hatte und immerfort um Hilfe schrie, stürmten sie die Tür, gingen zu ihm und fanden ihn nackt, mit entblößtem Haupt, blutend daliegen. Sie fragten: »Was ist das für ein Zustand? bist du von Sinnen gekommen diese Nacht?« Er antwortete: »Nein, sondern ich habe Gold und fürchtete, der Kalif möchte von mir fordern lassen, und da ich nicht gerne etwas hergebe und er dann mich foltern lassen würde, so wollte ich sehen, ob ich eine Haut zum Prügeln habe oder nicht.« Als die Leute dies hörten, sagten sie: »Gott verdamme deinen Leib, du verruchter Wahnsinniger! du bist heute Nacht von Sinnen gekommen, lege dich nieder! Gott verfluche dich! du hast doch wohl nicht tausend Dinare, daß der Kalif sie von dir fordere?« Chalif antwortete: »Neun Dinare.« Die Leute aber sagten: »Bei Gott! er muß viel Geld haben!« Sie verließen ihn hierauf, erstaunt über seinen wenigen Verstand. Chalif nahm dann das Gold, das er hatte, band es in ein Tuch, und dachte: wo soll ich wohl das Gold verbergen? begrabe ich es, so möchte man es nehmen; gebe ich es jemanden aufzubewahren, so könnte er es leugnen; trag ich's auf dem Kopf, wird man es mir rauben; binde ich's an den Ärmel, wird man ihn abschneiden. Endlich warf er seinen Blick auf den Saum seines Kragens und sagte: »Bei Gott! das ist ein guter Platz, gerade unter meinem Hals, nah am Mund; wenn jemand danach greift, so fahre ich mit meinem Mund dahin und verberge es in meinem Hals.« Er band also das Geld dahin, schlief aber die ganze Nacht nicht vor Müdigkeit, Verwirrung und Aufregung. Am folgenden Tag ging er aus, um zu fischen; als er an den Strom kam, watete er bis zu den Knien hinein; er warf dann das Netz mit einer so heftigen Bewegung aus, daß sein Beutel ins Wasser fiel. Um denselben zu suchen, entkleidete er sich, nahm den Turban ab, tauchte unter, fand aber den Beutel nicht mehr; endlich sprach er: »Es gibt keinen Schutz und keine Macht, außer bei Gott, dem Erhabenen!« Er blieb in diesem Zustand, bis das Mittagsgebet ausgerufen wurde.

Aus der Ferne sah jemand dem Fischer zu, wie er untertauchte und wieder heraufkam: sein Kleid und sein Turban lagen weit von ihm in der Sonne, und niemand war sonst gegenwärtig. Er paßte auf, bis er wieder untertauchte, fiel über seine Sachen her und entfloh damit. Als Chalif wieder heraufkam und seine Kleider nicht mehr sah, ward er höchst traurig. Er stieg auf eine Anhöhe, um nach jemanden zu sehen, den er fragen könne, sah aber niemanden. In dem Augenblick kam gerade der Beherrscher der Gläubigen von der Jagd zurück, während der größten Hitze, und sah von ferne einen nackten Mann auf einer Anhöhe. Er sprach zu Djafar: »Siehst du auch, was ich sehe?« Djafar antwortet: »Ich sehe einen nackten Mann auf der Anhöhe stehen.« Da sprach der Beherrscher der Gläubigen: »Wer mag es sein?« Djafar antwortete: »Wahrscheinlich ein Feldwächter.« Der Kalif sagte: »Vielleicht ist er ein frommer Mann, ich will einmal allein zu ihm gehen und ihn bitten, daß er für mich bete; bleibe du hier stehen!« Der Kalif ging zu ihm, grüßte ihn und fragte: »Wer bist du?« Chalif antwortete: »Kennst du mich nicht? ich bin der Fischer Chalif.« Der Kalif fragte: »Hat wohl ein Fischer ein wollenes Oberkleid und einen Turban?« Als der Fischer den Kalifen von seinen Kleidern sprechen hörte, dachte er: der hat gewiß aus Scherz meine Kleider genommen. Er ging von der Anhöhe herunter und sagte dem Kalifen: »Ich dachte mir wohl, daß du Scherz mit mir

treibst, denn ich habe gesehen, wie du meine Kleider genommen hast.« Der Kalif mußte heftig lachen und sagte: »Was für Kleider hast du verloren? ich weiß nichts von dem, was du sagst.« Chalif erwiderte: »Bei dem erhabenen Gott! wenn du meine Kleider nicht herbeischaffst, so zerbreche ich deine Glieder mit diesem Stock!«, denn er trug immer einen Stock bei sich. Der Kalif sagte: »Bei Gott! ich habe die Kleider, von denen du sprichst, nicht gesehen.« Chalif entgegnete: »Ich werde mit dir gehen und mir das Haus merken, wo du hingehst, und dich beim Polizeiobersten verklagen; du sollst ein andermal nicht so mit mir spaßen. Bei Gott! es hat kein anderer als du mein Oberkleid und meinen Turban genommen, und wenn du sie mir nicht sogleich wiedergibst, so werfe ich dich von deinem Esel herunter und falle über deinen Kopf mit diesem Stock her, bis ich dich regungslos auf dem Platz lasse!« Er packte sogleich den Esel am Zaum, so daß er sich auf die Hinterbeine stellte. Der Kalif dachte: »In welches Unheil bin ich hier mit diesem Wahnsinnigen gestürzt.« Hierauf zog er seine Kleider, die hundert Dinare wert waren, aus und sagte: »Nimm dieses Oberkleid statt des deinigen!« Chalif nahm es und zog es an; da es ihm aber zu lang war, schnitt er es unter den Knien ab, und machte sich aus dem abgeschnittenen Stücke einen Turban. Als das geschehen war, fragte er den Kalifen: »Wer bist du? was ist dein Handwerk? du bist gewiß ein Trompeter.« Der Kalif entgegnete: »Woran siehst du, daß ich ein Trompeter bin?« Der Fischer antwortete: »Weil deine Nasenlöcher so groß sind, und dein Mund so klein.« Der Kalif sagte: »Du hast recht.« Endlich hob der Fischer an: »Folge mir, und ich will dich das Fischerhandwerk lehren, es ist besser als trompeten, und ein ehrlicheres Gewerbe.« Der Kalif erwiderte: »Lehre es mich, ich will einmal sehen, ob ich's lernen kann oder nicht.«

Der Fischer sagte: »Komm mit mir!« und der Kalif folgte ihm, bis ihm der Fischer zurief: »Komm herunter (ins Wasser), du Trompeter!« Raschid ging hinunter, nahm ihm das Netz ab, und der Fischer zeigte ihm, wie er es auswerfen solle. Der Beherrscher der Gläubigen warf das Netz aus, und es wurde sehr schwer. Der Fischer aber sagte ihm: »Wenn vielleicht das Netz an einem Stein hängt, so ziehe es sanft, um es nicht zu zerreißen, sonst nehme ich, bei Gott, deinen Esel für mein Netz!«

Der Kalif mußte lachen und zog das Netz ganz langsam ans Land, und siehe da! es war mit Fischen angefüllt. Als der Fischer dies sah, kam er vor Freude von Sinnen und sagte: »Bei Gott, Trompeter, du hast viel Glück im Fischen! Ich werde dich nicht mehr von mir lassen. Doch möchte ich dich jetzt auf den Fischmarkt schicken; frage nach dem Laden des Fischers Chamid, und hast du ihn gefunden, so sprich zu ihm: Mein Lehrer! der Fischer Chalif grüßt dich, und läßt dich bitten, ihm zwei Käse und einen Fischerkorb zu schicken, er wird dir noch mehr Fische als gestern bringen; laufe und komm schnell wieder!« Der Kalif sagte lachend: »Bei meinem Haupte, o Lehrer!« Er bestieg dann seinen Esel, ritt zu Djafar, der ihm sagte: »Erzähle mir alles, was dir mit dem Fischer Chalif begegnete!« Der Kalif erzählte ihm alles und fügte hinzu: »Ich ließ ihn dort, wo er mich mit dem Korb zurückerwartet; ich besorgte, er möchte mich auch lehren, wie man die Fische abschuppt und reinmacht.« Djafar erwiderte: »Ich werde mit dir gehen, die Schuppen wegkehren und den Boden reinmachen.« Die Sache stand so, bis der

Kalif sprach: »Djafar, gib den kleinen Mamelucken Befehle und sage ihnen: Wer mir einen Fisch von diesem Fischer bringt, dem gebe ich einen Dinar, denn ich möchte auch essen von dem, was ich gefischt habe.« Djafar teilte den Mamelucken den Befehl des Kalifen mit, und zeigte ihnen, wo der Fischer war. Sie gingen zu ihm und nahmen ihm die Fische weg. Als er die schönen Jungen sah, glaubte er, es seien Huri aus dem Paradies. Zwei Fische waren ihm noch übriggeblieben, er lief schnell damit ins Wasser und sagte: »O Gott, bei diesen geheimnisvollen Fischen, vergib mir meine Sünden!« Während er im Wasser war, kam der große Diener (des Kalifen), der auch nach Fischen fragte; er fand aber keine mehr, und sah bloß, wie der Fischer untertauchte und mit zwei Fischen heraufkam. Er rief ihm zu: »Chalif, was hast du?« Er antwortete: »Zwei Fische.« Jener sagte: »Gib mir sie, hier hast du hundert Dinare.« Als der Fischer aus dem Wasser kam und von hundert Dinaren hörte, sagte er: »Gib die hundert Dinare her!« Der Diener antwortete: »Folge mir in die Wohnung des Kalifen, dort erhältst du die hundert Dinare.« Mit diesen Worten nahm er die Fische und ging nach der Wohnung des Kalifen. Chalif aber zog, als er aus dem Wasser kam, das Kleid an, das ihm der Beherrscher der Gläubigen gegeben, und das ihm kaum bis an die Knie reichte, umgürtete sich mit einem Seile, nahm das vom Kleid abgeschnittene Stück als Turban, und lief damit mitten in die Stadt; alle Leute lachten und wunderten sich über ihn und fragten: »Woher hast du dies Kleid?« Er aber störte sich nicht daran und fragte: »Wo ist die Wohnung des Raschad?« Die Leute sagten ihm: »Sage doch: die Wohnung des Raschid!« Er antwortete: »Es ist gleichviel!« und so ging er immerfort, bis er an die Wohnung des Kalifen kam. Endlich sah ihn der Schneider, der das Kleid genäht hatte, an der Tür stehen.

Als er das Kleid an Chalif sah, fragte er ihn: »Wie alt bist du?« Chalif erwiderte: »Fragst du mich so, weil ich so klein bin?« Der Schneider fragte abermals: »Woher hast du dieses Kleid, das du so schlecht zugerichtet?« Chalif antwortete: »Von meinem jungen Trompeter.« Er ging dann an die Tür und sah den Diener betrübt mit den zwei Fischen dasitzen. Chalif sagte ihm: »Gib mir die hundert Dinare, mein Onkel!« Er antwortete: »Bei meinem Haupt, Chalif, du sollst sie haben.« Da kam

Djafar heraus, sah den Diener mit Chalif sprechen und hörte Chalifs Forderungen. Er ging alsbald wieder zum Kalifen und sagte ihm: »Beherrscher der Gläubigen! dein Lehrer, der Fischer, will vom alten Diener hundert Dinare haben.« Der Kalif sagte: »Bring ihn herein!« Djafar antwortete: »Ich gehorche«, ging wieder hinaus und sagte dem Fischer: »Chalif, dein Junge, der Trompeter, richte zwischen euch.« Djafar ging vor ihm her, und Chalif folgte ihm ins Schloß. Dort sah er, wie der Kalif, der einen mächtigen Turban auf dem Haupt hatte, auf drei Papiere schrieb und sie vor sich hinlegte. Er fragte den Kalifen: »Hast du dein Trompeter-Handwerk aufgegeben und bist ein Astrolog geworden?« Der Kalif erwiderte: »Nimm hier ein Blatt!« Der Kalif hatte nämlich auf ein Blatt geschrieben, er solle einen Dinar erhalten, auf ein anderes Blatt hundert Dinare und auf ein drittes hundert Prügel. Als nun der Kalif ihn ein Blatt nehmen hieß, wollte die Bestimmung, daß er gerade nach dem griff, auf dem hundert Prügel geschrieben waren, und wenn Könige ein-

mal etwas beschlossen haben, so gehen sie nicht mehr davon ab. Chalif ward daher auf den Boden gestreckt, und man gab ihm hundert Prügel; er schrie zwar um Hilfe, aber es half nichts. Er sagte: »Bei Gott, das ist schön, Trompeter! nachdem ich dich vom Trompeter zum Fischer gemacht, wirst du nun Astrolog und bereitest mir ein so böses Los. Pfui über dich, an dir ist kein Glück!« Als der Kalif diese Worte hörte, ward er ohnmächtig vor Lachen und sprach: »O Fischer, fürchte nichts!« Hierauf befahl er seinem Schatzmeister, ihm hundert Dinare zu geben; der Fischer ging damit fort und kam auf den Markt, wo man Kisten verkauft. Er sah daselbst eine Menge Leute versammelt, und hörte, wie ein Makler ausrief: »Eine verschlossene Kiste neunundneunzig Dinare!« Er drängte sich durch und hörte dasselbe zum zweiten Male. Chalif rief laut: »Ich gebe hundert.« Der Makler schlug sie ihm zu und nahm dafür das Gold, so daß ihm gar nichts übrigblieb. Die Träger fingen an, sich miteinander zu streiten; alle Leute aber sagten: »Bei Gott! es darf kein anderer als der Träger Sarik diese Kiste forttragen, er verdient es am meisten.« Sarik ging hinter Chalif her; als sie jedoch auf dem Weg waren, dachte Chalif: nun habe ich nichts mehr, um den Träger zu bezahlen; wie entgehe ich dem? Doch ich will die Plätze und Gassen mit ihm durchstreichen, bis er müde wird und sie liegen läßt; dann nehme ich sie und trage sie nach Hause.

Chalif ging nun mit dem Träger umher von Mittag an bis spätabends. Der Träger seufzte und sagte: »Herr! wo ist dein Haus?« Chalif antwortete: »Gestern habe ich es gewußt und heute habe ich es vergessen.« Da sagte der Träger: »Gib mir meinen Lohn und nimm deine Kiste.« Chalif aber antwortete: »Sarik, gehe nur langsam fort, bis ich mich erinnern werde, wo mein Haus ist; denn hier habe ich kein Geld, mein Geld liegt zu Hause, und ich weiß nicht mehr, wo es liegt.« Während er so sprach, ging jemand vorüber, der den Fischer Chalif kannte und ihn fragte: »Was tust du hier?« Der Träger Sarik aber fragte: »Sag mir, wo ist Chalifs Haus?« Er antwortete: »Im öden Chan an den beiden Spitzen.« Sarik sagte nun dem Fischer: »Ich wollte, du hättest nie gelebt und wärest nie gewesen!« Chalif ging immerfort und Sarik hinter ihm her, bis sie nach dem Ort kamen. Der Träger setzte die Kiste nieder und sprach: »O du, den Gott in Kummer und Not leben lassen möge! wir sind wohl zwanzigmal hier vorübergegangen; hättest du mir gesagt, daß du hier wohnst, so hätten wir diese große Mühe erspart. Gib mir meinen Lohn und laß mich meines Weges gehen.« Chalif sagte ihm: »Willst du Silber oder Gold? Bleib hier stehen, bis ich dir es bringe.« Mit diesen Worten ging er in sein Zimmer und nahm daselbst einen Hammer, der mit vierzig Nägeln beschlagen war, so daß, wenn man ein Kamel damit geschlagen hätte, es auf dem Platz geblieben wäre, lief damit auf den Träger los und hob seine Arme auf, um über ihn herzufallen. Sarik schrie: »Halt ein! du bist mir nichts schuldig.« Soviel, was den Träger angeht. Als die Nachbarn Chalif mit der Kiste in sein Zimmer gehen sahen, versammelten sie sich um ihn und sagten: »O Chalif, woher hast du diese Kiste und dieses Kleid?« Er antwortete: »Von meinem Jungen Raschid.« Die Leute sagten: »Der Mann ist rasend; wenn der Beherrscher der Gläubigen das hört, wird er ihn an der Tür seiner Wohnung nebst allen, die im Chan wohnen, aufhängen lassen; das ist ein böser Spaß.« Sie halfen ihm die Kiste, die beinahe so groß war wie sein Zimmer, hereintragen, und Chalif legte sich auf derselben schlafen. Soviel, was Chalif angeht; was aber die Geschichte der Kiste betrifft, so hatte der Beherrscher der Gläubigen eine türkische Sklavin, welche Kut Alkulub (Herzensnahrung) hieß. Der Kalif liebte sie sehr; als aber die Frau Subeida davon hörte, war sie sehr eifersüchtig und sann auf Rache gegen sie. Wie nun der Fürst der Gläubigen auf der Jagd war, ließ die Frau Subeida die Sklavin einladen, gab ihr zu essen und zu trinken, mischte Schlaftrunk in den Wein, und schickte, als sie davon einschlief, nach einem ihrer alten Diener, ließ die Sklavin in eine große Kiste sperren, schloß sie zu und gab sie dem Diener mit den Worten: »Geh mit dieser Kiste an den Strom und werfe sie ins Wasser!« Er lud die Kiste auf einen Maulesel, den er vor sich hertrieb, und zog damit nach dem Strom. Die Kiste aber wurde ihm zu schwer; als er daher am Kistenmarkt vorüberging, und ihn der Oberste der Makler sah und fragte: »Verkaufst du diese Kiste?«, so antwortete er: »Ja, doch nur verschlossen.« Jener erwiderte: »Gib nur, dies soll geschehen.« Er nahm die Kiste herunter und rief aus: »Wer kauft eine Kiste um hundert Dinare?« Während sie so beisammen waren, ging der Fischer Chalif vorüber, drehte die Kiste rechts und links, nahm sie für hundert Dinare und gab sie dem Träger, wie oben erwähnt worden. Als nun der Fischer auf der Kiste lag, erwachte Kut Alkulub vom Schlaf, merkte, daß sie in eine Kiste gesperrt war, und schrie jämmerlich. Als Chalif dies hörte, sprang er von der Kiste herunter und rief zum Fenster hinaus: »Muselmänner, kommt mir zu Hilfe, es sind Teufel in der Kiste!« Die Nachbarn erwachten aus dem Schlaf und sagten ihm: »Was hast du, Rasender?« Er antwortete: »Die Kiste ist voller Teufel!« Sie sagten ihm: »Schlafe nur! du hast uns genug gequält. Gott verdamme dich! Wirf deinen Wahnsinn von dir!« Er erwiderte: »Ich kann nicht schlafen.« Sie schimpften ihn, und er ging wieder in sein Zimmer. Nach einer Weile fing Kut Alkulub wieder an zu sprechen und fragte: »Wo bin ich?« Chalif entfloh aus dem Zimmer und rief: »O Nachbarn, kommt zu mir!« Sie sagten ihm: »Was fehlt dir? du plagst uns.« Er antwortete: »O ihr Leute! die Teufel sprechen aus der Kiste.« Sie aber sagten: »Du lügst! Wie lauten denn ihre Worte?« Er antwortete: »Einer sprach zu mir: wo bin ich?« Sie erwiderten: »Du bist in der Hölle! plagst die Nachbarn und läßt sie nicht schlafen; geh, schlafe! Wärest du nie gewesen und hättest du nie gelebt!« Chalif ging wieder in sein Gemach, voller Furcht, denn er hatte keinen anderen Platz zu schlafen als die Kiste. Als er wieder darauf lag, vernahmen seine Ohren, wie Kut Alkulub sagte: »Ich bin hungrig.« Chalif entfloh wieder aus dem Gemach und schrie: »O ihr Nachbarn! o ihr Bewohner des Chans, kommt zu mir!« Die Nachbarn sagten: »Was ist dir wieder geschehen?« »Die Teufel in der Kiste haben gesagt, sie seien hungrig.« Da sagten die Leute zueinander: »Uns scheint, daß Chalif hungrig ist.« Aus Furcht, er möchte sie die ganze Nacht nicht schlafen lassen, brachten sie ihm, was sie vom Abendessen übrig hatten, einen ganzen Korb voll Brot, Fleisch, Gemüse und Rettich und sagten ihm: »Iß, bis du satt bist, dann schlafe und störe uns nicht weiter. Wenn du noch ein Wort sagst, so prügeln wir dich, bis dir die Rippen zubrechen und du noch diese Nacht stirbst.« Chalif nahm den Korb mit Speisen und ging in sein Gemach, setzte sich auf die Kiste und fing an beim Mondenschein, der sein Zimmer beleuchtete, mit beiden Händen zu essen. Da sagte Kut Alkulub: »Macht mir auf und habt Mitleid mit mir, o Muselmänner!«

Chalif stand auf, nahm einen Stein, den er im Zimmer hatte, und zerbrach die Kiste, und siehe da, es befand sich darin ein Mädchen, schön wie die leuchtende Sonne mit strahlender Stirn und einem Gesicht wie der Mond, roten Wangen und freundlicher Stimme. Sie hatte ein Kleid an, das tausend Dinare wert war und noch mehr. Als Chalif sie sah, kam er vor Freude von Sinnen und sprach: »Bei Gott! du gehörst zu den Hübschen.« Sie fragte: »Wer bist du?« Er antwortete: »Herrin! ich bin der Fischer Chalif.« Sie fragte: »Wie bin ich hierhergebracht worden?« Er antwortete: »Ich habe dich gekauft und du bist nun meine Sklavin.« Sie bemerkte ein Kleid des Kalifen an ihm und wollte wissen, wie er dazu gekommen sei. Er erzählte ihr daher, was ihm widerfahren, von Anfang bis zu Ende, und wie er die Kiste gekauft. Sie merkte, daß die Frau Subeida Verrat an ihr geübt, unterhielt sich mit Chalif bis zum Morgen und sagte dann: »Chalif, schaffe mir von jemandem Tinte, Kalam und Papier!« Er sah sich bei einem der Nachbarn danach um und brachte es

ihr. Sie schrieb einen Brief, legte ihn zusammen und sagte zu Chalif: »Nimm diesen Brief, geh damit auf den Juwelenbazar, frage daselbst nach dem Juwelier Abul Hasan, und wenn du ihn gefunden hast, so gib ihm diesen Brief.« Er erwiderte: »Herrin! dieser Name ist schwer, ich kann ihn nicht behalten.« Sie entgegnete: »So frage nach dem Laden des Ibn Alukab!« Da sagte er: »Herrin! was bedeutet denn Akab?« Sie antwortete: »Es ist ein Vogel, dem man die Augen zuhält, und den man auf der Hand herumträgt.« Er sagte: »Ich weiß nun, Herrin!«

So ging er fort und wiederholte unaufhörlich den Namen, um ihn nicht zu vergessen. Als er jedoch auf den Juwelenmarkt kam, wußte er ihn nicht mehr. Er ging deshalb zu einem Kaufmann und fragte ihn: »Wohnt hier jemand, der den Namen eines Vogels führt?« Er antwortete: »Ja, hier wohnt Ibn Alukab.« Chalif sagte: »Gut, zu dem will ich gerade.«

Als er zu ihm kam, gab er ihm den Brief. Abul Hasan aber nahm den Brief, küßte ihn, las ihn, und legte ihn, als er ihn gelesen und verstanden hatte, auf sein Haupt. Er war nämlich, so wird behauptet, Agent der Kut Alkulub und der Verwalter aller ihrer Güter; sie hatte ihm geschrieben: »Von der Frau Kut Alkulub an den Herrn Abul Hasan, den Juwelier. Sobald dieser Brief zu dir gelangt, räume uns ein Zimmer ein, das vollständig mit Teppichen, Gefäßen, Sklaven und Sklavinnen und was sonst zu einem Aufenthalt nötig ist, versehen sein muß. Nimm dann den Träger dieses Briefes, führe ihn ins Bad, ziehe ihm die kostbarsten Kleider an und verfahre so und so mit ihm.«

Er sagte: »Ihr Wille ist mir Befehl«, nahm Chalif, schloß seinen Laden zu, ging mit ihm ins Bad und empfahl einem der Diener, ihn wie gewöhnlich gut zu bedienen; er ging dann und besorgte, was Kut Alkulub befohlen. Der blödsinnige Fischer Chalif glaubte, das Bad sei ein Gefängnis, und sagte den Leuten: »Was habe ich verbrochen, daß ihr mich einsperrt?« Die Badediener lachten ihn aus, setzten ihn auf den Rand der Badewanne und ergriffen seine Füße, um sie zu reiben.* Cha-

*Dies geschieht noch heutzutage, daß besonders die harte Haut an den Fersen mit einem rauhen Stein abgerieben wird.

lif glaubte, sie wollten ihn auf den Boden strecken, um ihn zu prügeln; er stand daher auf, packte die Füße des einen, hob ihn in die Höhe und stürzte ihn auf den Boden, daß er ihm fast die Rippen zerbrach. Als dies die übrigen Diener sahen, entrissen sie ihn Chalifs Händen wieder. Da kehrte ihm der Verstand zurück, und die Leute merkten, daß er nicht aus Bosheit so gehandelt hatte. Sie bedienten ihn daher immerfort, bis der Herr Abul Hasan mit einem kostbaren Anzug kam, den er ihm ankleidete; er brachte hierauf einen gut gesattelten Maulesel, nahm seine Hand, führte ihn aus dem Bad und sagte ihm: »Besteige nun diesen Maulesel!« Chalif sagte: »Wie soll ich reiten? ich fürchte, er wird mich herunterwerfen und mir dir Rippen im Leibe zerbrechen.« Doch nach vieler Mühe und Anstrengung bestieg er den Maulesel, und sie ritten zusammen nach dem Ort, den Ibn Alukab ihnen hergerichtet hatte.

Als Chalif hinkam, sah er Kut Alkulub dasitzen, von Gefolge und Dienern umgeben. An der Tür stand ein Pförtner mit einem Stock in der Hand. Als er Chalif sah, sprang er auf, küßte ihm die Hand und ging vor ihm her, bis ins Innere des Saals. Hier sah Chalif so viel Schönes, daß er fast den Verstand verloren und ihm das Sehen verging.

Das Gefolge und die Diener küßten ihm die Hand und sagten: »Wohl bekomme das Bad!« Als er in die Nähe Kut Alkulubs kam, stand sie vor ihm auf, nahm ihn an der Hand und führte ihn auf einen hohen Diwan. Dann brachte sie ihm ein Schüsselchen voll Zuckerwasser mit Rosenwasser vermischt, das er nahm und bis auf den letzten Tropfen austrank; dann steckte er den Finger aus und leckte es noch aus. Sie hielt ihn davon ab und sagte: »Das ist eine Schande.« Er aber sagte: »Schweige doch! das ist guter Honig!« Sie lachte über ihn, ließ ihm einen Tisch mit Speisen vorstellen, und er aß, bis er satt war. Es wurde dann eine goldene Kanne und ein Waschbecken gebracht; er wusch seine Hände und lebte in höchstem Vergnügen. Nun höre, was dem Fürsten der Gläubigen geschehen!

Als dieser von seiner Reise zurückgekehrt war und Kut Alkulub nicht fand, fragte er nach ihr, und die Frau Subeida sagte ihm: »Sie ist gestorben; mögest du leben, o Fürst der Gläubigen!« Auch hatte die Frau Subeida ein Grab graben lassen mitten im Schloß und eine Kuppel darüber bauen lassen, weil sie wußte, daß der Kalif sie sehr liebte; sie sagte daher

dem Kalifen: »Ich habe sie mitten im Schloß beerdigen lassen.« Auch kleidete sie sich schwarz aus Verstellung und Betrug, und zeigte lange äußerlich große Trauer.

Kut Alkulub hatte indessen des Kalifen Rückkehr von der Jagd vernommen und sagte zu Chalif: »Geh ins Bad und komme wieder her!« Er ging und kehrte wieder. Sie zog ihm dann ein Kleid an, das tausend Dinare wert war, empfahl ihm, sich mit Anstand und Würde zu benehmen, und sprach zu ihm: »Geh zum Fürsten der Gläubigen und sage ihm: O Fürst der Gläubigen! ich wünsche, daß du heute Nacht mein Gast sein mögest.« Chalif bestieg seinen Maulesel und ritt, mit Jungen und Bedienten vor ihm her, nach dem Schloß des Kalifen; jedermann wunderte sich über die Schönheit und Anmut, die er sich so schnell zu eigen gemacht hatte. Als ihn der alte Diener sah, der ihm die hundert Dinare gegeben, welche die Ursache seines Glückes waren, ging er zum Kalifen und sagte: »O Fürst der Gläubigen! Der Fischer Chalif ist König geworden; er hat ein Kleid an, das tausend Dinare wert ist.«

Der Kalif ließ ihn zu sich bringen, und erlaubte ihm zu sprechen, als er näher gekommen war. Der Fischer hob an: »Friede sei mit dir, o Fürst der Gläubigen und Stellvertreter des Herrn der Welten! Beschützer des Glaubens! Der erhabene Gott gebe deinen Tagen eine lange Dauer, mache deine Beschlüsse geehrt und erhebe deinen Rang auf die höchste Stufe!« Der Kalif sah ihn, erstaunt über die schnelle Veränderung, die mit ihm vorgegangen, an und sprach: »Sage mir, Chalif, woher hast du das Kleid, das du trägst?« Er antwortete: »Aus meinem Hause, o Fürst der Gläubigen!« Der Kalif fragte: »Hast du ein Haus?« Er antwortete: »Ja, und sei du heute mein Gast, o Fürst der Gläubigen!« Der Kalif fragte: »Ich allein oder mit den Meinigen?« Er antwortete: »Du und wen du noch mitbringen willst.« Bei diesen Worten wandte sich Djafar zu ihm und sagte: »Wir werden heute nacht deine Gäste sein.« Chalif küßte dann die Erde wieder, bestieg seinen Maulesel und hatte viele Mamelucken zum Gefolge. Der Kalif war darüber erstaunt, und sagte: »O Djafar: sieh einmal Chalif an mit seinem Maulesel, seinem Anzug, seinen Mamelucken und seinem Gefolge, während er noch gestern ein Gegenstand des Mitleids war.« Sie waren sehr erstaunt darüber.

Als jedoch Chalif in der Nähe seines Hauses war, stieg er ab, nahm einen Bündel aus der Hand eines Mamelucken, öffnete ihn, nahm ein baumwollenes Tuch heraus und legte es unter die Füße des Maultiers des Fürsten der Gläubigen; dann nahm er eins nach dem andern, Seide, Damaszenerstoff, und so zwanzigerlei Stoffe, heraus, bis an das Haus hin. Chalif ging voran und sagte: »Im Namen Gottes, o Fürst der Gläubigen!« Der Kalif sagte zu Djafar: »Wem gehört wohl dieses Haus?« Djafar antwortete: »Einem Mann, welcher Ibn Alukab genannt wird, der Oberste der Juweliere.« Der Kalif stieg ab, ging mit den Seinigen hinein und sah daselbst einen hohen, geräumigen Saal, mit Teppichen bedeckt; er ging zu dem Thron, den man ihm auf vier elfenbeinernen Säulen errichtet hatte, und auf dem sieben Teppiche waren.

Dem Beherrscher der Gläubigen gefiel das sehr; Chalif nahte sich ihm hierauf, von Dienern und Mamelucken umgeben, die allerlei Getränke, Zitronen, Rosenwasser mit Moschus vermischt, trugen. Chalif trank zuerst und gab dann dem Kalifen zu trinken. Gleiches taten die Weinschenken mit den übrigen Leuten. Chalif kam dann mit Tischen, worauf allerlei Speisen, Gänse, Hühner und anderes Geflügel waren, und sagte: »Im Namen Gottes!« und sie aßen, bis sie genug hatten.

Als die Mahlzeit vorüber war, ließ Chalif die Tische wegtragen, küßte die Erde dreimal und bat um die Erlaubnis, Wein und Lichter zu holen, und der Kalif erlaubte es ihm. Als er weg war, sah der Kalif Djafar an und sagte: »Bei meinem Haupt! das Haus und was darin ist, gehört Chalif: er befiehlt hier als Herr. Ich bin sehr erstaunt, woher ihm auf einmal so viel Glück und Wohlstand geworden; doch was ist dies gegen die Macht Gottes, der bloß spricht: Werde! und es wird. Mehr wundere ich mich noch über seinen Verstand, wie der zugenommen hat und wie er auf einmal so viel Würde und Anstand gewonnen. Wenn Gott einen Menschen segnen will, so vermehrt er zuerst seinen Verstand, dann erst seine weltlichen Güter.«

Während sie so sprachen, kam Chalif mit Mundschenken zurück, die goldene Gürtel trugen, die wie Monde glänzten. Sie breiteten ein scharlachrotes Tuch aus und stellten chinesische Gefäße, hohe Flaschen, kristallene Becher, Schläuche und Kannen von allen Farben auf; sie füllten sie mit klarem altem Wein, der wie feinster Moschus duftete, nach den Worten des Dichters:

»Gib mir und meinen Gefährten zu trinken von dem köstlichen alten Wein, der einen goldenen Becher als zierendes Gewand hat. Sein Schmuck besteht aus den allerfeinsten Perlen, und so ausgestattet hat man ihn mit Recht die Braut genannt.«

Um diese Weingläser waren viel Wohlgerüche verbreitet und die schmackhaftesten Süßigkeiten lagen dabei. Als der Kalif dies sah, rief er Chalif in seine Nähe, freute sich mit ihm und erwies ihm Ehre; Chalif aber wünschte dem Kalifen langes, ruhmvolles Leben. Dann fragte er: »Erlaubt mir der Fürst der Gläubigen, daß ich eine Sängerin und Lautenspielerin bringe, dergleichen noch nie gehört worden?« Der Beherrscher der Gläubigen erwiderte: »Tue nach Gefallen.« Chalif küßte die Erde vor dem Fürsten der Gläubigen, stand auf, ging in ein Gemach und brachte Kut Alkulub herein; sie näherte sich, tief verschleiert und mit reichem Schmuck behangen, und küßte die Erde vor dem Fürsten der Gläubigen.

Dann setzte sie sich, stimmte die Laute und spielte so, daß alle Anwesenden vor Entzücken außer sich waren; zuletzt sang sie folgende Verse:

»Laßt uns sehen, ob unsere Liebeszeit wiederkehrt, ob du noch nach der Nähe deiner verlorenen Freundin dich sehnst. Lange Zeit verstrich in der Süßigkeit der Vereinigung; wir waren sorgenlos, während das böse Geschick schlief. Was ist nun das Leben nach der Trennung? Wie süß waren die Nächte der Vereinigung in meinem Hause! O mein Geliebter! näherst du dich mir, so finden wir uns wieder; wo nicht, so ist mein Leben verloren.«

Der Kalif konnte es nicht mehr aushalten, zerriß sein Kleid und fiel ohnmächtig nieder. Die Leute alle zogen ihre Kleider aus und warfen sie auf den Fürsten der Gläubigen. Kut Alkulub winkte Chalif und sagte ihm: »Geh nach jener Kiste und bringe mir, was darin ist.« Sie hatte nämlich schon für diesen Fall eins von des Kalifen Kleidern vorbereitet. Chalif brachte es und warf es auf den Fürsten der Gläubigen. Als dieser zu sich kam und sich überzeugte, daß es Kut Alkulub war, sagte er: »Ist heute Auferstehungstag, daß Gott die Toten aus den Gräbern weckt? oder schlafe ich, und sind dies nur Träume?« Kut Alkulub sagte: »Wir sind wach und schlafen nicht, ich lebe noch und habe den Todeskelch nicht gekostet.« Dann erzählte sie ihm alles, was ihr bis auf jenen Tag widerfahren.

Der Kalif hatte, seitdem er sich von ihr getrennt fand, keine Freude und keine Ruhe mehr gefunden; bald dachte er tief sinnend über sie nach, bald weinte und tobte er. Nun stand er auf, küßte, umarmte sie und nahm sie bei der Hand, um sie in ihr Schloß zu führen. Chalif sagte: »Bei Gott, das ist schön. Du hast mir gleich von Anfang Unrecht getan, und nun tust du mir wieder Unrecht.« Der Kalif erwiderte: »Du hast recht.« Er befahl sogleich dem Wesir Djafar, ihm so viel zu geben, bis er zufrieden sei. Dieser gab ihm, was er wünschte, und schenkte ihm ein Städtchen, das jährlich zehntausend Dinare eintrug. Kut Alkulub aber schenkte ihm das Haus mit allem, was drin war von Teppichen, Vorhängen, Mamelucken, Sklavinnen, jungen und alten Dienern. Chalif gewann so einen hohen Wohlstand, verheiratete sich und lebte in Glück, Ansehen und Wohlstand.

Der Kalif nahm ihn auch zu seinen Tischgenossen, und er genoß das schönste, angenehmste und heiterste Leben, bis er starb. Gottes Barmherzigkeit sei mit ihm! Doch ist diese Geschichte nicht schöner als die des Kaufmanns mit seinen Kindern. Der König fragte: »Wie war die?« und Scheherazade sprach:

Geschichte Ghanems und der Geliebten des Beherrschers der Gläubigen

Wisse, o glückseliger König, es war in der frühesten Zeit ein Kaufmann, der einen Sohn wie der Vollmond hatte, von beredter Zunge, er hieß Ghanem Ibn Ejub; dieser hatte eine Schwester, die, weil sie so schön und liebenswürdig war, Fitnah (Verführung) hieß. Als ihr Vater starb, hinterließ er ihnen viele Reichtümer, unter anderem auch hundert Ballen Perlenmuscheln, Seidenstoffe und Moschus; die Ballen sollten eben durch ihn nach Bagdad gebracht werden und waren schon dahin adressiert, als ihn Gott sterben ließ. Sein Sohn nahm nach einiger Zeit diese Waren, um damit nach Bagdad zu reisen. Dies geschah unter der Regierung des Kalifen Harun Arraschid. Er nahm Abschied von seiner Mutter, Schwester und übrigen Verwandten und Mitbürgern, und machte sich auf die Reise, im Vertrauen auf den erhabenen Gott, der ihm auch eine vollkommen glückliche Reise bis Bagdad in Gesellschaft einiger Kaufleute bestimmte.

Er mietete ein schönes Haus, versah es mit Teppichen, Kissen und Vorhängen, brachte seine Waren, seine Kamele und Maulesel hinein, und blieb zu Hause, um auszuruhen. Die vornehmen Kaufleute kamen und begrüßten ihn. Er nahm dann ein Bündel, worin zehn Stück kostbare Stoffe waren, worauf der Preis geschrieben war, und ging damit auf

den Basar. Die Kaufleute kamen ihm ehrerbietig entgegen und grüßten ihn. Sie legten dann die Waren in den Laden des Obersten des Basars. Dieser öffnete das Bündel, nahm die Stoffe heraus und verkaufte sie, so daß jeder Dinar zwei gewann. Ghanem freute sich dessen und verkaufte so eine Ware nach der anderen ein ganzes Jahr lang.

Am Anfang des zweiten Jahres wollte er auf den Basar gehen, fand aber die Tür geschlossen; er fragte daher nach der Ursache, und man sagte ihm, es sei ein Kaufmann gestorben, weshalb alle Kaufleute seiner Beerdigung beiwohnten. »Willst du dir nicht auch dadurch Lohn (im Himmel) erwerben und mitgehen?« Er sagte: »Ja!« und fragte nach dem Versammlungsplatz; man führte ihn dahin; er wusch sich daselbst, ging mit den Kaufleuten nach dem Betorte wo man für den Toten betete, dann zog man vor der Leiche her nach dem Begräbnisplatz, und Ghanem folgte dem Zug.

Man zog mit der Leiche zur Stadt hinaus, durchstreifte die Gräber, bis man an den Begräbnisplatz kam, wo die Verwandten des Verstorbenen schon Zelte über den Gräbern aufgeschlagen hatten; die Wachslichter und Lampen wurden zugerichtet, der Tote wurde beerdigt und der Koran auf dem Grab gelesen. Die Kaufleute setzten sich und Ghanem setzte sich aus Scham zu ihnen; denn er dachte: Ich kann mich doch nicht von ihnen trennen, und nicht früher als sie weggehen. So saßen sie und hörten andächtig die Gebete des Korans bis zur Zeit der Abendstunde. Da brachte man das Nachtessen mit süßen Speisen; sie aßen, bis sie genug hatten, und wuschen sich die Hände; dann setzten sie sich wieder auf ihren vorigen Platz. Ghanems Gemüt war sehr beunruhigt, denn er fürchtete sich vor Dieben und dachte bei sich: Ich bin hier fremd und als reicher Mann bekannt: wenn ich nun die Nacht außer dem Haus zubringe, könnten Diebe mir meine Ware stehlen. Er stand daher auf, entschuldigte sich bei der Gesellschaft, er habe etwas zu tun, und ging an die Tore der Stadt. Da es aber schon Mitternacht war, fand er die Tore der Stadt geschlossen; niemand ging und kam mehr, die Hunde bellten und die Wölfe heulten. Er kehrte um und sagte: »Es gibt keinen Schutz und keine Macht, außer bei Gott, dem Erhabenen! Ich war um mein Gut

besorgt, nun ist das Tor geschlossen und ich muß daher auch für mein Leben fürchten.« Er kehrte also um und forschte nach einem Ort, wo er die Nacht zubringen könne. Da fand er ein Grabmal von vier Mauern umgeben, mit einem Dattelbaum und einer steinernen Tür. Er ging hinein, um zu schlafen, konnte aber vor Angst und Unheimlichkeit, weil er zwischen den Gräbern sich befand, nicht einschlafen. Er stand wieder auf, öffnete die Tür und entdeckte nach dem Tor der Stadt hin in der Ferne ein matt schimmerndes Licht; auch sah er, daß sich dasselbe auf dem Weg, der nach dem Grabmal führte, bewegte. Er fürchtete sich sehr, schloß wieder zu, kletterte auf den Baum und setzte sich auf dessen Krone. Das Licht kam immer näher und Ghanem bemerkte drei schwarze Sklaven: zwei trugen eine Kiste und einer hatte ein Beil in der Hand. Wie sie dem Grabmal ganz nahe waren, sagte der Sklave, der das Beil und einen Korb trug: »Was hast du, Sawab?« Da sagte einer von denen, welche die Kiste trugen: »Was hast du, Kafur?« Er antwortete: »Waren wir nicht diesen Abend da und haben die Tür offengelassen?« Jener sagte: »Ja« – »Nun«, versetzte dieser, »sie ist geschlossen und verrammelt.« Da sagte der dritte, der auch die Kiste tragen half: »O ihr unverständigen Leute! wißt ihr nicht, daß die Hirten aus Bagdad hier weiden und, sobald es Nacht wird, zuschließen, weil sie sich vor Schwarzen unseresgleichen fürchten, sie möchten sie ergreifen, braten und essen?« Sie sagten: »Du hast recht, obgleich du der Dümmste unter uns bist.« Er erwiderte: »Ihr werdet mir nicht glauben, bis wir ins Grabmal kommen und ich euch die Maus bringe; ich glaube, sobald sie das Licht sah, hat sie sich vor uns gefürchtet und ist aus Furcht auf den Dattelbaum gestiegen.« Als Ghanem diese Worte hörte, dachte er: »O verruchtester aller Sklaven! Gott vergebe dir deine Sünde nicht, mitsamt deinem Verstand und deiner Einsicht! Es gibt keinen Schutz und keine Macht, außer bei Gott, dem Erhabenen! Wie werde ich diesen Sklaven entkommen?« Die beiden Träger sagten dann dem, der das Beil hatte: »Klettre über die Mauer und öffne uns die Tür, Sawab, denn wir sind müde, die Kiste zu tragen. Wenn du die Tür öffnest, sind wir dir eine fette Maus schuldig, die du auch haben sollst, sowie wir eine fangen; wir wollen sie dir selbst sehr kunstvoll backen, so daß kein Tropfen von ihrem Fett verlorengeht.«

Sawab sagte: »Ich fürchte etwas, das mir mein geringer Verstand eingegeben. Es ist wohl besser, wir werfen die Kiste hinter die Tür, da sie doch unseren Schatz enthält.« Seine Begleiter fragten: »Warum? wenn wir sie hinüberwerfen, wird sie ja zerbrechen.« Er antwortete: »Ich fürchte, es möchten Diebe im Grabmal sein, die uns umbringen und berauben; wenn es Nacht wird, suchen solche Leute diese Plätze und teilen hier ihre Beute.« Die beiden Träger der Kiste antworteten: »Dummkopf! wie sollten sie hierherkommen?« Sie legten dann die Kiste ab, kletterten über die Mauer und öffneten die Tür, während der dritte, mit dem Beil und einem Korb mit Gips beladen, außen stehen geblieben war. Hierauf setzten sie sich und verschlossen die Tür wieder. Einer von ihnen sagte: »O meine Freunde! wir sind nun müde vom Gehen, Tragen, Öffnen und Wiederverschließen der Tür; es ist schon Mitternacht. Wir haben keine Kraft mehr, die Tür zu öffnen und die Kiste zu verbergen, wir wollen jetzt drei Stunden ausruhen und dann unsere Arbeit verrichten, und jeder von uns erzähle indessen, wie er zum Verschnittenen geworden, und was ihm von Anfang bis zum Ende widerfahren, so daß uns die Zeit angenehm verstreicht, während welcher wir ausruhen.«

Der Laternenträger, der Sawab hieß, sprach: »Ich will euch meine Geschichte erzählen«; sie aber sagten: »Sprich!« worauf er, wie folgt, begann: »Wisset, meine Freunde! ich war noch ganz klein, erst fünf Jahre alt, als mich Sklavenhändler aus meinem Land raubten und mich einem Djausch verkauften. Dieser hatte eine kleine Tochter von drei Jahren, mit der ich erzogen wurde. Die Leute hatten ihren Spaß mit mir, wenn ich mit der Kleinen spielte, vor ihr tanzte und sang. So wurde ich zwölf Jahre alt und sie zehn. Noch ließen sie mich bei ihr, bis ich eines Tages zu ihr kam, wie sie an einem einsamen Ort saß, schön gekleidet und geschmückt, duftend von den herrlichsten Wohlgerüchten, als wäre sie eben aus dem Bad gestiegen. Sie hatte ein rundes Gesichtchen wie der Mond in der vierzehnten Nacht, und wir scherzten miteinander, bis wir uns in den Armen lagen. Als dies geschehen, entfloh ich zu einem meiner Freunde. Ihre Mutter kam noch schnell genug, um ihre Verwirrung zu bemerken, war aber tödlich darüber betroffen; doch verbarg sie alles vor ihrem Vater. Mich suchte man zwei Monate lang, bis man mich endlich fand; doch liebte man mich zu sehr, um die Geschichte dem Vater zu entdecken; meine Geliebte aber wurde dem Barbier verlobt, der ihren Vater rasierte.

Dies alles geschah, damit der Vater nichts merken solle. Man sammelte das Nötige zu ihrer Ausstattung, ergriff mich, ohne daß ich mich dessen versah, und verunstaltete mich. Dann machte sie mich, als die Braut ihrem Bräutigam zugeführt wurde, zu ihrem Aga; ich mußte stets vor ihr hergehen, sowohl ins Bad, als in ihr elterliches Haus.

Die frühere Geschichte wurde verschwiegen; ich lernte jedoch nach und nach mein Schicksal ertragen, blieb lange bei ihr und schwelgte in ihren Reizen, küßte und umarmte sie oft, bis sie, ihr Gemahl, ihr Vater und ihre Mutter starben; ich kam dann in den Fiskus, wo ich blieb, bis ich mich zu euch gesellte, meine Freunde! Das ist die Ursache, warum ich so verunstaltet bin.«

Der zweite Sklave sprach dann: »Wisset, meine Brüder! meine Geschichte beginnt mit meinem Alter von acht Jahren, wo ich geraubt

wurde; ich log jedes Jahr einmal die Sklavenhändler so an und hetzte sie so hintereinander, bis sie meiner überdrüssig wurden, mich einem Makler übergaben und ausrufen ließen: Wer kauft einen Sklaven mit seinem Fehler? Man fragte den Makler: Worin besteht sein Fehler? Die Antwort war: Er sagt jedes Jahr eine Lüge. Da kam ein großer Kaufmann, der einen Maulesel ritt, zum Makler und fragte: Wie viel ist für diesen Sklaven mit seinem Fehler geboten? Er antwortete: Sechshundert Dirham. Der Kaufmann sagte: Gut, und du sollst auch noch für dich zwanzig Dirham haben. Der Makler brachte ihn zum Sklavenhändler, der von ihm das Geld nahm; ich aber wurde in das Haus des Kaufmanns geführt, woselbst der Makler seinen Lohn empfing. Der Kaufmann aber kleidete mich anständig und behielt mich bei sich ein ganzes Jahr, während dessen ich ihm treu diente. Als das neue Jahr kam, das ein sehr gesegnetes und fruchtbares an allen Gewächsen war, gaben die Kaufleute jeden Tag Mahlzeiten. Nun kam auch die Reihe an meinen Herrn, einen großen Schmaus in einem Garten außerhalb der Stadt zu geben. Allerlei Speisen, und was man sonst nötig hat, wurden aufgestellt, und die Gäste aßen und tranken und unterhielten sich fröhlich bis Mittag. Da brauchte mein Herr etwas aus dem Haus und sagte zur mir: Sklave, nimm den Maulesel, reite nach Hause und bringe mir von deiner Herrin dieses und jenes, und komme schnell zurück. Ich befolgte den Befehl meines Herrn und ritt nach Hause. Als ich in der Nähe des Hauses ankam, schrie und weinte ich so laut, daß alle Leute aus dem Quartier, groß und klein, sich versammelten; auch die Frauen und die Töchter meines Herrn hörten mich schreien, öffneten die Tür und fragten mich, was es gäbe? Ich sagte unter Tränen: Mein Herr saß unter einer alten Mauer, um seine Notdurft zu verrichten, als sie einfiel; wie ich das sah, nahm ich den Maulesel und ritt schnell daher, um es euch zu berichten. Wie die Frau und die Töchter dies hörten, schrien sie, zerrissen ihre Kleider, schlugen sich ins Gesicht, und die Nachbarn und alle Diener liefen wegen ihres lauten Jammers zusammen. Die Frau meines Herrn aber warf, außer sich, alle Gerätschaften des Hauses untereinander, zerstörte alle Gesimse und Diwane, zerbrach Fenster und Läden, und beschmierte alles mit Rot und Indigo. Dann sagte sie mir: Wehe dir, Kafur, hilf mir und zerbreche alles dieses

Geschirr, die chinesischen Gefäße, Flaschen usw. Ich folgte ihrem Befehl und verwüstete alle Gesimse des Hauses mit allem, was darauf stand, ging auf die Terrasse, zerstörte alles, was nur zu vernichten war von chinesischen Gefäßen im Haus, und schrie: Wehe, mein Herr! Dann ging meine Herrin mit entblößtem Gesicht, nur den Kopf bedeckt,* aus dem Haus mit ihren Söhnen und Töchtern, und sagte mir: Kafur, geh vor uns her und zeige uns, wo dein Herr unter der Maurer tot liegt, daß wir ihn unter dem Schutte hervorziehen, in einem Kasten nach Hause tragen und dann mit Pomp beerdigen. Ich schritt vor ihnen her und rief in einem fort: Wehe, mein Herr! Sie aber folgten mir mit entblößtem Gesicht und schrien: Wehe, Wehe! der Mann. Es blieb kein Mensch aus dem Quartier zurück, kein Mann und keine Frau, kein Mädchen und kein Knabe, keine junge und keine alte, alles ging mit, schrie laut, schlug sich ins Gesicht und weinte heftig. Ich durchzog die Stadt mit ihnen, alle Leute aber fragten, was geschehen sei? Als man ihnen erzählte, was man gehört, sagten die Leute untereinander: Es gibt keinen Schutz und keine Macht, außer bei Gott, dem Erhabenen. Das war ein vornehmer Mann, laßt uns zum Polizeiobersten gehen und ihn davon in Kenntnis setzen.

Als sie zum Polizeiobersten kamen und ihm die Geschichte erzählten, ritt er selbst aus, nahm Arbeiter mit Hauen und Körbern mit; alle folgten mir weheschreiend, ich aber schlug mich immer ins Gesicht, dann eilte ich voraus, schrie in einem fort, streute Erde auf meinen Kopf, ging in den Garten und rief laut: O meine Herrin, meine Herrin! Wehe, Wehe! wer wird sich meiner erbarmen; wäre ich doch statt ihrer umgekommen! Als mein Herr mich sah, erschrak er, wurde blaß und sagte: Was ist dir, Kafur? was gibt's? Ich antwortete: Herr, als du mich nach Hause schicktest, um dir etwas zu holen, sah ich, daß die Mauer des Saales auf meine Herrin und ihre Kinder gefallen war und sie ganz bedeckte. Er fragte: Ist deine Herrin nicht gerettet? Ich antwortete: Nein, bei Gott, Herr! es ist niemand entkommen und meine alte Herrin ist zuerst gestorben. – Ist auch meine kleine Tochter nicht entkommen? – Nein. – Und der Maul-

* Die Araberinnen entblößen, wie die Jüdinnen, noch eher ihr Gesicht als ihre Haare.

esel, der ist doch unbeschädigt? Nein, bei Gott, Herr! die Mauern des Hauses und des Sultans sind über sie gefallen, und über die Schafe, Gänse und Hühner, und alle sind zu einem Haufen Fleisch geworden. Nichts ist verschont geblieben. – Auch nicht dein alter Herr? – Nein, bei Gott! Niemand ist entkommen; es ist von Haus und Bewohnern keine Spur mehr geblieben. – Als mein Herr dieses hörte, befiel Schrecken sein Gesicht, er war nicht mehr seiner mächtig, konnte nicht mehr aufrecht stehen noch ein Glied rühren, und sein Rücken war wie gebrochen. Er zerriß sogleich seine Kleider, riß sich den Bart aus, schlug sich ins Gesicht, bis Blut floß, und schrie: Wehe, o Kinder, o Frau! O Unglück! wem ist je so etwas widerfahren? Seine Freunde, die Kaufleute, klagten und weinten mit ihm, bemitleideten ihn und zerrissen ihre Kleider. Mein Herr trat dann jammernd zum Garten hinaus, und war im Übermaß seines Kummers wie betrunken wegen des großen Unglücks. Die Kaufleute folgten ihm. Auf einmal sahen sie einen mächtigen Staub und hörten ein großes Geschrei und Jammern. Wie sie die Kommenden betrachteten, war es der Polizeioberste mit den Vorgesetzten, dem ganzen Volk und der Familie des Kaufmanns hintendrein; alle aber schrien und weinten und waren sehr niedergeschlagen. Mein Herr stieß zuerst auf seine Frau und Kinder, sprang, als er sie sah, erschrocken auf sie zu und rief: Wie geht's euch? was ist euch im Haus widerfahren? Sie aber sagten, als sie ihn sahen: Gott sei für deine Rettung gelobt! Sie umgaben ihn fröhlich, seine Kinder hingen sich an ihm fest und schrien: O Vater, gelobt sei Gott für dein Entkommen! Seine Frau war tief gerührt und kam fast von Sinnen, als sie ihn sah. Endlich sagte sie ihm: Bist du wohl, mein Herr? wie hast du dich gerettet? und was machen deine Freunde, die Kaufleute? Er dagegen fragte: Wie ist es euch im Hause gegangen? Sie antwortete: Wir sind ganz wohl, und unserem Haus ist nichts Böses widerfahren, aber der Sklave Kafur kam zu uns mit entblößtem Haupt und zerrissenen Kleidern und schrie: O mein Herr! und als wir ihn fragten: was gibt's, Kafur?, antwortete er: Eine Gartenmauer ist auf meinen Herrn und die übrigen Kaufleute gestürzt und sie sind alle umgekommen. Da sagte mein Herr: Bei Gott! zu mir kam er soeben und schrie: O meine Herrin! o die Kinder meiner Herrin! Alle sind dir gestorben, o Herr! Bei diesen Worten erblickte er mich neben sich, wie ich immerfort schrie, Erde auf mein Haupt streute und meinen Turban zerrissen über meinen Hals herunterhängen hatte. Er rief mir zu und sagte zu mir: Wehe dir, verruchter Sklave, Sohn einer Buhlerin, verdammtes Geschlecht! was hast du da für Unheil angestellt? Bei Gott! ich will dir die Haut von den Beinen reißen. Meine Antwort war: Bei Gott, Herr! du kannst mir nichts tun, denn du hast mich mit einem Fehler gekauft, und die Zeugen werden aussagen, daß bedungen worden ist, ich sage jedes Jahr eine Lüge; dies war nur erst eine halbe, und am Ende des Jahres werde ich die andere Lüge sagen, so daß es eine ganze gibt. Er schrie mir zu: Du Hund, Sohn eines Hundes, ist das nur eine halbe Lüge? wahrlich, das ist doch ein großes Unglück. Geh fort von mir, sei frei im Angesicht Gottes. Ich sagte ihm: Bei Gott, ich nehme deine Freiheit nicht an, bis das Jahr zu Ende ist und ich die andere Hälfte gelogen habe. Wenn die Lüge ganz ist, dann kannst du mich auf dem Markt mit meinem Fehler verkaufen, so wie du mich gekauft hast, denn ich treibe kein Handwerk, von dem ich mich ernähren kann, und das, was ich dir hier sage, ist ganz dem Gesetze gemäß.

Während wir so sprachen, kamen das ganze Volk und alle Leute aus dem Quartier, Männer und Weiber, zuletzt auch der Polizeioberste mit seinen Leuten; mein Herr und die übrigen Kaufleute gingen zu ihm, erzählten ihm die Geschichte und sagten ihm, das sei nur eine halbe Lüge; wie sie das hörten, verwunderten sie sich über die Größe derselben, verfluchten und schimpften mich; ich aber lachte und sagte: Wie kann mein Herr mir etwas tun, da er mich mit diesem Fehler gekauft? Als nun derselbe in sein Haus kam und es ganz verwüstet fand, denn ich hatte das meiste und beste zerstört und so viel zerbrochen, daß es ein ganzes Vermögen ausmacht, und ebenso seine Frau, da sagte ihm diese: Kafur hat alles Geschirr und alle chinesischen Gefäße zerbrochen. Sein Zorn nahm zu, er schlug die Hände zusammen und sagte: Bei Gott, in meinem Leben habe ich keinen größeren Schurken, wie dieser Sklave ist, gesehen, und noch behauptet er, das sei nur eine halbe Lüge; wie muß erst eine ganze sein? Damit würde er eine oder zwei Städte zugrunde richten. Er ging dann im heftigsten Zorn zum Polizeiobersten, dieser ließ mich eine saubere Bastonade verschlucken, so daß ich das Bewußtsein verlor. Während ich ohnmächtig dalag, holte er schnell einen Barbier und ließ mich verunstalten; als ich daher wieder zu mir kam, war ich ein Verschnittener, und mein Herr sagte mir: Wie du mein Herz betrübt hast über das Kostbarste, das ich besaß, so bringe ich dich auch um dein Bestes. Dann verkaufte er mich sehr teuer, denn ich war nun ein Verschnittener (also mehr wert); doch hörte ich nicht auf, Unheil zu stiften, und kam von einem Emir zum andern, von einem Großen zum andern, wurde immer verkauft und gekauft, bis ich endlich ins Schloß des Fürsten der Gläubigen kam. Aber meine Seele ist zerknirscht, meine Kraft ist erschöpft.«

Als die beiden Sklaven, seine Freunde, dies hörten, lachten sie laut über ihn und sagten: »Du bist ein Taugenichts! Sohn eines Taugenichts! Du hast eine abscheuliche Lüge ersonnen.« Dann sprachen sie zum dritten Sklaven: »Erzähle du nun deine Geschichte.« Dieser sagte: »Höret, Freunde, was ihr erzählt habt, ist nichts neben dem, was ich euch über meine Verunstaltung erzählen will, denn, bei Gott! ich hatte mehr (als

diese Strafe) verdient, denn ich habe das ganze Haus meines Herrn geschändet, doch meine Geschichte ist lang, es ist jetzt keine Zeit, sie zu erzählen; denn seht, meine Vettern! der Tag ist schon nahe; wenn er anbricht und man diese Kiste bei uns sieht, so sind wir verraten und kommen ums Leben. Jetzt schnell die Türe geöffnet, wenn wir in unser Schloß kommen, werde ich euch erzählen, wie ich Verschnittener geworden bin.« Er kletterte dann über die Mauer, öffnete die Tür, legte das Licht ab, und sie gruben ein Grab so lang und so breit als die Kiste, zwischen vier Gräbern. Kafur schaufelte die Erde auf und Sawab trug sie in Körben weg, bis sie die Tiefe eines halben Mannes gegraben hatten, dann legten sie die Kiste in das Grab, bedeckten sie wieder mit Erde, gingen weg und schlossen das Grabmal wieder. Ghanem sah bald nichts mehr von ihnen. Als er sich nun sicher und allein wußte, wurde er begierig, zu wissen, was in der Kiste sei. Er wartete ein wenig, bis die Morgenröte herausbrach und es hell wurde, dann stieg er vom Baum herunter, scharrte die Erde mit der Hand weg, bis er zur Kiste gelangte, schlug das Schloß mit einem großen Stein auf, nahm den Deckel herunter, sah hinein und erblickte ein Mädchen, das, von einem Schlaftrunk betäubt, leise atmete; sie war sehr schön und reizend, hatte einen reichen Schmuck, der das Reich eines Sultans wert war, und den man gar nicht mit Geld schätzen konnte. Ghanem merkte wohl, daß man sich gegen sie verschworen und ihr einen Schlaftrunk gegeben hatte. Er suchte ihr zu helfen, indem er sie aus der Kiste herauszog und auf den Rücken ins Freie legte. Als sie frische Luft schöpfte und ihr der Wind in die Nase und andere Atmungswerkzeuge blies, fing sie an zu niesen, zu würgen und zu husten. Mit einem Mal fiel ihr ein Stück kretensisches Bendi aus dem Hals, so groß, daß, wenn ein Elefant daran gerochen hätte, er auch von einer Nacht zur anderen hätte schlafen müssen. Sie öffnete hierauf ihre Augen, warf ihre Blicke umher und sagte mit klarer Stimme: »Wehe dir, Wind! der den Durstigen nicht labt, – o Rose der Getränkten – wo bist du, Blume des Gartens!« Niemand antwortete: sie rief weiter: »O Morgenröte! Perlenbaum! Licht der Leitung! Morgenstern! Wehe dir, Luft! Freude! Süßigkeit! Anmut! (lauter Namen ihrer Sklavinnen) sprecht doch!« Niemand aber antwortete: sie warf dann ihre Blicke umher und sagte: »Wehe mir!

ihr begrabt mich zwischen den Gräbern! O du, der das Verborgene kennt und alles vergilt am Auferstehungstag! Wer hat mich aus meinen Gemächern zwischen diese vier Gräber gebracht?« Ghanem stand ihr zur Seite, während sie so sprach; endlich sagte er ihr: »O meine Gebieterin! laß die Gemächer, Schlösser und Gräber! hier steht dein durch Liebe verzauberter Sklave Ghanem, Sohn Ejubs, den der, der alle Geheimnisse kennt, zu dir geschickt hat, um dich aus dieser Not zu retten, und durch den alle deine Wünsche in Erfüllung kommen mögen.« Hierauf schwieg er. Sie aber sah endlich ihre Lage ein und sagte: »Es gibt keinen Gott, außer Gott, und Mohammed ist sein Prophet.« Sie wandte sich dann zu Ghanem, bedeckte ihr Gesicht mit beiden Händen und fragte mit süßer Stimme: »O gesegneter Jüngling! wie bin ich hierhergekommen? ich bin eben erst erwacht.« Er antwortete: »Meine Gebieterin! drei Sklaven haben dich in dieser Kiste hierher gebracht«, und er erzählte ihr alles, was vorgefallen und wie er die Nacht hier zugebracht und sie vom Tode gerettet habe. Er verlangte ihre Geschichte zu wissen, sie aber sprach: »Gelobt sei Gott, der mich in die Hand eines Mannes, wie du bist, gegeben hat! Stehe jetzt auf, lege mich in die Kiste, bringe mich auf die Straße und miete den ersten Esel- oder Mauleseltreiber, daß er die Kiste in dein Haus bringe; wenn wir dort angekommen, so ist alles gut, dann sollst du meine Geschichte hören, und es wird dir um meinetwillen gutgehen.« Er freute sich, ging zum Grabmal hinaus, und schon leuchtete der Tag recht hell. Die Leute gingen schon aus und ein. Er mietete einen Mann mit einem Maulesel, brachte ihn ans Grabmal, lud ihm die Kiste auf, in die er das Mädchen getan, das er schon heftig liebte, und ging freudig mit ihr davon; denn sie war zehntausend Dinare wert und hatte allerlei Schmuck an, der mit großen Schätzen nicht hätte bezahlt werden können. Er konnte nicht erwarten, bis er nach Hause kam, die Kiste ablud, sie öffnete und das Mädchen herausnahm. Als sie sich umsah, fand sie eine anständige Wohnung mit Teppichen von angenehmer Farbe belegt, und merkte, daß Ghanem ein vornehmer Kaufmann war; sie sah auf allerlei Waren und Ballen, und dachte: »Der muß ein reicher Mann sein.« Sie entschleierte dann ihr Gesicht und sah immer mehr, daß er ein hübscher Mann war; ihr Herz glühte in Liebe zu ihm. Sie sagte ihm: »O Herr, laßt uns doch etwas essen!« Ghanem antwortete: »Bei meinem Haupte und meinen Augen!« Er ging dann auf den Markt und kaufte gebratenes Hammelfleisch und eine Schüssel süße Speise, nahm auch Früchte und Wachslichter mit usw., auch Wein und allerlei Wohlgerüche, und brachte alles nach Hause. Als das Mädchen ihn sah, lachte es und grüßte ihm freundlich entgegen und umarmte ihn, seine Liebe zu ihr wuchs immer mehr und bemächtigte sich seines ganzen Herzens. Sie aßen und tranken und scherzten miteinander, bis es Nacht wurde; ihre Liebe aber war gleich stark, denn sie waren beide jung und schön. Als es Nacht war, stand der zärtlich liebende Ghanem auf, zündete Wachslichter und Lampen an und brachte Wein und Weingefäße herbei; sie setzten sich zusammen; er schenkte ihr ein und gab ihr zu trinken, dann füllte sie den Becher und gab ihn Ghanem; sie scherzten und lachten und rezitierten Verse, waren höchst vergnügt und ihre Liebe wurde immer heftiger. (Gelobt sei der, der den Herzen Liebe einflößt!) So fuhren sie fort, bis nahe am Morgen, da bemächtigte sich ihrer der Schlaf, sie legten sich jedes an einen besonderen Platz schlafen. Des Morgens stand Ghanem auf, ging auf den Markt und kaufte wieder, was er brauchte, an Gemüse, Fleisch und Wein usw. und brachte es nach Hause. Sie setzten sich wieder zusammen, aßen, bis sie satt waren; Ghanem ließ Wein bringen, wovon sie tranken, bis ihre Wangen sich rot färbten und ihre Augen schwarz wurden. Ghanem brannte vor Begierde, das Mädchen zu küssen, und sprach zu ihr: »Erlaube mir doch, dich zu küssen, denn mich verzehrt die Sehnsucht nach dir!« Sie antwortete: »Warte, Ghanem, bis ich trunken bin und nichts mehr von mir weiß, dann kannst du es ohne mein Wissen tun.«

Mit diesen Worten stand sie auf, in ihren Blicken war auch ein Schmachten der Liebe sichtbar, Ghanem entbrannte nur um so heftiger in Sehnsucht nach ihr. Er sprach: »Herrin, gestatte mir, was ich von dir gefordert.« Sie aber antwortete: »Ich darf nicht; denn um meinen Gürtel ist ein hartes Wort geschrieben.« Ghanems Herz brach, sein Schmerz war groß, als er seinen Wunsch unbefriedigt sah, und er sprach folgende Verse:

»Ich bat die, die mich liebeskrank gemacht, um einen Kuß, um zu genesen; sie aber antwortete: Nein, nein, niemals! Ich sagte zu ihr: Ich bitte dich, laß es gern geschehen. Sie aber antwortete: Nur mit Gewalt. Ich erwiderte ihr: Nicht mit Gewalt, sondern mit deiner Einwilligung. Endlich sagte sie: Tue es heimlich. Ich antwortete: Nein, es muß mit deinem Wissen geschehen.«

Ghanems Leidenschaft wurde immer heftiger und sein Herz mächtig von Liebe entflammt. Sie aber sträubte sich immer und sagte: »Ich kann dirs nicht gewähren.« Sie unterhielten sich so liebend miteinander, und Ghanem schwamm im Meer der Liebestrunkenheit, sie aber blieb immer würdevoll und unerbittlich, bis die Nacht sie überfiel, die den Saum des Schlafs über die Menschen herabhängt. Dann stand Ghanem auf, zündete die Lampen und Wachslichter an, brachte alles wieder in Ordnung, nahm ihre Füße, küßte sie und fand sie wie frische Butter; er streichelte sein Gesicht darauf und sagte mit Tränen in den Augen: »O meine Herrin! habe doch Mitleid mit dem Gefesselten deiner Liebe und mit dem Getöteten deiner Augen. Mein Herz wäre ja ganz gesund ohne dich!« Sie erbarmte sich seines Kummers und sagte ihm: »O mein Herr! Licht meiner Augen! bei Gott! ich liebe dich und halte fest an dir, doch nimmermehr darfst du mich küssen.« Er sagte: »Und was hindert mich?« Sie antwortete: »Ich will dir heute nacht meine Geschichte erzählen, du wirst mich dann entschuldigen.«

Sie suchte ihn dann durch Liebkosungen und Versprechungen zu beruhigen, und als er nach einem Monat wieder zudringlicher wurde, sagte sie: »Du sollst es endlich wissen und meinen Rang erkennen.« Sie nahm dann ihren Gürtel und sprach: »Lese, Herr, was hier geschrieben steht.« Ghanem nahm ihn und las die in Gold gestickten Worte: »Ich gehöre dir und du gehörst mir, o Vetter des Propheten.« Als er dies gelesen hatte, ließ er die Hand fallen und bat sie, ihm ihre Geschichte mitzuteilen.

Hierauf erzählte sie, wie folgt: »Wisse, ich bin die Geliebte des Kalifen, des Fürsten der Gläubigen; mein Name ist Kut Alkulub und ich wurde im Schlosse des Kalifen erzogen. Als ich heranwuchs und der Kalif mich und meine mir von Gott erhaltene Schönheit und Anmut sah, liebte er mich sehr, bestimmte mir eine eigene Wohnung und gab mir zehn Sklavinnen zu meiner Bedienung, auch schenkte er mir den

Schmuck, den du hier siehst. Als eines Tages der Kalif abgereist war, kam die Frau Subeida zu einer meiner Dienerinnen und sagte: Ich möchte was von dir. Die Sklavin sagte: Was, o Herrin! Subeida aber sprach: Wenn deine Herrin schläft, so stecke ihr dieses Stück Bendj in

die Nase oder mische es in ihr Getränk; ich werde dir Geld genug geben. Die Sklavin antwortete: Recht gern; freute sich des Geldes und nahm den Bendj; auch war sie froh, denn sie war früher der Frau Subeida Sklavin gewesen, kam und warf den Bendj in mein Getränk, worüber ich schlaftrunken wurde und auf den Boden fiel. Ich war wie tot und ganz in einer anderen Welt. Als diese List gelungen war, legte sie mich in diese Kiste, ließ dann die Sklavin heimlich kommen und bestach sie, ebenso die Pförtnerin; so wurde ich in der Nacht, wo du auf dem Dattelbaum schliefest, hinausgetragen, und man verfuhr mit mir, wie du gesehen hast, bis du mir als Retter nahtest, mich hierherbrachtest und so treulich verpflegtest. Das ist meine Geschichte. Wie es dem Kalifen inzwischen gegangen, weiß ich nicht. Du kennst nun meinen Rang und wirst meine Geschichte geheimhalten.«

Als Ghanem hörte, daß sie des Kalifen Geliebte sei, fuhr er zurück aus Ehrfurcht vor dem Kalifen, setzt sich allein auf eine Seite des Gemachs, machte sich Vorwürfe und flößte seinem Herzen Stärke ein. Seine Liebe

zu einem Gegenstand, den er nicht sein nennen durfte, machte ihn ganz verwirrt; im heftigen Schmerz und in seinen Klagen über das Schicksal sprach er folgende Verse:

»Das Herz des Geliebten vergeht in Sehnsucht wegen seiner Freundin, er ist seines Verstandes wegen ihrer wunderbaren Schönheit beraubt; man fragte ihn: Wie schmeckt die Liebe? und er antwortete: Die Liebe ist süß, doch ist vieles Bittere dabei.«

Kut Alkulub stand dann auf und umarmte ihn und die Liebe zu ihr wurde immer mächtiger in seinem Herzen, denn sie gestand ihm auch die ihrige. Er tat sich aber alle Gewalt an, aus Furcht vor dem Kalifen; sie unterhielten sich, im Meer ihrer Liebe versunken, miteinander, bis der Tag anbrach. Dann stand Ghanem auf, kleidete sich an und ging, wie gewöhnlich, nach dem Markt, kaufte ein, was er brauchte, und kehrte wieder nach Hause zurück, wo er Kut Alkulub weinend fand. Als sie ihn aber sah, hörte sie auf zu weinen und sagte lächelnd zu ihm: »Es ist mir bange während deiner Abwesenheit geworden, o Geliebter meines Herzens! Bei Gott, die Stunde, die du fern von mir zubringst, wird mir zu einem Jahr. Ich habe dir nun meinen Zustand dargestellt, laß uns jetzt an die Vergangenheit nicht weiter denken und ganz dem Augenblicke leben.« Ghanem sprach: »Seit ich weiß, daß du dem Beherrscher der Gläubigen gehörst, ist es mir nicht mehr erlaubt, dir nahezukommen. Ein Hund darf nicht eines Löwen Platz einnehmen.« Er riß sich dann von ihr los und setzte sich auf die Matte. Durch Ghanems Weigerung aber wurde ihre Liebe nur noch heftiger, sie setzte sich an seine Seite, unterhielt ihn und scherzte mit ihm; er wurde liebestrunken und schmachtete in Sehnsucht. Sie sang dann folgende Verse:

»Das Herz der Gefesselten wird bald zerbröckeln; wie lange noch dieses Abwenden von mir? wie lange noch? O dir, der du mich von mir ohne meine Schuld abwendest! pflegen doch liebende Gazellen sich zu vereinigen; weite Trennung und lange Entfernung, so viel kann kein Mensch ertragen.

Sie vermischten dann ihre Tränen und tranken, bis es Nacht wurde. Dann stand Ghanem auf und sprach: »Wir müssen uns trennen und dürfen nicht länger zusammenleben; denn was dem Beherrscher der Gläubigen gehört, muß für den Sklaven heilig sein.« Sie sagte: »Herr, tue dies nicht; laß kommen, was das Schicksal über uns verhängt«; er aber weigerte sich. Die Liebesflamme entbrannte immer mehr in ihrem Herzen, sie hing sich an ihn und sagte: »Bei Gott! wir wollen uns nicht mehr trennen.« Er besiegte aber ihre Leidenschaft, und näherte sich ihr nun nicht mehr anders als in Ehrfurcht, die der Geliebten des Kalifen gebührt. Ihre Sehnsucht aber nahm immer zu und wuchs während der drei Monate, die sie zusammen verlebten. Kut Alkulub sang endlich mit müdem Herzen folgende Worte:

»Wunder der Schönheit! Wie lange noch diese Härte? Was ist der Grund, daß du dich von mir abwendest? Du umfassest alle Arten und Zweige der Schönheit und Anmut, flößest jedem Herzen Liebespein ein und vertreibst den Schlaf aus jedem Auge.«

So lebten sie lange in diesem Zustand, o König der Zeit! und Ghanem hielt sich in Ehrfurcht von ihr fern. Das ist's, was den liebeskranken Ghanem angeht; was aber die Frau Subeida betrifft, so war sie mit Kut

Alkulub in der Abwesenheit des Kalifen so verfahren; nun er aber zurückkehren sollte, war sie verlegen, irgendeine List zu erdenken, um dem Kalifen zu antworten, falls er nach ihr fragte. Sie eröffnete ihr Geheimnis einer alten Frau, die sie bei sich hatte, und sagte ihr: »Was soll ich tun, da Kut Alkulub dahin ist?« Als die Alte dies hörte, sagte sie: »Wisse, meine Gebieterin, die Ankunft des Kalifen ist nahe. Schicke zum Schreiner, daß er eine Menschenfigur aus Holz mache, und laß ein Grab mitten im Schloß graben, wir begraben hier diese Figur, bauen ein Grabmal hierher und zünden Wachslichter und Lampen an; du aber befiehlst allen, die im Schloß sind, daß sie sich schwarz kleiden, und sagst deinen Sklavinnen und Dienern, daß, sobald sie die Rückkehr des Kalifen erfahren, sie Kot in den Eingang (des Palasts) werfen, und wenn er dann fragt, warum das geschehe, so sagt ihm: Kut Alkulub ist gestorben; Gott vermehre deinen Lohn ihretwillen! Sagt auch, ihr habt sie hier im Schloß begraben, weil sie euch so teuer war. Wenn der Kalif dies hört, wird er weinen, und es wird ihm ihretwillen leid tun; er wird den Koran für sie lesen lassen und an ihrem Grab wachen; vielleicht wird er auch sagen: Meine Base, die Frau Subeida, hat vielleicht dies aus Eifersucht gegen Kut Alkulub getan. Die Raserei wird vielleicht so stark bei ihm werden, daß er sie wird ausgraben lassen: wenn dies geschieht und er diese Figur sieht, die einem Menschen gleicht und in das schönste Leichengewand eingehüllt sein wird, so wird er auf sie zulaufen wollen; halte ihn alsdann zurück, rufe deine Leute und sage ihm: Es ist eine Sünde, ein totes Mädchen zu sehen; er wird dann glauben, daß sie wirklich tot sei, sie wieder beerdigen lassen und dir für deine Tat danken. Auf diese Weise hilfst du dir aus dieser Verlegenheit.«

Die Frau Subeida fand diese Worte gut, schenkte ihr ein Ehrenkleid und eine Summe Geld und befahl ihr, so zu tun, wie sie gesagt. Die Alte ging sogleich zum Schreiner und bestellte die oben erwähnte Figur, und brachte sie, als dies fertig war, der Frau Subeida; diese hüllte sie in ein Leichengewand, zündete Wachslichter und Lampen an, legte Teppiche um das Grab herum, kleidete sich schwarz und befahl den Mädchen, dasselbe zu tun. Auf einmal war die Nachricht im Schloß verbreitet: Kut Alkulub seit tot. Als der Kalif nachher von seiner Reise zurückkehrte und in das Schloß kam, wo er alle Diener und Sklavinnen schwarz gekleidet sah, zitterte sein Herz, das nur von Kut Alkulub eingenommen war. Er ging zur Frau Subeida, die auch schwarz gekleidet war, und fragte nach der Ursache, und man erzählte ihm, Kut Alkulub sei gestorben. Er war sehr betrübt und fiel in Ohnmacht. Als er wieder zu sich kam, erkundigte er sich nach ihrem Grab; die Frau Subeida aber sagte: »Wisse, o Fürst der Gläubigen! Weil sie mir so teuer war, ließ ich sie im Schloß begraben.« Der Kalif ging in seinen Reisekleidern zum Grab, wo er die aufgelegten Teppiche, Wachslichter und Lampen sah.

Er dankte ihr zwar für ihre Tat, doch zweifelte er noch immer und wußte nicht, ob er ihr glauben solle oder nicht. Er ließ daher das Grab aufgraben und sie herausnehmen; wie er aber das Totengewand sah, fürchtete er sich vor Gott, wie es die Alte vorhergesagt, und befahl, daß man sie wieder an ihren Ort zurücklege, ließ sogleich die Geistlichen und Koranleser rufen, um den Koran zu lesen, setzte sich neben ihr Grab und weinte, bis er in Ohnmacht fiel. Einen ganzen Monat brachte er so an ihrem Grab zu.

Während der Kalif so am Grabe schlief und die Wesire und Großen alle nach Hause gegangen waren, saßen zwei Sklavinnen bei ihm, eine zu Häupten und eine zu Füßen. Wie er erwachte und die Augen öffnete, hörte er, wie eine Sklavin zur anderen sagte: »Wehe dir, Cheisaran!« Diese erwiderte: »Was ist, Kadib?« Sie sagte: »Unser Herr weiß nicht, was vorgefallen; er wacht hier an einem Grab, in dem nur eine hölzerne Figur liegt, die ein Schreiner gemacht.« Cheisaran fragte: »Und was ist denn aus Kut Alkulub geworden?« Kadib antwortete: »Wisse, die Frau Subeida hat ihr durch eine Sklavin einen Schlaftrunk geschickt, und als dieser wirkte, hat sie sie in eine Kiste gelegt und durch Sawab und Kafur in ein Grabmal werfen lassen.« Da sagte Cheisaran: »Kut Alkulub ist also nicht gestorben?« Jene antwortete: »Nein, bei Gott, sie ist dem Tode entronnen: ich habe gehört, wie die Frau Subeida gesagt hat, sie wohne schon seit vier Monaten bei einem jungen Kaufmann, Ghanem, der Damaszener genannt, während unser Herr hier für nichts seine Nächte durchweinte.« Als die Sklavinnen ihr Gespräch, das der

Kalif angehört hatte, vollendeten, und er daraus die wahre Geschichte erfuhr und wußte, daß dieses Grab nur zum Schein und zum Betrug hier war, erzürnte er sich sehr und ging zu den Großen seines Reiches. Sein Wesir Djafar kam ihm entgegen und küßte die Erde vor ihm; der Kalif sagte im Zorn: »Geh, Djafar! frage nach dem Hause des Ghanem, Sohn Ejubs, dringe in sein Haus und bringe mir meine Sklavin Kut Alkulub und auch ihn, daß ich ihn strafe!« Djafar ging nach dem Haus Ghanems, der Polizeioberste und die ganze Welt begleitete ihn. Ghanem kam eben mit einem Topf voll Fleisch zurück, das er mit Kut Alkulub essen wollte; als sie jedoch ihre Blicke umherwarfen, sahen sie das Haus von dem Wesir, dem Polizeiobersten, von Dienern und Mamelucken mit gezogenem Schwert umgeben, wie das Weiße vom Auge das Schwarze umgibt. Sie merkte gleich, daß der Kalif Nachricht von ihr erhalten, und war ihres Untergangs gewiß; sie wurde blaß, verlor ihre Reize, sah ihren Geliebten an und rief ihm zu: »O mein Geliebter, rette dein Leben!« Er sagte: »Wie soll ich entfliehen, da mein Geld und mein ganzes Vermögen hier im Hause sind?« Sie antwortete: »Zaudere nicht, sonst verlierst du Gut und Leben.« Er sagte: »O Geliebte! Licht meines Auges! wie soll ich's machen, um zu fliehen? Sie haben ja schon das Haus umzingelt.« Sie erwiderte: »Fürchte nichts!« Hierauf entkleidete sie ihn, zog ihm alte, zerlumpte Kleider an, entstellte sein Gesicht, nahm den Topf, in welchem er das Fleisch gebracht hatte, und legte ihn auf seinen Kopf, tat ein Stück Brot und eine Schüssel Speise hinein und sagte: »Geh durch diese List fort und denke meiner nicht; ich weiß, was ich vom Kalifen zu erwarten habe.« Ghanem befolgte ihren Rat, ging mit dem Topf fort und wurde nicht erkannt; Gott beschützte ihn und bewahrte ihn vor allem Bösen, als Lohn für seine guten Vorsätze.

Als der Wesir Djafar an das Haus kam, stieg er vom Pferd ab, ging ins Haus und sah daselbst Kut Alkulub, die sich putzte und schmückte, und eine große Kiste mit Gold, Schmuck, Edelsteinen und anderen leichten, aber doch wertvollen Dingen vollpackte. Sie stand vor Djafar auf, küßte die Erde vor ihm und sprach: »Herr, der Kalam (göttliche Feder) hat geschrieben, was Gott beschlossen.«* Er antwortete: »Bei Gott! der Kalif hat bloß den Tod über Ghanem verhängt.« Sie sagte: »Wisse, er hat Waren zusammengepackt und ist damit nach Damaskus gereist; ich habe keine Nachricht von ihm. Ich wünsche nun, daß du diese Kiste aufbewahrest und zum Fürsten der Gläubigen bringen lassest.« Er antwortete: »Ich bin bereit, zu gehorchen.« Er ließ dann die Kiste aufladen, ging mit Kut Alkulub, welche von allen sehr ehrerbietig behandelt wurde, zum Kalifen, nachdem Ghanems Haus geplündert worden, und erzählte dem Kalifen, was vorgefallen. Der Kalif ließ Kut Alkulub in ein finsteres Gemach sperren, gab ihr eine alte Frau, mit dem Befehl, für ihre Bedürfnisse zu sorgen, denn er glaubte an ihre Schuld; er schrieb dann einen Befehl an den Statthalter von Damaskus, Mohammed, Sohn Suleimans, folgenden Inhalts: »Bei Empfang dieses Befehls nimm Ghanem, Sohn Ejubs, fest und sende ihn mir!« Als dieser den Befehl erhielt, küßte er ihn, legte ihn auf sein Haupt, und ließ auf allen Straßen ausrufen: »Wer plündern will, der gehe in das Haus Ghanems.« Sie gingen in sein Haus und fanden daselbst eine Mutter und eine Schwester, die ihm schon ein

* D. h., es ist Gottes Wille, daß ich durch deine Hand sterbe.

Grab gemacht hatten und über ihn weinten. Sie wurden ergriffen und ihr Haus geplündert, ohne daß sie wußten, warum. Dann wurden sie zum Sultan geführt, der sie nach Ghanem fragte. Sie antworteten ihm: seit einem Jahr hätten sie nichts mehr von ihm gehört; worauf sie wieder nach Hause geführt wurden.

Was aber den liebeskranken Ghanem angeht, so hatte er, als er seines Glücks beraubt wurde und über seine Lage nachdachte, so lange geweint, bis ihm fast das Herz sprang und er auf sein Gesicht zu Boden stürzte; dann reiste er weit umher, bis er einst müde und hungrig in ein Dorf kam. Er ging daselbst in die Moschee, setzte sich auf einen Teppich und lehnte sich an die Wand an; in dieser Lage blieb er bis den anderen Morgen, sein Herz aber klopfte ihm vor Hunger, vom vielen Schweiß war seine Haut mit Ungeziefer bedeckt, er verbreitete einen üblen Geruch und war unkenntlich geworden.

Als Morgens die Leute aus dem Ort zum Morgengebet kamen, fanden sie ihn sehr schwach und leidend vor Hunger, doch sah man an ihm noch Spuren eines früheren Wohlstandes. Als sie ihr Gebet verrichtet hatten, brachten sie ihm Wasser, womit er Hände und Füße wusch; sie brachten ihm auch ein altes Kleid, an dem die Ärmel zerfetzt waren, zogen es ihm an und sagten ihm: »Fremder, woher bist du, und warum bist du so schwach?« Er öffnete seine Augen und weinte, antwortete aber nicht; als einer von ihnen merkte, daß er hungrig war, brachte er Honig und Brot, und er aß davon ein wenig. Sie blieben dann bei ihm sitzen, bis die Sonne aufging, dann begaben sie sich zur Arbeit. Ghanem blieb so einen Monat bei ihnen und war immer schwächer und kränker. Die Leute weinten über ihn und beschlossen untereinander, ihn nach Bagdad ins Spital bringen zu lassen. Während dies vorfiel, kamen zwei Bettlerinnen zu ihnen; diese waren seine Mutter und seine Schwester. Als Ghanem sie sah, gab er ihnen das Brot, das er neben sich liegen hatte, und sie brachten die Nacht bei ihm zu, ohne daß er sie erkannte. Am folgenden Tage kamen die Bewohner jenes Orts mit einem Kamel und seinem Herrn, und sagten diesem: »Lade diesen Kranken auf dein Kamel und wenn du nach Bagdad kommst, so lege ihn an der Tür des Spitals ab, vielleicht wird er geheilt, und dir bleibt der Lohn dafür.« Er antwortete: »Ich werde es tun.« Sie trugen dann Ghanem mit dem Teppich, auf dem er saß, aus der Moschee, seine Mutter und seine Schwester sahen ihn wieder, erkannten ihn aber immer noch nicht; doch sagten sie, als sie ihn näher betrachteten: »Dieser Kranke gleicht unserm Ghanem, wäre er es wohl selbst?« Ghanem kam indessen nicht eher zu sich, bis er schon auf dem Kamel festgebunden war; er weinte und jammerte; auch seine Mutter und Schwester weinten aus Mitleid mit ihm, ohne ihn zu erkennen. Sie reisten dann nach Bagdad, wohin auch der Kameltreiber Ghanem brachte.

Er wurde daselbst vor der Tür des Spitals abgelegt, wo er bis den nächsten Morgen liegen blieb. Die Leute, die vorübergingen, blieben stehen, als sie einen Mann sahen, der so abgemagert war, daß er einem Zahnstocher glich. Endlich kam der Aufseher des Marktes hinzu, trieb die Leute von ihm weg und sagte: »Ich will durch diesen Jüngling das Paradies verdienen, denn wenn er ins Spital gebracht wird, so bringen sie ihn an einem Tag um.« Er befahl daher seinen Jungen, ihn in sein Haus zu bringen, ließ ihm frisches Bett und Kissen geben, und sagte zu seiner Frau: »Pflege diesen Fremden recht gut!« Sie aber erwiderte: »Recht gerne!«, schob ihre Ärmel zurück, machte Wasser warm, wusch ihm die Hände, Füße und den ganzen Körper, und zog ihm ein Kleid von einer ihrer Sklavinnen an, gab ihm einen Becher Wein und bespritzte ihn mit Rosenwasser. Er aber klagte und jammerte um seine Geliebte Kut Alkulub, und seine Trauer um dieselbe war sehr groß.

Was aber Kut Alkulub angeht, so blieb diese achtzig Tage an dem finstern Ort, wohin sie der Kalif in seinem Zorn hatte einsperren lassen. Eines Tages ging der Kalif an ihrem Zimmer vorüber, und hörte, wie sie Verse rezitierte. Dann sprach sie folgendes:

»O mein Geliebter! o Ghanem! wie schön bist du! Wie rein ist dein Herz! Du tust Gutes denen, die dir Böses tun, und achtest das Heiligtum dessen, der das deinige nicht schont: du beschützest die Frau dessen, der dich und die Deinigen gefangennehmen ließ. – Aber gewiß wirst du einst mit dem Fürsten der Gläubigen vor einem gerechten Richter stehen, und du wirst dann gerecht erscheinen an dem Tage, wo Gott Richter sein wird, und seine Engel Zeugen!«

Als der Kalif dies hörte, merkte er, daß ihr Unrecht geschehen, und ging in sein Schloß zurück, von wo aus er ihr seinen Diener Masrur schickte. Als sie vor dem Kalifen erschien, beugte sie ihr Haupt, weinte und war sehr betrübt. Der Kalif sprach zu ihr: »O Kut Alkulub! ich sehe, daß du mich tadelst, als Ungerechten anklagst, und höre dich sagen: ich tue Böses dem, der mir Gutes erwiesen: wer ist's, der meinen Harem gehütet?« Sie antwortete: »Ghanem, Sohn Ejubs, der Gefesselte, der Beraubte; denn ich schwöre dir bei deiner Gnade, er hat die Ehrfurcht vor deiner Sklavin nicht verletzt.« Der Kalif sprach: »Es gibt keinen Schutz und keine Macht, außer bei Gott, dem Erhabenen! O Kut Alkulub! wünsche dir, was du willst, du sollst es erhalten.« Sie antwortete: »Ich fordere Ghanem, meinen Geliebten.« Der Kalif gewährte ihr ihren Wunsch. Sie sagte weiter: »Wirst du, wenn er erscheint, mich ihm zur Frau geben?« Der Kalif erwiderte: »Das geschehe, und ich werde gewiß mein Wort heilighalten.« Sie versetzte: »Erlaube mir, ihn zu suchen, vielleicht wird mich Gott mit ihm vereinen.« Der Kalif antwortete: »Tu, was dir gut scheint!« Sie ging freudig weg, nahm tausend Dinare mit, besuchte die Scheichs und gab Almosen für ihn.

Am folgenden Tag begab sie sich wieder auf den Markt der Kaufleute, gab dem Aufseher einige Dirham, und sagte ihm: »Verteile sie unter die Fremden.« Die folgende Woche ging sie wieder auf den Markt mit tausend Dinaren; es war der Markt der Goldarbeiter und Juweliere. Sie rief den Aufseher, gab ihm tausend Dinare und sprach zu ihm: »Verteile sie unter die Fremden.« Der Aufseher sagte ihr: »Herrin, in meinem Hause befindet sich ein junger Fremder, willst du nicht mit mir gehen, um ihn zu sehen?« (Dies war nämlich Ghanem, den der Aufseher nicht kannte, und den er für einen Verschuldeten hielt.) Als sie dies hörte, klopfte ihr das Herz und ihr Inneres kam in Bewegung. Sie sagte: »Schicke jemanden mit mir in dein Haus.« Er gab ihr einen kleinen Jungen mit, der sie in sein Haus führte, und sie dankte ihm dafür. Als sie ins Haus trat, grüßte sie seine Frau und diese küßte die Erde vor ihr; denn sie erkannte sie. Kut Alkulub fragte dann: »Wo ist der Fremde, der bei dir wohnt?« Sie antwortete weinend: »Hier ist er auf dem Bett, meine Herrin; er sieht wohl wie einer aus der niederen Volksklasse aus, doch trägt er noch Spuren des

Wohlstandes an sich.« Kut Alkulub blickte nach ihm hin, er war aber so mager und entstellt geworden, daß sie ihn nicht erkannte; sie weinte und sprach: »Der unglückliche junge Mann!«, wußte aber nicht, daß es Ghanem war; doch hatte sie Mitleid mit ihm, machte ihm Wein und verschiedene Arzneien zurecht. Nachdem sie eine Weile zu seinen Häupten gesessen war, ritt sie wieder in ihr Schloß und besuchte ihn jeden Markttag. Eines Tages kam der Aufseher mit Ghanems Mutter und Schwester und sagte zu Kut Alkulub: »O Herrin, das Paradies wird dir nicht verschlossen sein;* sieh, soeben ist eine hübsche Frau mit ihrer Tochter in unsere Stadt gekommen, an denen noch Spuren früheren Glücks und Wohlstandes sichtbar sind; sie tragen aber härene Kleider und eine Reisetasche um den Hals, ihre Augen weinen und ihr Herz ist betrübt. Ich habe sie dir gebracht, damit du sie beherbergest und sie vor dem Betteln

*Man ist in Europa der irrigen Meinung, daß die mohammedanische Religion den Frauen das Paradies verschließe.

bewahrest.« Sie antwortete: »Du machst mir Lust, sie zu sehen; wo sind sie?« Er erwiderte freudig: »Ich will sie dir herführen«, und brachte sie wirklich in das Zimmer, wo auch Kut Alkulub war. Als diese Ghanems Mutter und Schwester sah und sehr schön fand, hatte sie Mitleid mit ihnen und sprach: »Bei Gott! das sind vornehme Frauen, man sieht es ihnen wohl an.«Die Frau des Aufsehers sagte: »Wir lieben die armen Leute des himmlischen Lohnes willen. Wer weiß, ob nicht die Tyrannei diese überfallen, ihre Güter geraubt und ihre Wohnung verwüstet hat.« Die beiden Frauen weinten dann heftig, dachten an ihren früheren Wohlstand und ihre jetzige Armut, erinnerten sich an Ghanem, weinten und Kut Alkulub weinte mit ihnen. Die Mutter Ghanems aber sprach: »Wir beten zu Gott, daß er uns mit dem vereinige, den wir aufsuchen, nämlich mit meinem Sohne Ghanem, Sohn Ejubs.« Als Kut Alkulub dies hörte, wußte sie, daß die eine Frau die Mutter ihres Geliebten, und die andere seine Schwester sei; sie weinte, bis sie in Ohnmacht fiel, und als sie wieder zu sich kam, ging sie auf die beiden zu und sagte: »Fürchtet nichts, seid nicht betrübt! dieser Tag ist der erste eures Glücks und der letzte eures Elends.«

Sie befahl dann dem Aufseher, ihnen hübsche Kleider anzuziehen und sie ins Bad zu führen, recht auf sie acht zu geben und ihnen höchst ehrerbietig zu begegnen; zu dem Zwecke gab sie ihm eine bedeutende Summe Geldes. Am folgenden Tage ritt Kut Alkulub wieder nach dem Hause des Aufsehers und ging zu seiner Frau. Diese stand vor ihr auf, küßte ihre Hände und dankte für ihre Wohltaten. Sie sah Ghanems Mutter und Schwester, die des Aufsehers Frau ins Bad gebracht und denen sie andere Kleider angezogen hatte, so daß man ihnen wohl ihren früheren Wohlstand ansah. Kut Alkulub setzte sich zu ihnen und unterhielt sich eine Weile mit ihnen, dann fragte sie des Aufsehers Frau nach ihrem Kranken; diese aber antwortete: »Sein Zustand ist immer derselbe«, und setzte hinzu: »Kommt, wir wollen einmal nach ihm sehen!« Sie traten alle vier zu ihm und setzten sich nieder. Als Ghanem, der sehr dünn und mager geworden war, sie hörte, kam er wieder zu sich, hob seinen Kopf vom Kissen auf und rief: »O Kut Alkulub!« Diese betrachtete ihn näher und schrie: »Hier bin ich.« Er sagte zu ihr: »Komm näher.« Sie fragte: »Bist du Ghanem, Sohn Ejubs?« Er antwortete: »Ja, ich bin es.«

Als sie dies hörte, fiel sie in Ohnmacht. Auch seine Mutter und Schwester riefen: »O Freude!« und waren außer sich. Nach einer Weile kamen sie wieder zu sich, da sagte Kut Alkulub: »Gelobt sei Gott, der mich mit dir, deiner Mutter und Schwester vereinigt!« Sie trat näher und erzählte ihm, was vorgefallen mit dem Kalifen, und sagte: »Ich hatte ihm die Wahrheit entdeckt, er wünscht nun, dich zu sehen, und hat mich dir geschenkt«, und er freute sich sehr daüber. Dann sagte Kut Alkulub: »Bleibt ihr alle hier, bis ich wiederkehre.« Mit diesen Worten erhob sie sich, ging in ihr Schloß und holte die Kiste, die sie aus Ghanems Hause gerettet hatte, nahm Geld heraus und sagte dem Aufseher: »Nimm dieses Geld und kaufe den Frauen vier Paar Kleider und zwanzig Tücher, und was sie sonst brauchen.« Hierauf führte sie die Frauen mit Ghanem ins Bad, ließ sie bedienen und ihnen gekochtes Fleisch, Galangal und Ninupharwasser reichen, das sie genossen, als sie aus dem Bad kamen und sich angezogen hatten.

Kut Alkulub blieb drei Tage bei ihnen, und gab ihnen gekochtes Fleisch und Hühner zu essen und Zuckerwasser zu trinken. Nach Verfluß von drei Tagen hatten sie sich wieder erholt; sie führte sie abermals ins Bad, vertauschte ihre Kleider mit besseren und ließ sie im Hause des Aufsehers. Sie selbst aber ging ins Schloß und bat den Kalifen, vor ihm erscheinen zu dürfen. Er ließ sie vor, sie aber küßte die Erde vor ihm und erzählte ihm die ganze Geschichte, wie Ghanem mit seiner Mutter und Schwester anwesend seien. Als der Kalif dies hörte, befahl er dem Diener: »Bring sie mir!« Djafar ging zu Ghanem; Kut Alkulub aber war ihm schon vorangeeilt und hatte zu ihm gesagt, daß der Kalif nach ihm verlange. Sie empfahl ihm, recht beredt und vernünftig zu sprechen, und sagte: »Wisse, daß du zu jemanden kommst, der über dein Leben und Gut verfügen kann.« Sie hieß ihn ein vollständig neues Kleid anziehen, und nun kam auch Djafar auf seinem nubischen Maulesel geritten. Ghanem stand auf, ging ihm entgegen und grüßte ihn, und schon war der Stern seines Glücks in hellem Glanz aufgegangen. Er ging dann mit Djafar zum Fürsten der Gläubigen, küßte die Erde vor ihm und sah alle Fürsten, Wesire, Kammerherrn, Adjudanten, Türken, Deilamiten, Araber und Perser; er sprach einige süße, beredete Worte, dann neigte er sein Haupt zur Erde und rezitierte folgende Verse:

»Ich gebe mein Leben hin für den erhabenen König, bei dem schöne und gute Handlungen sich aufeinander folgen. Das Feuer, das für seine Gäste brennt, erinnert an die Hölle und der Tau seiner mildtätigen Hand an die Sündflut. Man kümmert sich hier weder um den Kaiser, noch um einen persischen Großen. Alle Fürsten legen vor der Schwelle seines Palasts beim Gruße die Edelsteine ihrer Kronen nieder, und werfen sie einen Blick auf ihn, so fallen sie aus Ehrfurcht vor ihm auf ihr Gesicht! Alle Wüsten sind für deine Truppen zu eng, und du schlägst deine Zelte hinter Saturn auf. Möge der König aller Könige dich in deiner Macht erhalten! denn dein Herz ist stark und deine Regierung gut; durch dich wird Gerechtigkeit in allen Ländern verbreitet, gleichviel, ob sie dir nahe oder ferne liegen.«

Der Kalif bewunderte seine Beredsamkeit und liebliche Sprache, hieß ihn näher treten und sprach zu ihm: »Erzähle deine Geschichte!« Er erzählte ihm, was ihm in Bagdad widerfahren, wie er auf dem Grabmal geschlafen und die Kiste genommen, nachdem die Sklaven weggegangen waren, und alles, was ihm von Anfang bis zum Ende zugestoßen. Als der Kalif merkte, daß er aufrichtig war, machte er ihm Ehrengeschenke, behielt ihn in seiner Nähe und sagte ihm: »Verzeihe mir meine Schuld!« Er verzieh es ihm und sagte: »Gehört nicht der Sklave mit allem, was er besitzt, seinem Herrn?« Der Kalif freute sich darüber, machte ihm viele Geschenke, setzte ihm viele Einkünfte fest und räumte ihm ein eigenes Schloß ein, wohin er mit seiner Mutter und Schwester Fitnah (bedeutet Verführung) sich begab. Als der Kalif hörte, daß diese durch ihre Schönheit eine wahre Verführung sei, hielt er um sie bei Ghanem an, der ihm zur Antwort gab: »Sie ist ja deine Sklavin und ich bin dein Sklave.« Der Kalif dankte und gab ihm hunderttausend Dinare, ließ den Kadi kommen und die Zeugen, und man schrieb an einem Tag den Ehevertrag zwischen Ghanem und Kut Alkulub, und zwischen dem Kalifen und Fitnah, und ihre Vermählung wurde von demselben Tage gefeiert. Des Morgens ließ der Kalif die ganze Geschichte Ghanems niederschreiben und in der Schatzkammer aufbewahren, damit auch seine Nachfolger sie lesen.

Geschichte der zehn Wesire

Man erzählt, o König der Zeit und Herr des Jahrhunderts, begann Scheherazade: In der Stadt Kanim Madud residierte in grauer Vorzeit ein König, welcher Asad Bacht hieß. Sein Reich dehnte sich von den Grenzen Indiens bis an das Meer und nach Sebestan aus. Er hatte zehn Wesire, die das Reich verwalteten, und er selbst war ein verständiger und wohlunterrichteter Mann. Eines Tages ging er mit einiger Begleitung auf die Jagd, da sah er einen Bedienten zu Pferd, der einen Maulesel am Zaume führte, welcher ein seidenes Zelt trug, das mit Gold durchwirkt war, und einen Gurt, der mit Perlen und Edelsteinen verziert war. Der König trennte sich von seinem Gefolge und ging auf die Reiter zu, welche dem Zelte folgten, und fragte sie, wem dieses Zelt gehöre? Einer der Diener, welcher den König nicht erkannte, antwortete: »Das Zelt gehört dem Wesir Isfahend, der seine Tochter, welche darin ist, dem König Sad Schah zur Gattin geben will.« Während der Diener so sprach, hob die Braut, welche Bahrdjur hieß, den Vorhang

vom Zelte weg, um zu sehen, wer mit dem Diener spreche. Der König sah sie und fand sie so schön und wohlgestaltet, daß er, von Liebe entbrannt, dem Diener sagte: »Kehre mit deinem Maulesel um, ich bin der König Asad Bacht und will selbst deine Herrin heiraten; ihrem Vater wird es lieb sein, denn er ist ja mein Wesir.« Der Diener sagte: »O König (Gott erhalte dich lange!), laß mich ihrem Vater, meinem Herrn, Nachricht davon geben; du kannst sie dann mit seiner Einwilligung nehmen, es ziemt dir doch nicht, sie ohne sein Wissen zu heiraten, das würde ihn kränken.« Aber der König sagte: »Ich habe keine Geduld, so lange zu warten, bis du zu ihrem Vater gehst und wiederkehrst: Es wird keine Schande für ihren Vater sein, wenn ich sie heirate.« – »O mein Herr!« rief der Diener nochmals, »was man übereilt, bringt wenig Segen; stürze dich durch deine Übereilung in keine Gefahr, ich weiß, dein Verfahren wird ihren Vater beleidigen und die Sache wird nicht gut enden.« Der König sagte aber: »Isfahend ist mein Sklave wie jeder andere: Wenig liegt mir daran, ob er zufrieden ist oder nicht.« Er ergriff hierauf die Zügel des Maultiers, führte Bahrdjur in seinen Palast und heiratete sie. Der Diener kehrte mit den Reitern zu ihrem Vater zurück und sagte ihm: »O Herr! Du bist nun so viele Jahre ein treuer Diener des Königs, und doch hat er deine Tochter ohne deine Einwilligung zu sich genommen.« Als der Wesir dies hörte, geriet er in heftigen Zorn, versammelte viele Truppen und sagte ihnen: »Solange der König mit seinen Frauen sich begnügte, hatten wir keinen Harm, nun gelüstet er nach unserm Harem, wir müssen daher uns einen Ort suchen, wo unsere Frauen sicher sind.« Dann schrieb er dem König (um ihn desto sicherer zu hintergehen): »Ich bin ein Sklave deiner Sklaven; meine Tochter ist deine Sklavin; der erhabene Gott schenke dir ein langes, freudiges Leben! Ich war bisher immer deinem Dienste treu und zur Verteidigung deines Landes gegen alle Feinde gerüstet; nun werde ich aber noch wachsamer sein, da ich gewissermaßen, seitdem du meine Tochter geheiratet, auch Anteil daran habe.« Diesen Brief sandte der Wesir durch einen Boten mit vielen Geschenken ab. Der König freute sich sehr damit, und überließ sich ganz dem Vergnügen und Wohlleben.

Nach einiger Zeit kam der Großwesir zum König und sagte: »Wisse, o König! Der Wesir Isfahend ist dein Feind geworden, weil ihm dein Verfahren gegen seine Tochter mißfallen hat. Freue dich nur nicht mit seiner Botschaft und traue seinen süßen Worten nicht.« Der König achtete auf diese Worte, nach einiger Zeit nahm er aber die Sache leicht und fuhr fort, leichtsinnig zu leben. Der Wesir Isfahend aber ließ ein Schreiben an alle Fürsten ergehen, in welchem er sie von dem Verfahren des Königs gegen ihn in Kenntnis setzte und auf die Gefahr, die einer jeden

Familie drohe, aufmerksam machte. Da versammelten sie sich bei Isfahend und beschlossen, den König umzubringen. Sie zogen an der Spitze ihrer Truppen gegen den König, und er ahnte nichts, bis schon das Kriegsgeschrei die Stadt füllte. Da sagte er zu seiner Gattin Bahrdjur: »Was ist zu tun?« Sie antwortete: »Tu', was du für gut hältst, ich gehorche in allem.« Da ließ sich der König seine zwei besten Pferd bringen, nahm so viel Gold, als er konnte, floh in der Nacht mit seiner Gattin in die Wüste Kirman und ließ Isfahend als Herrn der Stadt und des Thrones. Der flüchtige König mußte aber bald einhalten und in einer Höhle die Entbindung seiner Gattin abwarten. Zwar erleichterte ihr Gott die Geburt eines Sohnes, schön wie der Mond, den sie alsbald in ein seidenes, goldgesticktes Kleid einwickelte, und die Nacht durch nährte. Des Morgens sagte aber der König: »Wir können uns hier nicht länger mit dem Jungen aufhalten, auch können wir ihn nicht mit uns schleppen; das beste ist daher, wir lassen ihn hier, Gott kann ihm wohl jemanden schicken, der ihn aufnimmt und erzieht.« Sie weinten dann heftig, legten den Knaben neben eine Quelle, ließen einen Beutel von tausend Dinaren zu seinen Häupten zurück, bestiegen ihre Pferde und setzten ihre Flucht fort. Nun wollte die Bestimmung, daß gerade eine Räuberbande in der Nähe dieses Berges eine Karawane ausplünderte und in dieser Höhle ihre Beute unter sich teilte. Als die Räuber den Knaben im seidenen Kleide und das Gold neben ihm liegen sahen, riefen sie: »Gott sei gepriesen! Durch welches Verbrechen mag wohl dieses Kind dahergekommen sein?«

Die Räuber teilten das Gold unter sich, und ihr Hauptmann nahm den Knaben als seinen Sohn an, gab ihm Milch und Datteln, bis er nach Hause kam, dann bestellte er ihm eine Amme. Der König und die Königin setzten indessen ihre Flucht fort, bis sie zum König von Persien kamen, der sie sehr gut aufnahm und ihnen viel Gold und Truppen schenkte. Nachdem Asad Bacht einige Tage bei ihm ausgeruht hatte, machte er sich mit den Truppen gegen seine Residenz auf, schlug die Armee Isfahends und bemeisterte sich wieder seines Thrones. Als er wieder die Ruhe hergestellt hatte, schickte er Boten ins Gebirge, um sein Kind zu holen. Sie kamen aber zurück und sagten dem König, sie haben es nicht finden können.

Der Prinz wurde bei den Räubern erzogen, die ihn auf allen ihren Raubzügen mit sich nahmen. Eines Tages zogen sie gegen eine Karawane in Sebestan. Da aber die Karawane eine überaus reiche Ladung und ein zahlreiches tapferes Geleit bei sich hatte, auch wegen der Unsicherheit dieser Gegend nach allen Seiten Wachen aufstellte, war sie beim Anzuge der Räuber schon zur Gegenwehr gerüstet. Der Kampf war heftig, doch zuletzt siegte die Karawane; ein Teil der Räuber blieb, einige entflohen und der junge Prinz wurde gefangen. Als die Kaufleute den Jungen betrachteten, der so schön und so lieb wie der Mond aussah, fragten sie ihn: »Wer ist dein Vater? Und wie bist du zu diesen Dieben gekommen?« Er antwortete: »Ich bin der Sohn des Räuberhauptmanns.« Die Kaufleute führten den Gefangenen vor den König Asad Bacht, seinen Vater, und erzählten ihm den ganzen Vorfall mit den Räubern.

Der König sagte, er wolle ihn behalten, worauf die Kaufleute erwiderten: »O König der Zeit! Gott hat ihn dir geschenkt, wir alle sind ja deine Sklaven.« Der König entließ sie dann, nahm den Jungen zu vielen anderen in seinen Palast, und da er nach einiger Zeit viel Bildung, Verstand und Kenntnisse an ihm wahrnahm, vertraute er ihm seine Schätze an, die bisher die Wesire verwaltet hatten, und erteilte Befehle, daß nichts ohne diesen Jüngling geschehe. Dieser Zustand dauerte zwei Jahre lang fort, in denen der König nichts als Gutes und Treues von seinem Sohne sah; er liebte ihn daher immer mehr und konnte nicht mehr ohne ihn sein. Als die Wesire, die früher nach Belieben mit dem Schatze umgehen konnten, sich durch den Jungen verdrängt sahen, wurden sie eifersüchtig und trachteten nach Mitteln, ihm die Gunst des Königs zu entziehen. Sie konnten lange keine Gelegenheit finden, bis einst das Schicksal wollte, daß der Junge Wein trank, sich berauschte und, ohne etwas von sich selbst mehr zu wissen, in das Schlafgemach der Königin lief. Hier warf er sich auf das königliche Bett und schlief bis abends. Da kam eine Sklavin und brachte, wie gewöhnlich, allerlei Früchte und Getränke für den König und die Königin. Der Junge lag da auf seinem Rücken, ohne in seiner Trunkenheit zu wissen, wo er war, und die Sklavin glaubte, es sei der König, denn niemand wußte etwas von dem Jungen. Sie legte die Weihrauchpfanne neben das Bett, schloß die Türe und ging wieder fort. Bald darauf kamen der König und die Königin aus dem Speisesaal, und als ersterer den Jungen im Schlafgemach fand, sagte er zu seiner Gattin: »Was tut der hier, der ist gewiß nur deinetwegen hierhergekommen.« Die Königin erwiderte: »Ich weiß nichts von ihm.« Indessen erwachte der Jüngling, und als er den König erblickte, sprang er auf und verbeugte sich vor ihm. Der König schrie ihn an: »Du treuloser Mensch von schlechter Abkunft, was hat dich hierhergebracht?« Er ließ sogleich den Jungen in den Kerker werfen und die Königin in ein anderes Gefängnis sperren, und am folgenden Morgen setzte er sich auf sei-

nen Thron, ließ den Großwesir kommen und sagte ihm: »Weißt du, was der Räuberjunge getan hat? Er ist in meinen Palast gekommen und hat auf meinem Bett geschlafen, und ich fürchte, er steht in einem sündhaften Verhältnis zu der Königin; was ist nun dein Rat?« Der Wesir sagte: »Gott erhalte dich lange! Was konntest du von diesem Jungen erwarten? Ist er nicht von schlechter Abkunft? Sohn eines Räubers, der immer wieder in seine frühere Schlechtigkeit zurückfällt? Wer eine junge Schlange erzieht, kann nur von ihr gebissen werden. Deine Gattin mag wohl unschuldig sein, sie war stets ein Muster der Tugend und Keuschheit; wenn mir der König erlaubt, so gehe ich zu ihr und frage sie aus, um die Wahrheit zu erforschen.« Als der König es erlaubte, ging der Wesir zu ihr und sagte ihr: »Ich komme zu dir, einer großen Schandtat willen, sage mir nun die Wahrheit: wie ist der Junge in dein Schlafgemach gekommen?« Sie antwortete: »Ich weiß nicht«, und schwor, daß ihr alles selbst ein Rätsel wäre. Als der Wesir merkte, daß sie unschuldig war, sagte er: »Ich will dir ein Mittel angeben, wie du vor dem König dich rechtfertigen kannst; sage ihm, wenn er von diesem Vorfalle spricht: Der Junge hat mich in meinem Gemache gesehen und mir geschrieben, er wolle mir hundert von den wertvollsten Perlen geben, wenn ich ihm eine Zusammenkunft gestatte, ich aber lachte über diesen Vorschlag und schlug ihm seine Bitte ab; er kehrte aber wieder und sagte: Wenn du mich nicht erhörst, so komme ich einmal betrunken in dein Schlafzimmer, daß der König mich sieht; er wird mich dann umbringen, aber auch du wirst zur Schande und verlierst deinen guten Ruf. Erzähle dies dem König«, fuhr der Wesir fort: »ich gehe voraus, um es ihm zu melden.« Die Königin nahm den Rat des Wesirs an und versprach ihm, seine Aussage zu bestätigen.

Der Wesir kehrte zum König zurück und sagte: »Dieser Junge verdient die höchste Strafe wegen seines Undanks nach allem Guten, das ihm erwiesen worden; doch ein bitterer Kern kann nie süß werden. Ich bin nun überzeugt«, fuhr er fort, »daß die Königin unschuldig ist«, und erzählte hierauf dem König, was er die Königin gelehrt hatte. Als der König dies hörte, zerriß er seine Kleider und ließ den Jungen rufen; eine Menge Leute drängte sich herbei, um zu sehen, was der König beschließen werde, auch der Scharfrichter wurde schon bestellt. Der König sprach mit Heftigkeit, der Junge aber gelassen. Jener sagte: »Ich habe dich mit meinem Geld gekauft und über alle meine Großen erhoben und zum Schatzmeister gemacht: wie konntest du meine Ehre schänden und mich in meinem Palast verraten?« Der Junge erwiderte: »O König! Ich habe nichts mit Bewußtsein getan und bin ohne meinen Willen in dein Schlafgemach gekommen: mein unglückseliges Geschick trieb mich dahin, mein Stern, der mich auf einmal verließ. Ich habe mich immer vor allem Unschicklichen gehütet, doch niemand vermag etwas gegen ein feindliches Schicksal. Mir geht es, wie dem Kaufmann, der auch trotz aller seiner Bemühungen doch dem Schicksale unterlag.« Der König fragte: »Was ist das für eine Geschichte?« und der Junge erzählte:

Geschichte des vom Schicksal verfolgten Kaufmanns

Einst lebte ein Kaufmann, der einige Jahre lang viel Glück im Handel hatte und mit seinem Geld großen Gewinn machte. Auf einmal mißlangen ihm seine Unternehmungen, ohne daß er wußte, wohin. Da dachte er bei sich: Ich bin ein reicher Mann, was soll ich mich länger wegen unsicheren Gewinnes auf Reisen quälen, ich will jetzt ausruhen und nur noch in meinem Hause Handel treiben.

Es war Sommerszeit, als der Kaufmann diesen Entschluß faßte; er kaufte Weizen für die Hälfte seines Geldes, den er im Winter mit vielem Gewinn wieder zu verkaufen hoffte. Als aber der Winter kam, war der Weizen um die Hälfte wohlfeiler, als der Kaufmann ihn im Sommer gekauft hatte. Er betrübte sich sehr darüber und ließ ihn aufs nächste Jahr liegen, aber der Preis des Weizens sank immer mehr.

Da sagte ihm einer seiner Freunde: »Du hast kein Glück mit diesem Weizen, drum verkaufe ihn, wie du kannst.« Er erwiderte: »Ich habe lang genug gute Geschäfte gemacht, ich darf wohl auch einmal an etwas Verlust haben; doch bei Gott, müßte ich ihn zehn Jahre behalten, ich würde ihn nicht ohne Gewinn verkaufen«, und in seinem Ärger ließ er die Türe des Magazins zumauern. Aber die göttliche Bestimmung wollte, daß es so heftig regnete, daß der Regen vom Dache auf den Speicher, wo der Weizen lag, herabtropfte, so daß er ganz faul wurde, und der Kaufmann den Trägern noch fünfhundert Drachmen geben mußte, um ihn zur Stadt hinauszubringen. Da sagte ihm sein Freund: »Wie oft habe ich dir gesagt, du hast kein Glück mit diesem Weizen, warum gabst du mir kein Gehör? Nun gehe zum Sterndeuter und frage ihn nach deinem Sterne.« Als der Kaufmann zum Sterndeuter kam, sagte ihm dieser: »Dein Stern ist schlecht, du darfst gar nichts unternehmen, denn alles wird dir mißlingen.« Der Kaufmann hörte aber nicht auf den

Sterndeuter und dachte: »Wenn ich wieder großen Handel treibe, so fürchte ich nichts.« Er nahm dann die übrige Hälfte des Vermögens, von dem er inzwischen auch drei Jahre gelebt hatte, baute ein Schiff, trug alles, was er besaß, darauf und fragte die Kaufleute, an welchen Waren man am meisten gewinnen könnte und wo man sie am besten verkaufte? Die Kaufleute nannten ihm ein fernes Land, wo man an einem Drachmen hundert verdienen könne. Er segelte mit seinem Schiffe dahin, aber auf einmal erhob sich ein Sturm, das Schiff ging unter, und mit Mühe rettete sich der Kaufmann auf einem Brett, das der Wind ans Ufer in die Nähe einer Stadt trieb. Der Kaufmann, obschon er alles verloren hatte, dankte doch Gott dafür, daß er ihm beim Leben erhalten, und ging in die Stadt. Hier erzählte er einem alten Manne das Unglück, das er auf dem Meer gehabt. Der Alte bedauerte ihn sehr, ließ sogleich Speisen für ihn bringen und sagte ihm: »Bleibe bei mir als mein Geschäftsführer, ich bezahle dir jeden Tag fünf Drachmen.« – »Gott belohne dich dafür«, erwiderte der unglückliche Kaufmann.

Der Kaufmann blieb bei dem Alten, besorgte für ihn alle Feldarbeiten und erhielt nach und nach die Oberaufsicht über dessen ganzes Ökonomiewesen. Als er nach der Ernte die Frucht gesammelt, gedroschen und gereinigt hatte, dachte er: Ich glaube nicht, daß der Alte mir meinen Lohn bezahlen wird; das beste ist daher, ich nehme von dieser Frucht, was mir gebührt, und will er mir später meinen Lohn geben, so erstatte ich ihm zurück, was ich genommen habe. Er nahm daher so viel Frucht, als sein Lohn ausmachte, verbarg sie und brachte die übrige dem Alten und maß sie ihm vor. Der Alte sagte ihm: »Komm und nimm deinen Lohn, kaufe dir dafür Kleider und was du sonst brauchst, und wenn du zehn Jahre bei mir bleiben willst, so sollst du immer denselben Lohn haben.« Da dachte der Kaufmann: Es war doch nicht schön von mir, ohne die Erlaubnis meines Herrn mir Frucht zu nehmen. Er ging daher, um sie wiederzuholen, aber er fand sie nicht mehr. Er kehrte betrübt zum Alten zurück, und als dieser ihn fragte, was ihm widerfahren, sagte er ihm: »Ich habe geglaubt, du würdest mir meinen Lohn nicht geben, und daher so viel Frucht verborgen, als mein Lohn ausmacht. Da du mich aber nun gehörig bezahlen wolltest, so wollte ich die verborgene

Frucht wiederholen, fand sie aber nicht mehr; gewiß hat sie jemand gestohlen.« Der Alte wurde böse, als er dies hörte, und sagte: »Es läßt sich nichts gegen ein schlimmes Geschick tun. Siehe! Ich hätte dir deinen Lohn gegeben; da du aber, von deinem bösen Stern geleitet, eine so schlimme Meinung von mir hegtest, so sollst du gar nichts haben und auch sogleich mein Haus verlassen.«

Der Kaufmann ging weinend fort und kam bei Perlenfischern vorüber, die ihn fragten, warum er so betrübt wäre, worauf er ihnen seine ganze Geschichte von Anfang bis zu Ende erzählte. Die Perlenfischer, welche ihn in seinen glücklichen Jahren gekannt hatten, fühlten tiefes Mitleid mit ihm und sagten ihm: »Bleibe bei uns, wir wollen auf dein Glück untertauchen, und was wir heraufbringen, wollen wir teilen.« Sie tauchten unter und brachten zehn große Perlenmuscheln herauf, von denen jede zwei große Perlen in sich schloß. Erfreut über diesen Fund, riefen sie: »Bei Gott, dein Glücksstern geht wieder auf!« Sie gaben ihm dann die zehn Perlen und sagten: »Verkaufe zwei davon, handle mit dem Erlös derselben und verwahre die übrigen für die Not.« Der Kaufmann

nahm die Perlen, nähte acht derselben in sein Kleid ein und steckte die übrigen beiden in den Mund. Aber ein Dieb hatte ihm zugesehn und benachrichtigte seine Gesellen davon; diese überfielen ihn und nahmen ihm sein Kleid weg. Der Kaufmann tröstete sich indessen mit den beiden Perlen, die ihm noch übrigblieben.

Er ging dann in die Stadt und nahm die zwei Perlen aus dem Munde, um sie zu verkaufen. Da wollte das Schicksal, daß einem Juwelier in der Stadt zehn Perlen gestohlen wurden, gerade wie die des Kaufmanns. Als daher der Juwelier diese zwei Perlen in den Händen des Maklers sah, fragte er ihn, wem sie gehören. Der Makler antwortete, auf den Kaufmann hindeutend: »Diesem Manne.« Als der Juwelier den Kaufmann sah, dessen Äußeres so arm und elend war, schöpfte er Verdacht und fragte ihn: »Wo sind die übrigen acht Perlen?« Der Kaufmann welcher glaubte, er frage ihn nach den Perlen, welche in seinem Kleide eingenäht waren, antwortete: »Sie sind mir gestohlen worden.« Der Juwelier, welcher nicht mehr zweifeln konnte, daß dieser Kaufmann seine zehn Perlen gestohlen, ergriff ihn, führte ihn zum Polizeiobersten und sagte diesem: »Hier ist der Dieb, der mir zehn Perlen gestohlen; ich habe noch zwei davon bei ihm gefunden, und er hat selbst eingestanden, daß ihm die übrigen acht entwendet wurden.« Der Polizeioberst, dem schon vorher dieser Diebstahl angezeigt worden, ließ den Kaufmann prügeln und einsperren.

Schon schmachtete er ein ganzes Jahr im Gefängnis, als endlich durch die göttliche Fügung der Polizeioberst auch einen der Perlenfischer in dasselbe Gefängnis sperren ließ. Der Kaufmann erkannte ihn und erzählte ihm, wie unglücklich er durch seine Perlen geworden. Als daher der Perlenfischer das Gefängnis verließ, erzählte er die Geschichte des Kaufmanns dem Sultan, und dieser, von der Unschuld des Kaufmanns überzeugt, bemitleidete ihn, ließ ihn in Freiheit setzen, wies ihm eine Wohnung neben dem Palast an und bestimmte ihm ein ansehnliches Jahrgeld. Der Kaufmann vergaß bald alle seine Leiden und dachte: Nun ist das Glück wiedergekehrt, ich werde unter dem Schutze dieses Königs meine übrige Lebenszeit in Ruhe zubringen. Aber eines Tages trieb ihn seine Neugierde an ein Fenster, das mit

Erde und Steinen zugemauert war. Er riß es ein, um zu sehen, was dahinter ist, und siehe da, das Fenster ging zum Harem des Sultans. Als er dies sah, fuhr er erschrocken zurück und holte frische Erde, um es wieder zu schließen; aber ein Eunuche sah ihn und benachrichtigte schnell den Sultan davon. Der Sultan kam und als er das Fenster aufgebrochen fand, war er sehr aufgebracht gegen den Kaufmann und sagte ihm: »Ist das der Lohn für meine Wohltaten? Was hast du nach meinem Harem zu sehen?« Der Sultan ließ ihm hierauf die Augen ausstechen, und der Kaufmann, seine beiden Augen in die Hand nehmend, rief verzweifelt: »Wie lange noch, o verdammtes Schicksal, verfolgst du mich! Zuerst hattest du es nur mit meinem Gelde zu tun, und jetzt gehst du mir gar an den Leib. Ich sehe wohl, daß all mein Bemühen vergebens ist, wenn Gott mir nicht beisteht.«

»Auch mir, großer König«, sagte der Junge, »geht es, wie diesem Manne; solange das Glück mir günstig war, gelang mir alles, nun hat es mich verlassen, und alles geht verkehrt.« Als der Junge so sprach, legte sich der Zorn des Königs ein wenig, er ließ ihn ins Gefängnis zurückführen und sagte zu den Wesiren: »Der Tag ist bald zu Ende, wir wollen mit der Hinrichtung bis morgen warten.«

Am folgenden Tage trat der zweite Wesir, welcher Bahrun hieß, hervor und verdammte ebenfalls das Verfahren des Angeklagten. Der König ließ den Jungen kommen und sagte: »Wehe dir! Ich werde dir den schlimmsten Tod geben lassen, denn dein Verbrechen ist abscheulich; meine Leute sollen eine Warnung durch dich erhalten.« Der Junge sagte: »O König! Übereile dich nicht, denn ein reifliches Bedenken ist die sicherste Stütze einer guten Regierung. Wer nicht die Folgen einer Handlung überlegt, dem geht es, wie einem gewissen Kaufmann; wer aber alles voraussieht, der wird glücklich, wie der Sohn jenes Kaufmanns.« Da der König die Geschichte dieser beiden Kaufleute hören wollte, begann der Junge:

Geschichte des Kaufmanns und seines Sohnes

O König! Einst mußte ein sehr reicher Kaufmann während der Schwangerschaft seiner Frau eine Reise machen. Er ging zu ihr, stellte ihr die Notwendigkeit seiner Reise vor, versprach ihr, vor ihrer Niederkunft zurückzukehren, und nahm Abschied von ihr. Da kam er auf seinen Reisen zu einem König, welcher einen guten Minister, um das Land zu regieren, suchte. Der König fand den Kaufmann so gebildet, klug und kenntnisreich, daß er ihn zu seinem Minister ernannte und ihm viel Gutes erwies. Nach einiger Zeit hielt der Kaufmann um Erlaubnis an, wieder nach seiner Heimat zurückzureisen, aber der König wollte ihn nicht entlassen. Dann bat er nur um Erlaubnis, seine Familie zu besuchen, und versprach, wiederzukommen; dies gestattete ihm der König und schenkte ihm noch einen Beutel mit tausend Dinaren. Der Kaufmann bestieg ein Schiff und trat seine Rückreise an. An demselben Tage aber schiffte sich auch seine Gattin ein, welche den Aufenthaltsort ihres Mannes erfahren hatte, um mit dem Zwillingspaar, das sie in seiner Abwesenheit geboren hatte, sich zu ihm zu begeben. Das Schiff, auf welchem die Mutter mit ihren Kindern war, landete gerade auf einer Insel, als das, auf welchem der Kaufmann war, von der entgegengesetzten Seite ankam. Da sagte die Frau zu ihren Kindern: »Dieses Schiff kommt aus dem Lande, wo euer Vater wohnt, geht ans Ufer und erkundigt euch nach ihm.« Sie gingen ans Ufer und machten viel Geräusch in der Nähe des Schiffes ihres Vaters. Ihr Vater schlief gerade im Schiffe und fuhr erschrocken auf bei dem Geschrei der Kinder; er stand auf, um sie schweigen zu machen, da fiel ihm sein Beutel zwischen die Waren und er konnte ihn nicht mehr finden. Er schlug sich ins Gesicht, faßte die Jungen und sagte ihnen: »Ihr habt mir den Beutel gestohlen, ihr habt nur hier gespielt, um mich zu bestehlen; es war niemand außer euch da.« Er nahm dann einen Stock und prügelte sie; die Kinder weinten und die Matrosen versammelten sich um sie und sagten: »Alle Kinder dieser Insel

sind Diebe.« Nun wurde der Kaufmann so aufgebracht, daß er schwor, sie ins Wasser zu werfen, wenn sie den Beutel nicht herausgäben.

Nachdem der Kaufmann geschworen hatte, nahm er die Kinder und befestigte sie an einem Bund Zuckerrohr und warf sie ins Wasser. Als die Kinder lange nicht zu ihrer Mutter zurückkehrten, kam sie in die Nähe des Schiffs, um sie zu suchen, und da sie sie nirgends sah, erkundigte sie sich nach ihnen bei den Matrosen und beschrieb das Alter und Aussehen derselben. Die Matrosen sahen bald ein, daß diese Frau die Mutter der Kinder sei, welche ins Wasser geworfen worden, und erzählten ihr, was ihren Kindern widerfahren. Die Frau schrie: »Wie schade um eure Herrlichkeit, o meine Kinder! Wo ist das Auge eures Vaters, daß es euch sehe?« Da fragte sie einer der Schiffsleute: »Wessen Gattin bist du?« Sie antwortete: »Ich bin die Gattin des Kaufmanns N. N., zu dem ich eben reisen wollte, als dieses Unglück mich traf.« Als der Kaufmann dies hörte, umarmte er sie, dann stand er auf, zerriß seine Kleider, schlug sich auf den Kopf und rief: »Bei Gott, ich habe selbst meine Kinder getötet. Das ist die Strafe dessen, der die Folgen einer Handlung nicht bedenkt und übereilt handelt.« Er weilte dann eine Weile im Schiff mit seiner Gattin, dann sagte er: »Bei Gott, ich werde keine Freude mehr am Leben haben, bis ich weiß, was aus meinen Kindern geworden.« Er schwamm im Wasser herum, fand sie aber nicht mehr, denn ein heftiger Wind hatte sie ans andere Ufer getrieben. Eins dieser Kinder wurde von Freunden des Königs aufgenommen, bei dem sein Vater gewohnt hatte. Als das Kind dem König gebracht wurde, gefiel es ihm sehr, daß er es an Kindesstelle annahm und als sein eigenes Kind ausgab, das er aus zärtlicher Liebe bis jetzt verborgen habe. Alle Welt freute sich darüber und der König bestimmte ihn zu seinem Nachfolger und Erben.

Nach einigen Jahren starb der König und sein Adoptivsohn bestieg den Thron ohne Widerspruch. Seine Eltern hatten lange die Insel durchsucht, um ihn und seinen Bruder wiederzufinden, konnten aber keine Spur von ihnen auffinden; nachdem sie alle Hoffnung, ihre Kinder wiederzusehen, verloren hatten, ließen sie sich auf eine Insel nieder. Eines Tages, als der Kaufmann auf den Markt ging, sah er einen Makler mit einem Jungen an der Hand, den er verkaufen wollte. Da dachte er bei sich: ich will diesen Jungen kaufen und mich durch ihn über den Verlust meiner Kinder trösten; er bewilligte dem Makler den geforderten Preis und führte den Jungen nach Hause. Als seine Frau ihn sah, schrie sie: »Bei Gott, das ist mein Sohn!« Vater und Mutter freuten sich sehr und fragten ihn nach seinem Bruder; er sagte: »Das Meer hat uns getrennt, ich weiß nicht, wo er hingekommen.«

Mehrere Jahre nach dem unerwarteten Wiederfinden seines Sohnes ließ der Kaufmann ein Schiff mit kostbaren Waren beladen und schickte seinen Sohn damit in die Residenz seines Bruders, denn auch die Insel, welche sie bewohnten, gehörte ihm. Als der König hörte, es sei ein fremder Kaufmann mit Waren angekommen, die für ihn passen, ließ er ihn rufen. Er erkannte seinen Bruder nicht, doch fühlte er sich mächtig zu ihm hingezogen und sagte ihm: »Ich wünschte, daß du bei mir bliebest, ich will dich groß machen und dir geben, was du nur begehrst.« Der junge Kaufmann blieb einige Zeit bei seinem Bruder, und als er sah, daß dieser sich gar nicht mehr von ihm trennen wollte, benachrichtigte er seine Eltern davon und bat sie, zu ihm zu kommen. Bald nach ihrer Ankunft kam einmal der König betrunken nach Hause. Da dachte der junge Kaufmann: »Der König verdient wohl durch seine vielen mir erwiesenen Wohltaten, daß ich ihn selbst diese Nacht bewache.« Er stellte sich daher mit gezogenem Schwerte an die Türe des königlichen Gemaches. Ein junger Mann, der ihn längst schon wegen des Ansehens beim König beneidete, sah ihn in dieser Stellung und fragte ihn, warum er so mit gezogenem Schwerte dastehe. »Ich will den König selbst bewachen, weil er mir so viel Gutes erwiesen«, erwiderte ihm der junge Kaufmann.

Als der neidische Jüngling aber am folgenden Morgen diese Begebenheit seinen Freunden erzählte, sagten sie: »Das ist eine gute Gelegenheit, dem fremden Kaufmann die Gunst des Königs zu entziehen und uns Ruhe vor ihm zu schaffen.« Sie gingen hierauf zum König und sagten ihm, sie wünschten ihm einen Rat zu geben, und auf die Frage des Königs, was es wäre, antworteten sie: »Der junge Kaufmann, dem du dich so genähert und den du über alle deine Günstlinge erhoben hast, hat gestern vor unsern Augen mit gezogenem Schwerte auf dich losrennen wollen, um dich zu töten.« Als der König dies hörte, wurde er blaß und sagte: »Könnt ihr das beweisen?« – »Willst du den besten Beweis von der Wahrheit unserer Aussage haben«, antworteten die Verleumder, »so stelle dich diese Nacht wieder betrunken und lege dich nieder, da wirst du mit deinen eigenen Augen dich überzeugen.« Sie gingen hierauf zum jungen Kaufmanne und sagten ihm: »Wisse, der König hat dich deiner gestrigen Tat willen sehr gelobt und er wird dich dafür aufs glänzendste belohnen.« In der folgenden Nacht befolgte der König den Rat der bösen Jünglinge, und als er den Kaufmannssohn mit gezogenem Schwerte kommen sah, fürchtete er sich vor ihm, ließ ihn festnehmen und sagte ihm: »Ist das der

Lohn für meine dir erwiesenen Wohltaten? Du bist mir näher als irgend jemand gestanden und nun verfährst du so schlimm gegen mich?« Zwei Jungen fragten sogleich den König, ob sie ihm den Kopf abschlagen sollten. Aber der König antwortete: »Einen Menschen umbringen ist eine sehr leichte Sache, aber auch eine sehr ernste; wir können leicht den Lebendigen töten, aber dem Toten nicht mehr das Leben wiedergeben. Darum will ich diesen Verbrecher einstweilen nur einsperren lassen, seinen Kopf kann ich immer noch haben.« Hierauf verließ sie der König, nahm seine Tagesarbeit vor, ging dann auf die Jagd, kehrte zur Stadt zurück und dachte nicht mehr an den Eingesperrten. Da kamen die Feinde des Kaufmannssohnes zum König und sagten: »Wenn du diesen Verbrecher nicht bestrafst, so werden alle jungen Leute nach deinem Reiche lüstern werden.« Diese Worte erweckten den Zorn des Königs, er ließ den Angeklagten wieder vor sich führen und den Scharfrichter holen, um ihm den Kopf abzuschlagen. Schon hatte man dem Jüngling die Augen zugebunden und der Scharfrichter stand ihm zu Häupten und sagte: »Wenn du es erlaubst, o König, so haue ich zu.« Als der König erwiderte: »Halte ein! Ich will noch darüber nachdenken, ich kann ihn immer noch töten lassen; führet ihn wieder ins Gefängnis zurück!« Inzwischen hatte der Vater des jungen Kaufmanns von dem Schicksale seines Sohnes Nachricht erhalten. Er eilte sogleich zum König und überreichte ihm ein Schreiben, welches folgende Worte enthielt:

»Habe Mitleid mit mir, Gott wird sich auch deiner erbarmen! Übereile dich nicht, wo es ein Menschenleben gilt, denn ich habe aus Übereilung einen Sohn ins Wasser geworfen, den ich nie mehr wiedergefunden. Glaubst du, daß er den Tod verdient, so töte mich statt seiner.«

Er fiel dann vor dem König nieder und weinte. Der König forderte ihn auf, die Geschichte seines ertrunkenen Sohnes ausführlich zu erzählen, und als er damit zu Ende war, stieß der König ein lautes Geschrei aus, stieg vom Thron herunter, umarmte seinen Vater und seinen Bruder und sagte: »Bei Gott, du bist mein Vater, dieser Jüngling ist mein Bruder und deine Gattin ist unsere Mutter. Seht ihr«, sagte er zu den Leuten, welche um ihn versammelt waren, »wie wohl ich daran getan habe, mich in meinem Hinrichtungsbefehle nicht zu übereilen«, und alle Leute bewunder-

ten seine Einsicht und Überlegung. Dann sagte er, zu seinem Vater sich wendend: »Wärest du damals auf der Insel nicht so rasch gewesen, so hättest du dir diese ganze Zeit her viele Reue und Trauer erspart.« Der König ließ dann auch seine Mutter kommen und ein glückliches Leben in der Mitte seiner Verwandten war der Lohn seiner Bedachtsamkeit.

»Darum«, sagte der Jüngling zum König, »übereile auch du meinen Tod nicht, du möchtest ihn zu spät bereuen, denn nichts ist schlimmer, als die Folgen einer Tat nicht zu bedenken.« Als der König dies hörte, ließ er den Jüngling ins Gefängnis zurückführen und beschloß, noch einige Zeit über ihn nachzudenken.

Am dritten Tage kam der dritte Wesir zum König und sagte: »O König! Verschiebe die Strafe dieses Jünglings nicht länger, denn schon sprechen alle Leute von seiner Schandtat: Laß ihn schnell umbringen, daß keine Rede mehr von ihm sei. Man soll nicht sagen: der König hat jemanden auf dem Bett seiner Gattin gefunden und ihm verziehen.« Diese Worte des Wesirs reizten den Zorn des König wieder; er ließ den Jungen gefesselt vorführen und sagte ihm: »Du bist ein Mensch von schlechter Herkunft, du hast mich entehrt, drum will ich dich aus der Welt schaffen.« Der Junge sagte: »O König! Gebrauche Geduld in allen deinen Handlungen, so wirst du alle deine Wünsche erlangen; Gott führt immer durch Geduld zum Glück. So ist Abu Saber durch Geduld von der Grube auf den Thron gestiegen.« – »Was ist das für eine Geschichte?« fragte der König; und der Jüngling begann:

Geschichte des Gutsbesitzers Abu Saber

Einst lebte in einer kleinen Stadt ein Gutsbesitzer mit Namen Abu Saber, der große Viehherden besaß und eine schöne Frau hatte, die ihm zwei Kinder gebar. Da kam einmal ein Löwe und zerriß eine Menge Vieh. Die Gutsbesitzerin sagte zu ihrem Gatten: »Siehe, dieser Löwe hat unser bestes Vieh zugrunde gerichtet; verfolge ihn mit deinen Leuten und suche ihn zu töten, daß wir Ruhe bekommen.« Er aber antwortete: »Habe Geduld, meine Frau, denn Geduld bringt ein gutes Ende. Dieser Löwe ist doch ein schädliches Tier, Gott wird ihn schon verderben; laß uns nur in Geduld abwarten, jeder Übeltäter stürzt zuletzt selbst ins Verderben.«

Eines Tages ging der König mit großem Gefolge auf die Jagd, begegnete dem Löwen und setzte ihm nach, bis er ihn tötete. Als Abu Saber dies hörte, sagte er zu seiner Gattin: »Habe ich dir nicht gesagt, der Übeltäter stürzt schon von selbst? Hätte ich den Löwen zu erlegen gesucht, wäre es mir vielleicht nicht gelungen: das ist der Lohn der Geduld.« Einige Zeit nachher, als in dem Städtchen, das Abu Saber bewohnte, jemand ermordet wurde, ließ der Sultan das ganze Städtchen plündern, und Abu Saber verlor dadurch auch den größten Teil seines Vermögens. Da sagte ihm seine Gattin: »Die Umgebung des Sultans kennt dich als einen braven Mann, schreibe dem Sultan, er wird dir gewiß dein Gut zurückgeben lassen.« Er aber antwortete: »O meine Frau! Habe ich dir nicht gesagt, wer Unrecht begeht, wird schon bestraft werden? Nun hat der Sultan eine Gewalttat ausgeübt und unschuldigen Leuten ihr Gut geraubt: du wirst sehen, wie er bald das seinige verliert.« Dies hörte einer seiner Nachbarn, welcher ihn schon längst beneidete. Er gab dem Sultan davon Kunde, und dieser ließ dem Gutsbesitzer alles, was ihm noch übriggeblieben war, wegnehmen und ihn mit seiner Gattin aus dem Städtchen treiben. Als sie hierauf in eine Wüste flohen, sagte die Frau zu ihrem Manne: »Das alles kommt von deiner Schwäche und Saumseligkeit.« Er aber versetzte: »Habe nur Geduld, sie führt sicher zu einem guten Ende.« Kaum waren sie einige Schritte weiter gegangen, da kamen Räuber und zogen ihnen ihre Kleider aus, nahmen, was sie auf dem Leibe hatten, und raubten ihnen auch ihre Kinder. Die Frau sagte weinend: »Laß einmal deinen Gleichmut und komme, wir wollen den Räubern nachlaufen, vielleicht werden sie uns bemitleiden und uns unsere Kinder zurückgeben.« Abu Saber antwortete: »Habe nur Geduld! wer etwas Böses tut, dem wird auch wieder Böses vergolten: wenn ich ihnen folgte, könnte leicht einer von ihnen sein Schwert ziehen und mich töten; drum Geduld, diese führt zu einem guten Ende.«

Sie gingen dann fort, bis sie in die Nähe eines Städtchens im Lande Kirman kamen, da ließen sie sich am Ufer eines Flusses nieder und Abu Saber sagte zu seiner Frau: »Bleibe du hier, ich will einstweilen ins Städtchen gehen, um eine Wohnung zu mieten.« Als er fern war, kam ein Reiter, um sein Pferd im Flusse zu tränken; diesem gefiel Abu Sabers Gattin so sehr, daß er ihr sagte: »Komm, reite mit mir weg! Ich will dich heiraten und glücklich machen.« Sie antwortete: »Gott erhalte dich! Ich habe einen Gatten.« Da zog er sein Schwert und sagte: »Wenn du mir nicht folgst, so bringe ich dich um.« Als sie dies sah, schrieb sie mit den Fingern in den Sand: »O Abu Saber! Du hattest immer Geduld, bis du dein Vermögen, deine Kinder und deine Gattin verloren, die dir noch teurer als alles war, nun wirst du immer in Trauer leben und sehen, wohin dich deine Geduld geführt hat.« Der Reiter setzte sie dann hinter sich aufs Pferd und ritt mit ihr davon. Als Abu Saber zurückkam, war sie schon weit weg, und als er las, was sie geschrieben hatte, gab er sie für verloren; er weinte eine Weile, sagte aber bald zu sich selbst: »O Abu Saber! Du mußt auch jetzt noch Geduld haben, es gibt vielleicht noch ein härteres Unglück als das deinige.« Er ging dann traurig vor sich hin, bis er von Handwerksleuten, die am königlichen Palast Frondienst leisten mußten, angehalten wurde. Diese sagten ihm: »Du mußt hier mitarbeiten, sonst wirst du für immer eingesperrt.« Abu Saber arbeitete nun einen ganzen Monat wie ein Taglöhner und erhielt jeden Tag einen Laib Brot. Eines Tages fiel ein Arbeiter von einer Leiter herunter und brach sich ein Bein. Abu Saber hörte ihn weinen und sagte ihm: »Habe Geduld und schreie nicht, du wirst um so eher wieder Ruhe finden; verliere nur die Geduld nicht, denn mit ihr kann man aus der tiefsten Grube auf den Thron steigen.« Der König, welcher am Fenster saß und diese Rede hörte, geriet in Zorn über Abu Saber und ließ ihn in eine tiefe Grube werfen, die im Palast war, und sagte zu ihm: »Du Verrückter! Wir wollen einmal sehen, wie du aus der Grube auf den Thron steigst.« Diese Worte wiederholte der König jeden Tag vor der Grube, in welche er ihm zwei Laibchen Brot werfen ließ. Abu Saber schwieg und ertrug sein Unglück mit Geduld. In der Grube, wo er schmachtete, war früher ein Bruder des Königs eingesperrt, der schon längst tot war, den man aber im Lande noch lebendig glaubte. Die Partei des Verstorbenen wurde durch dessen vermeinte lange Gefangenschaft gegen den König aufgebracht, er wurde als ein grausamer Tyrann verschrien und in einem Volksaufstande ermordet. Nun holte man Abu Saber, den man für des Königs Bruder hielt, aus der Grube hervor. Niemand sah den Irrtum ein, weil beide einander sehr ähnlich waren und des Königs Bruder gar zu lange im Gefängnis von niemandem besucht werden durfte, und so wurde Abu Saber als König ausgerufen.

Abu Saber dachte: das ist der Lohn der Geduld; und ohne ein Wort zu sagen, setzte er sich auf den Thron, zog königliche Kleider an und regierte mit so vieler Gerechtigkeit und Einsicht, daß man ihn liebge-

wann und ihm gern gehorchte, auch wurde sein Heer immer stärker. Bald nachher wurde der König, welcher ihn einst ausgeplündert hatte, von einem seiner Feinde überfallen und vom Throne gestürzt. Der vertriebene König kam zu Abu Saber, den er nicht mehr kannte, lobte seine Tugenden und flehte ihn um Schutz und Hilfe an. Abu Saber aber, der sich seiner noch erinnerte, dachte: das ist der Lohn der Geduld, nun hat ihn Gott in meine Hand gegeben, und gab seinen Leuten Befehl, den König mit den Seinigen bis auf ihre Kleider auszuplündern und aus dem Lande zu treiben. Abu Sabers Leute sahen dies mit Erstaunen und dachten: das ist nicht königlich gehandelt; ein fremder König fleht seinen Schutz an und er läßt ihn ausplündern; doch mußten sie schweigen. Nach einiger Zeit hörte der König, es halten sich Räuber im Lande auf; er ließ ihnen nachsetzen, und als man sie ihm gefangen brachte, sah er, daß es die Räuber waren, welche ihn ausgeplündert und seine Kinder weggeführt hatten. Er fragte sie: »Wo sind die zwei Knaben, die ihr einst in der Wüste geraubt habt?« Sie antworteten: »Wir haben sie bei uns und wollen sie unserem Herrn, dem König, als seine Sklaven vorstellen; auch wollen wir alles Geld hergeben, das wir gesammelt haben, das Räuberhandwerk aufgeben und bei deinen Truppen als Soldaten dienen.« Der König aber gab ihnen kein Gehör, sondern nahm ihnen ihr Geld und die zwei Knaben weg, an denen er große Freude hatte, und ließ sie dann hinrichten. Da sagten die Truppen des Königs einer zum andern: »Der ist noch grausamer, als sein Bruder. Die Diebe bringen ihm zwei Knaben

und wollen Buße tun, und er läßt sie umbringen und ausplündern; das ist eine große Gewalttat.« Nach einiger Zeit kam ein Reiter vor den König mit der Frau desselben und klagte seine Frau des Ungehorsams gegen ihn an; der König erkannte seine Frau, nahm sie dem Reiter weg und ließ ihn umbringen. Als der König hierauf hörte, daß ihn seine Truppen für einen Tyrannen hielten, sagte er in Gegenwart seiner Wesire und des ganzen Hofes: »Bei dem erhabenen Gott! Ich bin nicht des Königs Bruder, sondern der König ließ mich eines einzigen Wortes willen in seines Bruders Gefängnis sperren; ich bin Abu Saber, und Gott hat mir durch Geduld den Thron geschenkt. Der König, der bei mir Schutz suchte und den ich ausplündern ließ, hat mir früher all mein Gut weggenommen und mich ungerechterweise aus dem Lande verbannt: ich habe ihm also Gleiches mit Gleichem vergolten. Die Diebe, welche von Buße sprachen, konnte ich nicht anhören, sie haben mich auf dem Wege bis auf meine Kleider ausgezogen und mir auch meine beiden Knaben weggenommen, die ihr für Sklaven hieltet: auch ihnen habe ich gerechte Strafe widerfahren lassen. Den Reiter ließ ich endlich umbringen, weil die Frau, gegen die er klagte, meine Gattin ist, die er mit Gewalt entführt und die mir nun der erhabene Gott zurückgegeben. So habe ich immer Gerechtigkeit ausgeübt, während ihr, nach dem Scheine urteilend, mich für einen Tyrannen hieltet.«

Diese Worte des Königs setzten seine Zuhörer in Erstaunen, sie fielen vor ihm nieder, liebten ihn noch mehr als zuvor, entschuldigten sich bei ihm und bewunderten die göttliche Fügung, die Abu Saber zum Lohne seiner Geduld aus der Grube auf den Thron erhoben und den früheren König von dem Throne in den Abgrund gestürzt. Abu Saber ging dann zu seiner Gattin und sagte ihr: »Nun, wie hast du die Frucht der Geduld gefunden? Siehst du nun, wie süß sie ist, während die der Übereilung bitter schmeckt? Der Mensch mag Böses oder Gutes tun, es wird ihm immer später wieder vergolten.«

»Darum, o König«, sagte der gefesselte Jüngling, »habe auch du jetzt so viel Geduld als möglich; Geduld ist eine Tugend der Edlen und ziemt besonders einem König.« Als der König dies hörte, legte sich sein Zorn, er ließ den Jüngling wieder ins Gefängnis zurückführen und hob die Versammlung auf.

Am vierten Tag kam der vierte Wesir, welcher Suschad hieß, verbeugte sich vor dem König und sagte: »O König, laß dich durch die Reden des Jünglings nicht täuschen, denn er spricht nicht wahr. Solange er lebt, werden alle Leute von dieser Geschichte sprechen, und du selbst wirst sie nie vergessen können.« Der König sagte: »Bei Gott! Du hast recht, ich will ihn vor meinen Augen umbringen lassen.« Der Gefangene wurde wieder vor den König geführt und dieser sagte ihm: »Wehe dir! Glaubst du mein Herz durch deine Erzählungen einzuschläfern und durch deine Reden immer mehr Zeit zu gewinnen? Heute laß ich dich umbringen, ich will einmal deiner los sein.« Der Jüngling sagte: »O König! Du bist Herr, mich umzubringen, wann du willst, doch Übereilung ziemt nur gemeinen Menschen, edle Männer aber haben Geduld. Hast du mich umgebracht, so bereuest du es, und willst du mich dann wieder lebendig machen, so kannst du es nicht. Wer sich übereilt, dem geht es wie dem Prinzen Bahsad.« Der König fragte: »Was ist das für eine Geschichte?« und der Jüngling antwortete:

Geschichte des Prinzen Bahsad

O Herr! Es war vor alter Zeit ein König, der einen Sohn hatte, dem keiner seiner Zeitgenossen an Schönheit glich. Er liebte die Geselligkeit und verkehrte viel mit Kaufleuten. Einst war der Prinz in Gesellschaft und hörte, wie jemand sagte, er sei der schönste Mensch seiner Zeit. Hierauf sagte ein anderer: »Die Tochter des Königs N. N. ist schöner als er.« Sobald der Prinz dieses hörte, verlor er den Verstand, sein Herz pochte heftig, er rief den Fremden zu sich und bat ihn um den Namen der Prinzessin, deren Schönheit er so über die seinige erhoben hatte. Als der Fremde sie nannte, wurde der Prinz ganz blaß und sein Herz beschäftigte sich nur noch mit ihr. Der König, der davon unterrichtet wurde, sagte ihm: »Mein Sohn! Du kannst das Mädchen, das du liebst, erlangen; habe nur Geduld, ihr Vater wird sie dir gern zur Gattin geben, wenn ich um sie anhalte.« Der Prinz sagte: »Ich habe keine Geduld.« Der König schickte sogleich zu dem Vater der Schönen und hielt bei ihm um die Hand seiner Tochter an. Dieser forderte hunderttausend Dinare als Morgengabe. Als aber der König das Geld, das er in seinem Schatze hatte, zusammenzählte, da fehlte noch einiges an den hunderttausend Dinaren; er sagte daher zu seinem Sohne: »Habe Geduld, bis ich das fehlende Geld zusammenbringe, dann schicke ich es deinem Schwiegervater und lasse deine Geliebte holen.« Aber der Prinz geriet in heftigen Zorn und sagte: »Ich warte nicht länger!«, nahm Schwert und Lanze, bestieg sein Pferd und wurde Straßenräuber. Eines Tages fiel er aber eine starke Karawane an, wurde überwunden, gefangen und gefesselt vor den König jenes Landes geführt. Als der König den schönen Jüngling sah, sagte er ihm: »Du siehst keinem Räuber gleich; gestehe mir die Wahrheit, Junge! Wer bist du?« Der Prinz schämte sich aber, die Wahrheit zu gestehen, und wollte lieber sterben. Da sagte der König zu seinen Räten: »Wir wollen uns mit diesem Jungen nicht übereilen, denn Übereilung bringt Reue; es genüge uns, ihn einstweilen in Verhaft zu nehmen.« Inzwischen wurde Bahsad in seinem Lande vermißt, und sein Vater schickte Boten nach allen Seiten, um ihn aufzusuchen. Als auch bei dem König, der ihn gefangenhielt, nach ihm gefragt wurde, rief er: »Gelobt sei Gott, daß ich mich nicht übereilt habe.« Er ließ sogleich Bahsad rufen und sagte ihm: »Warum wolltest du dich selbst in den Abgrund stürzen?« Er antwortete: »Aus Furcht vor der Schande.« – »Fürchtest du dich so sehr vor der Schande«, versetzte der König, »so hättest du dich nicht so übereilen sollen; hast du nicht gewußt, daß Übereilung Reue bringt? Auch ich würde es jetzt bereuen, wenn ich mich übereilt hätte.« Er schenkte ihm dann ein Ehrenkleid, und versprach ihm das Fehlende zur Morgengabe, auch schickte er sogleich zu des Prinzen Vater, um ihn vom Wohle seines Sohnes zu unterrichten, und redete Bahsad zu, selbst wieder zu seinem Vater zurückzukehren. Aber Bahsad sagte: »O König! Vollende deine Wohltat und schicke mich gleich zu meiner Braut, denn das wird lange dauern, bis ich nach Hause komme und mein Vater ihr einen Boten schickt und dieser wieder zurückkehrt.«

Der König wunderte sich über des Prinzen Ungeduld und sagte ihm lächelnd: »Ich fürchte sehr, deine Übereilung möchte dich straucheln machen und dem Ziele deiner Wünsche entrücken.« Indessen gab er ihm doch ein Empfehlungsschreiben an den Vater des Mädchens. Als der Prinz zum König kam und das Schreiben überreichte, machte ihm der König mit den Großen seines Reichs einen Gegenbesuch und erwies ihm viel Ehre. Auch ließ der König dem Empfehlungsschreiben des Königs und dem Wunsche des Vaters gemäß die Vorkehrungen zur Hochzeit beschleunigen. Am Hochzeitstage war der Prinz aber so ungeduldig, seine Braut unverschleiert zu sehen, daß er durch ein Loch sah, das in der Wand war, welche ihn von seiner Braut trennte. Dies bemerkte seine Schwiegermutter und es mißfiel ihr so sehr, daß sie sich von einem Diener zwei eiserne Stangen bringen ließ, und als der Jüngling wieder ans Loch kam, ihm die Augen ausstieß. Der Jüngling stieß ein jämmerliches Geschrei aus, fiel in Ohnmacht und alle Freude wurde in Trauer verwandelt.

»Du siehst, o König!« sagte der Gefesselte, »was das Ende der Übereilung ist; die Ungeduld dieses Prinzen hat ihm lange Reue zugezogen; ebenso bereute nachher seine Schwiegermutter ihre unbesonnene Tat, als es zu spät war. Drum, o König! Laß mich nicht zu schnell umbringen, du kannst mich ja immer noch töten lassen.« Als der König dies hörte, legte sich sein Zorn wieder und er ließ den Jüngling wieder ins Gefängnis zurückführen.

Am fünften Tage kam der fünfte Wesir, der Djahbur hieß, verbeugte sich vor dem König und sagte: »O König! Deine Ehre erheischt, daß, wenn jemand in deine Wohnung blickt, du ihm sogleich die Augen ausstechen lassest; was mußt du erst dem tun, den du mitten in deinem Zimmer auf deinem Bett gefunden, in der Absicht, deinen Harem zu entehren, und dazu, wenn es noch ein Mensch von niederer Herkunft ist? Tilge einmal diese Schmach durch seinen Tod, wir raten dir dazu aus Eifer für die Befestigung des Reichs und aus Liebe zu dir; dieser Mensch verdient keine Stunde mehr zu leben.« Diese Worte reizten des Königs Zorn, er ließ den Jüngling wieder vor sich führen und sagte ihm: »Wehe dir! Du hast ein großes Verbrechen begangen, du lebst schon zu lange, ich lasse dich jetzt umbringen; denn solange du lebst, haben wir keine Ruhe.« Der Jüngling sagte: »O König! Bei Gott, ich bin unschuldig, darum wünsche ich zu leben, denn nur der Unschuldige kann trotz aller

Strafen sich doch aufrechterhalten; der Schuldige aber nimmt, auch wenn er noch lange lebt, doch zuletzt ein trauriges Ende. Das lehrt uns die Geschichte des Königs Dadbin und seines Wesirs.« Der König wünschte diese Geschichte zu hören, und der Jüngling begann:

Geschichte des Königs Dadbin

O König! (Gott erhalte lange dein Reich!) Einst regierte ein König im Lande Tabaristan, welcher Dadbin hieß; er hatte zwei Wesire: der eine nannte sich Surchan und der andere Kardan. Ersterer hatte eine

Tochter, welche Arwa hieß und das schönste und tugendhafteste Mädchen ihrer Zeit war. Sie fastete viel und weihte ihre ganze Zeit der Andacht. Bald hörte auch der König Dadbin so viel von ihren Reizen und Tugenden, daß sein Herz für sie eingenommen wurde und er seinen Wesir rufen ließ und ihm sagte, er wünsche seine Tochter zu heiraten. Der Wesir erwiderte: »O König, erlaube mir, den Willen Arwas zu erfragen; wenn sie deine Gattin werden will, so habe ich nichts dagegen.« Der König sagte: »Eile nur!« Der Wesir ging hierauf zu seiner Tochter und sagte ihr: »Der König hat bei mir um dich angehalten, willst du ihm deine Hand reichen?« Sie antwortete: »O mein Vater, ich habe keine Lust, zu heiraten, und willst du mir je einen Gatten geben, so gib mir einen, der unter mir steht, damit er nicht stolz auf mich herabsehe und sich noch anderen Frauen zuwende; verheirate mich ja nicht mit einem, der höher steht als ich, und mich wie eine Sklavin behandeln könnte.« Der Wesir kehrte zum König zurück und brachte ihm die Antwort seiner Tochter. Aber diese Antwort vermehrte nur noch die Leidenschaft des Königs, und er sagte dem Wesir: »Gibst du mir sie nicht gutwillig, so nehme ich sie mit Gewalt.« Der Wesir ging wieder zu seiner Tochter und hinterbrachte ihr des Königs Worte. Da aber Arwa in ihrer Weigerung verharrte, und der König immer heftiger wurde und dem Wesir mit Gewalt drohte, eilte dieser schnell nach Hause und entfloh mit seiner Tochter. Als der König dies hörte, schickte er Truppen aus, um ihn aufzufangen, und stellte sich selbst an ihre Spitze. Er holte bald den Wesir ein, tötete ihn mit einem Hammer, nahm die Tochter mit Gewalt in sein Schloß und heiratete sie. Arwa ertrug ihr Unglück mit Geduld und Ergebung in Gottes Willen und hörte nicht auf, zu beten und zu fasten. Nach einiger Zeit, als der König eine Reise unternehmen mußte, ließ er den Wesir Kardan kommen und sagte ihm: »Ich vertraue dir meine Gattin, die Tochter des Wesirs Surchan, an; gib wohl acht auf sie und bewache sie mit deinen eigenen Augen, denn ich habe auf der Welt nichts Teureres als sie.« Kardan fühlte sich durch dieses Vertrauen sehr geehrt und erklärte sich bereit, des Königs Befehle zu vollziehen.

Als der König abgereist war, dachte der Wesir: Ich muß doch einmal die Frau sehen, die der König so sehr liebt. Er verbarg sich an einem Ort, wo er sie unbemerkt sehen konnte, und fand sie so unaussprechlich reizend, daß er vor Liebe ganz außer sich kam. Seiner selbst nicht mehr Herr, schrieb er ihr: »O habe doch Mitleid mit mir, deine Liebe tötet mich.« Sie antwortete ihm aber: »Ich bin ein anvertrautes Gut bei dir, mißbrauche das Vertrauen des Königs nicht, setze dein Inneres nicht mit dem Äußeren in Widerspruch, begnüge dich mit deiner gesetzmäßigen Frau und besiege deine sündhafte Leidenschaft, sonst mache ich dich vor allen Menschen zuschanden.« Als dem Wesir an der Tugend der Königin kein Zweifel mehr blieb, bereute er seine Kühnheit und fürchtete sich vor dem König. Er beschloß daher, Arwa durch List zu verderben, um nicht selbst beim König angeklagt zu werden. Sobald dieser von der Reise zurückkehrte und den Wesir nach den Angelegenheiten seines Reichs fragte, antwortete dieser: »Es steht alles gut, nur etwas Schlimmes habe ich entdeckt, das ich gern dem König zu verschweigen wünschte; doch fürchte ich, ein anderer möchte mir zuvorkommen und ich dem König dann als ein treuloser Ratgeber und Vertrauter erscheinen.« Der König sagte: »Sprich nur, du bist mein treuer, aufrichtiger Ratgeber; ich habe vollen Glauben an alles, was du mir berichtest.« Da sagte der Wesir: »O König, die Frau, die du so von ganzem Herzen liebst, und die so viel von Religion, vom Fasten und Gebete spricht, ist eine Heuchlerin und eine Betrügerin.«

Der König fragte erschrocken: »Was hat sich ereignet?«, worauf der Wesir antwortete: »Wisse, daß, nachdem du eine Weile abwesend warst, jemand zu mir kam und sagte: O Wesir, folge mir! Du sollst etwas sehen. Er führte mich an die Türe des königlichen Schlafgemaches, und ich sah, wie deine Gattin neben dem Sklaven ihres Vaters saß, und schloß aus ihrer Vertraulichkeit, was keiner Erwähnung bedarf. Das ist's, mein Herr, was ich dir zu hinterbringen hatte.« Der König sprang zornig auf und sagte einem seiner Diener: »Geh in das Gemach der Königin und bring sie um.« Aber der Diener erwiderte: »O König (Gott erhalte dich lange!), lasse deine Gattin nicht auf solche Weise sterben, laß sie lieber von einem Diener auf ein Kamel laden und in eine abgelegene Wüste bringen: ist sie schuldig, so wird sie Gott verderben, ist sie unschuldig, so wird er sie retten, und der König hat sich nicht an ihr versündigt.

Bedenke, daß dir diese Frau so teuer war, daß du ihren Vater aus Liebe zu ihr getötet hast.« Der König stimmte dem Schloßverwalter bei und befahl einem seiner Sklaven, die Königin auf einem Kamel ohne Lebensmittel in eine abgelegene Wüste zu führen und sie dann ihrer Pein zu überlassen. Der Sklave vollzog des Königs Befehl und ließ Arwa ohne Speise und Wasser in der Wüste. Als diese sich ganz verlassen sah, bestieg sie einen Hügel, legte einige Steine zurecht, stellt sich darauf und betete zu Gott.

Um diese Zeit hatte ein Kameltreiber des Königs Chosru Kamele verloren und der König ihm gedroht, wenn er sie nicht fände, würde er ihn umbringen lassen. Der Kameltreiber suchte daher überall und vertiefte sich in die Wüste, bis er an die Stelle kam, wo die Königin betete; er wartete, bis sie ihr Gebet vollendet hatte, dann näherte er sich ihr, grüßte sie und fragte: »Wer bist du?« Sie antwortete: »Ein Sklavin Gottes.« – »Und was tust du an diesem entlegenen Ort?« – »Ich bete Gott an.« Der Kameltreiber fand sie so schön, daß er nicht umhinkonnte, ihr zu sagen; »Höre,

willst du mich heiraten? Ich werde dich mit Liebe und Zärtlichkeit behandeln und in deinem Gottesdienste dir beistehen.« Sie antwortete aber: »Ich will nicht heiraten, ich will allein mit meinem Herrn in seinem Dienste leben; willst du mir aber eine Gnade erweisen und mir in meinem Gottesdienste beistehen, so führe mich an einen Platz, wo es Wasser gibt.« Der Kameltreiber führte sie an einen Bach und setzte seinen Weg fort; aber kaum war er einige Schritte weiter gegangen, da fand er durch ihren Segen seine Kamele wieder. Als er zum König zurückkehrte und dieser ihn fragte, ob er die Kamele wiedergefunden, erzählte er ihm von dieser Frau und sprach so viel von ihrer Schönheit und Anmut, daß der König für sie eingenommen wurde und selbst mit wenigen Leuten zu ihr ritt. Sobald er sie sah, war er entzückt von ihren Reizen, denn er fand sie noch viel schöner, als sie ihm geschildert worden. Er näherte sich ihr und sagte: »Ich bin der große König Chosru, willst du mich zum Gatten?« Sie antwortete: »Ich lebe hier in dieser Wüste von den Menschen getrennt, was willst du von mir?« Er antwortete: »Ich muß dich heiraten und wenn du mir nicht folgen willst, so werde ich hier bei dir wohnen und Gott mit dir anbeten.« Er ließ dann sogleich ein Zelt für sie aufschlagen und ein anderes für sich, dem ihrigen gegenüber, und ließ ihr Speisen reichen. Da dachte sie: Dieser Mann ist ein König, ich darf ihn nicht von seinen Untertanen und seinem Reiche trennen. Sie ließ ihm daher durch die Dienerin, welche ihr zu essen brachte, sagen, er möchte doch zu seinen Frauen zurückkehren, sie wolle lieber allein Gott anbeten. Als die Dienerin dies dem König hinterbrachte, ließ er ihr sagen, er habe keine Freude mehr an seinem Königreiche, er wolle auch diese Wüste bewohnen und Gott mit ihr anbeten. Arwa, von den ernsten Absichten des Königs überzeugt, konnte ihm nicht länger widerstehen; sie sagte ihm daher: »Ich will, deinem Wunsche gemäß, deine Gattin werden, doch unter der Bedingung, daß du den König Dadbin und seinen Wesir und Pförtner kommen lassest; ich werde in deiner Gegenwart auf eine Weise mit ihnen sprechen, daß du mich gewiß noch mehr lieben wirst.« Auf Chosrus dringende Fragen erzählte sie ihm dann ihre ganze Geschichte vom Anfang bis zum Ende und seine Liebe zu ihr wurde noch größer und er sagte ihr zu, was sie begehrte.

Chosru ließ dann Arwa in einer Sänfte nach dem Schlosse bringen, heiratete sie und verlieh ihr den höchsten Rang in seinem Harem. Bald nachher schickte er eine zahlreiche Armee zu Dadbin und ließ ihn, seinen Wesir und den Pförtner holen, ohne ihnen zu sagen, was er von ihnen wolle; für Arwa ließ er vor dem großen Sitzungssaal ein Zelt aufschlagen, das mit einem Vorhange bedeckt war, und als Dadbin und sein Wesir neben Chosru Platz nahmen, hob Arwa den Vorhang ihres Zeltes auf und sagte: »Kardan, steh auf! Du verdienst nicht, in der Nähe eines Mannes, wie der mächtige König Chosru, zu sitzen.« Als der Wesir Kardan dies hörte, zitterte er am ganzen Körper und stand voller Angst auf. Da sagte sie ihm: »Ich beschwöre dich bei dem, der dich hierhergebracht, sprich die Wahrheit: Was hat dich dazu bewogen, mich zu verleumden und mich von meinem Hause und meinem Gatten zu trennen? Hier helfen keine Lügen mehr.« Der Wesir, der jetzt Arwa an ihrer Stimme erkannte, dachte, daß hier nur die Wahrheit frommen könne; er beugte daher den Kopf zur Erde und sagte weinend: »Wer ein Unrecht begeht, dem wird es wieder vergolten, wenn es auch lange ansteht. Bei Gott, ich habe schwer gesündigt, Furcht, Leidenschaft und ein schweres Verhängnis, dem ich nicht entgehen konnte, haben mich dazu veranlaßt; diese Frau ist rein und unschuldig.« Als der König Dadbin dies hörte, schlug er sich ins Gesicht und sagte zu Kardan: »Gott töte dich, wenn du ungerechterweise mich von meiner Gattin geschieden hast.« Aber Chosru sagte: »Gott wird dich verderben, du hast es durch deine Übereilung verdient. Hättest du dich besonnen und ihre Schuld geprüft, so wäre es dir leicht gewesen, die Lüge von der Wahrheit zu unterscheiden. Dieser Wesir wollte deinen Untergang; wo blieb aber dein Verstand und deine Besonnenheit?«

Chosru fragte dann Arwa, welche Strafe er über die Angeklagten verhängen sollte. Sie antwortete: »Urteile nach Gottes Ausspruch: Der Mörder soll wieder getötet werden und dem Übeltäter soll wie dem Wohltäter Gleiches mit Gleichem vergolten werden.« Sie ließ dann den König Dadbin mit einem Hammer totschlagen und sagte: »Das ist für den Mord meines Vaters.« Den Wesir Kardan aber ließ sie auf ein Kamel laden und in die Wüste führen, in welche sie einst ausgesetzt worden, und sagte ihm: »Bist du schuldig, so wirst du in der Wüste vor Hunger und Durst umkommen, bist du unschuldig, so kannst du ebensogut wie ich gerettet werden.« Dem Diener aber, der den Rat gegeben hatte, sie in die Wüste zu führen, schenkte sie ein kostbares Kleid und sagte ihm: »Ein Mann wie du verdient, in der Nähe von Königen angesehen zu leben, denn du hast gut und wahr gesprochen.« Kaum hatte sie so gesprochen, da ernannte ihn Chosru zum Statthalter über eine seiner Provinzen.

»Du siehst, mächtiger König«, sagte der Jüngling, »daß, wer Gutes übt, auch wieder Gutes findet, und daß der Unschuldige kein böses Ende zu fürchten hat. Auch ich bin unschuldig, drum hoffe ich, daß dir Gott die Wahrheit zeigen und mir gegen meine Feinde und Verleumder den Sieg verschaffen wird.« Als der König dies hörte, legte sich sein Zorn; er ließ den Jüngling ins Gefängnis zurückführen und sagte: »Wir wollen warten bis morgen.«

Am sechsten Tage waren die Wesire außer sich vor Ärger darüber, daß sie noch immer ihren Zweck nicht erreicht; auch fingen sie an, für sich selbst zu fürchten. Drei von ihnen gingen daher zum König, verbeugten sich vor ihm und sprachen: »O König, wir sagen dir aus Liebe zu dir und deinem Reiche: Du hast diesen Jüngling schon zu lange leben lassen; wir wissen nicht, was du dabei gewinnst, ein Tag nach dem anderen geht vorüber und das Gerede und die entehrenden Vermutungen nehmen immer zu; drum laß ihn endlich einmal umbringen.« Als der König dies hörte, sagte er: »Bei Gott, ihr habt recht und sprecht wahr.« Er ließ den Jüngling wieder vorführen und sagte: »Wie lange soll ich mich noch über dich bedenken? Ich sehe keine Hilfe für dich, alle meine Räte dürsten nach deinem Blute.« Der Jüngling aber versetzte: »Ich erwarte Hilfe von Gott, nicht von seinen Geschöpfen; und steht der mir bei, so kann mir niemand schaden; auch fürchte ich niemand, denn mein ganzer Sinn ist mit ihm. Wer von Menschen Hilfe erwartet, dem geht es wie dem König Bacht Saman.« Als der König die Geschichte Bacht Samans hören wollte, erzählte der Jüngling:

Geschichte Bacht Samans

Einst lebte ein König, mit Namen Bacht Saman, der seine größte Freude an Essen, Trinken und anderen sinnlichen Genüssen hatte. Da rückte einmal der Feind gegen die Grenzen seines Landes heran und bedrohte es mit einem Überfall. Als einer seiner Freunde ihm dies meldete und ihn aufforderte, auf seiner Hut zu sein, sagte er: »Ich habe viel Geld, Soldaten und Waffen, ich fürchte nichts.« Da sagten ihm seine Freunde: »Vertraue lieber auf Gott, der hilft dir eher als deine Waffen, deine Soldaten und dein Geld.« Er gab aber seinen Ratgebern kein Gehör, wurde vom Feinde überfallen, besiegt und in die Flucht getrieben, denn sein Vertrauen auf etwas außer Gott half ihm nichts. Bacht Saman flüchtete sich nun zu einem anderen König und sagte ihm: »Ich komme zu dir und hänge mich an den Saum deines Kleides und flehe deine Hilfe gegen meine Feinde an.« Dieser König gab ihm so viel Geld und Truppen, daß er dachte: Nun habe ich wieder eine große Armee, ich werde gewiß meinen Feind besiegen; er setzte aber nicht hinzu: »Mit Gottes Hilfe«, darum kam ihm auch sein Feind entgegen, trieb ihn abermals in die Flucht, schlug seine Truppen, nahm ihm sein Geld und verfolgte ihn bis ans Meer. Als Bacht Saman übers Meer setzte, fand er eine große Stadt mit einer festen Zitadelle; er fragte, wem diese Stadt gehöre, und man antwortete ihm: »Dem König Chadidan.« Bacht Saman ging in den Palast des Königs, gab sich für einen Krieger aus und forderte Dienst beim König. Dieser empfing ihn gut und reihte ihn in seine Leibwache ein, doch sehnte sich Bacht Saman stets nach seinem Lande zurück. Einst traf es sich, daß der König Chadidan einen Feind zu bekriegen hatte, da ernannte er Bacht Saman zum Anführer der Truppen. Als sie aber ihre Reihen gebildet hatten, stellte sich der König Chadidan selbst an ihre Spitze mit einer Lanze in der Hand und kämpfte mutig, bis sich der Krieg für ihn entschied und das feindliche Heer beschämt die Flucht ergriff. Als Chadidan siegreich mit den Seinigen zurückkehrte, sagte ihm Bacht Saman: »O Herr, ich wundere mich, wie du, Herr dieser zahlreichen Truppen, doch selbst fechten und dich solcher Gefahr aussetzen mochtest.« Chadidan antwortete: »Du gibst dich für einen erfahrenen Krieger aus und glaubst, der Sieg hänge von der Zahl der Truppen ab?« Bacht Saman erwiderte: »Allerdings glaube ich dies.« Da versetzte Chadidan: »Du irrst in deinem Glauben; wehe dem, der nicht auf Gott vertraut! Von ihm allein kommt der Sieg. Das Heer ist nur ein Gegenstand der Zierde und dient zur Vermehrung der Ehrfurcht vor dem König. Auch ich glaubte ehemals, der Sieg hänge von der Zahl der Truppen ab; da zog mir einst ein Feind entgegen mit achthundert Mann, ich hatte ihm achthunderttausend Mann entgegenzustellen und fürchtete ihn daher nicht; aber mein Feind vertraute auf Gott und brachte mir eine harte Niederlage bei. Ich mußte mich in eine Höhle flüchten, wo ich einen Einsiedler traf; ich wandte mich zu diesem und klagte ihm meinen Zustand. Da sagte er: Weißt du, warum du geschlagen worden bist? Ich sagte: Nein. Da versetzte er: Weil du dich auf deine zahlreichen Truppen und nicht auf Gott verlassen hast, während doch er allein dir nützen oder schaden kann; drum wende dich zu Gott und kein Feind wird dir widerstehen.«

»Ich ging in mich zurück«, fuhr Chadidan fort, »und bekehrte mich nach der Weisung dieses Einsiedlers. Nach einiger Zeit sagte mir dieser: Geh mit den Truppen, die dir noch geblieben, den Feinden wieder entgegen, und wenn ihr Sinn nicht mehr mit Gott ist, so wirst du sie besiegen, und kämpftest du auch allein gegen sie. Als ich die Worte des Einsiedlers hörte, vertraute ich auf Gott, versammelte die Truppen, die ich noch übrig hatte, und überfiel den Feind plötzlich in der Nacht. Der Feind, der die geringe Anzahl meiner Leute nicht kannte, entfloh auf die schmählichste Weise, und ich wurde durch die Macht Gottes wieder König in meinem Lande, und nun setze ich im Kriege mein Vertrauen nur auf Gott.« Als Bacht Saman dies hörte, erwachte er aus seiner Ungewißheit und sagte: »Gepriesen sei der erhabene Gott! Sieh, du hast mir da meine eigene Geschichte erzählt: Ich bin der König Bacht Saman, dem dies alles selbst widerfahren, ich wende mich nun Gottes Pforte zu und bekehre mich zu ihm.« Bacht Saman ging hierauf ins Gebirge, und betete lange Gott an. Eines Nachts sagte ihm jemand im Traume: »Gott hat deine Buße angenommen, er wird dir gegen deine Feinde beistehen.« Als Bacht Saman erwachte, machte er sich gegen seine Heimat auf. Da traf er einige Leute aus der Umgebung des Königs, die ihm sagten: »Kehre wieder um, denn wir sehen, daß du hier fremd bist, und dein Leben schwebt in großer Gefahr, weil der König dieses Landes alle Fremden umbringen läßt, aus Furcht vor dem König Bacht Saman.« – »Ich fürchte nur Gott«, versetzte Bacht Saman, »ohne seinen Willen kann euer König mir nichts anhaben.« – »Aber«, erwiderten sie, »er hat viele Truppen und hält sich für unüberwindlich.« Bacht Saman ließ sich nicht abschrecken und dachte bei sich: Ich vertraue auf Gott, so Gott will, werde ich ihn besiegen. Er sagte dann zu den Leuten: »Kennt ihr mich nicht?« Sie antworteten: »Nein, bei Gott!«

Da sagte er ihnen: »Ich bin der König Bacht Saman.« Als sie dies hörten und ihn wiedererkannten, stiegen sie von ihren Pferden ab und küßten aus Ehrfurcht seine Steigbügel und sagten ihm: »O König, wie magst du dich in solche Gefahr begeben?« Er antwortete: »Mir ist leicht zumute, denn ich vertraue auf Gottes Schutz, der genügt mir.« Die Leute sagten ihm hierauf: »Das genügt dir, aber auch wir werden gegen dich verfahren, wie es unsere Pflicht erfordert; laß deinen Mut nicht sinken, du kannst über unser Vermögen und unser Leben verfügen, und da wir dem König am nächsten stehen, so können wir dich mit uns nehmen und im stillen wieder Freunde für dich werben, denn alle Leute sind dir zugetan.« Sie nahmen dann Bacht Saman in ihre Mitte und führten ihn in die Stadt und verbargen ihn.

Hierauf teilten sie Bacht Samans Rückkehr einigen höheren Beamten mit, welche früher seine Freunde waren. Bald wurde ein geheimer Bund gegen den König beschlossen, dessen Mitglieder den König töteten und Bacht Saman wieder an seine Stelle setzten. Gott gab diesem Glück in allen seinen Unternehmungen, denn er war gerecht gegen seine Untertanen und lebte im Gehorsam Gottes.

»Du siehst, o König«, sagte der Jüngling, »daß, wer einen reinen Sinn hat und auf Gott vertraut, nie zugrunde geht. Auch ich habe keine andere Hilfe zu erwarten als von Gott, dessen Urteil ich mich gern unterwerfe, weil er meine Unschuld kennt.« Des Königs Zorn legte sich wieder, und er ließ den Jüngling ins Gefängnis zurückführen.

Am siebenten Tage kam der siebente Wesir, welcher Bihkamal hieß, verbeugte sich vor dem König und sprach: »O König, was nützt dein langes Zaudern mit diesem Jüngling? Man unterhält sich von nichts anderem mehr, als von dir und von ihm; warum läßt du ihn solange nicht umbringen?« Der König, hierdurch aufs neue gereizt, ließ den Jüngling wieder vor sich führen und sagte ihm: »Wehe dir! Bei Gott, dieses Mal entgehst du mir nicht mehr, du hast meine Ehre verletzt, ich kann dir nie verzeihen.« Der Jüngling sprach: »O König, nur bei großen Vergehen ist Verzeihung groß; je schwerer das Verbrechen, um so ruhmvoller die Gnade; es ziemt wohl einem mächtigen König, wie du bist, einem Jünglinge meinesgleichen zu verzeihen. Gott, der übrigens meine Unschuld kennt, hat uns geboten, einander zu verzeihen. Wer einem Feinde, den er umbringen könnte, das Leben schenkt, hat dasselbe Verdienst, als hätte er einen Toten wiederbelebt; wer sich anderer erbarmt, der findet wieder Erbarmen, wie der König Bihkerd.« Der König fragte: »Was war denn mit diesem Bihkerd?« Da erzählte der Jüngling:

Geschichte des Königs Bihkerd

Es war einmal ein König, mit Namen Bihkerd, der viel Geld und viele Truppen hatte, aber mit Grausamkeit das kleinste Vergehen bestrafte und niemals verzieh. Einst ging er auf die Jagd und wurde von dem Pfeil eines seiner Jungen am Ohr verletzt. Der König fragte sogleich: »Wer hat diesen Pfeil geschleudert?« Man brachte den Jungen, welcher Jatru hieß, herbei, und der König gab den Befehl, ihn zu töten. Jatru fiel vor dem König nieder und sagte: »Erlasse mir, o König, die Strafe für eine nicht absichtlich begangene Schuld. Nachsicht ist die schönste Tugend, Großmut kann dem Menschen später selbst zugut kommen und wird ihm gewiß bei Gott als ein reicher Schatz aufbewahrt; darum tu mir nichts zuleid, Gott wird auch jedes Übel von dir abwenden.« Dem König gefielen diese Worte so sehr, daß er zum ersten Male in seinem Leben verzieh.

Er hatte es aber auch nicht zu bereuen, denn Jatru war ein Prinz, der eines Vergehens willen vom Hause entflohen war und bei dem König Bihkerd Dienst genommen hatte. Bald nach diesem Ereignisse wurde er von jemandem erkannt, der seinem Vater Nachricht von ihm gab. Dieser schrieb seinem Sohne einen Brief, in welchem er ihm das Herz leicht machte und ihn zurückzukommen bat. Der Prinz kehrte zu seinem Vater zurück, der ihm freudig entgegenkam und ihn wieder wie zuvor väterlich liebte.

Um diese Zeit setzte sich einmal der König Bihkerd in einen Nachen, um zu fischen; da kam ein Sturm und warf den Nachen um und trieb den König, der sich noch an einem Brette festhielt, an das jenseitige Meeresufer in das Land, wo Jatrus Vater König war. Gegen Abend erreichte er die Tore der Hauptstadt und brachte, da sie schon geschlossen waren, die Nacht auf einem Grabmale zu. Als des Morgens die Leute in die Stadt gingen, sahen sie einen Ermordeten in der Nähe des Grabmals liegen, der in der Nacht erschlagen worden war, und da sie Bihkerd für den Mörder hielten, ergriffen sie ihn und klagten ihn beim König an, worauf ihn der

König einsperren ließ. Als Bihkerd im Gefängnis war, dachte er: Das alles widerfährt mir wegen meiner vielen Verbrechen; ich habe viele Leute ungerechterweise töten lassen, nun erhalte ich aber meinen Lohn dafür. Während er aber in solchen Gedanken versunken war, kam ein Vogel und setzte sich auf die Seitenwand des Gefängnisses. Bihkerd, aus großer Leidenschaft für die Jagd, nahm einen Stein und schleuderte ihn nach dem Vogel. Aber der Stein traf den Prinzen, der im Hofe vor dem Gefängnis Ball spielte, und riß ihm das Ohr ab. Sobald man sah, wo der Stein hergekommen war, ergriff man Bihkerd und führte ihn vor den Prinzen.

Bihkerd sollte auf Befehl des Prinzen hingerichtet werden; man warf ihm schon den Turban vom Haupte und wollte ihm die Augen zubinden, da sah der Prinz, daß er nur ein Ohr hatte, und sagte zu ihm: »Wärest du nicht ein schlechter Mensch, so hätte man dir nicht dein Ohr abgeschnitten.« Bihkerd erwiderte: »Bei Gott, mein Ohr ist mir auf der Jagd abgeschossen worden, und ich habe dem verziehen, der seinen Pfeil gegen mich geschleudert hat.« Der Prinz sah ihm hierauf ins Gesicht, erkannte ihn und schrie: »Du bist der König Bihkerd, wie bist du hierhergekommen?« Bihkerd erzählte ihm seine Geschichte, die alle Anwesenden in Erstaunen setzte. Der Prinz küßte und umarmte ihn dann, ließ ihn sitzen und sagte zu seinem Vater: »Das ist der König, der mir verziehen, als ich ihm sein Ohr abgeschossen, darum will ich jetzt auch ihm verzeihen.« Dann sagte er zu Bihkerd: »Siehst du, wie deine Großmut dir zuletzt zugut kam?« Jatru schenkte ihm dann Geld und Kleider und ließ ihn wieder in seine Heimat zurückbringen. »Wisse, o König«, sagte der Jüngling, »daß nichts schöner ist als Vergebung, die Gnade, die du erteilst, häuft sich für dich zu einem kostbaren Schatz an.«

Als der König diese Geschichte hörte, legte sich sein Zorn; er ließ den Jüngling wieder ins Gefängnis zurückführen und sagte: »Wir wollen überlegen bis morgen.«

Am achten Tage versammelten sich alle Wesire und sagten: »Was fangen wir mit diesem Jüngling an, der uns durch seine Reden besiegt? Es ist wohl zu befürchten, daß er sich rette und uns alle stürze.« Sie gingen darum zum König und sagten, sich vor ihm verbeugend: »O König, hüte dich wohl, dich von der List dieses Jünglings betören zu lassen! Hörtest du,

was wir hören, du würdest ihn keinen Tag leben lassen und nimmer länger dich an seine Rede kehren. Sind wir nicht deine Wesire, die für deine Erhaltung sorgen? Wen willst du anhören, wenn du uns zehn Wesiren kein Gehör schenkst? Wir alle bezeugen, daß dieser Jüngling ein Übeltäter ist und daß er mit schlimmer Absicht in dein Gemach gegangen, um dein Heiligtum zu entehren; willst du ihn nicht umbringen, so verbanne ihn wenigstens aus dem Lande, daß das Gerede der Leute aufhöre.«

Die Rede der Wesire brachte den König wieder auf; er ließ den Jüngling rufen, und als er erschien, riefen alle Wesire einstimmig: »Du Schurke, willst du durch List und Betrug dein Leben retten und den König mit deinen Reden hintergehen? Glaubst du, daß man ein so großes Verbrechen, wie das deinige, verzeihen könne?« Da sagte der König: »Man hole den Scharfrichter, um ihn zu töten!« Aber die Wesire sprangen einer nach dem anderen hervor, und jeder rief: »Ich will ihn selbst töten!« Da sagte der Jüngling: »Einsichtsvoller König, beobachte einmal die Leidenschaftlichkeit deiner Wesire und entscheide, ob sie mich beneiden oder nicht;

glaube sicher, sie wollen uns nur trennen, aber wie können sie bezeugen, was sie nicht gesehen? Das ist nichts als Neid und Groll. Du wirst sehen, wenn du mich umbringen läßt, so wirst du es bereuen, wie Jlan Schah, der auch so neidische Wesire hatte.« – »Was war das für eine Geschichte?« fragte der König. Da erzählte der Jüngling:

Geschichte Jlan Schahs und Abu Tamams

O König, einst lebte ein reicher, tugendhafter und verständiger Mann in einem Lande, das ein böser, gewalttätiger König beherrschte. Dieser Mann, welcher Abu Tamam hieß, hatte so viel von der Grausamkeit des Königs zu leiden, daß er endlich den Entschluß faßte, seine Heimat zu verlassen und sich unter den Schutz eines gerechten Regenten zu begeben.

Abu Tamam wählte zu seinem Aufenthaltsorte die Residenz Jlan Schahs, ließ sich dort ein Schloß bauen und all sein Gold dahin bringen. Als der König Jlan Schah von ihm hörte, ließ er ihn zu sich laden und sagte ihm: »Ich habe vernommen, daß du dich bei uns niederzulassen wünschest, auch hat man mir deinen Verstand, deine Tugend und Freigebigkeit gerühmt; drum sei willkommen, betrachte dieses Land als das deinige, alles, was du bedarfst, steht zu deinen Befehlen, ich bitte dich nur, in meiner Nähe zu leben und in meinem Rate zu sitzen.« Abu Tamam verbeugte sich vor dem König und sagte: »O König, ich werde dir mit meinem Gut und mit meinem Leben dienen; doch erlaube mir, nicht in deiner Nähe zu leben, denn ich fürchte, der Neid wird mir Feinde zuziehen.« Abu Tamam beschenkte hierauf den König und war voller Ehrerbietung gegen ihn, und der König entdeckte bald so viele

Tugenden an ihm, daß er ihn sehr liebgewann und ihm bald die wichtigsten Regierungsangelegenheiten anvertraute. Die drei Wesire, die bisher alles in Händen hatten und Tag und Nacht beim König waren, zogen sich zurück, und Abu Tamam allein genügte dem König.

Aber die Wesire sagten zueinander: »Was beginnen wir jetzt, da der König sich ganz Abu Tamam hingibt und uns beiseite setzt? Laßt uns beraten, wie wir diesen Fremdling am sichersten aus der Nähe des Königs verbannen.« Jeder machte einen Vorschlag; da sagte einer: »Der König der Türken hat eine Tochter, deren Schönheit weltberühmt ist; wer aber um sie anhält, der wird von ihrem Vater umgebracht. Da nun unser König dieses nicht weiß, so wollen wir zu ihm gehen und ihm so viel von dieser Prinzessin erzählen, bis er für sie eingenommen wird; dann raten wir ihm, Abu Tamam als Gesandten zu ihrem Vater zu schikken; dieser wird Abu Tamam töten lassen, und so schaffen wir uns Ruhe vor ihm.«

Die Wesire gingen eines Tages zum König, als Abu Tamam bei ihm war, und erzählten ihm so viel Schönes von der Prinzessin, daß er sie liebgewann und sagte: »Wir wollen jemand zu ihrem Vater schicken, der um sie anhalte; wer soll unser Gesandter sein?« Die Wesire antworteten: »Niemand eignet sich besser zu dieser Unterhandlung, als der kluge und gebildete Abu Tamam.« Der König sagte: »Ihr habt recht, Abu Tamam paßt am besten dafür.« Er wandte sich dann zu diesem und fragte ihn, ob er um die türkische Prinzessin für ihn anhalten wolle? Und als er sich dazu bereit erklärte, ließ der König alles, was zur Reise notwendig war, herrichten, und gab ihm viele Geschenke und ein Schreiben an den König von Turkistan mit. Abu Tamam erreichte glücklich die Hauptstadt Turkistans, und sobald der König von Turkistan seine Ankunft vernahm, schickte er ihm einen Diener entgegen, wies ihm eine ehrenvolle Wohnung an, in welcher man ihn drei Tage lang bewirtete. Am vierten Tage ließ der König Abu Tamam zu sich rufen. Abu Tamam verbeugte sich ehrfurchtsvoll und überreichte dem König die Geschenke und den Brief Jlan Schahs. Als der König den Brief gelesen hatte, sagte er: »Wir wollen sehen; geh einmal zu meiner Tochter und unterhalte dich mit ihr.« Die Prinzessin, die schon vorher von Abu Tamams Besuch unter-

richtet war, hatte ihren Saal mit den schönsten goldenen und silbernen Gefäßen ausgeschmückt, sich auf einen goldenen Thron gesetzt und den schönsten königlichen Schmuck angezogen.

Als Abu Tamam in ihr Zimmer trat, dachte er bei sich selbst: die Weisen haben gesagt: Wer seinen Blick niederschlägt, den trifft nichts Böses; wer seine Hand zurückzieht, dem wird sie nicht abgenommen; und wer seine Zunge bewahrt, hat nichts Schlimmes zu befürchten. Er blieb daher ruhig auf dem Boden sitzen und hob kein Auge auf. Da sagte die Prinzessin: »O Abu Tamam, hebe doch deinen Kopf in die Höhe, sieh mich an und sprich mit mir!« Er sprach aber kein Wort und hob seinen Kopf nicht auf. Sie sagte dann: »Hat man dich nicht hierher gesandt, um mich zu sehen und mit mir zu sprechen?« Aber Tamam gab keinen Laut von sich. Sie sagte ihm dann: »Greife nach diesen Perlen und Edelsteinen, nach diesem Gold und Silber, das um dich herliegt!« Aber Abu Tamam rührte seine Hand nicht. Als die Prinzessin dies sah, sagte sie: »Man hat mir einen blinden, tauben, einfältigen Gesandten geschickt.«

Sie entließ Abu Tamam und meldete es ihrem Vater. Dieser ließ Abu Tamam wieder zu sich rufen und sagte ihm: »Warum hast du meine Tochter nicht angesehen, da du doch nur um ihretwillen gekommen bist?« Er antwortete: »Ich habe sie zur Genüge gesehen.« Der König fragte dann wieder: »Warum hast du nichts von den Edelsteinen und anderen Kostbarkeiten genommen, die du gesehen?« Er antwortete: »Es ziemt mir nicht, nach Dingen zu greifen, die nicht mir gehören.« Als der König dies hörte, gewann er ihn sehr lieb, schenkte ihm ein kostbares Kleid und sagte ihm: »Komm und sieh einmal in diesen Brunnen.« Abu Tamam sah einen Brunnen ganz voll mit Menschenköpfen. Da sagte ihm der König: »Das sind die Köpfe der Gesandten, die ich, weil sie keine Bildung besaßen, umbringen ließ: Ich dachte, wenn der Gesandte so ungebildet ist, so muß der, welcher ihn sendet, noch ungebildeter sein, denn der Gesandte ist gleichsam die Zunge dessen, der ihn absendet, und gleicht ihm an Bildung, und den mag ich nicht als Schwiegersohn. Du aber hast durch deine Bescheidenheit unser Herz gewonnen, darum soll auch dein Herr meine Tochter haben.«

Abu Tamam erhielt vom König der Türken viele Geschenke und ein Schreiben an Jlan Schah, in welchem er ihm die Hand der Prinzessin aus Rücksicht für ihn und seinen Gesandten zusagte. Jlan Schah war außer sich vor Freude, als Abu Tamam zurückkehrte und ihm die Geschenke und den Brief des Königs der Türken überreichte, denen er bald seine schöne Prinzessin nachfolgen ließ. Diese fand Jlan Schah über alle Erwartung reizend, und er achtete und liebte Abu Tamam noch mehr als früher. Dies vermehrte aber den Neid und den Zorn der Wesire, die untereinander sagten: »Wenn wir nicht eine andere List gegen Abu Tamam ersinnen, so sterben wir vor Ärger.« Nach einer langen Beratung gingen sie zu zwei Jungen, die immer um den König waren und während seines Schlafes ihm zu Häupten standen, schenkten jedem von ihnen tausend Dinare und sagten: »Nehmet dieses Geld für euch und leistet uns einen Dienst dafür.« Die Jungen fragten: »Was ist euer Begehren?« – »Dieser Abu Tamam«, antworteten die Wesire, »hat uns von unserm Amte verdrängt, und geht das noch lange so fort, wird er uns ganz aus der Nähe des Königs verstoßen. Wir wünschen daher, daß, wenn der König sich niederlegt, einer von euch dem anderen sage: Der König hat sich Abu Tamam ganz hingegeben, und der Verdammte meint es doch schlecht mit ihm. Der andere frage dann: Und worin besteht seine Schlechtigkeit? Darauf erwidere der erste: Er schändet die Ehre des Königs, indem er überall erzählt, der König von Turkistan habe alle Gesandten, die bei ihm um seine Tochter anhielten, umbringen lassen, und nur ihm das Leben geschenkt, weil seine Tochter ihn liebte, und darum habe sie auch eingewilligt, dem König Jlan Schah ihre Hand zu geben. Der eine frage dann wieder: Weißt du das gewiß? Und der andere antworte: Bei Gott, das ist jedem bekannt, nur fürchtet man sich, dem König so etwas zu sagen: Weißt du nicht, daß, sooft der König auf die Jagd geht oder eine Reise macht, Abu Tamam die Königin besucht und allein bei ihr bleibt?« Die Jungen versprachen den Wesiren ihren Beistand, und eines Nachts, als der König sich zur Ruhe begab, aber noch nicht eingeschlafen war, sagten sie, was die Wesire sie gelehrt hatten. Der König dachte, als er ihr Gespräch hörte: Diese Knaben haben gewiß keine schlimme Absicht; wenn sie das nicht von jemanden gehört hätten, so würden sie es nicht sagen. Er geriet daher in so heftigen Zorn, daß er gleich am folgenden Morgen Abu Tamam rufen ließ und ihm, als er allein bei ihm war, sagte: »Was verdient ein Mann, der die Ehre seines Herrn schändet?« Abu Tamam antwortete: »Der verdient, daß auch die seinige nicht geschont werde.« Dann fragte der König wieder: »Und was verdient der, welcher in den Palast des Königs kommt und treulos gegen ihn handelt?« Abu Tamam antwortete: »Er verdient nicht, länger zu leben.«

Der König spie Abu Tamam ins Gesicht und sagte: »Du hast beides getan«, stieß ihm einen Dolch in den Leib und ließ ihn in einen Brunnen werfen, der im königlichen Palast war. Nachdem er ihn aber getötet hatte, fühlte er schwere Reue, wurde sehr traurig und mißvergnügt, und wenn ihn jemand nach der Ursache seiner Verstimmung fragte, schwieg er, und aus Liebe zu seiner Gattin sagte er auch ihr den wahren Grund nicht. Die Wesire aber freuten sich sehr über den Tod Abu Tamams und dachten wohl, daß des Königs Trauer aus seiner Reue entspringe. Der König belauschte nun häufig in der Nacht seine Jungen, um zu hören, was sie ferner von seiner Gattin sagen würden. Als er eines Nachts heimlich vor der Türe ihres Zimmers stand, da sah er, wie sie viel Gold vor sich hinlegten, damit spielten, und einer von ihnen sagte: »Wehe uns, was nutzt uns dieses Gold? Wir verraten uns doch, wenn wir etwas dafür kaufen, es hat uns nur zu einem Verbrechen geführt, denn wir sind die Mörder Abu Tamams.« Darauf versetzte der andere: »Hätten wir gewußt, daß ihn der König so schnell umbringen lassen würde, so wäre keine solche Anklage unsern Lippen entschlüpft.«

Als der König dies hörte, verlor er seine Fassung, stürzte auf sie los und sagte: »Wehe euch, was habt ihr getan? Erzählt mir!« Sie riefen: »O König, Gnade!« Der König sagte: »Gott und ich, wir begnadigen euch, wenn ihr mir die Wahrheit gesteht.« Da verbeugten sie sich vor ihm und sagten: »Bei Gott, o König, die Wesire haben uns dieses Geld gegeben und uns gebeten, wir möchten Abu Tamam verleumden, damit du ihn tötest; alles, was wir gesagt haben, ist uns von den Wesiren eingegeben worden.« Als der König dies hörte, riß er sich fast den Bart aus und biß sich fast die Finger ab, aus Reue über seine Übereilung.

Jlan Schah ließ dann die Wesire kommen und sagte ihnen: »Ihr gottlosen Wesire! Glaubtet ihr, Gott würde eure Schandtat nicht sehen? Nun soll das Unglück euch treffen. Wißt ihr nicht, daß, wer seinem Nächsten eine Grube gräbt, selbst hineinstürzt? Ihr sollt von mir die Strafe dieser Welt erhalten, und morgen wird euch Gott noch in jener Welt verdammen.« Er ließ ihnen dann vor seinen Augen den Kopf abschlagen, ging zu seiner Gattin und klagte sich selbst des Unrechts an, das er gegen Abu Tamam begangen. Die Königin und der ganze Hof trauerten um Abu Tamam, den der König aus dem Brunnen holen und dem er im Palast ein Grabmal errichten ließ.

»Du siehst, o glückseliger König«, sagte der Jüngling, »was Neid und Bosheit vermag, und wie Gott die List der Wesire zu ihrem eigenen Unheil enden ließ; ich hoffe, daß Gott mir auch über die, welche mein Ansehen beim König beneiden, den Sieg verschaffen und dem König die Wahrheit offenbaren wird. Ich fürchte gar nicht für mein Leben, sondern nur für die Reue des Königs, wenn er sich von meiner Unschuld zu spät überzeugt haben wird, ich würde schweigen, wenn ich mir einer Schuld bewußt wäre.« Diese Worte machten einen tiefen Eindruck auf den König; er beugte den Kopf eine Weile zur Erde und ließ den Jüngling wieder ins Gefängnis zurückführen.

Am neunten Tage sagten die Wesire zueinander: »Der Jüngling macht uns viel zu schaffen, sooft der König ihn umbringen lassen will, bezwingt er ihn mit einer Erzählung; was fangen wir an, um ihn endlich einmal aus dem Wege zu räumen?« Endlich kamen sie überein, sie wollten sich an die Königin wenden. Sie gingen zu ihr und sagten: »Du weißt nicht, in welcher Lage du bist, dein Einschließen nützt dir nichts; der König ißt und trinkt, und geht, wie immer, seinem Vergnügen nach und vergißt ganz, daß die Leute deine Liebe zu diesem Jünglinge in Liedern mit Musikbegleitung zum Gegenstande ihres Spottes machen. Solange der beim Leben bleibt, wird das Gerede nicht aufhören, sondern immer zunehmen.« Die Königin erwiderte: »Bei Gott, ihr habt meinen Zorn gegen ihn erregt; aber was soll ich tun?« – »Geh zum König«, versetzten die Wesire, »weine vor ihm und sage: Die Frauen kommen zu mir und erzählen mir, wie man in der ganzen Stadt von mir spricht; was hast du davon, diesen Jüngling leben zu lassen? Willst du ihn nicht töten, so töte mich, damit einmal das Gerede aufhöre!« Die Königin machte sich auf, zerriß ihre Kleider und ging zum König. Als die Wesire zugegen waren, warf sie sich vor ihm hin und sagte: »O König, fürchtest du die Schande nicht? Es ziemt Königen gar nicht, so wenig eifersüchtig gegen ihre Frauen zu sein. Du kümmerst dich um nichts, und die ganze Stadt, Männer und Frauen, machen sich über uns lustig. Entweder töte den Jüngling, daß das Gerede aufhöre, oder wenn du dich dazu nicht entschließen kannst, so töte mich!« Der König geriet in heftigen Zorn und sagte: »Ich sehe, daß es keine Ruhe gibt, wenn ich ihn leben lasse; ich will ihn heute umbringen, geh nur in dein Gemach und sei zufrieden.« Er ließ dann den Jüngling rufen, und als er erschien, riefen ihm die Wesire zu: »Wehe dir, dein Tod ist nahe, die Erde sehnt sich danach, deinen Leib zu verzehren.« Der Jüngling aber entgegnete: »Der Tod ist nicht in euren Worten und nicht in eurem Neid, er ist ein auf der Stirne geschriebenes Urteil; steht er auf meiner Stirne, so wird er eintreffen, da hilft keine Vorsicht und kein Bemühen, wie es uns die Geschichte des Königs Ibrahim und seines Sohnes lehrt.« – »Was war das für eine Geschichte?« fragte der König. Da erzählte der Jüngling:

Geschichte des Königs Ibrahim und seines Sohnes

O König, es war einmal ein Sultan, welcher Ibrahim hieß, und dem andere Könige untertan waren. Er war aber doch betrübt, denn er hatte keinen Sohn und fürchtete, sein Reich möchte an einen Fremden übergehen. Er kaufte stets neue Sklavinnen, bis ihm endlich ein Sohn geboren wurde, worüber er sich so sehr freute, daß er einen jeden, der ihn zu beglückwünschen kam, reichlich beschenkte. Als aber die Sterndeuter ihre Berechnungen machten, um den Stern des Prinzen zu finden, fuhren sie zusammen und wurden ganz blaß. Da sagte ihnen der König: »Ihr habt nichts zu fürchten, offenbaret mir nur die Wahrheit, wie sie sich auch gestalten mag.« Sie erwiderten: »Wir haben gesehen, daß er im siebenten Jahre in Gefahr sein wird, von einem Löwen zerrissen zu werden; entgeht er dieser Gefahr aber, so wird noch etwas Schlimmeres eintreffen.« – »Was denn?« fragte der König. Sie antworteten: »Wir werden es nicht sagen, bis uns der König es befiehlt und uns nochmals verbürgt, daß wir nichts zu fürchten haben.« Als der König darauf bestand, alles wissen zu wollen, fuhren sie fort: »Wenn er dem Löwen entkommt, wird der König durch ihn ums Leben kommen.«

Der König erblaßte und erschrak einen Augenblick, dann dachte er: Ich werde schon dafür sorgen, daß weder ein Löwe meinen Sohn zerreiße, noch er mich umbringe; die Sterndeuter lügen immer. Indessen

konnte er sich doch die Worte der Sterndeuter nicht ganz aus dem Kopfe schlagen, und führte ein trübes Leben. Er ließ aus Vorsicht in einem Berge eine große Höhle mit vielen Gemächern graben, füllte sie mit allen nötigen Speisen und Kleidern und anderen Gegenständen, leitete Wasser vom Berge hinunter, und ließ den Prinzen mit seiner Amme dahin bringen. Jeden Monat ging der König mit einem Seile zur Höhle und zog seinen Sohn daran herauf, küßte und drückte ihn und spielte eine Weile mit ihm, dann ließ er ihn wieder hinunter und beschloß, so fortzufahren, bis die sieben Jahre vorüber sein würden. Als aber die Zeit kam, in welcher das Urteil auf der Stirne geschrieben stand – es fehlten nur noch zehn Tage zu den sieben Jahren –, da führte die Bestimmung Jäger auf diesen Berg, die einen Löwen verfolgten, welcher, als er sich von allen Seiten umringt sah, in die Höhle sprang. Sobald die Amme den Löwen sah, entfloh sie in ein Nebenzimmer; der Löwe ging auf den Prinzen los und verwundete ihn an der Schulter, lief dann ins Zimmer, wo die Amme war, und zerriß sie, den Prinzen aber ließ er ohnmächtig liegen. Als die Jäger den Löwen in der Höhle wußten, stellten sie sich an die Öffnung derselben; da hörten sie das Geschrei der Amme und des Prinzen, nach einer Weile aber war alles still, so daß sie dachten: Der Löwe hat sie getötet. Sie blieben aber doch vor der Höhle stehen, und sooft der Löwe hinaufklettern wollte, warfen sie mit Steinen nach ihm, bis sie ihn zu Boden sinken sahen; dann stieg einer hinunter und tötete ihn. Da fand der Jäger den verwundeten Prinzen, und im Nebenzimmer die tote Amme, an der sich der Löwe schon satt gegessen hatte. Er sah auch die verschiedenen Vorräte, die in der Höhle waren, benachrichtigte seine Gefährten davon und reichte sie ihnen hinauf; zuletzt nahm er auch den Prinzen aus der Höhle und trug ihn in sein Haus, pflegte seine Wunde und behielt ihn bei sich, denn er wußte nicht, wem er angehörte. Auch konnte der Prinz auf seine Fragen nicht antworten, weil er noch ganz klein war, als er in die Höhle getragen wurde. Der Jäger gewann bald den Prinzen sehr lieb und nahm ihn als sein Kind an, führte ihn mit sich auf die Jagd und lehrte ihn reiten. Der Prinz war in seinem zwölften Jahre schon ein wackerer Jäger; übte aber dabei auch Straßenraub. Einst schloß er sich einer Räuberbande an, die in der Nacht eine bewaffnete Karawane überfiel. Es wurde lange gekämpft, aber die Karawane siegte endlich und erschlug viele Räuber, und auch der Prinz fiel verwundet zu Boden. Als er des Morgens die Augen öffnete und alle seine Kameraden tot fand, wollte er sich aufmachen und entfliehen. Da begegnete ihm ein Mann, der einen Schatz suchte und ihn fragte wohin er wolle? Als ihm der Prinz erzählte, was ihm widerfahren, sagte der Mann: »Sei nur zufrieden, dein Glücksstern ist aufgegangen, Gott bringt dir Hilfe durch mich; ich habe einen reichen Schatz, komm mit und hilf mir, ich will dir so viel Geld geben, daß du dein ganzes Leben genug daran haben sollst.« Er nahm ihn dann mit in sein Haus und pflegte seine Wunde, bis er ganz hergestellt war.

Sobald der Prinz genesen war, ließ der Mann zwei Kamele mit allerlei Proviant beladen, und machte sich mit dem Prinzen auf den Weg, bis sie an einen hohen Berg kamen. Da zog der Mann ein Buch hervor und las darin; grub dann ungefähr fünf Schuh tief in den Berg, bis er auf einen großen Stein stieß; diesen hob er weg, und es zeigte sich die Öffnung einer Höhle. Er wartete ein wenig, bis der Dunst herausgestiegen war, dann band er dem Prinzen einen Strick um die Hüften und ließ ihn hinunter mit einer brennenden Kerze in der Hand. Als der Prinz in der Höhle war, ließ der Mann einen Korb mit einem Strick hinunter, der Prinz füllte ihn mit Gold, und der Alte zog ihn hinauf, leerte ihn, reichte ihn dann dem Prinzen wieder, bis er genug hatte und die Lasttiere beladen waren. Als aber dann der Prinz wieder einen Strick erwartete, um daran heraufgezogen zu werden, legte der Mann einen großen Stein vor die Öffnung der Höhle und ging fort. Der Prinz wußte nicht, was er anfangen sollte, und dachte: Was ist das für ein bitterer Tod; ich bin der ersten Grube und den Dieben entronnen, nun muß ich hier den Hungertod erwarten.

Während er so verzweifelt dastand, hörte er das Rauschen eines Wassers; er ging dem Geräusche nach, und je näher er der einen Ecke der Höhle kam, um so stärker wurde das Rauschen des Wassers; da dachte er: Hier fließt ein mächtiger Strom, sterben muß ich doch hier, ob morgen oder heute, ich will mich lieber in dies Wasser stürzen, als in der Höhle vor Hunger umkommen. Er warf sich hierauf ins Wasser und es trug ihn unter der Erde fort in ein tiefes Tal, wo es als ein großer Strom aus der Erde entspringt, und der Prinz befand sich wieder auf der Oberfläche der Erde.

Der Prinz schwamm ans Ufer, dankte Gott für seine Rettung und ging in diesem Tale vor sich hin, bis er in ein Städtchen kam, das unter seines Vaters Botmäßigkeit stand. Mit Erstaunen hörten die Bewohner dieses Städtchens, auf welchem wunderbaren Wege ein Fremder bei ihnen angelangt. Ein jeder begab sich zu ihm und ließ sich von ihm erzählen und bot ihm sein Haus an, so daß der Prinz gern in diesem Städtchen wohnen blieb.

Das ist's, was den Prinzen angeht; was aber seinen Vater betrifft, so war dieser, wie gewöhnlich, nach einem Monate wieder zur Höhle gereist; als er aber die Amme rief und keine Antwort erhielt, ließ er einen Mann hinunter, und dieser berichtete dem König, wie es in der Höhle aussah. Der König schlug sich ins Gesicht, weinte heftig und ging selbst

in die Höhle, um alles zu sehen; und als er die Amme zerrissen neben einem toten Löwen fand, seinen Sohn aber nirgends sah, ging er wieder nach Hause und sagte den Sterndeutern, sie haben ihm die Wahrheit prophezeit: »Und nun ist dein Leben außer Gefahr; denn wäre er dem Löwen entronnen, so müßtest du, bei Gott, durch ihn umkommen.« Der König tröstete sich hierdurch, und dachte bald nicht mehr an seinen Sohn. Als aber Gott seinen unwiderruflichen Befehl vollzogen haben wollte, ging der Prinz, der in jenem Städtchen geblieben war, auf Straßenraub aus, und machte mit seiner Bande die Straßen so unsicher, daß man den Schutz des Königs gegen ihn anrief. Der König zog mit seinen Truppen aus und umzingelte die Räuber. Aber diese verteidigten sich, und der Prinz schoß einen Pfeil auf den König ab, der ihn tödlich verwundete. Indessen wurde doch der Prinz mit seiner ganzen Bande gefangen und vor den König geführt. Als man diesen fragte, wie man mit den Räubern verfahren solle, antwortete er: »Ich bin jetzt zu leidend, um ein Urteil zu fällen, ruft mir die Sterndeuter!« Als sie erschienen, sagte ihnen der König: »Ihr habt mir prophezeit, ich werde durch meinen Sohn umkommen; wie kommt's, daß ich nun auf diese Weise sterbe?« Sie antworteten: »Unsere von Gott uns eingegebene Wissenschaft trügt nicht; wer weiß, ob nicht dein eigener Sohn dich verwundet hat?« Als der König dies hörte, ließ er die Räuber vor sich kommen und sagte ihnen: »Gestehet mir die Wahrheit; wer von euch hat den Pfeil abgeschossen, der mich getroffen hat?« Sie antworteten: »Dieser Junge da«, und deuteten auf den Prinzen. Der König sagte diesem: »Erzähle mir, wer du bist und wer dein Vater war, ich begnadige dann dich und alle deine Kameraden.« Der Prinz antwortete: »Mein Herr, ich kenne meinen Vater nicht, ich weiß nur, daß er mich in eine Höhle mit einer Amme gesperrt hat; eines Tages fiel ein Löwe über uns her, verwundete mich an der Schulter und zerriß die Amme. Gott schickte mir aber jemanden, der mich aus der Höhle befreite und als Jäger und Räuber erzog.« Um den König von der Wahrheit seiner Aussage zu überzeugen, entblößte der Prinz seine Schulter, an der noch der Biß des Löwen zu sehen war.

Der König ließ seine Freunde, die Sterndeuter und alle seine Offiziere zusammenkommen und sagte ihnen: »Wisset, daß, was Gott einem auf die Stirn geschrieben, es sei ein Glück oder Unglück, das von niemandem geändert werden kann; alle mein Vorsicht war vergebens, dieser Jüngling hier ist mein Sohn; er mußte erleiden, was für ihn bestimmt, und auch mich traf, was über mich verhängt war. Ich danke Gott, daß ich durch meinen Sohn und nicht durch einen Fremden falle, und daß mein Reich in die Hand meines Sohnes übergeht.« Er drückte dann seinen Sohn an sich, umarmte und küßte ihn und sagte: »Mein Sohn, ich habe dich aus Vorsicht gegen die Bestimmung in jene Höhle gebracht, aber meine Vorsicht war vergebens.« Er nahm dann seine Krone und setzte sie ihm auf den Kopf, und alle Anwesenden huldigten dem Prinzen. Dann empfahl ihm der König, gerecht gegen seine Untertanen zu sein, und starb noch in derselben Nacht.

»So weiß auch ich«, sagte der Jüngling zum König, »daß, was Gott auf meine Stirne geschrieben hat, eintreffen muß, und alle meine Worte vermögen nichts dagegen; will aber Gott mich retten, so verschafft er mir den Sieg gegen die Wesire, wenn sie sich noch so viele Mühe geben, mich zu verderben.« Als der König dies hörte, blieb er wieder unentschlossen und ließ den Jüngling abermals ins Gefängnis zurückbringen.

Am zehnten Tage, welcher der Festtag war, an dem alle Leute dem König ihre Glückwünsche darbrachten, gingen die Wesire zu einigen Häuptern der Stadt und sagten ihnen: »Wenn ihr heute dem König eure Aufwartung machet, so sagt ihm: O König, du hast einen lobenswerten Lebenswandel und bist gerecht gegen alle deine Untertanen, aber warum läßt du den verworfenen Jüngling leben, der nach so vielen empfangenen Wohltaten doch so häßlich und seinem Ursprung gemäß gehandelt hat? Wie lange willst du noch wegen seiner listigen Reden ihn in deinem Palast eingesperrt lassen? Du weißt nicht, was die Leute sagen; wir bitten dich, bringe ihn um und schaffe dir Ruhe vor ihm.« Die Häupter der Stadt versprachen den Wesiren ihren Beistand und gingen mit den übrigen Leuten zum König, verbeugten sich vor ihm und gratulierten ihm. Während aber alle Leute gleich nach dem Gruße weggingen, blieben diese sitzen. Als der König merkte, daß sie ihm etwas mitzuteilen hatten, sagte er ihnen in Gegenwart der Wesire: »Tragt mir eure Angelegenheit vor.« Da sprachen sie, wie es die Wesire gewünscht hatten, und die Wesire unterstützten noch ihre Worte: Aber der König antwortete: »Ich zweifle nicht, daß ihr mir diesen Rat aus Liebe zu mir erteilet, doch wißt ihr, daß, wenn ich wollte, ich mächtig genug wäre, um die Hälfte meines Volks hinrichten zu lassen, um wieviel mehr einen jungen Mann, der in einem Gefängnis schmachtet und ein Verbrechen begangen hat, das den Tod verdient. Ich verschiebe nur seinen Tod, weil ich stärkere Beweise seiner Schuld haben möchte, um mein Gewissen zu beruhigen und das Vertrauen meiner Untertanen zu erhalten; wenn ich ihn auch heute verschone, so entgeht mir sein Tod doch morgen nicht.« Er ließ den Jüngling wieder rufen und sagte ihm: »Wehe dir! Wie lange werden mich die Leute noch um deinetwillen tadeln? Sogar die Häupter der Stadt machen mir Vorwürfe, daß ich dich so lange leben lasse, drum will ich heute dein Blut vergießen, um dem Gerede ein Ende zu machen.« Der Jüngling sagte: »O König, bei Gott! Wenn die Leute in der Stadt von mir sprechen, so sind nur die bösen Wesire daran schuld, welche ihnen abscheuliche Dinge aus dem königlichen Palast erzählen; Gott wird ihre List gegen sie selbst wenden. Was aber deine Drohung, mich zu töten, angeht, so stehe ich ja in deiner Macht, du brauchst meinen Tod gar nicht so zu Herzen zu nehmen; ich bin ja wie der Spatz in der Hand eines Jägers, den er nach Willen schlachten oder freilassen kann; das Verschieben meines Todes geschieht aber nicht durch dich, sondern durch den, der über mein Leben gebietet; wollte Gott meinen Tod, es stünde nicht in deiner Macht, ihn nur um eine Stunde zu verspäten. Der Mensch kann kein Unheil, das ihm bestimmt ist, von sich abwenden; so nützten auch dem Sohne des Königs Suleiman Schah alle seine Anschläge nichts gegen das Kind, das Gott erhalten wollte, bis es seine bestimmte Lebenszeit erreicht hatte.« Der König sagte: »Wehe dir, wie mächtig ist deine List! Erzähle mir diese Geschichte noch!« Da sprach der Jüngling:

Geschichte des Schah Suleiman, seiner Söhne und Nichte und ihrer Kinder

Einst lebte ein verständiger, tugendhafter König, der Suleiman Schah hieß. Er hatte eine Nichte bei sich, Tochter eines früh verstorbenen Bruders, die er sehr sorgsam erziehen ließ, denn sie hatte viel Verstand und andere gute Eigenschaften und war auch von ausgezeichneter Schönheit. Suleiman Schah hatte schon in Gedanken seine Nichte einem seiner Söhne bestimmt, aber der andere hatte sich auch vorgenommen, sie zur Frau zu nehmen. Der älteste hieß Bahlawan, der jüngere Malik Schah und die Nichte Schah Chatun. Eines Tages besuchte der König seine Nichte, küßte ihr Haupt und sagte ihr: »Ich habe deinen seligen Vater so sehr geliebt, daß du mir teurer als ein eigenes Kind bist; ich will dich nun mit einem meiner Söhne vermählen und ihn dann zu meinem Thronerben einsetzen; du kennst beide Söhne, du bist ja mit ihnen erzogen worden, wähle also einen davon!« Schah Chatun stand auf, küßte dem König die Hand und sagte: »O mein Herr! Ich bin deine Sklavin, du bist mein Gebieter; tu, was du willst, dein Wille steht höher als der meinige, und wenn es dir lieb ist, so bleibe ich am liebsten mein ganzes Leben bei dir, um dich zu bedienen.« Der König war sehr zufrieden mit dieser Antwort seiner Nichte, machte ihr kostbare Geschenke, bestimmte seinen jüngeren Sohn, den er zärtlicher als den älteren liebte, zu ihrem Gatten, und ernannte ihn auch zu seinem Thronerben und ließ ihm huldigen. Als Bahlawan hörte, daß sein jüngerer Bruder ihm vorgezogen worden, fühlte er sich so sehr gekränkt, daß er ganz von Neid und Groll erfüllt wurde; doch verbarg er sorgfältig den Haß, den er deshalb seinem Bruder nachtrug. Als aber Schah Chatun nach einem Jahre einen Sohn wie der leuchtende Mond gebar, kannte der Neid und die Eifersucht Bahlawans keine Grenzen mehr. Eines Nachts kam er in den Palast seines Vaters und ging am Zimmer seines Bruders vorüber: Da sah er die Amme vor der Türe schlafen und vor ihr war das Bett, auf dem der Kleine lag; er blieb dabei stehen und bewunderte das strahlende Gesicht seines Neffen; da spiegelte ihm Satan den Gedanken vor: Warum gehört das Kind nicht mir? Mir gebührte doch seine Mutter und die Krone eher als meinem Bruder. Dieser Gedanke brachte ihn so sehr auf, daß er ein Messer aus der Tasche zog und dem Kinde in den Hals schnitt, bis er es tot glaubte. Er ging dann ins Schlafzimmer seines Bruders und sah ihn an der Seite seiner Frau schlafen; da dachte er zuerst daran, auch sie zu töten, dann sagte er aber zu sich selbst: Wenn ich ihn töte, so gehört seine Frau mir; er stürzte auf ihn los, schnitt ihm den Hals ab und lief in Verzweiflung nach dem Zimmer seines Vaters, um auch ihn zu töten; da er aber nicht zu ihm gelangen konnte, verließ er den Palast und verbarg sich in der Stadt bis am folgenden Tage; dann flüchtete er sich auf eines der Schlösser seines Vaters und befestigte es. Als die Amme am folgenden Morgen das Kind stillen wollte, und es im Blute schwimmend fand, schrie sie, daß alle Leute im Schlosse erwachten. Der König selbst lief zu ihr und fiel in Ohnmacht, als er seinen Sohn und sein Enkelchen getötet sah. Als man indessen das Kind näher, untersuchte, fand man die Kehle noch unverletzt; auch gab es bald wieder Lebenszeichen von sich und man konnte die Wunde zunähen.

Sobald der König wieder zu sich kam, fragte er nach seinem Sohne Bahlawan, und als er hörte, Bahlawan sei entflohen, zweifelte er nicht mehr, daß sein eigener Sohn dieses Verbrechen begangen, und dies vermehrte noch die Bestürzung des Königs und des ganzen Hofs. Der König besorgte dann das Leichengewand seines Sohnes, ließ ihn ehrenvoll bestatten und große Trauer halten, seinen Enkel aber ließ er bei sich erziehen, gewann ihn immer lieber, und sein einziger Wunsch war, Gott möge ihn erhalten und einst an Stelle seines Vaters auf den Thron setzen; auch alle Bewohner der Hauptstadt waren für dieses Kind, das, wie sein Vater, Malik Schah hieß, eingenommen und hofften, es werde einst in die Fußstapfen seines Vaters und Großvaters treten. Bahlawan, der inzwischen sich in seiner Festung immer mehr verstärkt hatte, blieb nichts mehr übrig, als seinen Vater zu bekriegen. Er wendete sich deshalb an den griechischen Kaiser und bat ihn um Hilfe gegen seinen Vater. Der Kaiser war ihm gewogen und schickte ihm viele Truppen. Als aber sein Vater dies hörte, schrieb er dem Kaiser: »Erhabener und

mächtiger Sultan! Stehe doch einem Übeltäter nicht bei: Bahlawan ist mein Sohn, und hat nach vielen anderen Schandtaten noch seinen Bruder und seinen Neffen in der Wiege ermordet«, und sagte ihm nichts davon, daß das Kind noch am Leben war. Als der Kaiser dieses Schreiben erhielt, ließ er Suleiman Schah sagen: »Wenn du willst, o König! So schneide ich Bahlawan den Kopf ab und schicke ihn dir.« Suleiman Schah antwortete ihm aber: »Ich will den Tod meines Sohnes nicht, seine Strafe wird ihn schon treffen, wenn nicht heute, so morgen.« Hierauf fand ein Briefwechsel zwischen beiden statt und sie beschenkten sich gegenseitig. Bald nachher wurde dem Kaiser Schah Chatun so reizend geschildert, daß er bei ihrem Onkel um sie anhalten ließ. Da dieser dem Kaiser nichts verweigern konnte, ging er zu seiner Nichte und sagte ihr: »O meine Tochter! Der Kaiser von Griechenland läßt um dich anhalten, was soll ich ihm antworten?« Sie sagte weinend: »O König, wie hast du das Herz, mir so etwas anzutragen? Wie soll ich nach meinem Vetter einen anderen Mann heiraten?« Aber Suleiman Schah versetzte: »Meine Tochter, es ist freilich, wie du sagst; doch wir müssen an die Zukunft denken; ich bin ein alter Mann und sehe meinen Tod sehr nahe; ich fürchte für dich und für dein Kind, von dem der Kaiser glaubt, Bahlawan habe es ermordet. Da nun der Kaiser um dich anhält, so können wir ihm keine abschlägige Antwort geben, denn wir müssen uns durch ihn eine feste Stütze schaffen.« Da Schah Chatun kein Wort mehr entgegnete, schrieb Suleiman Schah dem Kaiser, er sei bereit, ihm zu gehorchen, und schickte ihm bald nachher seine Nichte. Der Kaiser fand sie über alle Beschreibung schön, liebte sie sehr und erhob sie über alle seine Frauen. Schah Chatuns Herz hing aber immer an ihrem Sohne, doch konnte sie dem Kaiser nichts davon sagen.

Malik Schah wurde indessen von seinem Großvater mit vieler Zärtlichkeit behandelt und in einem Alter von zehn Jahren von ihm zum Thronerben ernannt. Als aber bald darauf Suleiman Schah starb, verschwor sich Bahlawan mit einem Teile der Truppen, die ihn heimlich in die Residenz brachten und ihm als rechtmäßigen König huldigten; doch sagten sie ihm: »Wir geben dir den Thron, du darfst aber deinen Neffen nicht töten, denn er ist uns von seinem Vater und Großvater anvertraut worden.« Bahlawan willigte ein und ließ seinen Neffen in ein unterirdisches Gewölbe sperren. Als Schah Chatun davon Nachricht erhielt, war sie sehr bestürzt, doch mußte sie ihres Onkels willen schweigen und sich in den Willen Gottes ergeben.

Bahlawan blieb also unangefochten im Besitze seiner geraubten Herrschaft, und Malik Schah schmachtete vier Jahre im Gefängnis, so daß er ganz entstellt wurde. Als ihn aber Gott (gepriesen sei er!) aus dem Gefängnis befreien wollte, sagten einige gute Wesire zu Bahlawan, in Anwesenheit aller Großen des Reichs: »O König! Gott hat dir deinen Willen erfüllt, du regierst in Ruhe an deines Vaters Stelle, bedenke nun, was hat dein Neffe verbrochen, daß er, seitdem er die Welt erblickt hat, aller Freude beraubt bleibt? Durch welche Schuld Hat er so viele Qual verdient? Andere waren schuldig, und die hat Gott in deine Gewalt gegeben, aber dieses arme Kind ist unschuldig.« Bahlawan erwiderte: »Ihr habt recht, aber ich fürchte, er möchte etwas gegen mich unternehmen, denn ich weiß, daß viele Leute ihm gewogen sind.« Die Wesire versetzten: »O König! Was kann der schwache Junge tun? Welche Macht hat er? Übrigens, wenn du ihn hier fürchtest, so schicke ihn an irgendeine Grenze des Landes.« – »Euer Rat ist gut«, versetzte der König, »ich will ihn als Anführer der Truppen an die Grenze schicken.« Der König hatte nämlich gerade einen Krieg mit sehr hartnäckigen Feinden zu führen und hoffte, daß sein Neffe im Krieg umkommen werde. Er ließ ihn also zur Freude aller aus dem Gefängnis bringen, schenkte ihm ein Ehrenkleid und schickte ihn mit vielen Gruppen gegen den Feind, mit dem sich bisher niemand hatte messen können. Als Malik Schah mit seinen Truppen an der Grenze war, wurden sie auf einmal in der Nacht überfallen; die einen entflohen, die anderen wurden gefangen; unter diesen war auch Malik Schah, der mit einigen Gefährten in eine Grube geworfen wurde, in welcher er ein ganzes Jahr zubringen mußte. Am Anfang des folgenden Jahres wurde er nach der dortigen Sitte mit den übrigen Gefangenen aus dem Kerker geholt und von einer Zitadelle herabgestürzt. Alle seine Gefährten blieben tot liegen, bis sie wilde Tiere fraßen und der Wind zerstreute. Malik Schah aber, dessen Leben der Himmel bewachte, fiel auf die Füße und kam nach einer Ohnmacht von vierundzwanzig Stunden wieder zu sich. Als er sich gerettet sah, dankte er Gott und machte sich auf, ohne zu wissen, wohin, und nährte sich von Baumblättern; des Tages verbarg er sich und des Nachts ging er wieder fort, bis er endlich in eine bewohnte Gegend kam und Menschen fand, denen er seine Geschichte erzählte. Als die Leute hörten, daß er von einer Zitadelle herabgeworfen und doch von Gott gerettet worden, bemitleideten sie ihn und gaben ihm zu essen und zu trinken. Er fragte sie nach dem Wege, der in die Stadt seines Onkels führt, ohne ihnen jedoch zu sagen, daß Bahlawan sein Onkel sei. Man zeigte ihm den Weg und er ging unerkannt bis in die Nähe der Stadt, wo er hungrig, nackt und blaß anlangte. Als er sich vor dem Stadttore niedersetzte, kamen einige von der Umgebung seines Oheims von der Jagd zurück und wollten neben ihm ausruhen und ihre Pferde tränken, Malik Schah ging auf

sie zu und fragte sie im Laufe des Gesprächs, ob Bahlawan ein guter König wäre? Sie sagten lachend: »Was hast du fremder Bettler dich um den König zu kümmern?« Malik Schah antwortete: »Er ist mein Onkel.« – »Es scheint, du bist toll«, sagten die Leute erstaunt. »Wir wissen nur von einem Neffen des Königs, der im Kerker war, dann in den Krieg gegen Ungläubige gesandt und von diesen getötet wurde.« – »Eben dieser Neffe bin ich«, versetzte Malik Schah; »die Ungläubigen haben mich nicht getötet, sondern nur von einer Zitadelle herabgestürzt:« Als sie ihn näher betrachteten, erkannten sie ihn wieder, standen vor ihm auf, küßten ihm die Hände voller Freude und sagten: »O unser Herr! Du bist Sohn eines Königs und verdienst, selbst König zu sein; wir wünschen von Herzen deine Erhaltung, da Gott die verbrecherischen Absichten deines Onkels vernichtet hat, der, nur um dich zu verderben, dich an einen Ort gesandt hat, von dem niemand zurückkehrt. Wir beschwören dich daher, stürze dich nicht wieder in die Gewalt deines Feindes, rette dein Leben und gehe nicht wieder zu deinem Onkel; entfliehe von hier so schnell du kannst, denn fällst du ihm wieder in die Hand, so wird er dich keine Stunde leben lassen.« Malik Schah dankte ihnen und fragte sie, wohin er sich wenden sollte? Sie rieten ihm, nach Griechenland zu seiner Mutter zu gehen. Er entgegnete aber: »Meine Mutter hat, als der Kaiser bei meinem Großvater um sie anhielt, ihm nichts von mir gesagt, nun mag ich sie nicht zur Lügnerin machen.« Sie sagten: »Du hast recht, doch wir meinen es gut mit dir und solltest du dienen müssen, so ist es besser für dich, als hierzubleiben.«

Die Leute schenkten ihm dann einiges Geld, Kleider und Lebensmittel und begleiteten ihn, bis er fern von der Stadt und in Sicherheit war. Malik Schah reiste dann immerfort, bis er das Gebiet seines Onkels im Rücken hatte und in ein griechisches Städtchen kam, wo er bei einem Gutsbesitzer als Taglöhner arbeitete.

Schah Chatun, welche inzwischen gar nichts mehr von ihrem Sohne gehört hatte, wurde jeden Tag besorgter um ihn. Ihre Unruhe nahm in einem solchen Grade zu, daß sie nicht mehr schlafen konnte, und da sie vor ihrem Gatten schweigen mußte, wendete sie sich an einen alten, klugen Diener, den ihr ihr Onkel mitgegeben hatte, und sagte ihm, als sie eines Tages allein bei ihm war: »Treuer Diener von meiner Kindheit an, kannst du mir keine Kunde von meinem Sohne verschaffen, da ich selbst ihn doch vor niemanden erwähnen darf?« – »Meine Herrin! Da du das Leben deines Sohnes im Anfange verheimlicht hast, so darfst du auch jetzt, stünde selbst dein Sohn hier vor dir, nichts eingestehen, sonst würdest du alle Achtung beim König verlieren und er würde dir gar nichts mehr glauben.« Die Königin sagte: »Du hast recht, doch möchte ich wissen, ob mein Sohn noch lebt, ich wollte ihn nicht sehen, auch wenn er in unserer Nähe Schafe hütete.« – »Und wie soll ich das erfahren?« fragte der Diener. Die Königin erwiderte: »Nimm so viel Geld, als du willst, aus meinem Schatze; als Vorwand zu deiner Abreise werde ich meinem Gatten sagen, ich habe noch aus der Zeit meiner ersten Ehe Geld in meiner Heimat verborgen, von dem niemand weiß als du.« Sie ging sogleich zum Kaiser und sagte ihm, was sie beschlossen hatte, und der Kaiser erlaubte dem Diener abzureisen. Dieser verkleidete sich als Kaufmann und ging in die Stadt, wo Bahlawan residierte, um Malik Schah nachzuspüren; dort sagte man ihm, der Prinz sei eingesperrt gewesen, dann habe ihn sein Onkel an die Grenze geschickt, wo er umgebracht wurde. Als der Diener dies hörte, erschrak er sehr und wußte nicht, was er tun sollte. Eines Tages erkannte einer der Reiter, welche dem jungen Malik Schah begegnet waren und ihn beschenkt und gekleidet hatten, den Diener in Kaufmannstracht und fragte ihn nach der Ursache seiner Anwesenheit. Der Diener antwortete: »Ich bin gekommen, um Waren zu verkaufen.« Da sagte der Reiter: »Ich will dir ein Geheimnis offenbaren, wirst du es bewahren?« – »Gewiß«, antwortete der Diener. Da sagte der Reiter: »Wisse, daß ich mit einigen Freunden dem jungen Malik Schah in der Nähe dieses Wassers begegnet bin; wir haben ihm Lebensmittel, Geld und Kleider gegeben und ihn nach Griechenland in die Nähe seiner Mutter geschickt, weil wir fürchteten, sein Onkel möchte ihn umbringen lassen.« Als der Diener dies hörte, wurde er ganz blaß und rief: »Gnade!« Der Reiter sagte: »Du hast von mir nichts zu fürchten, und wärest du auch gekommen, den Prinzen zu suchen.« Der Diener gestand hierauf, daß Schah Chatun ihn geschickt, um sich nach ihrem Sohne zu erkundigen, weil sie keine Ruhe und keinen Schlaf mehr aus Sorge um ihn finden kann. Da sagte der Reiter: »Gehe ruhig fort, du findest ihn an der Grenze Griechenlands.« Der Diener dankte ihm und trat wieder den Rückweg an, um Malik Schah aufzusuchen, und der Reiter begleitete ihn bis an die Stelle, wo er Malik Schah verlassen hatte. Diesen Weg verfolgte der Diener; er fragte überall nach dem Jungen und beschrieb ihn nach der Schilderung des Reiters, bis er endlich in das Städtchen kam, wo Malik Schah sich aufhielt.

Der Diener fragte auch hier nach dem Jungen, aber niemand konnte ihm Auskunft geben; nun wußte er nicht, was er tun sollte; schon wollte er wieder abreisen und hatte bereits sein Pferd bestiegen, als er Vieh mit einem Stricke angebunden sah, und einen Jüngling, der mit dem Stricke in der Hand daneben schlief. Es fiel ihm jedoch nicht ein, daß es Malik Schah sein könnte. Dann blieb er aber stehen und dachte: »Wenn der

Prinz, den ich suche, schon so groß wie dieser Bursche geworden ist, der hier schläft, wie soll ich ihn erkennen? O welche Qual, einen Menschen aufzusuchen, den ich, wenn er auch vor mir stünde, nicht kennen würde.« Er stieg dann vom Pferd ab und ging auf den Schlafenden zu, setzte sich neben ihn, betrachtete ihn und dachte: Wer weiß, ob nicht dieser Jüngling Malik Schah ist. Er hustete dann und rief: »Bursche!« Der

Prinz erwachte und setzte sich aufrecht. Da fragte ihn der Diener: »Wer ist dein Vater in diesem Städtchen und wo wohnst du?« Der Junge antwortete verlegen: »Ich bin ein Fremder.« Da fragte der Diener: »Wo bist du her? Wer war dein Vater?« Als der Prinz seinen Geburtsort nannte und auf die weiteren Fragen des Dieners seine ganze Lebensgeschichte erzählte, umarmte ihn der Diener, küßte ihn und sagte ihm, seine Mutter habe ihn geschickt, um ihn zu suchen, ohne daß der Kaiser etwas davon wisse; sie wolle sich überzeugen, daß er sich wohl befinde, wenn sie ihn auch nicht sehen könne. Er kaufte ihm dann ein Pferd und sie ritten zusammen bis in den Bezirk der Hauptstadt. Da kamen Räuber, nahmen ihnen alles weg, fesselten sie, warfen sie in eine Grube, abgelegen von der Straße, und gingen fort, um sie da sterben zu lassen, wie sie es schon mit vielen anderen vor ihnen getan. Der Diener weinte heftig, und als der Prinz ihm sagte, alle Tränen könnten hier nichts nützen, versetzte er: »Ich weine nicht aus Furcht vor dem Tode, sondern nur aus Mitleid zu dir und deiner Mutter; ich muß verzweifeln, wenn ich denke, daß du nach so vielen überstandenen Gefahren noch einen so schmählichen Tod sterben mußt.« Aber der Prinz sagte: »Was mir zugekommen ist, war über mich verhängt und mußte vollzogen werden, und ist jetzt meine Todesstunde gekommen, so kann sie niemand verschieben.«

Nachdem sie in dieser Grube zwei Tage und zwei Nächte in der gräßlichsten Hungersqual zugebracht, traf sich nach der Bestimmung und der Allmacht Gottes, daß der Kaiser mit seinen Leuten auf der Jagd ein Tier verfolgte, das sie vor dieser Grube einholten. Als ein Jäger an der Öffnung der Grube abstieg, um es zu schlachten, da hörte er ein leises Seufzen aus der Grube herauf; er blieb stehen, bis die ganze Jagdpartie beisammen war, und sagte es dem Kaiser. Dieser ließ einen Diener hinabsteigen, der Malik Schah und den alten Diener, beide ohnmächtig, heraufbrachte. Man löste ihre Fesseln und goß ihnen Wein in den Hals, bis sie wieder zu sich kamen. Als der Kaiser den Diener seiner Gattin erkannte, fragte er ihn erstaunt: »Was ist dir geschehen und wie kommst du hierher?« Der Diener antwortete: »Ich ging und holte das Gold meiner Herrin, auf einmal wurde ich, als ich der Karawane voraneilte, von Räubern überfallen, die uns das Geld wegnahmen und uns in die Grube warfen, wo wir, wie viele andere vor uns, sterben sollten; da schickte dich der erhabene Gott aus Erbarmen zu uns hierher.«

Der Kaiser und sein Gefolge dankten Gott, daß er sie hierhergeführt, dann fragte er den Diener: »Wer ist denn der Junge, der hier bei dir ist?« Der Diener antwortete: »Es ist der Sohn unserer alten Amme; seine Mutter bat mich, ihn mitzunehmen, und da er viel Verstand und Geschicklichkeit besitzt, nahm ich ihn gern als einen Diener des Kaisers mit.« Der Kaiser fragte ihn dann nach Bahlawan und seinem Verfahren gegen seine Untertanen, worauf der Diener ihm erzählte, daß alle Leute mit ihm unzufrieden wären. Der Kaiser ging dann zu seiner Gattin und meldete ihr die Rückkehr ihres Dieners mit einem Jungen aus ihrer Heimat, und erzählte ihr von dem Unglück, das sie auf dem Wege gehabt. Schah Chatun kam außer sich und wollte einen lauten Schrei ausstoßen, unterdrückte ihn jedoch. Da sagte der Kaiser: »Was hast du? Bedauerst du das Geld, das dem Diener geraubt worden, oder bemitleidest du den Diener?« Sie antwortete: »Es ist nichts, bei deinem Haupt, o Kaiser! Du weißt ja, die Weiber haben ein schwaches Herz.« Dann kam der Diener zu ihr und erzählte ihr alles, was ihrem Sohne seit ihrer Vermählung mit dem Kaiser widerfahren. Schah Chatun weinte lange über die harten Leiden, welche ihr Sohn zu ertragen gehabt, dann fragte sie den Diener: »Was hast du dem Kaiser gesagt, als er den Prinzen sah und dich nach ihm fragte?« Er antwortete: »Ich habe ihm gesagt, er sei der Sohn einer Amme, den wir als Kind verlassen und der nun dem Kaiser dienen solle.«

Sie war zufrieden mit dieser Antwort und befahl dann dem Diener, den Prinzen gut zu bedienen, auch der Kaiser überhäufte den Diener mit Wohltaten und bestimmte dem Prinzen ein ansehnliches Gehalt. Dieser ging im Palast ein und aus, diente dem König und stieg immer höher im Ansehen. Schah Chatun begnügte sich, ihren Sohn durch das Fenstergitter zu sehen, da sie ihn doch nicht sprechen konnte. Eines Tages aber, als sie fast vor Sehnsucht starb, erwartete sie ihn an der Türe ihres Gemaches, drückte ihn an ihre Brust und küßte ihn auf die Wangen. In diesem Augenblicke ging der Schloßverwalter am Harem vorüber und sah mit Erstaunen, wie der Jüngling eine Dame umarmte. Er blieb betroffen stehen und fragte, wer dieses Gemach bewohne, und als man ihm die Kaiserin nannte, fuhr er erschrocken zurück, als hätte ihn der Donner getroffen. Da begegnete ihm der Kaiser und fragte ihn, warum er so zittere? Der Schloßverwalter antwortete: »O Kaiser! Gibt es etwas Schrecklicheres als das, was ich eben gesehen?« – »Was hast du gesehen?« – »Ich habe den Jüngling gesehen, den der alte Diener aus Griechenland mitgebracht, und mich überzeugt, daß er nur wegen der Kaiserin hierhergekommen ist, ich bin eben an der Türe des Gemachs vorübergegangen, da erwartete sie ihn, umarmte ihn und küßte ihn auf die Wangen.« Als der Kaiser dies hörte, kam er vor Wut ganz außer sich und riß sich fast den Bart aus; dann ergriff er sogleich den Prinzen und den

alten Diener und ließ sie in einen Kerker werfen, der im Palast war. Er ging dann zu seiner Gattin und sagte ihr: »Bei Gott! Du hast dich schön betragen, du Tochter der Tugendhaften, um die Könige warben und die ihres gutes Rufes willen für eine kostbare Perle galt. Gott verdamme die, deren Inneres nicht wie ihr Äußeres ist; wie kannst du dir mit einem so abscheulichen Herzen ein reines Aussehen geben? Ich will aber an dir und diesem Taugenichts der Welt ein Beispiel geben. Nun weiß ich, daß du den Diener nur um den Jüngling hierherzubringen weggeschickt. Du wolltest mich mit unerhörter Frechheit hintergehen, nun sollst du aber sehen, wie ich gegen euch verfahre.« Mit diesen Worten spie er ihr ins Gesicht und ging weg. Schah Chatun sagte kein Wort, denn sie wußte wohl, daß ihr der Kaiser in diesem Augenblicke doch nicht glauben würde, und setzte ihr Vertrauen auf Gott, der das Offenbare und das

Verborgene kennt, und gegen dessen Willen die Todesstunde weder verschoben noch vorgerückt werden kann.

Der Kaiser brachte mehrere Tage höchst bestürzt zu; er konnte weder essen noch trinken, noch schlafen und wußte nicht, was er tun sollte; bringe ich den Jungen und den Diener um, dachte er, so bin ich ungerecht, denn die Kaiserin, welche den Alten geschickt, um den Jungen zu holen, ist schuldiger als beide. Alle drei umzubringen gibt aber mein Herz nicht zu; ich will mich daher nicht übereilen und die Sache noch bedenken, ehe ich ihren Tod bereue. Nun hatte der Kaiser eine sehr verständige Amme. Sie fand ihn ganz verändert, wagte es aber nicht, ihm entgegenzutreten, sondern ging zu Schah Chatun. Als sie diese in noch größerer Bestürzung fand, fragte sie, was ihr zugestoßen? Die Kaiserin gestand nichts, aber die Amme schmeichelte ihr so lange und schwor ihr, sie wolle das Geheimnis niemandem mitteilen, daß endlich die Kaiserin ihr die ganze Geschichte mit ihrem Sohne, von Anfang bis zu Ende, erzählte. Da sagte die Amme, sich vor ihr verbeugend: »Diese Sache ist ja gar nicht schwierig.« Aber die Kaiserin versetzte: »Bei Gott! Meine Mutter, ich will lieber mitsamt meinem Sohne sterben, als etwas sagen, das man doch nicht glauben würde; jedermann wird fragen: Sie gibt ein Märchen vor, um die Schande von sich zu wälzen. Für mich gibt's kein anderes Mittel als Geduld.« Die Alte hatte Wohlgefallen an diesen verständigen Worten und sagte zu Schah Chatun: »Es ist, wie du sagst; doch hoffe ich, Gott wird die Wahrheit bekanntmachen; habe nur Geduld, ich nehme mich der Sache an und gehe sogleich zum Kaiser, um zu hören, was er sagt.«

Als die Amme zum Kaiser kam, fand sie ihn betrübt, den Kopf zwischen den Knien, dasitzen; sie setzte sich zu ihm und sagte nach anderen süßen Worten: »Mein Sohn, dein Schmerz verwundet mein Herz; seit einiger Zeit reitest du gar nicht mehr aus und bist immer düster: Warum bist du denn so leidend?« Der Kaiser antwortete: »O meine Mutter! Wegen meiner verruchten Gattin, von der ich eine so gute Meinung hatte und die nun so gegen mich verfahren ist«, worauf er ihr die ganze Geschichte erzählte. Da sagte die Alte: »Und eine schwache Frau macht dir so viel Kummer?« – »Ich denke nach«, versetzte der Kaiser, »welchen

Tod ich über die verhängen soll, um der Welt ein Beispiel zu geben.« Da sagte sie: »Mein Sohn! Übereile dich nicht, denn Übereilung bringt Reue, du kannst sie ja immer noch umbringen; ergründe erst die Sache wohl, dann tue, was du willst.« Der Kaiser erwiderte: »Hier bedarf's keiner anderen Beweise. Schah Chatun hat ja selbst den Alten fortgeschickt, um den Jungen zu holen.« Da sagte die Alte: »Ich weiß ein sicheres Mittel, wodurch sie alles gestehen wird, was in ihrem Herzen vorgeht.«

»Wie wolltest du das?« fragte der Kaiser. Die Alte antwortete: »Ich bringe dir das Herz eines Wiedehopfs, das legst du deiner Gattin auf die Brust, wenn sie schläft, fragst sie dann, was du wissen willst, und sie wird dir die Wahrheit sagen.« Der Kaiser sagte ihr erfreut: »Das will ich tun, aber sage niemandem etwas davon.« Die Alte ging dann zur Kaiserin und sagte ihr: »Ich habe dein Anliegen besorgt. Der Kaiser wird diese Nacht zu dir kommen, stelle dich dann, als schliefest du, und antworte schlafend auf alles, was er dich fragt.« Hierauf verließ die Alte die Kaiserin wieder, holte das Herz eines Wiedehopfs und brachte es dem Kaiser. Dieser erwartete mit Ungeduld die Nacht, dann ging er zur Kaiserin, und als er sie eingeschlafen glaubte, setzte er sich neben sie, legte das Herz des Wiedehopfs auf ihre Brust und wartete eine Weile, um sich von ihrem Schlafe zu überzeugen. Dann sagte er: »Schah Chatun! War das mein Lohn von dir?« – »Was habe ich verbrochen?« fragte die Kaiserin. Er erwiderte: »Gibt es denn ein größeres Verbrechen als das deinige? Schicktest du nicht nach einem geliebten fremden Jünglinge und wurdest mir untreu?« – »Ich kenne keine Leidenschaft, es sind unter deinen Dienern schönere, als er ist, und ich gelüste nach keinem.« – »Und warum hast du ihn umarmt und geküßt.« – »Er ist mein Sohn, ein Stück meines Herzens; aus mütterlicher Liebe zu ihm habe ich ihn umarmt und geküßt.« – Als der Kaiser dies hörte, geriet er in große Verwirrung und sagte zu ihr: »Kannst du beweisen, daß er dein Sohn ist? Ich habe doch noch einen Brief von deinem Onkel, in welchem er mir schreibt, dein Sohn ist getötet worden?« – »Allerdings, aber die Kehle war nicht durchschnitten, mein Onkel ließ die Wunde wieder zunähen und meinen Sohn bei sich erziehen, denn seine Todesstunde war noch nicht gekommen.« Als der Kaiser dies hörte, sagte er: »Dieser Beweis genügt

mir.« Er ließ sogleich den Prinzen und den Diener holen und untersuchte den Hals des Prinzen bei dem Scheine einer Wachskerze; da sah er einen Schnitt von einem Ohre zum andern, der zwar wieder geschlossen war, doch entdeckte er, wie eine Naht sich darüber hinzog. Hierauf fiel der Kaiser vor Gott nieder und dankte ihm, daß er diesen Jungen aus so vielen Gefahren befreit, und freute sich sehr, daß er ihn nicht im Zorne getötet hatte, was er nachher hätte bereuen müssen. Der Prinz aber wurde nur gerettet, weil seine Todesstunde noch nicht gekommen war. »So werde auch ich«, sagte der Jüngling zum König, »die mir bestimmte Frist erreichen, und ich hoffe, daß Gott mir gegen diese bösen Wesire beistehen wird.«

Der König ließ ihn hierauf wieder ins Gefängnis zurückführen und sagte zu den Wesiren: »Dieser Junge hat eine schlimme Meinung von euch; ich weiß indessen, daß ihr mir aus Liebe ratet; seid daher nur zufrieden; ich werde in allem euern Rat befolgen. Ich habe nur so lange seinen Tod verschoben, damit recht viel von der Sache gesprochen werde, nun soll er aber sterben; errichtet einen Galgen am Ende der Stadt und laßt seine Hinrichtung durch einen Ausschreier bekanntmachen, damit die ganze Stadt sich versammle und mit ihm zum Galgen ziehe. Der Ausschreier soll vor ihm rufen: Das ist der Lohn dessen, den der König in seine Nähe gezogen, und der ihn dann verraten.« Die Wesire freuten sich sehr über diesen Entschluß des Königs, ein jeder brachte noch etwas anderes vor, und sie konnten vor Freude die ganze Nacht nicht schlafen. Sie ließen die Hinrichtung des Jünglings in der Stadt bekanntmachen und einen Galgen errichten, und des Morgens früh kamen sie vor die Türe des Palasts und sagten zum König: »Es sind schon so viele Leute beisammen, daß sie vom Palast bis zum Hinrichtungsplatz alle Straßen füllen, um den Jungen hängen zu sehen.«

Als der König den Jungen holen ließ, sagten die Wesire: »Verworfener Mensch, hast du noch Freude am Leben? Hoffst du noch Erlösung?« Er antwortete: »O ihr gottlosen Wesire! Kann ein verständiger Mensch aufhören, auf Gott zu vertrauen? So unterdrückt auch ein Mensch sein mag, kann ihn Gott doch aufrichten und mitten im Tode ihm neues Leben geben; kennt ihr nicht die Geschichte des Gefangenen, den Gott gerettet?« Als der König fragte: »Was ist das für eine Geschichte?«, erzählte der Jüngling:

Geschichte des Gefangenen, den Gott befreite

Ein König, der ein hohes Schloß hatte, von welchem man auf das Gefängnis sehen konnte, hörte einst in der Nacht, wie jemand rief: »Allah, dessen Hilfe jedem nahe ist, befreie mich!« Der König geriet in Zorn und dachte, der Dummkopf hofft, daß seine Schuld ihm erlassen werde. Er erkundigte sich nach den Eingekerkerten, und als man ihm sagte, daß in diesem Gefängnis nur Verbrecher, auf denen eine Blutschuld hafte, eingesperrt seien, ließ er den Mann vor sich kommen und sagte ihm: »Du einfältiger Mensch! Wie kannst du bei der Größe deines Verbrechens aus diesem Gefängnis befreit zu werden hoffen?« Er übergab ihn dann seinen Soldaten und befahl ihnen, ihn vor der Stadt aufzuhängen. Als diese ihn in der Nacht zur Stadt hinausführten, wurden sie von bewaffneten Räubern überfallen. Die Soldaten ließen den Verurteilten los, und er floh in einen Wald. Aber bald fiel ein furchtbarer Löwe über ihn her, warf ihn zu Boden, riß dann einen Baum aus der Wurzel und legte ihn auf den Mann und lief fort, um sein Weibchen zu holen. Dessenungeachtet vertraute der Mann noch auf Gottes Hilfe. Als er die Blätter des Baumes zurückschob, sah er sehr viele Gebeine von Menschen, die der Löwe zerrissen hatte. Er sah auch einen Haufen Gold auf der Erde liegen, den er zu sich steckte. Nach und nach gelang es ihm, unter dem Baume hervorzukriechen und aus dem Walde zu entfliehen. Er drehte sich, aus Furcht vor dem Löwen, weder rechts noch links, bis er vor ein Städtchen kam, da legte er sich ermattet nieder und ruhte aus bis Tagesanbruch, dann vergrub er sein Gold, ging ins Städtchen und lebte dort, mit Gottes Hilfe von dem Golde, das er später holte.

Als der Jüngling diese Erzählung vollendet hatte, sagte der König: »Wie lange willst du uns mit deinen Reden betören, jetzt ist die Zeit da, wo du gehängt werden sollst.« Aber im Augenblick, wo man ihn auf Befehl des Königs hängen wollte, kam der Räuberhauptmann an, der den Jungen erzogen hatte. Als er das Zusammenlaufen des Volks sah, fragte er nach der Ursache, und man sagte ihm: »Der König läßt einen jungen Verbrecher hinrichten.« Der Räuberhauptmann, der auch den Jüngling sehen wollte, erkannte ihn wieder, umarmte ihn und küßte ihn auf den Mund und sagte: »Diesen Jüngling habe ich als Kind unter dem Berge N. N., in ein seidenes Kleid gehüllt, gefunden und habe ihn zu mir genommen. Als wir aber eines Tages eine Karawane angriffen, die uns in die Flucht trieb und manche der Unsrigen verwundete, wurde er gefangengenommen; seit damals suche ich ihn überall und konnte nichts mehr von ihm hören.«

Als der König dies hörte und überzeugt war, daß dieser Jüngling sein Sohn, stieß er ein lautes Geschrei aus, fiel über den Jüngling her, umarmte und küßte ihn und sagte weinend: »Ich wollte meinen eigenen Sohn umbringen und wäre dann vor Reue darüber gestorben.« Er entfesselte

dann den Prinzen, nahm die Krone von seinem Haupte und setzte sie ihm auf. Die Neuigkeit wurde mit Trommeln und Trompeten bekanntgemacht, die Stadt wurde geschmückt, und es war ein so freudiges Lärmen an diesem Tage, daß die Vögel sich kaum in der Luft halten konnten. Auch seine Mutter kam herbei, als sie von dem Vorgefallenen Kunde erhielt, und umarmte ihren Sohn, und die Truppen und das ganze Volk zog mit ihm nach dem Palast. Der König schenkte dann allen Gefangenen Freiheit und ließ sieben Tage als Festtage feiern. Am achten Tage setzte er seinen Sohn neben sich und ließ alle seine Freunde und die Obern der Stadt und die Wesire herbeirufen, welche vor Scham und Furcht dem Tode nahe waren. Diesen sagte der Prinz: »Seht ihr, schlechte Wesire, nun Gottes Werk? Seht ihr, daß seine Hilfe nahe war!« Als die Wesire verstummten, sagte der König: »Ich sehe, daß sich heute alles freut, sogar die Vögel in der Luft, nur ihr seid niedergeschlagen; das ist schon ein Beweis von Groll gegen mich. Hätte ich euch Gehör geschenkt, so müßte ich jetzt vor Verzweiflung und Reue sterben.« Der Prinz sagte hierauf zu seinem Vater: »Ohne deine ruhige Überlegung und deine gute Meinung von den Menschen wäre dir dieses hohe Glück nicht zuteil geworden, lange Trauer und Reue hätten sich vielmehr angehäuft, die dem sich Übereilenden nie entgehen.«

Der König ließ dann den Räuberhauptmann kommen, machte ihm viele Geschenke und sagte: »Wer den König liebt, der beschenke diesen Mann«; worauf er von allen so reichlich beschenkt wurde, bis er nichts mehr annehmen konnte; auch erhielt er die Polizeipräfektur der Stadt, in welcher er wohnte. Bald nachher ließ der König neun Galgen neben dem schon errichteten aufstellen und sagte zu seinem Sohne: »Du warst unschuldig, diese schlimmen Wesire haben dich bei mir verleumdet.« Der Prinz versetzte: »Mein Verbrechen bestand in meiner Treue gegen dich; weil ich ihre Hände aus deinen Schätzen vertrieb, beneideten sie mich und wünschten meinen Tod.« – »Darum sei auch jetzt ihre Strafe nahe«, sagte der König; »denn ihr Verbrechen ist zu groß; um dich zu vernichten, scheuten sie nicht, meine Ehre bei allen Königen zu schänden.« Er wandte sich dann zu den Wesiren und sagte ihnen: »Wehe euch! Womit könnt ihr euch entschuldigen?« Da erwiderten sie: »O König! Es bleibt uns keine Entschuldigung. Wir waren dem Jungen nicht gut und wollten sein Unglück, aber es traf uns selbst; wir gruben ihm eine Grube und fielen selbst hinein.« Hierauf erteilte der König den Befehl, sie zu hängen: »Denn«, sagte er, »Gott ist gerecht und sein Urteil ist wahr.« Der König lebte dann mit seiner Gattin und seinem Sohne in Lust und Freude, bis der Zerstörer aller Erdenfreuden auch sie erreichte. Gepriesen sei Allah, der allein Unsterbliche, dem allein Ruhm gebührt, und sein Erbarmen sei mit uns bis in die Ewigkeit. Amen.

Geschichte der messingnen Stadt

Als der Fürst der Gläubigen, Abdulmelik, der Sohn Merwans, eines Tages von den Großen des Reichs umgeben war, kam die Rede auf Geschichten alter Völker und ihre mächtigen Kaiser; da sagte einer der Anwesenden: »Keinem Sterblichen wurde je so viel verliehen, als

Salomo, dem Sohne Davids; denn er gebot über Menschen und Genien, über Vögel und vierfüßige Tiere. Gott befahl sogar dem Winde, ihm seinen Teppich einen Monat lang auf der Hin- und ebensolang auf der Rückreise zu tragen, auch gab ihm Gott einen Siegelring, mit welchem er Eisen, Blei, Stein und Kupfer versiegeln konnte, kurz er gab ihm alles.« Da sagte Abdulmelik: »Es ist wahr, zürnte er gegen Genien, so sperrte er sie in kupferne Büchsen ein, goß Blei darauf, siegelte sie mit seinem Ringe zu und warf sie ins Meer.« Hierauf erhob sich Taleb, ein berühmter Schwarzkünstler und hochgestellter Mann, der Bücher hatte, die ihn Schätze aus der Erde zu ziehen lehrten, und sprach: »O Fürst der Gläubigen! Gott erhalte dein Reich und erhebe deinen Rang in beiden Welten! Mein Vater erzählte mir, einst habe mein Großvater sich eingeschifft, um nach der Insel Sizilien zu fahren; da gefiel es Gott, einen Sturmwind herbeizuführen, der das Schiff vom Wege ablenkte und es erst nach einem Monate an einen hohen Berg trieb, den niemand kannte. Die Schiffsleute wußten gar nicht, wo sie waren, und fanden am Ufer Leute von wunderbarer Gestalt, die sie nicht verstanden. Nur der König dieses Landes verstand Arabisch, obgleich er kein Fremder war. Dieser kam ans Ufer, begrüßte sie und sagte: »Ihr habt euch gewiß verirrt, denn euer Schiff ist das erste, das hier landet; doch fürchtet nichts, ihr sollt wieder glücklich in eure Heimat zurückkehren.« Der König bewirtete sie dann drei Tage lang mit Vögeln und Fischen. Am vierten Tage führte er sie zu den Fischern spazieren; da sahen sie, wie einer sein Netz auswarf und eine kupferne Flasche heraufbrachte, die mit Salomos Siegel versiegelt war. Er brach der Flasche den Hals ab und öffnete das Siegel; da stieg ein blauer Rauch heraus und verwandelte sich in der Luft in die häßlichste Gestalt der Welt und rief: »Gnade! Gnade! O Prophet Gottes, ich will nichts mehr so tun.« Mein Urgroßvater ging dann zum König und fragte ihn, was das wäre? Da sagte er: »Es ist ein rebellischer Geist, der wegen seines Ungehorsams gegen Salomo eingesperrt und ins Meer geworfen wurde. Als er jetzt herauskam, glaubte er, Salomo lebe noch und habe ihm verziehen; darum rief er: Gnade! Gnade! O Prophet Gottes!«

Abdulmelik war sehr erstaunt über diese Erzählung und sagte: »Es gibt keinen Gott außer dem einzigen Gott; der hat Salomo ein großes Reich gegeben, könnte ich nur einmal mit meinen Augen solche Salomonische Flaschen sehen, sie würde jedem zur Belehrung und zur Warnung dienen.« Da sagte Taleb: »Diese Büchsen finden sich in der messingnen Stadt, wenn du solche zu haben wünschest, so schreibe Musa, deinem Statthalter über den Westen und Andalusien, er möge einige seiner Leute mit Lebensmitteln und Wasser dahin schicken, und dir ohne Säumen einige von dort bringen lassen.« Der Kalif ließ sogleich einen Schreiber rufen und an den Emir Musa schreiben. Er gab dann Taleb den Brief und sagte ihm: »Ich wünsche, daß du selbst den Brief überbrächtest.« Taleb antwortete: »Ich gehorche Gott und dem Fürsten der Gläubigen«, ließ sich Geld, Lebensmittel und ein Reittier geben und reiste von Damaskus nach der Hauptstadt Ägyptens. Dort verweilte er einige Zeit bei guter Bewirtung, begab sich dann nach Oberägypten, wo der Emir Musa sich aufhielt. Als dieser von der Ankunft Talebs hörte, ging er zu ihm, bewillkommte ihn und ließ ihn mit Auszeichnung bewirten. Taleb überreichte ihm dann den Brief des Kalifen, und als er ihn gelesen hatte, sagte er: »Ich gehorche Gott und dem Fürsten der Gläubigen«, ließ sogleich einige Reisende kommen und sagte ihnen: »Der Kalif schreibt mir, ich solle ihm Salomonische Flaschen verschaffen, wie fange ich das an?« Die Reisenden antworteten: »Wende dich an Abdul Kadus, der wird dir den Ort angeben, wo sie liegen, denn er ist viel gereist zu Wasser und zu Land, er ist der beste Führer und Ratgeber, kennt alle Wüsten und ihre Bewohner und alle Meere und ist schon mancher Gefahr glücklich entgangen.« Musa schickte nach ihm, und es erschien ein alter Mann, dem die Jahre schon hart zugesetzt hatten, und dem man ansah, daß er schon die wunderbarsten Dinge erlebt. Musa teilte ihm den Brief des Kalifen mit und sagte: »Da ich dieses Land wenig kenne und gehört habe, es sei niemand so weit gereist als du, so bitte ich dich, mit uns zu gehen und uns zu helfen, den Willen des Kalifen zu erfüllen. Du sollst dich, so Gott will, nicht umsonst bemühen.« Abdul Kadus erwiderte: »Ich gehorche Gott und dem Fürsten der Gläubigen; doch, mein Herr, die messingne Stadt liegt weit von hier; wir haben einen weiten Weg zu machen und laufen viel Gefahr auf der Reise.« Da fragte Musa: »Wie lange müssen wir ausbleiben?« Der Alte antwortete: »Wir brauchen zwei Jahre hin und ebensoviel zurück, und du bist ein Mann, der für Gott gegen Ungläubige kämpft, du darfst also durch eine so lange Abwesenheit das Land nicht dem Feinde preisgeben, darum ernenne einen Stellvertreter, der in deiner Abwesenheit die Feinde bekämpfe und das Land verwalte; übrigens weiß ja der, dessen Leben nicht in seiner Gewalt steht, auch nicht, wie bald er dem Tode anheimfällt.«

Musa ließ sogleich seinen Sohn Harun rufen, der ein guter und in der Regierungskunst erfahrener Mann war, und übertrug ihm die Statthalterschaft Ägyptens; dann ließ er die Truppen zusammenkommen und empfahl ihnen, seinem Sohne wie ihm selbst, in allem Gehorsam zu leisten. Als dies geschehen war, sagte der Alte zu Musa: »Laßt tausend Kamele mit Wasser beladen und wieder tausend mit Lebensmitteln und ebenso viele mit irdenen Krügen.« – »Wozu diese?« fragte Musa erstaunt. Der Alte antwortete: »Wir haben vierzig Tage durch die große Wüste von Kairawan zu gehen, wo es wenig Wasser gibt und man keine Menschen sieht; dort weht ein heftiger Samum, der die Schläuche austrocknet, weshalb das Wasser nur in Krügen aufbewahrt werden kann.« Musa schickte nach Alexandrien und ließ von dort viele Krüge holen. Er nahm dann seinen Wesir zu sich, ließ zweitausend bepanzerte Reiter neben den Kamelen herreiten, und der Alte ritt als Führer voran. Ihre Reise war sehr beschwerlich, sie zogen bald durch bewohntes, bald durch unbewohntes Land, und häufig führte der Weg durch wilde, gefährliche, wasserlose Wüsten oder über hohe Berge. So zogen sie ein Jahr lang umher. Eines Morgens waren sie vom rechten Wege abgekommen; der Führer wußte nicht mehr, wo er war, und rief: »Es gibt keinen Schutz und keine Macht außer bei Gott, dem Erhabenen! Bei dem Herrn der Kaaba, ich habe mich in der dunklen Nacht verirrt und befinde mich nun in einem Lande, das ich heute zum ersten Male sehe.« Da sagte Musa: »So führe uns wieder zur Stelle zurück, wo wir vom Wege abgekommen sind.« Als der Alte sagte, er könne sie nicht mehr finden, rief Musa: »So laß uns nur weitergehen, vielleicht wird uns Gott durch seine Macht leiten.« Sie gingen nun bis zur Zeit des Mittaggebetes vor sich hin und kamen in ein schönes ebenes Land, so flach wie das Meer, wenn es ganz ruhig ist. Bald sahen sie in der Ferne etwas Hohes und Schwarzes, sie gingen etwas

näher und fanden ein Gebäude, so hoch und so fest wie ein Berg, ganz von schwarzen Steinen gebaut, mit furchtbar großen Altanen und einem chinesischen eisernen Tore, das einen blendenden Glanz von sich warf. Niemand wußte, wofür er dieses Riesengebäude halten sollte, das tausend Schritte im Umfang hatte und dessen hundert Ellen hohe bleierne Kuppel in der Ferne sich wie eine Rauchsäule ausnahm. Da sagte der Führer: »Wir wollen diesem Gebäude näher treten, vielleicht können wir uns daran belehren.« Als er aber näher kam, erkannte er es und rief: »Es gibt keinen Gott außer Gott, und Muhamed ist sein Prophet.« Da sagte Musa: »Ich sehe, du preisest Gott; hast du uns eine frohe Botschaft mitzuteilen?«

Der Alte antwortete: »Freue dich! Der erhabene Gott hat uns aus den schrecklichsten Wüsten befreit. Wisse, mein Vater hat mir einmal von seinem Großvater erzählt, er sei in diesem Lande gewesen und nach langen Irrwegen an dieses Schloß gekommen, und von da in eine messingne Stadt. Wir haben von hier nach dem Orte unserer Bestimmung nur noch zwei Monate zu reisen; wir müssen immer dem Rande der Wüste folgen, finden aber viele Wohnungen, Brunnen und Bäche, die Alexander der Zweihörnige eroberte, als er sich nach Westen wandte; die meisten Brunnen auf unserem Wege hat er graben lassen.« Musa dankte für diese freudige Nachricht und sagte: »Komm, laß uns jetzt die

Wunder dieses Schlosses sehen!« Sie gingen auf das Tor zu und fanden darüber folgende Inschrift mit goldenen Buchstaben:

»Die Überbleibsel ihrer Werke verkünden uns, daß auch wir ihnen folgen müssen. O Wanderer, der du vor dieser Wohnung stehst, willst du die Geschichte eines Volks kennenlernen, das sich von seinen Reichtümern trennen mußte, so geh ins Schloß und forsche nach den Begebenheiten derjenigen, die dort im Staube beisammen wohnen.«

Musa weinte über diese Verse und sagte: »Es gibt keinen Gott außer Gott, der ewig fortdauert.« Er kam dann an ein anderes Tor, auf welchem folgende Inschrift zu lesen war:

»Wie manches Volk hat vor uralter Zeit hier gelebt und ist wieder verschwunden! Wären die Menschen verständig, so würden sie einsehen, wie die Zeit mit anderen verfährt, und es sich zur Warnung dienen lassen; sie haben Schätze gesammelt, die sie wieder anderen überlassen mußten, während sie selbst nach allem Abmühen ins enge Grab steigen. Wie manche Freude wurde ihnen zuteil, wieviel haben sie genossen, während sie jetzt selbst im Staube verzehrt werden.«

Diese Inschrift machte auf Musa einen tiefen Eindruck; die ganze Welt erschien ihm nichtig und das irdische Leben kaum beachtenswert. »Ich bin Gottes«, rief er, »und zu ihm kehren wir alle wieder; es gibt keinen Schutz und keine Macht, außer bei Gott, dem Erhabenen! Er hat uns zu etwas Großem in der Zukunft geschaffen; diese Welt hat aber für mich nicht mehr den Wert eines Mückenflügels; alle Könige müssen zuletzt sterben, und die Armen haben nach dem Tode mehr zu erwarten. Gepriesen sei Allah, der Ewigdauernde.« Er ging dann ins Schloß und bewunderte ungestört dessen schöne Bauart mit ungeheuren Räumen, in denen kein Mensch zu sehen war. Als er in den Hof kam, wo eine Kuppel sich erhob, fand er vierhundert Gräber. Er näherte sich einem derselben, das einen großen Grabstein von weißem Marmor hatte, auf welchem folgende Verse eingegraben waren:

»Wie oft bin ich gleich dir stehen geblieben, um Inschriften auf Grabsteinen zu lesen; wie lange habe ich gegessen und getrunken und Sängerinnen angehört; wie viele feste Schlösser habe ich erobert und seine Schönen mir zugeeignet; auch ich, o Wanderer! habe vor dir über das Schicksal nachgedacht, und es war mir, als fragte man schon nach mir, und es hieß: Er ist tot. Drum, o Wanderer, sorge für deine Seele, ehe du zu den Toten niedersteigst.«Musa weinte und war so gerührt, daß ihm fast der Atem ausging. Er näherte sich dann der Kuppel und sah acht hölzerne Pforten mit goldenen und silbernen Nägeln beschlagen. Über der Hauptpforte waren folgende Verse geschrieben:

»Nicht aus Freigebigkeit hinterließ ich anderen meine Güter, sondern der Tod, der unter den Menschen umherzieht, zwang mich dazu. Lange freute ich mich mit meinem Gute und beschützte es wie ein reißender Löwe. Ich war stets voller Sorgen, gab aus Geiz kein Senfkörnchen von dem Meinigen her und hätte man mich ins Feuer geworfen. Da kam bald der über mich verhängte Tod, und es lag nicht in meiner Macht, ihn abzuwenden. Nichts halfen mir meine gesammelten Truppen, kein Freund und kein Nachbar konnte mich retten. Mein ganzes Leben war eine Täuschung, ich lebte bald in Wohlstand, bald in Not, stets den Tod vor Augen. Kaum füllen sich deine Beutel mit Dinaren, so gehören sie schon einem anderen und es kommen Kameltreiber und Totengräber. Dann kommt der Tag des Gerichts und du trittst vor Gott allein und nur mit Sünden schwer beladen. Drum, o Wanderer, laß dich nicht vom Glanze der Welt verblenden und bedenke, wie sie es deinen Freunden und Nachbarn gemacht.«Musa war so angegriffen, daß er in Ohnmacht fiel; als er wieder zu sich kam, ging er in die Kuppel und sah ein großes Grabmal mit einem eisernen chinesischen Grabstein, auf dem folgendes zu lesen war:

»Im Namen Gottes, des Einzigen, Mächtigen, Ewigdauernden, der allein bleibt, während alle seine Diener vergehen müssen. O Wanderer, der du hierherkommst, belehre dich an dem, was du hier von den Schicksalen der Welt erfährst, laß dich nicht vom Glanze der Welt verführen, sie ist trügerisch gleich dem Traum eines Schlafenden oder einem täuschenden Sandspiegel, dem der Wanderer sich vergebens nähert, um seinen Durst zu löschen. Auch ich setzte mein Vertrauen auf diese Welt und wurde von ihr verraten. Ich war Herr von viertausend Jungfrauen, so schön wie der Mond, und sie gebaren mir tausend Söhne, stark und mutig wie Löwen. Ich lebte tausend Jahre und sammelte

Schätze, wie kein König der Erde noch besaß; ich glaubte, das würde ewig fortdauern; aber der Zerstörer aller Freuden, der Verwüster aller Wohnungen, der Kinder zu Waisen macht, weder den Armen verschont noch vor den Befehlen des Königs sich fürchtet, ereilte auch mich in meinem Schlosse, und als ich die Vergänglichkeit sah, ließ ich diese Verse als Belehrung für Verständige aufschreiben. Ich hatte ein Heer von zehntausend Reitern, alle tapfere Helden, mit langen Panzern, schneidenden Schwertern, schrecklichen Lanzen und edlen Rossen; als die Bestimmung Gottes, des Herrn der Welten, eintraf, fragte ich meine Krieger, ob sie das Schicksal von mir abwenden könnten, und als sie dies nicht vermochten, ergab ich mich der Fügung, die mir den Tod gab und mich in dieses Grab versenkte. Ich bin Kusch, der Sohn Kanans, Sohn Schaddads, Sohn des älteren Ad.«

Dann kamen folgende Verse:

»Wer wird einst im Wechsel der Zeiten meiner noch gedenken, und ich bin doch der Sohn Schaddads, der die Welt beherrschte mit allen Menschen, die darauf sind; alle Könige der Erde beugten sich vor meinen Waffen und alle ihre Bewohner fürchteten meine Macht; wenn ich ausritt, sah ich eine Million Zügel, und unzählbare Schätze füllten meine Paläste; doch endlich kam der Tod, der alle Menschen auseinander trennt, und ich stieg aus meiner Herrlichkeit in die niedrigste Wohnung; da hätte ich gern für einen Augenblick Leben mein ganzes Vermögen hingegeben, aber Gott wollte diesen Tausch nicht, und so liege ich hier einsam, getrennt von den Freunden. Drum, o Wanderer, sorge für deine Seele vor dem Tode und stelle dich sicher gegen die Tücke des Schicksals!«Musa wurde auch von diesen Versen so ergriffen, daß ihm das Leben zur Last wurde. Hierauf kamen sie an einen gelben Stein mit Füßen von Zypressenholz, worauf geschrieben war:

»An diesem Tische haben tausend Könige gespeist, die am rechten Auge blind waren, und tausend, die am linken Auge blind waren, und tausend, die zwei gesunde Augen hatten; alle sind aus der Welt geschieden und wohnen jetzt in Gräbern.«

Nachdem Musa von allem, was er gelesen, eine Abschrift genommen, reisten sie wieder weiter, und nach drei Tagen kamen sie an einen hohen

Hügel, auf dem ein kupferner Reiter auf einem kupfernen Pferd saß; er hatte eine lange blendende Lanze in der Hand, auf deren Spitze folgendes mit römischen Buchstaben geschrieben war:

»O Wanderer, der du hierherkommst, wenn du den Weg nach der messingnen Stadt nicht weißt, so reibe den Reiter, er wird sich herumdrehen, und wende dich dann nach der Seite, nach welcher er die Spitze der Lanze dreht.«

Musa rieb den Reiter, er drehte sich herum, und sie schlugen den Weg ein, nach welchem er die Lanze hob und fanden sich bald auf geebnetem Wege. Nach drei Tagen kamen sie auf einen hohen Berg, auf dem sie eine große lange Säule sahen; als sie darauf zugingen, fanden sie eine Statue von schwarzem Stein, die einen Menschen darstellte, der bis zu den Achseln in der Säule steckte; er hatte zwei große Flügel, zwei Hände wie die Tatzen eines Löwen, mit eisernen Krallen, einen Haarschopf mitten auf dem Kopfe wie ein Roßschweif, zwei Augen, die in die Länge gespalten waren und Feuer sprühten, und aus der Stirne stach noch ein drittes häßliches dunkelrotes Auge hervor wie das eines Luchses. Diese Gestalt rief in einem fort: »Gepriesen sei der, welcher diese lange harte Pein über mich verhängt hat!« Musa bat den Alten, diese Gestalt einmal zu fragen, wer sie sei und warum sie sich in diesem Zustande befinde? Der Alte sagte: »Ich fürchte mich vor ihr.« Musa versetzte: »Der hat genug mit sich selbst zu tun, um dir etwas anzuhaben.« Der Alte ging auf sie zu und fragte: »Wer bist du? Wie heißt du? Wer hat dich hierhergebracht?«

Da antwortete sie: »Ich bin ein böser Geist und heiße Dasmusch und werde gepeinigt und bleibe hier gebannt bis zum Tage der Auferstehung durch die höchste Gewalt Gottes. Die wunderbare Ursache aber, warum ich an diese Säule gebannt bin, ist folgende: Iblis, den Gott verdammen möge, hatte einen Götzen aus rotem Korall, der mir anvertraut war. Diesen Götzen betete einer der Könige des Meeres an, welcher über zehnhunderttausend bewaffnete Menschen und zehnhunderttausend Genien gebot, ich verführte aus dem Leibe des Götzen hervor die Leute und sie gehorchten mir und erkannten die Herrschaft Suleimans, des Propheten Gottes, nicht an. Dieser König hatte eine Tochter, welche Tag und Nacht den mir anvertrauten Götzen anbetete und so schön war, daß man selbst Salomo auf sie aufmerksam machte. Dieser schickte zu ihrem Vater, ließ um sie anhalten und befahl ihm auch, den Götzen zu zerbrechen und den einzigen Gott und seinen Propheten Suleiman anzuerkennen. Tust du dies, ließ ihm Salomo sagen, so geht es dir gut, wo nicht, so bereite dich

zum Tode vor, denn ich werde dich mit Truppen überfallen, welche die ganze Erde ausfüllen, und du wirst gleich dem gestrigen Tage werden, der nie mehr wiederkehrt. Als der König diesen Brief las, warf er ihn zornig weg und sagte zu seinen Wesiren: Was soll ich Salomo, dem Sohne Davids, antworten, der einen Boten herschickt, meine Tochter als Gattin verlangt und mir befiehlt, meinen Götzen zu zerbrechen und seinen Glauben anzunehmen? Die Wesire antworteten: Großer König und mächtiger Herr! Was kann Salomo dir tun? Du bist ebenso groß und noch mächtiger als er, du hast über eine Million Krieger zu gebieten und wohnst auf diesem großen Meer, wo er gar nicht zu dir gelangen kann und wo Menschen und Genien für dich kämpfen; übrigens berate deinen Herrn, den Götzen, und befiehlt er dir, ihm entgegenzuziehen, so tue es! Der König stand auf und ging zum Götzen, brachte ihm ein Opfer, fiel vor ihm nieder und sprach: O Herr, ich bitte um deinen Schutz, der König Salomo will dich zerbrechen. O Herr! Gebiete uns, dein Befehl wird vollzogen, denn wir kennen deine Macht. Ich verbarg mich nun, weil ich Salomos Macht nicht kannte, in dem Leibe des Götzen und sagte: Ich fürchte mich nicht vor Salomo; wenn er Lust hat, soll er mich nur bekriegen, ich werde ihm mit Schwert und Lanze das Leben nehmen.

Meine Antwort gab dem König Mut genug, um Salomo den Krieg zu erklären; er spie seinem Gesandten ins Gesicht und gab ihm folgende beleidigende Antwort: Sage Salomo, sein Herz habe ihm Lug und Trug vorgespiegelt; er möge seine ganze Macht aufbieten, wenn er nicht zu mir geht, so komme ich zu ihm. Als der Bote Salomo diese Antwort überbrachte, glühte er vor Zorn, und sein Entschluß stand fest. Er sammelte alsbald Menschen und Geister und Vögel und wilde Tiere, befahl dann dem Löwen, dem König der vierfüßigen Tiere, alle reißenden Tiere aus den Wüsten und Einöden zu versammeln. Er rief dann den Adler, den König der Vögel, und befahl ihm, alle Raubvögel zusammenfliegen zu lassen. Seinem Wesir Damuriat erteilte er den Befehl, alle Genien und Teufel und widerspenstigen Geister zu rufen, und Asaf, den Sohn Berahjas, beauftragte er, alle menschlichen Truppen zusammenzubringen. Als alles in unzählbarer Masse sich eingestellt hatte, setzte sich Salomo mit seinen Scharen auf seinen Teppich; die Vögel flogen über ihm und die Menschen und Genien gingen vor ihm her. Als der ganze Zug am Ufer des Meeres anlangte, stieg Salomo vom Teppich herunter und schickte einen Boten zum König der Insel, der ihm sagen sollte: Hier ist nun Salomo, der Prophet Gottes, gehorche ihm, zerbrich deinen Götzen, gib ihm deine Tochter zur Frau und rufe mit allen Bewohnern des Landes aus: Es gibt keinen Gott außer dem einzigen Gott, und Salomo ist sein Prophet! Wo nicht, so verteidige dich gegen seinen Angriff. Glaube aber nicht, daß dich das Meer gegen ihn schützt, denn er befiehlt dem Winde, ihn zu dir zu tragen, und erscheint mitten auf deiner Insel, um dich zu verderben. Als der Gesandte dem König Salomos Botschaft überbrachte, antwortete er: Sage Salomo, ich ziehe ihm morgen entgegen und hoffe ihn zu treffen. Der Bote kehrte wieder zu Salomo zurück, der sich hierauf zur Schlacht rüstete.

Sobald der Gesandte weg war, ließ mich der König rufen und gebot mir, alle unter mir stehenden Truppen zu versammeln. Ich gehorchte, brachte eine Million Menschen und ebenso viele Genien zusammen; auch der König zog alle seine Leute zusammen, und es kam eine Zahl heraus, die nur Gott kennt. Salomo aber stellte wilde Tiere zur Rechten und zur Linken seiner Truppen auf, und befahl den Vögeln in der Luft, über ihren Köpfen zu fliegen, dem Feinde, sobald er einen Angriff versuche, mit den Flügeln ins Gesicht zu schlagen und ihnen mit den Schnäbeln die Augen auszupicken. Er selbst schwebte auf seinem vom Winde getragenen Teppiche in der Luft, er setzte Damuriat über den rechten Flügel der Menschen und Asaf über den linken, die Könige der Menschen stellte er zur Rechten und die Könige der Geister zur Linken und die wilden Tiere und Vipern und Schlangen schickte er voraus. Indessen traten wir ihnen doch entgegen und kämpften zwei Tage, am dritten Tage aber brach nach der Bestimmung das Verderben über uns herein. Ich stellte mich an die Spitze

der ersten Reihe unserer Truppen und forderte zum Zweikampfe heraus. Da trat mir Damuriat, der Wesir Salomos, wie ein großer feuerspeiender Berg mit seiner schrecklichen Macht entgegen und schoß einen feurigen Pfeil gegen mich ab, aber ich wich ihm aus und schleuderte einen feurigen Pfeil gegen ihn, der ihn traf. Aber sein Pfeil machte meine Flamme unschädlich und er schrie so laut, daß ich glaubte, die Berge wankten und der Himmel stürzte über mir zusammen. Auf seinen Befehl griffen dann seine Truppen uns an und das Handgemenge wurde allgemein unter furchtbarem Getöse; die Erde zitterte, Flammen sprühten, Rauch stieg gen Himmel, Köpfe fielen, Gallen zersprangen, fliegende Genien kämpften in der Luft, wilde Tiere auf der Erde; ich selbst focht immer gegen Damuriat, der mich so sehr in die Enge trieb und mir so hart zusetzte, daß ich die Flucht ergriff, und sogleich zerstreuten sich auch alle meine Truppen. Aber Salomo rief den Seinigen zu: Nehmet sie mit ihrem ruchlosen König gefangen! Da stürzten wilde Tiere zur Rechten und zur Linken über uns her; Vögel pickten uns die Augen aus und schlugen uns ihre Flügel ins Gesicht, Schlangen bissen uns und unsere Pferde, so daß kein einziger von den Unsrigen entkam. Zwar floh ich noch eine Strecke von drei Monaten vor Damuriat, aber zuletzt sank ich erschöpft zu Boden und wurde von ihm eingeholt. Als er mich gefangennahm, sagte ich ihm: Bei dem, der dich erhoben und mich erniedrigt hat, laß mich leben und führe mich zu Salomo (Friede sei mit ihm). Aber Salomo nahm mich sehr schlecht auf, ließ sich diese Säule bringen, höhlte sie aus, steckte mich hinein und legte sein Siegel darauf; Damuriat trug mich dann hierher und setzte einen mächtigen König über mich, um mich zu bewachen, und so muß ich hier in schwerer Pein bis zum Auferstehungstage gefangen bleiben.«

Höchst erstaunt über diese schreckliche Gestalt, rief Musa aus: »Es gibt keinen Gott außer dem einzigen Gott, der Salomo ein großes Reich geschenkt.« Der Alte sagte dann dem Geiste: »Erlaubst du mir, dich etwas zu fragen?« Der Geist antwortete: »Frage nur, was du willst.« Da fragte der Alte: »Gibt es hier Geister, in kupferne Flaschen von Salomos Zeit her eingesperrt?« – »Jawohl«, erwiderte der Geist, »im Meer Karkar, dort wohnen Leute, die noch von Noah abstammen (Friede sei mit ihm!), dorthin kam die Sündflut nicht, denn jene Gegend ist von der ganzen übrigen Erde abgeschieden.« Der Alte ließ sich dann noch den Weg nach der messingnen Stadt und dem Orte, wo die kupfernen Flaschen liegen, näher angeben und zog mit Musa und seinen Begleitern weiter. Nach einer kurzen Strecke sahen sie etwas Schwarzes in der Ferne, von zwei einander gegenüber lodernden Flammen umgeben. Als Musa fragte, was das wäre?, antwortete der Alte: »Freue dich, Fürst, das ist die messingne Stadt, so ist sie mir in meinem Schatzbuche beschrieben; denn sie ist aus schwarzen Steinen gebaut und hat zwei Schlösser aus spanischem Messing, welche wie zwei Feuer einander gegenüber aussehen, und daher hat sie auch ihren Namen. Sie gingen nun auf die Stadt zu, welche mächtige Gebäude enthielt und schön angelegt war, von sehr festen, achtzig Ellen hohen Mauern mit fünfundzwanzig Toren umgeben. Aber diese Tore konnten nur von innen geöffnet werden; Musa war daher in der größten Verlegenheit und wußte keinen Rat, um in die Stadt zu dringen und ihre Wunder zu sehen, und der Alte sagte ihm: so ist sie in dem Schatzbuch beschrieben. Nach einigem Nachdenken befahl er einem seiner Offiziere, um die Stadt herumzureiten und zu sehen, ob sich nicht ein zugänglicher Ort finde. Dieser bestieg sein Kamel, nahm Wasser und Lebensmittel mit und nach zwei Tagen hatte er den Kreis um die Stadt vollendet, berichtete aber, sie sei wie aus einem Stücke gegossen, er habe auch keine Öffnung gefunden, die es möglich machte, hineinzukommen.

Musa fragte ihn dann, ob er gar nichts von der Stadt gesehen? »Tapferer Fürst«, antwortete der Offizier, »es müssen Wunderwerke in den Mauern, vor denen wir hier stehen, verborgen sein; ich bin ganz erstaunt über die Festigkeit dieser Stadt, über ihre schönen Gebäude und hohen Türme.« Musa stieg dann mit dem Alten auf den höchsten Berg, der vor der Stadt lag, und von hier aus sahen sie die schönste Stadt vor sich liegen, die man finden konnte; hohe Häuser, feste Schlösser, fließende Bäche, schön angelegte Straßen. Ihr Auge entdeckte aber keinen Menschen, noch ein Haustier; Nachteulen hausten darin mit anderen Vögeln, aber sie war sicher vor jedem Wechsel der Zeit. Die Wohnungen beklagten die Bevölkerung, die sie einst umschlossen, und die Schlösser beweinten die, welche sie gebaut. Musa wunderte sich über den traurigen Zustand dieser Stadt und rief: »Gepriesen sei Gott, der die Launen des Schicksals nicht zu befürchten hat und den die Zeit nicht ändert.« Unter solchen Betrachtungen sah Musa an der Seite des Berges, welche der Stadt gegenüberlag, sieben marmorne Tafeln, auf denen allerlei Ermahnungen eingegraben waren. Musa bat den Alten, diese Inschriften zu lesen, und dieser näherte sich der ersten Tafel und las folgende Inschrift:

»O Mensch, warum bedenkst du nicht, was vor dir war, deine Jahre, Monate und Tage haben dich es vergessen lassen. Weißt du nicht, daß der Todeskelch dich erwartet und daß du bald von der Welt scheiden mußt? Drum sorge für deine Seele, ehe du ins Grab sinkst. Wo sind die Könige, welche Länder besessen, Menschen unterjocht, Schlösser gebaut und Truppen angeführt haben? Der Tod hat sie überfallen, der alles Vereinte trennt, ihre Wohnungen stehen nun leer, sie sind aus geräumigen Schlössern ins enge Grab gestiegen.«

Dann las er noch folgende Verse:

»Wo sind die mächtigen Kaiser mit allen ihren Leuten? Gegen ihren Willen mußten sie sie räumen, als der Herr des Himmels sie heimsuchte, und nichts halfen ihnen alle ihre Schätze.«

Musa wurde tief ergriffen und Tränen flossen auf seine Wangen herab; er ließ sich dann Tinte geben, schrieb die Tafel ab und ging zur zweiten, welche folgende Inschrift hatte:

»O Mensch! Welche Hoffnungen täuschen dich? Was zerstreut dich von dem Gedanken des Todes? Weißt du nicht, daß niemand in dieser Welt bleibt? Wo sind denn die Könige, die so viele Länder besessen? Wo sind die, welche Irak bevölkert haben? Wo ist der Erbauer Ispahans? Wo ist der Herr von Chorasan? Der Todesbote hat ihnen zugerufen und sie mußten antworten. Der Verkündiger der Vergänglichkeit hat sie angesprochen, und sie verschwanden; ihre festen Schlösser schützten sie nicht und alles, was sie gezählt und aufgehäuft, konnte das Übel nicht von ihnen abwenden.«

Zuletzt las er noch folgende Verse:

»Wo sind die großen Kaiser und ihre Reiche? Sie haben die Erde verlassen, als wären sie nie gewesen. Sie haben aus Furcht vor dem Zerstörer der Freuden viele Truppen gesammelt, dann mußten sie doch beschämt von dannen weichen.«

Musa weinte heftig und rief: »Bei Gott! Wir sind zu etwas Großem geschaffen!« Er schrieb auch diese Tafel ab und ging zur dritten Tafel, auf welcher geschrieben war:

»O Erdensohn, du lebst in Zerstreuungen und wendest dich ab vom Befehle deines Herrn; ein Tag nach dem anderen vergeht von deinem Leben, und du kehrst dich nicht daran. Sammle dir doch Vorrat für den Auferstehungstag, und bereite dich vor, deinem Herrn zu Rede zu stehen!«

Auf dieser Tafel standen noch folgende Verse:

»Wo sind die Mächtigen, die so viele Länder bebauten und immer ruchloser und gewalttätiger wurden? Alle Bewohner der Erde, Inder und Sindier, Abyssinier und Mohren, und Nubier fielen dem Tode anheim, sobald sie übermütig wurden, und alle ihre Schlösser konnten ihnen nicht helfen.«

Musa gefiel auch diese Inschrift so sehr, daß er sie abschrieb; er stellte sich dann vor die vierte Tafel, welche folgende Inschrift hatte:

»O Mensch, wie lange glaubst du, daß dein Herr dir noch zusieht, wenn du immer tiefer ins Meer deiner Leidenschaften untertauchst? Jeder Tag bringt dir Gottes Güte, jeden Tag sollte dein Dank zu ihm hinaufsteigen, statt dessen beschäftigst du dich mit eitlen Dingen. O schäme dich doch vor dem, der alles sieht, und erfülle des Teufels Wünsche nicht! Mir ist, als frage man schon nach dir und es heißt: Er ist gestorben voller Reue über seine Vernachlässigung der göttlichen Gebote.«

Am untern Rande der Tafel standen noch folgende Verse:

»Wo sind die, welche hier feste Grundpfeiler gelegt und hohe Gebäude darauf errichtet? Wo sind die, welche diese festen Burgen bewohnt haben? Sie sind alle verschwunden, sie ruhen im Grabe bis zum Tage, an welchem jedes Geheimnis offenbart wird. Gott, der allein Ehrwürdige, ist unvergänglich.«

Musa fiel vor großem Erstaunen in Ohnmacht; als er wieder zu sich kam, schrieb er auch die vierte Tafel ab und näherte sich der fünften, auf der geschrieben war:

»O Menschensohn! Was leitet dich ab von dem Gehorsam gegen Gott, der dich als Kind gepflegt und erzogen? Wie kannst du seine Huld

vergessen, während er immer gnädig auf dich herabsieht und seine schützende Hand über dich ausbreitet? Du entgehst doch einer Stunde nicht, welche bitterer ist als Geduld,* und heißer als brennende Kohlen; bereite dich zu dieser Stunde vor, denn wer kann ihre Bitterkeit mildern und ihre Glut löschen? Gedenke der Völker und Jahrhunderte, die vor dir waren, und belehre dich daran, ehe du untergehst!«

Am Rande der Tafel waren noch folgende Verse eingegraben:

»Wo sind die alten Könige der Erde? Dahin sind sie mit ihrem ganzen Erwerb. Einst ritten sie an der Spitze von Armeen, welche die ganze Erde ausfüllten, bekämpften mächtige Herrscher, besiegten und vernichteten unzählbare Heerscharen; aber unerwartet kam der Befehl des Herrn des Himmels, und nach dem glanzvollsten Leben war Verwesung ihr Ende.«

* Das arabische Wort *Sabr,* welches »Geduld« bedeutet, ist auch zugleich der Name eines bittern Holzes.

Nachdem Musa auch diese Inschrift abgeschrieben hatte, näherte er sich der sechsten Tafel, worauf zu lesen war:

»O Menschensohn! Glaube nicht, daß dein Heil ewig dauert; der Tod schwebt immerfort über deinem Haupt. Wo sind deine Väter? Wo deine Brüder und Freunde? Alle sind ins Grab gestiegen, als hätten sie nie gegessen oder getrunken, und vor den erhabenen Herrn getreten und empfangen nun den Lohn ihrer Taten. Sorge daher für deine Seele, ehe du ins Grab sinkst!«

Die Inschrift schloß mit folgenden Versen:

»Wo sind die Könige der Franken! Wo sind die, welche in Tanger thronten? Nur ihre Werke bleiben ewig in einem Buche aufgezeichnet, das der Einzige als unauslöschliche Beweise aufbewahrt.«

Als Musa diese Verse gelesen und abgeschrieben hatte, rief er: »Es gibt keinen Gott außer Gott! Wie groß war der Tod dieser Leute!« Er näherte sich dann der siebenten Tafel, worauf geschrieben war:

»Gepriesen sei der, welcher über alle seine Geschöpfe den Tod verhängt, der selbst aber ewig lebt und niemals stirbt. O Menschensohn! Laß dich von deinen vergnügten Tagen, Stunden und Augenblicken nicht irreleiten! Wisse, daß der Tod dir immer näher rückt und gleichsam auf deinen Schultern sitzt, jeden Augenblick bereit, dich zu überfallen. Schon ist mir, als sähe ich dich deines süßen und angenehmen Lebens beraubt; drum höre auf meine Rede und vertraue nur dem höchsten Herrn! Wisse, in dieser Welt ist kein Bleiben, sie gleicht einem Spinngewebe, alles vergeht darin! Wo ist der Gründer und Erbauer der Stadt Amid? Wo ist der, welchem die Stadt Farikein ihr Dasein verdankt?* Nach aller ihrer Herrlichkeit sind sie ins Grab gestiegen, und so werden auch wir einst vergehen, denn nur der erhabene, barmherzige Gott allein bleibt ewig.«

Der Erzähler fährt fort: Der Emir Musa bewunderte diese Inschrift und schrieb sie ab, stieg dann wieder vom Berg herab und sagte den Führern und den anderen Leuten, die ihn umgaben: »Wie fangen wir es an, um in

* Beide Städte liegen in der Provinz Diarbekr.

diese Stadt zu kommen, ihre Wunder zu sehen und ihre Schätze zu nehmen?« Der Führer antwortete: »O Fürst, wenn du in die Stadt willst, so müssen wir eine lange Leiter machen, um über die Mauer zu steigen, vielleicht können wir dann, so Gott will, die Tore öffnen.« Musa fand diesen Rat gut und befahl sogleich seinen Leuten, Holz zu schneiden, und sie arbeiteten fünf Tage lang an einer langen Leiter, die bis zur Mauer hinaufreichte. Da sagte Musa: »Gottes Segen sei mit euch! Wer von euch will über die Mauer steigen und uns die Tore öffnen?« Einer von ihnen antwortete: »Ich will hinaufsteigen und euch öffnen.« Als er ganz droben war und einen Blick in die Stadt warf, schrie er mit lauter Stimme: »Bei Gott, schön!«, dann schlug er die Hände zusammen und sprang hinunter, brach den Hals und starb sogleich. Musa rief erschrocken: »Bei Gott! Der Mann ist tot!« Hierauf erhob sich ein anderer und sagte: »O Fürst! Der Mann war gewiß rasend, und darum ist er umgekommen; ich will auf die Mauer steigen und euch die Tore öffnen.« Musa erwiderte: »Tue das, Gott segne dich! Doch hüte dich, so davonzufliegen wie dein Gefährte!« Der Mann stieg auf die Mauer, und als er droben war, lachte er laut und rief: »Schön! Schön!«, dann schlug er die Hände zusammen, sprang die Mauer hinab und fiel tot hin. Da rief Musa: »Es gibt keinen Schutz und keine Macht, außer bei Gott, dem Erhabenen! Dies geschah nun dem Verständigen und Einsichtsvollen; fahren wir so fort, so gehen wir alle zugrund, ohne daß der Wunsch des Fürsten der Gläubigen erfüllt wird; was mögen wohl diese Männer gesehen haben, um sich selbst in den Abgrund zu stürzen?« Indessen stieg doch noch ein Dritter auf die Mauer, stürzte aber ebenfalls hinab, und ihm folgten noch viele von Musas Leuten.

Da sagte der Alte: »Hier kann niemand helfen als ich: der Erfahrene handelt anders als der Unerfahrene.« – »Ja, bei Gott!« rief Musa; »nur du darfst noch hinaufsteigen, und fliegst auch du davon, so ziehen wir weg und wollen nichts mehr von dieser Stadt sehen.« Der Alte stieg mit den Worten: »Im Namen Gottes, des Barmherzigen«, auf die Leiter, und als er droben war, lachte er und rief: »Schön, bei Gott, schön!« Er setzte sich dann ein wenig, stand wieder auf und sagte: »O Fürst, fürchte nichts; durch seinen barmherzigen Namen hat Gott die List der Teufel von dir gewandt.« Musa fragte: »Was siehst du?« Er antwortete: »Ich sehe zehn

Jungfrauen, schön wie der Mond, sie haben Haare, Mund und Hals wie Huris, sie rauben dem Besonnensten den Verstand und laden jeden, der sie ansieht, ein, zu ihnen zu kommen. Dem oben Stehenden scheint es dann, als wäre Wasser unten, und auch ich hatte schon im Sinn, hinunterzuspringen, da verbannte ich aber den Zauber durch den Namen Gottes, und nun sehe ich unsere Gefährten tot vor mir liegen.« Hierauf rief der Alte noch einmal: »Im Namen Gottes, des Barmherzigen!« und ging bis zu zwei kupfernen, nach den Regeln der Kunst angelegten Türmen mit zwei goldenen Toren, an denen aber weder Schloß noch Riegel zu sehen war.

Mitten am Tore war ein kupferner Reiter ausgehauen, welcher seine Hand ausstreckte, in deren Mitte war geschrieben: »O Wanderer, der du hierherkommst, willst du dieses Tor öffnen, so reibe zwölfmal den Nagel an meiner Brust, und sogleich wird sich dir das Tor mit der Erlaubnis des erhabenen Gottes öffnen.« Als der Alte dies tat, drehte sich der Reiter wie der Blitz herum, und das Tor öffnete sich; er stieg dann hinunter und kam in einen unterirdischen Gang, der zum Stadttore führte; aber auch dieses war mit Ketten und Schlössern verriegelt, viele Leichen lagen umher und allerlei Fahnen und Kriegsgeräte. Da dachte der Alte: Gewiß hat einer dieser Männer die Schlüssel zum Tore: er näherte sich ihnen daher und suchte, bis er den steinalten Torwächter fand, dem die Schlüssel zu Häupten lagen. Der Alte nahm die Schlüssel, räumte das Kriegsgerät weg und öffnete das Tor ganz allein, trotz seiner Höhe und Größe. Beim Öffnen des Tores vernahmen die Leute, die außen standen, ein Geräusch wie ein Donnern; freudig priesen die Leute Allah, sprangen dem Alten entgegen und wollten mit ihm in die Stadt gehen. Er aber sagte: »Nur ein Teil von euch komme mit mir, der übrige bleibe außen stehen.« Als der Alte hierauf an der Spitze der Hälfte seiner Leute die Straßen und die Märkte der Stadt durchzog, bewunderten sie die schönen Häuser, Schlösser und Bäche, die in der Stadt waren, und erstaunten über die vielen Leichen, die in den Straßen umherlagen. Auf dem Markte der Geldwechsler fanden sie alle Gerätschaften geordnet, aufgehängte Waagen, Gold und Juwelen, die niemand bewachte und niemand wegnahm, nur Leichen lagen dabei, die zum Teil schon in Verwesung übergegangen waren und nur noch die Knochen übrig hatten, als Warnung für Verständige. Sie kamen dann auf den Markt der Spezereihändler und sahen die Läden voll von dem feinsten Moschus, Ambra, Aloe und Kampfer, in Gefäßen von Elfenbein, Ebenholz, spanischem Messing und anderen Metallen, die so kostbar wie Gold waren und deren Eigentümer tot umherlagen. Hierauf gelangten sie an das königliche Schloß, das ganz unbewacht war; hier hingen Schwerter mit Gold verziert und daneben lagen tote Männer und Jünglinge, Schloßhüter und Adjutanten, deren Haut schon wie gedörrtes Fleisch aussah, und die man für Schlafende hielt. Musa blieb erstaunt vor ihnen stehen und pries Gott. Auf dem offenen Tore des Schlosses war mit goldenen und Azurbuchstaben geschrieben:

»Sei aufmerksam, o Mensch, auf das, was du hier siehst, und bedenke dein Ende, ehe du vergehst; betrachte diese Leute, die plötzlich verschieden und nun für all ihr Bemühen im Staube liegen. Schicke dir einen reichen Vorrat an heilbringenden Taten voraus, denn alle Bewohner dieser Erde müssen sie einst verlassen. Diese Männer haben viele Gebäude errichtet und viele Güter gesammelt, die ihnen nichts halfen, als die Todesstunde kam. Sie sind vom Gipfel des Ruhms in die Tiefe des Grabes gestiegen. Wehe einem solchen Sturz! Dann rief man ihnen in ihrem Grabe zu: Wo sind die Kronen und die Throne und aller Schmuck? Wo sind die verschleierten Gesichter, die einst als Muster der Schönheit galten? Und das Grab antwortete: Die Rose ist auf ihren Wangen verblichen, und, nachdem sie die besten Leckerbissen verzehrt, werden sie nun selbst ein Raub der Würmer.«

Musa weinte und fiel in Ohnmacht, und als er wieder zu sich kam, schrieb er die Verse ab; dann ging er ins Innere des Schlosses, da fand er vierzig einander gegenüberliegende sehr hohe Säle, voll mit Gold, Silber, Perlen und Edelsteinen. Im vordersten Saale war ein Thron von Elfenbein und Rubinen, mit dem reinsten Golde belegt, daneben erhob sich eine goldene Säule, auf deren Spitze ein Vogel stand mit einer Perle im Schnabel, welche wie ein Stern leuchtete. Auf dem Throne saß ein Mädchen, so schön wie die leuchtende Sonne, sie war in ein Kleid gehüllt, das ganz aus Edelsteinen war, und hatte eine Perlenschur am Hals, mit Moschus und Ambra ausgestopft, die das Reich eines Kaisers wert war. Dieses Mädchen sah Musah mit Gazellenaugen an, und sowohl ihr Blick, als der Glanz ihres Angesichts und die Schwärze der Haare machten den tiefsten Eindruck auf ihn. Als er sie aber grüßte und sie seinen Gruß nicht erwiderte, sagte der Alte: »Dieses Mädchen ist tot; ihre Augen sind herausgenommen und Quecksilber an ihre Stelle gegossen worden, so daß, sooft sie eine Luft anweht, man glaubt, sie bewegen sich.« Musas Auge fiel dann auf zwei Statuen, welche vor dem Mädchen standen; die eine war weiß, die andere schwarz, die eine hatte ein Schwert in der Hand, die andere eine

Lanze. Zwischen den beiden Statuen lag eine goldene Tafel auf den Stufen des Thrones mit einer silbernen Inschrift. Musa fand folgendes darauf:

»Im Namen Gottes, des Ewigdauernden, des Einzigen und Mächtigen, der allein durch die Dauer ausgezeichnet ist, während alle seine Diener vergehen, der den Tag und die Nacht leitet! O Wanderer, der du hierherkommst, denke nach über das, was du hier siehst vom Wechsel der Zeit, laß dich nicht verblenden von der Welt, sie ist trügerisch und treulos gegen ihre Anhänger. Ich habe mich auf sie verlassen und mich ihr ganz hingegeben, und doch, wie du siehst, hat sie mich verraten, so wie alle älteren Völker und vergangene Jahrhunderte; wenn du mich nicht kennst, so will ich dir sagen, wer ich war. Ich bin die Königin Tadmora, Tochter von Königen, welche so viele Länder beherrscht und so viele Menschen unterjocht; ich habe das größte Reich auf Erden besessen, ich war gerecht in meinen Urteilen und mild gegen meine Untertanen, aber auf einmal suchte mich und mein Volk der Tod heim. Es vergingen nämlich viele Jahre, und kein Tropfen Regen fiel vom Himmel und nichts Grünes wuchs auf der Erde. Nachdem wir unseren Vorrat verzehrt hatten, suchten wir uns Nahrung aus anderen Ländern zu verschaffen; aber die Leute, welche ausgegangen waren, um Lebensmittel zu holen, sagten, wenn sie sie mit Perlen aufgewogen und aufgemessen hätten, so wäre es ihnen auch nicht möglich gewesen, etwas herbeizuschaffen. Als uns nun keine Hoffnung mehr blieb, ergaben wir uns der Bestimmung und schlossen die Tore der Stadt. Wer nun herkommt, der nehme von diesen Gütern so viel er will, nur lasse er mir, was ich an meinem Körper an Kostbarkeiten trage, er fürchte Gott und entblöße mich nicht und lasse mir meine Ausstattung, dann wird euch auch Gott nicht mit Teurung und Hungersnot heimsuchen.«

Musa weinte heftig, schrieb alles ab, und sagte seinen Freunden: »Schafft Kamele herbei und beladet sie mit allen diesen Gütern.« Da sagte der Wesir: »Sollen wir wirklich das schönste, was dieses Mädchen besitzt, zurücklassen? Wir wollen es lieber dem Fürsten der Gläubigen bringen.« Musa antwortete: »Hast du das Verbot auf der Tafel nicht gelesen?« Der Wesir erwiderte: »Und darum sollen wir diese kostbaren Perlen und Edelsteine hierlassen? Dieses Mädchen ist doch tot, was tut sie mit diesem irdischen Schmucke? Ein baumwollenes Kleid genügt ihr. Nimmst du ihn nicht, so nehme ich ihn und bringe ihn dem Fürsten der Gläubigen.« Mit diesen Worten stieg er zu ihr hinauf; als er aber zwischen den beiden Statuen stand, schlug ihm die mit dem Schwerte den Kopf ab und die mit der Lanze spaltete ihm den Rücken. Da sagte Musa: »Gott habe kein Mitleid mit deiner Seele! Warum warst du so habgierig?« Nachdem hierauf Musas Leute ihre Kamele mit Gold und Edelsteinen und anderen Kostbarkeiten beladen hatten, verließen sie die Stadt und reisten am Ufer des Meers einen ganzen Monat lang, bis sie an einen hohen Berg kamen, in welchem viele Höhlen ausgegraben waren. Auf dem Berge standen viele schwarze Menschen in Häute gekleidet, die kein Wort sprachen. Als sie Musas Truppen sahen, flüchteten sie sich in ihre Höhlen mit ihren Frauen und Kindern und sahen schüchtern zu Musa und seinen Leuten auf.

Musa fragte den Alten: »Wer sind diese Leute?« Er erwiderte: »Es sind Leute, welche das besitzen, was du suchst.« Musa stieg vor dem Berge ab, und kaum hatte er sich in sein Zelt begeben, da kam der König der Schwarzen, der allein unsere Sprache redete, und grüßte ihn und seine Leute und fragte sie: »Wer seid ihr? Was wollt ihr? Was hat euch hierhergeführt?« Musa antwortete: »Der Fürst der Gläubigen, Abdul Melik, der Sohn Merwans, hat von unserem Herrn Salomo, dem Sohne Davids (Friede sei mit ihm!), gehört und von dem großen Reiche, das ihm der erhabene Gott geschenkt; auch hat er vernommen, wie Salomo über Genien, Tiere und Vögel regierte und die Widerspenstigen in kupferne Flaschen einsperrte, die er versiegelt in den Abgrund des Meers warf, dessen Wellen die Ufer eures Landes bespülen. Der Fürst der Gläubigen hat uns daher hierhergeschickt, um solche Flaschen aufzusuchen; und wir bitten dich nun, o König, uns behilflich zu sein, daß wir den Befehl des Fürsten der Gläubigen vollziehen können.« Der König versprach ihnen seinen Beistand und führte sie in die für Gäste bestimmte Wohnung, ließ alles Nötige dahin bringen und erwies ihnen viel Ehre. Musa fragte dann den König: »Welchen Glauben habt ihr und was betet ihr an?« Er antwortete: »Wir beten den Gott des Himmels an und glauben an Muhamed (Gottes Friede sei mit ihm!), der am Ende der Zeit wiedererscheinen wird.« Musa fragte: »Wer hat euch dies gelehrt? Ich sehe doch keinen Menschen bei euch?« Er antwortete: »An jedem Donnerstag steigt eine Feuersäule gegen den Himmel auf und wir sehen einen Mann auf dem Wasser gehen, welcher ruft: O ihr Söhne der Tiefe! Bekennet, daß es keinen Gott gibt, als den einzigen Gott, der keinen Gefährten hat, und daß Muhamed sein Diener und Gesandter ist. Wir beschworen ihn dann bei dem, den wir anbeten, er möge uns sagen, wer Muhamed sei, und er antwortete: Muhamed ist ein Prophet, der in späterer Zeit erscheinen und alle Religionen vernichten und Dienst des göttlichen Richters herstellen wird. Ich fragte ihn dann: Wer ist Gott, den du so beschreibst? Er antwortet: Sein Thron ist im Himmel und seine Herrschaft auf Erden; er ist einzig und mächtig, und dieser Mann lehrte uns die Grundpfeiler des Islams und das Gebet und Fasten.« Musa freute sich sehr, als er vernahm, daß diese Bergbewohner Muselmänner waren; er blieb drei Tage in der ihm angewiesenen Wohnung, dann ließ er Taucher kommen und sagte ihnen, er wünsche einige der Salomonischen Flaschen zu haben. Sie tauchten ins Meer, brachten drei kupferne Flaschen herauf und überreichten sie Musa mit vielen anderen kostbaren Geschenken.

Musa trat dann mit den Seinigen den Rückweg nach Bagdad* an, und als sie in der Nähe der Stadt waren, kamen ihnen die vornehmsten Bewohner derselben entgegen. Musa erzählte dem Fürsten der Gläubigen die Wunder, die er auf seinem Wege gesehen, sowie auch die Geschichte des Wesirs, der wegen seiner Gier nach dem Gewande des Mädchens getötet worden, und überreichte ihm die Flaschen und die Geschenke des Königs der Schwarzen, worüber sich der Fürst der Gläubigen sehr wunderte. Als er eine dieser Flaschen öffnete, stieg ein Rauch gen Himmel, der sich zu einem sehr häßlichen Geiste gestaltete, und schrie: »Gnade, o Prophet Gottes! Ich will nicht mehr so sein.« Der Kalif sagte: »Kehre wieder auf deinen Platz zurück.« Der Geist ging wieder in die Flasche, und Kalif versiegelte sie und ließ sie in seine Schatzkammer bringen und rief: »Wahrlich, dem Suleiman ist eine große Herrschaft verliehen worden.« Das ist's, was von der Geschichte der messingenen Stadt uns zugekommen. Aber nur Gott ist allwissend!

* Der Erzähler vergißt, daß Bagdad damals noch nicht existierte und daß unter dem Kalifen Abd Almelik Damask die Residenz war und daß Musa viel später als Abd Almelik lebte und Spanien eroberte.

Geschichte Ibn Manssurs und der Frau Bedur

Der Kalif Harun Arraschid hatte einst eine schlimme Nacht; er fühlte sich so beklommen, daß er sich von einer Seite zur anderen herumwälzte und nicht einschlafen konnte. Da sagte er zu Masrur: »Verschaffe mir ein Mittel zur Erheiterung.« Masrur sagte: »Willst du in den Garten gehen, der im Palast ist, und die Sterne aufgehen sehen und den Mond, der in ihrer Mitte sich im Wasser spiegelt?« Der Kalif antwortete: »Dazu habe ich keine Lust.« Da sagte Masrur: »Mein Herr! Du hast dreihundert Mädchen in deinem Schloß: wenn du willst, so gebiete ich einer jeden, sich allein in ihr Gemach zurückzuziehen; du machst dann die Kunde bei ihnen und unterhältst dich dabei.« Harun erwiderte: »O Masrur! Das Schloß ist das meinige und die Mädchen sind mein Eigentum, das macht mir keine Freude.« Da sagte Masrur: »So will ich deinen Gesellschaftern und den Dichtern befehlen, daß sie dir Gedichte rezitieren.« – Der Kalif versetzte: »Auch dafür habe ich jetzt keinen Sinn.« – »Nun«, versetzte Masrur, »laß mir den Kopf abschlagen, vielleicht wird dir dann besser.« Der Kalif lachte und sagte: »Sieh einmal, wer von den Gesellschaftern an der Tür ist.«

Masrur ging hinaus, kehrte wieder zurück und sagte: »Ali, der Sohn Manßurs, der Schalk aus Damaskus, ist an der Türe.« Der Kalif sagte: »Bring mir ihn her!« Ali grüßte den Kalifen. Dieser erwiderte ihm seinen Gruß und sagte: »O Sohn Manßurs! Erzähle mir doch eine deiner Geschichten.« Ali sagte: »Soll ich etwas Überliefertes erzählen, oder etwas, das ich mit Augen gesehen?« Der Kalif antwortete: »Erzähle lieber, was du selbst gesehen, denn etwas anderes ist, was man gehört hat, und etwas anderes, was man mit eigenen Augen sieht.« Da erzählte Ali: Wisse, ich habe jedes Jahr einen Gehalt von Mohamed, dem Sohne Suleimans, Statthalter von Baßrah, zu beziehen. Als ich einst nach meiner Gewohnheit zu ihm reiste, fand ich ihn bereit, auf die Jagd zu reiten; er lud mich ein, mit ihm zu reiten, ich sagte aber, daß ich nicht reiten könne, und bat ihn, mich in dem für Gäste bestimmten Hause zu lassen; er empfahl mich den Kammerherren, die mich mit viel Auszeichnung bewirteten. Da dachte ich: Bei Gott; wunderbar! Ich komme nun schon so lange nach Baßrah und kenne nichts als das Schloß des Statthalters und den Garten; wann werde ich so gut Zeit haben wie jetzt, umherzugehen und die Stadt zu sehen? Ich beschloß daher auszugehen, um auch zugleich mein Essen zu verdauen, zog daher meine schönsten Kleider an und ging allein in der Stadt herum, und du weißt, o Fürst der Gläubigen, daß Baßrah siebzig Quartiere hat, jedes siebzig Meilen groß; ich verirrte mich bald und wurde durstig. Auf einmal kam ich vor eine große Türe mit zwei messingnen Ringen und einem roten Vorhange, vor welcher ein paar Bänke, von Reben umschattet, standen. Ich setzte mich vor diese Tür und hörte eine rührende Stimme aus einer traurigen Brust folgende Verse rezitieren:

»Mein Körper ist ein Sitz der Krankheit und der Trauer geworden, wegen eines jungen Rehs, das fern von mir weilt. O ihr Zephire der Wüste, die ihr meinen Schmerz aufwühlet, kehrt ein bei ihm, ich beschwöre euch, und machet ihm Vorwürfe, vielleicht wendet er sich mir wieder zu. Gebt ihm gute Worte, wenn er aufhorcht, erzählt von Liebenden, seid gütig gegen mich und fragt ihn auf mich anspielend: Warum soll ich schuldlos durch Trennung verderben? Nie war ich ihm ungehorsam, nie brach ich den Liebesbund; lächelt er, so fraget ihn: was würde es schaden, wenn du ihr Wiedervereinigung gewährtest? Sie liebt dich, wie sie soll, und bringt ihre Nächte schlaflos in Tränen und unter Seufzen zu. Zeigt er sich gütig, so ist mein Wunsch erfüllt, findet ihr ihn aber zornig, so führt ihn irre und stellt euch, als kennt ihr mich nicht.«

Ich dachte: ich möchte wohl mit meinen Augen die Person sehen, die eine so schöne Stimme hat. Ich näherte mich der Tür und hob den Vorhang auf: da sah ich ein weißes Mädchen, schön wie der Mond, mit sich aneinander schließenden Augenbrauen, mit Augen und als, wie die einer Gazelle, Lippen wie Karneol. Ihr Mund glich Salomons Siegelring, ihre Zähne den klarsten Perlen, ihr Busen Granatäpfeln und ihre Brust dem Marmor eines Badehauses, wie ein Dichter sagte:

»Wenn sie sich nähert, bringt sie den Tod, und wenn sie den Rücken kehrt, verwunden ihre Pfeile jedes liebende Herz. Sie gleicht der Sonne und dem Mond, doch ist es nicht ihre Art, sich fernzuhalten, in ihren Armen öffnet sich die Pforte des Paradieses und über ihrem Hals strahlt der Vollmond.«

Als das Mädchen mich erblickte, sagte es ihrer Sklavin: »Sieh, wer an der Tür ist.« Die Sklavin kam zu mir und sagte: »O alter Mann, schämst du dich nicht, mit deinem grauen Haar in ein fremdes Haus einzudringen, um anderer Leute Frauen zu sehen?« Ich antwortete: »Entschuldige mich, ich bin hier fremd und sterbe halb vor Durst.«

Da rief das Mädchen eine ihrer Sklavinnen und sagte ihr: »Gib ihm aus dem goldenen Becher zu trinken.« Sie brachte mir einen goldenen Becher, mit Perlen und Edelsteinen besetzt, nach Moschus duftend und mit einem grünen seidenen Tuche zugedeckt. Ich trank langsam und warf dem Mädchen verstohlene Blicke zu, dann gab ich den Becher zurück und blieb stehen. Da sagte das Mädchen: »Was willst du noch?« Ich erwiderte: »Ich denke über den Wechsel des Schicksals nach.« – »Du hast

recht: die Zeit übt Wunder; doch, was veranlaßt dich dazu?« – »Ich dachte an den Besitzer dieses Hauses, der mein Freund war.« – »Wie hieß er denn?« – »Sein Name war Mohamed, der Sohn Alis, des Juweliers; er war ein sehr reicher Mann: hat er wohl Kinder hinterlassen?« – »Eine Tochter, welche Bedur heißt und sein ganzes Vermögen geerbt hat.« – »Mir ist, als wärest du diese Tochter.« – »Ja, die bin ich auch; doch hast du nun lange genug geschwatzt, geh jetzt deines Wegs.« – »Gut; doch ich sehe schwere Sorgen auf deinem Gesicht: mache mich mit deinem Schicksal bekannt, vielleicht kann ich dir helfen.« – »Wenn du ein zuverlässiger Mann bist, so will ich dir mein Geheimnis vertrauen: doch sage mir zuerst, wer bist du denn?« – »Meine Dame, ich bin Ali, der Sohn Manßurs, der Schalk aus Damaskus, der Tischgenosse Harun Arraschids, der Fürsten der Gläubigen.« Als sie meinen Namen hörte, stieg sie vom Sofa herunter, grüßte und bewillkommte mich und sagte: »Ich liebe und bin von meinem Geliebten getrennt.« – »Du bist ja so vornehm und hübsch, und liebst gewiß auch nur einen edlen Mann.« – »Ich liebe Djubeir, den Emir der Söhne Scheiban, den schönsten und gebildetsten Mann seiner Zeit.« – »Wechselt ihr keine Briefe miteinander und habt ihr keine Zusammenkünfte?« – »Freilich! doch ist noch kein Ehekontrakt zwischen uns geschlossen.« – »Und wie habt ihr euch denn entzweit?« – »Eines Tages machte mir diese Sklavin hier die Haare, und als sie mir meine Zöpfe geflochten hatte, gefiel ich ihr so gut, daß sie über mich herfiel und mir die Wangen küßte. Djubeir trat plötzlich herein, und als er dies sah, ging er zornig weg, und seither läßt er nichts mehr von sich hören.« – »Und was kann ich jetzt für dich tun?« – »Bring ihm einen Brief von mir: wenn er dir eine Antwort gibt, so sollst du fünfhundert Dinare von mir haben; wo nicht, gebe ich dir hundert Dinare für deine Mühe.« Als ich mich dazu bereit erklärte, ließ sie sich von einer Sklavin Tinte und Papier bringen und schrieb folgende Verse:

»O Geliebter! wie lange soll noch dieser Zustand dauern? wo ist unsere frühere Liebe hingekommen? wie lange soll noch der Schlaf mich fliehen? wann werde ich dein altes Gesicht wiederfinden? Gewiß hast du den Verleumdern dein Ohr zugeneigt, aber hüte dich, ihren falschen Worten zu glauben. Bei deinem Leben! sprich, was hast du von ihnen gehört? du weiß es ja, sei nur gerecht! Bedenke, wie leicht jedes Wort verunstaltet werden kann; ist nicht selbst die Thora, das Wort Gottes, von einem ganzen Volke verfälscht worden?* Wie oft haben sich schon falsche Gerüchte verbreitet! Hat Jakob geglaubt, Joseph habe gestohlen? Einst wird ein furchtbarer Tag kommen, wo du und ich und meine Verleumder alle zusammentreffen werden.«

Sie versiegelte den Brief und überreichte ihn mir. Ich ging zu Djubeir und wartete in seinem Haus, bis er von der Jagd zurückkam. Als ich ihn auf seinem Pferd sah, verblendete mich seine Schönheit ganz. Er kannte mich aber, grüßte und umarmte mich, und ich glaubte die ganze Welt zu umarmen; er führte mich dann in sein Haus und ließ mich auf sein Sofa sitzen. Nachdem wir ausgeruht waren, wurde ein Tisch, vom feinsten Holz aus Chorasan, mit allerlei Backwerk, Braten und süßen Speisen beladen, vor uns aufgestellt.

Als mich Djubeir zum Essen einlud, schwor ich: »Bei Gott, ich werde keinen Bissen essen, bis du mein Anliegen anhörst.« Er fragte: »Und worin besteht es?« Da überreichte ich im Bedurs Brief. Als er ihn gelesen und den Inhalt verstanden hatte, zerriß er ihn, warf ihn auf den Boden und sagte: »O Ibn Manßur! was du auch für ein Anliegen haben magst, ich will es dir gern gewähren, doch diesen Brief werde ich nicht beantworten.« Ich stand zornig auf, aber er hielt mich am Kleid fest und sagte: »Ich will dich etwas fragen.« – » Was denn?« – »Hat dir nicht die Schreiberin dieses Briefs fünfhundert Dinare versprochen, wenn du ihr eine Antwort bringst, und hundert Dinare für deinen Gang?« – »Ja.« – »Nun, bleibe heute bei mir, iß und trink, du sollst von mir fünfhundert Dinare haben.« Ich blieb bei ihm, wir aßen und tranken und unterhielten uns mit allerlei Erzählungen. Dann sagte ich: »Mein Herr! gibt es keinen Gesang in deinem Hause?« Er erwiderte: »Bei Gott, du hast recht, wir trinken schon gar zu lange ohne Musik.« Er rief hierauf eine Sklavin aus ihrem Gemache; sie kam mit einer fein polierten Laute in einem seide-

* Die Muselmänner glauben, das jetzt vorhandene alte und neue Testament sei nicht das von Gott geoffenbarte.

nen Sack, setzte sich, legte sie auf ihren Schoß, präludierte ein wenig und sang dann folgende Verse:

»Wer die Süßigkeit und das Bittere der Liebe nicht kennt, der weiß die Nähe des Geliebten von seiner Anwesenheit nicht zu unterscheiden. Wer nicht den rechten Pfad in der Liebe wandelt, dem sind sanfte und rauhe Pfade gleich. Ich habe mich der Liebe hingegeben, bis ich mit ihren Freuden und ihrem Leid vertraut wurde. Ich habe den Kelch der Liebe so weit geleert, daß ich vor Freien und vor Sklaven mich demütigte. Wie manche Nacht hat mein Geliebter bei mir zugebracht und mich aus seinem Munde Wonnetrank küssen lassen. Aber die Nacht unserer Vereinigung war so kurz, als hätte die Morgenröte den Abend berührt; dann hat das Schicksal gelobt, uns zu trennen und bald hat es sein Gelübde erfüllt. Doch wer kann sich der Bestimmung widersetzen? welcher Sklave kann den Befehl seines Herrn trotzen?«

Als die Sklavin diese Verse gesungen hatte, schrie ihr Herr laut auf und fiel in Ohnmacht. Die Sklavin sagte mir: »Möge dich Gott nicht strafen! wir trinken schon lange ohne Gesang und unser Herr bleibt ruhig. Nun gehe in dein Gemach, dort ist ein Bett für dich, unser Herr wird diese Nacht nicht mehr zum Bewußtsein zurückkehren.«

Ich schlief in meinem Zimmer bis zum folgenden Morgen, da kam ein Junge und brachte mir fünfhundert Dinare und sagte: »Hier ist, was mein Herr dir versprochen, du brauchst nicht zu dem Mädchen zurückzugehen, niemand hat uns gehört, und wir werden alles verschweigen.« Ich nahm den Beutel, ging fort und dachte: Das Mädchen erwartet dich, bei Gott! ich muß zu ihr und ihr erzählen, was zwischen mir und ihrem Geliebten vorgefallen, sie wird sonst über mich und alle meine Landsleute schimpfen. Als ich zu ihr kam, sagte sie, sobald sie mich sah: »Deine Sendung ist nicht gelungen.« – »Woher weißt du das?« – »Soll ich dir noch mehr sagen? als du ihm den Brief gabst, zerriß er ihn, warf ihn weg und sagte dir, er wolle dir alles gewähren, nur diesen Brief nicht beantworten. Du standest dann zornig auf, er hielt dich aber zurück, bot dir fünfhundert Dinare an und hieß dich den Tag über bei ihm bleiben. Du unterhieltst ihn dann, eine Sklavin kam zuletzt und sang, bis Djubeir in Ohnmacht fiel.« – »Warst du denn bei uns?« – »Weißt du nicht, was einmal ein Dichter sagte:

›Die Herzen der Liebenden sehen besser als anderer Menschen Augen.‹«

Bedur fuhr dann fort: »O Ibn Manßur! es vergeht kein Tag und keine Nacht über etwas, ohne daß eine Veränderung damit vorgehe.« Sie hob dann ihr Aug gen Himmel und sprach: »Mein Gott und mein Herr! verpflanze die Liebe, die ich für Djubeir fühle, in sein Herz.« Hierauf gab sie mir hundert Dinare, ich verließ sie und ging zum Statthalter von Baßrah, der von der Jagd zurück war, nahm meinen Gehalt in Empfang und kehrte wieder nach Bagdad zurück. Als ich im folgenden Jahre wieder nach Baßrah kam und nach vollendetem Geschäft nach Bagdad zurückreisen wollte, dachte ich: bei Gott! ich will doch einmal sehen, was zwischen Bedur und ihrem Geliebten sich ereignet hat; ich ging nach ihrem Haus, da fand ich vor der Tür rein gekehrt und gespritzt, ich sah schöne Teppiche und eine Menge Diener und dachte: gewiß hat der Gram das Mädchen getötet, und nun wohnt irgendein Emir in ihrem Hause. Ich ging weg und begab mich nach Djubeirs Wohnung, da fand ich die Bänke zerstört und kein Diener war an der Türe, ich dachte: der ist gewiß auch gestorben, blieb eine Weile an der Türe stehen und Sprache folgende Trauerverse:

»O meine Freunde! sie sind dahin und mein Herz folgt ihnen; o kehrten sie doch wieder, das wäre ein Festtag für uns. Ich stehe vor eurer Wohnung und klage und weine; ich frage die trauernden Ruinen des Hauses: wo sind die, welche so selig in euren Mauern waren? Ziehe weiter (antworten sie), die Freunde sind ausgewandert und ruhen unter der Erde. Möge uns Gott ihre schönen Handlungen nach allen Seiten hin vorführen, und ihre Verdienste nie verhüllen!«Während ich so die Bewohner dieses Hauses betrauerte, trat ein schwarzer Sklave zu mir heraus und sagte: »O hätte dich deine Mutter doch nie geboren! was betrauerst du dieses Haus so?« Ich antwortete: »Es gehörte einem meiner Freunde.« – »Wie hieß er denn?« – »Djubeir; sage, was ist ihm denn geschehen?« – »Er ist ganz wohl, nur hat ihn Gott mit der Liebe eines Mädchens heimgesucht, welches Bedur heißt, und die Liebe hat ihn in einen harten Felsenstein verwandelt; wenn er hungert, fordert er nicht zu essen, und wenn er dürstet, sagt er nicht: gebt mir zu trinken.« – »Fragt ihn einmal, ob ich ihn besuchen darf.« – »Mein Herr! willst du einen verständigen Mann oder einen Verrückten besuchen?« – »Ich muß jedenfalls zu ihm.« Der Sklave führte mich zu Djubeir, ich redete ihn an, er blieb aber wie ein Stein und sprach kein Wort. Eine seiner Sklavinnen sagte mir dann: »Rede ihn in Versen an, sonst wird er dir nicht antworten.« Ich richtete folgende Verse an ihn:

»Hast du Bedurs Liebe vergessen, oder tust du dir Gewalt an? Durchwachst du deine Nächte, oder schläft dein Auge? Wenn deine Tränen reichlich fließen, so wisse, daß deine Schuld die größere ist.«

Da öffnete er seine Augen, hieß mich willkommen und sagte: »Nun ist der Scherz Ernst geworden.« Ich sagte: »Mein Herr! bedarfst du mein?« Er antwortete: »Ich will dir einen Brief mitgeben: bringst du mir Antwort, so sollst du tausend Dinare; wo nicht, so gebe ich dir zweihundert Dinare für deinen Gang.« Ich sagte: »Tue, was dir gut dünkt.«

Djubeir ließ sich von einer Sklavin Tinte und Papier bringen und schrieb folgende Verse:

»Ich beschwöre Euch bei Gott, habt Geduld mit mir, denn die Liebe hat mir den Verstand geraubt. Einst schätzte ich die Liebe gering und hielt sie für etwas Leichtes, nun hat sie sich meiner bemächtigt und treibt mich auf einem stürmischen Meer wild umher, und ich entschuldige ihre Opfer. Habt nun Mitleid mit mir und beglückt mich mit Eurer Nähe.«

Er versiegelte dann den Brief und überreichte mir ihn. Ich ging damit zu Bedur und hob den Vorhang wie früher ein wenig zurück; da sah ich zehn Jungfrauen wie der Mond und in ihrer Mitte war Bedur, welche man keinen Kummer mehr ansah. Als sie mich erblickte, bewillkommte sie mich und hieß mich hereinkommen; ich näherte mich ihr, grüßte sie und überreichte ihr Djubeirs Brief. Als sie ihn gelesen und verstanden hatte, sagte sie lachend: »Ein Dichter hat gesagt:

»Ich ertrage standhaft deine Liebe und warte mit Geduld, bis wieder ein Bote von dir zu mir kommt.«

Nun, Ibn Manßur, ich will ihm antworten, damit er dir gebe, was er dir versprochen.« Ich dankte ihr, sie ließ sich von einer Sklavin Tinte und Papier bringen und schrieb folgende Verse:

»Warum habt Ihr mich verlassen, als ich Euch treu war? Warum wart Ihr ungerecht, als ich gerecht war? Ihr allein habt die Trennung gewollt,

als ich sorgsam die Liebe pflegte und Eure Ehre schonte. Nun habe ich mit eigenen Augen gesehen und auch von anderen gehört, was mir an Euch mißfällt. Soll ich mich erniedrigen und Euch länger verehren? Wahrlich, hättet Ihr mich geehrt, so wäret Ihr auch von mir geehrt worden, nun will ich aber mein Herz von Euch abwenden und Eure Liebe ganz abschütteln.«

Ich sagte: »Bei Gott! Meine Herrin, dieser Brief wird ihm den Tod geben.« Ich zerriß ihn und bat sie, andere Verse zu schreiben. Sie schrieb:

»Ich bin getröstet und der Schlaf ergötzt mein Auge wieder, denn die Tadler haben mir alles berichtet; mein Herz hat Euch nun vergessen und meine Augenlider wollen nicht länger wachen.«

Ich sagte: »Bei Gott! Meine Herrin, sobald er diese Verse zu Gesicht bekommt, wird die Seele aus seinem Körper entfliehen.« Sie versetzte: »Nun, Ibn Manßur, soweit ist es gekommen.« Ich erwiderte: »Er verdient noch mehr als dies, aber Verzeihung ist eine Tugend edler Menschen.«

Sie ließ sich dann wieder Tinte und Papier reichen und schrieb mit Tränen im Auge einen Brief, wie ihn niemand im Diwane zu schreiben imstande wäre. Es waren auch folgende Verse darin:

»Wie lange noch so hochmütig und so ungerecht? Solltest du geheilt sein, während mein Herz mächtig pocht? Habe ich, ohne es zu wissen, gefehlt, so sage mir, was war mein Vergehen? Du bist mir teurer als der Schlaf meinen Augen; hast du den Liebeskelch geleert, so tadle mich nicht, wenn du mich betrunken siehst.«

Als Bedur geschrieben hatte, versiegelte sie den Brief, ich sagte: »Dieser Brief muß jeden Kranken heilen«, nahm ihn und ging damit fort; da rief sie mir noch nach: »Sage ihm, ich werde diesen Abend sein Gast sein.« Ich freute mich sehr und eilte zu Djubeir, dessen Augen stets nach der Tür gerichtet waren, weil er eine Antwort erwartete: Sobald er den Brief gelesen hatte, schrie er laut auf und fiel ihn Ohnmacht. Als er wieder zu sich kam, sagte er: »O Ibn Manßur! hat Bedur diesen Brief mit ihrer Hand geschrieben?« Ich erwiderte: »Mein Herr! schreiben denn die Leute mit den Füßen?« Und bei Gott, kaum hatte ich dies gesagt, so hörten wir schon das Geklirr ihrer Fußringe. Als Djubeir sie sah, sprang er auf und umarmte sie, als hätte er gar keinen Schmerz mehr. Dann setzte er sich nieder; sie aber blieb vor ihm stehen, und als ich sie fragte, warum sie nicht neben ihm Platz nehme, sagte sie: »Ich setzte mich nur unter einer Bedingung.« Ich fragte, was das für eine Bedingung wäre? Sie erwiderte: »Das ist ein Liebesgeheimnis, das niemand wissen darf.« Sie sagte dann Djubeir etwas ins Ohr, worauf dieser antwortete: »Recht gerne.« Dann sprach er geheim mit einem seiner Sklaven, der sogleich wegging und bald wieder mit dem Kadi und zwei Zeugen zurückkam. Djubeir holte einen Beutel mit tausend Dinaren und sagte zum Kadi: »Schreibe den Ehekontrakt zwischen mir und diesem Mädchen, hier sind tausend Dinare als Morgengabe.«

Der Kadi fragte sie, ob sie einwillige, und als sie seine Frage bejahte, schrieb er den Kontrakt. Bedur nahm dann eine Handvoll Gold, gab es dem Kadi und den Zeugen und reichte Djubeir das übrige Geld zurück. Ich blieb dann in angenehmster Unterhaltung bei ihnen, bis der größte Teil der Nacht vorüber war. Dann dachte ich: Hier sind zwei Liebende, die lange getrennt waren, ich will sie nun allein lassen. Als ich aber aufstand, hielt mich Bedur zurück und sagte: »Was ist dir eingefallen? Du hast gewiß gedacht, wir wollten allein sein, aber bleibe nur sitzen, wir wollen dir schon sagen, wenn du gehen sollst.« Ich blieb noch bei ihnen bis nahe am Morgen. Dann hieß mich Bedur in ein Zimmer gehen, wo ein Bett für mich war, und ich schlief bis in den Tag hinein.

Als ich aufstand, kam ein Diener mit einem Waschbecken, ich wusch mich und betete das Morgengebet. Da kamen Djubeir und seine Frau aus dem Bad, das im Hause war, und preßten ihre Locken aus; ich wünschte ihnen guten Morgen und Glück zu ihrer Vereinigung und sagte: »Wer ein frommes Versprechen macht und es hält, dem geht es gut.« Djubeir erwiderte: »Du hast recht und verdienst es.« Er rief dann seinen Schatzmeister und ließ mir tausend Dinare geben. Ich sagte aber: »Ich werde nichts nehmen, bis du mir erzählst, warum du sie wieder so heftig geliebt, nachdem du so lange von ihr getrennt bliebst.« Er antwortete: »Wisse, wir haben ein Fest, man nennt es das Schifferfest, da fahren alle Leute im Nachen spazieren. Ich fuhr auch mit meinen Freunden aus, da sah ich einen Nachen mit zehn Mädchen darin wie der Mond; Bedur war in ihrer Mitte und hatte ihre Laute bei sich. Ich folgte ihrem Nachen und hörte, wie sie sang:

»Feuer ist kälter als die Flamme meines Herzens, Felsen sind weicher als das Herz meines Geliebten; ich wundere mich über seine sonderbare Natur: wie schlägt ein so hartes Herz in einem Körper, welcher sanfter ist als Wasser?«Ich bat sie, diese Verse zu wiederholen, aber sie weigerte sich. Da sagte ich den Matrosen, sie sollten ihr Orangen nachwerfen, und sie taten dies in solchem Maße, daß ich befürchtete, ihr Nachen möchte untergehen; hierauf ging sie ihres Weges fort und meine Liebe zu ihr nahm zu.« Ich wünschte ihnen dann noch einmal Glück zu ihrer Wiedervereinigung, nahm die tausend Dinare und kehrte in mein Heimat zurück.

Der Kalif war durch diese Geschichte zerstreut und sein Geist heiterte sich wieder auf.

In der nächsten Nacht begann Scheherazade die

Geschichte der sechs Mädchen

Einst saß Mamun, der Fürst der Gläubigen, in seinem Schloß, von vielen Dichtern, Gesellschaftern und Staatsräten umgeben; da wendete er sich zu einem seiner Tischgenossen, sein Name war Mohamed, und sagte ihm: »Erzähle mir etwas, was ich nie gehört.« Mohamed fragte: »Soll ich etwas erzählen, was ich selbst gesehen, oder was ich gehört habe?« Mamun erwiderte: »Erzähle, was du gesehen, das ist doch besser, als was man nur gehört hat.« Da begann Mohamed:

Ein reicher Kaufmann aus dem südlichen Arabien, der sich in Bagdad niederließ, hatte sechs Sklavinnen: die eine war weiß, die andere braun, die dritte stark, die vierte mager, die fünfte gelb und die sechste schwarz; alle aber hatten schöne Gesichtszüge und besaßen einen hohen Grad von Bildung und große Fertigkeit in Gesang und Musik. Eines Abends, als die alle beisammen waren, gegessen, getrunken, Verse rezitiert und gesungen hatten, sagte ihnen ihr Herr: »Ihr habt doch alle den Koran gelesen, seid in der alten Geschichte bewandert und kennt die besten Gedichte; bewähret nun eure Belesenheit dadurch, daß eine jede von euch ihre Vorzüge und die Mängel der anders Aussehenden hervorhebe und Belege

dafür aus dem Koran, aus Dichtern und alten Sagen anführe.« Da erhob sich die weiße Sklavin und sagte, zur schwarzen hinblickend: »Wehe dir! ich bin das helle Licht und der klare Mond. Meine Farbe ist die der weißen Rose, des freundlichen Tages, der schimmernden Sterne. Auch hat der Prophet Gottes gesagt: Die, deren Gesicht weiß (unschuldig) ist, werden ewig in der Gnade Gottes verharren; die Muselmänner sind durch weiße Turbane von den Ungläubigen unterschieden, auch fällt der Schnee weiß vom Himmel herunter. Ich könnte noch unendlich viele Vorzüge der weißen Farbe herzählen, aber ich gehe lieber zu deinen Mängeln über, du schwarzes Werk eines Schmieds, du Trennung bringender Rabe. Kennst du nicht die Worte des Dichters:

»Kostbar ist die weiße Perle, aber schwarze Kohlen haben nur geringen Wert; ein weißes Gesicht verkündet Glück und Freude, ein schwarzes deutet auf eine Höllennatur.«

Du wirst auch wohl wissen, daß die Schwarzen von Cham abstammen, den Noah wegen seiner Unbescheidenheit verfluchte und nach Abessinien verbannte; auch stimmen alle Leute darin überein, daß die Schwarzen wenig Verstand haben, und es gibt ein Sprichwort, ein Schwarzer und ein Verständiger trifft nie zusammen.« Auf den Wink ihres Herrn erhob sich dann die Schwarze und sagte, ihre Hand gegen die Weiße hinstreckend: »Weißt du nicht, daß Gott im Koran schwört: Bei der Nacht, wenn sie dunkelt; bei dem Tage, wenn er leuchtet: wäre die Nacht etwas Verächtliches, so hätte Gott nicht dabei geschworen und sie dem Tage vorgesetzt; ist nicht schwarzes Haar die Zierde des Mannes, während weißes nur freudenloses Leben und nahen Tod bringt? Wäre die schwarze Farbe nicht die kostbarste, so fände sie nicht mitten im Herzen und im Auge Platz. Ist ferner nicht die Nacht der Liebenden hold? ist das Wort Gottes nicht mit schwarzer Tinte geschrieben, und sind Moschus und Ambra nicht auch schwarz? Du rühmst dich deiner weißen, kalten, aussatzartigen Farbe, und denkst nicht daran, daß auch Schnee und Hagel die Pein der Hölle vermehren. Auch hat ein Dichter gesagt:

›Was ist kostbarer, als Moschus? was wohlfeiler, als Gips? das Weiße im Auge nützt gar nichts, nur das Schwarze hat hohen Wert.‹«

Der Kaufmann ließ die Starke aufstehen, welche ihren Arm und ihre Beine entblößte und, nach der Schmächtigen hindeutend, sagte: »Gepriesen sei Gott, der mich so fett geschaffen und in seinem edlen Buche den Vorzug des Fetten hervorgehoben, in dem es heißt: »Und er (Abraham) brachte ein fettes Kalb.« Ich gleiche einem Garten mit Pfirsichen und Granatäpfeln und allerlei Blumen, jedermann ißt lieber einen fetten als einen magern Vogel oder Hammel; soll ich lange mit der Magern rechten, mit ihren Spatzenbeinen und Ofengabeln, mit ihrem galgenholzigen Körper, aus dem überall Hörner hervorstehen?« Der Kaufmann lachte und hieß sie sitzen; auf seinen Wink begann die Magere: »Gelobt sei Gott, der mir eine so reizende Gestalt verliehen! Ich habe nie gehört, daß jemand seine Geliebte einem Elefanten oder einem fetten Kamele verglichen, sondern dem Zweige des Ban, einem indischen Rohre oder einer durstigen Gazelle. Ich bin immer frisch und munter, bewege mich leicht, wie ein Spatz, und sättige mich mit wenigem. Doch du, Fettleibige, wärest freilich zum Schlachten gut, aber auch sonst zu nichts; du bist immer ernst und düster; gehst du, wirst du müde; sitzest du, kannst du nicht mehr aufstehen; bist du am Essen, wirst du nimmer satt; schläfst du, wirst du nicht mehr wach und schnarchst wie ein geschlachteter Ochs. Du gleichst, wie ein Dichter sagte:

›einem aufgeblasenen Schlauche, bist unbeweglich, wie ein Berg, und triffst du einmal im äußersten Westen auf, so hört man dich im fernsten Osten.‹«

Auf den Wunsch des Kaufmanns erhob sich dann die Gelbe und sagte, sich zur Braunen wendend: »Meine Farbe hat der Barmherzige über jede andere erhoben, indem es von ihr heißt: sie sei gelb, von einer Farbe, die jedes Auge erfreut. Meine Farbe ist die der Dinare, der Sterne, des Mondes, der Äpfel und des Safrans. Von mir hat ein Dichter gesagt:

»Meine Geliebte gleicht der strahlenden Sonne, ihre Farbe ist dem Auge angenehm wie Dinare, ihr Anblick ist erfreulicher als Safran.«

Weißt du aber, wessen Farbe du an dir trägst? Die eines Büffelochsen, den jeder flieht, und anderer Dinge, die jeder verabscheut, eines giftigen Rosts, eines Wolfsknies, eines Sandhaufens. Du hast eine Zwitterfarbe, die niemand mag; es gibt weder braune Rosen noch braunes Gold.« Endlich stand die Braune auf und rief: »Gelobt sei Gott, der mich nicht weiß, nicht schwarz und nicht gelb geschaffen; denn meine Farbe ist die beliebteste und die von Dichtern am meisten gepriesene; was wird bei Mädchen und Jünglingen mehr besungen als ein braunes Mal auf den Wangen? Am wenigsten aber beneide ich dich, du gelbe Nachteule, du elfenbeinfarbiger Höllenfraß, du ekelhafter Brei. Von dir hat ein Dichter gesagt:

›Wenn ich eine Gelbe sehe, so glaube ich, sie sei krank, und soll ich mich ihr nähern, fühle ich mich so beklommen, als müßte ich ins Grab steigen.‹«

Der Kaufmann stellte dann wieder den Frieden unter ihnen her und schenkte jeder ein schönes Kleid und überschüttete sie mit Gold und Edelsteinen.

Als der Kalif diese Geschichte hörte, lachte er, bis er umfiel, dann ließ er durch Mohamed die sechs Sklavinnen für sechstausend Dinare kaufen. Aber bald nachher erhielt er vom Kaufmann folgende Verse:

»Sechs Schönheiten haben mein Herz gestohlen, und meine Freude ist mit ihnen dahin; sie waren mein Gehör; mein Gesicht, meine Nahrung, mein Schlaf, mein Leben; mein Bedauern ist so groß; daß ich mich nach dem Grabe sehne.«

Diese Verse rührten den Kalifen so sehr, daß er dem Kaufmann seine Sklavinnen wieder zurückschickte und ihnen kostbare Kleider und noch sechstausend Dinare dazu schenkte.

Parabeln

Es war vor alten Zeiten ein Pfau, der mit seiner Gattin einen Wald, in welchem viele andere Tiere sich aufhielten, am Ufer des Meeres bewohnte. Des Nachts verbargen sie sich daher in einem der Bäume, aus Furcht vor wilden Tieren, und des Tages flogen sie umher, um Nahrung zu suchen. Sie lebten lange so fort, bis ihnen einmal der Gedanke kam, einen anderen Wohnort zu suchen, wo sie sicherer und ruhiger leben könnten. Da kamen sie auf eine fruchtbare Insel, die reich an Bäumen und Gewässern war, ließen sich da nieder und aßen und tranken. Auf einmal kam eine Ente zu ihnen, welche gar zu ängstlich aussah und furchtbar zitterte. Der Pfau dachte: der muß gar Schlimmes widerfahren sein; er stieg von seinem Baum herunter, grüßte sie und bat sie, ihm zu erzählen, was ihr begegnet. Nachdem sie seinen Gruß erwidert hatte, sagte sie: »Schütze mich gegen die Menschen und sei selbst auf deiner Hut! gelobt sei Gott, der mich von meiner Angst erlöst und mich zu euch geführt hat, wie sehr habe ich mich nach eurer Nähe gesehnt; laß nur auch dein Weibchen heruntersteigen, daß es höre, was mir zugestoßen.« Das Weibchen kam auch herunter, bewillkommnete die Ente und sagte ihr: »Sei nur ohne Furcht, woher soll ein Mensch auf diese Insel, inmitten im tobenden Meer, kommen? sei nur ganz ruhig, es kann niemand zu uns gelangen; erzähle mir, was dir zugestoßen und warum du die Menschen so fürchtest?« Da begann die Ente: »Wisse, o Pfau! ich bringe nun mein ganzes Leben schon in Sicherheit auf dieser Insel zu und wußte von nichts Bösem. Eines Nachts erschien mir im Traum ein Mensch, der sich mit mir unterhielt; darauf hörte ich eine Stimme, welche mir zurief: O Ente! hüte dich vor dem Menschen, laß dich nicht verführen durch seine süßen Worte, denn du hast nur Unglück von ihm zu erwarten, weil er gar zu listig ist. Nimm dich wohl in acht, denn wisse, daß der Mensch durch List die größten Meerungeheuer zu fangen versteht, mit seiner Flinte die Vögel in der Luft zu sich herunterzieht und den Elefanten in eine Grube stürzt. Niemand ist vor der List der Menschen sicher, kein Fisch, kein Vogel, kein wildes und kein zahmes Tier. Nachdem ich dies gehört hatte, erwachte ich voller Angst und Furcht und ich konnte, teure Schwester! mich den ganzen Tag nicht fassen und hatte keine Lust, weder zu essen noch zu trinken; so sehr setzte mich die Bosheit des Menschen in Schrecken. So lief ich unruhig umher, bis ich zur Höhle eines jungen gelben Löwen kam. Dieser freute sich über alle Maßen, als er mich ankommen sah, denn mein Farbe und schöne Gestalt gefielen ihm sehr gut; er hieß mich in seine Nähe kommen und fragte mich nach meinem Namen und Geschlecht. Ich sagte: »Ich heiße Ente und gehöre zum Geschlecht der Vögel.« Ich fragte ihn, warum er so lange hierbleibe? Er antwortete: »Mein Vater, der Löwe, der warnt mich schon so lange vor den Menschen, nun sah ich diese Nacht in einem Traum einen Menschen, mit dem ich mich sehr gut unterhielt; zwar hörte ich eine Stimme, welche mich vor ihm warnte, aber er gefiel mir so gut, daß ich, weil ich weiß, daß zuweilen Menschen hier vorüberkommen, hier warte, denn ich möchte gar zu gern einen Menschen sehen.« Als der Löwe zu reden aufgehört, sagte ich ihm: »Sei auf deiner Hut und suche den Menschen auszuweichen, dessen List allmächtig.« Ich warnte ihn dann so lange, bis er sich endlich entschloß, mit mir wegzugehen. Als wir eine Weile miteinander umherliefen, sahen wir einen großen Staub, der uns immer näher kam, und endlich entdeckten wir einen umherirrenden Esel, der bald stampfte, bald in die Höhe sprang, bald schrie. Der Löwe rief ihn zu sich, und der Esel näherte sich ihm ehrfurchtsvoll und küßte die Erde vor ihm. Da sagte der Löwe: »Wie heißt du, blödsinniges Tier, und wieso kommst du hierher und was springst du so?« Der Esel antwortete: »O Prinz! ich heiße Esel und komme hierher aus Furcht vor den Menschen. Denn der Mensch ist ein Unheil von den allergrößten, ein wahres Verderben der Tiere.« – »Fürchtest du, daß ein Mensch dich töte oder zerreiße?« – »Bei Gott, o Prinz! ich fürchte weder von ihm getötet noch zerrissen zu werden; aber er gebraucht List, um auf mir zu reiten und mich zu beladen. Da hat er etwas, das er Decke nennt, das legt er auf meinen Rücken, dann hat er so ein Leder, das er Gurt nennt, damit umgürtet er mich, dann hat er etwas zum Sitzen, von ihm Sattel genannt, und einen Riemen, den er unter meinen Schweif legt; auch steckt er mir ein Stück Eisen, das er Zaum nennt, in den Mund und er macht einen Stachelstock, mit dem er mich antreibt, so muß ich dann laufen und tragen über meine Kräfte; stolpere ich, so schmäht er mich, schreie ich, so flucht er, und gehe ich ein wenig zu langsam, so schlägt er mir die Rippen auf, und wenn ich alt werde, so macht er mir so einen groben, hölzernen Sattel und übergibt mich den Wasserträgern, die mich mit Wasserschläuchen und großen Krügen beladen. So lebe ich bei den Menschen in Mühseligkeit und

Elend und Erniedrigung, bis ich sterbe, da wirft man mich auf einen Schutthaufen den Hunden zur Speise hin. Gibt es wohl eine größere Qual, als die meinige?«

»Als ich«, fuhr die Ente fort, »diese Worte des Esels hörte, ergriff mich ein furchtbarer Schauder und eine noch größere Furcht vor den Menschen, und ich sagte zum Löwen: »Bei Gott! der Esel hat Ursache, den Menschen zu fürchten.« Er fragte dann den Esel, wo er hingehe? »O Prinz!« antwortete der Esel, »ich fliehe von hier, so schnell als ich kann, denn ich habe vor Sonnenuntergang in der Ferne einen Menschen erblickt.« Während dieses Gesprächs, als gerade der Esel wieder von uns

Abschied nehmen wollte, entdeckten wir einen dichten Staub, der Esel schrie laut auf, und blickte nach dem Staub hin. Auf einmal kam unter dem Staub ein schönes schwarzes Pferd hervor, das scheu und schüchtern umherlief. Als es in die Nähe des Löwen kam, empfing er es mit Achtung und fragte: »Wie ist dein Name, verehrtes Tier, und warum irrst du so umher?« Das Pferd antwortete: »O Herr der Tiere! man nennt mich Pferd und ich bin hier auf der Flucht vor Menschen.« Der Löwe rief ganz erstaunt: »Bei Gott, wunderbar! was sagst du mir da; das ist eine Schande für dich, du bist ja so stark, so groß und so dick, und doch fürchtest du dich vor den Menschen? Ich wünschte sehr, einem Menschen zu begegnen, ich hoffte mich an seinem Fleisch zu sättigen und an seinem Blut meinen Durst zu stillen, um dieser schwachen, zitternden Ente Ruhe zu verschaffen; nun aber zerschneiden mir deine Worte das Herz, du machst mir bang durch deinen Schrecken und nimmst mir die Luft, mich mit ihm zu messen; du bist doch viel größer und siehst stärker aus, als ich, ich dächte, daß du mit einem Tritt deiner Füße einen Menschen töten könntest.« Das Pferd lachte und sagte: »Hüte dich wohl vor den Menschen und laß dich nicht durch sein unbedeutendes Aussehen betören; o Prinz! mir hilft weder Stärke noch Größe, noch Breite; der Mensch macht aus List und Bosheit etwas, das man Pfahl nennt, und etwas, das Strick heißt, aus Palmfasern mit Filz geflochten und stark gedreht, den Pfahl befestigt er in dem Boden, und mit dem Strick bindet er meine Füße an. Mit einem anderen Strick, der in der Höhe an einen Pfosten gebunden wird, zieht er meinen Kopf aufwärts und so muß ich wie gekreuzigt auf den Füßen stehen und kann nicht liegen und nicht schlafen; will er auf mir reiten, so legt er mir etwas auf, das man Sattel nennt, woran spitzige Eisen befestigt werden, die Steigbügel heißen. Der Sattel wird mir durch zwei Riemen um den Leib geschnürt, dann bekomme ich auch noch ein Eisen in den Mund, Gebiß genannt, daran befestigt man Riemen, die man Zaum nennt und die der, welcher auf mir reitet, in die Hand nimmt, und so zieht er mich hin, wo er will, und spornt mich dabei, daß mir das Herz blutet. Frage nur nicht, o Prinz! nach allem, was ich von ihm in meiner Jugend dulden muß, und wenn ich gar alt werde und mager, so verkauft er mich einem Müller, wo ich, im Kreise umhergehend, Weizen und Gerste mahlen muß, Tag und Nacht; und bin ich auch dazu nicht mehr tauglich, so werde ich geschlachtet, meine Haut und mein Schwanz wird dem Siebmacher verkauft, mein Fett wird geschmolzen und mein Fleisch wird auf allen Straßen ausgeschrien, und wenn es nicht gut abgeht, so mischt es der Metzger mit Esel- und Mauleselfleisch und kocht es mit Essig, um den schlechten Geruch zu vertreiben.«

Als der Löwe dies hörte, wurde er noch grimmiger, und er fragte das Pferd, wann es einen Menschen gesehen? Es antwortete: »Gegen Mittag sah ich einen Menschen, der meinen Spuren folgte.« Während des Gesprächs entdeckten wir auf einmal wieder einen mächtigen Staub in der Ferne und es kam ein Kamel darunter hervor, das zitternd und bebend umhertrabte, bis es uns nahe kam. Der Löwe hielt es für einen Menschen und wollte schon darauf losspringen; da sagte ich ihm: »O Prinz! das ist kein Mensch, das ist ein Kamel, das auch vor den Menschen zu fliehen scheint, wie wir.« Während ich dies dem Löwen sagte, trat das Kamel zu uns, verbeugte sich vor dem Löwen und grüßte ihn. Der Löwe erwiderte seinen Gruß und fragte es, wie es so hierhergekommen? Es antwortete: »Ich fliehe vor dem Menschen.« – »Wie«, versetzte der Löwe, »ein Tier von so großer Gestalt, so lang und so breit fürchtet den Menschen? bei Gott! mit einem Tritt kannst du ihn ja umbringen.« – »O Prinz!« antwortete das Kamel, »der Mensch ist so klug und so schlau und so fein, daß nur der Tod ihm beikommen kann. Da zieht er mir einen Ring durch die Nase, woran eine Schnur befestigt wird, und wirft mir ein Halfter um den Kopf und übergibt mich seinem jüngsten Kinde, das trotz meiner Größe und Stärke mich hinführt, wo es will. Dann legt er mir die schwersten Lasten auf und unternimmt mit mir die größten Reisen, und gebraucht mich zu den schwersten Arbeiten, so daß ich weder bei Tag noch bei Nacht Ruhe finde, und wenn ich alt werde und gebrechlich, duldet er mich nicht mehr in seiner Gesellschaft, sondern verkauft mich dem Metzger am Siegestor (in Kahirah). Dieser schlachtet mich, verkauft meine Haut dem Gerber und mein Fleisch den Wirten. Ich kann dir gar nicht alles sagen, o Prinz! was ich stets vom Menschen ertragen muß.« Der Löwe fragte es dann, wann es den Menschen verlassen? Es antwortete: »Gegen Sonnenuntergang, und ich denke, er wird bald hier sein; schütze dich vor ihm und laß mich weiterfliehen in die Wüsten und Einöden.« Der Löwe sagte: »Bleibe nur noch ein wenig, du sollst sehen, wie ich ihm die Knochen zermalme, wie ich ihn zerreiße, wie ich dich von seinem Fleisch nähre und von seinem Blut tränke.« Aber das Kamel rief: »Bewahre Gott, o Prinz! daß ich länger säume, ich bin sogar um deinetwillen in großer Angst, wenn ein

Mensch sich deiner Wohnung nähert.« Auf einmal bemerkten wir wieder einen Staub und es trat ein kurzer, magerer Greis hervor, der in einem Korb allerlei Schreinerhandwerkszeug auf der Schulter, einen Baumzweig und acht Bretter auf dem Kopf trug, und kleine Kinder an der Hand führte. Ich fiel vor Furcht auf den Boden, als ich ihn herankommen sah, der Löwe aber trat ihm in den Weg, schüttelte seinen Schwanz und bereitete seine Klauen zum Kampfe vor. Der Mensch trat ihm freundlich entgegen, verbeugte sich vor ihm, lächelte ihm zu und sprach mit einer süßen Zunge: »O erhabener und mächtiger König! Gott schenke dir einen süßen Abend, vermehre deine Kraft und deinen Ruhm, verbreite deine Herrschaft und deine Macht, unterwerfe dir alle deine Feinde und weise dir das Paradies zur Wohnung an. Gewähre mir deinen Schutz und stehe mir bei, ich kann nur bei dir Hilfe finden.«

Der Löwe, gerührt von dem flehen und Weinen des Schreiners, sagte ihm: »Ich verspreche dir meinen Schutz; sage mir, wer dir Gewalt angetan und wer du bist, denn ich habe in meinem Leben kein Tier deinesgleichen gesehen, so schön an Gestalt und so beredter Zunge; wie heißt du denn und wer mißhandelt dich?« Der Schreiner antwortet: »O Herr der Tiere! ich heiße Schreiner und fürchte mich sehr vor dem Menschen, der morgen früh schon hier eintreffen wird.« Als der Löwe dies hörte, war das Licht zur Dunkelheit vor ihm, er knurrte und schnaubte, Funken sprühten aus seinen Augen und er schrie: »Bei Gott, ich werde die ganze Nacht hier wachend zubringen.« Dann bat er den Schreiner, er möchte ihm, da er doch mit seinen kurzen Füßen nicht mit wilden Tieren gleichen Schritt halten könne, sagen, wo er hingehe? Der Schreiner antwortete: »Ich gehe jetzt zum Luchs, dem Wesir deines Vaters, dem mächtigen, reißenden Tier, dem Herrn der Klauen und Zähne, der auch gehört hat, daß Menschen in seine Nähe kommen würden, und daher aus Furcht mich rufen ließ, damit ich ihm zum Schutz aus diesen Brettern ein Haus baue.« Der junge Löwe beneidete den Luchs und sagte zum Schreiner: »Bei Gott! ich lasse dich nicht von der Stelle, bis du mir zuerst ein Haus bauest; nachher kannst du zum Luchs gehen.« Der Schreiner sagte: er müsse zuerst zum Luchs und wolle nach vollendeter Arbeit bei diesem zu ihm zurückkehren; aber der junge Löwe drang in

ihn, sprang auf ihn zu und faßte ihn zum Scherze mit der Tatze, da fiel der Schreiner mit dem Korb auf den Boden und alle Werkzeuge lagen auf der Erde zerstreut. Der Löwe sagte dann lachend: »Wie schwach bist du, du armer Schreiner; bei Gott, deine Furcht vor dem Menschen ist zu entschuldigen, denn du hast gar keine Kraft.« Der Schreiner wurde sehr aufgebracht, doch verbarg er aus Furcht vor dem Löwen seinen Groll, stand wieder auf und sagte lächelnd: »Gut, ich will dir ein Haus bauen.« Er nahm dann die Bretter, die er bei sich hatte, und nagelte sie zusammen, wie eine Kiste, und brachte eine große Öffnung an. Als er damit fertig war, sagte er zum Löwen: »Mein Herr! geh einmal in dieses Haus, daß ich dein Maß nehme.« Der Löwe ging hinein, vor Freude ganz außer sich. Da aber die Kiste für ihn etwas eng war, sagte ihm der Schreiner, er müsse niederknien, dies tat der Löwe, bis nur sein Schweif noch heraushing; aber auch diesen legte der Schreiner zusammen und drückte ihn in die Kiste, dann legte er schnell den Deckel auf die Öffnung und nagelte sie zu. Der Löwe schrie: »Was ist das für ein enges

Haus? laß mich heraus!« Der Schreiner antwortete lachend: »Aus dieser Kiste kommst du in deinem Leben nicht mehr heraus, es bleibt dir gar kein Weg zur Rettung offen, du bleibst nur im Käfig, du abscheulichstes aller Tiere; nun liegst du in der Schlinge, die du so sehr gefürchtet hast; die Bestimmung wollte es so durch mich, da hilft keine Vorsicht.« Als der Löwe diese Worte vernahm, merkte er, daß der Schreiner ein Mensch war, vor dem man ihn wachend und träumend gewarnt hatte. Ich fing nun an«, fuhr die Ente fort, »auch für mich ängstlich zu werden, darum entfernte ich mich ein wenig, aber ich war noch Augenzeuge davon, wie der Mensch ein großes Loch in der Nähe der Kiste, in die er den Löwen gesperrt hatte, grub, die Kiste in die Grube warf, Holz auf dieselbe legte und es anzündete. Als ich dies sah, entfloh ich schnell und befinde mich nun schon zwei Tage auf der Flucht vor den Menschen.«

Der Pfau war sehr erstaunt über diese wunderbare Erzählung der Ente und sagte ihr: »O meine Schwester! hier sind wir sicher vor dem Menschen, wir befinden uns ja auf einer Insel, die von keinem Menschen betreten wird; wir wohnen schon lange in bester Ruhe hier, bleibe also bei uns, bis der erhabene Gott auf andere Weise uns vor unsern Feinden Ruhe schafft. Was willst du länger so umherziehen? ist etwas über unser Haupt beschlossen, so wird es uns überall erreichen; denn, ist unsere Todesstunde nahe, wer kann uns gegen sie schützen? Und niemand stirbt, bis seine Zeit abgelaufen.«

Während sie so zusammen sprachen, erhob sich wieder ein Staub; die Ente sprang ins Meer und schrie: »Vorsicht! Vorsicht! laß mich dem Unheil entfliehen!« Auf einmal legte sich der Staub und es kam ein Reh herbeigesprungen. Da sagte der Pfau zur Ente: »O meine Schwester, kehre nur wieder, das, wovor du dich fürchtest, ist ja ein Reh, das uns gewiß nichts zuleide tut, es nährt sich ja nur von Pflanzen, und gehört zu den vierfüßigen Tieren, wie du zu den Vögeln, sei also ruhig und mache dir keine Sorgen, denn Sorgen machen den Körper mager.« Das Reh hatte inzwischen den Schatten des Baumes gesucht, wo der Pfau und die Ente sich aufhielten, und als es sie sah, grüßte es sie und sagte: »Ich habe in meinem Leben keine fruchtbarere Insel gesehen, die so reiche Weide hat, als diese; wie angenehm ist es hier zu wohnen, ich wünschte sehr, euch Gesellschaft leisten zu dürfen.« Die Ente und der Pfau näherten sich ihm freundlich, grüßten es und sagten, sie haben sich schon lange nach einer so lieblichen Gesellschaft gesehnt; sie schlossen bald ein Freundschaftsbündnis und schwuren sich Treue, und aßen und tranken und wohnten vergnügt beisammen, bis eines Tages ein Schiff an der Insel vorbeikam, das auf dem Meer herumirrte. Die Schiffleute wählten diese Insel als Ankerplatz, stiegen ans Land und liefen auf der Insel umher. Als sie den Baum sahen, unter welchem das Reh, der Pfau und die Ente versammelt waren, liefen sie darauf zu; aber der Pfau entfloh schnell auf den Baum, das Reh suchte das Weite, nur die Ente, die bald vorwärts, bald rückwärts ging, wurde gefangen und trotz aller ihrer Vorsicht gegen die Bestimmung aufs Schiff geschleppt und geschlachtet. Als der Pfau sah, was der Ente geschehen, wollte er diese Insel verlassen, denn er rief aus: »Ich sehe überall nur Unheil; wie schön hätte ich in Freundschaft mit dieser Ente gelebt, wenn nicht das Schiff dazwischengekommen wäre!« Er flog dann umher, bis er wieder das flüchtige Reh traf; dies wünschte ihm Glück zu seinem Entkommen und erkundigte sich nach der Ente. »Meine treue Freundin«, sagte der Pfau, »ist gefangen worden, darum verlasse ich auch diese Insel, die mir wegen des Unglücks der Ente verhaßt geworden.« Er weinte dann eine Weile und sprach folgenden Vers:

»Der Tag der Trennung hat mein Herz gebrochen, Gott breche auch dem Trennungstag das Herz! Wenn nur noch ein Tag der Vereinigung wiederkehrte, daß ich ihm berichte, was der Trennungstag getan.«

Das Reh wurde sehr betrübt, doch bewog es den Pfau, noch einige Zeit auf der Insel zu bleiben, und sie wohnten vergnügt und sicher beisammen und hatten keinen anderen Kummer als den Verlust der Ente. Eines Tages sagte das Reh zum Pfau: »Du siehst, daß wir unsern Verlust nur den Menschen zu verdanken haben, die aus dem Schiff gestiegen sind, sei also stets auf deiner Hut gegen ihre List.« Aber der Pfau erwiderte: »Ich weiß ganz bestimmt, daß nur die Vernachlässigung des göttlichen Lobes die Ente ins Verderben gestürzt, denn jedes Geschöpf ist verpflichtet, Gott zu preisen, und wer dies unterläßt, wird dafür bestraft.« Das Reh dankte dem Pfau für diese Ermahnung und fing an, den ganzen Tag den Schöpfer zu loben und immer zu rufen: »Gepriesen sei der Richter, der Herr der Kraft und der Macht!«

Auch erzählt man: Vor alten Zeiten wohnte ein Einsiedler allein auf einem Berg, wo er kein lebendiges Wesen, als ein Paar Tauben, bei sich hatte, mit denen er sehr befreundet war, deren ganze Lebensweise er kannte und deren Lobeserhebungen er deutlich vernahm. Dieser Einsiedler teilte seine Nahrung mit den Tauben, die sich bald vermehrten, weil er oft für die Verbreitung ihrer Nachkommen betete. Solange der Einsiedler lebte, hörten die Tauben nicht auf, Gott zu preisen und zu rufen: »Gepriesen sei der Schöpfer, der jedem Geschöpf seinen Lebensunterhalt angewiesen, gepriesen sei der Erbauer des Himmels und der Gründer der Erde!« Als aber Gott den Einsiedler zu sich nahm und die Tauben nicht mehr an ihr göttliches Lob ermahnt wurden, da hatte auch bald ihr Wohlstand ein Ende, sie wurden getrennt und zerstreut in Städten und Flecken, auf Bergen und in Ebenen.

So wird auch erzählt: Es wohnte einst auf einem Berg ein sehr verständiger, religiöser und tugendhafter Hirt, der von der Milch und Wolle seiner Herde lebte. Der Berg, den er bewohnte, war sehr waldig und beherbergte viele wilde Tiere, doch konnten sie weder dem Hirten noch seiner Herde etwas zuleide tun; er lebte daher in größter Sicherheit und Sorgenlosigkeit auf diesem Berg, unbekümmert um weltliche Angelegenheiten und bloß in der Verehrung Gottes selig. Einst wurde er sehr krank, so daß er seine Höhle nicht mehr verlassen konnte; seine Herde ging indessen jeden Tag auf die Weide und kehrte abends zur Höhle zurück. Aber Gott wollte den Einsiedler prüfen, er schickte ihm daher einen Engel in der Gestalt einer sehr schönen Frau, die sich zu ihm setzte. Als der Einsiedler sie sah, zitterte sein ganzer Körper und er sagte ihr: »Was ruft dich hierher? Was haben wir miteinander gemein, daß du zu mir kommst?« Sie antwortete: »O Mensch! siehst du nicht, wie reizend und schön ich bin und welchen Wohlduft ich verbreite? Weißt du nicht, wie sehr du einer weiblichen Pflege bedarfst? Warum willst du mich denn verstoßen? Was schadet dir meine Gesellschaft, da mir doch deine Nähe so teuer ist, daß ich dir alles gewähren und gar nichts versagen will? Wir haben ja hier niemanden zu fürchten, wir sind ja allein und du wohnst ja so einsam auf diesem Berg, daß es dir nur erwünscht sein kann, ein weibliches Wesen bei dir zu haben, das dich bedient; du wirst auch sehen, daß du durch meine Nähe gewiß bald wieder gesund wirst, und es tief bereuen, so lange abgesondert von Frauenzimmern gelebt zu haben; komm zu mir und folge meinem Rat.« Der Hirt antwortete: »Verlaß mich, du trügerisches Weib! ich mag deine Nähe und deine Liebe nicht; wer sich hier seiner Leidenschaft hingibt, dem bleibt jene Welt verschlossen; nur wer hier allen Freuden entsagt, dem werden die des Paradieses zuteil; wehe dem, der durch deine Nähe in Versuchung kommt und von deinen Liebkosungen sich täuschen läßt.« – Darauf erwiderte der Engel: »O Frauenfeind, der du vom rechten Wege abirrst, sieh mich nur an und ergötze dich an meinen Reizen, wie schon andere weise Männer vor dir getan, die besser und erfahrener als du waren; laß ab von deinem Eigensinn, du wirst es sonst bereuen.« Aber der Hirt versetzte: »Du bist ein trügerisches Weib, ich werde fortleben in meiner Enthaltsamkeit und Gott zu Hilfe rufen gegen jede Gemeinschaft mit dir; wie manchen Frommen magst du schon verführt haben, den dann ewiges Unheil traf. Laß mich also, du verworfenes Weib!« Er warf dann seinen Mantel um sein Gesicht, daß er sie nicht mehr sah, und betete zum Herrn.

Als der Engel die unerschütterliche Frömmigkeit des Hirten sah, zog er sich zurück und stieg wieder in den Himmel. In der Nähe des Einsiedlers war ein Flecken, in welchem auch ein sehr frommer Mann wohnte. Dieser hörte nachts im Traum eine Stimme, welche ihm zurief: »Auf dem Berg in deiner Nähe hält sich ein gottesfürchtiger Einsiedler auf, besuche ihn und tue, was er dir sagt.« Am folgenden Morgen machte er sich auf den Weg, um ihn aufzusuchen; des Mittags ließ er sich unter einem Baum neben einer Wasserquelle nieder, um ein wenig auszuruhen. Da kamen viele wilde Tiere und Vögel, um an der Quelle zu trinken, sie entflohen aber und kehrten wieder um, als sie den frommen Mann sahen. Da dachte er: Mein Aufenthalt hier verscheucht die Tiere und die Vögel, ich will ihnen nicht länger im Wege sein. Er stand daher auf und machte sich Vorwürfe, diese Tiere und Vögel, die doch auch Geschöpfe Gottes, wie er, seien, von der Quelle vertrieben zu haben, und ging gebeugt fort, bis er zum Hirten kam. Dieser bewillkommte und umarmte ihn und fragte, was ihn hierhergebracht, an einen Ort, der von keinem Menschen sonst betreten wird? Der gottesfürchtige Fremde antwortete: »Eine Stimme hat mir im Traume deinen Ort bezeichnet und mir befohlen, zu dir zu wandern und dich zu grüßen.« Der Hirt freute sich mit dem Fremden, nahm ihn gut auf und lebte in seiner Gesellschaft, bis der Tod sie trennte; so belobte ihn Gott für seine Enthaltsamkeit und Selbstbeherrschung.

Der König sagte zu Scheherazade: »Diese Erzählung läßt mich alles Unrecht bereuen, das ich in meinem Königreich ausgeübt, und den Tod so vieler Mädchen bereuen; erzähle mir nun wieder etwas von den Vögeln.« Da begann Scheherazade: »Ich will dir von der Freundschaft zwischen einem Raben und einer Katze erzählen, woraus man sehen kann, wie ein treues und festes Zusammenhalten gegen jede Gefahr schützt.«

Ein Rabe und eine Katze, welche lange in bestem Einverständnis lebten, unterhielten sich eines Tages unter einem Baum miteinander; da kam auf einmal ein Tiger auf den Baum zu; der Rabe flog gleich auf den Gipfel des Baumes, aber die Katze wußte nicht, wie sich retten. Da fragte sie den Raben, ob er ein Rettungsmittel wisse. Er antwortete: »In der Gefahr kann nur Freundschaft erprobt werden.« Er flog sogleich vom Baum weg auf einen Weideplatz, der in der Nähe war, wo Hirten mit ihren Hunden sich herumtrieben. Er ließ sich auf den Boden nieder, so daß seine Flügel die Erde berührten, und fing an zu schreien und zu lärmen und einem der Hunde die Flügel ins Gesicht zu schlagen und sich dann wieder ein wenig zu erheben. Der Hund folgte ihm, und auch der Hirt, der den Vogel so nieder fliegen sah, kam mit den anderen Hunden nach; so lockte sie der Rabe, immer ganz nahe an der Erde fliegend, bis zu dem Baume hin, wo der Tiger war. Als die Hunde den Tiger sahen, vergaßen sie den Raben und sprangen auf den Tiger los, der die Flucht ergreifen mußte und in seiner Hoffnung, die Katze zu fressen, getäuscht wurde. So wurde die Katze durch die List ihres Freundes, des Raben, gerettet. Du siehst, o König! was wahre Freundschaft vermag.

Geschichte Aladins und der Wunderlampe

In einer sehr reichen und großen Hauptstadt Chinas, deren Name mir im Augenblick entfallen ist, lebte ein Schneider, namens Mustafa, der sich von anderen Menschenkindern weiter durch nichts unterschied, als durch sein Gewerbe. Dieser Schneider Mustafa war sehr arm, und seine Arbeit warf ihm kaum viel ab, daß er, seine Frau und sein Sohn, den Gott ihnen geschenkt hatte, davon leben konnten.

Die Erziehung dieses Sohnes, welcher Aladin* hieß, war sehr vernachlässigt worden, so daß er allerhand lasterhafte Neigungen angenommen hatte. Er war boshaft, halsstarrig und ungehorsam gegen Vater und Mutter. Kaum war er ein wenig herangewachsen, so konnten ihn seine Eltern nicht mehr im Hause zurückhalten. Er ging schon am frühen Morgen aus und tat den ganzen Tag nichts, als auf den Straßen und öffentlichen Plätzen mit kleinen Tagdieben spielen, die jünger waren als er.

Als er in die Jahre gekommen war, wo er ein Handwerk erlernen sollte, nahm ihn sein Vater, der nicht imstande war, ihn ein anderes lernen zu lassen, als das seinige, in seine Bude und fing an, ihn in der Handhabung der Nadel zu unterrichten. Allein weder gute Worte noch Drohungen des Vaters vermochten den flatterhaften Sinn des Sohnes zu fesseln. Er konnte es nicht dahin bringen, daß er seine Gedanken beisammenhielt und emsig und aushaltend bei der Arbeit blieb, wie er es wünschte. Kaum hatte Mustafa ihm den Rücken gekehrt, so entwischte Aladin und ließ sich den ganzen Tag nicht wieder sehen. Der Vater züchtigte ihn, aber Aladin war unverbesserlich, und Mustafa mußte ihn mit großem Bedauern zuletzt seinem liederlichen Leben überlassen. Dies verursachte ihm großes Herzeleid, und der Kummer darüber, daß er seinen Sohn nicht zur Pflicht zurückrufen konnte, zog ihm eine hartnäckige Krankheit zu, an der er nach einigen Monaten starb.

* Im Arabischen Adel der Religion.

Da Aladins Mutter sah, daß ihr Sohn keine Miene machte, das Gewerbe des Vaters zu erlernen, so schloß sie die Bude und machte das ganze Handwerkszeug zu Geld, um sowohl davon, als von dem wenigen, was sie mit Baumwollespinnen erwarb, mit ihrem Sohn leben zu können.

Aladin, der jetzt nicht mehr durch die Furcht vor seinem Vater in Schranken gehalten wurde, bekümmerte sich so wenig um seine Mutter, daß er sogar die Frechheit hatte, ihr bei den geringsten Vorstellungen zu drohen, und wurde immer liederlicher. Er suchte noch mehr als zuvor junge Leute von seinem Alter auf, und spielte mit ihnen unaufhörlich noch leidenschaftlicher als bisher. Diesen Lebenswandel setzte er bis in sein fünfzehntes Jahr fort, ohne für irgend etwas anderes Sinn zu haben und ohne zu bedenken, was dereinst aus ihm werden sollte.

Eines Tages, als er nach seiner Gewohnheit mit einem Haufen Gassenjungen auf einem freien Platz spielte, ging ein Fremder vorüber, der stehen blieb und ihn ansah. Dieser Fremde war ein berühmter Zauberer, und die Geschichtsschreiber, welche uns diese Erzählung aufbewahrt haben, nennen ihn den afrikanischen Zauberer. Wir wollen ihn gleichfalls mit diesem Namen bezeichnen, um so mehr, da er wirklich aus Afrika stammte und erst seit zwei Tagen angekommen war.

Sei es nun, daß der afrikanische Zauberer, der sich auf Physiognomien verstand, in Aladins Gesicht alles bemerkte, was zur Ausführung des Planes, der ihn hierhergeführt, notwendig war, oder mochte er einen anderen Grund haben, genug, er erkundigte sich, ohne daß es jemanden auffiel, nach seiner Familie, seinem Stand und seinen Neigungen. Als er von allem, was er wünschte, gehörig unterrichtet war, ging er auf den jungen Menschen zu, nahm ihn einige Schritte von seinen Kameraden beiseite und fragte ihn: »Mein Sohn, ist dein Vater nicht der Schneider Mustafa?« – »Ja, lieber Herr«, antwortete Aladin, »aber er ist schon lange tot.«

Bei diesen Worten fiel der afrikanische Zauberer Aladin um den Hals, umarmte ihn und küßte ihn zu wiederholten Malen mit Tränen in den Augen und seufzend. Aladin bemerkte diese Tränen und fragte, warum er weine. »Ach, mein Sohn!« rief der afrikanische Zauberer, »wie könnte ich mich da enthalten! Ich bin dein Oheim und dein Vater war mein geliebter Bruder. Schon mehrere Jahre bin ich auf der Reise, und in dem

Augenblick, da ich hier anlange, voll Hoffnung, ihn wiederzusehen und durch meine Rückkehr zu erfreuen, sagst du mir, daß er tot ist! Ich versichere dir, daß es mich empfindlich schmerzt, mich des Trostes beraubt zu sehen, den ich erwartete. Was meine Betrübnis allein ein wenig mildern kann, ist, daß ich, sofern ich mich recht erinnere, seine Züge auf deinem Gesicht wiederfinde, und ich sehe, daß ich mich nicht getäuscht habe, als ich mich an dich wandte.«

Er fragte hierauf Aladin, indem er seinen Beutel herauszog, wo seine Mutter wohne. Aladin erteilte ihm sogleich Auskunft, und der afrikanische Zauberer gab ihm im Augenblick eine Handvoll kleines Geld mit den Worten: »Mein Sohn, gehe schnell zu deiner Mutter, grüße sie von mir und sage ihr, daß ich, sofern es meine Zeit erlaubt, sie morgen besuchen werde, um mir den Trost zu verschaffen, den Ort zu sehen, wo mein lieber Bruder so lange gelebet und seine Tage beschlossen hat.«

Sobald der afrikanische Zauberer den Neffen, den er sich soeben selbst geschaffen, verlassen hatte, lief Aladin, voll Freude über das Geld, das sein Oheim ihm geschenkt, zu seiner Mutter. »Mütterchen«, sagte er gleich beim Eintreten, »ich bitte dich, sage mir, ob ich einen Oheim habe.« – »Nein, mein Sohn«, antwortete die Mutter, »du hast keinen

Oheim, weder von seiten deines seligen Vaters noch von der meinigen.« – »Und doch«, fuhr Aladin fort, »habe ich soeben einen Mann gesehen, der sich für meinen Oheim von väterlicher Seite ausgab und versicherte, daß er der Bruder meines Vaters sei. Er hat sogar geweint und mich umarmt, als ich ihm sagte, daß mein Vater tot wäre. Zum Beweis, daß ich die Wahrheit sage«, fügte er hinzu, indem er das empfangene Geld zeigte, »sieh einmal, was er mir geschenkt hat. Er hat mir überdies aufgegeben, dich in seinem Namen zu grüßen und dir zu sagen, daß er, wenn er Zeit hat, morgen dir seine Aufwartung machen wird, um das Haus zu sehen, wo mein Vater gelebt hat und wo er gestorben ist.«

»Mein Sohn«, antwortete die Mutter, »es ist wahr, dein Vater hatte einen Bruder: Aber er ist schon lange tot und ich habe ihn nie sagen gehört, daß er noch einen anderen hätte.«

Damit wurde das Gespräch über den afrikanischen Zauberer abgebrochen.

Den anderen Tag näherte sich dieser zum zweiten Mal Aladin, als er auf einem anderen Platz in der Stadt mit anderen Kindern spielte. Er umarmte ihn, wie Tags zuvor, und drückte ihm zwei Goldstücke in die Hand, mit den Worten: »Mein Sohn, bring dies deiner Mutter, sage ihr, ich werde sie auf den Abend besuchen, und sie möge etwas zum Nachtessen kaufen, damit wir zusammen speisen können. Zuvor aber sage mir, wie ich das Haus finden kann.« Er bezeichnete es ihm und der afrikanische Zauberer ließ ihn gehen.

Aladin brachte die zwei Goldstücke seiner Mutter und sagte ihr, was sein Oheim zu tun willens sei. Sie ging, um das Geld zu verwenden, kam mit gutem Mundvorrat zurück, und da es ihr an einem großen Teil der nötigen Tischgerätschaften fehlte, so entlehnte sie dieselben von ihren Nachbarinnen. Sie brachte den ganzen Tag mit Vorbereitungen zu dem Mahl zu, und abends, als alles fertig war, sagte sie zu Aladin: »Mein Sohn, dein Oheim weiß vielleicht unser Haus nicht, gehe ihm entgegen und führe ihn hierher, wenn du ihn siehst.«

Obschon Aladin dem afrikanischen Zauberer das Haus bezeichnet hatte, so wollte er sich dennoch eben entfernen, als man an die Tür

klopfte. Aladin öffnete und erkannte den Afrikaner, der mit mehreren Weinflaschen und Früchten von allerlei Gattungen hereintrat.

Nachdem der afrikanische Zauberer seinen Beitrag Aladin eingehändigt hatte, begrüßte er seine Mutter und bat sie, ihm die Stelle auf dem Sofa zu zeigen, wo sein Bruder Mustafa gewöhnlich gesessen sei. Sie zeigte ihm dieselbe. Nun warf er sich sogleich zur Erde, küßte die Stelle mehrere Male und rief mit Tränen in den Augen: »Armer Bruder, wie unglücklich bin ich, daß ich nicht zeitig genug gekommen bin, um dich vor deinem Tod noch einmal zu umarmen!« So sehr ihn nun auch Aladins Mutter bat, so wollte er sich doch nicht auf diesen Platz setzen. »Nein«, sagte er, »ich werde mich wohl hüten, aber erlaube, daß ich mich gegenüber setze, damit ich, wenn mir auch das Vergnügen versagt ist, ihn persönlich als Vater einer mir so teuren Familie zu sehen, mir wenigstens einbilden kann, er sitze noch dort.« Aladins Mutter drang nun nicht weiter in ihn und ließ ihn Platz nehmen, wo er Lust hatte.

Als der afrikanische Zauberer sich da gesetzt hatte, wo es ihm am besten behagte, fing er ein Gespräch mit Aladins Mutter an: »Meine liebe Schwester«, sagte er zu ihr, »wundere dich nicht, daß du während der ganzen Zeit, da du mit meinem Bruder Mustafa, seligen Andenkens, verheiratet warst, mich nie gesehen hast. Es sind schon vierzig Jahre, daß ich dieses Land, das sowohl meine als meines seligen Bruders Heimat ist, verlassen habe. Seitdem habe ich Reisen nach Indien, Persien, Arabien, Syrien und Ägypten gemacht, mich in den schönsten Städten dieser Länder aufgehalten und bin dann nach Afrika gegangen, wo ich einen längeren Aufenthalt nahm. Da es indes dem Menschen angeboren ist, sein Heimatland, sowie seine Eltern und Jugendgespielen, auch in der weitesten Ferne nie aus dem Gedächtnis zu verlieren, so hat auch mich ein so gewaltiges Verlangen ergriffen, mein Vaterland wiederzusehen und meinen geliebten Bruder zu umarmen, jetzt, da ich noch Kraft und Mut zu einer so langen Reise in mir fühle, daß ich ohne weiteren Aufschub meine Vorbereitungen traf und mich auf den Weg machte. Ich sage dir nichts von der Länge der Zeit, die ich dazu brauchte, noch von den Hindernissen, die mir aufstießen, noch von all den Beschwerden und Mühsalen, die ich überstehen mußte, um hierherzukommen. Ich sage dir bloß, daß mich auf allen meinen Reisen nichts so tief gekränkt und geschmerzt hat, als die Nachricht von dem Tod eines Bruders, den ich immer mit echt brüderlicher Freundschaft geliebt hatte. Ich bemerkte einige Züge von ihm auf dem Gesicht meines Neffen, deines Sohnes, und dies machte, daß ich ihn aus all den übrigen Kindern, bei denen er war, herausfand. Er hat dir vielleicht erzählt, wie sehr die traurige Nachricht vom Tod meines Bruders mich ergriff. Indes, was Gott tut, das ist wohlgetan; ich tröste mich, ihn in seinem Sohn wiederzufinden, der so auffallende Ähnlichkeit mit ihm hat.«

Als der afrikanische Zauberer sah, daß Aladins Mutter bei der Erinnerung an ihren Mann gerührt wurde und aufs neue in Schmerz versank, so brach er das Gespräch ab, wendete sich zu Aladin und fragte ihn um seinen Namen.« – »Ich heiße Aladin«, antwortete dieser. – »Nun gut, Aladin«, fuhr der Zauberer fort, »mit was beschäftigst du dich? Verstehst du auch ein Gewerbe?«

Bei dieser Frage schlug Aladin die Augen nieder und geriet in Verlegenheit. Seine Mutter aber nahm das Wort und sagte: »Aladin ist ein Taugenichts. Sein Vater hat, solange er lebte, alles Mögliche getan, um ihn sein Gewerbe zu lehren; allein er konnte seinen Zweck nicht erreichen, und seit er tot ist, streicht er, trotz meinen täglichen Ermahnungen, die ganze Zeit auf den Straßen herum und spielt mit Kindern, wie du gesehen hast, ohne zu bedenken, daß er kein Kind mehr ist; wenn du ihn deshalb nicht beschämst und er sich diese Ermahnung nicht zunutzen macht, so gebe ich alle Hoffnung auf, daß jemals etwas aus ihm wird. Er weiß, daß sein Vater kein Vermögen hinterlassen hat, und sieht selbst, daß ich mit meinem Baumwollespinnen den ganzen Tag über kaum das Brot für uns beide verdienen kann. Ich bin entschlossen, ihm nächster Tage einmal die Tür zu verschließen und ihn fortzuschicken, daß er sich seine Unterkunft anderswo suchen kann.«

Als Aladins Mutter unter vielen Tränen so gesprochen hatte, sagte der afrikanische Zauberer zu dem Jungen: »Das ist nicht gut, mein Neffe; du mußt darauf denken, dir selbst fortzuhelfen und einen Lebensunterhalt zu verschaffen. Es gibt ja so viele Gewerbe in der Welt, besinne dich einmal, ob nicht eines darunter ist, zu dem du mehr Neigung hast, als zu den andern. Vielleicht gefällt dir bloß das deines Vaters nicht und du würdest dich besser zu einem anderen anschicken; verhehle mir deine Gesinnung hierüber nicht, ich will ja bloß dein Bestes.« Als er sah, daß Aladin nichts antwortete, fuhr er fort: »Ist es dir überhaupt zuwider, ein Handwerk zu erlernen, und willst du ein angesehener Mann werden, so will ich für dich eine Bude mit kostbaren Stoffen und feinen Linnenzeugen einrichten; du kannst dann diese Sachen verkaufen, mit dem Geld, das du herauslösest, den Einkauf neuer Waren bestreiten und auf diese Art ein anständiges Unterkommen finden. Frage dich selbst und sage mir offen, was du denkst. Du wirst mich stets bereit finden, mein Versprechen zu halten.«

Dieses Anerbieten schmeichelte Aladin sehr; ein jedes Handwerk war ihm zuwider, um so mehr, da er bemerkt hatte, daß solche Kaufläden, wovon sein Oheim gesprochen hatte, immer hübsch und stark besucht und die Kaufleute gut gekleidet und sehr geachtet waren. Er erklärte daher dem afrikanischen Zauberer, daß seine Neigung nach dieser Seite mehr hingerichtet sei, als nach jeder andern, und daß er ihm zeitlebens für die Wohltat danken würde, die er ihm erweisen wolle. »Da dieses Gewerbe dir angenehm ist«, erwiderte der afrikanische Zauberer, »so werde ich dich morgen mitnehmen und dich so hübsch und reich kleiden lassen, wie es sich für einen der ersten Kaufleute in dieser Stadt geziemt; übermorgen wollen wir dann darauf denken, einen solchen Laden zu errichten, wie ich im Sinn habe.«

Aladins Mutter, die bis jetzt nicht geglaubt hatte, daß der afrikanische Zauberer der Bruder ihres Mannes sei, zweifelte nach solch glänzenden Versprechungen nicht mehr daran. Sie dankte ihm für seine guten Gesinnungen, und nachdem sie Aladin ermahnt hatte, sich der Wohltaten, die sein Oheim ihn hoffen ließ, würdig zu zeigen, trug sie das Abendessen auf. Die Unterhaltung während des ganzen Mahles drehte sich immer um denselben Gegenstand, bis endlich der Zauberer bemerkte, daß die Nacht schon weit vorgerückt war. Er verabschiedete sich von Mutter und Sohn und ging nach Hause.

Am anderen Morgen ermangelte der afrikanische Zauberer nicht, sich versprochenermaßen bei der Witwe des Schneiders Mustafa wieder einzufinden. Er nahm Aladin mit sich und führte ihn zu einem bedeutenden Kaufmann, der bloß ganz fertige Kleider von allen möglichen Stoffen und für Leute jeden Alters und Standes verkaufte. Von diesem ließ er sich mehrere zeigen, die für Aladin paßten, und nachdem er die, die ihm am besten gefielen, ausgesucht und die anderen, die nicht so schön

waren, als er wünschte, zurückgelegt hatte, sagte er zu Aladin: »Lieber Neffe, wähle dir unter all diesen Kleidern dasjenige aus, das dir am besten gefällt.« Aladin, der über die Freigebigkeit seines neuen Oheims ganz entzückt war, wählte eines, und der Zauberer kaufte es mit allem, was dazugehörte, gegen bare Bezahlung, ohne zu feilschen.

Als Aladin sich von Kopf bis zu Fuß so prachtvoll gekleidet sah, dankte er seinem Oheim so sehr man nur danken kann, und der Zauberer versprach ihm, ihn auch ferner nicht zu verlassen, sondern stets bei sich zu behalten. Wirklich führte er ihn in die besuchtesten Gegenden der Stadt, besonders in diejenigen, wo die Läden der reichsten Kaufleute standen, und in der Straße, wo die Läden mit den schönsten Stoffen und der feinsten Leinwand sich befanden, sagte er zu Aladin: »Da du bald auch ein solcher Kaufmann sein wirst, wie diese hier, so ist es gut, wenn du sie besuchst, damit sie dich kennenlernen.« Er zeigte ihm auch die schönsten und größten Moscheen, und führte ihn in den Chan, wo die fremden Kaufleute wohnten, und an alle diejenigen Ort im Palast des Sultans, zu denen man freien Zutritt hatte. Endlich, nachdem sie die schönsten Gegenden der Stadt miteinander durchstreift hatten, kamen sie in den Chan, wo der Zauberer wohnte. Es waren dort einige Kaufleute, deren Bekanntschaft er seit seiner Ankunft gemacht, und die er ausdrücklich eingeladen hatte, um sie gut zu bewirten und ihnen seinen angeblichen Neffen vorzustellen.

Das Gastmahl endigte erst den späten Abend. Aladin wollte sich von seinem Oheim verabschieden, um nach Hause zurückzukehren; aber der afrikanische Zauberer wollte ihn nicht allein gehen lassen und geleitete ihn selbst zu seiner Mutter zurück. Als diese ihren Sohn in so schönen Kleidern erblickte, war sie außer sich vor Freude und wollte nicht aufhören, Segnungen über das Haupt des Zauberers herabzurufen, er für ihren Sohn so viel Geld ausgegeben. »Großmütiger Schwager«, sagte sie zu ihm, »ich weiß nicht, wie ich dir für deine Freigebigkeit danken soll; aber das weiß ich, daß mein Sohn die Wohltaten, die du ihm erweisest, nicht verdient, und er würde derselben ganz unwürdig sein, wenn er nicht erkenntlich wäre und den guten Absichten, die du mit ihm hast, ihm eine so glänzende Einrichtung zu geben, nicht entspräche. Ich für meine Person«, fügte sie hinzu, »danke dir von ganzem Herzen und wünsche dir ein recht langes Leben, um Zeuge von der Dankbarkeit meines Sohnes zu sein, der sie nicht besser an den Tag legen kann, als wenn er sich von deinen guten Ratschlägen leiten läßt.«

»Aladin ist ein guter Junge«, erwiderte der afrikanische Zauberer; »er hört auf mich und ich glaube, wir können etwas Tüchtiges aus ihm machen. Es tut mir nur leid, daß ich mein Versprechen nicht schon morgen halten kann. Es ist nämlich Freitag, wo alle Läden geschlossen sind, und man gar nicht daran denken kann, einen zu mieten und mit Waren zu versehen; denn die Kaufleute sinnen an diesem Tag nur auf Vergnügungen aller Art. Somit werden wir die Sache auf Samstag verschieben müssen. Übrigens werde ich ihn morgen wieder mitnehmen und in die Gärten spazierenführen, wo sich die schöne Welt gewöhnlich einfindet. Er hat vielleicht noch keinen Begriff von den Vergnügungen, die man dort genießt; bisher war er immer nur mit Kindern beisammen, jetzt muß er auch erwachsene Menschen sehen.« Der afrikanische Zauberer verabschiedete sich endlich von Mutter und Sohn und ging. Aladin aber, der schon über seine schönen Kleider höchlich vergnügt war, freute sich jetzt im voraus sehr auf den Spaziergang nach den Umgebungen der Stadt. In der Tat war er noch nie vor die Tore gekommen und hatte noch nie die Umgebungen gesehen, die über die Maßen schön und anmutig waren.

Am anderen Morgen stand Aladin in aller Frühe auf und kleidete sich an, um fertig zu sein, sobald sein Oheim ihn abholen würde. Nachdem er, wie es ihn bedünkte, lange gewartet, öffnete er endlich voll Ungeduld die Tür und ging hinaus, um zu sehen, ob er immer noch nicht käme. Sobald er ihn bemerkte, sagte er es seiner Mutter, nahm Abschied von ihr, verschloß die Tür und eilte ihm entgegen.

Der afrikanische Zauberer bewillkommte Aladin aufs freundlichste. »Wohlan, mein lieber Junge«, sagte er mit lächelnder Miene zu ihm, »heute werde ich dir schöne Sachen zeigen.« Er führte ihn zu einem Tor hinaus, an großen und schönen Häusern oder vielmehr an prächtigen Palästen vorüber, von denen jeder einen sehr schönen Garten hatte, in welchen man frei eintreten durfte. Bei jedem Palast, an dem sie vorbeikamen, fragte er Aladin, ob er ihm gefiele, und Aladin, der ihm gewöhnlich zuvorkam, sagte, sobald er wieder einen anderen sah: »Ach! lieber Oheim, dieser ist noch viel schöner, als alle bisherigen.« Indes gingen sie immer weiter, und der listige Zauberer, der dies nur tat, um den Plan, den er im Kopf hatte, ausführen zu können, nahm Gelegenheit, in einen dieser Gärten zu treten. Er setzte sich neben ein großes Becken, in welches durch einen bronzenen Löwenrachen kristallhelles Wasser sprudelte, und er stellte sich ermüdet, damit Aladin ebenfalls ausruhen sollte. »Lieber Neffe«, sagte er zu ihm, »du wirst ebenso müde sein, wie ich; laß uns hier ein wenig ausruhen, um neue Kräfte zu sammeln; wir werden dann mehr Mut haben, unseren Spaziergang fortzusetzen.«

Als sie sich gesetzt hatten, zog der afrikanische Zauberer aus einem Tuch, das an seinem Gürtel befestigt war, Kuchen und mehrere Arten von Früchten hervor, die er als Mundvorrat mitgenommen hatte, und breitete sie auf dem Rande des Beckens aus. Er teilte einen Kuchen mit Aladin, und in Hinsicht der Früchte ließ er ihn nach Belieben wählen. Während dieses kleinen Mahles ermahnte er seinen angeblichen Neffen, sich von dem Umgang mit Kindern loszumachen, dagegen sich an kluge und verständige Männer anzuschließen, dieselben anzuhören und von ihren Unterhaltungen Nutzen zu ziehen. »Bald«, sagte er zu ihm, »wirst du ein Mann sein, wie sie, und du kannst dich nicht früh genug daran gewöhnen, nach ihrem Beispiel verständige Reden zu führen.« Als sie die kleine Mahlzeit vollendet hatten, standen sie auf und setzen ihren Spaziergang quer durch die Gärten fort, die voneinander bloß durch schmale Gräben getrennt waren, welche die Grenzscheide bildeten, ohne jedoch die Verbindung zu hemmen. Das gegenseitige Zutrauen, das die Bewohner dieser Hauptstadt zueinander hatten, ließ ihnen alle weiteren Vorsichtsmaßregeln, um böswillige Beeinträchtigungen zu verhindern, unnötig erscheinen. Unbemerkt führte der afrikanische Zauberer Aladin ziemlich weit über die Gärten hinaus und durchwandelte mit ihm die Ebene, die ihn allmählich in die Nähe der Berge leitete.

Aladin, der in seinem Leben nie einen so weiten Weg gemacht hatte, fühlte sich durch diesen Marsch sehr ermüdet und sagte zu dem afrikanischen Zauberer: »Wohin gehen wir denn, lieber Oheim? Wir haben die

Gärten schon weit hinter uns und ich sehe nichts mehr als Berge. Wenn wir noch länger so fortgehen, so weiß ich nicht, ob ich noch Kräfte genug haben werde, um in die Stadt zurückzukehren.« – »Nur den Mut nicht verloren«, antwortete der falsche Oheim; »ich will dir noch einen anderen Garten zeigen, der alle, die du bis jetzt gesehen hast, weit übertrifft; er ist nur ein paar Schritte von da, und wenn wir einmal dort sind, so wirst du selbst sagen, daß es dir sehr leid gewesen wäre, wenn du ihn nicht gesehen hättest, nachdem du einmal so nahe dabei warst.« Aladin ließ sich überreden, und der Zauberer führte ihn noch sehr weit, indem er ihn mit verschiedenen anmutigen Geschichten unterhielt, um ihm den Weg weniger langweilig und die Ermüdung erträglicher zu machen.

Endlich gelangten sie zwischen zwei Berge von mittelmäßiger Höhe, die sich ziemlich gleich und nur durch ein schmales Tal getrennt waren. Dies war die merkwürdige Stelle, wohin der afrikanische Zauberer Aladin hatte bringen wollen, um einen großen Plan mit ihm auszuführen,

dem zuliebe er von dem äußersten Ende Afrikas bis nach China gereist war. »Wir sind jetzt an Ort und Stelle«, sagte er zu Aladin; »ich werde dir hier außerordentliche Dinge zeigen, die allen übrigen Sterblichen unbekannt sind. Wenn du sie je gesehen haben wirst, so wirst du mir Dank dafür wissen, daß ich dich zum Zeugen so vieler Wunderdinge gemacht habe, die außer dir noch niemand gesehen hat. Während ich jetzt mit dem Stahl Feuer schlage, häufe du hier so viel trockenes Reisig zusammen, als du nur auftreiben kannst, damit wir ein Feuer anmachen.«

Es gab hier so viel Reisig, daß Aladin bald einen mehr als hinlänglichen Haufen beisammen hatte, indes der Zauberer das Schwefelhölzchen anzündete. Er machte nun das Feuer an, und in dem Augenblick, wo das Reisig aufloderte, warf der afrikanische Zauberer Räucherwerk hinein, das er schon in Bereitschaft hatte. Ein dicker Rauch stieg empor, den er bald auf diese, bald auf jene Seite wendete, indem er allerlei Zauberworte sprach, von denen Aladin nichts verstand.

In diesem Augenblick erbebte die Erde ein wenig, öffnete sich vor dem Zauberer und Aladin, und ließ einen Stein hervorscheinen, der etwa anderthalb Fuß ins Geviert hatte, ungefähr einen Fuß dick war und waagerecht lag, mit einem in der Mitte versiegelten bronzenem Ring, um ihn daran heraufzuheben. Aladin erschrak über das, was vor seinen Augen vorging, und wollte die Flucht ergreifen. Allein er war zu dieser geheimnisvollen Handlung notwendig, darum hielt ihn der Zauberer zurück, zankte ihn tüchtig aus und gab ihm eine so derbe Ohrfeige, daß er zu Boden fiel; um ein kleines hätte er ihm die Vorderzähne eingeschlagen und sein Mund blutete sehr. Zitternd und mit Tränen in den Augen rief der arme Aladin: »Mein Oheim, was habe ich denn getan, daß du mich so grausam schlägst?« – »Ich habe meine Gründe dazu«, antwortete der Zauberer. »Ich bin dein Oheim, der jetzt Vaterstelle an dir vertritt, und du darfst mir in nichts widersprechen. Aber«, fügte er in etwas milderem Ton hinzu, »du brauchst dich nicht zu fürchten, mein Sohn; ich verlange bloß, daß du mir pünktlich gehorchst, wofern du dich der großen Vorteile, die ich dir zudenke, würdig machen und sie benutzen willst.« Diese schönen Versprechungen des Zauberers beruhigten den ängstlichen und erzürnten Aladin ein wenig, und als der Zauberer ihn wieder ganz gut gestimmt sah, fuhr er fort: »Du hast gesehen, was ich durch die Kraft meines Rauchwerks und die Worte, die ich sprach, bewirkt habe. Vernimm jetzt, daß unter diesem Stein hier ein Schatz verborgen liegt, der für dich bestimmt ist und dich dereinst reicher machen wird, als die größten Könige von der Welt. Dies ist so gewiß wahr, daß keinem Menschen auf der ganzen Welt außer dir erlaubt ist, diesen Stein anzurühren oder wegzuheben, um hier hineinzugelangen. Ja, ich selbst darf ihn nicht berühren oder auch nur einen Fuß in dieses Schatzgewölbe setzen, wenn es geöffnet sein wird. Deshalb mußt du genau und Punkt für Punkt ausführen, was ich dir sage, ohne etwas zu versäumen. Die Sache ist sowohl für dich als für mich von großer Wichtigkeit.«

Aladin, immer noch voll Verwunderung über das, was er sah; und den Zauberer von einem Schatze reden hörte, der ihn auf immer glücklich machen sollte, vergaß alles, was vorgefallen war. »Nun gut, lieber Oheim«, sagte er zu dem Zauberer, indem er aufstand, »was soll ich tun? befiehl nur, ich bin bereit zu gehorchen.« – »Es freut mich sehr, liebes Kind«, sagte der afrikanische Zauberer, indem er ihn umarmte, »daß du dich hierzu entschlossen hast. Komm her, fasse diesen Ring an und hebe den Stein in die Höhe.« – »Aber Oheim«, erwiderte Aladin, »ich bin zu schwach, um ihn zu lüpfen: du muß mir dabei helfen.« – »Nein«, versetzte der afrikanische Zauberer, »du bedarfst meiner Hilfe nicht und wir würden beide nichts ausrichten, wenn ich dir helfe; du mußt ihn ganz allein aufheben. Sprich nur den Namen deines Vaters und deines Großvaters, wenn du den Ring in die Hand nimmst, und hebe ihn in die Höhe; du wirst sehen, daß er sich ohne Schwierigkeit dir fügen wird.« Aladin tat, wie der Zauberer ihm gesagt hatte, hob den Stein mit Leichtigkeit auf und legte ihn beiseite.

Als der Stein weggenommen war, sah er eine drei bis vier Fuß tiefe Höhle mit einer kleinen Tür und Stufen, um noch weiter hinabzusteigen. »Mein Sohn«, sprach jetzt der afrikanische Zauberer zu Aladin, »hab genau acht auf das, was ich dir nunmehr sagen werde. Steig in diese Höhle hinab und wenn du unten auf der letzten Stufe bist, so wirst du eine offene Tür finden, die dich in einen großen gewölbten Ort führen wird, welcher in drei große aneinanderstoßende Säle abgeteilt ist. In jedem derselben wirst du rechts und links vier bronzene Vasen, so groß wie Kufen, voll Gold und Silber stehen sehen; aber hüte dich wohl, sie anzurühren. Ehe du in den ersten Saal trittst, hebe dein Kleid in die Höhe und schließe es eng um den Leib. Wenn du drinnen bist, so gehe, ohne dich aufzuhalten, nach dem zweiten und von da, ebenfalls ohne stillzustehen, in den dritten. Vor allen Dingen hüte dich wohl, den Wänden zu nahe zu kommen oder sie auch nur mit dem Kleid zu berühren; denn im Fall du sie berührtest, würdest du auf der Stelle sterben. Deswegen habe ich dir gesagt, daß du dein Kleid knapp an dich halten sollst. Am Ende des dritten Saales ist eine Tür, die dich in einen mit schönen und reich beladenen Obstbäumen bepflanzten Garten führen wird. Gehe nur immer geradeaus, und quer durch den Garten wird dich ein Weg zu einer Treppe von fünfzig Stufen führen, auf denen du zu einer Terrasse emporsteigen kannst. Sobald du oben auf der Terrasse bist, wirst du eine Nische vor dir sehen, und in der Nische eine brennende Lampe. Diese Lampe nimm, lösche sie aus, wirf den Docht samt der brennbaren Flüssigkeit auf den Boden, stecke sie dann vorn in den Busen und bring sie mir. Du darfst nicht fürchten, dein Kleid möchte beschmutzt werden, denn die Flüssigkeit ist kein Öl und die Lampe wird sogleich trocken sein, sobald du sie ausgegossen hast. Gelüstet es dich nach den Früchten im Garten, so kannst du davon abpflücken, soviel du willst; dies ist dir nicht verboten.«

So sprechend, zog der afrikanische Zauberer einen Ring von seinem Finger und steckte ihn an einen Finger Aladins. Dies, sagte er zu ihm, sei ein Verwahrungsmittel gegen alles Unglück, das ihm begegnen könnte, sofern er nur seine Vorschriften genau befolgte. »So gehe denn, mein Sohn«, fügte er hinzu, »steige dreist hinab; dann haben wir beide für unser ganzes Leben Geld wie Heu.«

Aladin hüpfte leichtfüßig in die Höhle hinein und stieg die Stufen hinab. Er fand die drei Säle, die ihm der afrikanische Zauberer beschrieben hatte, und ging um so behutsamer durch sie hin, weil er zu sterben fürchtete, sofern er nicht alles, was ihm vorgeschrieben war, aufs genaueste beobachtete. Ohne zu verweilen, ging er durch den Garten, stieg die Terrasse hinauf, nahm die brennende Lampe aus der Nische, warf den

Docht und die Flüssigkeit zu Boden, und da er sie trocken sah, wie der Zauberer ihm gesagt hatte, so steckte er sie in seinen Busen und ging die Terrasse wieder hinab. Im Garten verweilte er beim Anschauen der Früchte, die er vorher bloß im Vorübergehen gesehen hatte. Die Bäume dieses Gartens trugen alle ganz außerordentliche Früchte, und zwar jeder verschiedenfarbige. Da gab es dann weiße, helleuchtende und wie Kristall durchsichtige; rote, teils dunkel, teils hell; grüne, blaue, violette, gelbliche, und so von allen möglichen Farben. Die weißen waren Perlen, die helleuchtenden und durchsichtigen Diamanten, die dunkelroten Rubine, die hellroten Ballaßrubine, die grünen Smaragde, die blauen Türkise, die violetten Amethyste, die gelblichen Saphire usf. Und diese Früchte waren alle so groß und vollkommen, daß man auf der ganzen Welt nichts Ähnliches gesehen hat. Aladin, der ihren Wert nicht kannte, wurde vom Anblick dieser Früchte, die nicht nach seinem Geschmack waren, schlecht erbaut; Feigen, Trauben und andere edle Obstarten, die in China gewöhnlich sind, wären ihm lieber gewesen. Er war aber noch nicht in dem Alter, wo man sich auf dergleichen versteht, und so bildete er sich ein, diese Früchte seien bloß gefärbte Gläser und haben keinen anderen Wert. Gleichwohl machte ihm die Mannigfaltigkeit der schönen Farben und die außerordentliche Größe und Schönheit jeder Frucht Lust, von jeglicher Sorte einige zu pflücken. Er nahm daher von jeder Farbe etliche, füllte damit seine beiden Taschen und zwei ganz neue Beutel, die der Zauberer zugleich mit dem Kleid, das er ihm geschenkt, gekauft hatte, damit er lauter neue Sachen hätte; und da die beiden Beutel in seinen Taschen, die schon ganz voll waren, keinen Platz mehr hatten, so band er sie auf jeder Seite an seinen Gürtel. Einige von den Früchten hüllte er auch in die Falten seines Gürtels, der von dickem Seidenstoff und doppelt gefüttert war, und befestigte sie so, daß sie nicht herabfallen konnten; auch vergaß er nicht, etliche in den Busen zwischen das Kleid und das Hemd zu stecken.

Nachdem er sich so, ohne es zu wissen, mit Reichtümern beladen hatte, trat Aladin schnell seinen Rückzug durch die drei Säle an, um den afrikanischen Zauberer nicht zu lange warten zu lassen; er ging mit derselben Vorsicht, wie das erste Mal, quer durch dieselben, stieg da wieder hinauf, wo er herabgestiegen war, und zeigte sich am Eingang der Höhle, wo der Afrikaner ihn mit Ungeduld erwartete. Sobald ihm Aladin erblickte, rief er ihm zu: »Lieber Oheim, ich bitte dich, reich mir die Hand und hilf mir heraus.« – »Mein Sohn«, antwortete der afrikanische Zauberer, »gib mir zuvor die Lampe, sie könnte dir hinderlich sein.« – »Verzeih, lieber Oheim«, sagte Aladin, »sie hindert mich nicht; ich werde sie dir geben, sobald ich oben bin.« Der afrikanische Zauberer bestand darauf, daß Aladin ihm die Lampe aushändigen sollte, ehe er ihn aus der Höhle herauszöge, und Aladin, der die Lampe mit all den Früchten, die er zu sich gesteckt, verpackt hatte, weigerte sich durchaus, sie ihm zu geben, bevor er aus der Höhle wäre. Da geriet der afrikanische Zauberer vor Ärger über die Widerspenstigkeit des jungen Menschen in schreckliche Wut, warf etwas von seinem Rauchwerk in das Feuer, das er sorgfältig unterhalten hatte, und kaum hatte er zwei Zauberworte gesprochen, als der Stein, welcher als Deckel zur Eingangsöffnung der Höhle diente, sich von selbst wieder, nebst der Erde darüber, an seine Stelle rückte, so daß alles wieder in denselben Stand kam, wie vor der Ankunft des arabischen Zauberers und Aladins.

Der afrikanische Zauberer war in der Tat kein Bruder des Schneiders Mustafa, wofür er sich ausgegeben hatte, und somit auch nicht Aladins Oheim. Er war wirklich aus Afrika gebürtig, und da Afrika ein Land ist, wo man mehr als irgend anderswo auf die Zauberei erpicht ist, so hatte er sich von Jugend an darauf gelegt, und nachdem er sich etwa vierzig Jahre lang mit Zauberei, mit Punktierkunst, mit Räucheropfern und der

Lektüre von Zauberbüchern beschäftigt hatte, war er endlich auf die Entdeckung gekommen, daß es eine Wunderlampe in der Welt gebe, deren Besitz ihn mächtiger als alle Könige der Erde machen würde, sofern er ihrer habhaft werden könnte. Durch einen letzten Versuch in der Punktierkunst hatte er ausgemittelt, daß diese Lampe sich an einem unterirdischen Ort mitten in China befand, und zwar in der Gegend und mit all den Umständen, die uns bereits bekannt sind. Im festen Glauben an die Wahrheit seiner Entdeckung war er, wie gesagt, von dem äußersten Ende Afrikas aus gereist und nach langer, beschwerlicher Wanderung in die Stadt gekommen, welche in der Nähe seines Schatzes lag. Aber obschon die Lampe sich ganz gewiß an dem bewußten Ort befand, so war es ihm doch nicht gestattet, sie selbst zu holen oder persönlich in das unterirdische Gewölbe einzutreten, wo sie zu finden war. Es mußte durchaus ein anderer hinabsteigen, sie abholen und ihm aushändigen. Deshalb hatte er sich an Aladin gewandt, den er für einen geringfügigen jungen Burschen und für sehr geeignet hielt, ihm den erforderlichen Dienst zu leisten; dabei war er fest entschlossen, sobald er die Lampe in Händen haben würde, die letzte schon erwähnte Räucherung zu tun, die zwei Zauberworte auszusprechen, welche die bereits angeführte Wirkung haben sollten, und so den armen Aladin seinem Geiz und seiner Bosheit aufzuopfern, um an ihm keinen Zeugen zu haben. Die Ohrfeige, die er Aladin gab, und das Ansehen, das er sich über ihn angemaßt hatte, sollten diesen bloß gewöhnen, ihn zu fürchten und ihm pünktlich zu gehorchen, damit er ihm die berühmte Zauberlampe sogleich übergäbe, sobald er sie forderte. Indes erfolgte gerade das Gegenteil von dem, was er beabsichtigt hatte. Am Ende beeilte sich der Boshafte bloß deshalb so sehr, den armen Aladin zu verderben, weil er fürchtete, wenn er sich länger mit ihm herumzanke, so könnte irgendein anderer es hören und sein wichtiges Geheimnis offenbaren.

Als der afrikanische Zauberer seine großen und schönen Hoffnungen auf immer gescheitert sah, blieb ihm nichts anderes übrig, als nach Afrika zurückzukehren, was er dann auch an demselben Tage noch tat. Er machte einen Umweg, um die Stadt nicht mehr zu betreten, die er mit Aladin verlassen hatte; denn er mußte wirklich fürchten, daß er mehreren Leuten da auffallen könnte, die ihn mit diesem Jungen hatten gehen sehen, wenn er jetzt ohne ihn zurückkäme.

Allem Anschein nach war Aladin verloren. Aber derselbe, der ihn auf immer zu verderben glaubt, hatte nicht bedacht, daß er ihm einen Ring an den Finger gesteckt hatte, der zu seiner Rettung dienen konnte. Wirklich wurde Aladin durch eben diesen Ring, dessen Kräfte er nicht kannte, gerettet, und es ist zu verwundern, daß dieser Verlust, verbunden mit dem der Lampe, den Zauberer nicht mit der äußersten Verzweiflung erfüllte; allein die Zauberer sind so sehr an Unfälle und an das Fehlschlagen ihrer Wünsche gewöhnt, daß sie, solange sie leben, nicht aufhören, sich mit Rauch und Dunst, Luftschlössern und Traumgebilden zu ergötzen.

Aladin, der nach so vielen Liebkosungen und Geschenken auf diese Bosheit seines angeblichen Oheims keineswegs gefaßt war, befand sich in einer Bestürzung, die sich leichter denken, als mit Worten beschreiben läßt. Als er sich so lebendig begraben sah, rief er tausendmal seinen Oheim mit Namen und erklärte, daß er ihm die Lampe ja gerne geben wolle; allein sein Rufen war vergeblich, er konnte nicht mehr gehört werden und mußte also in schwarzer Finsternis bleiben. Endlich, nachdem er seine Tränen getrocknet hatte, stieg er wieder die Treppe der Höhle hinab, um in den Garten, durch den er bereits gekommen war, und ins helle Tageslicht zu gelangen. Aber die Mauer, die sich ihm durch Zauber geöffnet hatte, hatte sich indes durch einen neuen Zauber wieder geschlossen und zusammengefügt. Er tappte mehrmals rechts und links vorwärts, ohne eine Tür zu finden. Nun fing er aufs neue an zu schreien und zu weinen, und setzte sich endlich auf die Stufen der Höhle, ohne Hoffnung, jemals das Tageslicht wiederzusehen, sondern im Gegenteil mit der traurigen Gewißheit, aus der Finsternis, worin er sich jetzt befand, in die eines nahen Todes versetzt zu werden.

Zwei Tage blieb Aladin in diesem Zustand, ohne zu essen und zu trinken. Endlich am dritten, da er seinen Tod als unvermeidlich betrachtete, hob er die gefalteten Hände empor und rief mit völliger Ergebung in den Willen Gottes aus: »Es gibt keine Kraft und keine Macht, als bei Gott, dem Allerhöchsten und Größten!« Während er so die Hände gefaltet hatte, rieb er, ohne daran zu denken, an dem Ring, den ihm der afrikanische Zauberer an den Finger gesteckt hatte, und dessen Kraft er noch nicht kannte. Alsbald stieg vor ihm ein Geist von ungeheuerer Größe und fürchterlichem Ansehen, der mit seinem Kopf das oberste Gewölbe berührte, wie aus der Erde hervor und sprach folgende Worte zu Aladin: »Was willst du? Ich bin bereit, dir zu gehorchen als dein Sklave und als Sklave aller derer, die den Ring am Finger haben, sowohl ich, als die anderen Sklaven des Rings.«

Zu jeder anderen Zeit und bei jeder anderen Gelegenheit wäre Aladin, der an dergleichen Erscheinungen nicht gewöhnt war, bei dem Anblick einer so außerordentlichen Gestalt von Schrecken ergriffen worden, so daß er die Sprache verloren hätte. Jetzt aber, da er einzig und allein mit der Gefahr beschäftigt war, in der er schwebte, antwortete er ohne Stocken: »Wer du auch sein magst, hilf mir aus diesem Ort, sofern es in deiner Macht steht.« Kaum hatte er diese Worte gesprochen, als die Erde sich öffnete und er sich außerhalb der Höhle befand, gerade an der Stelle, wohin der Zauberer ihn geführt hatte.

Man wird es nicht befremdlich finden, daß Aladin, der solange in der dichtesten Finsternis geblieben war, am Anfang das Tageslicht kaum ertragen konnte. Erst nach und nach gewöhnte er sich daran, und als er um sich blickte, war er sehr überrascht, keine Öffnung in der Erde zu sehen; es war ihm unbegreiflich, auf welche Art er so auf einmal aus ihrem Schoß hervorgekommen war. Nur an dem Fleck, wo das Reisig verbrannt worden war, erkannte er die Stelle wieder, unter der sich die Höhle befand. Als er sich hierauf gegen die Stadt hinwandte, erblickte er sie mitten in den sie umgebenden Gärten und erkannte auch den Weg, auf welchem ihn der afrikanische Zauberer hergeführt hatte. Diesen wandelte er zurück und dankte Gott, daß er sich noch einmal auf der Welt sah, nachdem er bereits die Hoffnung aufgegeben hatte, wieder dahin zurückzukommen. So gelangte er zur Stadt und schleppte sich mit vieler Mühe bis in seine Wohnung. Als er ins Zimmer seiner Mutter trat, fiel er aus Freude über das Wiedersehen, verbunden mit der von dreitägigem Fasten herrührenden Schwäche, in eine Ohnmacht, die einige Zeit dauerte. Seine Mutter, die ihn bereits als verloren oder als tot beweint hatte, ließ es jetzt, da sie ihn in diesem Zustand erblickte, an keiner Pflege und an keinem Mittel fehlen, ihn wieder zum Leben zu bringen. Endlich erholte er sich und seine ersten Worte waren: »Liebe Mutter, vor allen Dingen bitte ich dich, gib mir zu essen; ich habe seit drei Tagen nichts über den Mund gebracht.« Seine Mutter brachte ihm, was sie gerade hatte, setzte es ihm vor und sagte: »Lieber Sohn, übereile dich ja nicht, denn es könnte dir schaden; iß ganz langsam und nach deiner Bequemlichkeit, und nimm dich wohl in acht, so heißhungrig du auch bist. Ich wünsche nicht einmal, daß du mit mir sprechen sollst. Du hast immer noch Zeit, mir deine Schicksale zu erzählen, wenn du wieder hergestellt bist. Nach der großen Betrübnis, in der ich mich seit Freitag befunden, und nach der unsäglichen Mühe, die ich mir gegeben habe, um nach dir zu fragen, als es Nacht wurde und du nicht nach Hause kamst, bin ich vollkommen getröstet, daß ich dich nur wiedersehe.«

Aladin folgte dem Rat seiner Mutter, aß langsam und ruhig, und trank ebenso. Als er fertig war, sagte er: »Liebe Mutter, ich könnte dir eigentlich große Vorwürfe machen, daß du mich so ohne alles Bedenken auf Treue und Glauben einem Mann anvertrautest, der den Plan hatte, mich ins Verderben zu stürzen, und in diesem Augenblick fest überzeugt ist, daß ich bereits nicht mehr lebe, oder wenigstens zu jeder Stunde sterben könne; doch du glaubtest, es sei mein Oheim, und ich glaubte es ebenfalls. Wie hätten wir auch anders von einem Manne denken können, der mich mit Liebkosungen und Geschenken überhäufte und mir so glänzende Versprechungen machte? Du mußt aber wissen, liebe Mutter, daß er ein Verräter, ein Bösewicht, ein Schurke ist. Er hat mir bloß deswegen so viele Geschenke und Versprechungen gemacht, weil er mich ins Verderben stürzen wollte, ohne daß weder du noch ich imstande wäre, die Ursache zu erraten. Ich meinerseits kann versichern, daß ich ihm nie die mindeste Veranlassung gegeben habe, mich zu mißhandeln. Du kannst dies selbst aus dem getreuen Bericht abnehmen, den ich dir jetzt von allem machen werde, was von unserer Trennung an bis zur Ausführung seines verderblichen Planes vorgegangen ist.«

Aladin fing nun an, seiner Mutter zu erzählen, was ihm seit Freitag geschehen war, wo der Zauberer ihn abgeholt hatte, um die Paläste und Gärten außerhalb der Stadt mit ihm zu besehen; ferner, was ihm unterwegs bis zu dem Ort zwischen den zwei Bergen, wo das große Zauberwerk vor sich gehen sollte, zugestoßen, und wie infolge eines Rauchwerks, das ins Feuer geworfen worden, und einiger Zauberworte sich augenblicklich die Erde geöffnet habe, und der Eingang einer Höhle sichtbar geworden sei, die zu einem unschätzbaren Schatz geführt habe. Auch die Ohrfeige vergaß er nicht, und die Art, wie der Zauberer, nachdem er sich wieder ein wenig beruhigt, ihn durch große Versprechungen und durch Schenkung eines Ringes vermocht habe, in die Höhle hinabzusteigen. Sodann erzählte er ausführlich, was er auf seinem Hin- und Rückweg in den drei großen Sälen, im Garten und auf der Terrasse gesehen, und wie er dort die Wunderlampe geholt habe. Zugleich zog er sie aus seinem Busen und zeigte sie seiner Mutter samt den durchsichtigen und buntfarbigen Früchten, die er auf dem Rückweg aus dem Garten abgepflückt hatte. Auch gab er ihr die zwei vollen Beutel, aus denen sie sich aber wenig machte. Gleichwohl waren diese Früchte Edelsteine, deren sonnenheller Glanz beim Schein der Lampe, welche das Zimmer erhellte, auf ihren großen Wert hätten aufmerksam machen sollen; allein Aladins Mutter verstand sich auf dergleichen Sachen ebensowenig, als ihr Sohn. Sie war in großer Dürftigkeit aufgewachsen und ihr Mann war nicht vermögend genug gewesen, um ihr solche Kostbarkeiten zu schenken; auch bei ihren Verwandten und Nachbarinnen hatte sie nie derglechen gesehen. Kein Wunder also, daß sie dieselben als wertlose Dinge betrachtete, die höchstens dazu gut wären, durch die Mannigfaltigkeit ihrer Farben das Auge zu ergötzen; daher Aladin sie hinter eines von den Polstern des Sofas schob, auf dem er saß. Er vollendete sodann die Erzählung des Abenteuers und sagte, wie er aus der Höhle habe wieder heraussteigen wollen, wie der Zauberer ihm die Lampe abgefordert und wie sich dann auf seine Weigerung infolge des Rauchwerks, das der Zauberer in das noch brennende Feuer geworfen, und einige dazu gesprochener Worte die Öffnung der Höhle augenblicklich wieder verschlossen habe. Nicht ohne Tränen vermochte er ihr den unglücklichen Zustand zu schildern, in dem er sich befunden, als er sich in der fatalen Höhle lebendig begraben gesehen habe, bis zu dem Augenblick, wo er infolge der Berührung des Ringes, dessen Eigenschaften er noch nicht gekannt, wieder hervor- und sozusagen zum zweitenmal auf die Welt gekommen sei. Als er seine Erzählung geendet hatte, sagte er zu seiner Mutter: »Das übrige brauche ich dir nicht erst zu sagen, es ist dir bekannt. Du siehst jetzt, welche Abenteuer und Gefahren ich seit unserer Trennung bestanden habe.«

Aladins Mutter hatte die Geduld, diese wunderbare und seltsame, zugleich aber für eine Mutter, die ihren Sohn trotz seiner Fehler zärtlich liebte, so schmerzliche Geschichte ohne Unterbrechung anzuhören. Nur bei den rührendsten Stellen, wo die Schändlichkeit des afrikanischen Zauberers recht ans Tageslicht kam, konnte sie ihren Abscheu nicht verbergen. Jetzt aber, da Aladin geendet hatte, ließ sie sich in tausend Schmähworte gegen den Betrüger aus; sie nannte ihn einen Verräter, einen Schurken, einen Unmenschen, einen Meuchelmörder, Lügner, Zauberer, einen Feind und Verderber des menschlichen Geschlechts. »Ja, mein Sohn«, fügte sie hinzu, »es ist ein Zauberer, und die Zauberer sind eine wahre Pest der Menschheit; sie haben vermöge ihrer Zaubereien und Hexereien Verkehr mit den bösen Geistern. Gott sei gelobt, der verhütet hat, daß seine entsetzliche Bosheit ihren Zweck an dir erreichte. Du bist ihm für die Gnade, die er an dir getan hat, großen Dank schuldig; dein Tod wäre unvermeidlich gewesen, wenn du dich nicht seiner erinnert und ihn um Hilfe angefleht hättest.« So sprach sie noch vieles andere, um ihren Abscheu gegen den Verrat des Zauberers auszudrücken. Endlich aber bemerkte sie, daß Aladin, der seit drei Tagen nicht geschlafen hatte, der Ruhe bedürftig war; sie brachte ihn daher zu Bett und legte sich bald darauf ebenfalls nieder.

Aladin, der an dem unterirdischen Orte, wo er mörderischerweise begraben gewesen, keine Ruhe genossen hatte, schlief die ganze Nacht fest und erwachte am anderen Morgen erst sehr spät. Er stand auf, und das erste, was er zu seiner Mutter sagte, war, daß er Hunger habe, und sie ihm kein größeres Vergnügen machen könnte, als wenn sie ihm ein Frühstück gäbe. »Ach, lieber Sohn«, antwortete sie, »ich habe auch nicht einen einzigen Bissen Brot; du hast gestern Abend den wenigen Vorrat, der noch zu Hause war, aufgegessen. Aber gedulde dich einen Augenblick, so werde ich dir bald etwas bringen. Ich habe etwas Baumwolle gesponnen, diese will ich verkaufen, um Brot und einiges zum Mittagessen anzuschaffen.« – »Liebe Mutter«, erwiderte Aladin, »hebe deine Baumwolle für ein anderes Mal auf und gib mir die Lampe, die ich gestern mitbrachte. Ich will sie verkaufen, und vielleicht löse ich so viel daraus, daß wir Frühstück und Mittagessen, und am Ende gar noch etwas für den Abend bestreiten können.«

Aladins Mutter holte die Lampe und sagte zu ihrem Sohne: »Da hast du sie, sie ist aber sehr schmutzig. Ich will sie ein wenig putzen, dann wird sie schon etwas mehr gelten.« Sie nahm Wasser und feinen Sand, um sie blank zu machen, aber kaum hatte sie angefangen, die Lampe zu reiben, als augenblicklich in Gegenwart ihres Sohnes ein scheußlicher Geist von riesenhafter Gestalt vor ihr aufstand und mit einer Donnerstimme zu ihr sprach: »Was willst du? Ich bin bereit, dir zu gehorchen als dein Sklave und als Sklave aller derer, welche die Lampe in der Hand haben, sowohl ich, als die anderen Sklaven der Lampe.«

Aladins Mutter war nicht imstande zu antworten. Ihr Auge vermochte die abscheuliche und schreckliche Gestalt des Geistes nicht zu ertragen, und sie war gleich bei seinen ersten Worten vor Angst in Ohnmacht gefallen.

Aladin dagegen, der schon in der Höhle eine ähnliche Erscheinung gehabt hatte, ergriff, ohne die Zeit oder Besinnung zu verlieren, schnell die Lampe und antwortete statt seiner Mutter mit festem Ton: »Ich habe

Hunger, bring mir etwas zu essen.« Der Geist verschwand und kam im Augenblick wieder mit einem großen silbernen Becken auf dem Kopf, worin sich zwölf gedeckte Schüsseln von demselben Metall voll der ausgezeichnetsten Speisen nebst sechs Broten vom weißesten Mehl befanden, und zwei Flaschen des köstlichsten Weines, nebst zwei silbernen Schalen in der Hand. Er stellte alles zusammen auf das Sofa und verschwand sogleich.

Dies geschah in so kurzer Zeit, daß Aladins Mutter sich noch nicht von ihrer Ohnmacht erholt hatte, als der Geist zum zweitenmal verschwand. Aladin, der bereits, aber ohne Erfolg, angefangen hatte, ihr Wasser ins Gesicht zu spritzen, wollte dies eben wiederholen; allein sei es, daß ihre entflohenen Lebensgeister sich wieder gesammelt hatten, oder daß der Duft der Speisen, die der Geist gebracht, etwas dazu beitrug, kurz, sie kam augenblicklich wieder zu sich. »Liebe Mutter«, sagte Aladin zu ihr, »es ist weiter nichts, steh auf und iß: hier sind Sachen genug, um dein Herz zu stärken und zugleich meinen großen Hunger zu befriedigen. Wir wollen diese guten Speisen nicht kalt werden lassen, sondern essen.« Aladins Mutter war außerordentlich erstaunt, als sie das große Becken, die zwölf Schüsseln, die sechs Brote, die zwei Flaschen nebst den zwei Schalen erblickte und den köstlichen Duft einatmete, der aus all den Platten emporstieg. »Mein Sohn«, sagte sie zu Aladin, »woher kommt uns dieser Überfluß und wem haben wir für solch

reiches Geschenk zu danken? Sollte vielleicht der Sultan von unserer Armut gehört und sich unser erbarmt haben?« – »Liebe Mutter«, antwortete Aladin, »wir wollen uns jetzt zu Tisch setzen und essen, du bedarfst dessen so gut, als ich; deine Frage werde ich beantworten, wenn wir gefrühstückt haben.« Sie setzten sich zu Tisch und speisten mit um so größerem Appetit, als beide, Mutter und Sohn, sich nie an einer so wohlbesetzten Tafel befunden hatten.

Während der Mahlzeit konnte Aladins Mutter nicht aufhören, das Becken und die Schüsseln zu betrachten und zu bewundern, obgleich sie nicht recht wußte, ob sie von Silber oder einem anderen Metall waren: so ungewöhnlich war ihr der Anblick von dergleichen Dingen. Eigentlich war es bloß die Neuheit und nicht der Wert derselben, was sie in solche Bewunderung versetzte, denn sie verstand sich darauf so wenig, als ihr Sohn Aladin.

Aladin und seine Mutter, die nur ein einfaches Frühstück einzunehmen gedacht hatten, befanden sich um die Stunde des Mittagessens noch bei Tisch. Die trefflichen Speisen hatten ihre Eßlust noch mehr rege gemacht, und da sie noch warm waren, glaubten sie, nicht übel zu tun, wenn sie beide Mahlzeiten auf einmal abmachten, statt sich zweimal an den Tisch zu setzen. Nachdem die Doppelmahlzeit geendigt war, blieb ihnen noch so viel übrig, daß sie nicht nur ein Abendessen, sondern auch noch am folgenden Tage zwei tüchtige Mahlzeiten halten konnten.

Als Aladins Mutter abgetragen und das Fleisch, welches unberührt geblieben war, aufgehoben hatte, setzte sie sich zu ihrem Sohn auf das Sofa und sagte zu ihm: »Aladin, ich erwarte jetzt von dir, daß du meine Neugierde befriedigst und mir die versprochene Auskunft erteilst.« Aladin erzählte ihr umständlich alles, was während ihrer Ohnmacht zwischen dem Geist und ihm vorgegangen war.

Aladins Mutter geriet in große Verwunderung über die Erzählung ihres Sohnes und die Erscheinung des Geistes. »Aber, mein Sohn«, sagte sie, was willst du denn eigentlich sagen mit deinen Geistern? Solange ich auf der Welt bin, habe ich nie sagen gehört, daß jemand von allen meinen Bekannten einen Geist gesehen hätte. Durch welchen Zufall ist dieser garstige Geist zu mir gekommen? Warum hat er sich an mich gewendet und nicht an dich, da er dir doch schon in der Schatzhöhle einmal erschienen war?«

»Liebe Mutter«, erwiderte Aladin, »der Geist, welcher dir erschienen, ist nicht derselbe, der mir erschien. Sie haben zwar einige Ähnlichkeit in Beziehung auf ihre Riesengröße, aber an Gesichtsbildung und Kleidung sind sie gänzlich voneinander verschieden und gehören auch verschiedenen Herren an. Du wirst dich noch erinnern, daß derjenige, den ich sah, sich einen Sklaven des Rings nannte, den ich am Finger habe, während der soeben erschienene sagte, er sei Sklave der Lampe, die du in der Hand hattest; doch ich glaube nicht, daß du es gehört hast, denn, wie mich dünkt, fielst du sogleich in Ohnmacht, als er zu reden anfing.«

»Wie!« rief Aladins Mutter, »also deine Lampe ist schuld, daß dieser verwünschte Geist sich an mich gewendet hat, statt an dich? Ach, lieber Sohn, schaffe sie mir sogleich aus den Augen und hebe sie auf, wo du willst, ich mag sie nicht mehr anrühren. Eher lasse ich sie wegwerfen oder verkaufen, als daß ich Gefahr laufe, bei Berührung derselben vor Angst zu sterben. Folge mir und tue auch den Ring ab. Man muß keinen Verkehr mit Geistern haben: es sind Teufel und unser Prophet hat es gesagt.«

»Mit deiner Erlaubnis, liebe Mutter«, antwortet Aladin, »werde ich mich jetzt wohl hüten, eine Lampe, die uns beiden so nützlich werden kann, zu verkaufen, wie ich soeben noch im Sinne hatte. Siehst du denn nicht, was sie uns erst vor einigen Augenblicken verschafft hat? Sie soll uns jetzt fortwährend Nahrung und Lebensunterhalt besorgen. Du kannst dir, wie ich, leicht denken, daß mein garstiger, falscher Oheim sich nicht ohne Grund so viel Mühe gegeben und eine so weite und beschwerliche Reise unternommen hat, da er nach dem Besitz dieser Wunderlampe trachtete, die er allem Gold und Silber, das er in den Sälen wußte, und das ich, wie er es mir beschrieben, mit meinen eigenen Augen sah, vorgezogen hatte. Er kannte den Wert und die herrlichen Eigenschaften dieser Lampe zu gut, um sich von dem übrigen reichen Schatz noch etwas zu wünschen. Da nun der Zufall uns ihre geheime Kraft entdeckt hat, so wollen wir den möglichst vorteilhaften Gebrauch davon machen, aber ohne Aufsehen zu erregen, damit unsere Nachbarn nicht neidisch und eifersüchtig werden. Ich will sie dir übrigens gern aus den Augen schaffen und an einem Ort aufheben, wo ich sie finden kann, wann ich sie brauche, da du so große Angst vor den Geistern hast. Auch den Ring wegzuwerfen, kann ich mich unmöglich entschließen. Ohne diesen Ring hättest du mich nie wieder gesehen, und ohne ihn würde ich jetzt entweder nicht mehr, oder höchstens noch auf einige Augenblicke leben. Du wirst mir daher erlauben, daß ich ihn behalte und immer mit großer Behutsamkeit am Finger trage. Wer weiß, ob mir nicht irgend einmal eine andere Gefahr zustößt, die wir beide nicht voraussehen können, und aus der er mich vielleicht befreit?« Da Aladins Bemerkung sehr richtig schien, so wußte seine Mutter nichts mehr einzuwenden. »Lieber Sohn«, sagte sie zu ihm, »du kannst handeln, wie du es für gut hältst; ich für meinen Teil mag mit Geistern nichts zu tun haben. Ich erkläre dir hiermit, daß ich meine Hände in Unschuld wasche, und nie mehr mit dir davon reden werden.«

Am anderen Tag nach dem Abendessen war von den herrlichen Speisen, die der Geist gebracht hatte, nichts mehr übrig; Aladin, der nicht so lange warten wollte, bis der Hunger ihn drängte, nahm daher am dritten Morgen eine der silbernen Schüsseln unter seine Kleider und ging aus, um sie zu verkaufen. Er wandte sich an einen Juden, der ihm begegnete, nahm ihm beiseite, zeigte ihm die Schüssel und fragte, ob er wohl Lust dazu hätte.

Der Jude, ein schlauer und verschmitzter Bursche, nahm die Schüssel, untersuchte sie, und da er erkannte, daß sie von echtem Silber war, fragte er Aladin, was er dafür verlange. Aladin, der ihren Wert nicht verstand und nie mit solchen Waren Handel getrieben hatte, sagte ihm bloß, er werde wohl am besten wissen, was die Schüssel wert sei, und er verlasse sich hierin ganz auf seine Ehrlichkeit. Der Jude geriet wirklich in Verlegenheit über die Offenherzigkeit Aladins. Da er nicht wußte, ob Aladin den Wert seiner Ware wirklich kannte oder nicht, zog er ein Goldstück aus seinem Beutel, das höchstens den zweiundsiebzigsten Teil vom wahren Wert der Schüssel betrug, und bot es ihm an. Aladin nahm das Goldstück mit großer Freudigkeit, und sobald er es in der Hand hatte, lief er so schnell davon, daß der Jude, mit seinem ungeheuren Gewinn bei diesem Kaufe nicht zufrieden, sich sehr darüber ärgerte, daß er Aladins gänzliche Unwissenheit über den Wert für die Schüssel nicht besser erraten und ihm noch weniger geboten hatte. Er geriet in Versuchung, dem jungen Menschen nachzulaufen, ob er nicht etwas von seinem Goldstück herausbekommen könnte; allein Aladin ging schnell und war schon so weit entfernt, daß er ihn schwerlich eingeholt hätte.

Auf dem Heimweg blieb Aladin bei einem Bäckerladen stehen, kaufte einen Vorrat Brot und bezahlte ihn mit dem Goldstück, das der Bäcker ihm wechselte. Als er nach Hause kam, gab er das übrige Geld seiner Mutter, die auf den Markt ging, um für sie beide die nötigen Lebensmittel auf einige Tage einzukaufen.

So lebten sie eine Zeitlang fort, d. h., Aladin verkaufte alle zwölf Schüsseln, eine nach der andern, so wie das Geld im Hause ausgegangen war, an den Juden. Der Jude, der für die erste ein Goldstück gegeben hatte, wagte es nicht, für die übrigen weniger zu bieten, und bezahlte alle mit derselben Münze, um einen so guten Handel nicht auszulassen. Als das Geld von der letzten Schüssel ausgegeben war, nahm Aladin seine Zuflucht zu dem Becken, das allein zehnmal mehr wog als jede Schüssel. Er wollte es einem gewöhnlichen Kaufmann bringen, allein es war ihm zu schwer. Somit mußte er den Juden aufsuchen und ihn in sein Haus führen; dieser prüfte das Gewicht des Beckens und zahlte ihm auf der Stelle zehn Goldstücke, womit Aladin auch zufrieden war.

So lange die Goldstücke dauerten, wurden sie für die täglichen Ausgaben der Hauswirtschaft verwendet. Aladin hatte indes, obschon er ans Müßiggehen gewöhnt war, seit seinem Abenteuer mit dem afrikanischen Zauberer nicht mehr mit den jungen Leuten seines Alters gespielt. Er brachte seine Tage mit Spazierengehen zu, oder unterhielt sich mit älteren Leuten, deren Bekanntschaft er gemacht hatte. Oft blieb er auch bei den Läden der großen Kaufleute stehen und horchte aufmerksam auf die Gespräche vornehmer Männer, die sich hier eine Zeitlang aufhielten, oder sich hierher bestellt hatten: und diese Gespräche gaben ihm allmählich einigen Anstrich von Weltkenntnis.

Als von den zehn Goldstücken nichts mehr übrig war, nahm Aladin seine Zuflucht zur Lampe. Er nahm sie in die Hand, suchte die Stelle, welche seine Mutter berührt hatte, und als er sie an dem Eindruck des Sandes erkannte, rieb er sie ebenso, wie sie getan hatte. Sogleich erschien ihm wieder derselbe Geist, der sich schon einmal gezeigt hatte; da aber Aladin die Lampe sanfter gerieben hatte, als seine Mutter, so sprach er diesmal in einem milderen Tone dieselben Worte wie vorhin: »Was willst du? ich bin bereit, dir zu gehorchen als dein Sklave und als Sklave aller derer, welche die Lampe in der Hand haben, sowohl ich, als die anderen Sklaven der Lampe.« Aladin antwortete ihm: »Mich hungert, bring mir zu essen.« Der Geist verschwand und erschien in einigen Augenblicken wieder mit einem ähnlichen Tafelzeug, wie das erste Mal, stellte es auf das Sofa und verschwand wieder.

Aladins Mutter war, da sie das Vorhaben ihres Sohnes wußte, absichtlich ausgegangen, um bei der Erscheinung des Geistes nicht zu Hause zu sein. Sie kam bald darauf zurück, und als sie die Tafel und den Schenktisch so wohl besetzt sah, erstaunte sie über die wunderbare Wirkung der Lampe beinahe ebenso wie das erste Mal. Aladin und seine Mutter setzten sich zu Tisch, und nach dem Mahl blieb ihnen noch so viel übrig, daß sie die beiden folgenden Tage behaglich davon leben konnten.

Als Aladin sah, daß weder Brot noch Lebensmittel, noch Geld mehr zu Hause war, nahm er eine silberne Schüssel und suchte den Juden, den er kannte, auf, um sie zu verkaufen. Auf dem Weg zu ihm kam er an dem Laden eines Goldschmieds vorüber, der durch sein Alter ehrwürdig

und zugleich ein ehrlicher und rechtschaffener Mann war. Der Goldschmied bemerkte ihn, und rief ihm, er möchte hereintreten. »Mein Sohn«, sagte er zu ihm, »ich habe dich schon mehrere Male mit derselben Ware wie jetzt vorbeigehen, den und den Juden aufsuchen und bald darauf mit leeren Händen zurückkommen sehen. Dies hat mich auf den Gedanken gebracht, daß du das, was du trägst, jedesmal an ihn verkaufst. Aber du weißt vielleicht nicht, daß dieser Jude ein Betrüger, und zwar ein ärgerer Betrüger ist, als die anderen Juden, und daß niemand, der ihn kennt, mit ihm zu tun haben will. Im übrigen sage ich dir dieses bloß aus Gefälligkeit. Wenn du mir zeigen willst, was du jetzt in der Hand hast, und es dir feil ist, so will ich dir den wahren Wert getreulich ausbezahlen, wofern ich es brauchen kann; wo nicht, so will ich dich an andere Kaufleute weisen, die dich nicht betrügen werden.«

In der Hoffnung, noch mehr Geld für seine Schüssel zu lösen, zog Aladin sie sogleich unter seinem Kleid hervor und zeigte sie dem Goldschmied. Der Greis, der auf den ersten Blick erkannte, daß sie vom feinsten Silber war, fragte ihn, ob er wohl schon ähnliche an den Juden verkauft und was er von ihm dafür erhalten habe. Aladin gestand offenherzig, daß er schon zwölf solche verkauft und der Jude ihm für jede ein einziges Goldstück bezahlt habe. »Ha, der Spitzbube!« rief der Goldschmied. »Mein Sohn«, fügte er hinzu, »was geschehen ist, ist geschehen, und man muß nicht mehr daran denken; aber wenn ich dir jetzt den wahren Wert deiner Schüssel entdecke, die vom feinsten Silber ist, das nur irgend von uns verarbeitet wird, so wirst du einsehen, wie sehr der Jude dich betrogen hat.«

Der Goldschmied nahm die Waage, wog die Schüssel und nachdem er Aladin auseinandergesetzt hatte, was eine Mark Silber sei, welchen Wert und welche Unterabteilungen sie habe, machte er ihm begreiflich, daß diese Schüssel ihrem Gewicht nach zweiundsiebzig Goldstücke wert sei, die er ihm sogleich blank ausbezahlte. »Da hast du«, sagte er, »den wahren Betrag deiner Schüssel. Wenn du noch daran zweifelst, so kannst du dich nach Belieben an jeden anderen von unsern Goldschmieden wenden, und wenn dir einer sagt, daß sie mehr wert sei, so mache ich mich anheischig, dir das Doppelte dafür zu bezahlen. Wir gewinnen an dem Silberwerk, das wir kaufen, nichts, als die Arbeit und die Form, und damit begnügt sich kein Jude, wenn er auch noch so ehrlich wäre.«

Aladin dankte dem Goldschmied sehr für den guten Rat, den er ihm gegeben hatte, und von dem er bereits einen so großen Nutzen zog. In der Folge verkaufte er auch die übrigen Schüsseln sowie das Becken bloß noch an ihn und erhielt von allem den vollen Wert je nach dem Gewicht. Obwohl nun Aladin und seine Mutter eine unversiegbare Geldquelle an ihrer Lampe hatten, kraft der sie sich nach Herzenswunsch mit Geld versehen konnten, sobald es ihnen ausging, so lebten sie dennoch fortwährend ebenso mäßig wie zuvor, nur daß Aladin einiges auf die Seite legte, um anständig auftreten zu können und verschiedene Bequemlichkeiten für ihre kleine Wirtschaft anzuschaffen. Seine Mutter dagegen verwendete auf ihre Kleider nichts, als was ihr das Baumwollespinnen einbrachte. Bei dieser nüchternen Lebensweise kann man sich leicht denken, daß das Gold, das Aladin für seine zwölf Schüsseln und das Becken von dem Goldschmied erhalten hatte, lange ausreichte. So lebten sie denn mehrere Jahre lang von dem guten Gebrauch, den Aladin von Zeit zu Zeit von seiner Lampe machte.

In dieser Zwischenzeit hatte Aladin, der es nicht unterließ, sich sehr fleißig bei den Zusammenkünften angesehener Personen in den Läden der bedeutendsten Kaufleute, die mit Gold, Silber, Seidenstoffen, den feinsten Schleiertüchern und Juwelen handelten, einzufinden und bisweilen sogar an ihren Unterhaltungen teilzunehmen, sich vollends ausgebildet und allmählich alle Manieren der feinen Weltleute angenommen. Namentlich bei den Juwelenhändlern kam er von dem Irrwahn ab, als wären die durchsichtigen Früchte, die er in dem Garten, wo die Lampe stand, gepflückt hatte, bloß buntfarbiges Glas; er erfuhr hier, daß es sehr kostbare Edelsteine waren. Da er täglich in diesen Läden alle Arten solcher Edelsteine kaufen und verkaufen sah, lernte er sie nach ihrem Wert kennen und schätzen, da er nirgends so schöne und große bemerkte, wie die seinigen, so begriff er wohl, daß er statt der Glasscherben, die er für Kleinigkeiten geachtet hatte, einen Schatz von unschätzbarem Wert besaß. Indes war er klug genug, niemanden etwas davon zu sagen, selbst seiner Mutter nicht, und ohne Zweifel verdankte er diesem Stillschweigen das hohe Glück, zu dem wir ihn in der Folge emporsteigen sehen werden.

Eines Tages, als er in der Stadt spazierenging, hörte Aladin mit lauter Stimme einen Befehl des Sultans ausrufen, daß jedermann seinen Laden und seine Haustür schließen und sich ins Innere seiner Wohnung zurückziehen solle, bis die Prinzessin Bedrulbudur,* die Tochter des Sultans, die sich baden wollte, vorübergegangen und wieder zurückgekehrt sein würde.**

Dieser öffentliche Aufruf erweckte in Aladin den Wunsch, die Prinzessin entschleiert zu sehen. Er mußte sich zu diesem Behuf in das Haus eines Bekannten begeben und dort hinter ein Gitterfenster stellen; allein dies war ihm nicht genug, da die Prinzessin, dem Brauch gemäß, auf ihrem Weg ins Bad einen Schleier vor ihrem Gesicht haben mußte. Um

* Auf Arabisch: Mond der Monde.

** Noch heutzutage ist es den Persern verboten, die Frauen des Königs auf der Straße zu sehen.

seine Neugierde zu befriedigen, ersann er endlich ein Mittel, das ihm glückte. Er stellte sich nämlich hinter die Tür des Bades, das so eingerichtet war, daß er sie unfehlbar von Angesicht sehen mußte.

Aladin durfte nicht lange warten: die Prinzessin erschien, und er betrachtete sie durch einen Ritz, der groß genug war, daß er sehen konnte, ohne gesehen zu werden. Sie kam in Begleitung von einer großen Anzahl ihrer Frauen und Verschnittenen, die teils neben ihr, teils hinter ihr hergingen. Drei oder vier Schritte vor der Tür des Bades nahm sie den Schleier ab, der ihr Gesicht bedeckte und ihr sehr unbequem war, und auf diese Art sah Aladin sie um so bequemer, da sie gerade auf ihn zukam. Aladin hatte bis dahin noch nie eine Frau mit entschleiertem Gesicht gesehen, als seine Mutter, die schon alt und überhaupt niemals so hübsch gewesen war, daß er von ihr einen Schluß auf die Schönheit anderer Frauen hätte machen können. Zwar hatte er wohl gehört, daß es Frauen von ausgezeichneter Schönheit gebe, allein alle auch noch so begeisterten Schilderungen von einer Schönheit können nie einen so tiefen Eindruck machen, wie ihr Anblick selbst.

Als Aladin die Prinzessin Bedrulbudur gesehen hatte, gab er seine bisherige Meinung, als ob alle Frauen mehr oder weniger seiner Mutter glichen, auf. Ganz andere Empfindungen stiegen in ihm auf, und sein Herz konnte dem bezaubernden Mädchen die höchste Zuneigung nicht versagen. Wirklich war die Prinzessin auch die schönste Brünette, die man auf der Welt sehen kann. Sie hatte große, regelmäßige, lebhafte und feurige Augen, einen sanften und sittsamen Blick, eine proportionierte Nase ohne allen Tadel, einen kleinen Mund, rosenrote und durch ihr schönes Ebenmaß wahrhaft bezaubernde Lippen; mit einem Wort, alle ihre Gesichtszüge waren höchst anmutig und regelmäßig. Was Wunder, daß Aladin bei dem Blick einer so seltenen Bereinigung von Schönheiten, die ihm ganz neu waren, geblendet wurde und beinahe außer sich geriet! Außer diesen Vollkommenheiten hatte die Prinzessin einen üppigen Wuchs und eine majestätische Haltung, deren Anblick allein schon die ihr gebührende Ehrfurcht einflößte.

Als die Prinzessin ins Bad hineingegangen war, blieb Aladin eine Weile ganz verwirrt und wie entzückt stehen, indem er sich unaufhörlich das reizende Bild vor die Seele rief, das ihn im Innersten seines Herzens ergriffen und bezaubert hatte. Endlich kam er wieder zur Besinnung, und da er bedachte, daß die Prinzessin bereits vorübergegangen war, und er vergebens seinen Posten länger behaupten würde, um sie beim Herausgehen aus dem Bad wiederzusehen, indem sie ihm da den Rücken kehren und verschleiert sein müßte, so beschloß er, den Ort zu verlassen und sich hinwegzubegeben.

Als Aladin nach Hause kam, konnte er seine Verwirrung und Unruhe nicht so verbergen, daß seine Mutter nichts gemerkt hätte. Sie war sehr erstaunt, ihn gegen seine Gewohnheit so traurig und nachdenklich zu sehen, und fragte ihn, ob ihm etwas Unangenehmes begegnet sei, oder ob er sich unwohl befinde. Aladin aber gab keine Antwort, sondern setzte sich nachlässig auf das Sofa, wo er unverändert in derselben Stellung blieb, fortwährend damit beschäftigt, sich das reizende Bild der Prinzessin Bedrulbudur zu vergegenwärtigen. Seine Mutter bereitete das Abendessen und drang nicht weiter in ihn. Als das Mahl fertig war, stellte sie es neben ihn auf das Sofa und setzte sich zu Tische; da sie aber sah, daß ihr Sohn gar nicht darauf achtete, so sprach sie ihm zu, er solle doch essen, und nur mit viel Mühe brachte sie ihn dahin, daß er seine Lage änderte. Er aß viel weniger als gewöhnlich, hatte die Augen immer niedergeschlagen und beobachtete ein so tiefes Stillschweigen, daß es seiner Mutter unmöglich war, ihm auch nur ein einziges Wort zu entlocken, so sehr sie auch in ihn drang, er solle ihr die Ursache dieser außerordentlichen Veränderungen mitteilen.

Nach dem Abendessen wollte sie von neuem anfangen, ihn zu fragen, warum er denn so schwermütig sei, allein sie konnte nichts aus ihm herausbringen, und Aladin ging zu Bett, ohne seine Mutter im mindesten zufriedengestellt zu haben.

Wir wollen es ununtersucht lassen, wie Aladin, dem die Schönheit und die Reize der Prinzessin Bedrulbudur den Kopf verrückt hatten, die Nacht zubrachte; nur so viel wollen wir bemerken, daß er sich am anderen Morgen wieder auf das Sofa setzte und mit seiner Mutter, die ihm gegenüber saß und wie gewöhnlich Baumwolle spann, folgendes Gespräch anfing. »Liebe Mutter«, sagte er zu ihr, »ich will jetzt das Still-

schweigen brechen, das ich seit meiner Nachhausekunft gestern beobachtet habe. Es hat dir Kummer gemacht und das ist mir nicht entgangen. Ich war nicht krank, wie du zu glauben schienst, und bin es auch jetzt nicht. Aber soviel kann ich dir sagen, daß das, was ich empfand und was ich noch fortwährend empfinde, etwas weit Schlimmeres ist als eine Krankheit. Zwar weiß ich nicht recht, wie man dieses Übel nennt, aber ich zweifle nicht, daß du es aus dem erkennen wirst, was ich dir jetzt sagen will. Es ist«, fuhr Aladin fort, »in diesem Stadtviertel nicht bekannt geworden, und so kannst du es auch nicht wissen, daß die Prinzessin Bedrulbudur, die Tochter des Sultans, gestern nachmittag ins Bad gegangen ist. Ich hörte es, als ich in der Stadt umherspazierte. Man rief nämlich den Befehl aus, daß alle Läden geschlossen werden und jeder sich in sein Haus begeben solle, um der Prinzessin die ihr gebührende Ehre zu erzeigen und ihr auf den Straßen, durch welche sie ginge, freien Durchgang zu lassen. Da ich nicht weit vom Bad entfernt war, so brachte mich die Neugierde, sie mit entschleiertem Gesicht zu sehen, auf den Einfall, mich hinter die Tür des Bades zu verstecken; denn ich dachte, sie werde vielleicht noch vor ihrem Eintritt ins Bad den Schleier abnehmen. Du kennst die Lage der Tür und kannst daher leicht abnehmen, daß ich sie mit Bequemlichkeit sehen mußte, wenn das geschah, was ich vermutete. Wirklich nahm sie vor ihrem Eintritt den Schleier ab und ich hatte das Glück, zu meinem unaussprechlichen Vergnügen diese liebenswürdige Prinzessin zu sehen. Siehst du, Mutter, das ist die Ursache des Zustandes, in dem du mich gestern sahest, als ich nach Hause kam, und deswegen habe ich bis jetzt den Mund nicht aufgetan. Ich liebe die Prinzessin mit einer Glut, die ich dir nicht beschreiben kann, und da meine heiße Leidenschaft mit jedem Augenblick zunimmt, so fühle ich wohl, daß sie nur durch den Besitz der liebenswürdigen Prinzessin Bedrulbudur befriedigt werden kann; daher ich denn auch entschlossen bin, sie vom Sultan mir zur Frau zu erbitten.«

Aladins Mutter hatte die Rede ihres Sohnes bis auf die letzten Worte mit vieler Aufmerksamkeit angehört; als sie aber vernahm, daß er im Sinn habe, um dic Hand der Prinzessin Bedrulbudur anzuhalten, so konnte sie nicht umhin, ihn durch lautes Gelächter zu unterbrechen. Aladin wollte fortfahren, allein sie ließ ihn nicht zum Wort kommen und sagte zu ihm: »Ei, ei, mein Sohn, was fällt dir ein? Bist du wahnsinnig geworden, daß du solche Reden führen kannst?«

»Liebe Mutter«, erwiderte Aladin, »ich kann dir versichern, daß ich nicht wahnsinnig, sondern ganz bei gutem Verstand bin. Ich habe mir im voraus gedacht, daß du mich töricht und albern nennen werdest; allein dies soll mich nicht hindern, dir noch einmal zu erklären, daß mein Entschluß feststeht, den Sultan um die Hand der Prinzessin Bedrulbudur zu bitten.«

»Wahrhaftig, mein Sohn«, erwiderte die Mutter sehr ernsthaft, »ich kann nicht umhin, dir zu sagen, daß du dich ganz vergißt; und wenn du deinen Entschluß auch ausführen wolltest, so sehe ich nicht ein, durch wen du es wagen könntest, deine Bitte vortragen zu lassen.« – »Durch niemand anders, als dich selbst«, antwortete der Sohn ohne Bedenken. – »Durch mich!« rief die Mutter voll Erstaunen und Überraschung; »und an den Sultan? O ich werde mich wohl hüten, mich in eine Unternehmung der Art einzulassen. Und wer bist du denn, mein Sohn«, fuhr sie fort, »daß du die Kühnheit haben dürftest, deine Gedanken zur Tochter deines Sultans zu erheben? Hast du vergessen, daß du der Sohn eines der geringsten Schneider seiner Hauptstadt und auch von mütterlicher Seite nicht von höherer Abkunft bist? Weißt du denn nicht, daß Sultane ihre Töchter selbst Sultanssöhnen verweigern, die keine Hoffnung haben, einst zur Regierung zu gelangen?«

»Liebe Mutter«, antwortete Aladin, »ich habe dir bereits bemerkt, daß ich alles vorausgesehen habe, was du mir soeben gesagt hast, und ebenso sehe ich alles voraus, was du etwa noch hinzufügen könntest. Weder deine Reden noch deine Vorstellungen werden mich von meinem Entschluß abbringen. Ich habe dir gesagt, daß ich durch deine Vermittlung um die Hand der Prinzessin Bedrulbudur anhalten will; es ist dies die einzige Gefälligkeit, um die ich dich mit aller schuldigen Ehrerbietung bitte, und du kannst sie mir nicht abschlagen, wenn du mich nicht lieber sterben sehen, als mir zum zweitenmal das Leben schenken willst.«

Aladins Mutter befand sich in großer Verlegenheit, als sie die Hartnäckigkeit sah, womit er auf einem so unverständigen Plan verharrte. »Mein Sohn«, sagte sie nochmals zu ihm, »ich bin deine Mutter, und als eine gute Mutter, die dich unter dem Herzen getragen, bin ich bereit, aus Liebe zu dir alles zu tun, was vernünftig und für meinen und deinen Stand schicklich ist. Wenn es sich darum handelte, für dich um die Tochter eines unserer Nachbarn anzuhalten, der von gleichem oder wenigstens nicht viel höherem Stand wäre als du, so würde ich nichts versäumen, und von Herzen gern alles aufbieten, was in meiner Macht steht; aber auch dann müßtest du einiges Vermögen oder Einkünfte besitzen, oder ein Gewerbe erlernt haben, um deinen Zweck zu erreichen. Wenn arme Leute, wie wir, heiraten wollen, so ist das erste, woran sie denken müssen, ob sie auch zu leben haben. Aber ohne an deine niedere Abkunft, an deinen geringen Stand und deine Armut zu denken, willst du dich auf den höchsten Gipfel des Glücks schwingen und verlangst nichts Geringeres, als die Tochter deines Herrn und Gebieters, der nur ein Wort zu sagen braucht, um dich zu verderben und zu zermalmen. Ich will hier nicht erwähnen, was dich selbst betrifft, denn das mußt du in deinem Inneren in Erwägung ziehen, wofern du nur halbwegs bei gutem Verstand bist. Ich will nur von dem sprechen, was mich angeht. Wie hat dir ein so seltsamer Gedanke in den Kopf kommen können, daß ich zum

Sultan hingehen und ihm den Antrag machen soll, dir die Prinzessin, seine Tochter, zum Weib zu geben? Gesetzt auch, ich hätte, ich will nicht sagen die Kühnheit, sondern die Unverschämtheit, vor seine geheiligte Person zu treten, um eine so ungereimte Bitte vorzutragen, an wen müßte ich mich denn wenden, um nur vorgelassen zu werden? Glaubst du denn nicht, daß der erste, den ich anredete, mich als Närrin behandeln und mit Schmach und Schimpf fortjagen würde, wie ich es auch verdiente? Wir wollen aber auch annehmen, daß es keine Schwierigkeit gäbe, Audienz bei dem Sultan zu erhalten: denn ich weiß, daß man leicht zu ihm gelangen kann, wenn man um Gerechtigkeit bittet, und daß er sie seinen Untertanen gern gewährt, sobald sie ihn darum angehen; ich weiß auch, daß er mit Vergnügen eine Gnade bewilligt, um die man ihn bittet, sobald er sieht, daß man sie verdient hat und ihrer würdig ist: aber bist du denn in demselben Fall und glaubst du die Gnade verdient zu haben, die ich für dich erbitten soll? Bist du ihrer würdig? Was hast du für deinen Fürsten oder für dein Vaterland getan und wodurch hast du dich ausgezeichnet? Wenn du nun nichts geleistet hast, um eine so hohe Gnade zu verdienen, und auch im übrigen ihrer nicht würdig bist, mit welcher Stirn könnte ich dann darum bitten? Wie könnte ich auch nur den Mund öffnen, um dem Sultan diesen Vorschlag zu machen? Sein majestätisches Ansehen und der Glanz seines Hofes würden mir sogar den Mund verschließen, mir, die ich schon vor meinem verstorbenen Mann, deinem Vater, zitterte, wenn ich ihn nur um eine Kleinigkeit zu bitten hatte. Auch ein anderer Grund ist noch vorhanden, mein Sohn, den du nicht bedacht hast, nämlich, daß man vor unsern Sultanen, wenn man sie um etwas bitten will, nicht erscheinen darf, ohne ein Geschenk in der Hand zu haben. Die Geschenke haben wenigstens das Gute, daß sie, wenn sie auch aus irgendeinem Grunde die Bitte abschlagen, den Bittsteller wenigstens ohne Widerwillen anhören. Aber welches Geschenk könntest du ihm denn bieten? Und wenn du auch etwas hättest, das der Beachtung eines so großen Monarchen im mindesten wert schiene, in welchem Verhältnis stände dann dein Geschenk mit der Bitte, die du an ihn tun willst? Geh in dich und bedenke, daß du nach etwas trachtest, das du unmöglich erreichen kannst.«

Aladin hörte alles, was seine Mutter zu ihm sagte, um ihn von seinem Plane abzubringen, mit großer Gemütsruhe an, und nachdem er ihre Vorstellungen Punkt für Punkt in Erwägung gezogen, nahm er endlich das Wort und sprach: »Ich gestehe, liebe Mutter, daß es eine große Verwegenheit von mir ist, so hoch hinauf zu wollen, und zugleich sehr unüberlegt, daß ich von dir mit solcher Hitze und Hastigkeit verlange, du sollst beim Sultan für mich anhalten, ohne zuvor die geeigneten Maßregeln zu ergreifen, um dir Gehör und einen günstigen Empfang zu verschaffen. Verzeih mir diesmal. In der Hitze der Leidenschaft, die sich meiner bemeistert hat, darfst du dich nicht wundern, wenn ich nicht auf einmal alles, was mir die gesuchte Ruhe geben kann, ins Auge gefaßt habe. Ich liebe die Prinzessin Bedrulbudur weit mehr, als du dir denken kannst, ja ich bin ganz von Sinnen und beharre fest auf dem Entschluß, sie zu heiraten. Ich bin darüber vollkommen mit mir einig und entschieden. Übrigens danke ich dir für die Eröffnung, die du, mir soeben gemacht hast, denn ich betrachte sie als den ersten Schritt zu dem glücklichen Erfolg, den ich mir verspreche.«

»Du sagst mir, es sei nicht Brauch, ohne ein Geschenk in der Hand vor dem Sultan zu erscheinen, und ich habe nichts, was seiner würdig wäre. Ich teile deine Meinung in Beziehung auf das Geschenk und gestehe, daß ich nicht daran gedacht habe; was aber deine Behauptung betrifft, daß ich nichts besitze, das ihm überreicht werden könnte, so glaube ich doch, daß die Sachen, die ich aus der unterirdischen Höhle, wo mir unvermeidlicher Tod drohte, mitgebracht habe, dem Sultan gewiß viel Vergnügen machen würden. Ich spreche nämlich von den Steinen in den zwei Beuteln und im Gürtel, die wir beide anfangs für farbige Gläser hielten; jetzt sind mir die Augen aufgegangen, und ich sage dir, liebe Mutter, daß es Juwelen von unschätzbarem Wert sind, die nur großen Königen gebühren. In den Läden der Juweliere habe ich mich von ihrem Wert überzeugt, und du kannst mir aufs Wort glauben: alle, die ich bei diesen Herren gesehen habe, halten mit den unsern durchaus keinen Vergleich aus, weder in Beziehung auf Größe noch auf Schönheit, und doch verkaufen sie dieselben um ungeheure Summen. Wir können zwar allerdings den wahren Wert der unsrigen nicht ange-

ben, aber dem mag sein wie ihm wolle, so viel verstehe ich doch, um überzeugt zu sein, daß das Geschenk dem Sultan die größte Freude machen muß. Du hast da eine ziemlich große Porzellanvase, die gerade dazu paßt; bring sie einmal her, und laß uns sehen, welche Wirkung sie machen, wenn wir sie nach ihren verschiedenen Farben ordnen.«

Aladins Mutter brachte die Vase, und Aladin nahm die Edelsteine aus den beiden Beuteln heraus und legte sie in der besten Ordnung hinein. Die Wirkung, die sie durch die Mannigfaltigkeit ihrer Farben und ihren strahlenden Glanz beim hellen Tageslicht machten, war so groß, daß Mutter und Sohn beinahe davon geblendet wurden und sich über die Maßen wunderten; denn sie hatten dieselben bisher nur beim Lampenschein betrachtet. Aladin zwar hatte sie auf den Bäumen gesehen, wo sie ihm als Früchte erschienen, die einen herrlichen Anblick gewährten; allein er war damals noch Kind gewesen und hatte diese Edelsteine nur als Spielzeug betrachtet und bloß aus dieser Rücksicht ohne Ahnung ihres Wertes mitgenommen.

Nachdem sie die Schönheit des Geschenks eine Weile betrachtet hatten, nahm Aladin wieder das Wort und sagte: »Du hast jetzt keine Ausrede mehr, liebe Mutter, und kannst dich nicht damit entschuldigen, daß wir kein passendes Geschenk anzubieten hätten. Hier ist eines, wie mich dünkt, das dir gewiß einen recht freundlichen Empfang verschaffen wird.«

Obwohl Aladins Mutter dieses Geschenk, ungeachtet seiner Schönheit und seines Glanzes, nicht für so wertvoll hielt, wie ihr Sohn, so dachte sie doch, es könne vielleicht angenommen werden, und sah ein, daß in dieser Beziehung nichts mehr einzuwenden war. Dagegen kam sie immer wieder auf Aladins Forderung zurück, die durch das Geschenk unterstützt werden sollte, und dies machte ihr viel Unruhe. »Mein Sohn«, sprach sie zu ihm, »ich begreife wohl, daß dein Geschenk Wirkung tun und Gnade in den Augen des Sultans finden wird; aber wenn ich dann deine Bitte vortragen soll, so fühle ich im voraus, daß ich dazu keine Kraft haben und stumm bleiben werde. Auf diese Art wird nicht nur mein Gang vergeblich, sondern auch das Geschenk, das nach deiner Behauptung so außerordentlich kostbar ist, verloren sein, und ich werde mit Schmach abziehen müssen, um dir zu verkündigen, daß du dich in deiner Hoffnung getäuscht hast. Ich habe es dir schon einmal gesagt, und du wirst sehen, daß es so kommt.«

»Aber«, setzte sie hinzu, »gesetzt auch, ich könnte mir soviel Gewalt antun, mich nach deinem Wunsch zu fügen, und ich hätte Kraft genug, um eine solche Bitte zu wagen, wie du mir zumutest, so wird sich doch der Sultan ganz gewiß entweder über mich lustig machen und mich als eine Närrin nach Hause schicken, oder er wird in gerechten Zorn geraten, dessen Opfer unfehlbar wir beide sein werden.«

Aladins Mutter führte noch mehrere solche Gründe an, um ihren Sohn auf andere Gedanken zu bringen; allein die Reize der Prinzessin Bedrulbudur hatten einen zu starken Eindruck auf sein Herz gemacht, als daß er sich von seinem Plan hätte abwendig machen lassen. Aladin beharrte also auf seiner Bitte, und teils aus Zärtlichkeit, teils aus Furcht, er möchte irgendeinen tollen Streich machen, überwand seine Mutter ihre Abneigung und verstand sich endlich dazu, ihm zu willfahren.

Da es schon spät und die Zeit, in den Palast zu gehen und vor den Sultan zu treten, an diesem Tag bereits vorüber war, so wurde die Sache auf den folgenden Tag verschoben. Mutter und Sohn sprachen von nichts anderem mehr, und Aladin strengte seinen ganzen Verstand an, um seine Mutter in ihrem Entschluß zu bestärken. Aber trotz aller Überredungskünste des Sohnes konnte sich die Mutter doch nicht überzeugen, daß ihr Unternehmen gelingen werde, und man muß wirklich gestehen, daß sie alle Ursache hatte, daran zu zweifeln. »Mein Sohn«, sagte sie zu Aladin, »wenn mich der Sultan so günstig aufnimmt, wie ich es aus Liebe zu dir wünsche, wenn er auch den Vorschlag, den ich ihm machen soll, ruhig anhört, aber sich dann einfallen läßt, nach deinem Vermögen und Stand zu fragen – und darüber wird er sich vor allem erkundigen wollen –, sage mir, was soll ich ihm dann antworten?«

»Liebe Mutter«, antwortete Aladin, »wir wollen uns nicht zum voraus über eine Sache bekümmern, die vielleicht gar nicht vorkommen wird. Wir müssen jetzt abwarten, wie der Sultan dich empfängt und was für eine Antwort er dir gibt. Wenn er dann wirklich über das, was du sagst, Auskunft haben will, so werde ich mich schon auf eine Antwort besinnen, und ich glaube zuversichtlich, daß die Lampe, die uns schon seit einigen Jahren ernährt, mich in der Not nicht verlassen wird.«

Aladins Mutter wußte hierauf nichts zu erwidern, denn sie dachte, daß die Lampe, von der er sprach, auch noch weit größere Wunder bewirken könnte, als ihnen bloß ihren Lebensunterhalt verschaffen. Dies beruhigte sie und löste in ihrem Inneren alle Schwierigkeiten, die sie noch hätten abhalten können, ihrem Sohn den versprochenen Dienst beim Sultan zu erweisen. Aladin, der die Gedanken seiner Mutter erriet, sagte zu ihr: »Jedenfalls, liebe Mutter, halte die Sache geheim; davon hängt der ganze glückliche Erfolg ab, den wir erwarten können.« Hierauf trennten sie sich, um zu Bett zu gehen; allein die heftige Liebe und die großartigen, unermeßlichen Glückspläne, die Aladins Gemüt erfüllten, ließen ihn keine Ruhe finden. Er stand vor Tagesanbruch auf, weckte sogleich seine Mutter und bestürmte sie, sie solle sich aufs schleunigste ankleiden, an das Tor des königlichen Palasts gehen und, sowie es geöffnet würde, zugleich mit dem Großwesir, den untergeordneten Wesiren und den übrigen Staatsbeamten hineintreten, die sich zur Sitzung des Diwans begaben, welcher der Sultan immer in Person beiwohnte.

Aladins Mutter tat alles, was ihr Sohn wünschte. Sie nahm die mit Edelsteinen gefüllte Porzellanvase und hüllte sie in doppelte Leinwand, zuerst in sehr feine und schneeweiße, sodann in minder feine, welche letztere sie an den vier Zipfeln zusammenband, um die Sache bequemer tragen zu können. Endlich ging sie zur Freude Aladins fort und nahm ihren Weg nach dem Palast des Sultans. Der Großwesir nebst den übrigen Wesiren und die angesehensten Herren vom Hof waren bereits hineingegangen, als sie ans Tor kam. Die Zahl derer, die beim Diwan etwas zu suchen hatten, war sehr groß. Man öffnete, und sie ging mit ihnen in den Diwan. Dies war ein über die Maßen schöner, tiefer und geräumiger Saal und hatte einen großen, prächtigen Eingang; sie stellte sich so, daß sie den Sultan gerade gegenüber, den Großwesir aber und die übrigen Herren, die im Rat saßen, rechts und links hatte. Man rief die verschiedenen Partien eine nach der anderen vor, in der Ordnung, wie sie ihre Bittschriften eingereicht hatten, und ihre Angelegenheiten wurden vorgetragen, verhandelt und entschieden, bis zur Stunde, wo der Diwan wie gewöhnlich geschlossen wurde. Dann stand der Sultan auf, entließ die Versammlung und ging in sein Zimmer zurück, wohin ihm der Großwesir folgte. Die übrigen Wesire und Mitglieder des Staatsrats begaben sich nach Hause; ebenso die, welche wegen Privatangelegenheiten erschienen waren; die einen vergnügt, daß sie ihren Prozeß gewonnen hatten, die anderen unzufrieden, weil gegen sie entschieden worden war, und noch andere in der Hoffnung, daß ihre Sache in einer anderen Sitzung vorkommen werde.

Als Aladins Mutter sah, daß der Sultan aufstand und fortging, so schloß sie daraus, daß er an diesem Tag nicht wieder erscheinen werde, und ging, wie die anderen alle, nach Hause. Aladin, der sie mit dem für den Sultan bestimmten Geschenk zurückkommen sah, wußte anfangs nicht, was er von dem Erfolg seiner Sendung denken sollte. Er fürchtete eine schlimme Botschaft und hatte kaum Kraft genug, den Mund zu öffnen und sie zu fragen, welche Nachricht sie bringe. Die gute Frau, die nie einen Fuß in den Palast des Sultans gesetzt und keine Ahnung von dem hatte, was dort Brauch war, machte der Verlegenheit ihres Sohnes ein Ende, indem sie mit vieler Treuherzigkeit und Aufrichtigkeit also zu ihm sprach: »Mein Sohn, ich habe den Sultan gesehen und bin fest überzeugt, daß er mich ebenfalls gesehen hat. Ich stand gerade vor ihm und niemand hinderte mich, ihn zu sehen, allein er war zu sehr mit denen beschäftigt, die zu seiner Rechten und Linken saßen, daß ich Mitleiden mit ihm hatte, als ich die Mühe und Geduld sah, womit er sie anhörte. Dies dauerte so lange, daß er, glaube ich, zuletzt Langeweile bekam, denn er stand auf einmal ganz unerwartet auf und ging schnell weg, ohne eine Menge anderer Leute anzuhören, die noch mit ihm sprechen wollten. Ich war sehr froh darüber, denn ich fing wirklich an, die Geduld zu verlieren, und war von dem langen Stehen außerordentlich müde. Indes ist noch nichts verdorben; ich werde morgen wieder zu ihm gehen, der Sultan ist vielleicht dann nicht so beschäftigt.«

So heftig auch das Feuer der Liebe in Aladins Busen brannte, so mußte er sich doch mit dieser Entschuldigung zufriedengeben und mit Geduld waffnen. Er hatte wenigstens die Genugtuung, zu sehen, daß seine Mutter bereits den schwersten Schritt getan und den Anblick des Sultans ausgehalten hatte, und so konnte er hoffen, daß sie, wie die andern, die in ihrer Gegenwart mit ihm gesprochen hatten, nicht anstehen werde, sich ihres Auftrages zu entledigen, sobald der günstige Augenblick zum Sprechen komme.

Am anderen Morgen ging Aladins Mutter wieder ebenso früh mit ihrem Geschenk nach dem Palast des Sultans, allein sie machte diesen Gang vergeblich, denn sie fand die Tür des Diwans verschlossen und erfuhr, daß nur alle zwei Tage Sitzung sei und sie also am folgenden Tag wiederkommen müsse. Sie kehrte nun um und brachte diese Nachricht ihrem Sohne, der somit aufs neue Geduld fassen mußte. Noch sechsmal hintereinander ging sie an den bestimmten Tagen in den Palast, aber immer mit ebensowenig Erfolg, und vielleicht wäre sie noch hundertmal vergebens gelaufen, wenn nicht der Sultan, der sie bei jeder Sitzung gegenüber von sich sah, endlich aufmerksam auf sie geworden wäre. Dies ist um so wahrscheinlicher, da nur solche, die dem Sultan Bittschriften zu überreichen hatten, sich nach der Reihe ihm näherten, um ihre Sache vorzutragen, und Aladins Mutter war nicht in diesem Fall.

An diesem Tag endlich sagte der Sultan, als er nach aufgehobener Sitzung in seine Gemächer zurückgekehrt war, zu seinem Großwesir: »Schon seit einiger Zeit bemerke ich eine gewisse Frau, die regelmäßig jeden Tag, wo ich Sitzung halte, kommt und etwas in Leinwand eingehüllt in der Hand hat. Sie bleibt vom Anfang bis zu Ende der Sitzung stehen, und zwar immer gerade mir gegenüber. Weißt du wohl, was ihr Begehr ist?«

Der Großwesir, der es so wenig wußte als der Sultan, wollte gleichwohl keine Antwort schuldig bleiben. »Herr«, sagte er, »es ist dir wohl bekannt, daß die Frauen oft über geringfügige Sachen Klage führen. Diese da kommt offenbar, um sich bei dir zu beschweren, daß man vielleicht schlechtes Mehl an sie verkauft oder ihr sonst Unrecht zugefügt hat, das von ebensowenig Belang ist.« Der Sultan war mit dieser Antwort nicht zufrieden und sagte: »Wenn diese Frau bei der nächsten Sitzung wieder erscheint, so vergiß nicht, sie rufen zu lassen, auf daß ich sie höre.« Der Großwesir küßte seine Hand und legte sie auf seinen Kopf, zum Zeichen, daß er bereit sei, ihn sich abschlagen zu lassen, wenn er diesen Befehl nicht erfüllte.

Aladins Mutter war schon so sehr daran gewöhnt, im Diwan vor dem Sultan zu erscheinen, daß sie ihre Mühe für nichts achtete, sofern sie nur ihrem Sohn zeigen konnte, wie sehr sie sich's angelegen sein ließ, für ihn alles zu tun, was in ihren Kräften stand. Sie ging also am Sitzungstag wieder nach dem Palast und stellte sich wie gewöhnlich am Eingang des Diwans dem Sultan gegenüber.

Der Großwesir hatte seinen Vortrag noch nicht begonnen, als der Sultan Aladins Mutter bemerkte. Diese lange Geduld, die er selbst mit angesehen, rührte ihn. »Damit du es nicht vergissest«, sagte er zum Großwesir, »dort steht wieder die Frau, von der ich dir neulich gesagt habe: laß sie hierher treten, dann wollen wir sie zuerst anhören und ihre Angelegenheit ins reine bringen.« Sogleich zeigte der Großwesir die Frau dem Obersten der Türsteher, der zu seinen Befehlen bereitstand, und hieß ihn sie näher heranführen.

Der Oberste der Türsteher kam zu Aladins Mutter und gab ihr ein Zeichen; sie folgte ihm bis an den Fuß des königlichen Thrones, wo er sie verließ, um sich wieder an seinen Platz neben dem Großwesir zu stellen.

Aladins Mutter befolgte das Beispiel der andern, die sie mit dem Sultan sprechen gesehen hatte: sie warf sich zu Boden, berührte mit ihrer

Stirne den Teppich, der die Stufen des Thrones bedeckte, und blieb in dieser Stellung, bis der Sultan ihr befahl, aufzustehen. Als sie aufgestanden war, sprach er zu ihr: »Gute Frau, ich sehe dich schon lange Zeit in meinen Diwan kommen und von Anfang bis zu Ende am Eingang stehen. Welche Angelegenheit führt dich hierher?«

Aladins Mutter warf sich, als sie diese Worte hörte, zum zweiten Mal zu Boden, und nachdem sie aufgestanden war, sagte sie: »Erhabenster aller Könige der Welt, bevor ich dir die außerordentliche und fast unglaubliche Sache erzähle, die mich vor deinen hohen Thron führt, bitte ich dich, mir die Kühnheit, ja ich möchte sagen die Unverschämtheit des Anliegens zu verzeihen, das ich dir vortragen will. Es ist so ungewöhnlich, daß ich zittere und bebe, und große Scheu trage, es meinem Sultan vorzubringen.« Um ihr volle Freiheit zu geben, befahl der Sultan allen Anwesenden, sich aus dem Diwan zu entfernen und ihn mit dem Großwesir allein zu lassen; dann sagte er zu ihr, sie könne ohne Furcht sprechen.

Aladins Mutter begnügte sich nicht mit der Güte des Sultans, der ihr die Verlegenheit, vor der ganzen Versammlung sprechen zu müssen, erspart hatte; sie wollte sich auch noch vor seinem Zorn sicherstellen, den sie bei einem so seltsamen Antrag fürchten mußte. »Großer König«, sagte sie, aufs neue das Wort ergreifend, »ich wage auch noch, dich zu bitten, daß du mir, im Fall du mein Gesuch im mindesten anstößig oder beleidigend finden solltest, zum voraus deine

Verzeihung und Gnade zusicherst.« – »Was es auch sein mag«, erwiderte der Sultan, »ich verzeihe es dir schon jetzt, und es soll dir nicht das geringste Leid zustoßen. Sprich ohne Scheu!«

Nachdem Aladins Mutter alle diese Vorsichtsmaßnahmen ergriffen hatte, weil sie den ganzen Zorn des Sultans für ihren kitzligen Antrag fürchtete, erzählte sie ihm treuherzig, bei welcher Gelegenheit Aladin die Prinzessin Bedrulbudur gesehen, welche heftige Liebe ihm dieser unglückselige Augenblick eingeflößt, welche Erklärungen er ihr darüber gemacht und wie sie ihm alles vorgestellt habe, ihn von einer Leidenschaft abzubringen, die sowohl für den König, als für seine Tochter im höchsten Grade beleidigend sei. »Aber«, fuhr sie fort, »statt diese Ermahnungen zu beherzigen, und die Frechheit seines Verlangens einzusehen, beharrte mein Sohn unerschütterlich bei der Sache und drohte mir sogar, irgendeine Handlung der Verzweiflung zu begehen, wenn ich mich weigern würde, zu dir zu gehen und für ihn um die Prinzessin anzuhalten. Gleichwohl hat es mich sehr große Überwindung gekostet, bis ich ihm diesen Gefallen erwies, und ich bitte dich noch einmal, großer König, daß du nicht allein mir, sondern auch meinem Sohne Aladin verzeihen mögest, der den verwegenen Gedanken gehabt hat, nach einer so hohen Verbindung zu trachten.«

Der Sultan hörte den ganzen Vortrag mit vieler Milde und Güte an, ohne im mindesten Zorn und Unwillen zu verraten, oder auch nur die Sache spöttisch aufzunehmen. Ehe er aber der guten Frau antwortete, fragte er sie, was sie denn in ihrem leinenen Tuche eingehüllt habe. Sogleich nahm sie die porzellanene Vase, stellte sie an den Fuß des Thrones, und nachdem sie sich niedergeworfen, enthüllte sie dieselbe und überreichte sie dem Sultan.

Es ist unmöglich, die Überraschung und das Erstaunen des Sultans zu beschreiben, als er in dieser Vase so viele ansehnliche, vollkommene und glänzende Edelsteine erblickte, und zwar alle von einer Größe, dergleichen er niemals gesehen hatte. Seine Verwunderung war so groß, daß er eine Weile ganz unbeweglich dasaß. Endlich, als er sich wieder gesammelt hatte, empfing er das Geschenk aus den Händen der Frau und rief außer sich vor Freude: »Ei, wie schön, wie herrlich!« Nachdem er die

Edelsteine alle einen nach dem anderen in die Hand genommen, bewundert und nach ihren hervorstechendsten Eigenschaften gepriesen hatte, wandte er sich zu seinem Großwesir, zeigte ihm die Vase und sagte zu ihm: »Sieh mal an und du wirst gestehen müssen, daß man auf der ganzen Welt nichts Kostbareres und Vollkommeneres finden kann.« Der Wesir war ebenfalls ganz bezaubert. »Ja nun«, fuhr der Sultan fort, »was sagst du von diesem Geschenk? Ist es der Prinzessin, meiner Tochter, nicht würdig, und kann ich sie um diesen Preis nicht dem Mann geben, der um sie anhalten läßt?«

Diese Worte versetzten den Großwesir in peinliche Unruhe. Der Sultan hatte ihm nämlich vor einiger Zeit zu verstehen gegeben, daß er die Prinzessin seinem Sohn zu geben gedenke. Nun aber fürchtete er, und nicht ohne Grund, der Sultan möchte durch dieses reiche und außerordentliche Geschenk geblendet, sich anders entschließen. Er näherte sich ihm daher und flüsterte ihm ins Ohr: »Herr, ich muß gestehen, daß das Geschenk der Prinzessin würdig ist. Allein ich bitte dich, mir drei Monate Frist zu gönnen, bevor du dich entscheidest. Ich hoffe, daß mein Sohn, auf den du früher deine Augen zu werfen geruhtest, noch vor dieser Zeit ihr ein weit kostbareres Geschenk machen kann, als dieser Aladin, den du gar nicht kennst.« So sehr nun auch der Sultan überzeugt war, daß der Großwesir unmöglich seinen Sohn in den Stand setzen konnte, der Prinzessin ein Geschenk von gleichem Wert zu machen, so hörte er dennoch auf ihn und bewilligte ihm diesen Wunsch. Er wandte sich also zu Aladins Mutter und sagte zu ihr: »Geh nach Hause, gute Frau, und melde deinem Sohn, daß ich den Vorschlag, den du mir in seinem Namen gemacht hast, genehmige, daß ich aber die Prinzessin, meine Tochter, unmöglich verheiraten kann, bis ich ihr eine Ausstattung besorgt habe, die erst in drei Monaten fertig wird. Komm also um diese Zeit wieder.«

Aladins Mutter ging mit um so größerer Freude nach Hause, als sie es im Anfang wegen ihres Standes für unmöglich gehalten hatte, Zutritt beim Sultan zu erlangen, und nun war ihr statt einer beschämenden abschlägigen Antwort, die sie erwarten mußte, ein so günstiger Bescheid zuteil geworden. Als Aladin seine Mutter zurückkommen sah, schloß er aus zwei Sachen auf eine gute Botschaft: erstens, weil sie früher als gewöhnlich kam, und zweitens, weil ihr Gesicht vor Freude glänzte. »Ach, meine Mutter!« rief er ihr entgegen, »darf ich hoffen oder soll ich aus Verzweiflung sterben?« Sie legte ihren Schleier ab, setzte sich neben ihn auf das Sofa und sagte dann zu ihm: »Lieber Sohn, um dich nicht lange in Ungewißheit zu lassen, will ich dir gleich im voraus sagen, daß du nicht ans Sterben zu denken brauchst, sondern im Gegenteil alle Ursache hast, gutes Mutes zu sein.« Hierauf erzählte sie ihm, wie sie vor allen anderen Zutritt erhalten, weswegen sie auch so bald zurückgekommen sei, welche Vorsichtsmaßregeln sie genommen, um dem Sultan, ohne ihn zu erzürnen, eine Heirat zwischen ihm und der Prinzessin Bedrulbudur vorzuschlagen, und welche günstige Antwort sie aus des Sultans eigenem Mund erhalten habe. Sie fügte hinzu: aus dem ganzen Benehmen des Sultans habe sie annehmen können, daß das Geschenk einen überaus mächtigen Eindruck auf sein Gemüt gemacht und ihn zu dieser huldreichen Antwort bestimmt habe. »Ich hatte mich dessen um so weniger versehen«, fuhr sie fort, »als der Großwesir ihm unmittelbar vorher etwas ins Ohr gesagt hatte und ich fürchten mußte, er möchte ihn von der günstigen Gesinnung, die er vielleicht für dich hegte, abbringen.«

Als Aladin diese Nachricht hörte, hielt er sich für den glücklichsten aller Sterblichen. Er dankte seiner Mutter für die viele Mühe, welche sie sich bei dieser Angelegenheit gegeben habe, deren glücklicher Erfolg für seine Ruhe so wichtig sei. Und obwohl ihm bei seinem ungeduldigen Verlangen nach dem Gegenstand seiner Liebe drei Monate entsetzlich lang erschienen, so nahm er sich doch vor, mit Geduld zu warten und auf das Wort des Sultans zu bauen, das er für unverbrüchlich hielt. Indes zählte er in Erwartung des ersehnten Zieles nicht bloß Wochen, Tage und Stunden, sondern selbst Minuten, und es waren ungefähr zwei Monate verflossen, als seine Mutter eines Abends die Lampe anzünden wollte und merkte, daß kein Öl mehr im Hause war. Sie ging aus, um welches zu kaufen, und als sie in die Stadt hineinkam, fand sie, daß alles festlich geschmückt war. Die Kaufläden waren geöffnet, man schmückte sie mit Blumenkränzen und machte Anstalt zu festlichen Beleuchtungen, wobei es jeder dem anderen an Pracht und Glanz zuvorzutun suchte, um seinen Eifer an den Tag zu legen. Auf allen Gesichtern strahlte Freude und Fröhlichkeit, sogar die Straßen waren mit Hofbeamten in Festkleidern angefüllt, die auf reichgeschmückten Pferden saßen und von einer großen Menge Bedienter zu Fuß umgeben waren. Sie fragte den Kaufmann, bei dem sie ihr Öl kaufte, was dies alles zu bedeuten habe. »Woher kommst denn du, liebe Frau?« gab ihr dieser zur Antwort; »weißt du allein nicht, daß der Sohn des Großwesirs heute abend die Prinzessin Bedrulbudur, Tochter des Sultans, heiratet? Sie wird demnächst aus dem Bad kommen und die vornehmen Herren, die du hier siehst, haben sich versammelt, um sie nach dem Palast zu geleiten, wo die Feierlichkeit vor sich gehen soll.«

Aladins Mutter wollte nichts mehr hören. Sie lief eilig nach Hause, daß sie fast atemlos ankam. »Ach!« rief sie ihrem Sohn, der auf nichts weniger, als auf eine solche unangenehme Nachricht gefaßt war, entgegen, »für dich ist alles verloren. Du zählest auf das schöne Versprechen des Sultans, aber es wird nichts daraus.« Aladin erschrak über die Maßen und antwortete: »Liebe Mutter, warum sollte mir denn der Sultan sein Versprechen nicht halten? woher weißt du das?« – »Heute abend noch«, versetzte die Mutter, »heiratet der Sohn des Großwesirs die Prinzessin Bedrulbudur im Palast.« Sie erzählte ihm hierauf, wie sie es erfahren hatte, und teilte ihm so genau die einzelnen Umstände mit, daß er nicht mehr daran zweifeln konnte. Bei dieser Nachricht war Aladin wie vom Blitz getroffen. Jeder andere als er wäre seinem Kummer erlegen, aber eine geheime Eifersucht weckte die Tätigkeit seines Geistes bald wieder. Er gedachte jetzt der Lampe, die ihm bisher so nützlich gewesen, und ohne mit leeren Worten gegen den Sultan, den Großwesir oder den Sohn dieses Ministers zu eifern, sagte er bloß: »Liebe Mutter, der Sohn des Großwesirs ist heute nacht vielleicht nicht so glücklich, als er hofft. Ich will einen Augenblick auf mein Zimmer gehen, bereite du indes das Abendessen.«

Aladins Mutter begriff wohl, daß ihr Sohn von der Lampe Gebrauch machen wollte, um die Heirat des Sohnes des Großwesirs womöglich zu hintertreiben, und sie täuschte sich nicht. Aladin nahm, sobald er in sei-

nem Zimmer war, die Wunderlampe, die er seit der Erscheinung des Geistes, der seiner Mutter so großen Schrecken eingejagt, hierhergebracht hatte, und rieb sie an derselben Stelle wie früher. Alsbald erschien der Geist und sprach zu ihm: »Was willst du? ich bin bereit, dir zu gehorchen als dein Sklave und als Sklave aller derer, welche die Lampe in der Hand haben, sowohl ich als alle anderen Sklaven der Lampe.« – »Höre«, sagte Aladin, »du hast mir bisher zu essen gebracht, sooft ich dessen bedurfte, jetzt aber habe ich dir einen Auftrag von weit höherem Belang zu erteilen. Ich habe bei dem Sultan um die Prinzessin Bedrulbudur anhalten lassen. Er hat sie mir versprochen und nur einen Aufschub von drei Monaten verlangt. Statt aber sein Wort zu halten, vermählt er sie heute abend noch vor Ablauf der Frist mit dem Sohn des Großwesirs. Ich habe es soeben erfahren und die Sache ist ganz gewiß. Nun verlange ich von dir, daß du Bräutigam und Braut, sobald sie sich zu Bett gelegt haben, wegträgst und alle beide in ihrem Bett hierherbringst.« – »Mein Gebieter«, antwortete der Geist, »ich werde dir gehorchen. Hast du sonst noch etwas zu befehlen?« – »Für den Augenblick nichts«, erwiderte Aladin, und der Geist verschwand.

Aladin ging wieder zu seiner Mutter zurück und speiste so ruhig wie sonst mit ihr zu Abend. Nach dem Essen sprach er eine Weile mit ihr über die Vermählung der Prinzessin, wie über eine Sache, die ihn gar nichts bekümmerte. Sodann ging er auf sein Zimmer zurück, damit seine Mutter ungestört zu Bett gehen konnte. Er selbst legte sich indessen nicht nieder, sondern erwartete die Rückkunft des Geistes und die Vollziehung seines Befehls.

Indessen waren im Palast des Sultans mit ungeheurer Pracht alle Anstalten zur Vermählungsfeier der Prinzessin getroffen worden, und die Festlichkeiten und Lustbarkeiten dauerten bis in die Nacht. Als alles vorüber war, entfernte sich der Sohn des Großwesirs unbemerkt auf ein Zeichen, das ihm der Oberste von den Verschnittenen der Prinzessin gab, der ihn auch nach der Wohnung der Prinzessin und in das Gemach führte, wo das Brautbett bereitet war. Er legte sich zuerst nieder. Bald darauf brachte die Sultanin in Begleitung ihrer Frauen und der Frauen ihrer Tochter die Braut herein. Nach der Sitte aller Neuvermählten sträubte sie sich heftig. Die Sultanin half sie auskleiden, legte sie wie mit Gewalt ins Bett, umarmte sie, wünschte ihr eine gute Nacht und entfernte sich dann mit allen ihren Frauen. Die letzte, die hinausging, schloß die Tür hinter sich zu.

Kaum war die Tür verschlossen, als der Geist, ein treuer Sklave der Lampe und pünktlicher Vollzieher aller Befehle ihrer Besitzer, ohne dem jungen Gatten Zeit zu lassen, seine Neuvermählte auch nur ein wenig zu liebkosen, zum großen Erstaunen beider das Bett, worin sie lagen, nahm und in einem Augenblick in Aladins Zimmer trug.

Aladin, der diesen Augenblick voll Ungeduld erwartet hatte, duldete nicht, daß der Sohn des Großwesirs bei der Prinzessin liegen blieb. »Nimm diesen jungen Ehemann«, sagte er zu dem Geist, sperre ihn ins heimliche Gemach, und komm morgen früh etwas vor Tagesanbruch wieder.«

Sogleich nahm der Geist den Sohn des Großwesirs im bloßen Hemd aus dem Bett, brachte ihn an den bezeichneten Ort und ließ ihn daselbst, nachdem er einen Dunst auf ihn gehaucht hatte, den er vom Wirbel bis zur Zehe spürte, und der ihn hinderte, sich von der Stelle zu rühren.

So groß nun auch Aladins Liebe zur Prinzessin Bedrulbudur war, so führte er doch, sobald er sich mit ihr allein sah, keine langen Reden, sondern sagte bloß in sehr zärtlichem Ton zu ihr: »Fürchte nichts, geliebte Prinzessin; du bist hier in Sicherheit, und so gewaltig auch die Liebe ist, die ich für deine Schönheit und deine Reize empfinde, so werde ich doch nie die Schranken der tiefen Ehrfurcht überschreiten, welche ich dir schulde. Wenn ich«, fügte er hinzu, »gezwungen worden bin, zu diesen äußersten Maßregeln zu greifen, so geschah dies nicht in der Absicht, dich zu beleidigen, sondern ich wollte nur einen ungerechten Nebenbuhler verhindern, dem Versprechen, das der Sultan, dein Vater, mir gegeben, zuwider dich in Besitz zu nehmen.« Die Prinzessin, die von all diesen Umständen nichts wußte, achtete nicht sehr auf Aladins Worte und vermochte ihm nichts zu erwidern. Der Schrecken und das Erstaunen über dieses überraschende und unerwartete Abenteuer hatte sie in einen solchen Zustand versetzt, daß Aladin ihr kein einziges Wort entlocken konnte. Aladin ließ es indes nicht dabei bewenden; er entkleidete sich und legte sich an die Stelle des Sohnes des Großwesirs, indem er der Prinzessin den Rücken kehrte, zugleich aber die Vorsicht gebrauchte, einen Säbel zwischen die Prinzessin und sich zu legen, zum Zeichen, daß er damit bestraft zu werden verdiente, wenn er sich gegen ihre Ehre vergehen sollte.

Aladin war damit zufrieden, seinen Nebenbuhler des Glücks beraubt zu haben, das er in dieser Nacht zu genießen hoffte, und schlief ganz ruhig. Anders die Prinzessin Bedrulbudur: sie hatte in ihrem Leben noch keine so verdrießliche und unangenehme Nacht zugebracht, und wenn man den Ort und den Zustand bedenkt, worin der Geist den Sohn des

Großwesirs verlassen hatte, so wird man leicht abnehmen können, daß sie für den jungen Ehemann noch viel betrübter war.

Am anderen Morgen brauchte Aladin nicht erst die Lampe zu reiben, um den Geist herbeizurufen. Er kam zur bezeichneten Stunde wieder und sagte zu Aladin, während dieser sich ankleidete: »Hier bin ich, was hast du mir zu befehlen?« – »Geh«, antwortete Aladin, »hole den Sohn des Großwesirs, lege ihn wieder in dies Bett und trage ihn nach dem Palast des Sultans an denselben Ort zurück, wo du ihn genommen hast.« Der Geist löste den Sohn des Großwesirs von seinem Posten ab und Aladin nahm, als er zurückkam, seinen Säbel wieder. Er legte den jungen Ehemann neben die Prinzessin und trug das Brautbett in einem Augenblick nach demselben Gemach des königlichen Palasts zurück, wo er es geholt hatte. Zu bemerken ist noch, daß der Geist weder von der Prinzessin noch dem Sohn des Großwesirs gesehen wurde; seine abscheuliche Gestalt hätte sie leicht vor Schrecken töten können. Ebensowenig hörten sie die Gespräche zwischen Aladin und ihm, sondern bemerkten bloß die Bewegungen des Betts und ihre Versetzung von einem Ort an einen andern; dies allein konnte ihnen schon genug Schrecken einjagen, wie sich leicht denken läßt.

Kaum hatte der Geist das Brautbett wieder an seinen Ort gestellt, als der Sultan, der gern erfahren hätte, wie die Prinzessin, seine Tochter, ihre Hochzeitsnacht zugebracht, ins Zimmer trat, um ihr guten Morgen zu wünschen. Der Sohn des Großwesirs, der die ganze Nacht in der

Kälte hatte stehen müssen und noch keine Zeit gehabt hatte, sich zu erwärmen, stand, als die Tür geöffnet wurde, sogleich auf und ging in das Vorzimmer, wo er sich den Abend zuvor entkleidet hatte.

Der Sultan näherte sich dem Bett der Prinzessin, küßte sie der Sitte gemäß zwischen die Augen, wünschte ihr guten Morgen und fragte sie lächelnd, wie sie sich diese Nacht befunden habe? Als er sie aber aufmerksamer betrachtete, fand er sie zu seinem großen Erstaunen in tiefe Schwermut versenkt; auch wurde sie weder rot, noch gab sie sonst ein Zeichen, das seine Neugierde hätte befriedigen können. Sie warf ihm bloß einen sehr traurigen Blick zu, der große Betrübnis oder großes Mißvergnügen verriet. Er sprach noch einige Worte zu ihr; da er aber sah, daß er ihr keine Antwort entlocken konnte, so glaubte er, sie tue dies aus Schamhaftigkeit, und entfernte sich. Gleichwohl stieg die Vermutung in ihm auf, dieses Stillschweigen müsse einen ganz absonderlichen Grund haben; deswegen ging er sogleich nach den Gemächern der Sultanin und erzählte ihr, in welchem Zustand er die Prinzessin gefunden und wie sie ihn empfangen habe. »Herr«, gab die Sultanin zur Antwort, »du mußt dich darüber nicht wundern; am Morgen nach der Hochzeitsnacht zeigen die Neuvermählten alle eine solche Zurückhaltung. In zwei oder drei Tagen wird

dies schon anders sein; dann wird sie den Sultan, ihren Vater, empfangen, wie es sich gebührt. Ich will nun selbst zu ihr gehen«, fügte sie hinzu, »und ich müßte mich sehr täuschen, wenn sie mich ebenso empfinge.«

Als die Sultanin angekleidet war, begab sie sich nach den Zimmern der Prinzessin, die noch zu Bett lag. Sie näherte sich ihr, küßte sie und wünschte ihr einen guten Morgen; aber wie groß war ihr Erstaunen, als sie nicht nur keine Antwort von ihr erhielt, sondern auch bei näherer Betrachtung tiefe Niedergeschlagenheit an ihr bemerkte, woraus sie schloß, es müsse ihr etwas begegnet sein, das sie nicht erraten konnte. »Liebe Tochter«, sagte die Sultanin zu ihr, »woher kommt es denn, daß du alle meine Liebkosungen so schlecht erwiderst? Vor deiner Mutter brauchst du doch keine solchen Umstände zu machen. Meinst du denn, ich wisse nicht, was in dem Falle, worin du dich befindest, geschehen kann? Ich will gern glauben, daß dir dies nicht in den Sinn gekommen ist, es muß dir also etwas anderes begegnet sein: gestehe es mir offen und frei, und lasse mich nicht so lang in dieser peinlichen Unruhe.«

Die Prinzessin Bedrulbudur unterbrach endlich das Schweigen mit einem tiefen Seufzer. »Ach, meine sehr verehrte Mutter«, rief sie, »verzeihe mir, wenn ich es an der schuldigen Ehrfurcht fehlen ließ. Es sind mir heute nacht so außerordentliche Sachen zugestoßen, daß ich mich von meinem Staunen und meinem Schrecken noch nicht erholt habe, ja kaum mich selbst wiedererkenne.« Sie schilderte ihr hierauf mit den lebhaftesten Farben, wie gleich, nachdem sie sich mit ihrem Gemahl niedergelegt habe, das Bett aufgehoben und in einem Augenblick in ein schmutziges und dunkles Zimmer versetzt worden sei, wo sie sich ganz allein und von ihrem Gemahl getrennt gesehen habe, ohne zu wissen, was aus ihm geworden sei. Es sei dort ein junger Mann gewesen, der einige Worte, welche sie vor Schrecken nicht verstanden, zu ihr gesagt und die Stelle ihres Gemahls eingenommen habe, nachdem er zuvor einen Säbel zwischen sie und sich gelegt; morgens sei ihr dann ihr Gemahl wiedergegeben und das Bett in ebenso kurzer Zeit an seinen Platz zurückgetragen worden. »Alles dies«, fügte sie hinzu, »war kaum geschehen, als der Sultan, mein Vater, in mein Zimmer trat. Ich war so von Kummer niedergedrückt, daß ich nicht imstande war, ihm eine einzige Silbe zu antworten. Ohne Zweifel ist er böse über mich, daß ich die Ehre, die er mir erwiesen, so schlecht erwidert habe; aber ich hoffe, daß er mir verzeihen wird, wenn er mein trauriges Abenteuer und den beklagenswerten Zustand erfährt, worin ich mich jetzt noch befinde.«

Die Sultanin hörte alles, was die Prinzessin ihr erzählte, sehr ruhig an, wollte es aber nicht glauben. »Liebe Tochter«, sprach sie zu ihr, »du hast wohl daran getan, daß du dem Sultan, deinem Vater, nichts davon gesagt hast. Hüte dich ja, gegen jemand etwas verlauten zu lassen; man würde dich für eine Närrin halten, wenn man dich so sprechen hörte.« – »Verehrungswürdige Mutter«, antwortete die Prinzessin, »ich versichere dir, daß ich ganz bei gutem Verstande bin. Frage nur meinen Gemahl, er wird dir dasselbe sagen.« – »Ich werde mich bei ihm erkundigen«, antwortete die Sultanin, »aber wenn er auch gerade so spräche wie du, so vermöchte mich dies immer noch nicht zu überzeugen. Steh' nur auf und schlag' dir diese Gedanken aus dem Kopf. Das wäre eine schöne Geschichte, wenn du durch eine solche Einbildung die wegen deiner Hochzeit veranstalteten Feierlichkeiten stören würdest, die sowohl im königlichen Palast, als im ganzen Reiche noch mehrere Tage fortdauern sollen. Hörst du nicht bereits die Pauken und Trompeten, Zimbeln und Trommeln? Dies alles sollte dich vergnügt und fröhlich machen und du solltest die Hirngespinste vergessen, von denen du eben gesprochen hast.« Zugleich rief die Sultanin die Frauen der Prinzessin, und als sie sah, daß sie aufgestanden war und sich zu schmücken begann, begab sie sich nach den Zimmern des Sultans und sagte ihm, es sei ihrer Tochter wirklich etwas durch den Kopf gegangen, was aber von keinem Belang sei. Dann ließ sie den Sohn des Großwesirs rufen, um von ihm nähere Aufschlüsse über die Erzählung der Prinzessin zu erhalten; dieser aber, der sich durch die Verwandtschaft mit dem Sultan sehr geehrt fühlte, hatte sich vorgenommen, die Sache zu verheimlichen. »Mein lieber Sohn«, sagte die Sultanin zu ihm, »sag' mir doch, hast du dir dieselbe Einbildung in den Kopf gesetzt, wie deine Frau?« – »Herrin«, antwortete der Sohn des Großwesirs, »dürfte ich wohl um Erklärung bitten, was deine Frage besagen soll?« – »Ich bin schon zufrieden«, antwortete die Sultanin, »und verlange nicht mehr zu wissen; du bist gescheiter als sie.«

Die Lustbarkeiten im Palast dauerten den ganzen Tag fort, und die Sultanin, die der Prinzessin nicht von der Seite kam, unterließ nichts, um sie zur Fröhlichkeit und zur Teilnahme an den Vergnügungen und ergötzlichen Schauspielen zu stimmen, die ihr zu Ehren veranstaltet wurden; allein das Begebnis der vorigen Nacht hatte einen solch gewaltigen Eindruck auf sie gemacht, daß sie für nichts anderes Sinn hatte und immer damit beschäftigt war. Der Sohn des Großwesirs fühlte sich durch diese schlimme Nacht ebenfalls sehr geschwächt, allein er setzte seinen Ehrgeiz darein, niemand etwas davon merken zu lassen, und wenn man ihn sah, mußte man glauben, er sei ein sehr glücklicher Ehemann.

Aladin, der von allem, was im Palaste vorging, wohl unterrichtet war, zweifelte nicht, daß die Neuvermählten, trotz ihres verdrießlichen Abenteuers in der ersten Nacht, sich abermals miteinander zu Bett begeben würden, und hatte keine Lust, sie in Ruhe zu lassen. Sobald die Nacht ein wenig vorgerückt war, rieb er seine Lampe; der Geist erschien und bot ihm mit denselben Worten wie früher seine Dienste an. »Der Sohn des Großwesirs und die Prinzessin Bedrulbudur«, sagte Aladin zu ihm, »wollen heute nacht wieder beisammen schlafen. Gehe hin, und sobald sie sich niedergelegt haben, bring mir das Bett hierher, wie gestern.«

Der Geist bediente Aladin ebenso treu und pünktlich wie das erste Mal. Der Sohn des Großwesirs brachte die Nacht wieder so kalt und so unangenehm zu wie die Brautnacht, und die Prinzessin mußte zu ihrem Verdruß Aladin wieder als Bettgenossen annehmen, der auch diesmal zwischen sie und sich den Säbel legte. Der Geist kam, dem Befehle Aladins zufolge, morgens wieder, legte den Ehemann zu seiner Frau, nahm sodann das Bett mit den Neuvermählten und trug es wieder in das Zimmer des Palastes, wo er es geholt hatte.

Der Sultan, der nach dem Empfang, welchen er am vorigen Morgen bei der Prinzessin Bedrulbudur gefunden, sehr neugierig war, wie sie die zweite Nacht zugebracht haben, und ob sie ihn abermals so schlecht empfangen würde, begab sich wieder ebenso früh in ihr Zimmer, um sich davon zu unterrichten. Der Sohn des Großwesirs, der sich über sein Unglück in dieser Nacht noch mehr schämte und ärgerte als das erste Mal, hörte ihn kaum kommen, als er eilig aufstand und in das Ankleidezimmer stürzte.

Der Sultan näherte sich dem Bett der Prinzessin, wünschte ihr guten Morgen und sagte dann nach denselben Liebkosungen wie am vorigen Tag: »Nun, meine liebe Tochter, bist du diesen Morgen auch wieder so schlecht gelaunt wie gestern? Wirst du mir wohl sagen, wie du die Nacht zugebracht hast?« Die Prinzessin beobachtete dasselbe Stillschweigen und der Sultan bemerkte, daß sie noch weit unruhiger und betrübter war als das erste Mal. Er zweifelte jetzt nicht mehr, daß ihr etwas Außerordentliches zugestoßen sein müsse, ärgerte sich aber über ihre Schweigsamkeit und rief ihr voll Zorn und mit gezücktem Säbel zu: »Wenn du mir nicht gestehst, was du verhehlen willst, so haue ich dir sogleich den Kopf ab.«

Die Prinzessin, die über den Ton und die Drohung des beleidigten Sultans noch mehr erschrak, als über den Anblick des blanken Säbels, brach endlich das Stillschweigen und rief mit tränenden Augen: »Geliebter Vater und König! Ich bitte um Verzeihung, wenn ich dich beleidigt habe, hoffe aber von deiner Güte und Milde, daß Mitleid an die Stelle des Zorns treten wird, sobald ich dir den kläglichen und traurigen Zustand, worin ich mich sowohl diese als die vorige Nacht befunden, treu schildere.«

Nach dieser Einleitung, die den Sultan etwas besänftigte und milder stimmte, erzählte sie ihm alles, was ihr während der zwei verdrießlichen Nächte begegnet war, getreu und so rührend, daß er über die Maßen betrübt wurde, denn er liebte seine Tochter gar zärtlich. Sie schloß mit den Worten: »Wenn du im mindesten an meiner Erzählung zweifelst, so kannst du den Gemahl fragen, den du mir gegeben hast; ich bin überzeugt, daß er die Wahrheit der Sache ebenso bezeugen wird wie ich.«

Der Sultan teilte die tiefe Bekümmernis, in welche die Prinzessin durch ein so auffallendes Abenteuer versetzt werden mußte. »Liebe Tochter«, sprach er zu ihr, »es war sehr unrecht von dir, daß du mir diese seltsame Geschichte nicht schon gestern erzählt hast, die mir ebenso wichtig sein muß als dir. Ich habe dich nicht verheiratet in der Absicht, dich unglücklich zu machen, sondern im Gegenteil gedachte ich, dich dadurch in den Besitz alles des Glücks zu setzen, das du verdienst und bei einem Gemahl, der für dich zu passen schien, auch hoffen konntest. Banne nur aus deinem Gemüt die traurigen Gedanken an das, was du mir eben erzählt hast. Ich werde sogleich Befehle geben, daß du von nun an keine so unangenehmen und unerträglichen Nächte mehr hast wie bisher.«

Sobald der Sultan in seine Gemächer zurückgekehrt war, ließ er den Großwesir rufen. »Wesir«, sagte er zu ihm, »hast du deinen Sohn schon gesehen und hat er dir nichts gesagt?« Als der Großwesir antwortete, er habe ihn noch nicht gesehen, so erzählte ihm der Sultan alles, was er von der Prinzessin Bedrulbudur vernommen. »Ich zweifle nicht«, sagte er zuletzt, »daß meine Tochter mir die Wahrheit berichtet hat; indes wäre es mir sehr lieb, wenn dein Sohn es bestätigte. Gehe und frage ihn, was an der Sache ist.«

Der Großwesir begab sich sogleich zu seinem Sohn, teilte ihm mit, was der Sultan ihm gesagt hatte, und schärfte ihm ein, daß er ja nichts verhehlen und sagen solle, ob alles wahr sei. »Ich will dir die Wahrheit gestehen, mein Vater«, antwortete der Sohn. »Alles, was die Prinzessin zum Sultan sagte, hat seine traurige Richtigkeit; aber die schlechte Behandlung, die ich insbesondere erfahren habe, weiß sie selbst nicht. Die Sache verhält sich nämlich so: Seit meiner Vermählung habe ich zwei über allen Begriff schreckliche Nächte zugebracht; es fehlt mir an

Worten, um die Leiden, die ich ausgestanden habe, gehörig und mit allen ihren Umständen zu schildern. Ich will nichts von dem Entsetzen sagen, das ich empfand, als ich viermal in meinem Bett in die Höhe gehoben wurde, ohne daß ich sah, wer das Bett aufhob und von einem Ort nach einem anderen versetzte, und ohne zu begreifen, wie es nur möglich war. Du kannst dir meinen traurigen Zustand denken, wenn ich dir sage, daß ich zwei Nächte stehend und im bloßen Hemde in einem schmalen Abtritt zubringen mußte, ohne mich von der Stelle rühren oder nur die geringste Bewegung machen zu können, ob ich gleich eigentlich kein Hindernis sah, das mich davon hätte abhalten sollen. Ich brauche dir nicht weitläufig auseinanderzusetzen, was ich alles dabei ausgestanden habe, und kann dir nicht verhehlen, daß ich desungeachtet gegen die Prinzessin, meine Gemahlin, alle Gefühle der Liebe, Ehrerbietung und Dankbarkeit hege, die sie verdient. Gleichwohl muß ich dir aufrichtig gestehen, daß ich, so ehrenvoll und glänzend die Vermählung der Tochter des Sultans für mich ist, lieber sterben, als länger in einer so hohen Verwandtschaft bleiben will, wenn ich mich auch ferner noch einer solch unangenehmen Behandlung aussetzen muß. Ich zweifle nicht, daß die Prinzessin ebenso denken wird wie ich, und sie wird leicht zugeben, daß unsere Trennung für ihre Ruhe so notwendig ist, als für die meinige; darum, lieber Vater, bitte ich dich bei der Liebe, die dich bewogen, mir diese hohe Ehre zu verschaffen, wirke beim Sultan aus, daß unsere Ehe für nichtig erklärt wird.«

So sehr es nun auch dem Ehrgeiz des Großwesirs geschmeichelt hatte, seinen Sohn als Tochtermann des Sultans zu sehen, so hielt er es doch, da dieser fest entschlossen war, sich von der Prinzessin scheiden zu lassen, nicht für ratsam, ihn wenigstens noch für einige Tage zur Geduld zu ermahnen, um abzuwarten, ob diese Widerwärtigkeit nicht von selbst aufhören werde. Er verließ ihn daher, um dem Sultan Bericht abzustatten, und gestand ihm aufrichtig, die Sache sei nur zu wahr; sein Sohn habe ihm alles erzählt. Ohne erst abzuwarten, daß der Sultan selbst von der Ehescheidung zu reden anfing, wozu er ihn sehr geneigt sah, bat er hierauf um Erlaubnis, daß sein Sohn sich aus dem Palast entfernen und in sein Haus zurückkehren dürfte; indem es höchst unrecht wäre, wenn die

Prinzessin um seinetwillen nur einen Augenblick länger dieser schrecklichen Plage ausgesetzt würde.

Es kostete den Großwesir nicht viel Mühe, die Gewährung seines Gesuchs zu erlangen. Der Sultan, der bereits diesen Entschluß gefaßt hatte, gab augenblicklich Befehl, die Lustbarkeiten im Palast und in der Stadt sowie im ganzen Gebiete seines Königreichs, wohin er Gegenbefehle abfertigte, einzustellen, und in kurzer Zeit hörten alle öffentlichen Freudenbezeigungen und Festlichkeiten auf.

Diese plötzliche und unerwartete Veränderung gab zu allerlei Gerede Anlaß. Die Leute fragten sich, woher es wohl kommen möge, aber niemand wußte mehr zu sagen, als daß man den Großwesir und seinen Sohn, beide sehr traurig, aus dem Palast in ihr eigenes Haus habe gehen sehen. Aladin allein wußte das Geheimnis und freute sich in seinem Inneren gar sehr über den glücklichen Erfolg, den ihm der Gebrauch seiner Lampe verschaffte. Da er jetzt mit Bestimmtheit wußte, daß sein Nebenbuhler den Palast verlassen hatte und die Ehe zwischen der Prinzessin und ihm vollständig aufgelöst war, so hatte er nicht mehr nötig, die Lampe zu reiben und den Geist zu rufen, um die Vollziehung derselben zu verhindern. Das Merkwürdigste bei der Sache war, daß weder der Sultan noch der Großwesir, die Aladin und seinen Antrag längst vergessen hatten, auch nur entfernt auf den Gedanken kamen, daß er an der Zauberei, welche die Auflösung der Ehe der Prinzessin herbeigeführt hatte, irgend Anteil haben könnte.

Aladin ließ indes die drei Monate vollends verstreichen, die der Sultan als Frist für seine Vermählung mit der Prinzessin Bedrulbudur festgesetzt hatte. Er hatte sorgfältig jeden Tag gezählt, und als sie vorüber waren, schickte er gleich am anderen Morgen seine Mutter in den Palast, um den Sultan an sein Wort zu erinnern.

Aladins Mutter ging nach dem Palaste, wie ihr Sohn ihr gesagt hatte, und stellte sich am Eingang des Diwans wieder an denselben Platz wie früher. Kaum hatte der Sultan einen Blick auf sie geworfen, so erkannte er sie auch wieder und erinnerte sich an ihre Bitte sowie an die Zeit, auf die er sie vertröstet hatte. Der Großwesir trug ihm eben eine Sache vor. Der Sultan unterbrach ihn mit den Worten: »Wesir, ich bemerke dort die gute

Frau, die uns vor einigen Monaten ein so schönes Geschenk machte: Laß sie hierher treten, du magst deinen Bericht fortsetzen, wenn ich sie angehört habe.« Der Großwesir warf einen Blick nach dem Eingange des Diwans und erkannte ebenfalls Aladins Mutter. Sogleich rief er den Obersten der Türsteher, zeigte sie ihm und befahl ihm, sie vortreten zu heißen.

Aladins Mutter näherte sich dem Fuße des Thrones und warf sich der Sitte gemäß nieder. Als sie wieder aufgestanden war, fragte sie der Sultan, was sie wünsche. »Großer König«, antwortete sie, »ich erscheine zum zweiten Mal vor deinem Angesicht, um dir im Namen meines Sohnes Aladin vorzustellen, daß die drei Monate verstrichen sind, auf welche du ihn mit der Bitte, die ich dir vorzutragen die Ehre hatte, vertröstet hast. Ich bitte demütiglich, daß du dich der Sache erinnern mögest.«

Der Sultan hatte diese Frist von drei Monaten das erste Mal nur deshalb angesetzt, weil er glaubte, es werde dann keine Rede mehr von einer Heirat sein, die ihm für die Prinzessin, seine Tochter, durchaus nicht angemessen schien, in Anbetracht des niedrigen Standes und der Armut von Aladins Mutter, welche in einem sehr gemeinen Aufzuge vor ihm erschien. Diese Mahnung an sein Versprechen setzte ihn jetzt in Verlegenheit. Um sich in der Sache nicht zu übereilen, zog er seinen Großwesir zu Rate und bezeigte ihm seine Abneigung, die Prinzessin mit einem Unbekannten zu vermählen, der offenbar von ganz niedriger Abkunft sein mußte.

Der Großwesir zögerte nicht, dem Sultan seine Gedanken hierüber zu sagen. »Herr«, antwortete er ihm, »mich deucht, daß es ein unfehlbares Mittel gibt, diese unpassende Heirat zu hintertreiben, ohne daß Aladin, selbst wenn er dir bekannt wäre, sich darob beklagen könnte. Du darfst nur einen so hohen Preis für die Prinzessin festsetzen, daß seine Reichtümer, wenn sie auch noch so groß sind, nicht zureichen. Auf diese Art wirst du ihn von seiner kühnen, ja ich möchte sagen, verwegenen Bewerbung abbringen, die er offenbar nicht gehörig überlegt hat.«

Der Sultan billigte den Rat des Großwesirs. Er wandte sich zu Aladins Mutter und sagte nach einigem Nachdenken zu ihr: »Gute Frau, ein Sultan muß immer sein gegebenes Wort halten, und ich bin bereit, mein Versprechen zu erfüllen und deinen Sohn mit der Hand meiner Tochter zu beglücken. Da ich sie aber nicht vermählen kann, ohne zu wissen, welche Vorteile sie sich davon versprechen darf, so melde deinem Sohne, ich werde mein Versprechen erfüllen, sobald er mir vierzig große Becken von gediegenem Gold, von oben bis unten mit dergleichen Kostbarkeiten, wie du mir schon einmal in seinem Namen gebracht hast, angefüllt, durch vierzig schwarze Sklaven zuschicke, die von vierzig anderen ausnehmend schönen und aufs prachtvollste gekleideten jungen weißen Sklaven geführt sein müssen. Dies sind die Bedingungen, unter denen ich bereit bin, ihm die Prinzessin, meine Tochter, zu geben. Geh nun, gute Frau, und bring mir bald wieder Antwort.«

Aladins Mutter warf sich abermals vor dem Throne des Sultans nieder und entfernte sich. Unterwegs lachte sie in ihrem Herzen über das närrische Verlangen ihres Sohnes. »Wahrhaftig«, sagte sie, »wo soll er so viele goldene Becken und eine solche Menge farbiger Gläser hernehmen, um sie damit zu füllen? Wird er wieder in das unterirdische Gewölbe hinabsteigen, dessen Eingang verschlossen ist, um sie von den Bäumen zu pflücken? Und woher soll er alle diese hübschen Sklaven bekommen, die der Sultan verlangt? Jetzt ist er freilich weit von seinem Ziele entfernt, und ich glaube nicht, daß er mit meiner Botschaft zufrieden sein wird.« Als sie nun mit diesen, wie sie glaubte, für Aladin ganz trostlosen Gedanken beschäftigt nach Hause kam, sagte sie zu ihm: »Mein Sohn, ich rate dir, denke nicht mehr an eine Vermählung mit der

Prinzessin Bedrulbudur. Der Sultan hat mich zwar sehr huldreich empfangen, und ich glaube, daß er gut gegen dich gesinnt war, allein der Großwesir hat ihn, wenn ich mich nicht täusche, auf andere Gedanken gebracht, wie du sogleich aus dem ersehen kannst, was ich dir jetzt sagen werde. Nachdem ich dem Sultan vorgestellt hatte, daß die drei Monate abgelaufen seien, und ihn nun in deinem Namen bat, sich an sein Versprechen zu erinnern, bemerkte ich, daß er eine Weile ganz leise mit dem Großwesir sprach, und dann erst gab er mir die Antwort, die ich dir jetzt sagen werde.« Sie erzählte nun ihrem Sohne sehr ausführlich alles, was der Sultan ihr gesagt hatte, und nannte ihm die Bedingungen, unter denen er in die Verbindung der Prinzessin, seiner Tochter, mit ihm einwilligen würde. »Mein Sohn«, sagte sie zuletzt, »er erwartet eine Antwort; aber unter uns gesagt«, fuhr sie lächelnd fort, »ich glaube, er wird lange warten müssen.«

»Nicht so lange, liebe Mutter, als du glaubst«, antwortete Aladin, »und der Sultan ist gewaltig im Irrtum, wenn er meint, durch seine ungeheuren Forderungen könne er mich außerstand setzen, an die Prinzessin Bedrulbudur zu denken. Ich hatte ganz andere unüberwindliche Schwierigkeiten erwartet, oder wenigstens einen weit höheren Preis für meine unvergleichliche Prinzessin. Jetzt aber bin ich wohl zufrieden, denn was er verlangt, ist eine Kleinigkeit gegen das, was ich ihm für ihren Besitz bieten könnte. Während ich nun daran denken werde, ihn zu befriedigen, besorge du ein Mittagessen für uns und laß nur mich gewähren.«

Sobald seine Mutter nach Lebensmitteln ausgegangen war, nahm Aladin die Lampe und rieb sie. Sogleich erschien der Geist, fragte in den gewöhnlichen Ausdrücken, was er zu befehlen habe, und sagte, daß er bereit sei, ihn zu bedienen. Aladin sprach zu ihm: »Der Sultan gibt mir die Prinzessin, seine Tochter, zur Frau; zuvor aber verlangt er von mir vierzig große und vollwichtige Becken von gediegenem Gold, bis zum Rande angefüllt mit den Früchten des Gartens, wo ich die Lampe geholt habe, deren Sklave du bist. Ferner verlangt er, daß diese vierzig goldenen Becken von ebenso vielen schwarzen Sklaven getragen werden sollen, vor denen vierzig wohlgebildete, schlanke und prachtvoll gekleidete junge weiße Sklaven hergehen müssen. Gehe und schaffe mir baldmöglichst dieses Geschenk zur Stelle, damit ich es dem Sultan schicken kann, ehe er die Sitzung des Diwans aufhebt.« Der Geist sagte, sein Befehl solle unverzüglich vollzogen werden und verschwand.

Eine kleine Weile darauf ließ der Geist sich wieder sehen, begleitet von vierzig schwarzen Sklaven, deren jeder ein zwanzig Mark schweres Becken von gediegenem Gold, angefüllt mit Perlen, Diamanten, Rubinen und Smaragden, welche die dem bereits geschenkten an Größe und Schönheit weit übertrafen, auf dem Kopfe trug. Jedes der Becken war mit goldgeblümtem Silberstoff überdeckt. Diese Sklaven, sowohl die weißen als die schwarzen mit den goldenen Becken, erfüllten fast das ganze Haus, das ziemlich klein war, nebst dem kleinen Hofe vor und einem Gärtchen hinter demselben. Der Geist fragte Aladin, ob er zufrieden sei, und ob er ihm sonst noch etwas zu befehlen habe. Aladin antwortete, er verlange nichts mehr, und der Geist verschwand.

Als Aladins Mutter vom Markte zurückkam, verwunderte sie sich höchlich, da sie so viele Leute und Kostbarkeiten sah. Nachdem sie die Nahrungsmittel, die sie mitbrachte, auf den Tisch gelegt hatte, wollte sie den Schleier, der ihr Gesicht verhüllte, ablegen, aber Aladin ließ es nicht zu. »Liebe Mutter«, sprach er zu ihr, »wir haben jetzt keine Zeit zu verlieren. Es ist von großer Wichtigkeit, daß du, noch ehe der Sultan den Diwan schließt, in den Palast zurückkehrst und das verlangte Geschenk nebst der Morgengabe für die Prinzessin Bedrulbudur hinbringst, damit er aus meiner Eile und Pünktlichkeit das brennende und aufrichtige Verlangen ermessen kann, womit ich nach der Ehre trachte, sein Schwiegersohn zu werden.«

Ohne die Antwort seiner Mutter abzuwarten, öffnete Aladin die Türe nach der Straße und ließ alle seine Sklaven paarweise, immer einen weißen mit einem schwarzen, der ein goldenes Becken auf dem Kopfe trug, zusammen hinaus. Als nun seine Mutter hinter dem letzten Sklaven her ebenfalls draußen war, verschloß er die Türe und blieb ruhig auf seinem Zimmer, in der süßen Hoffnung, der Sultan werde ihm endlich nach diesem Geschenke, das er selbst gefordert hatte, seine Tochter geben. Kaum war der erste weiße Sklave vor Aladins Hause, als alle Vorübergehenden, die ihn bemerkten, stehen blieben, und ehe noch die sämtlichen achtzig Sklaven, die weißen und schwarzen untereinander, draußen waren, wimmelte die Straße von einer Masse Volks, das von allen Seiten herbeiströmte, um dieses prachtvolle und außerordentliche Schauspiel anzusehen. Die Kleidung der Sklaven bestand aus so kostbaren Stoffen und war so reich mit Edelsteinen geschmückt, daß die besten Kenner nicht zu viel zu sagen glaubten, wenn sie jeden Anzug auf mehr als eine Million schätzten. Die Nettigkeit und das gute Anpassen der Kleider, der edle Anstand, die Schönheit, der ebenmäßige und stattliche Wuchs der Sklaven, ihr feierlicher Zug in gleichmäßig abgemessenen Zwischenräumen, der Glanz der außerordentlich großen Edelsteine, die in schönster Anordnung rings um ihre Gürtel in echtes Gold gefaßt, und die Rosen an ihren Turbanen, die ebenfalls aus Edelsteinen zusammengesetzt und ganz besonders geschmackvoll gearbeitet waren, dies alles versetzte die Zuschauer samt und sonders in so große Verwunderung, daß sie nicht müde werden konnten, sie zu betrachten und ihnen so weit als möglich nachzusehen. Die Straßen waren so mit Menschen angefüllt, daß jeder an dem Platze, wo er war, stehen bleiben mußte.

Da man durch mehrere Straßen gehen mußte, um zu dem Palast zu gelangen, so konnte ein großer Teil der Stadt und Leute aus allen Klassen und Ständen den prachtvollen Aufzug sehen. Endlich langte der erste von den achtzig Sklaven an der Pforte des ersten Schloßhofes an. Die Pförtner, die sich bei Annäherung dieses wundervollen Zuges in zwei Reihen aufgestellt hatten, hielten ihn für einen König, so reich und prachtvoll war er gekleidet, und näherten sich ihm, um den Saum seines Kleides zu küssen. Der Sklave aber, dem der Geist vorher seine Rolle gelehrt hatte, gab es nicht zu und sagte feierlich zu ihm: »Wir sind bloß Sklaven; unser Herr wird erscheinen, sobald es Zeit ist.«

So kam der erste Sklave an der Spitze des ganzen Zugs in den zweiten Hof, der sehr geräumig war und wo sich der Hofstaat des Sultans während der Sitzung des Diwans aufgestellt hatte. Die Anführer von jeder einzelnen Truppe waren zwar prachtvoll gekleidet, wurden aber weit verdunkelt, als die achtzig Sklaven erschienen, die Aladins Geschenk brachten und selbst dazugehörten. Im ganzen Hofstaate des Sultans gab es nichts so Herrliches und Glänzendes zu sehen, und alle Pracht der ihn umgebenden Herren von Hofe war Staub im Vergleich mit dem, was sich jetzt seinen Blicken darbot. Da man dem Sultan den Zug und die Ankunft dieser Sklaven gemeldet hatte, so hatte er Befehl gegeben, sie eintreten zu lassen. Als sie daher erschienen, fanden sie den Eingang zum Diwan offen und zogen in schönster Ordnung, ein Teil zur Rechten, der andere zur Linken, hinein. Nachdem sie alle drin waren und vor dem Throne des Sultans einen großen Halbkreis gebildet hatten, stellten die schwarzen Sklaven die Becken, die sie trugen auf den Fußteppich, dann warfen sie sich alle miteinander nieder und berührten den Teppich mit ihrer Stirne. Die weißen Sklaven taten dasselbe zur gleichen Zeit. Hierauf standen sie alle zusammen wieder auf, und die schwarzen enthüllten dabei sehr geschickt die vor ihnen stehenden Becken, worauf sie alle mit gekreuzten Armen und großer Ehrerbietung stehen blieben.

Indes nahte Aladins Mutter dem Fuße des Thrones, warf sich vor demselben nieder und sprach zu dem Sultan: »Herr, mein Sohn Aladin weiß recht wohl, daß das Geschenk, das er dir schickt, weit unter dem steht, was die Prinzessin Bedrulbudur verdient. Gleichwohl hofft er, du werdest es huldreich annehmen, und auch die Prinzessin werde es nicht verschmähen; er hofft dies um so zuversichtlicher, da er sich bemüht hat, der Bedingung, die du ihm vorgeschrieben, nachzukommen.«

Der Sultan war nicht imstande, die Begrüßung der Mutter Aladins aufmerksam anzuhören. Schon beim ersten Blick auf die vierzig goldenen Becken, die bis zum Rande mit den strahlendsten, glänzendsten und kostbarsten Edelsteinen angefüllt waren, und auf die achtzig Sklaven, die man wegen ihres edlen Anstandes, des Reichtums und der merkwürdigen Pracht ihres Anzugs für Könige halten konnte, war er so überrascht worden, daß er sich von seinem Staunen nicht erholen konnte. Statt also den Gruß von Aladins Mutter zu erwidern, wandte er sich an den Großwesir, der ebensowenig begreifen konnte, woher so viele Reichtümer gekommen sein sollen. »Nun Wesir«, sagte er laut zu ihm, »was denkst du von dem, wer es auch sein mag, der mir ein so reiches und außerordentliches Geschenk schickt, ohne daß wir beide ihn kennen? Hältst du ihn für unwürdig, meine Tochter, die Prinzessin Bedrulbudur zu heiraten?«

So schmerzlich es nun auch dem Großwesir war, zu sehen, daß ein Unbekannter den Vorzug vor seinem Sohne erhalten und der Eidam des Sultans werden sollte, so wagte er es doch nicht, seine Ansicht zu verhehlen. Es war zu augenscheinlich, daß Aladins Geschenk mehr als hinreichend war, um ihn dieser hohen Ehre würdig zu machen. Er antwortete also dem Sultan ganz nach seinem Sinn und sprach: »Herr, es sei ferne von mir, zu glauben, daß derjenige, der dir ein deiner so würdiges Geschenk gemacht hat, der Ehre, die du ihm zudenkst, unwürdig wäre; ja ich würde die Behauptung wagen, er verdiene noch weit mehr, wenn ich nicht überzeugt wäre, daß es auf der ganzen Welt keinen so kostbaren Schatz gibt, der die Prinzessin, deine Tochter, aufwägen könnte.« Die Herren vom Hofe, die der Sitzung beiwohnten, gaben durch ihre Beifallsbezeugungen zu erkennen, daß sie ebenso dachten wie der Großwesir.

Der Sultan verschob jetzt die Sache nicht länger und erkundigte sich nicht einmal, ob Aladin auch die übrigen erforderlichen Eigenschaften besitze, um sein Schwiegersohn werden zu können. Schon der Anblick dieser unermeßlichen Reichtümer und die Schnelligkeit, womit Aladin sein Verlangen erfüllt hatte, ohne in den ungeheuren Bedingungen, die ihm vorgeschrieben wurden, die mindeste Schwierigkeit zu finden, war ihm Beweis genug, daß ihm nichts zu einem vollendeten Mann fehlen könne, wie er ihn sich wünschte. Um daher Aladins Mutter vollkommen zu befriedigen, sagte er zu ihr: »Gehe jetzt, gute Frau, und sage deinem Sohn, daß ich ihn erwarte und mit offenen Armen aufnehmen werde; je schneller er kommen wird, um die Prinzessin, meine Tochter, aus meiner Hand zu empfangen, je mehr wird er mir Vergnügen machen.«

Hocherfreut, ihren Sohn wider alles Erwarten auf einer so hohen Stufe des Glücks zu erblicken, eilte Aladins Mutter nach Hause; der Sultan aber schloß die Sitzung für heute, stand von seinem Throne auf und befahl, daß die Verschnittenen der Prinzessin die goldenen Becken nehmen und nach den Zimmern ihrer Gebieterin tragen sollen, wohin er selbst ging, um sie mit Muße näher zu betrachten. Dieser Befehl wurde durch den Eifer des Obersten der Verschnittenen sogleich vollzogen.

Auch die achtzig weißen und schwarzen Sklaven wurden nicht vergessen. Man ließ sie ins Innere des Palastes treten, und bald darauf befahl der Sultan, der der Prinzessin Bedrulbudur von ihrer Pracht gesagt hatte, sie vor ihren Gemächern aufzustellen, damit sie dieselben durch die Gitterfenster betrachten und sich überzeugen könne, daß er in seiner Erzählung nicht nur nichts übertrieben, sondern sogar weit weniger gesagt habe, als wirklich wahr sei. Indes kam Aladins Mutter mit einem Gesichte, das ihre gute Botschaft im voraus verkündete, nach Hause. »Mein Sohn«, sagte sie zu ihm, »du hast alle Ursache, zufrieden zu sein: Gegen meine Erwartung sind alle deine Wünsche in Erfüllung gegangen; denn du weißt, was ich immer zu dir gesagt habe. Ich will dich nicht lange in Ungewißheit lassen: Der Sultan hat mit der Zustimmung des ganzen Hofes erklärt, daß du würdig bist, die Prinzessin Bedrulbudur zu besitzen. Er erwartet dich, um dich zu umarmen und den Ehebund abzuschließen. Bereite dich auf diese Zusammenkunft gehörig vor, damit sie der hohen Meinung, die er bereits von dir gefaßt hat, entspreche. Nach den Wundern, die ich bisher von dir gesehen habe, bin ich fest überzeugt, daß du es an nichts fehlen lassen wirst. Ich darf indes nicht vergessen, dir zu sagen, daß der Sultan dich mit Ungeduld erwartet; verliere also keine Zeit, dich zu ihm zu verfügen.«

Aladin, der über diese Nachricht hocherfreut und einzig und allein mit dem Gegenstand beschäftigt war, der ihn bezaubert hatte, gab seiner Mutter eine kurze Antwort und ging auf sein Zimmer. Er nahm die

Lampe, die ihm bisher in allen Nöten und bei allen seinen Wünschen so hilfreich gewesen war, und kaum hatte er sie gerieben, als der Geist durch sein unverzügliches Erscheinen seinen fortdauernden Gehorsam an den Tag legte. »Geist«, sagte Aladin zu ihm, »ich habe dich gerufen, damit du mir sogleich ein Bad bereiten sollst, und sobald ich es genommen habe, will ich, daß du mir die reichste und prachtvollste Kleidung bringst, die jemals ein König getragen hat.« Kaum hatte er dies gesprochen, als der Geist sowohl ihn als sich unsichtbar machte, aufhob und in ein Bad trug, das von äußerst feinem, schönem und buntgestreiftem Marmor gebaut war. Ohne daß er sah, wer ihn bediente, wurde er in einem sehr schönen und geräumigen Saale entkleidet. Aus dem Saale ließ man ihn in das Bad treten, das eine mäßige Wärme hatte und wo er gerieben und mit allerhand wohlriechenden Wassern gewaschen wurde. Nachdem er in den verschiedenen Badestuben alle Grade der Wärme durchgemacht hatte, kam er wieder heraus, aber ganz anders, als er hineingetreten war. Seine Gesichtsfarbe war frisch, weiß und rosig geworden und sein ganzer Leib weit leichter und geschmeidiger. Als er in den Saal zurückkam, fand er das Kleid, das er dort gelassen hatte, nicht mehr; der Geist hatte statt desselben seinem Befehle zufolge eine andere Kleidung gebracht. Aladin war ganz erstaunt, als er die Pracht des Anzugs sah, der für ihn bestimmt war. Er kleidete sich mit Hilfe des Geistes an und bewunderte jedes Stück, ehe er es anzog: So sehr übertraf es alles, was er sich bisher nur hatte denken können. Als er fertig war, trug ihn der Geist in dasselbe Zimmer zurück, wo er ihn abgeholt hatte, und fragte ihn, ob er noch etwas zu befehlen habe. »Ja«, antwortete Aladin, »ich erwarte auf der Stelle von dir, daß du mir ein Pferd herführst, dessen Schönheit und Schnelligkeit das kostbarste Pferd im Stalle des Sultans übertrifft; die Decke, der Sattel, der Zaum und überhaupt das Geschirr muß über eine Million wert sein. Auch verlange ich, daß du mir zu gleicher Zeit zwanzig Sklaven herbeischaffst, die ebenso reich und schmuck gekleidet sein müssen wie die, welche das Geschenk trugen, denn sie sollen mir zur Seite und als mein Gefolge einhergehen; und noch zwanzig andere der Art, die in zwei Reihen vor mir herziehen sollen. Auch meiner Mutter bring' sechs Sklavinnen zu ihrer Bedienung, die alle wenigstens ebenso reich gekleidet sein müssen wie die Sklavinnen der Prinzessin Bedrulbudur, und jede einen vollständigen Anzug auf dem Kopfe tragen soll, der so prächtig und stattlich sein muß, als wäre er für die Sultanin. Ferner brauche ich noch zehntausend Goldstücke in zehn Beuteln. Das war es, was ich dir noch zu befehlen hatte; geh' und spute dich.«

Sobald Aladin dem Geiste diese Befehle gegeben hatte, verschwand dieser und erschien bald wieder mit dem Pferd, den vierzig Sklaven, von denen zehn je einen Beutel mit tausend Goldstücken trugen, und die sechs Sklavinnen, wovon jede einen verschiedenen Anzug für Aladins Mutter, in Silberstoff eingewickelt, auf dem Kopfe trug. Der Geist übergab dies alles an Aladin.

Aladin nahm von den zehn Beuteln nur vier, die er seiner Mutter gab, damit sie sich derselben in Notfällen bedienen sollte. Die sechs anderen ließ er in den Händen der Sklaven, welche sie trugen, mit dem Befehl, sie zu behalten und während ihres Zuges durch die Straßen nach dem Palast des Sultans handvollweise unter das Volk auszuwerfen. Auch befahl er ihnen, sie sollten nebst den ihrigen dicht vor ihm, drei zur Rechten und drei zur Linken, einhergehen. Endlich gab er seiner Mutter die sechs Sklavinnen und sagte ihr, sie gehören ihr und sie könne als

Gebieterin über sie verfügen; auch die Kleider, die sie trugen, seien für ihren Gebrauch bestimmt.

Als Aladin alle seine Angelegenheiten geordnet hatte, entließ er den Geist mit der Erklärung, daß er ihn rufen werde, sobald er seiner bedürfe, worauf dieser augenblicklich verschwand. Jetzt machte sich Aladin fertig, dem Wunsche des Sultans, der ihn sehen wollte, zu entsprechen. Er fertigte einen der vierzig Sklaven – ich will nicht sagen den schönsten, denn sie waren alle gleich – nach dem Palaste ab mit dem Befehl, er solle sich an den Obersten der Türsteher wenden und ihn fragen, wann er wohl die Ehre haben könne, sich dem Sultan zu Füßen zu werfen. Der Sklave entledigte sich seines Auftrags sehr schnell und brachte die Nachricht zurück, daß der Sultan ihn mit Ungeduld erwarte.

Aladin stieg nun unverzüglich zu Pferde und setzte sich mit seinem Zuge in der schon angezeigten Ordnung in Bewegung. Obgleich er nie zuvor ein Roß bestiegen hatte, so zeigte er doch dabei einen so edlen Anstand, daß selbst der erfahrenste Reiter ihn nicht für einen Neuling hätte halten können. Die Straßen, durch die er kam, füllten sich fast in einem Nu mit einer unübersehbaren Volksmasse an, von deren Beifalls-, Bewunderungs- und Segensrufen die Luft widerhallte, besonders wenn die sechs Sklaven, welche die Beutel trugen, ganze Hände voll Goldstücke rechts und links in die Luft warfen. Der Beifallsruf kam indes nicht von dem Pöbel her, der sich drängte, stieß und niederdrückte, um Goldstücke aufzulesen, sondern von den wohlhabenderen Zuschauern, die sich nicht enthalten konnten, der Freigebigkeit Aladins öffentlich das verdiente Lob zu spenden. Nicht bloß die, die sich erinnerten, ihn noch in seinen Jünglingsjahren mit den Gassenbuben spielend gesehen zu haben, erkannten ihn nicht mehr, sondern auch solche, die ihn noch vor kurzem gesehen hatten, erkannten ihn kaum, so sehr hatten sich seine Gesichtszüge verändert. Dies kam daher, daß die Lampe unter anderen Eigenschaften auch die hatte, den Besitzern allmählich alle Vollkommenheiten zu verleihen, welche dem Rang, zu dem sie durch ihren guten Gebrauch gelangten, angemessen waren. Man schenkte Aladins Person weit mehr Aufmerksamkeit, als dem übrigen prachtvollen Zuge, da die meisten an demselben Tage bereits einen ähnlichen gesehen hatten, nämlich die

Sklaven, die das Geschenk trugen und begleiteten. Besonders wurde auch das Pferd von den Kennern bewundert, welche seine Schönheit recht wohl zu beurteilen wußten, ohne sich durch den Reichtum oder den Schimmer der Diamanten und anderen Edelsteine, womit es bedeckt war, blenden zu lassen. Da sich das Gerücht verbreitet hatte, daß der Sultan ihm die Prinzessin Bedrulbudur zur Frau gebe, so wurde er, trotz seiner niederen Herkunft, von niemanden um sein Glück oder seine Erhebung beneidet, denn er schien derselben würdig zu sein.

Endlich langte Aladin vor dem Palast an, wo alles zu seinem Empfang in Bereitschaft gesetzt war. Als er vor das zweite Tor kam, wollte er, der Sitte gemäß, die selbst der Großwesir, die Feldhauptleute und Oberstatthalter beachteten, absteigen; allein der Oberste der Türsteher, der ihn auf Befehl des Sultans dort erwartete, ließ es nicht zu und begleitete ihn bis an den großen Versammlungs- oder Audienzsaal, wo er ihm absteigen half, obwohl Aladin sich sehr dagegen sträubte und es nicht dulden wollte: Er konnte es aber nicht hindern. Indes bildeten die Türsteher am Eingange

des Saales eine doppelte Reihe. Ihr Oberster ging zur Linken Aladins und führte ihn mitten durch sie hindurch bis zum Throne des Sultans.

Als der Sultan Aladin erblickte, war er ebenso überrascht durch seine reiche und prachtvolle Kleidung, dergleichen er selbst nie getragen hatte, als auch besonders durch seinen edlen Anstand, seinen herrlichen Wuchs und seine würdevolle Haltung, die er um so weniger erwartet hatte, als sie von dem niedrigen Anzug seiner Mutter himmelweit verschieden war. Seine Verwunderung und Überraschung hinderte ihn indes nicht, aufzustehen und zwei oder drei Stufen des Thrones herabzusteigen, damit Aladin sich nicht zu seinen Füßen werfen und er ihn freundschaftlich umarmen konnte. Nach dieser Höflichkeit wollte sich Aladin gleichwohl vor ihm niederwerfen, allein der Sultan hielt ihn mit eigener Hand zurück und nötigte ihn, heraufzusteigen und sich zwischen ihn und den Großwesir zu setzen.

Hierauf nahm Aladin das Wort und sprach: »Herr, ich nehme die Ehre, die du mir erzeigst, an, weil es dir in deiner Gnade beliebt, sie mir zu erweisen; erlaube mir aber, dir zu sagen, daß ich nicht vergessen habe, wie ich dein geborner Sklave bin, daß ich die Größe deiner Macht kenne und wohl weiß, wie tief meine Herkunft mich unter den Glanz und die Herrlichkeit des hohen Ranges stellt, in welchem du stehst. Wenn ich durch irgend etwas einen günstigen Empfang verdient haben sollte, so gestehe ich, daß ich ihn bloß jener durch einen reinen Zufall veranlaßten Kühnheit verdanke, die mich bewog, meine Augen, Gedanken und Wünsche bis zu der erhabenen Prinzessin zu erheben, die der Gegenstand meiner Sehnsucht ist. Ich bitte dich für diese Verwegenheit um Verzeihung, großer König, aber ich kann nicht verhehlen, daß ich vor Schmerz sterben würde, wenn ich die Hoffnung aufgeben müßte, meinen Wunsch erfüllt zu sehen.«

»Mein Sohn«, antwortete der Sultan, indem er ihn abermals umarmte, »du würdest mir Unrecht tun, wenn du auch nur einen Augenblick an der Aufrichtigkeit meines Versprechens zweifeln wolltest. Dein Leben ist mir fortan zu teuer, als daß ich es nicht durch Darbietung des Heilmittels, worüber ich verfügen kann, zu erhalten suchen sollte. Ich ziehe das Vergnügen, dich zu sehen und zu hören, allen meinen und deinen Schätzen vor.«

Bei diesen Worten gab der Sultan ein Zeichen, und alsbald ertönte die Luft vom Schall der Oboen und Pauken; zugleich führte der Sultan Aladin in einen prachtvollen Saal, wo ein herrliches Festmahl aufgetragen wurde. Der Sultan speiste ganz allein mit Aladin. Der Großwesir und die vornehmen Herren vom Hofe standen ihnen, jeder nach seinem Rang und Würde, während der Mahlzeit zur Seite. Der Sultan, der die Augen fortwährend auf Aladin geheftet hatte – denn es machte ihm ungemein viel Vergnügen, ihn zu sehen –, lenkte das Gespräch auf mehrere verschiedene Gegenstände. Während der ganzen Unterhaltung aber, die sie über Tisch miteinander führten, und auf welchen Gegenstand auch das Gespräch fallen mochte, sprach Aladin mit so viel Kenntnis und Verstand, daß er den Sultan vollends ganz in der guten Meinung bestärkte, die er gleich anfangs von ihm gefaßt hatte.

Nach dem Mahle ließ der Sultan den obersten Richter seiner Hauptstadt rufen und befahl ihm, sogleich den Ehevertrag zwischen der Prinzessin Bedrulbudur, seiner Tochter, und Aladin zu entwerfen und aufzusetzen. Während dieser Zeit unterhielt sich der Sultan mit Aladin über mehrere gleichgültige Sachen in Gegenwart des Großwesirs und der vornehmen Herren vom Hofe, die den gründlichen Verstand, die große Gewandtheit in Rede und Ausdruck, und die feinen und sinnreichen Bemerkungen, womit der Jüngling die Unterhaltung würzte, nicht genug bewundern konnten.

Als der Richter den Vertrag mit allen erforderlichen Förmlichkeiten vollendet hatte, fragte der Sultan Aladin, ob er im Palast bleiben und die Hochzeit noch heute feiern wolle. »Herr«, antwortete Aladin, »so brennend auch mein Verlangen ist, deine Gnade und Huld in ihrem ganzen Umfange zu genießen, so bitte ich doch, daß du mir so lange noch Frist gestattest, bis ich einen Palast habe erbauen lassen, um die Prinzessin ihrem Range und ihrer Würde gemäß zu empfangen. Ich erbitte mir hierzu einen angemessenen Platz vor dem deinigen aus, damit ich recht nahe bin, um dir meine Aufwartung machen zu können. Ich werde nichts unterlassen und dafür sorgen, daß er in möglichst kurzer Zeit vollendet wird.« – »Mein Sohn«, sagte der Sultan, »wähle dir jede Stelle aus, die du für passend hältst; vor meinem Palast ist leerer Raum genug, und ich selbst habe schon daran gedacht, ihn auszufüllen; aber bedenke, daß ich je eher, je lieber dich mit meiner Tochter vermählt zu sehen wünsche, um das Maß meiner Freude voll zu machen.« Bei diesen Worten umarmte er Aladin abermals, und dieser verabschiedete sich vom Sultan mit so feinem Anstand, wie wenn er von jeher am Hofe gewesen und dort erzogen worden wäre.

Aladin stieg nun wieder zu Pferde und kehrte in demselben Zuge, wie er gekommen war, durch dieselbe Volksmasse und unter dem Beifalljauchzen der Menge, die ihm alles mögliche Glück und Segen wünschte, nach Hause zurück. Kaum war er abgestiegen, so nahm er die Lampe und rief den Geist, wie gewöhnlich. Der Geist ließ nicht lange auf sich warten, sondern erschien sogleich und bot seine Dienste an. »Geist«, sprach Aladin zu ihm, ich habe alle Ursache, deine Pünktlichkeit zu rühmen; du hast bisher alle Befehle, die ich dir kraft dieser Lampe, deiner Herrin, gegeben habe, pünktlich erfüllt. Heute aber handelt es sich davon, daß du aus Liebe zu ihr womöglich noch mehr Eifer und Gehorsam an den Tag legen sollst, als bisher. Ich verlange nämlich, daß du mir in möglichst kurzer Zeit gegenüber vom Palast des Sultans, jedoch in angemessener Entfernung davon, einen Palast erbauen läßt, welcher würdig ist, die Prinzessin Bedrulbudur, meine Gemahlin, aufzunehmen. Die Wahl der Materialien, nämlich Porphyr oder Jaspis, Achat oder Lasurstein, oder auch den feinsten buntgestreiften Marmor, sowie die übrige Einrichtung des Baues überlasse ich ganz dir; doch erwarte ich, daß du mir oben hinauf einen großen Saal mit einer Kuppel und vier gleichen Seiten bauest, dessen Wände aus wechselnden Schichten von echtem Gold und Silber aufgeführt sein müssen, mit vierundzwanzig Fenstern, sechs auf jeder Seite, deren Vergitterung mit Ausnahme eines einzigen, welches unvollendet bleiben soll, kunstreich und ebenmäßig mit Diamanten, Rubinen und Smaragden geschmückt sein muß, so daß dergleichen noch nie auf der Welt gesehen worden ist. Ferner will ich, daß sich bei dem Palast ein Vorhof, ein Hof und ein Garten befinde; vor allen Dingen aber muß an einem Ort, den du mir bezeichnen wirst, ein Schatz voll mit gemünztem Gold und Silber, und außer-

dem mehrere Küchen, Speisekammern, Magazine und Gerätekammern voll der kostbarsten Geräte für jede Jahreszeit, und der Pracht des Palastes angemessen, vorhanden sein; dann noch Ställe voll der schönsten Pferde und der gehörigen Anzahl Stallmeister und Stallknechte. Auch ein Jagdzeug darfst du nicht vergessen, und es versteht sich von selbst, daß du auch noch für hinlängliche Dienerschaft für die Küche und den übrigen Haushalt, sowie für die gehörige Anzahl Sklavinnen zur Bedienung der Prinzessin zu sorgen hast. Du wirst jetzt begreifen, was mein Wunsch ist; geh und komm wieder, wenn du alles fertig gemacht hast.«

Die Sonne ging eben unter, als Aladin dem Geiste wegen Erbauung des Palastes, den er sich ausgesonnen, seine Aufträge gab. Am anderen Morgen stand Aladin, den die Liebe zur Prinzessin nicht ruhig schlafen ließ, in aller Frühe auf, und sogleich erschien auch der Geist. »Herr«, sprach er zu ihm, »dein Palast ist fertig; komm und sieh, ob du damit zufrieden ist.« Aladin fand alles so weit über seine Erwartung, daß er sich nicht genug wundern konnte. Der Geist führte ihn überall herum, und überall fand er Reichtum, Schönheit, Pracht, dazu Diener und Sklaven, alle dem Range und Dienste gemäß gekleidet, wozu sie bestimmt waren. Auch unterließ er nicht, ihm als Hauptsache die Schatzkammer zu zeigen, deren Türe vom Schatzmeister geöffnet wurde, und Aladin erblickte hier ganze Haufen von Goldsäcken der verschiedensten Größe, je nach den Summen, die sie enthielten, bis an das Gewölbe aufgetürmt, und alles in so schöner Ordnung, daß ihm das Herz vor Freude lachte. Beim Herausgehen versicherte ihn der Geist, daß er sich auf die Treue des Schatzmeisters vollkommen verlassen dürfe. Hierauf führte er ihn in die Ställe und zeigte ihm die schönsten Pferde von der Welt, und die Stallknechte, die eifrig beschäftigt waren, sie zu pflegen und zu warten. Endlich ging er mit ihm durch die Vorratskammern, worin alle Arten von Vorräten, hauptsächlich an Nahrungsmitteln für die Pferde und Pferdeschmuck, aufgehäuft lagen.

Nachdem Aladin den ganzen Palast von oben bis unten, von Zimmer zu Zimmer, von Gemach zu Gemach, besonders auch den Saal mit den vierundzwanzig Fenstern gemustert und darin mehr Pracht und Herrlichkeit, als er je gehofft, sowie alle nur erdenklichen Bequemlichkeiten angetroffen hatte, sagte er zu dem Geiste: »Geist, es kann niemand zufriedener sein, als ich es bin, und es wäre sehr unrecht von mir, wenn ich mich im mindesten beklagen wollte. Bloß etwas fehlt noch, wovon ich dir nichts gesagt habe, weil ich nicht daran dachte. Ich wünschte nämlich von dem Palasttore des Sultans an bis zum Eingang der Zimmer, die in diesem Palast für die Prinzessin bestimmt sind, einen Teppich von schönstem Samt ausgebreitet zu haben, damit sie auf demselben gehe, wenn sie aus dem Palast des Sultans kommt.« – »Ich komme im Augenblick wieder«, sprach der Geist und verschwand. Eine kleine Weile nachher sah Aladin mit großem Erstaunen seinen Wunsch erfüllt, ohne daß er wußte, wie es zugegangen war. Der Geist erschien dann wieder und trug Aladin in seine Wohnung zurück, während eben die Palastpforte des Sultans geöffnet wurde.

Die Pförtner des Palastes, die das Tor öffneten und nach der Seite hin, wo jetzt Aladins Prachtgebäude stand, immer eine freie Aussicht gehabt hatten, waren sehr überrascht, als sie diese Aussicht verbaut und von dorther bis zur Palastpforte des Sultans einen Samtteppich ausgebreitet sahen. Im Anfang konnten sie sich nicht denken, was es sein sollte; aber ihr Erstaunen wuchs, als sie ganz deutlich den herrlichen Palast Aladins sahen. Die Nachricht von diesem merkwürdigen Wunder verbreitete sich wie ein Lauffeuer im ganzen Palast. Der Großwesir, der sich gleich nach Öffnung der Pforte im Palast einfand, war ebenso überrascht, wie alle andern, und teilte die Sache sogleich dem Sultan mit, erklärte sie aber für ein Werk der Zauberei. »Wesir«, antwortete der Sultan, »warum soll es denn ein Werk der Zauberei sein? Du weißt so gut wie ich, daß es der Palast ist, den Aladin vermöge der Erlaubnis, die ich ihm in deiner Gegenwart gab, als Wohnung für die Prinzessin, meine Tochter, hat erbauen lassen. Nach den Proben, die er uns von seinem Reichtum gegeben, ist es durchaus nicht so befremdlich, daß er diesen Palast in so kurzer Zeit vollendet hat. Er hat uns damit überraschen und zeigen wollen, daß man mit barem Gelde über Nacht Wunder tun kann. Gestehe nur, daß bei dir etwas wie Eifersucht mit unterläuft, wenn du von Zaubereien sprichst.« Indes wurde es Zeit, in die Ratsversammlung zu gehen, und sie brachen das Gespräch ab.

Als Aladin in seine Wohnung zurückgebracht worden war und den Geist entlassen hatte, fand er seine Mutter bereits auf den Beinen und mit dem Anzug eines der Kleider beschäftigt, die er ihr hatte bringen lassen. Er veranlaßte sie nun, um die Zeit, wo der Sultan gewöhnlich aus der Ratsversammlung kam, in Begleitung der Sklavinnen, die der Geist ihr gebracht hatte, nach dem Palast zu gehen. Wenn sie den Sultan sähe, sollte sie ihm sagen, sie komme, um die Ehre zu haben, die Prinzessin auf den Abend nach ihrem Palast zu begleiten. Sie ging, aber obgleich sowohl sie als ihre Sklavinnen wie Sultaninnen gekleidet waren, so war doch die Volksmenge, die sich zum Zuschauen drängte, weit kleiner als sonst, zumal da sie verschleiert waren und ein angemessener Überwurf den Reichtum und die Pracht ihrer Kleider bedeckte. Aladin stieg nun zu Pferd, verließ sein Vaterhaus, um nie wieder zurückzukehren, vergaß aber die Wunderlampe nicht, die ihm so herrliche Dienste geleistet hatte, und zog dann öffentlich nach seinem Palast mit demselben Pompe, womit er sich tags zuvor dem Sultan vorgestellt hatte.

Sobald die Pförtner des königlichen Palastes Aladins Mutter bemerkten, meldeten sie es dem Sultan. Sogleich wurde den Chören der Trompeter, der Pauken- und Trommelschläger, der Querpfeifer und Oboisten, die bereits auf den Terrassen des Palastes an verschiedenen Punkten aufgestellt waren, ein Zeichen gegeben, und im Augenblick ertönte fröhliche Musik, die der ganzen Stadt Freude verkündete. Die Kaufleute fingen an, ihre Läden mit schönen Teppichen, Polstern und Laubwerk zu schmücken, und trafen Anstalten zur Beleuchtung der Stadt. Die Handwerksleute verließen ihre Arbeit und scharenweise zog das Volk nach dem großen Platz zwischen des Sultans und Aladins Palästen. Letzterer zog hauptsächlich allgemeine Bewunderung auf sich, zumal da der Palast des Sultans mit dem neuen durchaus nicht in Vergleich zu setzen war. Am meisten aber staunten sie, weil sie nicht begreifen konnten, durch welches unerhörte Wunder sie einen so prachtvollen Palast an einem Orte erblickten, wo sie tags zuvor weder den Grund legen, noch Baumaterialien gesehen hatten. Aladins Mutter wurde im Palast ehrenvoll empfangen und vom Obersten der Verschnittenen in die Zimmer der Prinzessin Bedrulbudur geführt. Sobald die Prinzessin sie erblickte, ging sie auf sie zu, umarmte sie, hieß sie auf ihrem Sofa Platz nehmen, und während ihre Frauen sie vollends ankleideten und mit den kostbarsten Juwelen von Aladins Geschenk schmückten, ließ sie ihr einen köstlichen Imbiß vorsetzen. Der Sultan, welcher dazukam, um noch so lange als möglich mit der Prinzessin, seiner Tochter, zusammen sein zu können, bevor sie sich von ihm trennte und den Palast Aladins bezöge, erwies ihr ebenfalls große Ehre. Aladins Mutter hatte mit ihm schon mehrere Male vor dem versammelten Rate gesprochen, aber er hatte sie noch nie wie jetzt ohne Schleier gesehen. Obwohl sie schon eine erkleckliche Anzahl Jahre auf dem Rücken hatte, so sah man doch noch aus ihren Gesichtszügen, daß sie in ihrer Jugend sehr schön gewesen sein mußte. Der Sultan, der sie immer sehr einfach, ja sogar armselig gekleidet gesehen hatte, war nun voll Verwunderung, als er sie ebenso reich und prachtvoll angezogen sah wie die Prinzessin, seine Tochter. Er schloß daraus, daß Aladin in allen Dingen gleich erfahren, verständig und einsichtsvoll sein müsse.

Als die Nacht anbrach, verabschiedete sich die Prinzessin vom Sultan, ihrem Vater. Dieser Abschied war höchst zärtlich und tränenreich; sie umarmten sich mehrmals, ohne ein Wort zu sprechen, aber endlich ging die Prinzessin aus ihrem Zimmer und trat den Zug an; zu ihrer Linken ging Aladins Mutter und hinter ihnen hundert Sklavinnen in der prachtvollsten Kleidung. Sämtliche Musikchöre, die seit der Ankunft von Aladins Mutter ununterbrochen gespielt hatten, vereinigten sich jetzt und gingen dem Zuge voran; ihnen folgten hundert Trabanten und ebenso viele schwarze Verschnittene in zwei Reihen, mit ihren Befehlshabern an der Spitze. Vierhundert junge Edelknaben des Sultans, die in zwei Zügen mit Fackeln in der Hand auf beiden Seiten einhergingen, verbreiteten einen Lichtglanz, der im Verein mit der Beleuchtung der beiden Paläste des Sultans und Aladins den Mangel des Tageslichts aufs herrlichste ersetzte.

In dieser Ordnung zog die Prinzessin den Teppich entlang vom Palast des Sultans bis zum Palast Aladins, und je mehr sie vorwärts kamen, desto mehr mischte und vereinigte sich das Spiel ihrer Musikchors mit dem, das sich von den Terrassen von Aladins Palast herab hören ließ,

und bildete mit diesem ein Konzert, das, so seltsam und verwirrt es auch schien, gleichwohl die allgemeine Freude vermehrte, nicht bloß auf dem großen Platze, der von Menschen wimmelte, sondern auch in den beiden Palästen, in der ganzen Stadt und noch weit in der Umgegend.

Endlich langte die Prinzessin bei dem neuen Palast an, und Aladin eilte mit einer Freude, die sich leicht denken läßt, an den Eingang der für sie bestimmten Zimmer, um sie daselbst zu empfangen. Aladins Mutter hatte der Prinzessin bereits ihren Sohn, der von glänzender Dienerschaft umgeben war, bezeichnet, und die Prinzessin fand ihn gleich auf den ersten Anblick so schön, daß sie ganz bezaubert wurde. »Teuerste Prinzessin«, sagte Aladin zu ihr, indem er auf sie zuging und sie voll Ehrerbietung begrüßte, »sollte ich das Unglück haben, dir durch meine Verwegenheit, womit ich nach dem Besitz einer so liebenswürdigen Prinzessin, der Tochter meines Sultans, trachtete, zu mißfallen, so mußt du die Schuld deinen schönen Augen und der Macht deiner Reize zuschreiben, nicht aber mir.« – »Prinz«, antwortete ihm die Prinzessin »– denn als solcher erscheinst du mir – ich gehorche dem Willen des Sultans, meines Vaters, und kann, nachdem ich dich gesehen, wohl sagen, daß ich ihm ohne Sträuben und gerne gehorche.« Aladin war hocherfreut über diese angenehme und verbindliche Antwort und ließ die Prinzessin, die einen so weiten Weg zurückgelegt hatte, woran sie nicht gewöhnt war, nicht lange stehen, sondern nahm ihre Hand, küßte dieselbe mit vieler Zärtlichkeit und führte sie in einen großen, von einer unendlichen Menge Wachskerzen erleuchteten Saal, wo auf Veranstaltung des Geistes ein herrliches Mahl aufgetragen war. Die Schüsseln waren von gediegenem Gold und mit den köstlichsten Speisen angefüllt. Die Vasen, die Becken und die Becher, womit der Tafelaufsatz reichlich besetzt war, waren ebenfalls von Gold und von auserlesener Arbeit. Auch die übrigen Verzierungen und der ganze Ausschmuck des Saales entsprachen dieser hohen Pracht. Die Prinzessin war ganz bezaubert, so viele Reichtümer beisammen zu sehen, und sprach zu Aladin: »Prinz, ich hatte bisher geglaubt, daß es nichts Schöneres auf der Welt geben könnte, als den Palast des Sultans, meines Vaters; aber schon dieser Saal allein überzeugt mich, daß ich mich getäuscht habe.« – »Prinzessin«, antwortete Aladin,

indem er sie an den für sie bestimmten Platz führte, »ich nehme diese Höflichkeit auf, wie ich es schuldig bin, aber ich weiß wohl, was ich zu glauben habe.«

Die Prinzessin Bedrulbudur, Aladin und seine Mutter setzten sich jetzt zu Tische und sogleich begann eine sehr liebliche und harmonische Musik nebst einem reizenden Gesang von ausgezeichnet schönen Mädchen, und dieses Konzert dauerte ununterbrochen bis ans Ende der Mahlzeit. Die Prinzessin war wie bezaubert und versicherte, im Palast des Sultans, ihres Vaters, nie etwas Ähnliches gehört zu haben. Aber sie wußte nicht, daß diese Sängerinnen Feen waren, die der Geist, der Sklave der Lampe, hierzu ausgewählt hatte.

Als das Abendessen vorüber und alles abgeräumt war, so trat an die Stelle des Musikchors ein Trupp von Tänzern und Tänzerinnen. Sie führten nach der Sitte des Landes allerlei figurierte

Tänze auf, und den Schluß machten ein Tänzer und eine Tänzerin, die mit erstaunlicher Leichtigkeit tanzten und überaus viel Anstand und Gewandtheit entwickelten. Es war nahe an Mitternacht, als Aladin, der damals in China bestehenden Sitte zufolge, aufstand und der Prinzessin Bedrulbudur die Hand bot, um mit ihr zu tanzen und damit die Hochzeitsfeierlichkeit zu schließen. Sie tanzten so schön, daß sie die Bewunderung der ganzen Gesellschaft rege machten. Als dies vorüber war, behielt Aladin die Prinzessin an der Hand, und sie gingen miteinander in das Zimmer, wo das hochzeitliche Lager für sie bereitet war. Die Frauen der Prinzessin kleideten sie aus und brachten sie zu Bett, Aladins Diener taten dasselbe und dann entfernten sich alle. So endigten die Lustbarkeiten zur Feier der Hochzeit Aladins und der Prinzessin Bedrulbudur.

Am anderen Morgen, als Aladin erwachte, kamen seine Kammerdiener, um ihn anzukleiden. Sie zogen ihm ein anderes, aber nicht minder reiches und prachtvolles Kleid an, als am Hochzeitstage. Hierauf ließ er sich eines seiner Leibpferde vorführen, bestieg es und begab sich mit einem zahlreichen Gefolge von Sklaven, die vor und hinter ihm und zu beiden Seiten gingen, nach dem Palast des Sultans. Der Sultan empfing ihn mit denselben Ehrenbezeugungen wie das erste Mal; er umarmte ihn, ließ ihn neben sich auf seinem Thron sitzen und befahl, das Frühmahl aufzutragen. »Herr«, sagte Aladin zu ihm, »ich bitte dich, mir heute diese Ehre zu erlassen. Ich komme, um dich zu ersuchen, daß du mir die Ehre erzeigen mögest, mit deinem Großwesir und den Vornehmen deines Hofes im Palast der Prinzessin ein Mittagsmahl einzunehmen.« Der Sultan bewilligte dies sehr gern. Er stand sogleich auf, und da der Weg nicht weit war, so wollte er zu Fuß dahin gehen. Er brach also auf und zu seiner Rechten ging Aladin, zur Linken der Großwesir und die Vornehmen des Hofes, voraus die Trabanten und die Angesehensten von seinem Haushalte.

Je näher der Sultan dem Palast Aladins kam, um so mehr verwunderte er sich über seine Schönheit. Noch weit höher stieg seine Verwunderung, als er hereingetreten war, und bei jedem Zimmer, das er sah, bezeigte er laut sein Erstaunen. Als ihn aber Aladin in den Saal mit den vierundzwanzig Fenstern führte, und er die Verzierungen desselben, besonders aber die mit den größten und ausgezeichnetsten Diamanten, Rubinen und Smaragden geschmückten Gitterfenster betrachtete, so wurde er davon so überrascht, daß er eine Weile regungslos blieb. Endlich sagte er zum Großwesir, der neben ihm stand: »Ist's möglich, Wesir, daß in meinem Königreich und so nahe an meinem Palast ein so prächtiger Palast stehen soll, von dem ich bis jetzt nichts gewußt habe?« – »Mein Herr und König«, antwortete der Großwesir, »du wirst dich erinnern, daß du vorgestern Aladin, als du ihn für deinen Eidam erklärtest, die Erlaubnis gegeben hast, einen Palast, gegenüber dem deinigen, aufzuführen. Damals stand bei Sonnenuntergang noch kein Palast an dieser Stelle, und gestern hatte ich die Ehre, dir zuerst zu melden, daß der Palast vollkommen ausgebaut sei.« – »Ich erinnere mich dessen wohl«, antwortete der Sultan, »aber ich hätte nie geglaubt, daß dieser Palast ein Wunder der Welt sein würde. Wo in aller Welt findet man Bauwerke, deren Schichten, statt aus Stein oder Marmor, von gediegenem Gold und Silber, und wo die Fenstervergitterungen mit Diamanten, Rubinen und Smaragden verziert sind? Dergleichen ist auf Erden noch nie gehört worden.«

Der Sultan besah und bewunderte nun die Schönheit der vierundzwanzig Gitterfenster. Doch indem er sie zählte, fand er, daß bloß dreiundzwanzig so reich geschmückt waren, und wunderte sich sehr, daß man das vierundzwanzigste unvollendet gelassen hatte. »Wesir«, sprach er, denn es war Pflicht des Großwesirs, nicht von seiner Seite zu weichen, »ich muß sehr staunen, daß ein so prachtvoller Saal an dieser Stelle unvollendet geblieben ist.« – »Herr«, antwortete der Großwesir, »Aladin war offenbar zu sehr gedrängt, und es fehlte ihm an Zeit, dieses Fenster den übrigen gleichmachen zu lassen; doch läßt sich denken, daß er die erforderlichen Edelsteine dazu besitzt und sobald als möglich daran arbeiten lassen wird.«

Aladin, der den Sultan verlassen hatte, um einige Befehle zu geben, fand sich mittlerweile wieder ein. »Mein Sohn«, sprach der Sultan zu ihm, »dies ist der bewunderungswürdigste Saal, der in der ganzen Welt zu sehen ist. Nur über etwas muß ich mich wundern, daß nämlich das Gitterfenster hier unvollendet geblieben ist. Ist dies aus Vergeßlichkeit geschehen, oder aus Nachlässigkeit, oder haben vielleicht die Handwerksleute nicht Zeit genug gehabt, an dieses schöne Denkmal der Baukunst die letzte Hand anzulegen?« – »Herr«, antwortete Aladin, »das Gitterfenster ist aus einem ganz anderen Grunde so unvollendet geblieben, wie du siehst. Es ist absichtlich geschehen, und auf meinen Befehl haben die Handwerksleute es nicht angerührt. Ich wünschte nämlich, daß du selbst den Ruhm haben solltest, den Saal und Palast vollenden zu lassen, und nun ersuche ich dich, meine gute Absicht gnädig aufzunehmen, damit ich mich deiner Gunst und Gnade rühmen kann.« – »Wenn du es in dieser Absicht getan hast«, antwortete der Sultan, »so weiß ich dir vielen Dank dafür und werde augenblicklich die nötigen Befehle geben.« Wirklich ließ er sogleich die am besten mit Edelsteinen versehenen Juweliere und die geschicktesten Goldschmiede seiner Hauptstadt rufen.

Der Sultan verließ indes den Saal, und Aladin führte ihn in denjenigen, wo er die Prinzessin Bedrulbudur am Hochzeitstage bewirtet hatte. Die Prinzessin erschien einen Augenblick später und empfing den Sultan, ihren Vater, mit einer Miene, woraus deutlich zu erkennen war, daß sie mit ihrer Ehe sehr wohl zufrieden sein mußte. Zwei Tafeln standen da, mit den köstlichsten Speisen besetzt, und das Tafelgeschirr war alles von Gold. Der Sultan setzte sich an die erste und speiste mit der Prinzessin, seiner Tochter, mit Aladin und dem Großwesir. Die übrigen

Großen des Hofes wurden an der zweiten bewirtet, die sehr lang war. Der Sultan fand die Speisen überaus schmackhaft und gestand, daß er noch nie herrlicher gespeist habe. Dasselbe sagte er von dem Weine, welcher in der Tat sehr köstlich war. Was er noch ferner bewunderte, waren vier große Tafelaufsätze mit einer Menge Flaschen, Schalen und Becher, sämtlich von gediegenem Gold und reich mit Edelsteinen geschmückt. Auch über die Musikchöre war er hocherfreut, die im Saal aufgestellt waren, während das Geschmetter der Trompeten, Pauken und Trommeln in angemessenen Pausen von außen her ertönte.

Als der Sultan vom Tisch aufgestanden war, meldete man ihm, die Juweliere und Goldschmiede, die er hatte rufen lassen, seien jetzt da. Er ging mit ihnen in den Saal mit den vierundzwanzig Fenstern und zeigte ihnen das Fenster, das noch unvollendet war. »Ich habe euch kommen lassen«, sagte er zu ihnen, »damit ihr mir dieses Fenster ausbauet und es ebenso schön machet, wie die anderen sind. Besichtiget diese einmal und verliert keine Zeit, an eure Arbeit zu gehen; es muß aber den übrigen vollkommen gleichen.«

Die Juweliere und Goldschmiede sahen sich die dreiundzwanzig Fenster sehr genau an, und nachdem sie sich miteinander beraten hatten und darüber eins geworden waren, welche Arbeit jeder einzelne zu liefern hätte, traten sie wieder vor den Sultan und der Hofjuwelier nahm das Wort und sagte: »Herr, wir sind bereit, alle Mühe und Fleiß anzuwenden, um dir zu gehorchen; aber, aufrichtig gestanden, so viel wir unser hier sind, so haben wir doch alle miteinander weder so kostbare, noch so viele Edelsteine, als zu einer so bedeutenden Arbeit erforderlich sind.« – »Ich besitze welche«, sagte der Sultan, »und zwar weit mehr, als ihr brauchen werdet; kommt in meinen Palast, so will ich sie euch zeigen, damit ihr wählet.«

Als der Sultan in seinen Palast zurückgekehrt war, ließ er alle seine Edelsteine bringen, und die Goldschmiede nahmen sehr viele davon, besonders von denen, welche Aladin ihm geschenkt hatte. Sie brachten sie an dem Fenster an, ohne daß man den Fortschritt ihrer Arbeit sonderlich gemerkt hätte, und kamen zu wiederholten Malen, um neue zu holen; aber in einem Monat hatten sie noch nicht die Hälfte des Werks vollendet. Endlich verwendeten sie alle Edelsteine des Sultans, der noch vom Großwesir dazu entlehnte, brachten aber höchstens die Hälfte des Fensters zustande.

Aladin, der wohl sah, daß der Sultan sich vergebens bemühte, dieses Fenster den übrigen gleichmachen zu lassen, und daß er nicht viel Ehre dabei aufhob, ließ die Goldschmiede kommen und sagte ihnen, sie sollen nicht nur die Arbeit einstellen, sondern auch das, was sie bisher zuwege gebracht, wieder auseinandernehmen und dem Sultan und Großwesir ihre Edelsteine zurückgeben.

So wurde denn das Werk, wozu die Juweliere und Goldschmiede mehr als sechs Wochen verwendet hatten, binnen wenigen Stunden zerstört. Sie entfernten sich dann und Aladin blieb allein im Saale zurück. Er zog die Lampe heraus, die er bei sich hatte, rieb sie und sogleich erschien der Geist. »Geist«, sprach Aladin zu ihm, »ich hatte dir befohlen, eines der vierundzwanzig Gitterfenster des Saales unvollendet zu lassen, und du hast diesen Befehl befolgt; jetzt habe ich dich kommen lassen, daß du es den übrigen gleichmachen sollst.« Der Geist verschwand und Aladin ging aus dem Saale. Als er eine Weile darauf wieder hinaufkam, fand er das Gitterfenster in dem gewünschten Zustand und ganz wie die übrigen.

Inzwischen kamen die Juweliere und Goldschmiede in den Palast, wurden in das Audienzzimmer geführt und dem Sultan vorgestellt. Der erste Juwelier überreichte ihm die Edelsteine, die sie zurückbrachten, und sagte im Namen aller zu ihm: »Beherrscher des Erdkreises, du weißt, wie lange wir schon mit dem angestrengtesten Fleiße arbeiten, um das Werk zu vollenden, das du uns aufgetragen hast. Es war schon sehr weit gediehen, als Aladin uns nötigte, nicht nur die Arbeit einzustellen, sondern auch alles, was wir zuwege gebracht hatten, zu zerstören und dir deine und des Großwesirs Edelsteine zurückzubringen.« Der Sultan fragte, ob Aladin ihnen keinen Grund angegeben habe, und als sie es verneinten, gab er sogleich Befehl, ihm ein Pferd vorzuführen. Dies geschah, er bestieg es und ritt ohne weiteres Gefolge, außer einigen seiner Leute, die ihn zu Fuß begleiteten. Am Palast Aladins angelangt, stieg er unten an der Treppe ab, die zu dem Saal mit den vierundzwanzig Fenstern führte. Er ging hinein, ohne Aladin benachrichtigen zu lassen, allein dieser kam noch zu rechter Zeit, um den Sultan an der Türe des Saales zu empfangen.

Der Sultan ließ Aladin keine Zeit, sich höchlich darüber zu beschweren, daß er ihm seine Ankunft nicht voraus habe sagen lassen und ihn dadurch in die Notwendigkeit versetzt habe, seine Pflicht nur mangelhaft zu erfüllen, sondern sagte zu ihm: »Mein Sohn, ich komme selbst, um dich zu fragen, warum du denn einen so prächtigen und einzigen Saal, wie der in deinem Palast ist, unvollendet lassen willst?«

Aladin verhehlte den wahren Grund, daß nämlich der Sultan nicht reich genug an Edelsteinen wäre, um einen so großen Aufwand zu bestreiten. Um ihm übrigens zu zeigen, wie weit der Palast, so wie er gegenwärtig war, nicht bloß den seinigen, sondern auch jeden anderen Palast auf der Welt übertraf, während er nicht einmal imstande war, den kleinsten Teil davon zu vollenden, antwortete er ihm: »Herr, es ist wahr, du hast den Saal unvollendet gesehen, aber ich bitte dich, sieh jetzt einmal, ob noch etwas daran fehlt.«

Der Sultan ging auf das Fenster zu, dessen Vergitterung er unvollendet gesehen hatte, und als er bemerkte, daß es den übrigen so gleich war,

wie ein Ei dem andern, glaubte er, er habe sich getäuscht. Er besichtigte sofort nicht bloß die zwei Fenster auf beiden Seiten daneben, sondern auch noch alle nacheinander und nachdem er sich überzeugt, daß das Gitterfenster, woran seine Goldschmiede so lange gearbeitet hatten, in so kurzer Zeit vollendet worden war, umarmte er Aladin und küßte ihn zwischen die Augen und auf die Stirn. »Mein Sohn«, sagte er hierauf voll Verwunderung zu ihm, »was für ein Mann bist du, daß du so erstaunliche Werke zuwege bringst, ehe man eine Hand umkehrt? Du hast auf der ganzen Welt nicht deinesgleichen, und je mehr ich dich kennenlerne, um so bewunderungswürdiger finde ich dich.«

Aladin nahm die Lobsprüche des Sultans mit vieler Bescheidenheit auf und antwortete ihm folgendermaßen: »Herr, es ist ein großer Ruhm für mich, das Wohlwollen und den Beifall meines Königs zu verdienen; auch versichere ich dir, daß ich stets alles aufbieten werde, um mich desselben immer mehr und mehr würdig zu machen.«

Der Sultan kehrte in seinen Palast zurück, wie er gekommen war, ohne Aladins Begleitung anzunehmen. Der Großwesir erwartete ihn daselbst. Noch voll Staunen über das Wunder, das er mit eigenen Augen gesehen, erzählte ihm der Sultan alles in Ausdrücken, die den Minister nicht mehr an der Wahrheit der Sache zweifeln ließen, ihn aber in seinem ursprünglichen Glauben bestärkten, daß Aladins Palast ein Werk der Zauberei sei, was er auch gleich anfangs, als der Palast ans Tageslicht kam, gegen den Sultan geäußert hatte. Er wollte es nun abermals wiederholen, allein der Sultan unterbrach ihn mit den Worten: »Du hast mir dies schon einmal gesagt, aber ich sehe wohl, daß du die Vermählung meiner Tochter mit deinem Sohne immer noch nicht vergessen hast.« Der Großwesir sah ein, daß der Sultan eine vorgefaßte Meinung hatte, und ließ ihn auch dabei, um nicht in Streit mit ihm zu geraten. Der Sultan aber begab sich regelmäßig jeden Tag, sobald er aufgestanden war, in ein Zimmer, von wo aus er den Palast Aladins sehen konnte, und ging auch den Tag über mehrmals dahin, um ihn zu betrachten und zu bewundern.

Aladin verschloß sich indessen nicht in seinem Palast; er zeigte sich absichtlich mehrere Male wöchentlich in der Stadt, indem er bald in diese, bald in jene Moschee ging, um sein Gebet zu verrichten, oder von

Zeit zu Zeit dem Großwesir einen Besuch abstattete, der sich beeiferte, ihm an bestimmten Tagen seine Aufwartung zu machen, oder erwies er auch zuweilen einigen Vornehmen am Hofe, die er öfters in seinem Palast bewirtete, die Ehre, sie zu Haus zu besuchen. Jedesmal wenn er ausritt, hatte er ein zahlreiches Gefolge von Sklaven um sich, und zwei von ihnen mußten auf den Straßen und Plätzen, durch die er kam und wo sich immer eine große Volksmenge einfand, ganze Hände voll Gold auswerfen. Kein Armer erschien an der Pforte seines Palastes, ohne sehr vergnügt über die Gaben, die auf seinen Befehl ausgeteilt wurden, zurückzukehren.

Da Aladin seine Zeit so eingeteilt hatte, daß er jede Woche wenigstens einmal auf die Jagd ging, bald in die nächsten Umgebungen der Stadt, bald auch in weitere Ferne, so zeigte er sich auf den Straßen und auf den Dörfern ebenso freigebig. Dieses großmütige Benehmen machte, daß das ganze Volk ihn mit Segenswünschen überhäufte und zuletzt nicht höher schwor, als bei seinem Haupte. Ja man kann, ohne den Sultan, dem er sehr regelmäßig den Hof machte, in Schatten zu stellen, wohl sagen, daß Aladin sich durch seine Leutseligkeit und Freigebigkeit die Zuneigung des ganzen Volkes erworben hatte und im allgemeinen mehr geliebt wurde, als der Sultan selbst. Mit allen diesen schönen Eigenschaften verband er eine Tapferkeit und einen Eifer für das Wohl des Staats, den man nicht genug loben kann. Beweise davon gab er bei Gelegenheit eines Aufruhrs an den Grenzen des Reichs. Kaum hatte er erfahren, daß der Sultan ein Heer ausrüstete, um ihn zu dämpfen, so bat er ihn, ihm den Oberbefehl zu übergeben, und erhielt ihn auch ohne Mühe. Sobald er nun an der Spitze des Heeres stand, führte er es so schnell und mit solchem Eifer ins Feld, daß der Sultan die Niederlage, Bestrafung und Zerstreuung der Aufrüher eher vernahm, als seine Ankunft beim Heere. Diese Tat, die seinen Namen im ganzen Reiche berühmt machte, verderbte doch sein Herz nicht; er kehrte zwar sieggekrönt zurück, blieb aber immer noch so mild und leutselig wie zuvor.

Aladin hatte bereits mehrere Jahre auf diese Art gelebt, als der Zauberer, der ihn, ohne daran zu denken, in den Stand gesetzt hatte, sich so hoch aufzuschwingen, in Afrika, wohin er zurückgekehrt war, sich seiner erinnerte. Obwohl er bisher des festen Glaubens gelebt hatte, Aladin müsse in dem unterirdischen Gewölbe zugrunde gegangen sein, so bekam er doch auf einmal Lust, genau zu erfahren, welches Ende er genommen habe. Als großer Meister in der Punktierkunst zog er aus seinem Schrank ein Viereck in Form einer verschlossenen Schachtel hervor, dessen er sich bei seinen Beobachtungen in der Punktierkunst zu bedienen pflegte. Er setzte sich auf sein Sofa, legte das Viereck vor sich, nahm den Deckel ab, und nachdem er den Sand zurecht gemacht und geebnet hatte, um zu erfahren, ob Aladin in der unterirdischen Höhle gestorben sei oder nicht, machte er seine Punkte, zog seine Linien und stellte ihm die Nativität. Indem er nun die Nativitätsstellung recht ins Auge faßte, um seinen Schluß daraus zu ziehen, so entdeckte er, daß Aladin nicht nur nicht in dem unterirdischen Gewölbe gestorben sei, sondern sich daraus gerettet habe und in großem Glanz und gewaltigem Reichtum, vermählt mit einer Prinzessin, hochgeehrt und geachtet lebe.

Kaum hatte der afrikanische Zauberer mittelst seiner teuflischen Kunst die Entdeckung gemacht, daß Aladin sich so hoch hinaufgeschwungen habe, so stieg ihm das Blut ins Gesicht. Voll Wut sagte er zu sich selbst: »Dieser elende Schneiderssohn hat also das Geheimnis und die Wunderkraft der Lampe entdeckt; ich hielt seinen Tod für gewiß und nun genießt er die Frucht meiner Arbeiten und Nachtwachen! Aber eher will ich untergehen, als ihn noch länger in seinem Glücke lassen.« Er hatte seinen Entschluß schnell gefaßt, bestieg gleich am anderen Morgen einen Berberhengst, den er im Stalle hatte, und machte sich auf den Weg. So kam er von Stadt zu Stadt, und von Land zu Land, ohne sich unterwegs länger aufzuhalten, als sein Pferd zum Ausruhen Zeit brauchte, bis nach China und bald auch in die Hauptstadt des Sultans, dessen Tochter Aladin geheiratet hatte. Er stieg in einem Chan oder öffentlichen Wirtshause ab und mietete sich ein Zimmer. Hier blieb er den noch übrigen Teil des Tages und die folgende Nacht, um sich von den Beschwerden der Reise zu erholen.

Am anderen Morgen wünschte der afrikanische Zauberer vor allem zu erfahren, was man von Aladin spreche. Indem er nun durch die Stadt spazierte, trat er in ein sehr berühmtes und von vornehmen Leuten sehr stark besuchtes Haus, wo man zusammenkam, um ein gewisses warmes Getränk zu genießen, und das er noch von seiner ersten Reise her kannte. Kaum hatte er Platz genommen, als man ihm eine Schale von diesem Getränk einschenkte und überreichte. Während er trank, horchte er rechts und links und hörte, daß man von Aladins Palast sprach. Als er ausgetrunken hatte, näherte er sich einem von denen, die sich davon unterhielten, und nahm den Augenblick wahr, um ihn beiseite zu nehmen und ihn zu fragen, was denn das für ein Palast sei, von dem man so rühmend spreche. »Woher bist denn du, Freund?« erwiderte ihm der Angeredete. »Du mußt erst seit ganz kurzem hier sein, wenn du den Palast des Prinzen Aladin noch nicht gesehen oder wenigstens noch nicht einmal davon reden gehört hast.« Man nannte nämlich Aladin immer so, seitdem er die Prinzessin Bedrulbudur geheiratet hatte. »Ich sage nicht«, fuhr der Mann fort, »daß es eins von den Wunderwerken der Welt ist, sondern ich behaupte vielmehr, daß er das einzige Wunder auf der Welt ist; denn gewiß hat man noch nie etwas so Großes, so Kostbares, so Prachtvolles gesehen. Du mußt sehr weit herkommen, da du noch nichts davon gehört hast, denn nach meiner Meinung muß man auf der ganzen Welt davon sprechen, seit er erbaut ist. Sieh ihn einmal selbst an und urteile, ob ich dir nicht die Wahrheit berichtet habe.« – »Verzeih meine Unwissenheit«, antwortete der afrikanische Zauberer, »ich bin gestern hier angelangt und komme in der Tat so weit her, ich kann sagen vom äußersten Ende Afrikas, daß sein Ruf noch nicht bis dahin gedrungen war, als ich abreiste. Da ich wegen des dringenden Geschäfts, das mich hierherführt, auf meiner Reise kein anderes Ziel vor Augen hatte, als möglichst bald anzukommen, ohne mich unterwegs aufzuhalten, oder irgendeine Bekanntschaft anzuknüpfen, so erfuhr ich von der Sache nichts weiter, als was du mir eben gesagt hast. Indes will ich nicht unterlassen, ihn selbst zu sehen; ja meine Neugierde ist so groß, daß ich sie sogleich befriedigen wollte, wenn du nur die Güte hättest, mir den Weg zu zeigen.«

Derjenige, an den sich der afrikanische Zauberer gewandt hatte, machte sich ein Vergnügen daraus, ihm den Weg nach Aladins Palast zu beschreiben, und der afrikanische Zauberer stand nun sogleich auf und ging dahin. Als er angekommen war und den Palast von allen Seiten genau betrachtet hatte, zweifelte er nicht mehr daran, daß Aladin sich der Lampe bedient haben müsse, um ihn erbauen zu lassen. Ohne weiter auf die Machtlosigkeit Aladins als eines bloßen Schneidersohnes Gewicht zu legen, wußte er recht gut, daß solche Wunderwerke nur von den Geistern der Lampe, deren Besitz ihm entgangen war, geschaffen werden konnten. Voll Ärger über das Glück und die Größe Aladins, der sich nicht viel von dem Sultan unterschied, kehrte er nach dem Chan zurück, wo er abgestiegen war.

Nun brauchte er nur noch zu wissen, wo die Lampe war, ob Aladin sie bei sich trug oder irgendwo aufbewahrte, und um dies zu entdecken, mußte der Zauberer seine Punktierkunst zu Hilfe nehmen. Sobald er in sein Zimmer gekommen war, nahm er daher sein Viereck und den Sand wieder vor, was er auf allen seinen Reisen bei sich führte. Aus diesem Versuche erkannte er, daß die Lampe in Aladins Palast war, und war außer sich vor Freude über eine solch wichtige Entdeckung. »Ich muß sie bekommen, diese Lampe«, sagte er, »und Trotz sei Aladin geboten, ob er mich hindern kann, sie ihm zu entreißen und ihn in die Niedrigkeit wieder hinabzudrücken, aus der er so hoch emporgestiegen ist.«

Das Unglück wollte, daß Aladin damals gerade auf acht Tage auf die Jagd gegangen und erst seit drei Tagen fort war; der afrikanische Zauberer erfuhr dies auf folgende Weise.

Sobald er durch seine Punktierkunst die frohe Entdeckung gemacht hatte, wo die Lampe sei, ging er zum Aufseher des Chans, unter dem Vorwand, sich mit ihm unterhalten zu wollen, und er hatte sehr natürliche Gründe dazu, so daß er nicht weit auszuholen brauchte. Er erzählte ihm, daß er Aladins Palast gesehen, und nachdem er in den übertriebensten Ausdrücken alles gepriesen hatte, was ihm daran am bewundernswürdigsten vorgekommen, und was überhaupt jedermann am merkwürdigsten fand, setzte er hinzu: »Meine Neugierde erstreckt sich noch weiter, und ich werde mich nicht zufriedengeben, bevor ich den Herrn dieses wundervollen Gebäudes selbst gesehen habe.« – »Das wird dir nicht schwer werden«, antwortete der Aufseher des Chans, »denn solange er in der Stadt ist, gibt er fast jeden Tag Gelegenheit dazu; aber seit drei Tagen ist er auf eine große Jagd ausgezogen, die acht Tage dauern soll.«

Mehr verlangte der afrikanische Zauberer nicht zu wissen; er nahm Abschied von dem Mann und sagte bei sich selbst: »Der Augenblick ist günstig, ich darf ihn nicht hinauslassen.« Hierauf ging er in den Laden eines Mannes, der Lampen zum Verkauf machte, und sagte zu diesem: »Meister, ich sollte zwölf kupferne Lampen haben: Kannst du sie mir liefern?« Der Lampenverkäufer antwortete, es fehlen ihm zwar noch einige, wenn er sich aber bis morgen gedulden wolle, so könne er ihm ein volles Dutzend zu jeder beliebigen Stunde liefern. Der Zauberer war es zufrieden und empfahl ihm, sie müssen recht hübsch und blank sein; nachdem er ihm sofort noch eine gute Bezahlung versprochen hatte, ging er in sein Chan zurück.

Am anderen Tage wurde das Dutzend Lampen dem afrikanischen Zauberer abgeliefert, der, ohne zu markten, den verlangten Preis dafür bezahlte. Er legte sie in einen Korb, womit er sich zu diesem Behuf versehen hatte, ging mit diesem Korb am Arm nach Aladins Palast und fing, als er in der Nähe war, an zu rufen: »Wer will alte Lampen gegen neue austauschen?« Als die kleinen Kinder, die auf dem Platze spielten, dies hörten, liefen sie herbei und sammelten sich mit lautem Hohngelächter um ihn, denn sie hielten ihn für einen Narren. Auch die Vorübergehenden lachten über seine Dummheit, wofür sie es hielten. »Bei diesem Manne«, sagten sie, »muß es im Kopfhäuschen nicht richtig sein, sonst könnte er nicht neue Lampen für alte anbieten.« Der afrikanische Zauberer ließ sich weder durch das Gehöhne der Kinder, noch durch das, was die älteren Leute von ihm sagten, irremachen, sondern fuhr fort, seine Ware anzubieten und laut zu schreien: »Wer will alte Lampen gegen neue austauschen?« Er wiederholte dies so oft, auf dem Platze vor dem Palast und in der Nähe desselben auf- und abgehend, daß die Prinzessin Bedrulbudur, die gerade in dem Saale mit den vierundzwanzig Fenstern war, die Stimme des Mannes hörte; da sie aber wegen des Geschreies der Kinder, die ihm nachfolgten und deren Zahl sich mit jedem Augenblick vermehrte, nicht verstand, was er ausrief, so schickte sie eine ihrer Sklavinnen, die ihr am nächsten stand, hinab, um zu sehen, was der Lärm bedeuten solle.

Die Sklavin kam bald wieder mit lautem Lachen in den Saal. Sie lachte so herzlich, daß die Prinzessin bei ihrem Anblick ebenfalls lachen mußte. »Nun, du Närrin«, sagte sie endlich, »wirst du mir nicht sagen, warum du so lachst?« – »Herrin«, antwortete die Sklavin, immerfort lachend, »wie könnte man auch anders, wenn man einen Narren sieht, der einen Korb voll schöner, ganz neuer Lampen am Arm hat, aber sie nicht verkaufen, sondern nur gegen alte austauschen will. Der Lärm aber, den du hörst, kommt von den Kindern her, die ihn verhöhnen und in solcher Masse umgeben, daß er kaum von der Stelle kommen kann.«

Nach diesem Bericht nahm eine andere Sklavin das Wort und sagte: »Da von alten Lampen die Rede ist, so weiß ich nicht, ob die Prinzessin schon bemerkt hat, daß hier auf dem Kranzgesims eine solche steht. Der Eigentümer wird es wohl nicht übel nehmen, wenn er statt der alten eine neue findet. Wenn es der Prinzessin genehm ist, so kann sie sich den Spaß machen, zu erproben, ob dieser Narr wirklich verrückt genug ist, eine neue Lampe für eine alte zu geben, ohne etwas heraus zu verlangen.«

Die Lampe, von der die Sklavin sprach, war eben die Wunderlampe, die Aladin zu seiner Größe verholfen hatte, und er selbst hatte sie, bevor er auf die Jagd ging, auf das Kranzgesims gestellt, um sie nicht zu verlieren: Eine Vorsichtsmaßregel, die er jedesmal anwendete, wenn er zu diesem Behuf auszog. Aber weder die Sklavinnen, noch die Verschnittenen, noch die Prinzessin selbst hatten sie jemals während seiner Abwesenheit bemerkt. Außer der Zeit, wo er auf der Jagd war, trug er sie immer bei sich. Man wird nun sagen, diese Vorsicht Aladins sei recht gut gewesen, aber er hätte seine Lampe wenigstens einschließen sollen. Dies ist freilich wahr, doch dergleichen Versehen sind zu jeder Zeit begangen worden, werden noch täglich begangen und noch in Zukunft begangen werden.

Die Prinzessin Bedrulbudur, die von dem hohen Wert der Lampe nichts wußte, und sich nicht denken konnte, daß es für Aladin, der gar nie davon sprach, von so hoher Wichtigkeit sein könnte, sie unberührt zu lassen und aufzubewahren, ging auf den Scherz ein und befahl einem Verschnittenem, sie zu nehmen und umzutauschen. Der Verschnittene gehorchte, ging die Treppe hinab, und war kaum aus dem Tor des Palastes, als er den afrikanischen Zauberer bemerkte. Er rief ihn, und als er zu ihm kam, zeigte er ihm die alte Lampe und sagte: »Gib mir eine neue Lampe für diese da.«

Der afrikanische Zauberer zweifelte nicht, daß dies die Lampe sei, die er suchte, denn da alles Geschirr in Aladins Palast von Gold und Silber war, so konnte es darin nicht wohl noch eine andere solche geben. Er nahm sie dem Verschnittenen schnell aus der Hand, schob sie in seinen Busen und überreichte ihm dann seinen Korb, damit er nach Belieben eine auswählen könnte. Der Verschnittene wählte eine aus, verließ den Zauberer und brachte die neue Lampe der Prinzessin Bedrulbudur. Kaum aber war der Tausch geschehen, als auch schon die Kinder auf dem Platz ein lautes Geschrei und Gelächter erhoben und sich über die Dummheit des Zauberers lustig machten.

Der afrikanische Zauberer ließ sie schreien, so lange sie wollten. Ohne sich länger in der Nähe von Aladins Palast aufzuhalten, machte er sich ganz unvermerkt und ohne weitern Lärm aus dem Staube, d. h., er schrie nicht mehr, daß er alte Lampen gegen neue umtauschen wolle. Er wollte jetzt keine andere mehr als die, die er schon hatte, und da er schwieg, so gingen auch die Kinder auseinander und ließen ihn ziehen.

Sobald er von dem Platze zwischen den beiden Palästen weg war, entschlüpfte er durch eine weniger besuchte Straße, und da er jetzt weder die anderen Lampen noch den Korb mehr brauchte, so stellte er den Korb mit den Lampen auf eine Straße, wo gerade niemand vorüberging. Hierauf schlug er eine andere Straße ein und lief hastig fort, bis er eins der Stadttore erreichte. Sodann ging er durch eine sehr lange Vorstadt, wo er einige Lebensmittel einkaufte. Sobald er im Freien war, lenkte er von der Hauptstraße ab nach einem abgelegenen Platze hin, wo er von niemand bemerkt werden konnte, und hier wartete er den günstigen Augenblick ab, um seinen Plan vollends auszuführen. Was lag ihm an seinem Berberhengst? Diesen ließ er in dem Chan, wo er abgestiegen war, zurück, denn er glaubte sich durch den Schatz, den er eben erworben, reichlich entschädigt.

Der afrikanische Zauberer brachte den Rest des Tags hier zu, bis ein Uhr nachts, wo die Finsternis am größten war. Jetzt zog er die Lampe aus seinem Busen und rieb sie. Auf diesen Ruf erschien der Geist sogleich. »Was willst du?« fragte er ihn, »ich bin bereit, dir zu gehorchen als dein Sklave und als Sklave aller, welche die Lampe in der Hand

haben; ich und die anderen Sklaven der Lampe.« – »Ich befehle dir«, antwortete der afrikanische Zauberer, »daß du augenblicklich den Palast, den du oder die anderen Sklaven der Lampe in der Stadt erbaut, so wie er ist, mit allen seinen lebenden Bewohnern aufhebst und zugleich mit mir an den und den Ort nach Afrika versetzest.« Ohne etwas zu antworten, schaffte der Geist mit Hilfe der übrigen der Lampe dienstbaren Geister in sehr kurzer Zeit sowohl ihn selbst, als den ganzen Palast an den bezeichneten Ort in Afrika. Wir wollen indes den afrikanischen Zauberer und den Palast samt der Prinzessin Bedrulbudur in Afrika lassen und nur von dem Erstaunen des Sultans reden.

Als der Sultan aufgestanden war, ging er wie gewöhnlich nach dem offenen Erker, um sich das Vergnügen zu machen, Aladins Palast zu betrachten und zu bewundern. Er richtete seinen Blick nach der Seite hin, wo er diesen Palast zu sehen gewöhnt war, erblickte aber nur einen leeren Platz, ganz wie er vor Erbauung desselben gewesen war. Im Anfang glaubte er, er täusche sich, und rieb sich die Augen; allein er sah so wenig, als das erste Mal, obgleich das Wetter sehr heiter, der Himmel rein und die Morgenröte bereits aufgestiegen war, so daß man alles recht deutlich sehen konnte. Er blickte rechts und links durch die beiden Öffnungen und sah noch immer nichts. Sein Erstaunen war so groß, daß er lange wie angewurzelt auf derselben Stelle stehen blieb, die Augen starr nach der Seite hin geheftet, wo der Palast bisher gewesen, aber jetzt nicht mehr zu sehen war; denn es war ihm unmöglich, zu begreifen, wie ein so großer und ansehnlicher Palast, wie der Aladins, den er seit jenem Tage, wo er die Erlaubnis zu seiner Erbauung gegeben, tagtäglich und erst gestern noch gesehen hatte, auf einmal ganz spurlos entschwunden sein solle. »Ich kann mich nicht täuschen«, sprach er bei sich selbst, »er stand auf dem Platze dort. Wäre er eingestürzt, so müßten sich doch noch Trümmer davon zeigen, und hätte die Erde ihn verschlungen, so müßte man wenigstens eine Spur sehen.« Es ging über seine Verstandeskräfte, zu enträtseln, wie dies zugegangen sei, und so fest er auch überzeugt war, daß der Palast nicht mehr dastand, so wartete er doch noch einige Zeit, um sich zu überzeugen, ob er sich nicht täusche. Endlich entfernte er sich und ging, nachdem er noch einmal zurückgeblickt hatte, auf seine Zimmer zurück. Dann ließ er in aller Eile den Großwesir rufen und setzte sich nieder, während sein Geist von so verschiedenartigen Gedanken bestürmt wurde, daß er nicht wußte, was er tun sollte.

Der Großwesir ließ nicht lange auf sich warten. Er kam in solcher Eile, daß weder er noch seine Leute im Vorbeigehen bemerkten, daß Aladins Palast nicht mehr an seiner Stelle stand. Selbst die Pförtner hatten es nicht bemerkt, als sie die Tore des Palastes öffneten. Der Großwesir redete den Sultan also an: »Herr, die Eile, womit man mich berufen hat, läßt mich schließen, daß irgend etwas Außerordentliches vorgefallen sein muß; denn du weißt ja wohl, daß heute Ratssitzung ist, und ich mich meiner Pflicht gemäß ohnehin in einigen Augenblikken eingestellt hätte.« – »Ja«, antwortete der Sultan, »es hat sich wirklich etwas sehr Außerordentliches zugetragen und du wirst es selbst gestehen müssen. Sprich, wo ist der Palast Aladins?« – »Der Palast Aladins?« erwiderte der Großwesir sehr erstaunt, »ich ging soeben daran vorbei, und mich deuchte, er stand an seinem alten Platz. So gewaltige Gebäude wie dieses ändern ihre Stelle nicht so leicht.« – »Sieh einmal zum Kabinett hinaus«, entgegnete der Sultan, »und sag mir dann, ob du ihn gesehen hast.«

Der Großwesir begab sich in den offenen Erker, und es ging ihm, wie dem Sultan. Als er sich völlig versichert hatte, daß Aladins Palast nicht mehr dastand und auch nicht die mindeste Spur davon zu sehen war, trat er wieder vor den Sultan. »Nun, hast du Aladins Palast gesehen?« fragte ihn dieser. – »Herr«, antwortete der Großwesir, »du erinnerst dich vielleicht, daß ich die Ehre hatte, dir zu sagen, der Palast, den du mit seinen unermeßlichen Reichtümern so sehr bewunderst, könne bloß ein Werk der Zauberei und eines Zauberers sein; allein du wolltest damals nicht auf mich achten.«

Der Sultan, der dies nicht leugnen konnte, geriet in einen um so größeren Zorn, als sein früherer Unglauben offenbar am Tage lag. »Wo ist er«, rief er, »dieser Betrüger, dieser Schurke? Ich lasse ihm den Kopf abschlagen.« – »Herr«, antwortete der Großwesir, »er hat sich vor einigen Tagen von dir verabschiedet. Man muß ihn fragen lassen, wo sein Palast hingekommen ist, denn er allein kann es wissen.« – »Das wäre zu viele Schonung für ihn«, entgegnete der Sultan; »geh und schicke dreißig von meinen Reitern ab, daß sie ihn in Ketten vor mich führen.« Der Großwesir überbrachte den Reitern den Befehl des Sultans und unterrichtete ihren Anführer, wie sie sich zu benehmen hätten, damit er ihnen nicht entwischen könne. Sie gingen ab und trafen Aladin fünf oder sechs Stunden von der Stadt auf dem Heimwege begriffen. Der Anführer ritt auf ihn zu und sagte ihm, der Sultan habe großes Verlangen, ihn wiederzusehen, und deshalb habe er sie abgeschickt, um es ihm zu melden und ihn nach Hause zu begleiten.

Aladin hatte nicht die entfernteste Ahnung von dem wahren Grunde, warum diese Abteilung der Leibwache des Sultans zu ihm gekommen war, und ritt getrost weiter. Als er aber noch eine halbe Stunde von der Stadt entfernt war, umringte ihn die Reiterschar, und der Anführer derselben nahm das Wort und sagte zu ihm: »Prinz Aladin, mit großem Bedauern haben wir dir zu erklären, daß wir vom Sultan Befehl haben, dich zu verhaften und als Staatsverbrecher vor ihn zu fuhren; wir bitten dich, es nicht übel aufzunehmen, wenn wir jetzt unsere Pflicht erfüllen, und uns zu verzeihen.«

Aladin war äußerst überrascht durch diese Erklärung, denn er fühlte sich unschuldig. Er fragte den Anführer, ob er wisse, welches Verbre-

chens er angeklagt sei; dieser aber antwortete, weder er noch seine Leute wüßten davon.

Da Aladin sah, daß seine Leute viel schwächer waren, als die Reiterschar, und ihn sogar verließen, so stieg er vom Pferd ab und sagte: »Hier bin ich, vollzieht euren Befehl. Übrigens kann ich versichern, daß ich mir keines Verbrechens bewußt bin, weder gegen die Person des Sultans, noch gegen den Staat.« Man warf ihm sogleich eine sehr dicke und lange Kette an den Hals und band ihn damit auch mitten um den Körper, so daß er die Arme nicht frei hatte. Der Anführer stellte sich nun wieder an die Spitze des Zugs, einer der Reiter aber faßte das Ende der Kette und führte so, hinter dem Anführer hinreitend, Aladin, der zu Fuße folgen mußte, mit fort. In diesem Zustande wurde er in die Stadt gebracht.

Als die Reiter in die Vorstadt kamen und man Aladin als Staatsverbrecher daherführen sah, glaubte jedermann, es werde ihn den Kopf kosten. Da er aber allgemein beliebt war, so ergriffen die einen Säbel und andere

Waffen, und die, welche keine hatten, bewaffneten sich mit Steinen und folgten den Reitern nach. Einige von den hintersten schwenkten um und machten Miene, sie auseinander zu sprengen; allein die Volksmasse wurde so groß, daß die Reiter es für geratener fanden, sich keinen Ärger anmerken zu lassen, und sich glücklich schätzten, wenn sie nur den Palast des Sultans erreichten, ohne daß Aladin ihnen entrissen wurde. Um dies zu bewerkstelligen, nahmen sie geflissentlich die ganze Breite der Straße ein, indem sie sich bald ausdehnten, bald näher aneinanderschlossen, je nachdem sie weiter oder enger war. So gelangten sie endlich an den Platz vor dem Palast, wo sie sich alle in einer Linie aufstellten und gegen die bewaffnete Volksmasse Front machten, bis ihr Befehlshaber und der Reiter, welcher Aladin führte, in den Palast eingetreten waren und die Pförtner das Tor hinter ihm geschlossen hatten, um das Volk abzuhalten.

Aladin wurde sofort vor den Sultan geführt, der ihn mit dem Großwesir auf einem Balkon erwartete. Sobald er ihn sah, befahl er dem Scharfrichter, der ebenfalls hierher bestellt worden war, ihm den Kopf abzuhauen, ohne daß er ihn anhören oder irgendeinen Aufschluß von ihm haben wollte.

Der Scharfrichter bemächtigte sich Aladins, nahm ihm die Kette, die er um den Hals und Leib hatte, ab, breitete sofort ein Leder, das mit dem

Blute von unzähligen Verbrechern befleckt war, auf den Boden, hieß ihn niederknien und verband ihm die Augen. Hierauf zog er sein Schwert, holte weit aus, ließ es dreimal in der Luft blitzen und schickte sich an, den Todesstreich zu führen«, indem er nur noch auf ein Zeichen vom Sultan wartete, um Aladin den Kopf abzuschlagen.

In diesem Augenblicke bemerkte der Großwesir, daß das Volk die Reiter überwältigt hatte und in den Schloßplatz gedrungen war, ja sogar, daß einige die Mauern des Palasts an mehreren Stellen mit Leitern erstiegen und bereits anfingen, sie niederzureißen, um eine Öffnung zu machen. Er sagte daher zum Sultan, ehe er das Zeichen gab: »Herr, ich bitte dich, daß du den Schritt, den du zu tun im Begriff bist, reiflich überlegen mögest. Du läufst Gefahr, deinen Palast erstürmt zu sehen, und wenn dies Unglück geschehe, so könne es unheilbringende Folgen haben.« – »Mein Palast erstürmt!« versetzte der Sultan. »Wer darf sich dessen unterfangen?« – »Herr«, antwortete der Großwesir, »wirf nur einen Blick auf die Mauern des Palastes und auf den Platz, so wirst du dich von der Wahrheit meiner Worte überzeugen.«

Als der Sultan die heftige Aufregung unter dem Volke sah, erschrak er dermaßen, daß er augenblicklich dem Scharfrichter den Befehl gab, sein Schwert wieder in die Scheide zu stecken, die Binde von Aladins Augen wegzunehmen und ihn freizulassen. Zugleich befahl er seinen Trabanten auszurufen, daß er Aladin Gnade schenke und jedermann sich nun entfernen möge.

Als nun diejenigen, welche bereits die Mauern erklettert hatten, sahen, was da vorging, so gaben sie ihr Vorhaben auf. Sie stiegen schnell herab, und hocherfreut, einem Manne, den sie wahrhaft liebten, das Leben gerettet zu haben, teilten sie diese Nachricht allen Umstehenden mit. Sie verbreitete sich von Mund zu Mund unter der ganzen Volksmasse, die sich auf dem Platz vor dem Palast gesammelt hatte, und die Trabanten bestätigten sie auch von oben herab. Als nun das Volk sah, daß der Sultan Aladin Gerechtigkeit widerfahren ließ und ihn begnadigte, so entwaffnete sich sein Zorn, der Aufruhr hörte auf und es gingen alle einer nach dem anderen nach Hause.

Sobald Aladin sich wieder in Freiheit sah, schaute er nach dem Balkon hinauf, und als er den Sultan bemerkte, so rief er ihm in rührendem Tone zu: »Herr, ich bitte dich, mir zu der bereits erwiesenen Gnade noch eine neue zu schenken und mich wissen zu lassen, was mein Verbrechen ist.« – »Was es ist, du Schurke!« erwiderte der Sultan; »weißt du es noch nicht? Komm einmal hier herauf, so will ich dir es zeigen.«

Aladin ging hinauf und trat vor den Sultan. »Folge mir«, sagte dieser zu ihm und ging vor ihm her, ohne ihn anzusehen. Er führte ihn an den offenen Erker, und als er an der Tür war, sagte er zu ihm: »Gehe hinein, du mußt doch wissen, wo dein Palast stand; sieh dich jetzt hier nach allen Seiten um und sage, was daraus geworden ist.«

Aladin sah hin und erblickte nichts. Er bemerkte wohl den ganzen Platz, den sein Palast sonst eingenommen hatte, da er aber nicht begreifen konnte, wie er hätte verschwinden sollen, so machte ihn dieses seltsame und überraschende Ereignis so bestürzt und verdutzt, daß er dem Sultan kein einziges Wort erwidern konnte.

Der Sultan wiederholte voll Ungeduld die Frage: »Sag mir doch, wo der Palast und meine Tochter ist?« Endlich brach Aladin das Stillschweigen und sagte: »Herr, ich sehe wohl und gestehe es ein, daß der Palast, den ich erbauen ließ, nicht mehr auf seinem Platze steht; ich sehe, daß er verschwunden ist, kann dir aber nicht sagen, wo er sein mag. Nur so viel kann ich versichern, daß ich keinen Teil an diesem Ereignis habe.«

»Mir liegt nichts daran, was aus deinem Palast geworden ist«, antwortete der Sultan. »Meine Tochter ist mir millionenmal lieber. Du mußt sie mir zurückgeben, sonst lasse ich dir ohne alle weiteren Rücksichten den Kopf abschlagen.«

»Herr«, antwortete Aladin, »ich flehe dich an, daß du mir vierzig Tage Frist gebest, um meine Maßregeln zu treffen, und gelingt es mir in dieser Zeit nicht, so gebe ich dir mein Wort, daß ich selbst meinen Kopf zu den Füßen deines Thrones niederlegen will, damit du nach Belieben darüber verfügest.« – »Ich bewillige dir diese Frist von vierzig Tagen«, erwiderte der Sultan; »aber glaube ja nicht, daß du meine Gnade mißbrauchen und meinem Zorn entfliehen könnest. In welchem Winkel der Erde du sein magst, ich werde dich schon zu finden wissen.«

Aladin entfernte sich in großer Demütigung und in einem wahrhaft mitleiderregenden Zustande aus dem Angesicht des Sultans. Er ging mit gesenktem Haupte über die Höfe des Palastes und war so beschämt, daß er es nicht wagte, die Augen aufzuschlagen. Die vornehmsten Hofbeamten, von denen er keinen einzigen beleidigt hatte und die vorher seine Freunde gewesen, waren jetzt weit entfernt, sich ihm zu nähern oder ihm eine Zufluchtsstätte anzubieten; nein, sie kehrten ihm den Rücken, damit sie ihn nicht sehen mußten und er sie nicht erkennen möchte. Aber wenn sie sich ihm auch genähert hätten, um ihm Trost einzusprechen oder ihre Dienste anzutragen, so hätten sie Aladin kaum mehr erkannt: Kannte er sich doch selbst nicht mehr und war seines Verstandes nimmer mächtig. Dies bewies er auch, sobald er zum Palast hinausgetreten war; denn ohne zu bedenken, was er tat, fragte er von Tür zu Tür und alle Leute, die ihm begegneten, ob sie seinen Palast nicht gesehen hätten und ihm keine Nachricht davon geben könnten.

Solche Fragen brachten jedermann auf die Meinung, Aladin habe seinen Verstand verloren. Einige lachten bloß darüber, aber die Vernünftigen, und besonders diejenigen, die in freundschaftlicher Verbindung oder sonst in einem Verkehr mit ihm gestanden hatten, wurden von wahrhaftem Mitleid ergriffen. Er blieb drei Tage in der Stadt, indem er sich bald nach dieser, bald nach jener Seite hin wendete und nichts aß, als was ihm mitleidige Menschen reichten, im übrigen aber keinen Entschluß faßte.

Endlich, da er in diesem elenden Zustande nicht länger in einer Stadt verweilen wollte, wo er früher den vornehmen Herrn gespielt hatte, entfernte er sich aus derselben und schlug den Weg nach dem Felde ein. Er vermied die großen Heerstraßen, und nachdem er in schrecklicher Ungewißheit mehrere Felder durchirrt hatte, kam er mit Anbruch der Nacht an das Ufer eines Flusses. Hier faßte er einen Gedanken der Verzweiflung. »Wo soll ich jetzt meinen Palast suchen?« sagte er bei sich selbst. »In welcher Provinz, in welchem Lande, in welchem Teile der Welt werde ich ihn und meine vielgeliebte Prinzessin wiederfinden, die der Sultan von mir fordert? Dies wird mir nie gelingen; deshalb ist es besser, ich befreie mich auf einmal von all diesen Mühseligkeiten, die zu nichts führen würden, und dem bittern Kummer, der mein Herz zerfrißt.« Schon hatte er den Entschluß gefaßt, sich in den Fluß zu werfen, doch glaubte er als guter und frommer Muselmann dies nicht eher tun zu können, als bis er sein Gebet verrichtet hätte. Indem er sich nun dazu anschicken wollte, näherte er sich dem Rande des Wassers, um sich der Landessitte gemäß die Hände und das Gesicht zu waschen. Da aber die Stelle etwas abschüssig und naß war, so glitt er aus und wäre in den Fluß gefallen, wenn er sich nicht noch an einem kleinen Felsstück gehalten hätte, das etwa zwei Zoll hoch hervorragte. Glücklicherweise hatte er noch den Ring, den der afrikanische Zauberer ihm an den Finger gesteckt hatte, ehe er in das unterirdische Gewölbe hinabstieg, um die kostbare Lampe zu holen, die ihm jetzt wieder entrissen worden war. Diesen Ring rieb er ziemlich stark an dem Felsen, als er sich daran hielt, und augenblicklich stand derselbe Geist vor ihm, der ihm in dem unterirdischen Gewölbe erschienen war, wo der afrikanische Zauberer ihn eingesperrt hatte. »Was willst du?« sagte der Geist; »ich bin bereit, dir zu gehorchen als dein Sklave und als Sklave aller derer, die den Ring am Finger haben, sowohl ich, als die anderen Sklaven des Ringes.«

Aladin, der in seiner verzweiflungsvollen Lage durch diese Erscheinung angenehm überrascht war, antwortete: »Geist, rette mir zum zweitenmal das Leben und zeige mir, wo der Palast ist, den ich erbauen ließ, oder sorge, daß er unverzüglich wieder an seinen alten Platz zurückgetragen wird.« – »Was du hier verlangst«, antwortete der Geist, »liegt nicht in meinem Wirkungskreise, ich bin bloß Sklave des Rings; wende dich deshalb an den Sklaven der Lampe.« – »Wenn dem so ist«, versetzte Aladin, »so befehle ich dir kraft des Ringes, versetze mich sogleich an den Ort, wo mein Palast ist, sei es auch wo es wolle, und bringe mich unter die Fenster der Prinzessin Bedrulbudur.« Kaum hatte er diese Worte gesprochen, als der Geist ihn nahm und nach Afrika mitten auf eine große Wiese trug, auf der der Palast nicht weit von einer großen Stadt stand; er setzte ihn dicht unter den Fenstern der Prinzessin nieder und ließ ihn dann allein. Alles dies war das Werk eines Augenblicks.

Ungeachtet der Dunkelheit der Nacht erkannte Aladin recht gut seinen Palast und die Zimmer der Prinzessin Bedrulbudur. Da es indes schon weit in der Nacht und im Palast alles ruhig war, so ging er etwas abseits und setzte sich unter einen Baum. Hier gab er sich neuen Hoffnungen hin, und indem er Betrachtungen anstellte über sein Glück, das er einem bloßen Zufalle verdankte, wurde sein Gemüt wieder weit ruhiger, als seit dem Tage, wo er verhaftet, vor den Sultan geführt und aus der drohenden Todesgefahr befreit worden war. Er hing eine Weile diesen angenehmen Gedanken nach, aber da er seit fünf oder sechs Tagen kein Auge mehr geschlossen hatte, so überwältigte ihn zuletzt der Schlaf und er schlummerte am Fuße des Berges ein.

Als am folgenden Tage die Morgenröte anbrach, wurde Aladin sehr angenehm erweckt durch den Gesang der Vögel, die teils auf dem Baume, unter dem er lag, teils auch auf den dickbelaubten Bäumen im Garten seines Palastes die Nacht zugebracht hatten. Er warf sogleich seine Augen auf dieses bewundernswürdige Gebäude und fühlte eine unaussprechliche Freude, daß er jetzt Hoffnung habe, wieder Herr desselben zu werden und aufs neue seine teure Prinzessin Bedrulbudur zu besitzen. Er stand auf und näherte sich den Zimmern der Prinzessin, dann ging er unter ihren Fenstern eine Weile spazieren und wartete, bis sie erwachen würde und sich sehen ließe. Inzwischen dachte er bei sich selbst darüber nach, woher wohl die Ursache seines Unglücks gekommen sein möge, und nachdem er sich lange hin und her besonnen,

zweifelte er nicht mehr daran, sein ganzes Mißgeschick könne bloß davon herrühren, daß er seine Lampe aus den Augen verloren habe. Er machte sich nun Vorwürfe über seine Nachlässigkeit und daß er nicht Sorge getragen habe, sie keinen Augenblick aus der Hand zu lassen. Was ihn noch mehr in Verlegenheit setzte, war, daß er sich gar nicht einbilden konnte, wer wohl auf sein Glück eifersüchtig sei. Dies wäre ihm zwar klar geworden, wenn er gewußt hätte, daß er und sein Palast sich in Afrika befänden; allein der dienstbare Geist des Ringes hatte es ihm nicht gesagt, und er hatte ihn auch nicht darum gefragt. Sonst hätte ihn schon der Name Afrika sogleich an den afrikanischen Zauberer, seinen abgesagten Feind, erinnert.

Die Prinzessin Bedrulbudur stand diesmal früher als gewöhnlich auf, seit ihrer Entführung und Versetzung nach Amerika durch die Tücke des afrikanischen Zauberers, dessen Anblick sie bisher täglich einmal hatte ertragen müssen, weil er der Herr des Palastes war; sie hatte ihn jedoch jedesmal so spröde behandelt, daß er es noch nicht gewagt hatte, seinen Wohnsitz darin aufzuschlagen. Als sie angekleidet war, sah eine ihrer Frauen zufällig durchs Gitterfenster, bemerkte Aladin und verkündete es sogleich ihrer Gebieterin. Die Prinzessin, die diese Nachricht nicht glauben konnte, lief schnell ans Fenster, bemerkte Aladin ebenfalls und öffnete das Gitter. Bei dem Geräusch, das dadurch entstand, hob Aladin den Kopf in die Höhe, erkannte sie und begrüßte sie mit einer Miene, auf der überschwengliche Freude sich abspielte. »Um keine Zeit zu verlieren«, sagte die Prinzessin zu ihm, »habe ich dir die geheime Türe öffnen lassen, geh durch dieselbe hinein und komm herauf.« Nach diesen Worten schloß sie das Fenster wieder.

Die geheime Türe befand sich unter den Zimmern der Prinzessin. Aladin fand sie offen und ging rasch die Treppe hinauf. Es ist unmöglich, die Freude zu beschreiben, welche die beiden Ehegatten empfanden, als sie sich nach einer Trennung, die sie ewig geglaubt hatten, endlich wiedersahen. Sie umarmten sich mehrere Male und gaben sich alle Beweise von Liebe und Zärtlichkeit, die man nach einer so traurigen und unerwarteten Trennung, wie die ihrige war, nur erdenken kann. Nach diesen Umarmungen, unter die sich Tränen der Freude mischten, setzten sie sich, und Aladin nahm das Wort und sprach: »Prinzessin, bevor wir von irgend etwas anderem sprechen, beschwöre ich dich im Namen Gottes, sowohl um deiner selbst als um deines verehrungswürdigen Vaters, des Sultans, und besonders auch um meiner willen, sage mir, was ist aus meiner alten Lampe geworden, die ich, bevor ich auf die Jagd ging, in dem Saal mit den vierundzwanzig Fenstern auf das Kranzgesimse gestellt hatte?«

»Ach, teurer Gemahl«, antwortete die Prinzessin, »ich habe mir's wohl gedacht, daß unser beiderseitiges Unglück von dieser Lampe herkomme, und was mich untröstlich macht, ist, daß ich selbst daran schuld bin.« – »Prinzessin«, erwiderte Aladin, »miß dir die Schuld nicht bei, sie ist ganz auf meiner Seite, denn ich hätte die Lampe sorgsamer aufbewahren sollen. Jetzt aber laß uns nur daran denken, den Schaden wiedergutzumachen, und deshalb tu mir den Gefallen, erzähle mir umständlich, wie die Sache zugegangen und in welche Hände die Lampe geraten ist.«

Die Prinzessin Bedrulbudur erzählte hierauf Aladin alles, unter welchen Umständen sie die alte Lampe gegen die neue, die sie hierauf zur Ansicht herbeibringen ließ, ausgetauscht und wie sie in der folgenden Nacht die Versetzung des Palasts bemerkt und sich am anderen Morgen in einem unbekannten Lande gefunden habe, wo sie jetzt beide seien und das Afrika heiße. Letzteres hatte sie aus dem Mund des Schurken selbst erfahren, der sie durch seine Zauberkunst hierher versetzt hatte.

»Prinzessin«, unterbrach sie Aladin, »du hast mir den Schurken deutlich genug bezeichnet, indem du mir sagtest, daß ich gegenwärtig mit dir in Afrika bin. Er ist der abscheulichste aller Menschen; doch ist jetzt weder Zeit noch Ort, dir seine Schlechtigkeiten ausführlicher zu erzählen, und ich bitte dich bloß, mir zu sagen, was er mit der Lampe angefangen und wo er sie aufbewahrt hat.« – »Er trägt sie wohl eingehüllt in seinem Busen«, erwiderte die Prinzessin, »ich kann dies mit Bestimmtheit sagen, da er sie in meiner Gegenwart herausgezogen und enthüllt hat, um sich damit gegen mich zu brüsten.«

»Geliebte meines Herzens«, sagte hierauf Aladin, »werde nicht unwillig, wenn ich dich durch vieles Fragen ermüde: Es ist für dich und mich von gleicher Wichtigkeit. Aber um auf das zu kommen, was mich besonders nahe berührt, so beschwöre ich dich, mir zu sagen, wie dieser schlechte und treulose Mensch dich behandelt hat.« – »Seit ich hier bin«, antwortete die Prinzessin, »hat er sich mir nur einmal des Tages gezeigt, und ich bin überzeugt, daß der schlechte Erfolg, den er von seinen Besuchen hat, es ihm verleiden wird, mich noch öfter zu belästigen. Alle seine Reden, die er gegen mich zu führen pflegt, zielen dahin, daß ich mein Wort, das ich dir gegeben, brechen und ihn zum Gemahl nehmen soll. Dabei gibt er mir zu verstehen, daß ich nimmermehr hoffen dürfe, dich je wiederzusehen, denn du seiest nicht mehr am Leben und der Sultan, mein Vater, habe dir den Kopf abschlagen lassen. Zu seiner Rechtfertigung fügt er hinzu, du seiest ein Undankbarer, der sein ganzes Glück ihm zu verdanken habe, und so noch tausend Sachen, auf die ich nicht einmal acht gebe. Da er nun von mir keine andere Antwort bekommt, als Klagen, Seufzer und Tränen, so muß er sich jedesmal ebenso unbefriedigt entfernen, wie er gekommen ist. Gleichwohl zweifle ich nicht, daß er die Absicht hat, meinen lebhaftesten Schmerz erst vorübergehen zu lassen, in der Hoffnung, ich werde mich anders entschließen, und am Ende Gewalt zu brauchen, wenn ich auf meiner Widersetzlichkeit beharre. Aber, teurer Gemahl, deine Gegenwart hat bereits alle meine Besorgnisse verscheucht.«

»Prinzessin«, unterbrach sie Aladin, »ich hege die Zuversicht, daß du mit Recht nichts mehr zu fürchten brauchst, und glaube ein Mittel gefunden zu haben, uns beide von unserem gemeinschaftlichen Feinde zu befreien. Zu diesem Behufe muß ich indes notwendig in die Stadt gehen. Ich werde gegen Mittag zurückkommen, um dir dann meinen Plan mitzuteilen, und was du zum Gelingen desselben beizutragen hast. Doch sage ich dir zum voraus, wundere dich nicht, wenn du mich in einer anderen Kleidung zurückkommen siehst, und gib Befehl, daß man mich an der geheimen Türe, wenn ich klopfe, nicht lange warten läßt.« Die Prinzessin versprach, man werde ihn an der Türe erwarten und schnell öffnen.

Als Aladin aus den Zimmern der Prinzessin hinweg- und durch dieselben wieder zum Palast hinausgegangen war, sah er sich nach allen Seiten um und bemerkte einen Bauersmann, der aufs Feld ging.

Da der Bauer vom Palast ziemlich weit weg war, so lief Aladin schnell, um ihn einzuholen, und machte ihm den Antrag, die Kleider mit ihm zu wechseln, worauf der Bauer endlich auch einging. Der Umtausch geschah hinter einem Gebüsch, und als sie sich getrennt hatten, schlug Aladin den Weg nach der Stadt ein. Sobald er hineingekommen war, ging er auf der Straße, die vom Tore auslief, fort, und lenkte von da in die besuchtesten Straßen ein, bis er an den Platz kam, wo die Kaufleute und Handwerker jeder Art ihre besondere Gasse hatten. Er trat nun in die Gasse der Materialienhändler, ging in den größten und bestausgestatteten Laden und fragte den Kaufmann, ob er nicht ein gewisses Pulver habe, das er ihm nannte. Der Kaufmann, der aus Aladins Kleider schloß, er müsse arm sein und werde nicht Geld genug haben, um ihn zu bezahlen, antwortete, er habe zwar dieses Pulver, allein es sei sehr teuer. Aladin erriet seine Gedanken, zog seinen Beutel aus der Tasche, ließ einige Goldstücke hervorblinken und verlangte dann eine halbe Drachme von dem Pulver. Der Kaufmann wog so viel ab, wickelte es ein, übergab es Aladin und forderte ein Goldstück dafür. Aladin händigte es ihm ein, und ohne sich in der Stadt länger aufzuhalten, als nötig war, um einige Nahrung zu sich zu nehmen, kehrte er nach seinem Palast zurück. Er brauchte an der geheimen Türe nicht lange zu warten, sie wurde ihm sogleich geöffnet, und so ging er ins Gemach der Prinzessin Bedrulbudur hinauf. »Geliebte«, sprach er zu ihr, »da du so großen Widerwillen gegen deinen Entführer hast, so wird es dir vielleicht schwer werden, den Rat zu befolgen, den ich dir jetzt gebe. Bedenke aber, daß du dich notwenig verstellen und dir einige Gewalt antun mußt, wenn du dich von seinen Nachstellungen befreien und dem Sultan, deinem Vater und meinem Herrn, die Freude machen willst, dich wiederzusehen. Befolge also meinen Rat«, fuhr Aladin fort, »schmücke dich sogleich mit deinen schönsten Kleidern, und wenn der afrikanische Zauberer kommt, so empfange ihn aufs freundlichste. Du darfst dir aber keinen Zwang und keine Befangenheit anmerken lassen, sondern mußt ihm ein heiters Gesicht zeigen, so daß er daraus schließen muß, wenn je noch ein Wölkchen von Trübsinn zurückgeblieben sei, so werde auch dieses mit der Zeit schon verschwinden. Im Gespräch gib ihm sodann zu erkennen, daß du dir alle Mühe gebest, mich zu vergessen; und um ihn vollkommen von deiner Aufrichtigkeit zu überzeugen, lade ihn zum Abendessen ein und drücke den Wunsch aus, den besten Wein seines Landes zu kosten. Er wird dann sogleich weggehen, um dir welchen zu holen. Indes du nun auf seine Wiederkunft wartest und den Schenktisch in Bereitschaft setzen lässest, so schütte in einen der Becher, der dem deinigen gleich ist, dies Pulver hier, stelle ihn sodann auf die Seite und befiehl derjenigen von deinen Frauen, die das Schenkamt versieht, sie soll ihn dir auf ein verabredetes Zeichen voll Wein bringen und sich ja in acht nehmen, daß kein Irrtum dabei vorgeht. Wenn dann der Zauberer zurückkommt, und ihr beide bei Tisch sitzt und nach Herzenslust gegessen und getrunken habt, so laß den Becher mit dem Pulver bringen und vertausche deinen Becher mit dem seinen. Er wird dies als eine so hohe Gunst ansehen, daß er es nicht ablehnen, sondern den Becher bis auf den Grund austrinken wird; kaum aber wird er ihn geleert haben, so wirst du ihn rücklings hinsinken sehen. Wenn es dich anekelt, aus seinem Becher zu trinken, so stelle dich wenigstens, als ob du tränkest, und du hast dabei nichts zu befürchten; denn das Pulver wird seine Wirkung so schnell tun, daß er keine Zeit haben wird zu bemerken, ob du trinkst oder nicht.«

Darauf antwortete die Prinzessin: »Ich gestehe dir, daß es mich Überwindung kostet, dem Zauberer auf diese Art entgegenzukommen, deren Notwendigkeit ich jedoch einsehe. Welcher Entschließung ist man nicht fähig gegen einen so grausamen Feind! Ich werde also tun, wie du mir ratest, da sowohl meine als deine Ruhe davon abhängt.« Nach dieser Verabredung verabschiedete sich Aladin von der Prinzessin, und brachte den übrigen Teil des Tages in den Umgebungen des Palastes zu, in der Absicht, sich mit Anbruch der Nacht wieder bei der geheimen Türe einzufinden. Die Prinzessin Bedrulbudur, untröstlich darüber, sich nicht bloß von Aladin, ihrem geliebten Gatten, den sie gleich von Anfang an mehr aus Neigung als aus Gehorsam geliebt hatte und immer noch liebte, sondern auch von dem Sultan, ihrem Vater, dessen zärtliche Liebe sie mit gleicher Zärtlichkeit vergalt, getrennt zu sehen, hatte seit dem Augenblick jener schmerzlichen Trennung ihr Äußeres sehr vernachlässigt. Ja, sie hatte sogar sozusagen die Reinlichkeit aus den Augen gesetzt, die ihrem Geschlecht so wohl ansteht, besonders seitdem der afrikanische Zauberer sie zum ersten Mal besucht und sie von ihren Frauen, die ihn wiedererkannten, erfahren hatte, daß er derselbe sei, der die alte Lampe gegen eine neue eingetauscht habe; denn durch diesen abscheulichen Betrug war er ihr ein Greuel geworden. Jetzt aber, da sich Gelegenheit zeigte, die verdiente Rache an ihm zu nehmen, und zwar früher, als sie zu hoffen gewagt hatte, entschloß sie sich, Aladins Wunsch zu willfahren. Sobald er sich daher entfernt hatte, setzte sie sich an ihren Putztisch, ließ sich durch ihre Frauen aufs prächtigste schmücken und legte das reichste und zu ihrem Vorhaben passendste Kleid an. Ihr Gürtel war von eitel Gold und mit den größten auserlesensten Diamanten ausgelegt; um den Hals legte sie eine Schnur aus nur dreizehn Perlen, von denen aber die sechs Seitenperlen zu der mittleren, welche die größte und kostbarste war, in dem Verhältnis standen, daß die größten Sultaninnen und Königinnen sich glücklich geschätzt haben würden, wenn sie nur eine vollständige Schnur von der Größe der zwei kleinsten Perlen in der Halsschnur der Prinzessin besessen hätten. Die Armbänder, die mit Rubinen und Diamanten besetzt waren, entsprachen aufs trefflichste dem Reichtum des Gürtels und der Halsschnur.

Als die Prinzessin Bedrulbudur vollständig angekleidet war, zog sie ihren Spiegel zu Rate, befragte ihre Frauen über ihren ganzen Anzug, und da sie sah, daß ihr keiner von den Reizen fehlte, die der törichten Leidenschaft des afrikanischen Zauberers schmeicheln konnten, so setzte sie sich auf ihr Sofa und erwartete seine Ankunft.

Der Zauberer ermangelte nicht, sich zur gewöhnlichen Stunde einzustellen. Sobald die Prinzessin ihn in den Saal mit den vierundzwanzig Fenstern, wo sie ihn erwartete, eintreten sah, stand sie mit allem Glanze ihrer Schönheit und Reize auf, wies ihm mit der Hand den Ehrenplatz an, den er einnehmen sollte, und setzte sich dann zugleich mit ihm: Eine ganz ausgezeichnete Artigkeit, die sie ihm bisher noch nie erwiesen hatte.

Den afrikanischen Zauberer blendete mehr der Glanz der schönen Augen der Prinzessin, als die strahlenden Edelsteine, womit sie sich geschmückt hatte, so daß er ganz überrascht war. Ihre majestätische Haltung und die anmutsvolle Verbindlichkeit, womit sie ihn empfing, während sie ihn bisher immer so rauh zurückgewiesen hatte, machte einen solchen Eindruck auf ihn, daß er kaum seiner Sinne mächtig war. Er

wollte anfangs auf dem äußersten Rande des Sofas Platz nehmen; als er aber sah, daß die Prinzessin sich nicht eher an ihren Platz begeben wollte, als bis er sich da gesetzt hatte, wo sie wünschte, so gehorchte er. Als der afrikanische Zauberer sich gesetzt hatte, nahm die Prinzessin, um ihn aus seiner sichtlichen Verlegenheit zu ziehen, das Wort, und indem sie ihn auf eine Weise anblickte, aus der er schließen mußte, daß er ihr nicht mehr so verhaßt sei wie bisher, sprach sie also zu ihm: »Du wirst dich ohne Zweifel wundern, daß du mich heute ganz anders findest, als bis jetzt, doch wirst du es erklären können, wenn ich dir sage, daß meine ganze Gemütsart aller Traurigkeit, Schwermut, Betrübnis und allen Sorgen zuwider ist, die ich immer so bald als möglich von mir abschüttle, so wie ich keine gegründete Ursache mehr dazu sehe. Ich habe mir das, was du mir von Aladins Schicksal sagtest, wohl überlegt, und da ich die Gemütsart meines Vaters recht gut kenne, so bin ich mit dir überzeugt, daß er der schrecklichen Wirkung seines Zornes unmöglich entgehen konnte. Wenn ich nun auch darauf beharren wollte, mein ganzes Leben lang um ihn zu weinen, so sehe ich doch, daß meine Tränen ihn nicht ins Leben zurückrufen würden. Deshalb glaube ich, nachdem ich ihm bis ins Grab alle Pflichten erwiesen habe, welche die Liebe von mir forderte, so muß ich nunmehr auch alle Mittel hervorsuchen, um mich zu trösten. Dies sind meine Gründe zu der Veränderung, die du an mir bemerkst. Um nun sogleich jeden Anlaß zur Traurigkeit zu entfernen, die ich ganz von mir zu bannen entschlossen bin, und in der Hoffnung, daß du die Gefälligkeit haben werdest, mir Gesellschaft zu leisten, habe ich eine Abendmahlzeit für uns bereiten lassen. Da ich aber bloß chinesischen Wein habe und mich doch in Afrika befinde, so hat mich die Luft angewandelt, den hierzulande wachsenden zu kosten, und ich zweifle nicht, daß du den besten herausfinden wirst, wenn es überhaupt welchen hier gibt.«

Der afrikanische Zauberer, der das Glück, so schnell und so leicht die Gunst der Prinzessin Bedrulbudur zu gewinnen, für eine Unmöglichkeit gehalten hatte, sagte, er könne kaum Worte finden, um seinen Dank genugsam auszudrücken, und um dieses Gespräch, bei dem er sich immer noch mehr in Verlegenheit gebracht hätte, baldmöglichst abzubrechen, lenkte er schnell auf den afrikanischen Wein ein, dessen sie gedacht hatte, und sagte, unter allen Vorzügen, deren sich Afrika rühmen könne, stehe sein trefflicher Wein obenan, und der allerbeste wachse in dem Teil des Landes, wo sie sich gegenwärtig befinden; er habe ein Faß, das schon sieben Jahre gefüllt und noch nicht angestochen sei, und er glaube nicht zuviel zu sagen, wenn er behaupte, daß dieser Wein an Güte die vortrefflichsten Weine auf der ganzen Erde übertreffe. »Wenn meine Prinzessin es mir erlauben will«, setzte er hinzu, »so will ich zwei Flaschen davon holen und werde augenblicklich wieder zurück sein.« – »Es sollte mir leid tun, wenn ich dir so viele Mühe machte«, sagte die Prinzessin, »du könntest ja jemanden hinschicken.« – »Nein«, antwortete der afrikanische Zauberer, »ich muß notwendig selbst hingehen; niemand außer mir weiß, wo der Schlüssel zu diesem Keller ist, auch weiß niemand das Geheimnis, ihn zu öffnen.« – »Wenn dem so ist«, sagte die Prinzessin, »so gehe und komm bald zurück. Je länger du ausbleibst, je größer wird meine Ungeduld sein, dich wiederzusehen, und sobald du zurückkommst, wollen wir uns sogleich zu Tische setzen.«

Der afrikanische Zauberer, voller Hoffnung auf sein vermeintliches Glück, lief nicht, um seinen siebenjährigen Wein zu holen, sondern flog und kam sehr schnell zurück. Inzwischen hatte die Prinzessin, die nicht daran zweifelte, daß er sich sehr beeilen würde, das Pulver, das ihr Aladin gebracht, selbst in einen Becher geworfen, den sie dann beiseite stellte, und ließ nun endlich auftragen. Sie setzten sich einander gegenüber zu Tisch, so daß der Zauberer dem Schenktisch den Rücken kehrte. Die Prinzessin legte ihm vom Besten vor und sagte zu ihm: »Wenn du es verlangst, so will ich dir Musik machen und singen lassen; da wir aber beide ganz allein hier sind, so denke ich, es wird uns mehr Vergnügen machen, uns miteinander zu unterhalten.« Der Zauberer betrachtete diese Wahl der Prinzessin als eine neue Gunst.

Nachdem sie einige Bissen gegessen hatten, verlangte die Prinzessin zu trinken. Sie trank auf die Gesundheit des Zauberers und sagte dann zu ihm: »Du hattest alles Recht, deinen Wein zu loben; ich habe nie einen so köstlichen getrunken.« – »Reizende Prinzessin«, antwortete er, indem er den Becher, der ihm überreicht wurde, in der Hand hielt, »mein

Wein erhält durch deinen Beifall eine neue Güte.« – »Trink auf meine Gesundheit«, erwiderte die Prinzessin, »so wirst du selbst finden, daß ich mich darauf verstehe.« Er trank auf die Gesundheit der Prinzessin, sah dann den Becher an und sagte: »Prinzessin, ich schätze mich glücklich, daß ich dieses Faß für eine so gute Gelegenheit aufgespart; ich gestehe selbst, daß ich in meinem ganzen Leben noch keinen so vortrefflichen Wein getrunken habe.«

Als sie noch weiter gegessen und noch dreimal getrunken hatten, gab endlich die Prinzessin, die dem afrikanischen Zauberer durch ihre Höflichkeit und ihr verbindliches Wesen vollends ganz den Kopf verrückt hatte, der Frau, die das Schenkamt versah, das verabredete Zeichen, und während man ihren Becher mit Wein brachte, sagte sie, man solle auch den des afrikanischen Zauberers vollschenken und ihm überreichen.

Als nun beide den Becher in der Hand hatten, sprach sie zu dem afrikanischen Zauberer: »Ich weiß nicht, wie es bei euch zulande unter Liebenden, die miteinander trinken, Sitte ist; bei uns in China wechseln die Geliebte und der Liebhaber ihre Becher miteinander aus und trinken so die Gesundheit voneinander.« Mit diesen Worten überreichte sie ihm den Becher, den sie in der Hand hielt, und streckte ihre andere Hand aus, um den seinigen in Empfang zu nehmen.

Der afrikanische Zauberer beeilte sich um so freudiger, diesen Tausch vorzunehmen, da er ihn als das sicherste Zeichen betrachtete, daß er das Herz der Prinzessin nun völlig erobert habe, und er hielt sich für den glücklichsten aller Sterblichen. Ehe er trank, sagte er, mit dem Becher in der Hand: »Prinzessin, wir Afrikaner sind lange nicht so weit in der Kunst, die Liebe mit allen möglichen Annehmlichkeiten zu würzen, wie die Chinesen, und indem ich hier etwas lerne, was ich noch nicht wußte, fühle ich zugleich, wie hoch ich diese Begünstigung zu schätzen habe. Nie werde ich es vergessen, liebenswürdige Prinzessin, daß ich aus deinem Becher getrunken und darin ein Leben gefunden habe, wozu ich keine Hoffnung mehr gehabt hätte, wenn du noch länger bei deiner Grausamkeit beharrt wärest.«

Die Prinzessin Bedrulbudur, die sich bei diesem unnützen Geschwätz des afrikanischen Zauberers langweilte, fiel ihm in die Rede und sagte:

»Laß uns jetzt trinken, du kannst ja nachher weitersprechen.« Zugleich führte sie den Becher an den Mund, berührte ihn aber nur mit den Lippen, indes der afrikanische Zauberer sich sehr bemühte, es ihr zuvor zu tun, und den seinigen ausleerte, ohne einen Tropfen darin zu lassen. Da er beim Austrinken seinen Kopf etwas rückwärts geneigt hatte, um seinen Eifer zu zeigen, so blieb er noch eine Weile in dieser Stellung, bis die Prinzessin, die noch immer den Rand der Schale an ihre Lippen hielt, sah, daß seine Augen sich verdrehten und er ohne Bewußtsein rücklings zusammensank.

Die Prinzessin brauchte nicht lange zu befehlen, daß man Aladin die geheime Türe öffnen solle. Ihre Frauen, mit denen alles zuvor verabredet war, hatten sich in angemessenen Zwischenräumen vom Saal bis unten an die Treppe hinab aufgestellt, so daß die geheime Türe beinahe in demselben Augenblick geöffnet wurde, wo der afrikanische Zauberer rücklings zusammengesunken war.

Aladin kam herauf und trat in den Saal. Als er den afrikanischen Zauberer auf dem Sofa ausgestreckt liegen sah, und die Prinzessin Bedrulbudur ihm voll Freude und mit offenen Armen entgegeneilte, hielt er sie zurück und sagte: »Es ist noch nicht Zeit, Prinzessin; tu mir den Gefallen, begib dich auf deine Zimmer und sorge dafür, daß man mich allein läßt, indes ich meine Vorbereitungen treffe, die dich ebenso schnell nach China wieder zurückbringen, wie du von da entfernt worden bist.«

Sobald die Prinzessin mit ihren Frauen und Verschnittenen aus dem Saale gegangen war, verschloß Aladin die Tür, näherte sich dem entseelten Leichnam des afrikanischen Zauberers, öffnete sein Kleid und zog die Lampe heraus, die noch so verhüllt war, wie die Prinzessin es ihm beschrieben hatte. Er enthüllte sie und rieb daran und alsbald erschien auch der Geist mit seinem gewöhnlichen Gruß. »Geist«, sagte Aladin zu ihm, »ich habe dich gerufen, um dir im Namen der Lampe, deiner guten Gebieterin, die du hier siehst, zu befehlen, daß du diesen Palast wieder nach China zurücktragen lässest, und zwar an denselben Ort und dieselbe Stelle, von wo er weggenommen ist.« Der Geist gab durch ein Kopfnicken zu verstehen, daß er gehorchen werde, und verschwand. Die Versetzung ging wirklich vor sich, und man spürte sie nur an zwei sehr leichten Erschütterungen: Die eine, als der Palast von seiner Stelle in Afrika emporgehoben, und die andere, als er in China gegenüber von dem Palast des Sultans niedergelassen wurde, was alles in einigen wenigen Augenblicken geschehen war.

Aladin ging nun ins Zimmer der Prinzessin hinab, umarmte sie und sagte zu ihr: »Prinzessin, ich kann dich versichern, daß deine und meine Freude morgen früh vollkommen sein wird.« Da die Prinzessin ihre Abendmahlzeit noch nicht vollendet hatte und Aladin zu essen verlangte, so ließ sie aus dem Saal mit den vierundzwanzig Fenstern die Speisen, die dort aufgetragen, aber kaum berührt worden waren, auf ihr Zimmer bringen. Die Prinzessin und Aladin speisten zusammen und tranken von dem guten alten Wein des afrikanischen Zauberers. Ich will nichts von ihrer weiteren Unterhaltung sagen, die nur sehr vergnügt sein konnte, und füge bloß hinzu, daß sie sich zuletzt miteinander in ihr Schlafgemach begaben.

Seit der Entführung des Palastes und der Prinzessin Bedrulbudur war der Sultan, der Vater dieser Prinzessin, untröstlich, weil er sie für immer verloren glaubte. Er konnte weder bei Nacht noch bei Tag Ruhe finden, und statt alles zu vermeiden, was seinem Kummer neue Nahrung geben konnte, suchte er es im Gegenteil absichtlich auf. Während er zum Beispiel vorher nur morgens nach dem offenen Erker seines Palasts gegangen war, um seine Augen an dem angenehmen Anblick zu weiden, dessen er nicht satt werden konnte, so ging er jetzt mehrere Male des Tags hinauf, um seinen Tränen freien Lauf zu lassen und sich immer tiefer in seine Betrübnis zu versenken durch den Gedanken, daß er das, was ihm so wohlgefallen hatte, nie wieder sehen werde, und das Liebste, was er auf der Welt besessen, auf immer verloren habe. Auch an dem Morgen, wo Aladins Palast wieder an seinen alten Platz gebracht worden war, hatte sich die Morgenröte kaum am Himmel gezeigt, als der Sultan wieder in den Erker ging. Er war so in sich gekehrt und so durchdrungen von seinem Schmerz, daß er seine Augen traurig nach der Seite hinwendete, wo er nur den leeren Raum und keinen Palast mehr zu erblikken vermeinte. Als er nun auf einmal diese Leere ausgefüllt sah, hielt er es für einen Nebel. Endlich aber, nachdem er es aufmerksamer betrachtet hatte, erkannte er, daß es ganz unzweifelhaft Aladins Palast war. Freude und Fröhlichkeit bemächtigten sich jetzt seines Herzens nach langem Kummer und Gram. Er kehrte eilig auf sein Zimmer zurück und befahl, man solle ihm ein Pferd satteln und vorführen. Er schwang sich hinauf, ritt fort und es war ihm, als könne er nicht schnell genug bei Aladins Palast anlangen.

Aladin, der dies vorausgesehen hatte, war mit Tagesanbruch aufgestanden, hatte eines seiner prächtigsten Kleider angelegt und sich sodann in den Saal mit den vierundzwanzig Fenstern begeben, von wo aus er den Sultan kommen sah. Er eilte hinab und kam noch gerade zur rechten Zeit, um ihn unten an der Haupttreppe zu empfangen und ihm vom Pferd absteigen zu helfen. »Aladin«, sprach der Sultan zu ihm, »ich kann mit dir nicht sprechen, bevor ich meine Tochter gesehen und umarmt habe.«

Aladin führte den Sultan in das Zimmer der Prinzessin Bedrulbudur, die eben mit ihrem Anzug fertig geworden war; denn Aladin hatte sie beim Aufstehen erinnert, daß sie sich nicht mehr in Afrika, sondern in China, in der Hauptstadt des Sultans, ihres Vaters, und gegenüber von seinem Palast befinde. Der Sultan umarmte sie mehrere Male, während ihm die hellen Freudentränen über die Wangen liefen, und die Prinzessin ihrerseits bewies ihm auf alle mögliche Art, wie hocherfreut sie sei, ihn wiederzusehen.

Der Sultan war eine Zeit lang ganz sprachlos vor Rührung, da er seine geliebte Tochter, die er schon so lange als verloren beweint, wiedergefunden hatte, und auch die Prinzessin vergoß viele Tränen vor Freude, daß sie den Sultan, ihren Vater, wiedersah. Endlich nahm der Sultan das Wort und sprach: »Geliebte Tochter, ich will glauben, daß die Freude des Wiedersehens dich in meinen Augen so munter und so wenig verändert erscheinen läßt, wie wenn dir gar nichts Unangenehmes zugestoßen wäre, und doch bin ich überzeugt, daß du sehr viel ausgestanden hast. Man wird nicht so schnell mit einem ganzen Palast versetzt, ohne daß große Unruhe und schreckliche Angst damit verbunden wäre. Ich wünsche nun, daß du mir erzählst, wie die Sache zuging, und mir nichts verhehlest.«

Die Prinzessin machte sich ein Vergnügen daraus, den Wunsch des Sultans, ihres Vaters, zu erfüllen. »Herr«, sprach sie zu ihm, »wenn ich dir so unverändert vorkomme, so bitte ich dich, wohl zu erwägen, daß ich bereits gestern früh wieder aufzuleben anfing, als ich meinen teuren Gemahl und Befreier erblickte, den ich schon für verloren gehalten und beweint hatte, und daß das Glück, das ich soeben genossen habe, dich zu umarmen, alle Spuren frühern Kummers von mir abgestreift hat.«

»Um es frei herauszusagen, mein ganzes Unglück bestand darin, daß ich mich dir und meinem teuren Gemahl entrissen sah; auch war ich nicht bloß aus Verlangen nach meinem Gemahl in Angst, sondern besonders auch wegen der traurigen Folgen deines Zorns, denen er, so unschuldig er war, ohne Zweifel ausgesetzt sein mußte. Weniger habe ich von der Unverschämtheit meines Räubers gelitten, welcher Reden gegen mich führte, die mir nicht gefielen. Ich wußte mir bald eine solche Überlegenheit über ihn zu verschaffen, daß ich ihn zum Schweigen brachte. Im übrigen wurde mir so wenig Zwang angetan, als in diesem Augenblick. Was meine Entführung betrifft, so hat Aladin nicht den mindesten Teil daran: Ich selbst bin allein daran schuld, aber auf eine höchst unschuldige Weise.« Um nun den Sultan von der Wahrheit ihrer Worte zu überzeugen, erzählte sie ihm umständlich, wie der afrikanische Zauberer sich in einen Lampenhändler verkleidet habe, der alte Lampen gegen neue eintauschte, und wie sie dann zur Kurzweil Aladins Lampe, deren geheime Kraft und Wichtigkeit sie nicht gekannt, gegen eine neue eingetauscht, worauf der Palast nebst ihr und den übrigen Bewohnern in die Höhe gehoben und samt dem afrikanischen Zauberer nach Afrika versetzt worden sei; letzteren haben zwei ihrer Frauen und der Verschnittene, der die Lampe eingetauscht, sogleich wiedererkannt, als er die Kühnheit gehabt habe, sich ihr zum ersten Male nach dem glücklichen Erfolg seines frechen Unterfangens vorzustellen und ihr einen Heiratsantrag zu machen; ferner erzählte sie von den Anfechtungen, die sie bis zu Aladins Ankunft auszustehen gehabt, und von den Maßregeln, die sie gemeinschaftlich ergriffen, um ihm die Lampe, die er bei sich trug, zu entreißen: Wie ihnen dies dadurch geglückt sei, daß sie selbst sich gegen ihn verstellt und ihn zum Abendessen auf ihr Zimmer geladen, wo sie ihm dann den vergifteten Becher überreicht habe. »Von dem übrigen«, setzte sie hinzu, »mag Aladin dir Rechenschaft geben.«

Aladin faßte seine Erzählung kurz. »Als man mir«, sagte er, »die geheime Türe geöffnet hatte, ging ich schnell in den Saal mit den vierundzwanzig Fenstern hinauf, und da ich den Verräter durch die Kraft des Pulvers tot auf dem Sofa liegen sah, so bat ich die Prinzessin, weil ein längeres Verweilen ihr nicht geziemt hätte, sie möchte sich mit ihren Frauen und Verschnittenen nach ihrem Zimmer begeben. Ich blieb nun allein zurück, zog die Lampe aus dem Busen des Zauberers und bedient mich derselben geheimen Kraft, deren er sich bedient hatte, um die Prinzessin samt ihrem Palast zu rauben. So habe ich denn bewirkt, daß der Palast wieder an seinem Platze steht, und war so glücklich, dir deinem Befehle gemäß die Prinzessin zurückzubringen. Alles, was ich da sage, ist die blanke Wahrheit, und wenn du dich in den Saal hinaufbemühen willst, so wirst du sehen, daß der Zauberer nach Gebühr bestraft worden ist.«

Um sich vollends ganz zu überzeugen, ging der Sultan hinauf, und als er den afrikanischen Zauberer tot und im Gesicht ganz schwarzblau von dem Gifte sah, umarmte er Aladin mit vieler Zärtlichkeit und sagte zu ihm: »Mein Sohn, halte mir mein Betragen gegen dich zugute; bloß meine Vaterliebe hat mich dazu veranlaßt, und du mußt mir die Übereilung, zu der ich mich hinreißen ließ, verzeihen.« – »Herr«, erwiderte Aladin, »ich habe nicht die mindeste Ursache, mich über dich zu beklagen; du hast bloß getan, was du tun mußtest. Dieser schändliche Zauberer, dieser Auswurf der Menschheit, war die einzige Ursache, daß ich deine Gnade verlor. Wenn du einmal Muße haben wirst, so werde ich dir von einer anderen Bosheit erzählen, die er mir angetan und die nicht minder schwarz ist, als seine letzte, vor der mich Gottes ganz absonderliche Gnade behütet hat.« – »Ich werde mir diese Muße ausdrücklich dazu nehmen«, antwortete der Sultan, »und zwar recht bald. Jetzt aber laß uns nur darauf denken, fröhlich zu sein, auch sorge, daß dieser verhaßte Gegenstand fortgeschafft wird.«

Aladin ließ den Leichnam des afrikanischen Zauberers wegbringen und auf den Schindanger werfen, um dort den Vögeln und Tieren zur Nahrung zu dienen. Der Sultan aber gab Befehl, durch Trommeln, Pauken, Trompeten und andere Instrumente das Zeichen zur allgemeinen öffentlichen Freude zu geben, und ließ ein zehntägiges Freudenfest ankündigen, um die Rückkehr der Prinzessin Bedrulbudur und Aladins zu feiern.

So entging denn Aladin zum zweitenmal einer Todesgefahr, der er beinahe erliegen mußte; allein es war noch nicht die letzte, und er mußte noch eine dritte, gleich gefährliche Prüfung erstehen, die wir hier umständlich erzählen wollen.

Der afrikanische Zauberer hatte noch einen jüngeren Bruder, der in der Zauberkunst nicht minder geschickt war als er; ja man kann sagen, daß er ihn an Bosheit und verderblichen Ränken noch übertraf. Da sie nicht immer beisammen oder in derselben Stadt lebten, und der eine sich manchmal im Osten befand, während der andere im Westen war, so unterließen sie es nicht, mit Hilfe der Punktierkunst alle Jahre einmal auszumitteln, in welchem Teile der Welt jeder von ihnen lebe, wie er sich befinde und ob er nicht der Hilfe des anderen bedürfe.

Kurze Zeit, nachdem der afrikanische Zauberer in der Unternehmung gegen Aladins Glück den Tod gefunden hatte, wollte sein jüngerer Bruder, der seit Jahr und Tag keine Nachrichten von ihm hatte und sich nicht in Afrika, sondern in einem sehr entlegenen Land aufhielt, erfahren, an welchem Ort der Erde er lebe, wie er sich befinde und was er treibe. Wie sein Bruder hatte er überall, wo er ging und stand, sein Punktierviereck bei sich. Er nahm nun dieses Viereck, ordnete den Sand, machte die Punkte, zog die Figuren und Linien und stellte die Nativität. Indem er nun alle einzelnen Figuren durchlief, fand er in der einen, daß sein Bruder nicht mehr auf der Welt, in der andern, daß er vergiftet worden und plötzlich gestorben sei, in der dritten, daß dies in China, in der vierten, daß es in einer Hauptstadt Chinas, die an dem und dem Orte liege, geschehen, und endlich, daß der, welcher ihn vergiftet, ein Mann von niedriger Abkunft sei, der eine Prinzessin des Sultans geheiratet habe.

Als der Zauberer auf diese Art das traurige Ende seines Bruders erfahren hatte, verlor er keine Zeit mit nutzlosem Jammern, das seinen Bruder doch nicht ins Leben zurückgerufen hätte, sondern beschloß augenblicklich, seinen Tod zu rächen, stieg zu Pferd und begab sich auf den Weg nach China. Er mußte über Ebenen, Flüsse, Berge, Einöden, und nach langer Reise kam er endlich, nachdem er sich unterwegs nirgends aufgehalten, unter unglaublichen Beschwerden nach China und bald darauf in die Hauptstadt, die er durch seine Punktierkunst ausgemittelt hatte. Da er gewiß wußte, daß er sich nicht getäuscht und dieses Königreich mit keinem anderen verwechselt habe, so blieb er in dieser Hauptstadt und nahm seine Wohnung daselbst.

Den Tag nach seiner Ankunft ging der Zauberer aus und spazierte in der Stadt herum, nicht sowohl um ihre Schönheiten zu betrachten, die ihm höchst gleichgültig waren, sondern um sogleich auf Maßregeln zur

Ausführung seines verderblichen Planes zu denken; er ging daher an die besuchten Orte und lauschte begierig auf alles, was man sprach. An einem dieser Orte, wo man sich mit allerlei Arten von Spielen die Zeit vertrieb, und wo, während die einen spielten, die anderen sich von den Neuigkeiten des Tages oder auch von ihren eigenen Geschichten unterhielten, hörte er gar merkwürdige Dinge erzählen von der Tugend und Frömmigkeit, ja selbst von den Wundertaten einer von der Welt abgeschiedenen Frau, namens Fatime. Da er nun glaubte, diese Frau könne ihm bei seinem Vorhaben vielleicht in irgend etwas behilflich sein, nahm er einen von der Gesellschaft beiseite und bat ihn um nähere Auskunft über die heilige Frau und über die Art von Wundern, die sie verrichte.

»Wie!« sagte der Angeredete zu ihm, »du hast diese Frau noch nie gesehen und auch nicht von ihr sprechen gehört? Sie ist durch ihr Fasten, ihre strenge Lebensweise und das Beispiel, das sie gibt, Gegenstand der allgemeinen Bewunderung in der ganzen Stadt. Außer montags und freitags geht sie nie aus ihrer kleinen Einsiedelei heraus, und an den Tagen, wo sie sich in der Stadt sehen läßt, tut sie unendlich viel Gutes, auch heilt sie jeden, der mit Kopfschmerzen behaftet ist, durch Auflegung ihrer Hände.« Der Zauberer verlangte über diesen Punkt nichts mehr zu wissen, sondern fragte bloß noch, in welchem Teile der Stadt die Einsiedelei der heiligen Frau wäre. Der Mann beschrieb ihm genau die Stelle; der Zauberer aber, nachdem er diese Erkundigungen eingezogen und den ruchlosen Plan, von dem wir bald sprechen werden, gefaßt und entworfen hatte, beobachtete, um seiner Sache noch gewisser zu sein, gleich am ersten Tage, wo sie ausging, alle ihre Schritte und verlor sie nicht aus dem Auge bis zum Abend, wo er sie in ihre Einsiedelei zurückkehren sah. Als er sich nun den Platz gut gemerkt hatte, begab er sich an einen der schon oben erwähnten Orte, wo man ein gewisses warmes Getränk zu sich nahm, und wenn man Lust hatte, auch die ganze Nacht dort zubringen konnte, besonders bei großer Hitze, wo man in diesen Ländern lieber auf Matten, als in Betten schläft.

Gegen Mitternacht bezahlte der Zauberer dem Wirt seine kleine Zeche und ging geraden Wegs nach der Einsiedelei Fatimes, der heiligen Frau; denn unter diesem Namen war sie in der ganzen Stadt bekannt. Er öffnete ohne Mühe die mit einer bloßen Klinke verschlossene Tür, trat hinein und machte die Türe ganz leise wieder zu; drinnen erblickte er bei hellem Mondschein Fatime, die an freier Luft auf einem mit einer schlechten Matte überdeckten Sofa schlief und gegen ihre Zelle hingelehnt dalag. Er näherte sich ihr, zog einen Dolch, den er an seiner Seite trug, und weckte sie.

Als die arme Fatime die Augen aufschlug, erschrak sie über die Maßen beim Anblick eines Mannes, der im Begriff war, sie zu erdolchen. Er setzte ihr den Dolch auf die Brust, machte Miene zuzustoßen und sagte zu ihr: »Wenn du schreist, oder nur das mindeste Geräusch machst, so bist du des Todes; steh aber jetzt auf und tue, was ich dir sagen werde.«

Fatime, die sich in ihren Kleidern niedergelegt hatte, stand zitternd und bebend auf. »Fürchte dich nicht«, sagte der Zauberer zu ihr, »ich verlange bloß dein Kleid, gib es mir und nimm dafür das meinige.« Sie vertauschten ihre Kleider, und nachdem der Zauberer das Kleid Fatimens angezogen hatte, sagte er zu ihr: »Jetzt färbe mir das Gesicht gleich dem deinigen und zwar so, daß ich dir ähnlich sehe und die Farbe sich

nicht verwischt.« Da er sah, daß sie noch immer zitterte, sagte er, um sie zu beruhigen, und damit sie mit um so größerer Zuversicht seinen Wunsch erfüllen möchte, abermals zu ihr: »Fürchte dich nicht; ich schwöre dir bei dem Namen Gottes, daß ich dir das Leben lasse.« Fatime hieß ihn in ihre Zelle treten, zündete ihre Lampe an, nahm einen Pinsel und einen gewissen Saft, den sie in einem Gefäße stehen hatte, rieb ihm damit das Gesicht ein und versicherte ihm dann, die Farbe werde nicht ausgehen und sein Gesicht sei jetzt durchaus ganz wie das ihrige. Hierauf setzte sie ihm ihre eigene Kopfbekleidung aufs Haupt nebst ihrem Schleier und zeigte ihm, wie er sich auf seinem Gang durch die Stadt das Gesicht damit verhüllen müsse. Endlich, nachdem sie ihm noch einen großen Rosenkranz, der ihm vorne bis auf den Gürtel herabhing, um den Hals geschlungen, gab sie ihm denselben Stab, den sie gewöhnlich trug, in die Hand, hielt ihm dann einen Spiegel vor und sagte zu ihm: »Da blick einmal hinein und du wirst sehen, daß du mir gleichst, wie ein Ei dem andern.« Der Zauberer fand alles nach Wunsch, hielt aber der guten Fatime den Schwur nicht, den er ihr so feierlich geleistet hatte. Damit man keine Blutspuren sehen möchte, wenn er sie erstäche, so erwürgte er sie, und als er sah, daß sie den Geist aufgegeben hatte, schleppte er ihren Leichnam an den Füßen zum Wasserbehälter der Einsiedelei und warf ihn dahinein.

Nach Vollführung dieser verruchten Mordtat brachte der als heilige Fatime verkleidete Zauberer den Rest der Nacht in der Einsiedelei zu. Am anderen Morgen ging er, obgleich dies kein gewöhnlicher Ausgangstag für die heilige Frau war, dennoch aus, denn er glaubte, es würde ihn niemand darum fragen, und wenn man ihn fragte, so würde er schon zu antworten wissen. Da er sich bei seiner Ankunft vor allen Dingen nach Aladins Palast erkundigt hatte, und da er dort seine Rolle spielen wollte, so nahm er sogleich seinen Weg dahin.

Jedermann hielt ihn für die heilige Frau, und so wurde er bald von einer großen Menschenmasse umringt. Einige empfahlen sie seinem Gebet, andere küßten ihm die Hand, andere, die noch ehrerbietiger waren, küßten bloß den Saum seines Kleides, und noch andere, die entweder wirklich Kopfweh hatten, oder sich nur dagegen verwahren wollten, neigten sich vor ihm, damit er ihnen die Hände auflegen möchte, was er auch tat, indem er einige gebetähnliche Worte murmelte; kurz, er ahmte die heilige Frau so gut nach, daß jedermann ihn dafür ansah. Nachdem er mehrere Male unterwegs stehen geblieben war, um solche Leute zu befriedigen, die von dieser Art Händeauflegung weder einen Nutzen noch einen Schaden hatten, kam er endlich auf den Platz vor Aladins Palast, wo sich noch mehr Volk versammelt hatte, so daß es große Mühe kostete, sich ihm zu nähern. Die Stärksten und Eifrigsten drängten sich mit Gewalt durch das Gewühl, und darüber erhoben sich Klagen und ein solches Geschrei, daß man es in dem Saal mit den vierundzwanzig Fenstern, wo die Prinzessin Bedrulbudur war, hören konnte.

Die Prinzessin fragte, was der Lärm bedeuten sollte, und da es ihr niemand sagen konnte, befahl sie nachzusehen und ihr Bericht abzustatten. Eine ihrer Frauen sah, ohne den Saal zu verlassen, durch ein Fenster und meldete ihr sodann, der Lärm komme von der Volksmenge her, welche die heilige Frau umgebe, um sich durch ihr Handauflegen das Kopfweh vertreiben zu lassen.

Die Prinzessin, die schon lange Zeit viel Gutes von der heiligen Frau gehört, sie aber noch nicht gesehen hatte, wurde neugierig, ihre Bekanntschaft zu machen und mit ihr zu sprechen. Sobald sie etwas davon verlauten ließ, sagte der Obere der Verschnittenen, der zugegen war, zu ihr, wenn sie es wünsche, so wolle er sie heraufkommen lassen, sie dürfe nur befehlen. Die Prinzessin genehmigte es und er fertigte sogleich vier Verschnittene ab mit dem Befehl, die angebliche heilige Frau heraufzubringen.

Sobald die Verschnittenen zum Tore von Aladins Palast herauskamen und auf den Punkt, wo der afrikanische Zauberer stand, zugingen, so wich die Menge auseinander, und als dieser sich nun frei und die Verschnittenen auf sich zukommen sah, so ging er ihnen mit um so größerer Freude ein Stück Wegs entgegen, da sein Schelmstück ihm einen guten Anfang zu nehmen schien. Einer von den Verschnittenen nahm das Wort und sagte: »Heilige Frau, die Prinzessin wünscht dich zu sprechen; komm und folge uns.« – »Die Prinzessin erzeigt mir viele Ehre«, antwortete die angebliche Fatime; »ich bin bereit, ihr zu gehorchen.«

Mit diesen Worten folgte er den Verschnittenen, die schon auf dem Rückwege nach dem Palast waren.

Als der Zauberer, der unter dem heiligen Kleide ein teuflisches Herz verbarg, in den Saal mit den vierundzwanzig Fenstern eintrat und die Prinzessin bemerkte, begann er mit einem Gebet, das eine lange Reihe von Wünschen für ihr Wohlbefinden, ihr Glück und die Erfüllung alles dessen, was sie nur begehren könnte, enthielt. Hierauf entfaltete er all seine trügerische und heuchlerische Beredsamkeit, um sich unter dem Mantel großer Frömmigkeit ins Herz der Prinzessin einzuschleichen, was ihm auch um so leichter gelang, als die Prinzessin in ihrer natürlichen Gutherzigkeit die Überzeugung hatte, alle Leute müßten ebenso gut sein wie sie, besonders aber diejenigen Männer und Frauen, die es sich zur Pflicht machten, Gott in der Einsamkeit zu dienen.

Als die falsche Fatime ihre lange Anrede vollendet hatte, sagte die Prinzessin zu ihr: »Meine gute Mutter, ich danke dir für deine schönen Gebete, ich habe großes Vertrauen darauf und hoffe, daß Gott sie erhören wird. Komm näher und setze dich zu mir.« Die falsche Fatime setzte sich mit heuchlerischer Bescheidenheit. Hierauf nahm die Prinzessin wieder das Wort und sagte: »Meine gute Mutter, ich bitte dich um etwas, das du mir bewilligen mußt und nicht abschlagen darfst, nämlich darum, daß du bei mir bleibst, mir die Geschichte deines Lebens erzählst und mich durch deine guten Beispiele lehrst, wie ich Gott dienen soll.«

»Prinzessin«, sagte hierauf die angebliche Fatime, »ich bitte dich, verlange nichts von mir, worin ich nicht willigen kann, ohne mich ganz zu zerstreuen und von meinen Gebeten und frommen Übungen abzukommen.« – »Das darf dich nicht beunruhigen«, erwiderte die Prinzessin, »ich habe mehrere Zimmer, die nicht bewohnt sind, wähle dir eins daraus, welches dir am besten zusagt, dann kannst du deine Übungen ebenso ruhig verrichten, wie in deiner Einsiedelei.«

Der Zauberer, der keinen anderen Zweck hatte, als in Aladins Palast zu gelangen, wo es ihm viel leichter sein mußte, sein Schelmstück auszuführen, wenn er unter Begünstigung und dem Schutz der Prinzessin daselbst wohnte, als wenn er immer von der Einsiedelei in den Palast und von da wieder zurück hätte hin- und hergehen müssen, machte jetzt keine großen Einwendungen mehr gegen das verbindliche Anerbieten der Prinzessin und nahm es an. »Prinzessin«, sagte er zu ihr, »so fest auch der Entschluß einer armen und elenden Frau, wie ich, sein muß, der Welt und ihrer Pracht zu entsagen, so wage ich es doch nicht, dem Willen und Befehl einer so frommen und mildtätigen Prinzessin zu widerstreben.«

Auf diese Antwort des Zauberers stand die Prinzessin auf und sagte zu ihm: »Stehe auf und komm mit mir, ich will dir meine leeren Zimmer zeigen, auf daß du darunter wählen kannst.« Er folgte der Prinzessin Bedrulbudur und wählte unter ihren Zimmern, die sämtlich sehr schön und prächtig ausgestattet waren, dasjenige, welches am wenigsten schön war, indem er mit heuchlerischem Tone sagte: es sei noch viel zu gut für ihn und er wähle es bloß der Prinzessin zu Gefallen.

Die Prinzessin wollte den Schurken in den Saal mit den vierundzwanzig Fenstern zurückführen, damit er bei ihr zu Mittag speisen sollte. Da er aber beim Essen sein bis jetzt immer noch verschleiertes Gesicht hätte enthüllen müssen, und da er fürchtete, die Prinzessin möchte merken, daß er nicht die heilige Frau Fatime sei, für die sie ihn hielt, so bat er sie so inständig, ihm dies zu erlassen, indem er bloß Brot und trokkene Früchte esse, und ihm zu erlauben, seine kleine Mahlzeit auf seinem Zimmer zu sich zu nehmen, daß sie es ihm bewilligte. »Meine gute Mutter«, sagte sie zu ihm, »es steht ganz in deinem Belieben, du kannst tun, wie wenn du in deiner Einsiedelei wärest. Ich will dir zu essen bringen lassen; aber vergiß nicht, daß ich dich zurückerwarte, sobald du deine Mahlzeit eingenommen haben wirst.«

Die Prinzessin speiste zu Mittag, und die falsche Fatime unterließ nicht, sich wieder bei ihr zu melden, sobald sie ihr durch einen Verschnittenen hatte sagen lassen, daß sie von der Tafel aufgestanden sei. »Meine gute Mutter«, sagte die Prinzessin zu ihr, »ich bin hocherfreut, eine heilige Frau, wie dich, zu besitzen, die diesem Palast Segen bringen wird. Ei, wie gefällt dir denn der Palast? Ehe ich dir aber Zimmer für Zimmer zeige, so sage vor allem, was hältst du von diesem Saale?«

Die falsche Fatime, die, um ihre Rolle besser spielen zu können, bisher immer mit gesenkten Augen dagestanden war und ihren Kopf weder rechts noch links hingewendet hatte, hob ihn endlich bei dieser Frage empor, durchmusterte den Saal von einem Ende zum andern, und als sie ihn genugsam betrachtet hatte, sagte sie: »Prinzessin, dieser Saal ist wahrhaft bewundernswürdig und ausgezeichnet schön. Indes deucht es mir, soviel eine Einsiedlerin, die sich auf das, was in der Welt für schön gilt, nicht versteht, beurteilen kann, daß eine einzige Sache daran fehle.« – »Und was denn, meine gute Mutter?« fragte die Prinzessin Bedrulbudur; »ich beschwöre dich, sage es mir. Ich für meinen Teil habe immer geglaubt und auch sagen gehört, daß er in allem vollkommen sei. Wenn aber etwas daran fehlt, so will ich diesem Mangel abhelfen lassen.«

»Prinzessin«, erwiderte die falsche Fatime mit vieler Verstellung, »verzeih, daß ich mir so viel Freiheit herausnehme. Meine Meinung, wenn dir etwas daran liegen könnte, wäre nämlich, daß wenn oben von der Mitte dieser Kuppel ein Rockei herabhänge, dieser Saal in allen vier Teilen der Welt seinesgleichen nicht haben und der Palast ein Wunder der Welt sein würde.«

»Meine gute Mutter«, fragte die Prinzessin, »was für ein Vogel ist denn der Rock, und woher könnte man wohl ein Ei von ihm bekommen?« – »Prinzessin«, antwortete die falsche Fatime, »es ist dies ein Vogel von bewundernswürdiger Größe, der auf der höchsten Spitze des Berges Kaukasus wohnt; der Baumeister von diesem Palast wird dir schon ein solches Ei verschaffen.«

Die Prinzessin Bedrulbudur dankte der falschen Fatime für ihren, wie sie glaubte, guten Rat, und unterhielt sich mit ihr noch über eine Menge anderer Gegenstände; doch vergaß sie das Rockei nicht, und nahm sich vor, mit Aladin darüber zu sprechen, sobald er von der Jagd zurückgekehrt sein würde. Er war nämlich seit sechs Tagen fort und der Zauberer, der dies recht gut wußte, hatte seine Abwesenheit benützen wollen. Aladin kam noch an demselben Tage abends zurück, als die falsche Fatime sich soeben von der Prinzessin verabschiedet und auf ihr Zimmer begeben hatte. Er ging sogleich ins Zimmer der Prinzessin, die soeben dahin zurückgekehrt war, begrüßte und umarmte sie; allein es schien ihm, als ob sie ihn etwas kalt empfinge. »Teure Prinzessin«, sagte er zu ihr, »ich finde dich nicht so heiter wie sonst. Ist in meiner Abwesenheit etwas vorgekommen, das dir mißfallen und Verdruß oder Mißvergnügen verursacht hätte? Ich beschwöre dich bei Gott, verhehle es mir nicht, denn ich werde alles aufbieten, deinen Wunsch zu erfüllen, wenn es in meiner Macht steht.« – »Es ist bloß eine Kleinigkeit«, antwortete die Prinzessin, »und die Sache kümmert mich so wenig, daß es mir unbegreiflich ist, wie du auf meinem Gesichte hast etwas bemerken können. Da du jedoch wider mein Erwarten eine Veränderung auf demselben wahrgenommen hast, so will ich dir die Ursache davon mitteilen, obgleich sie nicht von Bedeutung ist.

»Ich hatte«, fuhr die Prinzessin Bedrulbudur fort, »wie du auch, bisher immer geglaubt, unser Palast sei der herrlichste, prachtvollste und vollkommenste auf der ganzen Welt. Doch muß ich dir jetzt sagen, was mir bei genauer Besichtigung des Saals mit den vierundzwanzig Fenstern für ein Gedanke gekommen ist. Meinst du nicht auch, daß nichts zu wünschen übrigbleiben würde, wenn mitten im Kuppelgewölbe ein Rockei hinge?« – »Prinzessin«, antwortete Aladin, »sobald du findest, daß noch ein Rockei daran fehlt, so finde ich diesen Fehler auch, und aus dem Eifer, womit ich diesem Mangel abhelfen werde, sollst du dich überzeugen, daß es nichts gibt, was ich nicht dir zuliebe tun würde.«

Aladin verließ augenblicklich die Prinzessin Bedrulbudur, ging in den Saal mit den vierundzwanzig Fenstern, zog die Lampe, die er seit der Gefahr, worin ihn die Vernachlässigung derselben gestürzt, überall, wo er ging und stand, bei sich trug, aus seinem Busen hervor und rieb sie. Sogleich erschien auch der Geist. »Geist«, sprach Aladin zu ihm, »es fehlt dieser Kuppel noch ein Rockei, das mitten in ihrer Vertiefung hängen muß: Ich befehle dir nun im Namen der Lampe, die ich in der Hand halte, daß du diesem Mangel abhilfst.«

Kaum hatte Aladin diese Worte ausgesprochen, als der Geist ein so lautes und entsetzliches Geschrei erhob, daß der Saal davon erbebte und auch Aladin taumelte, so daß er beinahe zu Boden stürzte. »Wie, Elender!« sagte der Geist in einem Tone zu ihm, der auch dem unerschrokkensten Manne Furcht eingeflößt haben würde, »ist es dir nicht genug, daß meine Gefährten und ich dir zuliebe alles getan haben? Mußt du auch noch mit einer Undankbarkeit, die ihresgleichen nicht hat, befehlen, daß ich dir meinen Meister bringen und mitten in diesem Kuppelgewölbe aufhängen soll? Dieser Frevel verdiente, daß du samt deiner Frau und deinem Palast auf der Stelle in Staub und Asche verwandelt würdest. Zu deinem Glück bist du jedoch nicht selbst auf diesen Gedanken gekommen, und der Wunsch geht nicht unmittelbar von dir aus. Du mußt nämlich wissen, daß er von dem Bruder des afrikanischen Zauberers, deines Feindes, herkommt, den du vertilgt hast, wie er verdiente. Er befindet sich in deinem Palast im Anzug der heiligen Frau Fatime, die er ermordet, und er hat deiner Frau das verderbliche Verlangen eingegeben, das du gegen mich geäußert hast. Seine Absicht ist, dich umzubringen, sei daher wohl auf deiner Hut.« Mit diesen Worten verschwand er.

Aladin verlor keines von den letzten Worten des Geistes. Er hatte von der heiligen Frau Fatime sagen gehört und wußte recht gut, wie sie dem allgemeinen Glauben zufolge das Kopfweh heilte. Er ging nun aufs Zimmer der Prinzessin zurück, und ohne ein Wort von dem zu sprechen, was ihm soeben begegnet war, setzte er sich nieder, stützte seine Stirne auf die Hand und sagte, es habe ihn plötzlich ein heftiges Kopfweh befallen. Die Prinzessin befahl sogleich, die heilige Frau zu rufen, und während sie geholt wurde, erzählte sie Aladin, wie sie in den Palast gekommen sei und wie sie ihr darin ein Zimmer eingeräumt habe.

Die falsche Fatime kam, und sobald sie da war, sagte Aladin zu ihr: »Komm her, meine gute Mutter, es freut mich, dich zu sehen, du bist zu meinem Glücke hierhergekommen. Ich bin soeben von einem abscheulichen Kopfweh überfallen worden, und im Vertrauen auf deine Gebete bitte ich dich um Hilfe, denn ich hoffe, daß du die Wohltat, die du schon so vielen mit dieser Krankheit Behafteten erwiesen hast, auch mir nicht abschlagen werdest.« Mit diesen Worten stand er auf und bückte den Kopf; die falsche Fatime näherte sich ihm, indem sie zugleich mit der Hand nach einem Dolche griff, den sie unter ihrem Kleide am Gürtel stecken hatte. Aladin aber, der sie genau beobachtete, fiel ihr in die Hand, noch ehe sie vom Leder gezogen hatte, und durchbohrte sie mit seinem Dolche, so daß sie tot auf dem Fußboden zusammenstürzte.

»Mein teurer Gemahl, was hast du getan?« rief die Prinzessin voll Angst, »du hast die heilige Frau getötet!« – »Nein, geliebte Prinzessin«, antwortete Aladin mit großer Ruhe; ich habe nicht Fatime getötet, sondern einen Schurken, der mich ermordet hätte, wenn ich ihm nicht zuvorgekommen wäre. Dieser Bösewicht, den du hier siehst«, fuhr er fort, indem er ihn enthüllte, »hat die wahre Fatime erwürgt und sich in ihre Kleider gesteckt, um mich zu erdolchen; mit einem Wort, er war der Bruder des afrikanischen Zauberers, deines Räubers.« Aladin erzählte ihr hierauf, auf welche Art er diese Umstände erfahren hatte, und ließ sodann den Leichnam wegschaffen.

Auf diese Art wurde also Aladin von der Verfolgung der beiden verbrüderten Zauberer befreit. Wenige Jahre darauf starb der Sultan in hohem Alter. Da er keine männlichen Nachkommen hinterließ, so folgte ihm die Prinzessin Bedrulbudur als gesetzmäßige Erbin auf dem Throne nach und teilte ihre Herrschaft mit Aladin. Sie regierten miteinander viele Jahre und hinterließen eine berühmte Nachkommenschaft.

»Herr«, sagte die Sultanin Scheherazade, nachdem sie die Erzählung von den Abenteuern mit der Wunderlampe vollendet hatte, »du wirst ohne Zweifel bemerkt haben, daß in der Person des afrikanischen Zauberers ein Mensch dargestellt ist, den eine maßlose Begierde ergriffen, sich auf strafbare Arten Schätze zu erwerben, wodurch er sie auch entdeckt hat, aber doch nicht in ihren Besitz gekommen ist, weil er sich derselben unwürdig machte. In Aladin dagegen erblickst du einen Mann, der sich von niederer Herkunft bis zur Königswürde erhebt und zwar vermittelst derselben Schätze, die ihm, ohne daß er sie sucht, in die Hände fallen, und die er bloß dann begehrt, wenn er ihrer zur Erreichung seines höchsten Zweckes bedarf. An dem Sultan selbst kannst du ersehen, wie leicht selbst ein guter, gerechter und billigdenkender Monarch Gefahr läuft, seinen Thron zu verlieren, wenn er es wagt, durch eine Handlung schreiender Ungerechtigkeit und gegen alle Vorschriften der Billigkeit aus unverständlicher Übereilung einen Unschuldigen zu verdammen, ohne seine Rechtfertigung anhören zu wollen. Deinen höchsten Abscheu aber werden die beiden Schurken von Zauberern erregt haben, von denen der eine sein Leben opfert, um Schätze zu erwerben, der andere Leben und Religion zugleich, um einen Schurken, wie er selbst ist, zu rächen, beide aber den verdienten Lohn ihrer Bosheit empfangen.«

Der Sultan von Indien erklärte seiner Gemahlin, der Sultanin Scheherazade, daß die Geschichte von den Abenteuern mit der Wunderlampe ihn sehr befriedigt habe, und überhaupt ihre nächtlichen Erzählungen ihm großes Vergnügen machen. Sie waren auch in der Tat recht ergötzlich und enthielten fast alle gute Sittenlehren. Er sah zwar wohl, daß die Sultanin sehr geschickt eine an die andere anreihte; indes war es ihm nicht unangenehm, daß sie ihm dadurch Gelegenheit gab, die Vollziehung seines feierlichen Schwures, kraft dessen er eine Frau nie länger als eine Nacht behalten und dann am anderen Morgen hinrichten lassen wollte, in Beziehung auf sie noch auszusetzen. Er war fast auf nichts so neugierig, als darauf, ob er es nicht endlich dahin bringen würde, daß ihr der Stoff ausginge.

Als er daher die Geschichte von Aladin und Bedrulbudur bis zu Ende gehört hatte, die von den bisher erzählten ganz verschieden war, so kam er am anderen Morgen beim Erwachen Dinarsaden zuvor, weckte sie und fragte die Sultanin, die ebenfalls gerade erwacht war, ob sie nun mit ihren Erzählungen zu Ende sei?

»Zu Ende, Herr!« rief die Sultanin; »das sei ferne von mir! Ich habe im Gegenteil noch so viele vorrätig, daß es mir selbst nicht möglich wäre, ihre Zahl genau anzugeben. Was ich allein fürchte, Herr, ist, daß du dich dabei zuletzt langweilen und meiner Geschichte müde werden möchtest, wenn ich noch auf lange Zeit Stoff genug dazu habe.« – »Darüber mach dir keine Sorgen«, antwortete der Sultan. »Laß jetzt sehen, was du Neues zu erzählen hast.«

Geschichte des Ali Baba und der vierzig Räuber, die durch eine Sklavin ums Leben kamen

Mächtiger Sultan! – begann Scheherazade – In einer Stadt Persiens an den Grenzen deines Reiches lebten zwei Brüder, von denen der eine Casim, der andere Ali Baba hieß. Da ihr Vater ihnen nur wenig Vermögen hinterlassen und sie dieses wenige gleichmäßig unter sich verteilt hatten, so sollte man denken, ihre äußeren Umstände müssen ziemlich gleich gewesen sein; allein der Zufall wollte es anders.

Casim heiratete eine Frau, die bald nach ihrer Hochzeit eine wohlausgestattete Bude, ein reich angefülltes Warenlager und eine Menge liegender Güter erbte, so daß er auf einmal ein wohlhabender Mann und einer der reichsten Leute in der Stadt wurde.

Ali Baba dagegen heiratete eine Frau, die ebenso arm war als er selbst, wohnte sehr ärmlich und hatte keinen anderen Erwerb, um sich und den Seinigen den Lebensunterhalt zu verschaffen, als daß er in einem nahen Walde Holz fällte, das er dann auf drei Eseln, seinem einzigen Besitztum, in die Stadt brachte und verkaufte.

Eines Tages, als Ali Baba wieder im Walde war und eben Holz genug gefällt hatte, um seine Esel damit zu beladen, sah er auf einmal in der Ferne eine gewaltige Staubwolke aufsteigen, die sich in gerader Richtung dem Orte näherte, wo er war. Er blickte sehr aufmerksam nach ihr hin und erkannte bald, daß es eine zahlreiche Reiterschar war, die raschen Schrittes herankam.

Obgleich man in der Gegend nichts von Räubern sprach, so kam Ali Baba doch auf den Gedanken, diese Reiter könnten dergleichen sein, und beschloß daher, seine Esel ihrem Schicksale zu überlassen und nur seine eigene Person zu retten. Er stieg also auf einen Baum, dessen Äste zwar nicht hoch, aber außerordentlich dicht belaubt waren, und nahm darauf mit um so größerer Zuversicht seinen Posten ein, als er von da aus alles sehen konnte, was unten vorging, ohne selbst gesehen zu werden. Der Baum stand am Fuße eines von allen Seiten vereinzelten Felsens, der viel höher als der Baum und so steil war, daß man auf keine Weise hinaufsteigen konnte.

Die Reiter, sämtlich große und stattliche Leute, und sowohl mit Waffen als Pferden sehr gut versehen, stiegen an dem Felsen ab, und Ali Baba, der ihrer vierzig zählte, konnte nach ihren Gesichtern und ihrem ganzen Anzuge nicht mehr zweifeln, daß es Räuber seien. Er täuschte sich auch nicht: Es waren wirklich Räuber, die aber die Umgegend nicht im mindesten beunruhigten, sondern ihr Geschäft in weiter Ferne trieben und hier bloß ihren Sammelplatz hatten. Er wurde in seiner Meinung bestärkt, als er sie weiter beobachtete.

Jeder von den Reitern zäumte sein Pferd ab, band es an, warf ihm einen Sack voll Gerste, den er hinter sich gehabt hatte, über den Kopf, und packte dann seine Reisetasche ab. Die meisten derselben schienen Ali Baba so schwer, daß er schloß, sie müssen voll Gold und Silber sein.

Der stattlichste der Räuber, den der Ali Baba für ihren Hauptmann hielt, näherte sich ebenfalls mit seiner Reisetasche auf der Schulter dem Felsen, der dicht an dem großen Baume war, wohin Ali Baba sich geflüchtet hatte, und nachdem er sich durch einige Sträucher den Weg gebahnt, sprach er die Worte: »Sesam, öffne dich!« so laut und deutlich, daß Ali Baba sie hörte. Kaum hatte der Räuberhauptmann diese Worte ausgesprochen, so öffnete sich eine Tür, durch die er alle seine Leute vor sich her eintreten ließ; er selbst ging zuletzt hinein und die Türe schloß sich wieder.

Die Räuber blieben lange in dem Felsen, und Ali Baba mußte geduldig auf dem Baume bleiben und warten; denn er fürchtete, es möchten einzelne oder auch alle zusammen in dem Augenblick, wo er seinen Posten verlassen und fliehen wollte, herauskommen. Gleichwohl geriet er in Versuchung, herabzusteigen, sich zweier Pferde zu bemächtigen, auf das eine zu sitzen, das andere am Zügel nebenher zu führen, und so, indem er seine drei Esel vor sich hertriebe, in die Stadt zu reiten; doch war dieses Unternehmen zu gewagt, und er beschloß daher, den sicheren Teil zu ergreifen.

Endlich öffnete sich die Türe wieder, die vierzig Räuber traten heraus und der Hauptmann, der zuletzt hineingegangen war, war jetzt der erste, der herauskam und die übrigen alle an sich vorbeiziehen ließ. Ali Baba hörte, daß auf seine Worte: »Sesam, schließe dich!« die Türe sich wieder schloß. Jeder kehrte zu seinem Pferd zurück, zäumte es, band

seine Tasche über den Sattel und schwang sich wieder hinauf. Als der Hauptmann endlich sah, daß sie alle zum Ritte gerüstet waren, so stellte er sich an ihre Spitze und schlug wieder denselben Weg ein, auf dem sie gekommen waren.

Ali Baba stieg nicht sogleich vom Baume herab. »Sie könnten«, sprach er bei sich selbst, »etwas vergessen haben, das sie wieder umzukehren nötigte, und dann würden sie mich ertappen.« Er verfolgte sie mit den Augen, bis er sie aus dem Gesichte verloren hatte, und stieg zur größeren Sicherheit erst lange nachher herab. Da er die Worte, kraft deren der Räuberhauptmann die Türe geöffnet und wieder geschlossen, wohl in seinem Gedächtnisse behalten hatte, so wandelte ihn die Lust an, einen Versuch zu machen, ob sie vielleicht dieselbe Wirkung haben würden, wenn er sie ausspräche. Er drängte sich daher durch das Gesträuch, fand die Türe, die von demselben verdeckt war, stellt sich vor sie hin, sprach die Worte: »Sesam, öffne dich!« und siehe da, im Augenblick sprang die Tür angelweit auf.

Ali Baba hatte einen dunkeln und finstern Ort erwartet, aber wie groß war sein Erstaunen, als er das Innere des Felsens sehr hell, weit und geräumig und von Menschenhänden zu einem hohen Gewölbe ausgehöhlt sah, das von oben herab durch eine künstlich angebrachte Öffnung sein Licht empfing. Er erblickte hier große Mundvorräte, Ballen von köstlichen Kaufmannswaren, Seidenstoffen und Brokat, besonders auch wertvolle Teppiche, haufenweise aufgetürmt; was ihn aber am meisten anzog, war eine Masse geprägtes Gold und Silber, das teils in Haufen aufgeschüttet, teils in ledernen Säcken oder Beuteln immer einer nach dem anderen dalag. Bei diesem Anblick kam es ihm vor, als ob diese Felsenhöhle nicht erst seit einer Reihe von Jahren, sondern schon seit Jahrhunderten fortwährend Räubern zum Zufluchtsort gedient haben müsse.

Ali Baba besann sich nicht lange, was er hier tun sollte; er trat in die Höhle, und sobald er darin war, schloß sich die Türe wieder; doch beunruhigte ihn das nicht, denn er wußte ja das Geheimnis, sie zu öffnen. Mit dem Silbergelde gab er sich nicht lange ab, sondern machte sich nur an das gemünzte Gold und besonders an das, was in den Säcken war. Von diesem nahm er zu wiederholten Malen so viel, als er tragen und

seinen drei Eseln, die sich indes zerstreut hatten, aufladen konnte. Als er sie wieder an dem Felsen zusammengetrieben hatte, bepackte er sie mit den Säcken, und um diese zu verbergen, legte er Holz obendrauf, so daß niemand etwas davon merken konnte. Als er fertig war, stellte er sich vor die Türe, und kaum hatte er die Worte: »Sesam, schließe dich!« ausgesprochen, so schloß sie sich auch wieder; sie hatte sich nämlich jedesmal, wenn er hineingegangen war, von selbst geschlossen und war jedesmal, wenn er herauskam, offengeblieben.

Ali Baba nahm nun seinen Weg nach der Stadt zurück, und als er vor seinem Hause anlangte, trieb er seine Esel in einen kleinen Hof, dessen Türe er sorgfältig hinter sich zuschloß. Hierauf lud er das wenige Holz, das seinen Schatz bedeckte, ab, trug die Säcke in sein Haus und legte sie vor seiner Frau, die auf dem Sofa saß, auf den Tisch.

Seine Frau nahm die Säcke in die Hand, und als sie merkte, daß sie voll Gold waren, meinte sie, ihr Mann habe sie gestohlen. Wie er nun alle hereinbrachte, konnte sie nicht umhin, zu ihm zu sagen: »Ali Baba, solltest du gottverlassen sein, um …« Ali Baba unterbrach sie mit den Worten: »Sei ruhig, liebes Weib, und mach dir keine Sorge darob, ich bin kein Dieb, denn ich habe dies alles nur Dieben genommen. Du wirst deine schlechte Meinung von mir bald abgeben, wenn ich dir mein

Glück erzählt haben werde.« Er schüttete die Säcke aus, die einen großen Haufen Goldes ausmachten, so daß seine Frau ganz geblendet wurde; hierauf erzählte er ihr die Geschichte vom Anfang bis zum Ende und empfahl ihr dann vor allen Dingen die Sache geheimzuhalten.

Als die Frau sich von ihrem Erstaunen und Schrecken wieder erholt hatte, freute sie sich mit ihrem Manne über das Glück, das ihnen widerfahren, und wollte den ganzen Goldhaufen, der vor ihr lag, Stück für Stück zählen. »Liebe Frau«, sagte Ali Baba zu ihr, »du bist nicht gescheit. Was fällt dir da ein? Du würdest nie mit dem Zählen fertig werden. Ich will eine Grube machen und es dahinein vergraben; wir haben keine Zeit zu verlieren.« – »Es wäre doch gut«, antwortete die Frau, »wenn wir wenigstens ungefähr wüßten, wie viel es ist. Ich will in der Nachbarschaft ein kleines Maß borgen und es damit messen, während du die Grube machst.« – »Liebe Frau«, sagte Ali Baba darauf, »dies würde uns zu nichts nützen und ich rate dir, laß davon ab. Du kannst übrigens tun, was du willst, aber vergiß nur nicht, die Sache verschwiegen zu halten.«

Um ihr Gelüste zu befriedigen, ging Ali Babas Frau fort und zu ihrem Schwager Casim, der nicht weit von ihr wohnte. Casim war nicht zu Hause, und sie wandte sich daher an seine Frau mit der Bitte, ihr doch einige Augenblicke ein Maß zu leihen. Die Schwägerin fragte sie, ob sei ein großes oder ein kleines wolle, und Ali Babas Frau bat sich ein kleines aus. »Recht gerne«, antwortete die Schwägerin, »warte nur ein wenig, ich will es dir sogleich bringen.«

Die Schwägerin holte das Maß; da sie aber Ali Babas Armut kannte, so war sie neugierig zu erfahren, was für Getreide seine Frau damit messen wolle, und kam daher auf den Gedanken, unten an das Maß unvermerkt etwas Teig zu kleben. Darauf kam sie zurück, überreichte Ali Babas Frau das Maß und entschuldigte sich wegen ihres Ausbleibens, indem sie es lang habe suchen müssen.

Als Ali Babas Frau nach Hause zurückkam, stellte sie das Maß auf den Goldhaufen, füllte es an und lehrte es in einiger Entfernung davon auf das Sofa. Als sie nun alles gemessen hatte, war sie sehr zufrieden mit der ansehnlichen Zahl der Maße und teilte es ihrem Manne mit, der soeben die Grube vollendet hatte.

Während Ali Baba das Geld vergrub, trug seine Frau, um ihrer Schwägerin ihre Pünktlichkeit und Ordnungsliebe zu zeigen, das Maß zurück, hatte aber nicht bemerkt, daß ein Goldstück unten noch daran klebte. »Liebe Schwägerin«, sagte sie zu ihr, als sie es zurückgab, »du siehst, daß ich dein Maß nicht zu lange behalten habe; ich bin dir sehr verbunden dafür; hier hast du es wieder.«

Kaum hatte Ali Babas Frau ihr den Rücken gekehrt, als Casims Frau das Maß von unten besah, und man kann ihr Erstaunen denken, als sie das am Boden klebende Goldstück fand. Alsbald fuhr der Satan des Neides in ihr Herz. »Wie!« sagte sie, »Ali Baba hat das Gold maßweise, woher mag es wohl der Elende genommen haben?« Casim, ihr Mann, war, wie gesagt, nicht zu Hause, sondern in seiner Bude, von wo er erst auf den Abend zurückerwartet wurde. Die Zeit bis zu seiner Heimkehr dünkte ihr eine Ewigkeit, denn sie brannte vor Ungeduld, ihm die große Nachricht mitzuteilen, die für ihn ebenso überraschend sein mußte, wie für sie.

Als Casim nach Hause kam, sagte seine Frau zu ihm: »Du glaubst ein reicher Mann zu sein, Casim, allein du täuschest dich: Ali Baba ist tausendmal reicher als du; er kann sein Gold nicht zählen, sondern muß es messen.« Casim verlangte eine Erklärung dieses Rätsels, und sie erzählte ihm, wie schlau sie auf die Entdeckung gekommen sei; zugleich zeigte sie ihm das Goldstück, das unten am Boden klebengeblieben war; es war so alt, daß der Name des Fürsten, der es hatte prägen lassen, ihnen unbekannt war.

Statt sich über das Glück des bisher so armen Bruders herzlich zu freuen, empfand Casim eine Eifersucht, die ihm keine Ruhe mehr ließ. Er konnte beinahe die ganze Nacht darüber nicht schlafen, und am anderen Morgen ging er noch vor Sonnenaufgang zu ihm. Da er seit seiner Verheiratung mit der reichen Witwe ihn nicht mehr als seinen Bruder ansah und diesen Namen ganz vergessen hatte, so redete er ihn auch jetzt also an: »Ali Baba, du bist sehr zurückhaltend in deinen Angelegenheiten. Du spielst den Armen, den Notleidenden, den Bettler, und missest das Gold in Maßen.«

»Lieber Bruder«, antwortete Ali Baba, »ich weiß nicht, was du da sagen willst; erkläre dich deutlicher.« – »Verstell dich nur nicht so«, antwortete Casim, und indem er ihm das Gold zeigte, das seine Frau ihm gegeben hatte, fügte er hinzu: »Wieviel hast du solche Goldstücke? Meine Frau hat dieses hier an dem Maße gefunden, das die deinige gestern von ihr borgte.«

Aus dieser Rede erkannte Ali Baba, daß infolge des Eigensinns seiner Frau Casim und dessen Weib bereits die Sache wußten, deren Geheimhaltung ihm so wichtig war. Allein der Fehler war einmal gemacht, und man konnte ihm nicht abhelfen. Ohne sich seinen Verdruß im mindestens anmerken zu lassen, gestand er daher seinem Bruder die ganze Sache und erzählte ihm, durch welchen Zufall und an welchem Ort er den Schlupfwinkel der Räuber entdeckt hatte; zugleich erbot er sich, den Schatz mit ihm zu teilen, wenn er nur das Geheimnis bewahren wolle.

»Ja, das verlange ich ohnehin«, versetzte Casim mit stolzem Tone; »aber«, fügte er hinzu, »ich will auch noch ganz genau wissen, wo der Schatz ist, an welchen näheren Merkmalen ich ihn erkennen und wie ich wohl selbst hineinkommen kann, wenn es mich gelüstet; sonst zeige ich dich bei dem Gerichte an. Weigerst du dich des, so hast du nicht nur nichts mehr zu hoffen, sondern wirst auch das noch verlieren, was du schon hast; ich aber werde für diese Angabe meinen Anteil erhalten.«

Mehr aus Gutmütigkeit, als durch die unverschämten Drohungen seines rohen Bruders eingeschüchtert, gab Ali Baba ihm vollständige Auskunft über alles, was er wünschte, und teilte ihm auch die Worte mit, die er sprechen mußte, um in die Höhle hinein- und wieder herauszugelangen.

Mehr verlangte Casim nicht zu wissen. Er verließ seinen Bruder mit dem festen Vorsatz, ihm zuvorzukommen, und in der Hoffnung, sich des Schatzes allein zu bemächtigen. Am anderen Morgen brach er schon vor Tagesanbruch mit zehn Maultieren auf, die er mit großen Kisten beladen hatte, diese wollte er alle anfüllen und nahm sich vor, bei einer zweiten Fahrt nach dem Schatz noch weit mehr solche Kisten mitzunehmen, im Falle er noch so viele Ladungen darin vorfände, daß dies nötig wäre. Er schlug den Weg ein, den Ali Baba ihm bezeichnet hatte, gelangte an den Felsen und erkannte die Merkmale sowie den Baum, auf dem Ali Baba sich versteckt hatte. Er suchte die Türe, fand sie und sprach die Worte: »Sesam, öffne dich!« Die Türe ging auf, er trat hinein und sogleich schloß sie sich wieder. Bei Besichtigung der Höhle geriet er in große Verwunderung, da er darin weit mehr Reichtümer antraf, als er nach Ali Babas Erzählung vermutet hatte, und sein Erstaunen wurde immer größer, je mehr er alles einzeln betrachtete. Als ein geiziger Mann, dem die Reichtümer über alles gingen, hätte er gerne den ganzen Tag lang seine Augen an dem Anblicke so vielen Goldes geweidet, wenn es ihm nicht eingefallen wäre, daß er eigentlich dazu gekommen sei, um das Gold zu holen und seine zehn Maulesel damit zu beladen. Er nahm daher eine Anzahl von Säcken, so viel er tragen konnte, ging damit auf die Türe zu, und da er an alles andere mehr dachte, als an das, was jetzt für ihn am wichtigsten war, so geschah es, daß er sich des notwendigen Wortes nicht mehr erinnerte, und, statt Sesam, sagte: »Gerste, öffne dich!« Aber wie groß war seine Bestürzung, als er sah, daß die Tür sich nicht öffnete, sondern verschlossen blieb. Nun nannte er noch mehrere andere Namen von Getreidearten, aber nur den rechten nicht, und die Tür blieb immer verschlossen. Auf diesen Zufall hatte sich Casim nicht gefaßt gemacht. Schrecken und Angst bemächtigte sich seiner, als er sich nun in so großer Gefahr erblickte, und je mehr er sich anstrengte, um das Wort Sesam in sein Gedächtnis zurückzurufen, um so verwirrter wurde er, und bald war dies Wort für ihn, als ob er es nie hätte nennen hören. Verzweiflungsvoll warf er jetzt die Säcke, womit er sich beladen hatte, zu Boden, ging mit großen Schritten in der Höhle auf und nieder, und alle die Reichtümer, von denen er sich umgeben sah, hatten jetzt keinen Reiz mehr für ihn. Doch lassen wir Casim sein Schicksal beweinen, er verdient unser Mitleid nicht.

Die Räuber kehrten gegen Mittag zu ihrer Höhle zurück, und als sie in die Nähe kamen und die mit Kisten beladenen Maulesel Casims erblickten, so wurden sie über diese neue Erscheinung unruhig, sprengten mit verhängtem Zügel heran und jagten die zehn Maulesel, die Casim anzubinden vergessen hatte, und die ruhig weideten, auseinander, so daß sie sich da und dorthin im Walde zerstreuten und ihnen bald aus dem Gesicht entschwanden. Die Räuber nahmen sich nicht die Mühe, den Mauleseln nachzureiten: Es war ihnen weit wichtiger, ihren Besitzer aufzufinden. Während nun einige um den Felsen herum die Runde machten, um ihn zu suchen, stieg der Hauptmann nebst den übrigen ab, ging mit blankem Säbel gerade auf die Türe zu, sprach die Worte, und die Tür öffnete sich.

Casim, der mitten in der Höhle das Stampfen von Pferden hörte, zweifelte jetzt nicht mehr, daß die Räuber angekommen und er selbst verloren sei. Gleichwohl beschloß er, einen Versuch zu machen, um aus ihren Händen zu entrinnen und sich zu retten; daher stellte er sich dicht vor die Tür, um hinauszustürzen, sobald sie sich öffnen würde. Kaum hörte er das Wort Sesam, das seinem Gedächtnis entfallen war, aussprechen, und sah die Türe aufgehen, so stürmte er so ungestüm hinaus, daß er den Hauptmann zu Boden warf. Allein den anderen Räubern vermochte er nicht zu entgehen; diese hielten ebenfalls den blanken Säbel in der Hand und nahmen ihm auf der Stelle das Leben. Jetzt war die erste Sorge der Räuber, in die Grotte hineinzugehen. Sie fanden nahe bei der Tür die Säcke, die Casim bis dahin gebracht hatte, um seine Maulesel damit zu bepacken, und legten dieselben wieder auf den vorigen Platz, bemerkten aber nicht, daß diejenigen, die Ali Baba fortgeschafft hatte, fehlten. Indem sie sich nun über diese Begebenheit gemeinschaftlich berieten, begriffen sie wohl, wie Casim nicht habe aus der Grotte herauskommen können, allein wie er hineingekommen sei, das konnten sie nicht verstehen. Sie kamen auf den Gedanken, er sei vielleicht von oben herabgestiegen; allein die Öffnung, durch welche das Licht hereinfiel, war so hoch, und der Gipfel des Felsens so unzugänglich, daß sie einstimmig erklärten, dieses Rätsel könnten sie nicht auflösen. Daß er durch die Türe hereingekommen sei, konnten sie nicht annehmen, denn dazu mußte er doch das Geheimnis wissen, sie zu öffnen, und in dessen Besitz, glaubten sie, sei niemand außer ihnen selbst. Sie konnten nämlich nicht wissen, daß Ali Baba sie belauscht und es gehört hatte. Wie nun auch die Sache gekommen sein mochte, es handelte sich jetzt darum, ihre gemeinschaftlichen Reichtümer in Sicherheit zu bringen, und so kamen sie denn dahin überein, den Leichnam Casims in vier Teile zu teilen und innerhalb der Grotte nicht weit von der Türe zwei zur Rechten und zwei zur Linken aufzuhängen, zum abschreckenden Beispiel für jeden, der die Frechheit haben würde, etwas Ähnliches zu wagen; sie selbst aber beschlossen, erst nach Verlauf einiger Zeit, wenn der Leichengeruch sich verloren haben würde, in ihre Höhle zurückzukehren. Da sie nichts weiter zurückhielt, so verließen sie ihren Zufluchtsort, nachdem sie ihn wohl verschlossen, stiegen wieder zu Pferd und durchstreiften die Ebene in der Richtung hin, wo die Straßen am meisten von den Karawanen besucht waren, um wie gewöhnlich Jagd auf dieselben zu machen und sie auszuplündern.

Indes war Casims Frau in großer Unruhe, als die finstere Nacht anbrach und ihr Mann immer noch nicht zurückkam. Voll Bekümmernis ging sie zu Ali Baba und sagte zu ihm: »Lieber Schwager, du weißt gewiß, daß dein Bruder Casim in den Wald gegangen ist und zu welchem Zweck. Er ist immer noch nicht zurückgekommen und doch ist es bereits tiefe Nacht; ich fürchte, es möchte ihm irgendein Unglück zugestoßen sein.«

Ali Baba hatte nach der oben angeführten Unterredung mit seinem Bruder seine Reise vermutet, und war deshalb an diesem Tage nicht selbst in den Wald gegangen, um ihm keinen Anlaß zum Argwohn zu geben. Ohne ihr irgendeinen Vorwurf zu machen, der sie oder ihren Mann, wenn er noch am Leben gewesen wäre, hätte beleidigen können, sagte er zu ihr, sie solle sich deswegen noch nicht bekümmern, denn ohne Zweifel habe Casim es für zweckmäßig gefunden, erst später in die Stadt zurückzukehren.

Casims Frau glaubte dies um so leichter, da sie bedachte, wie sehr ihrem Mann daran liegen mußte, die Sache geheimzuhalten. Sie kehrte also nach Hause zurück und wartete geduldig bis um Mitternacht. Nun aber verdoppelte sich ihre Bekümmernis und ihr Herzeleid um so mehr, da sie ihrem geängstigten Herzen nicht durch Schreien und Weinen Luft schaffen konnte, weil sie wohl einsah, daß die wahre Ursache davon vor der Nachbarschaft ein Geheimnis bleiben mußte. Jetzt, da ihr Fehler nicht wieder gutzumachen war, bereute sie ihre närrische Neugierde und ihr sträfliches Begehren, die häuslichen Angelegenheit ihres Schwagers und ihrer Schwägerin durchschauen zu wollen. Sie weinte die ganze Nacht durch, und bei Tagesanbruch eilte sie wieder zu ihm, indem sie mehr durch Tränen als durch Worte zu verstehen gab, warum sie komme. Ali Baba wartete nicht, bis seine Schwägerin ihn bat, er möchte sich die Mühe nehmen und nachsehen, was aus Casim geworden sei. Er machte sich auf der Stelle mit seinen drei Eseln auf und ging in den Wald, nachdem er ihr zuvor empfohlen hatte, ihre Betrübnis zu mäßigen. Als er sich dem Felsen näherte, ohne auf dem ganzen Wege weder seinen Bruder noch die Maul-

esel angetroffen zu haben, verwunderte er sich sehr über das Blut, das er am Eingange der Höhle bemerkte, und dies erschien ihm als eine üble Vorbedeutung. Er trat vor die Türe, sprach die Worte, sie öffnete sich und das erste, was ihm in die Augen fiel, war der Leichnam seines gevierteilten Bruders. Bei diesem traurigen Anblick besann er sich nicht lange, was er tun solle, sondern beschloß alsbald, seinem Bruder die letzte Ehre zu erweisen, denn er gedachte nicht mehr, wie wenig brüderliche Liebe dieser stets für ihn gehegt hatte. Er fand in der Höhle allerlei Zeug, um darein die vier Teile seines Bruders in verschiedene Ballen zu packen, womit er einen seiner Esel belud; oben darüber legte er Holz, damit niemand es merken möchte. Die beiden anderen Esel bepackte er ohne weitern Aufschub mit vollen Goldsäcken, über die er, wie das erste Mal, Holz legte, und nachdem er dies vollendet und der Türe befohlen hatte, sich wieder zu schließen, zog er nach der Stadt zurück. Er war jedoch vorsichtig genug, am Ausgange des Waldes so lange zu warten, daß er erst mit Anbruch der Nacht dieselbe erreichte. Zu Hause angekommen, trieb er nur die zwei mit Gold beladenen Esel in den Hof, überließ seiner Frau das Geschäft, sie abzuladen, und nachdem er ihr mit wenigen Worten das Schicksal Casims mitgeteilt hatte, führte er den dritten Esel zu seiner Schwägerin. Ali Baba klopfte an die Türe und sie wurde ihm von einer gewissen Morgiane geöffnet. Diese Morgiane war eine geschickte, kluge und erfinderische Sklavin, welche die größten Schwierigkeiten zu überwinden wußte, und Ali Baba kannte sie als solche. Als er daher in den Hof getreten war, und dem Esel das Holz nebst den beiden Packen abgenommen hatte, zog er Morgiane beiseite und sagte zu ihr: »Morgiane, das erste, was ich von dir verlange, ist unverbrüchliche Verschwiegenheit: Du wirst bald sehen, wieviel deiner Gebieterin und mir daran liegen muß. Diese zwei Päcke enthalten den Leichnam deines Herrn; wir müssen jetzt darauf denken, ihn so zu beerdigen, als ob er eines natürlichen Todes gestorben wäre. Führe mich zu deiner Gebieterin, und achte auf das, was ich ihr sagen werde.« Morgiane meldete es ihrer Gebieterin, und Ali Baba, der ihr auf dem Fuße folgte, trat ins Zimmer. »Nun, mein Schwager«, rief ihm die Witwe mit großer Ungeduld entgegen, »was für Nachricht bringst du mir von meinem Manne? Dein Gesicht verkündet nichts Tröstliches.« – »Schwägerin«, antwortete Ali Baba, »ich kann dir nichts sagen, bevor du mir gelobst, daß du mich vom Anfang bis zum Ende anhören willst, ohne den Mund zu öffnen. Nach dem Vorfall, den ich dir zu erzählen habe, ist es für dein eigenes Wohl und deine Ruhe gleich wichtig, wie für mich, daß die Sache verschwiegen bleibt.« – »Ach!« rief die Schwägerin halblaut aus, »diese Einleitung läßt mich erkennen, daß mein Mann nicht mehr am Leben ist; zugleich aber sehe ich ein, wie notwendig die Verschwiegenheit ist, die du von mir forderst. Ich muß mir freilich viel Gewalt antun, aber sprich nur, ich höre dich.« Ali Baba erzählte hierauf seiner Schwägerin den ganzen Erfolg seiner Reise bis zu seiner Heimkehr mit Casims Leichnam. »Schwägerin«, fügte er hinzu, »du hast nun freilich große Ursache, betrübt zu sein, um so mehr, je weniger du es erwarten konntest. Dieses Unglück läßt sich nicht mehr ändern; wenn aber irgend etwas imstande ist, dich zu trösten, so erbiete ich mich, die wenigen Güter, die mir Gott beschert, mit den deinigen zu vereinigen und dich zu heiraten; zugleich gebe ich dir die Versicherung, daß meine Frau nicht eifersüchtig sein und ihr euch gewiß recht gut miteinander vertragen werdet. Gefällt dir mein Vorschlag, so müssen wir vor allem darauf denken, die Sache so einzuleiten, daß jedermann glaubt, mein Bruder sei eines natürlichen Todes gestorben, und hierin denke ich, kannst du dich ganz auf Morgiane verlassen; auch ich werde meinerseits alles beitragen, was in meiner Macht steht.«

Was konnte Casims Witwe Besseres tun, als Ali Babas Vorschlag annehmen? Neben dem Vermögen, daß ihr durch den Tod ihres ersten Mannes zufiel, bekam sie einen zweiten Mann, der reicher war, als sie selbst, und infolge der Entdeckung des Schatzes noch reicher werden konnte. Sie lehnte also den Antrag nicht ab, sondern betrachtete ihn im Gegenteil als einen sehr triftigen Grund, sich zu trösten. Indem sie daher ihre Tränen trocknete, die bereits reichlich zu fließen begonnen hatten, und jenes durchdringende Klagegeschrei, das Frauen bei dem Verluste ihrer Männer zu erheben pflegen, unterließ, bewies sie Ali Baba genugsam, daß sie sein Anerbieten annahm. In dieser Stimmung verließ Ali Baba die Witwe Casims, und nachdem er Morgiane anempfohlen hatte, ihre Rolle gut zu spielen, kehrte er mit seinem Esel nach Hause zurück. Morgiane tat, was man von ihr erwartete; sie ging in demselben Augenblicke wie Ali Baba aus dem Hause und zu einem Apotheker, der in der Nähe wohnte. Sie klopfte an seinen Laden, und als man ihr geöffnet, verlangte sie eine gewisse Art von Arzneitäfelchen, die in den gefährlichsten Krankheiten von sehr großem Nutzen sind. Der Apotheker gab ihr einige für das Geld, das sie auf den Tisch gelegt hatte, und fragte, wer denn im Hause ihres Herrn krank sei? »Ach!« erwiderte sie mit einem tiefen Seufzer, »Casim, mein guter Herr, ist es selbst. Man kann aus seiner Krankheit nicht klug werden, er spricht nichts und kann nichts essen.« Mit diesen Worten nahm sie die Arzneitäfelchen fort, von denen Casim keinen Gebrauch mehr machen konnte. Am anderen Morgen kam Morgiane wieder zu demselben Apotheker und verlangte mit Tränen in den Augen einen Saft, den man Kranken nur in der äußersten Gefahr einzugeben pflegt; wenn dieser Saft sie nicht gesund machte, so gab man alle Hoffnung auf ihre Genesung auf. »Ach!« sagte sie mit großer Betrübnis, als sie ihn aus den Händen des Apothekers empfing, »ich fürchte sehr, dies Mittel wird ebensowenig anschlagen wie die Arzneitäfelchen. Ach, was war es für ein guter Herr, und jetzt soll ich ihn verlieren!« Da man nun auch von der anderen Seite Ali Baba und seine Frau den ganzen Tag mit betrübtem Gesichte nach Casims Hause hin- und hergehen sah, so wunderte sich niemand über das Jammergeschrei, das Casims Frau und besonders Morgiane am Abend erhoben, um Casims Tod zu verkündigen.

Am anderen Morgen ging Morgiane, die auf dem Marktplatze einen alten, ehrlichen Schuhflicker kannte, der seine Bude immer zuerst und lange vor den anderen öffnete, in aller Frühe aus, um ihn aufzusuchen. Sie begrüßte ihn mit dem gewöhnlichen Gruß und rückte ihm sogleich ein Goldstück in die Hand. Der Schuhflicker, der in der ganzen Stadt unter dem Namen Baba Mustafa bekannt und ein sehr lustiger Kamerad voll heiterer Einfälle war, besah das Stück genau, weil es noch nicht recht Tag war, und als er sich überzeugt, daß er Gold bekommen, sagte er: »Ein schönes Handgeld! Was steht zu Befehl? Ich bin bereit, alles zu tun.« – »Baba Mustafa«, sagte Morgiane zu ihm, »nimm all dein Handwerkszeug, das zum Flicken nötig ist, und komm schnell mit mir; du mußt dir aber, wenn wir an dem und dem Orte angekommen sind, die Augen verbinden lassen.« Bei diesen Worten machte Baba Mustafa Schwierigkeiten. »Nein, nein«, antwortete er, »du verlangst gewiß etwas von mir, was gegen mein Gewissen oder gegen meine Ehre ist.« – »Gott behüte«, erwiderte Morgiane, indem sie ihm ein zweites Goldstück in die Hand drückte, »ich fordere nichts von dir, was du nicht in allen Ehren tun könntest. Komm nur und mache dir keine unnötige Angst.« Baba Mustafa folgte, und Morgiane führte ihn, nachdem sie ihm an der bezeichneten Stelle ein Tuch vor die

Augen gebunden, in das Haus ihres verstorbenen Herrn und nahm ihm das Tuch erst in dem Zimmer ab, wohin sie den Leichnam gebracht und seine vier Teile gehörig zusammengesetzt hatte. »Baba Mustafa«, sagte sie jetzt zu ihm, »ich habe dich hiergebracht, damit du diese vier Stücke da zusammennähen sollst. Verliere keine Zeit, und wenn du damit fertig bist, bekommst du noch ein Goldstück.« Als Baba Mustafa fertig war, verband ihm die Morgiane in demselben Zimmer wieder die Augen, und nachdem sie ihm das versprochene dritte Goldstück eingehändigt und Verschwiegenheit empfohlen, führte sie ihn an den Ort zurück, wo sie ihm auf dem Herwege die Augen verbunden hatte. Hier nahm sie ihm das Tuch wieder ab und ließ ihn nach Hause gehen; sie verfolgte ihn mit den Blicken, soweit sie konnte, damit er keine Lust bekommen sollte, zurückzukehren und sie selbst zu beobachten.

Morgiane hatte heißes Wasser bereiten lassen, um Casims Leichnam zu waschen, und Ali Baba, der zugleich mit ihr ins Haus zurückgekehrt war, wusch ihn, beräucherte ihn mit Weihrauch und hüllte ihn mit den gewöhnlichen Feierlichkeiten und Gebräuchen ins Leichentuch. Bald brachte auch der Schreiner den Sarg, den Ali Baba bei ihm bestellt hatte. Damit nun der Schreiner nichts merken möchte, nahm Morgiane den Sarg an der Türe in Empfang, und nachdem sie ihn bezahlt und weggeschickt hatte, half sie Ali Baba die Leiche hineinzulegen. Sobald dieser den Deckel darauf genagelt hatte, ging sie nach der Moschee und meldete, daß alles zu der Beerdigung bereit sei. Die Leute der Moschee, deren Geschäft es ist, die Leiche zu waschen, boten ihre Dienste an, um ihre Verrichtung zu erfüllen, allein sie sagte ihnen, dies sei schon geschehen. Kaum war Morgiane wieder zu Hause, als der Imam nebst den übrigen Dienern der Moschee ankam. Vier von Casims Nachbarn nahmen den Sarg auf die Schultern und trugen ihn hinter dem Imam her, der fortwährend Gebete sprach, auf den Begräbnisplatz. Morgiane, als die Sklavin des Verstorbenen, folgte unter Tränen und mit entblößtem Haupte, indem sie ein lautes Klagegeschrei erhob, sich heftig die Brust zerschlug und die Haare ausraufte. Hinter ihr ging Ali Baba, begleitet von den Nachbarn, die von Zeit zu Zeit und nach der Reihe die anderen Nachbarn, welche den Sarg trugen, ablösten, bis man allmählich den Begräbnisplatz erreicht hatte.

Was nun Casims Frau betrifft, so blieb diese zu Hause, um ihrer Betrübnis nachzuhängen und ein lautes Klagegeschrei zu erheben mit ihren Nachbarinnen, die der bestehenden Sitte zufolge während der Begräbnisfeierlichkeit zu ihr gekommen waren, um ihre Wehklagen mit denen der Witwe zu vereinigen, und das ganze Stadtviertel weit und breit mit Trauer erfüllten. Auf diese Art blieb Casims unglücklicher Tod ein Geheimnis zwischen Ali Baba, dessen Frau, Casims Witwe und Morgiane, und diese vier Personen bewahrten es so behutsam, daß kein Mensch in der Stadt nur im mindesten etwas argwöhnte, geschweige denn erfuhr. Drei und vier Tage nach Casims Beerdigung schaffte Ali Baba die wenigen Gerätschaften, die er besaß, samt dem aus der Schatzhöhle der Räuber geholten Gelde, letzteres aber bloß bei Nacht, in das Haus der Witwe seines Bruders, um fortan da zu wohnen. Dadurch brachte er zugleich seine Verheiratung mit seiner Schwägerin zur öffentlichen Kunde, und da Heiraten dieser Art bei unserer Religion durchaus nichts Ungewöhnliches sind, so wunderte sich auch niemand darüber. Was Casims Laden betrifft, so hatte Ali Baba einen Sohn, der seit einiger Zeit seine Lehrjahre bei einem bedeutenden Kaufmanne vollendet und von ihm immer gute Zeugnisse erhalten hatte. Diesem übergab er ihn mit dem Versprechen, wenn er fortfahre, sich gut aufzuführen, so werde er ihn mit der Zeit seinem Stande gemäß vorteilhaft verheiraten.

Wir wollen indes Ali Baba sein neues Glück genießen lassen, und uns wieder ein wenig nach den vierzig Räubern umsehen. Sie kehrten nach der bestimmten Frist in ihren Schlupfwinkel im Walde zurück und erstaunten über die Maßen, als sie Casims Leichnam nicht mehr vorfanden; noch höher aber stieg ihre Verwunderung, da sie an ihren Goldsäcken eine bedeutende Verminderung bemerkten. »Wir sind verraten und verloren«, sprach der Hauptmann, »wenn wir uns nicht sehr in acht nehmen, und sogleich die nötigsten Gegenmaßregeln ergreifen; sonst würden wir allmählich alle unsere Reichtümer einbüßen, die unsere Vorfahren und wir selbst mit so vieler Mühe und Beschwerde erworben haben. Aus dem Schaden, der uns angerichtet worden ist, geht so viel hervor, daß der Dieb, den wir ertappten, das Geheimnis wußte, die Tür zu öffnen, und wir zum guten Glücke gerade in dem Augenblicke dazukamen, als er wieder hinausgehen wollte. Er war jedoch nicht allein, sondern ein anderer muß ebenfalls darum wissen. Was bedürfen wir weiter Zeugnis, als daß seine Leiche fortgeschafft worden ist und unser Schatz bedeutend abgenommen hat. Da es nun nicht scheint, daß mehr als zwei Personen um das Geheimnis wissen, so müssen wir, nachdem wir den ersten umgebracht, auch den zweiten aus dem Wege räumen. Was sagt ihr dazu, brave Leute, seid ihr nicht auch meiner Meinung?«

Der Vorschlag des Räuberhauptmanns leuchtete der ganzen Bande vollkommen ein; sie billigten ihn alle und vereinigten sich dahin, daß man vorderhand jede andere Unternehmung beiseite setzen und die vereinigten Kräfte bloß dieser allein widmen solle; ja man solle nicht eher davon abgehen, bis der Zweck erreicht sei.

»Eben das«, fuhr der Hauptmann fort, »habe ich von eurem Mut und eurer Tapferkeit erwartet; vor allem aber muß ein kühner, gewandter und unternehmender Mann aus eurer Mitte ohne Waffen, in der Tracht eines fremden Reisenden, in die Stadt gehen und seine ganze Geschicklichkeit aufbieten, um zu erkunden, ob man da nicht von dem auffallenden Tode dessen spricht, den wir, wie er verdiente, umgebracht haben, wer er war und in welchem Hause er wohnte. Dies ist für jetzt das Wichtigste, damit wir nichts tun, das wir jemals zu bereuen Ursache hätten, und uns nicht in einem Lande verraten, wo wir so lange unbekannt waren, und es so wich-

tig für uns ist, auch fernerhin unbekannt zu bleiben. Um indes denjenigen, der sich zu dieser Sendung erbieten wird, anzufeuern und damit er uns nicht einen falschen Bericht hinterbringe, der unser aller Verderben nach sich ziehen könnte, so frage ich euch, ob ihr es nicht für angemessen haltet, daß er sich in diesem Falle der Todesstrafe unterwerfe?«

Ohne erst die Abstimmung der anderen abzuwarten, sagte einer der Räuber: »Ich unterwerfe mich der Bedingung und mache mir eine Ehre daraus, bei diesem Geschäfte mein Leben zu wagen. Gelingt es mir nicht, so werdet ihr euch wenigstens erinnern, daß es mir weder an gutem Willen, noch an Mut gefehlt hat, um das Wohl der Gesellschaft zu befördern.«

Der Räuber erhielt große Lobsprüche vom Hauptmann und seinen Kameraden und verkleidete sich dann so vollständig, daß niemand ihn für das halten konnte, was er wirklich war. Er ging nachts ab und traf seine Maßregeln so, daß er gerade um die Zeit, wo der Tag zu grauen anfing, in die Stadt kam. Auf dem Marktplatz angelangt, sah er nur einen einzigen Laden offen, nämlich den des Baba Mustafa.

Baba Mustafa saß mit dem Pfriemen in der Hand auf seinem Stuhle und wollte eben sein Geschäft beginnen. Der Räuber trat auf ihn zu, wünschte ihm guten Morgen, und da er sein hohes Alter bemerkte, sagte er zu ihm: »Guter Mann, du fängst sehr frühe an zu arbeiten; du kannst bei deinen Jahren unmöglich jetzt schon gut sehen. Auch wenn es noch heller wäre, so zweifle ich doch, daß deine Augen noch scharf genug sind zum Flicken.« – »Wer du auch sein magst«, antwortete Baba Mustafa, »so scheinst du mich nicht zu kennen. Ich bin zwar allerdings schon sehr alt, habe aber dennoch treffliche Augen, und zum Beweis dafür will ich dir nur sagen, daß ich vor noch nicht langer Zeit einen Toten an einem Orte zusammengeflickt habe, wo es nicht viel heller war, als es jetzt hier ist.« Der Räuber war hocherfreut, sogleich einen Mann angetroffen zu haben, der ihm, wie er hoffte, von selbst ungefragt über das Auskunft geben würde, weswegen er hierhergekommen war. »Einen Toten?« fragte er ganz verwundert, und um ihn zum Sprechen zu bringen, fügte er hinzu: »Warum denn einen Toten zusammennähen? Du wolltest offenbar sagen, das Leichentuch, worin er eingehüllt war!« – »Nein, nein«, antwortete Baba Mustafa, »ich weiß recht gut, was ich sagen will. Du möchtest mich gerne zum Sprechen bringen, allein ich werde dir nichts mehr davon erzählen.«

Der Räuber bedurfte keine weiteren Erklärungen, um überzeugt zu sein, daß er gefunden habe, was zu suchen er gekommen war. Er zog ein Goldstück aus der Tasche, drückte es Baba Mustafa in die Hand und sagte zu ihm: »Ich habe durchaus nicht die Absicht, in ein Geheimnis eindringen zu wollen, obwohl ich dich versichern kann, daß ich es nicht verbreiten würde, wenn du mir es anvertrautest. Das einzige, um was ich dich bitte, ist, daß du so gefällig sein mögest, mir das Haus zu beschreiben oder zu zeigen, wo du den Leichnam zusammengenäht hast.« – »Wenn ich dies auch gern tun wollte«, antwortete Baba Mustafa, indem er Miene machte, ihm das Goldstück zurückzugeben, »so versichere ich dich doch, daß es mir unmöglich wäre, und du kannst mir dies auf mein Wort glauben. Man hat mich nämlich an einen gewissen Ort geführt, wo mir die Augen verbunden wurden, und von da nach einem Hause, von wo aus man mich nach Vollendung meines Geschäfts auf dieselbe Weise an denselben Ort zurückführte. Du siehst also ein, daß ich dir unmöglich deinen Wunsch gewähren kann.« – »So wirst du dich doch«, fragte der Räuber weiter, »wenigstens einigermaßen noch des Wegs erinnern, den man dich mit verbundenen Augen geführt hat. Ich bitte dich, komme jetzt mit mir, ich will dir an derselben Stelle die Augen verbinden und dann wollen wir miteinander dieselbe Straße und dieselben Kreuz- und Querwege gehen, die du dich damals gegangen zu sein erinnerst. Da aber jeder Arbeiter seines Lohnes wert ist, so gebe ich dir hiermit ein zweites Goldstück. Komm und tu mir diesen Gefallen.«

Die beiden Goldstücke lockten Baba Mustafa. Er betrachtete sie eine Zeitlang in seiner Hand, ohne ein Wort zu sprechen, und ging mit sich zu Rate, was er tun solle. Endlich zog er seinen Geldbeutel, steckte sie hinein und sagte dann zum Räuber: »Ich kann zwar nicht versichern, daß ich mich des Wegs, den man mich damals führte, genau erinnere; da du es aber so haben willst, so komm, ich will mein möglichstes tun, um mich darauf zu besinnen.«

Baba Mustafa machte sich nun zur großen Freude des Räubers auf, und ohne seinen Laden zu verschließen, worin er nichts Bedeutendes zu verlieren hatte, führte er ihn an den Ort, wo Morgiane ihm die Augen verbunden hatte. Als sie dort angekommen waren, sagte Baba Mustafa: »Hier hat man mich verbunden und ich sah gerade nach derselben Straße wie jetzt.« Der Räuber, der schon sein Schnupftuch in Bereitschaft hatte, verband ihm nun gleichfalls die Augen und ging heben ihm her, indem er ihn teils führte, teils sich von ihm führen ließ, bis er stehen blieb.

»Weiter«, sagte Baba Mustafa, »bin ich, soviel ich weiß, nicht gekommen«, und er befand sich wirklich vor Casims Hause, wo jetzt Ali Baba wohnte. Der Räuber machte, bevor er ihm das Tuch von den Augen nahm, schnell mit einem Stück Kreide ein Zeichen vor die Türe, und als er es ihm abgebunden hatte, fragte er ihn, ob er wisse, wem das Haus gehöre. Baba Mustafa antwortete, er wohne nicht in diesem Stadtviertel und könne ihm auch nichts Weiteres davon sagen.

Als der Räuber sah, daß er von Baba Mustafa nichts mehr erfahren konnte, dankte er ihm für seine Bemühung und ließ ihn nach seinem Laden zurückgehen; er selbst aber ging wieder in den Wald, in der festen Überzeugung, dorten eine gute Aufnahme zu finden.

Bald nachdem der Räuber und Baba Mustafa sich getrennt hatten, ging Morgiane eines Geschäftes wegen aus dem Hause Ali Babas und als sie zurückkam, bemerkte sie das Zeichen, das der Räuber an die Türe gemacht hatte. Sie blieb stehen und betrachtete es aufmerksam. »Was mag wohl dieses Zeichen bedeuten?« sagte sie bei sich selbst; »sollte jemand Böses gegen meinen Herrn im Schilde führen, oder ist es bloß zum Scherze gemacht worden? Dem sei übrigens wie es wolle, es kann nichts schaden, wenn man sich für jeden Fall sicherstellt.« Sie nahm sofort ebenfalls Kreide, und da die zwei oder drei vorhergehenden und dahinterfolgenden Türen fast ebenso aussahen, wie ihre Haustüre, so bezeichnete sie dieselben an der nämlichen Stelle und ging sodann in das Haus zurück, ohne weder ihrem Herrn noch dessen Frau etwas davon zu sagen.

Der Räuber setzte indes seinen Weg nach dem Walde fort und kam sehr bald zur übrigen Gesellschaft zurück. Er stattete sogleich Bericht vom Erfolg seiner Reise ab und pries über die Maßen sein Glück, daß er gleich anfangs einen Mann gefunden, der ihm das, was ihn in die Stadt geführt, erzählt habe, denn er hätte es sonst von niemand erfahren können. Alle bezeigten große Freude darüber, der Hauptmann aber nahm das Wort, und nachdem er seinen Eifer gelobt, sprach er folgendermaßen zu der ganzen Gesellschaft: »Kameraden, wir haben keine Zeit mehr zu verlieren; laßt uns wohlbewaffnet, aber ohne daß man es uns ansieht, aufbrechen und um keinen Verdacht zu erregen, einzeln, einer nach dem andern, in die Stadt gehen; dort kommt von verschiedenen Seiten her auf dem Marktplatze zusammen, während ich mit unserm Kameraden, der uns eben diese gute Nachricht gebracht hat, das Haus auskundschaften werde, um darnach die zweckmäßigen Maßregeln treffen zu können.«

Die Rede des Räuberhauptmannes wurde mit großem Beifall aufgenommen, und sie waren bald reisefertig. Sie zogen nun zu zwei und drei von dannen, und da sie immer in angemessener Entfernung voneinander gingen, so gelangten sie ohne Verdacht zu erregen in die Stadt. Der Hauptmann und der Räuber, der morgens hier gewesen war, trafen zuletzt daselbst ein. Dieser führte den Hauptmann in die Straße, wo er Ali Babas Haus bezeichnet hatte, und als er an die erste, von Morgiane bezeichnete Haustüre kam, machte er ihn darauf aufmerksam und sagte, das sei die rechte. Als sie aber, um sich nicht verdächtig zu machen, weiter gingen, bemerkte der Hauptmann, daß die nächstfolgende Türe ebenfalls dasselbe Zeichen und an derselben Stelle hatte; er zeigte es daher seinem Führer und fragte ihn, ob es dies Haus sei oder das vorige. Der Räuber kam in Verlegenheit und wußte nichts zu antworten, besonders als er und der Hauptmann sahen, daß die vier oder fünf folgenden Türen ebenfalls dasselbe Zeichen hatten. Er versicherte dem Hauptmann mit einem Schwur, daß er bloß eine einzige bezeichnet habe, und setzte dann hinzu: »Es ist mir unbegreiflich, wer die übrigen so ähnlich bezeichnet haben mag, aber ich muß in dieser Verwirrung gestehen, daß ich dasjenige, was ich selbst bezeichnet habe, nicht mehr herausfinden kann.« Als nun der Hauptmann seinen Plan vereitelt sah, begab er sich nach dem Marktplatze und ließ seinen Leuten durch den ersten besten, der ihm begegnete, sagen, sie haben sich dieses Mal eine vergebliche Mühe gemacht, und es bleibe nichts anderes übrig, als den Rückweg nach ihrem gemeinschaftlichen Zufluchtsort anzutreten. Er selbst ging voran und sie folgten ihm alle in derselben Ordnung, wie sie gekommen waren.

Nachdem die Bande sich im Walde versammelt hatte, erklärte ihr der Hauptmann, warum er sie habe wieder umkehren lassen. Sogleich wurde der Führer einstimmig des Todes schuldig erklärt, auch gestand er selbst zu, daß er es verdient habe, weil er bessere Vorsichtsmaßregeln hätte ergreifen sollen, und ohne Zittern bot er demjenigen den Hals hin, der den Auftrag erhielt, ihm den Kopf abzuschlagen.

Da es für das Wohl der Bande sehr wichtig war, den Schaden, den man ihr zugefügt, nicht ungerächt zu lassen, so trat ein anderer Räuber auf, versprach, es solle ihm besser gelingen, als seinem Vorgänger, und bat sich die Übertragung dieses Geschäfts als eine Gunst aus. Es wurde ihm genehmigt; er ging nach der Stadt, bestach Baba Mustafa, wie sein Vorgänger getan, und Baba Mustafa führte ihn mit verbunden Augen vor Ali Babas Haus. Der Räuber bezeichnete dasselbe an einer weniger bemerkbaren Stelle mit Rötel, in der Hoffnung, er werde es auf diese Art gewiß von der weißbezeichneten unterscheiden können.

Aber bald darauf ging Morgiane aus dem Hause, wie am vorigen Tag, und als sie zurückkam, entging das rote Zeichen ihren scharfblickenden Augen nicht. Sie dachte sich dabei das nämliche, wie bei dem weißen Zeichen, und machte sogleich an die Türen der Nachbarhäuser, und zwar an die nämliche Stelle dasselbe Zeichen mit Rötel.

Inzwischen kehrte der Räuber zu seiner Bande in den Wald zurück, erzählte, welche Maßregel er genommen, und sagte, es wäre ihm jetzt unmöglich, das bezeichnete Haus mit den anderen zu verwechseln. Der Hauptmann und seine Leute glaubten mit ihm, die Sache müsse jetzt gelingen. Sie begaben sich daher in derselben Ordnung und mit derselben Vorsicht, wie tags zuvor, auch ganz ebenso bewaffnet, nach der

Stadt, um den Plan auszuführen, den sie ersonnen hatten. Der Hauptmann und der Räuber gingen sogleich in die Straße Ali Babas, fanden aber dieselbe Schwierigkeit, wie das erste Mal. Der Hauptmann wurde darüber erzürnt und der Räuber geriet in dieselbe Bestürzung wie derjenige, der vor ihm diesen Auftrag gehabt hatte. So sah sich denn der Hauptmann genötigt, ebenso unbefriedigt wie das erste Mal, noch an demselben Tage mit seinen Leuten den Rückweg anzutreten. Der Räuber, der an dem Mißlingen des Planes schuld war, erlitt gleicherweise die Strafe, der er sich freiwillig unterworfen hatte.

Da nun der Hauptmann seine Bande um zwei wackere Leute vermindert sah, fürchtete er, sie möchte noch mehr abnehmen, wenn er sich bei Erforschung von Ali Babas Haus auch fernerhin auf andere verlassen wollte. Ihr Beispiel zeigte ihm, daß sie mehr zu kühnen Waffentaten geeignet waren, als zu solchen Unternehmungen, wo man klug und listig zu Werke gehen mußte. Er übernahm daher die Sache selbst und ging nach der Stadt, wo ihm Baba Mustafa denselben Dienst leistete, wie den beiden Abgesandten seiner Bande; er machte jedoch kein Merkzeichen an Ali Babas Haus, sondern ging mehrere Male vorüber und betrachtete, es so genau, daß er es durchaus nicht mehr verfehlen konnte.

Nachdem er sich nun von allem, was er wünschte, unterrichtet hatte, ging der Räuberhauptmann, wohl zufrieden mit seiner Reise, nach dem Walde zurück, und als er in die Felsenhöhle kam, wo die ganze Bande ihn erwartete, sagte er zu ihnen: »Kameraden, jetzt kann uns nichts mehr hindern, volle Rache für die Bosheit zu nehmen, die an uns verübt worden ist. Ich kenne das Haus des Schurken, den sie treffen soll, ganz genau und habe unterwegs auf Mittel gedacht, die Sache so schlau anzugreifen, daß niemand weder von unserer Höhle, noch von unserm Schatze etwas ahnen soll; denn dies ist der Hauptzweck, den wir bei unserm Unternehmen vor Augen haben müssen, sonst würde es uns ins Verderben stürzen. Hört einmal an«, fuhr der Hauptmann fort, »was ich ausgesonnen habe, um diesen Zweck zu erreichen. Wenn ich euch meinen Plan auseinandergesetzt haben werde und einer von euch ein besseres Mittel weiß, so mag er es uns dann mitteilen.« Sofort erklärte er ihnen, wie er die Sache anzugreifen gedenke, und als ihm alle ihren Beifall zu erkennen gaben, befahl er ihnen, sich in die umliegenden Dörfer und Flecken und auch in die Stadt zu zerstreuen und neunzehn Maulesel zu kaufen, nebst achtunddreißig großen ledernen Ölschläuchen, den einen voll, die anderen aber leer.

Binnen zwei bis drei Tagen hatten die Räuber alles beisammen. Da die leeren Schläuche an der Mündung für seinen Zweck etwas zu eng waren, so ließ der Hauptmann sie ein wenig erweitern, und nachdem er in jeden Schlauch einen seiner Leute mit den nötigen Waffen hatte hineinkriechen lassen, wobei jedoch eine aufgetrennte Ritze offenblieb, damit sie frei Atem schöpfen konnten, so verschloß er die Schläuche so, daß man glauben mußte, es sei Öl darin; um aber die Täuschung zu vollenden, befeuchtete er sie von außen mit Öl, das er aus dem vollen Schlauche nahm.

Nachdem er diese Anordnung getroffen und die siebenunddreißig Räuber, jeden in einem Schlauche steckend, nebst dem mit Öl angefüllten Schlauche auf die Maultiere geladen hatte, nahm der Hauptmann um die festgesetzte Stunde mit denselben seinen Weg nach der Stadt und kam in der Abenddämmerung, etwa eine Stunde nach Sonnenuntergang, vor derselben an. Er ging zum Tore hinein und geraden Weges auf Ali Babas Haus zu, in der Absicht, bei ihm anzuklopfen und von der Gefälligkeit des Hausherrn für sich und seine Maultiere ein Nachtlager zu erbitten. Er brauchte nicht anzuklopfen, denn Ali Baba saß vor der Tür, um nach dem Abendessen frische Luft zu schöpfen. Er ließ daher seinen Maulesel haltmachen, wandte sich an Ali Baba und sagte zu ihm: »Herr, ich bringe das Öl, das du hier siehst, aus weiter Ferne her, um es morgen auf dem Markte zu verkaufen, aber da es schon so spät ist, so weiß ich nicht, wo ich ein Unterkommen finden soll. Wenn es dir nicht zu lästig wäre, so würde ich dich um die Gefälligkeit bitten, mich für diese Nacht in deinem Hause aufzunehmen; ich würde dir großen Dank dafür wissen.« Obgleich Ali Baba den Mann, der jetzt mit ihm sprach, bereits ihm Walde gesehen und auch reden gehört hatte, so konnte er ihn doch in seinem Ölhändleraufzuge unmöglich als den Hauptmann jener vierzig Räuber wiedererkennen. »Sei mir willkommen«, sagte er zu ihm, »und tritt herein!« Mit diesen Worten machte er ihm Platz, daß er samt seinen Maultieren hineingehen konnte.

Ali Baba rief nun seinen Sklaven und befahl ihm, sobald die Maultiere abgepackt sein würden, sie nicht bloß in den Stall zu führen, sondern ihnen auch Gerste und Heu zu bringen. Auch nahm er sich die Mühe, in die Küche zu gehen und Morgiane zu befehlen, sie solle für den neuangekommenen Gast schnell ein gutes Abendbrot bereiten und in einem Zimmer ein Bett für ihn herrichten.

Ali Baba tat noch mehr, um seinem Gast viele Ehre zu bezeigen. Als er nämlich sah, daß der Räuberhauptmann seine Maulesel abgepackt hatte, und diese, wie er befohlen, in den Stall gebracht worden waren, so nahm er den Fremden, der die Nacht unter freiem Himmel zubringen wollte, bei der Hand und führte ihn in den Saal, wo er seine Besuche zu empfangen pflegte, mit der Erklärung, er werde es nicht zulassen, daß er im Hof übernachte. Der Räuberhauptmann verbat sich diese Ehre, indem er sagte, er wolle ihm durchaus nicht zur Last fallen; der wahre Grund aber war, damit er seinen Plan um so ungestörter ausführen könnte. Indes bat ihn Ali Baba so höflich und so dringend, daß er ihm nicht länger widerstehen konnte. Ali Baba leistete demjenigen, der ihm nach dem Leben trachtete, nicht bloß so lange Gesellschaft, bis Morgiane das Abendbrot auftrug, sondern unterhielt sich mit ihm auch noch fortwährend über allerlei Dinge, von denen er glaubte, sie können ihm Vergnügen machen, und verließ ihn nicht eher, als bis er sein Mahl vollendet hatte. »Ich lasse dich jetzt allein«, sagte er dann zu ihm; »wenn du irgend etwas wünschest, so darfst du es nur sagen: Alles, was in meinem Hause ist, steht zu deinen Dien-

sten.« Der Räuberhauptmann stand zugleich mit Ali Baba auf und begleitete ihn bis an die Türe. Während nun Ali Baba in die Küche ging, um mit Morgiane zu sprechen, begab er sich in den Hof unter dem Vorwand, er wolle im Stall nachsehen, ob es seinen Maultieren an nichts fehle.

Nachdem Ali Baba Morgiane von neuem empfohlen hatte, für seinen Gast aufs beste zu sorgen und ihm nichts abgehen zu lassen, fügte er hinzu: »Morgiane, ich will dir jetzt nur noch sagen, daß ich morgen vor Tag ins Bad gehe; mache meine Badetücher zurecht und gib sie Abdallah – so hieß nämlich sein Sklave –, sodann besorge mir eine gute Fleischbrühe, bis ich nach Hause komme.« Nachdem er ihr diese Befehle gegeben hatte, ging er zu Bett.

Indes gab der Räuberhauptmann, als er aus dem Stalle herauskam, seinen Leuten Befehl, was sie tun sollen. Vom ersten Schlauche an bis zum letzten sagte er zu jedem: »Wenn ich von meinem Schlafgemach kleine Steinchen herabwerfe, so schneide mit dem Messer, das du bei dir hast, den Schlauch von oben bis unten auf und krieche aus der Öffnung heraus; ich werde dann bald bei euch sein.« Das Messer, von dem er sprach, war für diesen Zweck eigens gespitzt und geschliffen. Nachdem dies geschehen war, kehrte er zurück, und sobald er sich an der Küchentüre zeigte, nahm Morgiane ein Licht, führte ihn nach dem für ihn eingerichteten Zimmer und ließ ihn dort allein, nachdem sie ihn zuvor gefragt hatte, ob er nichts weiter zu wünschen habe. Um keinen Argwohn zu erregen, löschte er bald darauf das Licht aus und legte sich ganz angekleidet nieder, damit er gleich nach dem ersten Schlafe wieder aufstehen könnte.

Morgiane vergaß Ali Babas Befehl nicht. Sie legte seine Badetücher zurecht, übergab sie an Abdallah, der noch nicht schlafen gegangen war, und stellte den Topf zur Fleischbrühe ans Feuer. Während sie nun den Topf abschöpfte, löschte plötzlich die Lampe aus. Im ganzen Hause war kein Öl mehr und zufällig auch keine Lichter vorrätig. Was sollte sie nun anfangen? Um ihren Topf abzuschöpfen, mußte sie notwendig hell sehen. Sie entdeckte ihre Verlegenheit Abdallah, der ihr zur Antwort gab: »Da gibt es freilich keinen anderen Rat, als daß du dir aus einem der Schläuche unten im Hofe etwas Öl holst.« Morgiane dankte Abdallah für diesen Rat, und während er neben Ali Babas Zimmer sich niederlegte, um ihn dann ins Bad zu begleiten, nahm sie den Ölkrug und ging in den Hof. Als sie sich dem ersten besten Schlauch näherte, fragte der Räuber, der darin steckte, ganz leise: »Ist es Zeit?« Obwohl nun der Räuber leise gesprochen hatte, so wurde Morgiane doch über diese Stimme um so mehr stutzig, weil der Räuberhauptmann, nachdem er seine Maulesel abgeladen, nicht bloß diesen Schlauch, sondern auch alle übrigen geöffnet hatte, um seinen Leuten frische Luft zu verschaffen. Diese hatten ohnehin eine sehr üble Lage darin, obschon sie Atem holen konnten.

Jede andere Sklavin als Morgiane, obwohl sie freilich nicht wenig überrascht war, statt des gesuchten Öls einen Mann in dem Schlauche zu finden, hätte darüber wahrscheinlich Lärm gemacht und vielleicht großes Unglück angerichtet. Morgiane aber war weit verständiger als ihresgleichen. Sie begriff sogleich, wie wichtig es war, die Sache geheimzuhalten, in welch dringender Gefahr Ali Baba nebst seiner Familie und sie selbst schwebte, und daß sie jetzt notwendig so schnell als möglich und ohne allen Lärm ihre Maßregeln ergreifen mußte. Gott der Herr hatte sie mit Verstand gesegnet, so daß sie die Mittel dazu bald erkannte. Sie faßte sich im Augenblicke wieder, und ohne im mindesten Schrecken zu verraten, antwortete sie, als ob sie der Räuberhauptmann wäre: »Noch nicht, aber bald.« Darauf näherte sie sich dem folgenden Schlauche, wo sie dieselbe Frage hörte, und so fort, bis sie zum letzten kam, der voll Öl war; sie gab auf jede Frage immer dieselbe Antwort.

Morgiane erkannte daraus, daß ihr Herr Ali Baba nicht, wie er glaubte, einen Ölhändler, sondern siebenunddreißig Räuber nebst ihrem Hauptmann, den verkleideten Kaufmann, in seinem Hause beherbergte. Sie füllte daher in aller Eile ihren Krug mit Öl, das sie aus dem letzten Schlauche nahm, kehrte sodann in die Küche zurück, und nachdem sie Öl in die Lampe gegossen und sie wieder angezündet hatte, nahm sie einen großen Kessel, ging wieder in den Hof und füllte ihn mit Öl aus dem Schlauche. Sodann ging sie wieder in die Küche und setzte ihn über ein gewaltiges Feuer, in das sie immer neues Holz zuschob, denn je eher das Öl ins Sieden kam, desto eher konnte sie auch den Plan ausführen, den sie zum gemeinsamen Wohl des Hauses entworfen hatte und der keinen Aufschub zuließ. Als endlich das Öl kochte, nahm sie den Kessel und goß in jeden Schlauch, vom ersten bis zum letzten, so viel siedendes Öl, als hinreichend war, um die Räuber zu ersticken und zu töten.

Nachdem Morgiane diese Tat, die ihrem Mut alle Ehre machte, ebenso geräuschlos ausgeführt, als ausgedacht hatte, kehrte sie mit dem leeren Kessel in die Küche zurück und verschloß sie. Sodann löschte sie das große Feuer, das sie angezündet hatte, aus und ließ bloß so viel übrig, als nötig war, um die Fleischbrühe für Ali Baba zu kochen. Zuletzt blies sie auch die Lampe, aus und verhielt sich ganz still, denn sie hatte beschlossen, nicht eher zu Bett zu gehen, als bis sie durch ein Küchenfenster, das nach dem Hofe hinaussah, soweit die Dunkelheit der Nacht es gestattete, alles beobachtet hätte, was etwa vorging. Morgiane hatte noch keine Viertelstunde gewartet, als der Räuberhauptmann erwachte. Er stand auf, öffnete das Fenster, sah hinaus und da er nirgends mehr Licht gewahrte, sondern überall im Hause die tiefste Ruhe und Stille herrschen sah, so gab er das verabredete Zeichen, indem er kleine Steine hinabwarf. Mehrere davon fielen, wie er sich durch den Schall überzeugen konnte, auf die ledernen Schläuche. Er horchte begierig, hörte und merkte aber nichts, woraus er hätte schließen könnten, daß seine Leute sich in Bewegung setzten. Dies beunruhigte ihn, und er warf zum zweiten und dritten Mal kleine Steine hinab. Sie fielen auf die Schläuche, aber keiner von den Räubern gab das geringste Lebenszeichen von sich. Da er dies nicht begreifen konnte, ging er in der höchsten Bestürzung und so leise als möglich in den Hof hinab und näherte sich dem ersten Schlauche; als er aber den darin befindlichen Räuber fragen wollte, ob er schlafe, so stieg ihm ein Geruch von heißem Öl und von etwas Verbranntem aus dem Schlauch entgegen und er erkannte daraus, daß sein Plan gegen Ali Baba, ihn zu ermorden, auszuplündern und das seiner Gesellschaft geraubte Gold wieder mitzunehmen, gänzlich fehlgeschlagen hatte. Er ging nun zum folgenden Schlauch und so fort bis zum letzten und fand, daß alle seine Leute auf dieselbe Weise umgekommen waren. Die Abnahme des Öls in dem vollen Ölschlauche zeigte ihm, welcher Mittel und Wege man sich bedient hatte, um seinen Plan zu vereiteln. Jetzt, da er alle seine Hoffnungen zertrümmert sah, brach er, Verzweiflung im Herzen, durch die Türe, die aus dem Hofe in Ali Babas

Garten führte, und flüchtete sich, indem er über eine Gartenmauer nach der anderen sprang.

Als Morgiane kein Geräusch mehr hörte und nach geraumem Warten den Räuberhauptmann nicht zurückkommen sah, so zweifelte sie nicht mehr daran, daß er durch den Garten geflohen sei; denn durch die Haustüre konnte er nicht zu entrinnen hoffen, da sie doppelt geschlossen war. Hocherfreut, daß es ihr so gut gelungen war, das ganze Haus zu retten, ging sie endlich zu Bett und schlief ein. Ali Baba indes stand vor Tage auf und ging, von seinen Sklaven begleitet, ins Bad. Er hatte nicht die geringste Ahnung von der gräßlichen Begebenheit, die sich, während er schlief, in seinem Hause zugetragen hatte, denn Morgiane hatte nicht für nötig gefunden, ihn aufzuwecken, weil sie im Augenblicke der Gefahr keine Zeit zu verlieren hatte und nach Abwendung derselben ihn nicht in seiner Ruhe stören wollte. Als Ali Baba aus dem Bade in sein Zimmer zurückkam und die Sonne schon hell am Himmel glänzte, wunderte er sich sehr, die Ölschläuche noch am alten Platze stehen zu sehen, und es war ihm unbegreiflich, daß der Kaufmann mit seinen Eseln nicht auf den Markt gegangen sein solle. Er fragte deshalb Morgiane, die ihm die Türe öffnete und alles so stehen und liegen gelassen hatte, damit er es selbst sehen möchte, und sie ihm recht deutlich machen könnte, was sie zu seiner Rettung getan habe. »Mein guter Herr«, antwortete Morgiane, »Gott und der heilige Prophet erhalte dich und dein Haus! Du wirst dich von dem, was du zu wissen verlangst, besser überzeugen, wenn deine eigenen Augen sehen werden, was ich ihnen zeigen will. Nimm dir einmal die Mühe, mit mir zu kommen.« Ali Baba folgte seiner Magd; diese verschloß die Türe, führte ihn zum ersten Schlauch und sagte dann: »Blicke einmal in diesen Schlauch hinein, du wirst noch nie solches Öl gesehen haben.«

Ali Baba blickte hinein, und als er in dem Schlauche einen Mann sah, erschrak er über die Maßen, schrie laut auf und sprang zurück, wie wenn er auf eine Schlange getreten wäre. »Fürchte nichts«, sagte Morgiane zu ihm, »der Mann, den du da siehst, wird dir nichts Böses tun. Er hat das Maß seiner Missetaten erfüllte, aber jetzt kann er niemandem mehr Schaden zufügen, denn er ist tot.« – »Morgiane«, rief Ali Baba, »beim erhabenen Propheten! Sage mir, was soll das heißen? – »Ich will es dir erklären«, sagte Morgiane, »aber mäßige die Ausbrüche deiner Verwunderung und reize nicht die Neugierde der Nachbarn, auf daß sie nicht eine Sache erfahren, welche geheimzuhalten von großer Wichtigkeit für dich ist. Sieh jedoch zuvor die übrigen Schläuche.« Ali Baba sah in die anderen Schläuche nach der Reihe hinein, vom ersten bis zum letzten, worin Öl war, das sichtbar abgenommen hatte. Als er nun alle gesehen hatte, blieb er wie angewurzelt stehen, indem er seine Augen bald auf die Schläuche, bald auf Morgiane heftete, und so groß war sein Erstaunen, daß er lange kein Wort sprechen konnte. Endlich erholte er sich wieder und fragte dann: »Aber was ist denn aus dem Kaufmann geworden?« – »Der Kaufmann«, antwortete Morgiane, »ist so wenig ein Kaufmann, als ich eine Kaufmännin bin. Ich will dir sagen, was er ist und wohin er sich geflüchtet hat. Doch wirst du diese Geschichte viel bequemer auf deinem Zimmer anhören, denn deine Gesundheit erfordert, daß du jetzt, nachdem du aus dem Bade gekommen, etwas Fleischbrühe genießest.«

Während Ali Baba sich auf sein Zimmer begab, holte Morgiane die Fleischbrühe aus der Küche und überbrachte sie ihm; Ali Baba sagte aber, ehe er sie zu sich nahm: »Fange immerhin an, meine Ungeduld zu befriedigen, und erzähle mir diese seltsame Geschichte mit allen einzelnen Umständen.« Morgiane erfüllte den Willen ihres Herrn und sprach also: »Herr, gestern Abend, als du bereits zu Bett gegangen warst, legte ich, wie du mir befohlen, deine Badetücher zurecht und übergab sie Abdallah. Sodann stellte ich den Topf mit der Fleischbrühe ans Feuer, und während ich diese schäumte, erlosch auf einmal die Lampe, weil kein Öl mehr darin war. Im Kruge war kein Tröpfchen mehr zu finden und ebensowenig konnte ich ein Stümpchen Licht bekommen. Abdallah, der meine Verlegenheit bemerkte, erinnerte mich an die vollen Ölschläuche im Hofe, denn er zweifelte ebensowenig als ich und du selbst, daß es solche wären. Ich nahm also meinen Ölkrug und lief zu dem nächsten besten Schlauche. Als ich nahe daran war, kam eine Stimme aus demselben, die mich fragte: »Ist es Zeit?« Ich erschrak nicht, sondern erkannte sogleich die Bosheit des falschen Kaufmanns und antwortete ohne Zögern: »Noch nicht, aber bald.«

Ich trat zum folgenden Schlauche und eine andere Stimme tat dieselbe Frage an mich, worauf ich dieselbe Antwort wiedergab. So ging ich denn von einem Schlauche zum andern, immer dieselbe Frage und dieselbe Antwort, und erst im letzten Schlauche fand ich Öl, womit ich den Krug füllte. Als ich nun überlegte, daß sich mitten in deinem Hofe siebenunddreißig Räuber befanden, welche nur auf ein Zeichen oder Befehl ihres Anführers, den du für einen Kaufmann hieltest und so gut aufgenommen hattest, warteten, um das ganze Haus auszuplündern, so glaubte ich, jetzt sei keine Zeit mehr zu verlieren. Ich trug daher den Krug zurück, zündete die Lampe an, nahm den größten Kessel in der ganzen Küche und füllte ihn mit Öl. Sodann stellte ich ihn über das Feuer, und als das Öl recht kochte, so goß ich in jeden Schlauch, worin ein Räuber steckte, so viel hinein, als hinlänglich war, um sie an der Ausführung des verderblichen Planes zu verhindern, der sie hierhergeführt hatte. Nachdem nun die Sache ein solches Ende genommen, wie ich es mir gedacht hatte, kehrte ich in die Küche zurück, löschte die Lampe aus, und bevor ich zu Bett ging, fing ich an, durchs Fenster ruhig zu beobachten, was der falsche Ölhändler wohl jetzt tun würde. Nach einer Weile hörte ich, daß er zum Zeichen für seine Leute kleine Steine aus dem Fenster und auf die Schläuche warf. Er wiederholte dies mehrere Male, als er aber nichts sich regen sah oder hörte, so ging er hinab, und ich sah ihn von einem Schlauche zum anderen gehen, bis ich ihn in der Dunkelheit der Nacht aus dem Auge verlor. Doch gab ich noch einige Zeit acht, und da ich ihn nicht zurückkommen sah, so zweifelte ich nicht, er werde in der Verzweiflung über seinen mißlungenen Plan durch den Garten entflohen sein. Nachdem ich mich nun überzeugt hatte, daß das Haus in Sicherheit sei, ging ich zu Bett. Dies ist nun«, setzte Morgiane zum Schlusse hinzu, »die Geschichte, nach der du gefragt hast, und ich bin überzeugt, daß sie mit einer Bemerkung zusammenhängt, die ich vor einigen Tagen gemacht habe, aber euch nicht mitteilen zu müssen glaubte. Als ich nämlich einmal sehr frühe morgens von meinem Gang in die Stadt zurückkehrte, bemerkte ich, daß die Haustüre weiß bezeichnet war, und den Tag darauf bemerkte ich ein rotes Zeichen. Da ich nun aber nicht wußte, zu welchem Zweck dies geschehen war, so bezeichnete ich jedesmal zwei bis drei Nachbarhäuser sowohl vor als hinter uns in der Reihe ebenso an derselben Stelle. Wenn du nun dies mit der Geschichte der letzten Nacht zusammenhältst, so wirst du finden, daß alles von den Räubern im Walde angezettelt worden ist, deren Bande sich indes, ich weiß nicht warum, um zwei Köpfe verringert hat. Wie dem auch sein mag, es sind ihrer im höchsten Falle nur noch drei am Leben. Dies beweist, daß sie dir den Untergang geschworen haben, und daß du sehr auf deiner Hut sein mußt, solange man weiß, daß noch einer davon am Leben ist. Ich für meine Person werde nichts unterlassen, um meiner Pflicht gemäß für deine Erhaltung zu sorgen.«

Als Morgiane ausgesprochen hatte, erkannte Ali Baba wohl, welch wichtigen Dienst sie ihm geleistet, und sprach voll Dankbarkeit also zu ihr: »Ich will nicht sterben, bevor ich dich nach Verdienst belohnt habe. Dir habe ich mein Leben zu verdanken, und um dir gleich jetzt einen Beweis von Erkenntlichkeit zu geben, schenke ich dir von Stund an die Freiheit, behalte mir aber vor, noch weiter an dich zu denken. Auch ich bin überzeugt, daß die vierzig Räuber mir diese Falle gelegt haben. Gott, der Allmächtige und Allbarmherzige, hat mich durch deine Hand befreit; ich hoffe, daß er mich auch ferner vor ihrer Bosheit beschützen, daß er sie vollends ganz von meinem Haupte abwenden und die Welt von den Verfolgungen dieser verfluchten Otternbrut befreien wird. Doch müssen wir jetzt vor allem die Leichen von diesen Auswürflingen des Menschengeschlechts beerdigen, aber in aller Stille, so daß niemand etwas von ihrem Schicksal ahnen kann; das will ich mit Abdallah jetzt besorgen.«

Ali Babas Garten war sehr lang und hinten von hohen Bäumen begrenzt. Ohne zu säumen, ging er mit seinem Sklaven unter diese Bäume, um eine lange und breite Grube zu machen, wie für die Leichname, welche hineingelegt werden sollten, notwendig war. Der Boden war leicht aufzulockern und sie brauchten nicht viel Zeit zu diesem

Geschäfte. Sie zogen nun die Leichname aus den Lederschläuchen heraus, legten die Waffen, womit die Räuber sich versehen hatten, beiseite, schleppten dann die Leichname an das Ende des Gartens, brachten sie der Reihe nach in die Grube hinein, schütteten die aufgegrabene Erde über sie hin und zerstreuten dann die übrige Erde in die Runde umher, so daß der Boden wieder so eben wurde wie zuvor. Die Ölschläuche und die Waffen ließ Ali Baba sorgfältig verstecken, die Maulesel aber, die er zu nichts brauchen konnte, schickte er zu verschiedenen Malen auf den Markt und ließ sie durch seine Sklaven verkaufen.

Während nun Ali Baba alle diese Maßregeln ergriff, um die Art, wie er in so kurzer Zeit so reich geworden, der Kunde der Leute zu entziehen, war der Hauptmann der vierzig Männer mit bitterem Herzeleid in den Wald zurückgekehrt. Dieser unglückliche und seinen Hoffnungen so ganz zuwiderlaufende Ausgang der Sache kränkte ihn dermaßen und machte ihn so bestürzt, daß er unterwegs keinen Entschluß fassen konnte, was er gegen Ali Baba nunmehr unternehmen sollte, sondern, ohne zu wissen, wie, in die Höhle zurückkam.

Gräßlich war es ihm, als er sich in diesem düsteren Aufenthalt nun allein sah. »Ihr wackeren Leute alle«, rief er, »Gefährten meiner Nachtwachen, meiner Streifereien und meiner Anstrengungen, wo seid ihr? Was kann ich ohne euch tun? Also bloß darum habe ich euch zusammengebracht und auserlesen, um euch auf einmal durch ein so unseliges und eures Mutes so unwürdiges Schicksal umkommen zu sehen? Ich würde auch weniger beklagen, wenn ihr mit dem Säbel in der Faust als tapfere Männer gestorben wäret. Wann werde ich je wieder eine solche Schar von braven Leuten, wie ihr waret, zusammenzubringen können? Und wenn ich es auch wollte, könnte ich es wohl unternehmen, ohne all dieses Gold und Silber, alle diese Schätze demjenigen als Beute überlassen zu müssen, bevor ich ihm das Leben genommen habe. Was ich mit eurem mächtigen Beistande nicht auszuführen vermochte, muß ich jetzt ganz allein tun, und wenn ich nun den Schatz vor Plünderung bewahrt haben werde, so will ich auch dafür sorgen, daß es ihm nach mir nicht an einem wackern Herrn fehle, auf daß er sich bis auf die spätesten Nachkommen erhalte und vermehre.« Nachdem er diesen Entschluß gefaßt hatte, war er über die Mittel, ihn auszuführen, nicht verlegen; sein Herz wurde wieder ruhig, er überließ sich aufs neue schönen Hoffnungen und versank in einen tiefen Schlaf.

Am anderen Morgen wachte der Räuberhauptmann früh auf, legte seinem Plane gemäß ein sehr stattliches Kleid an, ging in die Stadt und nahm eine Wohnung in einem Chan. Da er erwartete, das, was bei Ali Baba vorgegangen war, müßte Aufsehen erregt haben, so fragte er den Aufseher des Chans gelegentlich im Gespräch, ob es nichts Neues in der Stadt gebe, und dieser erzählte ihm verschiedene Sachen, aber nur nicht das, was er zu wissen wünschte. Er schloß daraus, Ali Baba werde bloß darum ein Geheimnis aus der Sache machen, weil er nicht bekannt werden lassen wolle, daß er etwas von dem Schatze wisse und das Geheimnis, ihn zu öffnen, besitze, auch sei ihm wahrscheinlich nicht unbewußt, daß man ihm bloß deshalb nach dem Leben trachte. Dies bestärkte ihn in dem Vorsatz, alles zu tun, um ihn auf eine ebenso geheime Art aus dem Wege zu schaffen. Der Räuberhauptmann versah sich mit einem Pferd, mit dem er mehrere Reisen in den Wald machte, um verschiedene Arten reicher Seidenstoffe und feiner Schleiertücher in seine Wohnung zu bringen; dabei traf er die nötigen Maßregeln, um den Ort, wo er dieselben holte, geheimzuhalten. Als er nun so viele Waren, als er zweckdienlich glaubte, beisammenhatte, suchte er sich einen Laden, um sie zu verkaufen, und fand auch einen; er mietete ihn von seinem Eigentümer, stattete ihn aus und bezog ihn. Ihm gegenüber befand sich der Laden, der früher Casim gehört hatte, aber seit einiger Zeit von Ali Babas Sohn in Besitz genommen war.

Der Räuberhauptmann, der den Namen Chogia Husein angenommen hatte, ermangelte nicht, als neuer Ankömmling der Sitte gemäß den Kaufleuten, die seine Nachbarn waren, seine Aufwartung zu machen. Da Ali Babas Sohn noch jung, wohlgebildet und sehr verständig war, und er mit ihm öfter als mit anderen Kaufleuten zu sprechen Gelegenheit hatte, so schloß er bald Freundschaft mit ihm. Er suchte seinen Umgang um so angelegentlicher, als er drei bis vier Tage nach Errichtung seines Ladens Ali Baba wiedererkannte, der seinen Sohn besuchte und wie er von Zeit zu Zeit zu tun pflegte, sich längere Zeit mit ihm unterhielt. Als er vollends von dem Jüngling erfuhr, daß Ali Baba sein

Vater sei, so verdoppelte sich seine Gefälligkeit gegen ihn, liebkoste ihn, machte ihm kleine Geschenke und lud ihn mehrere Male zu Tische.

Ali Babas Sohn glaubte, Chogia Husein diese Höflichkeit erwidern zu müssen; da er aber sehr eng wohnte und nicht so bequem eingerichtet war, um ihn, wie er wünschte, bewirten zu können, so sprach er darüber mit seinem Vater Ali Baba und bemerkte ihm, es würde wohl nicht schicklich sein, wenn er die Höflichkeiten Chogia Huseins noch länger unerwidert ließe. Ali Baba nahm es mit Vergnügen auf sich, den Fremden zu bewirten. »Mein Sohn«, sagte er, »morgen ist Freitag, und da die großen Kaufleute, wie Chogia Husein und du, an diesem Tage ihre Läden geschlossen halten, so mache nachmittags einen Spaziergang mit ihm und richte es auf dem Rückwege so ein, daß du ihn an meinem Hause vorbeiführest und hereinzutreten nötigst. Es ist besser, die Sache macht sich so, als daß du ihn förmlich einladest. Ich werde Morgiane Befehl geben, daß sie ein Abendessen zugerichtet in Bereitschaft hält.«

Am Freitag nachmittag fanden sich Ali Babas Sohn und Chogia Husein wirklich an dem Orte ein, wohin sie sich bestellt hatten, und machten ihren Spaziergang miteinander. Auf dem Rückwege führte Ali Babas Sohn seinen Freund absichtlich durch die Straße, wo sein Vater wohnte, und als sie vor der Haustüre waren, blieb er stehen, klopfte an und sagte zu ihm: »Hier ist das Haus meines Vaters: Da ich ihm schon viel erzählt habe von der freundschaftlichen Art, wie du mir überall entgegenkommst, so hat er mich beauftragt, ihm die Ehre deiner Bekanntschaft zu verschaffen. Ich ersuche dich nun, die Zahl deiner Gefälligkeiten gegen mich durch diese noch zu vermehren.«

Obgleich nun Chogia Husein zum dem Ziel gelangt war, nach dem er strebte, nämlich Eintritt in Ali Babas Haus zu erhalten und ihn ohne eigene Gefahr und ohne großen Lärm zu töten, so brachte er dennoch allerhand Entschuldigungen hervor und stellte sich, als wollte er von dem Sohne Abschied nehmen; da aber in diesem Augenblicke Ali Babas Sklave öffnete, so nahm ihn der Sohn artig bei der Hand, ging voran und zwang ihn gewissermaßen, mit ihm hereinzukommen.

Ali Baba empfing Chogia Husein mit freundlichem Gesichte und so gut, als er es nur wünschen konnte. Er dankte ihm für die Güte, die er gegen seinen Sohn bewiesen, und sagte dann: »Wir beide sind dir dafür zu um so größerem Danke verpflichtet, weil er noch ein junger in der Welt unerfahrener Mensch ist und du es nicht unter deiner Würde erachtest, zu seiner Bildung mitzuwirken.« Chogia Husein erwiderte Ali Babas Höflichkeiten durch andere und versicherte ihm zugleich, wenn seinem Sohne auch die Erfahrung von Greisen abgehe, so habe er doch einen gesunden Verstand, der so viel wert sei, als die Erfahrung von tausend andern.

Nachdem sie sich eine Zeitlang über verschiedene gleichgültige Gegenstände unterhalten hatten, wollte Chogia Husein sich verabschieden; Ali Baba ließ es aber nicht zu. »Herr«, sagte er zu ihm: »Wohin willst du gehen? Ich bitte dich, erweise mir die Ehre, ein Abendbrot bei mir einzunehmen. Das Mahl, das ich dir geben will, ist freilich bei weitem nicht so glänzend, als du verdienst; aber ich hoffe, du werdest es, so wie es ist, mit ebenso gutem Herzen annehmen, wie ich es dir biete.« – »Herr«, antwortete Chogia Husein, »ich bin von deiner guten Gesinnung vollkommen überzeugt, und wenn ich dich bitte, es mir nicht übel zu nehmen, daß ich dein höfliches Anerbieten ausschlage, so bitte ich dich zugleich zu glauben, daß dies weder aus Verachtung, noch aus Unhöflichkeit geschieht, sondern weil ich einen besondern Grund dazu habe, den du selbst billigen würdest, wenn er dir bekannt wäre.« – »Und was mag dies für ein Grund sein, Herr?« versetzte Ali Baba; »darf ich dich wohl darum fragen?« – »Ich kann es dir wohl sagen«, antwortete Chogia Husein; »ich esse nämlich weder Fleisch noch andere Gerichte, wobei Salz ist; du kannst hieraus selbst schließen, welche Rolle ich an deinem Tische spielen würde.« – »Wenn du sonst keinen Grund hast«, fuhr Ali Baba dringender fort, »so soll dieser mich gewiß nicht der Ehre berauben, dich heute abend an meinem Tische zu besitzen, außer du müßtest etwas anderes vorhaben. Erstens ist in dem Brote, das man bei mir ißt, kein Salz, und was das Fleisch und die Brühen betrifft, so verspreche ich dir, daß in dem, was dir vorgesetzt werden wird, ebenfalls keines sein soll. Ich will sogleich die nötigen Befehle geben; erweise mir daher die Gefälligkeit, bei mir zu bleiben, ich komme im Augenblick wieder zurück.«

Ali Baba ging in die Küche und befahl Morgiane, das Fleisch, das sie heute auftragen würde, nicht zu salzen, und außer den Gerichten, die er schon früher bei ihr bestellt hatte, schnell noch zwei bis drei andere zu bereiten, worin kein Salz sei. Morgiane, die soeben im Begriff war aufzutragen, konnte nicht umhin, ihre Unzufriedenheit über diesen neuen Befehl zu äußern und sich darüber gegen Ali Baba zu erklären. »Wer ist denn«, fragte sie, »dieser eigensinnige Mann, der kein Salz essen will? Deine Mahlzeit wird nicht mehr gut sein, wenn ich sie später auftrage.« – »Werde nur nicht böse, Morgiane«, antwortete Ali Baba; »es ist ein rechtschaffener Mann, deswegen tu', was ich dir sage.« Morgiane gehorchte, aber mit Widerwillen, und es ergriff sie große Neugierde, den Mann kennenzulernen, der kein Salz essen wollte. Als sie das Mahl bereitet und Abdallah den Tisch gedeckt hatte, half sie ihm die Speisen hineintragen. Indem sie nun Chogia Husein ansah, erkannte sie ihn sogleich trotz seiner Verkleidung als den Räuberhauptmann, und bei längerer aufmerksamer Betrachtung bemerkte sie, daß er unter seinem Kleide einen Dolch versteckt trug. »Jetzt wundere ich mich nicht mehr«, sagte sie in ihrem Herzen, »daß dieser Gottlose mit meinem Herrn kein Salz essen will:* Er ist sein hartnäckigster Feind und will ihn ermorden; aber ich will ihn schon daran verhindern.«

* Das Salz war bei den Alten das Sinnbild der Freundschaft und Treue; sie brauchten es bei allen ihren Opfern und Bündnissen. Die Beduinen oder die Araber der Wüste betrachten es als das Symbol und Pfand der Treue und Unverletzlichkeit ihrer Verträge. Sie hegen – sagte *Don Raphael* – vor nichts so tiefe Ehrfurcht, als vor dem Brot und dem Salz. Haben sie einmal mit einem Menschen Brot und Salz gegessen, so wäre es ein fluchwürdiges Verbrechen, ihn auszuplündern oder sein Gepäck und seine Waren, womit er durch die Wüste reist, auch nur anzurühren. Für gleich schändlich gilt die geringste Beleidigung gegen seine Person; der Araber, der sich mit einem Verbrechen dieser Art befleckte, würde überall für einen niederträchtigen Schurken angesehen und fiele der tiefsten und allgemeinsten Verachtung anheim; ja er würde in seinen eigenen Augen verächtlich werden und könnte seine Schande niemals abwaschen. Es ist beinahe unerhört, daß Araber dieses schmachvolle Verbrechen begangen hätten; Bande, die mit Brot und Salz besiegelt wurden, sind ihnen unauflöslich. Wenn ein Fremder ihrer Habsucht diesen Damm entgegensetzen kann, so darf er mitten in der Wüste für sein Gepäck und sein Leben weit ruhiger sein, als wenn ihm der Stamm, in dessen Gebiet er kommt, zwanzig Geiseln gestellt hätte; der Araber, mit dem er einmal Salz und Brot gegessen hat, und alle seine Stammesgenossen betrachten ihn als Landsmann und Bruder. Man erweist ihm alle nur erdenklichen Ehrenbezeugungen und gibt ihm auf jede mögliche Art aufrichtige Bruderliebe zu erkennen.

Sobald Morgiane mit Abdallah das Auftragen besorgt hatte, benutzte sie die Zeit, während die Herren aßen, um die nötigen Vorbereitungen zur Ausführung eines Planes zu treffen, der von mehr als gewöhnlichem Mute zeigte, und sie war eben fertig damit, als Abdallah ihr meldete, es sei Zeit, die Früchte aufzutragen. Sie brachte dieselben und trug sie auf, sobald Abdallah den Tisch abgeräumt hatte. Hierauf stellte sie neben Ali Baba ein kleines Tischen und auf dasselbe den Wein nebst drei Schalen; dann ging sie mit Abdallah hinaus, als wollte sie mit ihm zu Nacht speisen, und um Ali Baba nicht zu stören, damit er sich mit seinem Gast angenehm unterhalten und ihm, nach seiner Gewohnheit, zusprechen könnte, sich den Wein schmecken zu lassen.

Jetzt glaubte der falsche Chogia Husein, oder vielmehr der Hauptmann der vierzig Räuber, der günstige Augenblick sei gekommen, um Ali Baba das Leben zu nehmen. »Ich will«, sprach er bei sich selbst, »Vater und Sohn betrunken machen, und der Sohn, dem ich gerne das Leben schenke, soll mich nicht hindern, seinem Vater den Dolch ins Herz zu stoßen; sodann will ich mich, wie das erste Mal, durch den Garten flüchten, während die Köchin und der Sklave noch mit ihrem Abendessen beschäftigt oder in der Küche eingeschlafen sind.«

Morgiane aber hatte die Absicht des falschen Chogia Husein durchschaut und ließ ihm nicht Zeit, seinen boshaften Plan auszuführen. Statt ihr Abendbrot einzunehmen, zog sie ein sehr anmutiges Tanzkleid an, wählte einen passenden Kopfputz dazu, lege sich einen Gürtel von vergoldetem Silber um, und befestigte daran einen Dolch, dessen Scheide und Griff von demselben Metall waren; vor ihr Gesicht hing sie eine sehr schöne Maske. Nachdem sie sich nun so verkleidet hatte, sagte sie zu Abdallah: »Abdallah, nimm deine Schellentrommel und laß uns hineingehen, um vor dem Gast unseres Herren, dem Freunde seines Sohnes, die lustigen Spiele aufzuführen, die wir ihm manchmal abends zum besten geben.« Abdallah nahm die Schellentrommel, ging darauf spielend vor Morgiane her und trat so in den Saal. Hinter ihm kam Morgiane, die sich auf eine höchst ungezwungene und anmutsvolle Weise tief verneigte, gleich als bäte sie um Erlaubnis, ihre Geschicklichkeit zu zeigen. Da Abdallah sah, daß Ali Baba sprechen wollte, hörte er auf zu trommeln. »Komm nur herbei, Morgiane«, sagte Ali Baba; »Chogia Husein mag urteilen, ob du etwas verstehst, und uns dann seine Meinung darüber sagen.« Sodann sagte er, zu Chogia Husein gewendet: »Du darfst nicht glauben, Herr, daß ich mich in große Unkosten versetzt habe, um dir dieses Vergnügen zu bereiten. Ich finde es in meinem eigenen Hause, und du siehst, daß es niemand als ein Sklave und meine Köchin ist, die mich auf solche Art belustigen. Ich hoffe, es werde dir nicht mißfallen.«

Chogia Husein war nicht darauf gefaßt, daß Ali Baba auf das Mahl noch diese Belustigung folgen lassen würde. Er fing nun an zu fürchten, er möchte die Gelegenheit, die er gefunden zu haben glaubte, nicht benutzen können. Doch tröstete er sich für diesen Fall mit der Hoffnung, bei fortgesetztem freundlichen Umgang mit Vater und Sohn werde sich bald eine neue zeigen. Obgleich es ihm nun weit angenehmer gewesen wäre, wenn Ali Baba ihn mit diesem Spiele verschont hätte, so stellte er sich dennoch, als wüßte er ihm vielen Dank dafür, und war zugleich höflich genug, ihm zu erklären: Alles, was seinem verehrten Gastfreunde Vergnügen mache, müsse notwendig auch ihm eine Quelle großer Freude sein.

Als nun Abdallah sah, daß Ali Baba und Chogia Husein aufgehört hatten zu sprechen, so fing er aufs neue an, seine Schellentrommel zu schlagen, und sang ein Tanzlied dazu. Morgiane aber, die den geübtesten Tänzern und Tänzerinnen von Fach an Geschicklichkeit nichts nachgab, tanzte auf eine Weise, die bei jeder andern, als gerade bei der hier anwesenden Gesellschaft, Verwunderung hätte erregen müssen; am wenigsten Aufmerksamkeit schenkte der falsche Chogia Husein ihrer Kunst.

Nachdem sie nun mit gleicher Kraft und Anmut mehrere Tänze aufgeführt hatte, zog sie endlich den Dolch, schwang ihn in der Hand und tanzte einen neuen Tanz, worin sie sich selbst übertraf. Die mannigfaltigen Figuren, die sie bildete, ihre leichten Bewegungen, ihre kühnen Sprünge und die wunderbaren Wendungen und Stellungen, die sie dabei vornahm, indem sie den Dolch bald wie zum Stoß ausstreckte, bald sich stellte, als bohrte sie ihn in ihre eigene Brust, waren höchst anmutig anzuschauen. Endlich schien sie sich außer Atem getanzt zu haben; sie riß mit der linken Hand Abdallah die Schellentrommel aus den Händen, und indem sie mit der rechten den Dolch hielt, bot sie die Trommel von der hohlen Seite Ali Baba hin, wie Tänzer und Tänzerinnen, die ein Gewerbe aus ihrer Kunst machen, zu tun pflegen, um die Freigebigkeit ihrer Zuschauer anzusprechen.

Ali Baba warf Morgiane ein Goldstück auf die Trommel; hierauf wandte sie sich an Ali Babas Sohn, der dem Beispiel seines Vaters folgte. Chogia Husein, der sie auch zu sich kommen sah, hatte bereits seinen Geldbeutel gezogen, um ihr gleichfalls ein Geschenk zu machen, und griff eben hinein, als Morgiane mit einem Mute, der ihrer Festigkeit und Entschlossenheit alle Ehre machte, ihm den Dolch mitten durchs Herz bohrte, so daß er leblos zurücksank. Ali Baba und sein Sohn entsetzten sich über die Maßen ob dieser Handlung und erhoben ein lautes Geschrei. »Unglückliche!« rief Ali Baba, »was hast du getan! Willst du durchaus mich und meine ganze Familie verderben?« – »Nein, mein Herr«, antwortete Morgiane, »ich habe es im Gegenteil zu deiner Rettung getan.« Hierauf öffnete sie Chogia Huseins Kleid, zeigte Ali Baba den Dolch, womit er bewaffnet war, und sagte dann zu ihm: »Da sieh, mit welchem kühnen Feind du zu tun hattest, und blicke ihm mit scharfem Auge ins Angesicht: Du wirst gewiß den falschen Ölhändler und den Hauptmann der vierzig Räuber erkennen. Ist es dir denn nicht aufgefallen, daß er kein Salz mit dir essen wollte? Bedarf es wohl noch weiterer Zeugnisse für seinen verderblichen Plan? Noch ehe ich ihn sah, hatte ich schon Argwohn geschöpft, als du mir sagtest, daß du einen solchen Gast habest. Ich sah ihn darauf von Angesicht, und nun liegt der Beweis vor dir, daß mein Verdacht nicht unbegründet war.«

Ali Baba fühlte in seinem innersten Herzen, welchen Dank er Morgiane schuldig war, die ihm nun zum zweiten Male das Leben gerettet

hatte. Er umarmte sie und sagte zu ihr: »Morgiane, ich habe dir die Freiheit geschenkt und dabei versprochen, daß mein Dank es nicht dabei bewenden lassen werde, und ich bald noch mehr für dich tun wolle. Diese Zeit ist gekommen: Ich mache dich hiermit zu meiner Schwiegertochter.«

Hierauf wandte er sich an seinen Sohn und sagte zu ihm: »Mein Sohn, du bist ein guter Sohn, und ich glaube, du wirst es nicht unbillig finden, daß ich dir Morgiane zur Frau gebe, ohne zuvor deine Stimme zu hören. Du bist ihr ebenso großen Dank schuldig, wie ich selbst; denn es ist klar, daß Chogia Husein deine Freundschaft bloß dazu gesucht hat, um mir desto leichter meuchlerischerweise das Leben zu nehmen, und du darfst nicht zweifeln, daß er, wenn ihm dies gelungen wäre, auch dich seiner Rache geopfert haben würde. Bedenke überdies, daß du in Morgiane, wenn du sie heiratest, die Stütze meiner Familie, solange ich leben werde, und die Stütze der deinigen bis ans Ende deiner Tage besitzen wirst.«

Der Sohn gab nicht den geringsten Widerwillen zu erkennen, sondern erklärte im Gegenteil, er willige in diese Heirat nicht bloß aus Gehorsam gegen seinen Vater, sondern auch aus eigener Neigung. Hierauf traf man in Ali Babas Hause Anstalten, den Leichnam des Hauptmanns neben den übrigen Räubern zu begraben, und dies geschah so geheim und in aller Stille, daß es erst nach langen Jahren bekannt wurde, als niemand mehr lebte, der bei dieser denkwürdigen Geschichte persönlich beteiligt war.

Wenige Tage nachher feierte Ali Baba die Hochzeit seines Sohnes und Morgianens mit großem Glanze und durch ein prachtvolles Festmahl, das mit Tänzen, Schauspielen und den gewöhnlichen Lustbarkeiten gewürzt war. Auch hatte er das Vergnügen, zu sehen, daß seine Freunde und Nachbarn, die er eingeladen hatte und die zwar die wahren Beweggründe zu dieser Hochzeit nicht wissen konnten, aber sonst die schönen und guten Eigenschaften Morgianens kannten, ihn laut wegen seiner Großmut und seiner Herzensgüte lobten.

Ali Baba war nicht mehr in die Räuberhöhle zurückgekehrt, seitdem er die Leiche seines Bruders Casim dort angetroffen und auf einem seiner drei Esel nebst vielem Golde zurückgebracht hatte, denn er fürchtete, er möchte die Räuber dort antreffen oder von ihnen überrascht werden; aber auch nach dem Tode der achtunddreißig Räuber, den Hauptmann mit eingerechnet, hütete er sich lange Zeit, dahin zurückzukehren, weil er sich sorgte, die zwei andern, deren Schicksal ihm nicht bekannt war, möchten noch am Leben sein. Endlich nach Verlauf eines Jahres, als er sah, daß nichts mehr gegen seine Ruhe unternommen wurde, wandelte

ihn die Neugierde an, abermals eine Reise dahin zu unternehmen; doch ergriff er dabei die nötigen Vorsichtsmaßregeln zu seiner Sicherheit. Er stieg zu Pferd, und als er bei der Grotte anlangte, nahm er als ein gutes Vorzeichen, daß er weder Spuren von Menschen, noch von Pferden bemerkte. Er stieg ab, band sein Pferd an, trat vor die Türe und sprach die Worte: »Sesam, öffne dich!«, die er noch nicht vergessen hatte. Die Türe öffnete sich, er ging hinein und aus dem Zustand, worin er alles in der Grotte antraf, konnte er ersehen, daß ungefähr seit der Zeit, da der angebliche Chogia Husein einen Laden in der Stadt errichtet hatte, niemand darin gewesen war, und die ganze Bande der vierzig Räuber ausgerottet sein mußte. Auch zweifelte er nicht mehr daran, daß er der einzige in der Welt sei, der um das Geheimnis, die Höhle zu öffnen, wisse, und daß der darin verschlossene Schatz gänzlich zu seiner Verfügung stehe. Er hatte einen Quersack mitgenommen; diesen füllte er mit so viel Gold an, als er glaubte, daß ein Pferd tragen könnte, und kehrte dann zur Stadt zurück.

Seit dieser Zeit lebten Ali Baba und sein Sohn, den er nach der Felsenhöhle führte und in das Geheimnis, sie zu öffnen, einweihte, desgleichen ihre Nachkommen, auf die sie das Geheimnis vererbten, und die ihr Glück mit weiser Mäßigung genossen, in hohem Glanze und geschmückt mit den höchsten Ehrenstellen der Stadt.

Geschichte der unglücklichen Frau mit dem Bettler

Man erzählt unter anderm: Ein König verbot einst seinen Untertanen, Almosen zu geben, und ließ jedem, der diesem Verbot zuwiderhandelte, die Hand abschneiden, so daß niemand mehr es wagte, den Armen etwas zu schenken. Eines Abends kam ein hungriger Bettler zu einer Frau und forderte Almosen. Da sagte ihm die Frau: »Wie kann ich dir etwas geben? Der König läßt ja jedem die Hand abhauen, welcher Almosen reicht.« Aber der Bettler beschwor sie so lange bei Gott, sie möchte ihm doch etwas geben, daß sie seinen Bitten nicht widerstehen konnte und ihm zwei Laib Brot schenkte. Sobald der König dies erfuhr, ließ er die Frau rufen und ihre beiden Hände abschneiden. Nach einiger Zeit sagte der König zu seiner Mutter: »Ich möchte gern heiraten, wähle mir doch eine schöne Frau.« Seine Mutter antwortete: »In unserer Nachbarschaft lebt die schönste Frau, die man je gesehen hat; aber sie hat beide Hände verloren.« Der König wünschte sie zu sehen, und als sie vor ihm erschien, wurde er so bezaubert von ihrer Schönheit, daß er sie heiratete. Aber die Nebenbuhlerinnen dieser Frau beneideten sie so sehr, daß sie sie dem König als ein schlechtes Frauenzimmer schilderten. Der König schrieb dies seiner Mutter und befahl ihr, die von ihr empfohlene Frau aus dem Harem zu verstoßen. Die Frau wanderte nun, über ihr Unglück weinend, mit ihrem Kinde am Hals in der Wüste umher, bis sie an einen Bach gelangte; da kniete sie nieder, um ihren Durst zu löschen, und ließ das Kind in den Bach fallen. Sie weinte darüber sehr heftig, als zwei Männer vorüberkamen und sie fragten, warum sie so weine. »Mein Kind«, schrie die Arme, »ist ins Wasser gefallen.« Sie fragten: »Sollen wir es retten?« Als die Frau sie darum bat, beteten die Männer zu Gott und das Kind kam unverletzt aus dem Wasser. Sie fragten dann die Frau: »Wünschest du auch deine beiden Hände wiederzuhaben?« Auf ihre bejahende Antwort beteten die Männer wieder, und, siehe da!, ihre beiden Hände wuchsen wieder hervor, noch schöner als sie waren. Dann sagten sie ihr: »Weißt du, wer wir sind?« – »Das weiß nur Gott.« – »Wisse denn, wir sind die zwei Laibe Brot, die du dem Bettler gegeben und durch welche du deine beiden Hände verloren; danke nun Gott, der dir deine beiden Hände wiedergegeben und dein Kind.« Sie dankte und pries Gott und setzte ihren Weg getröstet fort.

Geschichte des edlen Gebers

Man erzählt ferner: Einst verlor ein sehr reicher Juwelier sein ganzes Vermögen, so daß ihm gar nichts mehr übrigblieb. Da sagte ihm seine Frau: »Geh zu einem deiner Freunde und suche Hilfe bei ihm.« Er ging zu einem Freund und klagte ihm seine Not. Der Freund lieh ihm fünfhundert Dinare, mit denen er wieder sein Geschäft betreiben sollte. Der Juwelier öffnete hierauf wieder seinen Laden und kaufte und verkaufte. Als er einst in seinem Laden saß, kamen drei Männer und fragten nach seinem Vater; der Juwelier sagte ihnen, er sei schon längst tot. Da fragten sie, ob er keine Nachkommen hinterlassen. »Ich bin dessen Sohn!« – »Kannst du dies beweisen?« – »Alle Kaufleute des Basars können

mir es bezeugen!« – »Bringe einige her, um uns zu überzeugen, daß der Mann, nach welchem wir dich fragten, dein Vater war.« Der Juwelier rief einige Kaufleute zu sich, und nachdem sie bezeugt hatten, daß der Mann, nach dem die drei Fremden sich erkundigt hatten, sein Vater war, zogen diese einen Sack heraus, in welchem etwa dreißigtausend Dinare Gold und Edelsteine waren, und sagten: »Das hat dein Vater uns aufzubewahren gegeben«, und gingen wieder ihres Weges. Bald darauf kam eine Frau und entlieh einen Edelstein, welcher fünfhundert Dinare wert war, und bald darauf kaufte sie ihn für dreitausend Dinare. Der Juwelier ging nun zu seinem Freund und wollte ihm die fünfhundert entlehnten Dinare zurückgeben; dieser nahm sie aber nicht und sagte: »Ich habe sie nach Gottes Willen hergegeben, behalte sie nur, nimm auch dieses Briefchen, öffne es aber nicht, bis du zu Hause bist und beherzige dessen Inhalt.« Der Juwelier nahm das Briefchen, ging nach Hause und fand folgende Zeilen darin: »Die Männer, welche bei dir waren, sind mein Vater und meine beiden Oheime; die Frau, welche bei dir einkaufte, war meine Mutter, und alles Geld und alle Edelsteine kamen von mir. Ich hatte dabei nicht die Absicht, dich zu beleidigen, sondern dir ein Erröten zu ersparen.«

Wunderbare Erfüllung eines Traumes

Man erzählt ferner: Ein sehr begüterter Mann aus Bagdad verlor sein ganzes Vermögen und hatte viele Mühe, sich sein tägliches Brot zu erwerben. Eines Nachts, als er sich in trauriger Stimmung niederlegte, erschien ihm im Traum jemand, der ihm sagte: »Du wirst deinen Lebensunterhalt in Kahirah finden, reise dahin.« Der Mann machte sich des Morgens auf und trat seine Reise nach Kahirah an. Da er des Abends daselbst ankam, ging er in eine Moschee und schlief darin. In derselben Nacht drangen Diebe von der Moschee aus in ein daran stoßendes Haus, um es zu bestehlen. Aber die Bewohner dieses Hauses erwachten und machten Lärm. Die Polizei kam herbei, und die Diebe entflohen wieder durch die Moschee. Als der Polizeioberste in die Moschee kam und den Mann aus Bagdad fand, den er für einen der Diebe hielt, ergriff er ihn, ließ ihn fast totprügeln und ins Gefängnis werfen.

Nach drei Tagen wurde er vor den Polizeiobersten geführt, der ihn fragte, woher er wäre und was er in Kahirah täte? Er antwortete: »Ich wohne in Bagdad und bin hierhergekommen, weil mir jemand im Traum gesagt, ich werde hier meinen Lebensunterhalt finden; nun fand ich aber nichts als die Prügel, die du mir erteilen ließest.« Der Polizeioberste lachte so herzlich, daß er alle seine Zähne zeigte, und sagte: »Du dreifach unverständiger Mensch, mir ist jemand im Traum erschienen, der mir sagte: In dem Stadtviertel N. N. in Bagdad ist ein Haus, das so und so aussieht, in dessen Hof ist ein Gärtchen, mit einem Pistazienbaum; dort ist Geld begraben, das von einem Verbrechen herrührt, geh hin und nimm es! Und doch bin ich hiergeblieben, und du törichter Mensch machst eine solche Reise wegen eines eitlen Traumes.« Er gab ihm dann einige Drachmen und sagte ihm: »Suche damit deine Rückkehr anzutreten.« Der Mann nahm das Geld und kehrte damit nach Bagdad zurück, ging in sein Haus, welches kein anderes war, als das vom Polizeiobersten von Kahirah beschriebene, ließ unter dem Baum aufgraben, und fand so viel Geld darunter, daß er wieder reicher war als zuvor.

Geschichte des Arabers mit den Bohnen

Unter anderem wird auch erzählt: Als Harun Arraschid den Barmekiden Djafar hängen ließ, befahl er, daß wer ihn betrauere und beweine, auch gehängt werden sollte, so daß es natürlich ein jeder unterließ. Eines Tages kam ein Araber aus entfernter Wüste, der jedes

Jahr Djafar ein Gedicht überreichte, für welches er tausend Dinare erhielt, womit er und seine Familie das ganze Jahr lebte. Sobald er hörte, daß Djafar gehängt worden, ging er auf den Hinrichtungsplatz, ließ dort sein Kamel niederknien, seufzte und weinte laut und rezitierte sein Gedicht; dann schlief er ein und sah Djafar im Traum, der ihm sagte: »Du hast meinetwillen diese mühsame Reise unternommen und findest mich nun, wie du siehst; doch geh nach Baßrah, frage nach dem Kaufmann N. N. und sage ihm, Djafar der Barmekide läßt ihn grüßen und bei den Bohnen beschwören, dir tausend Dinare zu geben.« Der Araber machte sich sogleich auf den Weg nach Baßrah, suchte den Kaufmann auf und trug ihm Djafars Bitte vor. Der Kaufmann weinte so heftig, daß er beinahe sein Leben aufgab, nahm den Araber mit Auszeichnung auf, bewirtete ihn drei Tage lang und gab ihm am vierten Tage fünfzehnhundert Dinare, indem er ihm sagte: »Du erhältst tausend Dinare nach Djafars Befehl und fünfhundert als Geschenk von mir.« Auch hieß er ihn jedes Jahr wiederkehren, um tausend Dinare in Empfang zu nehmen. Der Araber beschwor den Kaufmann, er möchte ihm doch sagen, was Djafar mit den Bohnen meinte. Da sagte der Kaufmann: »Ich war früher ein armer Bohnenhändler. Einst ging ich an einem kalten Tag auf dem Markt mit Bohnen umher; meine Kleidung war so schlecht, daß sie mich weder gegen die Kälte, noch gegen den Regen schützte. Ich zitterte vor Frost und fiel einige Male auf den nassen Boden. Dies bemerkte Djafar und bemitleidete meinen schauerlichen Zustand, ließ mich zu sich rufen und sagte mir: »Verkaufe meinem Gefolge diese Bohnen.« Ich holte mein Maß herbei, und sowie ich die Bohnen hergab, füllte Djafar mein Maß mit Gold, bis ich statt meiner Bohnen ein großes Bündel Gold hatte. Zuletzt fragte Djafar: »Hast du nichts mehr?« Ich suchte im Korb und fand nur noch eine Bohne. Djafar nahm sie, teilte sie in zwei Hälften, ging damit in seinen Harem und sagte: »Wer will diese halbe Bohne kaufen?« Eine seiner Frauen sagte: »Ich, für das Bündel Gold, das der Mann trägt.« – »Nun«, sagte Djafar, »ich behalte die andere Hälfte für den doppelten Preis.« Ich glaubte, es sei nur Scherz, aber ein Diener brachte das Gold herbei und legte es in meinen Korb. So hat mich Gott, gepriesen sei sein Name, durch Djafar reich gemacht, und wenn ich dir jedes Jahr tausend Dinare gebe, so ist dies nur eine geringe Vergeltung für seine Wohltaten gegen mich.«

Der wunderbare Reisesack

Man erzählt ferner: Als der Kalif Harun Arraschid eines Nachts sehr übelgelaunt und mißmutig war, ließ er seinen Wesir Djafar rufen und sagte ihm: »Ich bin sehr verstimmt und fühle meine Brust so beengt, suche doch auf irgendeine Weise mir Zerstreuung zu verschaffen.« Djafar sagte: »O Fürst der Gläubigen! Ich habe einen Freund, der Ali der Perser heißt, der weiß sehr viele Märchen und Geschichten.« – »So hole ihn gleich her«, sagte der Kalif. Djafar schickte sogleich jemanden, um Ali zu rufen. Er kam bald und grüßte den Kalifen. Dieser hieß ihn sitzen und sagte ihm: »Meine Brust ist diesen Abend so beklommen, daß ich dich rufen ließ, weil ich hörte, du wissest so viele Märchen und Anekdoten; erzähle mir nun etwas, das meinen Gram und meine düsteren Gedanken verscheuche.«

Ali erwiderte: »Was wünschest du, o Fürst der Gläubigen, zu hören, um dich aufzuheitern? Soll ich etwas erzählen, was ich mit meinen eigenen Augen gesehen, oder etwas, das ich mit meinen Ohren gehört?« Der Kalif antwortete: »Erzähle mir etwas, das du selbst gesehen.« Da begann Ali:

Wisse, o Fürst der Gläubigen! Ich reiste einst mit einem Jungen von Bagdad, meiner Vaterstadt, weg und hatte einen sehr hübschen Reisesack bei mir. Während ich kaufte und verkaufte, kam ein wilder Kurde auf mich zu, nahm mir meinen Reisesack weg und sagte: »Dieser Sack mit allem, was darin ist, gehört mir.« Ich war ganz außer mir und rief alle umstehenden Leute um Hilfe. Die Leute sagten: »Geht miteinan-

der zum Kadi.« Wir gingen zum Kadi und sagten ihm: »Wir haben eine Streitsache.« – »Wer ist der Kläger?« fragte der Kadi. Der Kurde näherte sich ihm und sagte: »Gott stärke unsern Herrn, den Kadi! Ich habe diesen Sack mit allem, was darin ist, verloren und eben wieder in der Hand dieses Mannes gefunden.« – »Wann hast du ihn verloren?« fragte ihn der Kadi. Der Kurde antwortete: »Erst gestern.« – »Wenn du den Sack kennst«, versetzte der Kadi, »so sage mir, was darin ist.« Der Kurde antwortete: »Im Sack sind zwei silberne Spiegelchen, Kohel für das Auge, ein Tuch für die Hände, zwei Leuchter, zwei Schüsseln und zwei Löffel, ein Kissen, zwei Matten, zwei Waschbecken mit Kannen, ein Topf, ein Kamm, zwei Hündchen, eine Kuh, zwei Kälber, zwei Schafe, eine Ziege, zwei Lämmer, zwei weiße Katzen, ein männliches und zwei weibliche Kamele, ein Büffelochs, zwei Stiere, eine Löwin, zwei Löwen, ein Wolf, zwei Füchse, zwei Diwane und zwei Säle und eine Küche mit zwei Türen, und viele Kurden, die bezeugen, daß dieser Sack mir gehört.« Als der Kurde vollendet hatte, fragte mich der Kadi: »Was sagst du dazu, Ali?« Ich näherte mich ihm, erstaunt über die Rede des Kurden, und sagte: »Gott verherrliche unseren Kadi! In meinem Sack ist ein zerfallenes Häuschen mit einem Hundeställchen, ferner eine Schule für Knaben, dann viele Soldaten mit ihren Zelten, die Städte Kahirah und Bagdad und das Schloß Schadads, ein Fischernetz, ein Stock, mehrere Pfeiler und viele Mädchen und Knaben, und tausend Meister, welche bezeugen, daß dieser Sack mein Sack ist.« Als der Kurde dies hörte, sagte er weinend und schluchzend: »O mein Herr Kadi, der Sack gehört mir, ich weiß alles, was darin ist. Du findest darin Schlösser und Zitadellen, Städte und Dörfer, Bären und Löwen und allerlei wilde Tiere; ferner eine Stute und zwei junge Hengste, zwei lange Lanzen und zwei Hasen, eine alte Frau und zwei Freudenmädchen, zwei Obersten und zwei Gaukler, und einen Blinden und einen Lahmen, einen Pfaffen und zwei Kirchendiener, und einen Patriarchen, einen Kadi und zwei Zeugen, welche bezeugen, daß der Sack mir gehört.« Nun war ich außer mir vor Zorn und Ärger, ich ging auf den Kadi zu und sagte: »Gott stärke unsern Herrn, den Kadi! In meinem Sack ist ein Zeughaus, mit allerlei Waffen und Kriegsmaterialien gefüllt, Weinberge, Gärten mit Feigen- und Apfelbäumen, allerlei Weingefäße mit Dienern und Freunden und Gesellschaften, Musiker mit allerlei Instrumenten und Sänger und Sängerinnen, Kinder mit ihren Ammen, zwei abessinische Sklavinnen, drei Indianerinnen, vier Medinenserinnen, fünf Griechinnen, sechs Türkinnen, sieben Perserinnen, acht Kurdinnen, und neun Ägypterinnen; im Sack waren der Euphrat und der Tigris mit Fischen und Fischernetzen und Feuerzeug, tausend Pferde, mehrere Badehäuser, viele Städte und Länder mit allen ihren Beamten und Handwerkern, Kufa und Anbar, zwanzig Kisten voll Weißzeug und Kleider, und einige Magazine mit allerlei Mundvorrat gefüllt, Gaza, Askalon, die ganze Strecke von Damiet bis Assuan, der Palast des Chosrocs, Vaters des Nuschirwan, das ganze Reich Salomons, Chorasan, Balch und Jspahan, alle Länder, die zwischen Indien und Nubien liegen.« Der Kadi, ganz betäubt von dem Aufzählen aller dieser Gegenstände, sagte: »Ihr seid gewiß zwei abtrünnige Ketzer, die mit einem frommen Kadi ihren Spaß haben wollen; hat man jemals gehört, daß ein Reisesack alles das enthalte, was ihr beschrieben? Das ist ein bodenloses Meer!« Der Kadi ließ dann den Sack öffnen; man fand darin ein wenig Brot, eine

Zitrone, ein wenig Käse und ein paar Oliven; ich warf den Sack dem Kurden zu und ging fort.

Den Kalifen ergötzte diese Geschichte so sehr, daß er vor Lachen auf den Rücken fiel und den Perser Ali reichlich beschenkte. Gott ist allwissend!

Der freigebige Hund

Einst war ein armer Mann so sehr von seinen Gläubigern gedrängt, daß er seine Familie und seine Heimat verlassen und in fremden Ländern bettelnd umherziehen mußte. Hungrig und müde, im zerknirschtesten Seelenzustand, erreichte er eine große, prachtvolle Stadt, von hohen Mauern umgeben. Auf einem großen Platz sah er einige vornehme Leute in ein Haus gehen, das einem königlichen Palast glich, und folgte ihnen in einen Saal, wo ein Mann von sehr ehrwürdigem Aussehen in dessen oberen Ende saß, der gleich einem Wesir von vielen Dienern und Sklaven umgeben war. Der Mann stand vor seinen Gästen auf und hieß sie willkommen. Der Arme aber trat erschrocken zurück, als er diese vielen Diener und andere Pracht und Herrlichkeit sah, und setzte sich aus Furcht in einen Winkel, wo ihn niemand sehen konnte. Als er so dasaß, kam ein Diener mit vier Jagdhunden, die mit kostbarem Seidenstoffe bedeckt waren und goldene Ketten mit silbernen Schellen am Hals hatten, und band jeden derselben in einer Ecke an. Dann ging er weg und kam nach einer Weile wieder mit goldenen Schüsseln, voll von den herrlichsten Speisen, stellte jedem Hund eine solche Schüssel vor und entfernte sich wieder. Der Arme war so sehr von Hunger geplagt, daß er mit Lüsternheit nach den Speisen der Hunde sah, und gern hätte er mit einem derselben gegessen, wenn er sich nicht gefürchtet hätte. Einer dieser Hunde bemerkte dies durch eine göttliche Eingebung, entfernte sich von seiner Schüssel und winkte dem Armen zu, er möchte sich nähern. Der Arme trat herbei und aß, bis er satt war, dann wollte er wieder gehen; aber der Hund gab ihm durch Zeichen zu verstehen, er möge die Schüssel mit allem, was darin ist, nehmen, ja, er schob sie sogar mit der Tatze vor ihn hin. Der Arme nahm sie, ging damit fort und niemand folgte ihm. Der Arme reiste dann in eine andere Stadt, verkaufte die goldene Schüssel,

kaufte Waren dafür und kehrte damit in seine Heimat zurück, verkaufte sie wieder, bezahlte seine Schulden und hatte nun so viel Glück, daß er sehr bald ein reicher Mann wurde. Da dachte er: Ich muß doch noch einmal in jene Stadt reisen, aus der ich die goldene Schüssel genommen, und dem Eigentümer derselben ein schönes Geschenk machen für die Freigebigkeit, die einer seiner Hunde gegen mich ausgeübt, und ihm auch den

Wert der Schüssel wieder ersetzen. Er machte sich bald auf die Reise nach jener Stadt; als er aber das Haus suchte, in welchem er die Schüssel gefunden, sah er an dessen Stelle einen Steinhaufen, auf dem Raben krächzten. Die Wohnungen waren verödet und alles hatte ein Ansehen der Verwüstung. Er ließ sich betrübt nieder und dachte nach über den Wechsel der Zeit und des Geschicks. Als er umherblickte, sah er einen armen Mann in einem Grausen erregenden Zustand, der Felsen Erbarmen einflößte; er fragte ihn: »Wie ist das Schicksal gegen den Eigentümer dieses Hauses verfahren? Wo sind die leuchtenden Monde und Sterne?* Wo ist das schöne Gebäude hingekommen, von dem nur noch einige Ruinen übrig sind?«

Der Arme antwortete, aus einem betrübten Herzen seufzend: »Ein jeder beherzige, was der Gesandte Gottes gesagt: Gott hat das Recht, jeden, den er erhoben, auch wieder zu erniedrigen. Frage nicht, warum und wieso; denn wer kann über die Launen des Schicksals sich wundern? Wisse, ich war der Eigentümer dieses Hauses, ich habe es erbauen lassen und mir gehörte es mit allem, was darin war. Aber die Zeit hat sich geändert: Ich habe mein ganzes Vermögen verloren, und befinde mich nun, ohne selbst zu wissen, warum, in diesem erbärmlichen Zustand.« Auf die Frage des Verarmten, was ihn herführe, erzählte ihm der wieder reich gewordene seine Geschichte mit dem Hund und sagte ihm: Er sei gekommen, um ihm den Wert der goldenen Schüssel zurückzuerstatten, die ihm aus der Not geholfen, und um ihm ein ansehnliches Geschenk zu bringen. Aber der Arme schüttelte mit dem Kopf und sagte weinend und schluchzend: »Ich glaube, du hast den Verstand verloren, lieber will ich den größten Mangel dulden, als zurücknehmen, was einer meiner Hunde verschenkt hat. Nimmermehr! Reise wieder hin, wo du hergekommen, ich werde nicht den Wert eines Nagelabschnitts vor dir annehmen.« Der Reiche küßte ihm Hände und Füße, dankte ihm, nahm Abschied und reiste in seine Heimat zurück.

* Die schönen Mädchen.

DER GEWANDTE DIEB

Man erzählt auch: Der Polizeipräfekt von Alexandrien wurde einst von einem Soldaten besucht, der ihm sagte: »Wisse, o Herr, ich bin diese Nacht in die Stadt gekommen und in dem Chan N. N. abgestiegen. Als ich des Morgens erwachte, fand ich meinen Reisesack zerrissen und einen Geldbeutel mit tausend Dinaren daraus gestohlen.« Der Polizeipräfekt schickte sogleich nach dem Aufseher und ließ alle Bewohner des Chans zu sich rufen, und schon wurden die Torturinstrumente herbeigeholt, um die Leute zu züchtigen. Da drang auf einmal ein Mann durch die Volksmasse, ging auf den Präfekten zu und sagte: »O Emir, lasse diese Leute frei, sie sind unschuldig, ich habe das Geld dieses Soldaten gestohlen, hier ist sein Beutel.« Bei diesen Worten zog er ihn aus seinem Ärmel und legte ihn vor den Präfekten. Dieser sagte zum Soldaten: »Nimm dein Geld und lasse diese Leute in Frieden.«

Als der Dieb hierauf von allen Anwesenden gelobt und bewundert wurde, sagte er zum Präfekten: »Das war keine große Kunst, diesen Beutel selbst wieder herzubringen, die, ihn nochmals zu stehlen, ist viel größer.« – Der Präfekt fragte: »Wie hast du es denn (zum erstenmal) angefangen?« Der Dieb antwortete: »Als ich in Kahirah auf dem Basar der Geldwechsler stand, sah ich, wie dieser Soldat sein Gold einwechselte und in den Beutel legte; ich folgte ihm von Straße zu Straße, konnte aber keine Gelegenheit finden, ihn zu bestehlen; als er dann von Kahirah abreiste, folgte ich ihm von einem Ort zum anderen, bis er endlich hierherkam; da ließ ich mich in demselben Chan neben ihm nieder und wartete, bis er schlief. Als ich ihn laut schnarchen hörte, näherte ich mich ihm leise, schnitt den Sack mit einem Messer auf und nahm so den Beutel heraus.« Während er dies sagte, nahm er wirklich in Gegenwart des Präfekten dem Soldaten den Beutel weg und lief fort. Die Leute glaubten, er wolle ihnen nur zeigen, wie er es gemacht, er aber warf sich schnell in einen Teich, und ehe die Kawassen sich entkleideten, um ihn zu verfolgen, war er schon in einer der vielen aneinanderstoßenden

Straßen Alexandriens verschwunden. Der Präfekt sagte zum Soldaten: »Nun bist du um dein Geld, den Leuten hier kannst du nichts anhaben, denn durch Gottes Gnade ist ihre Unschuld bewiesen.«

Der fromme Israelit

Ferner wird erzählt: Einst lebte ein frommer Mann unter den Söhnen Israels, der stets Gott anbetete und dessen Familie sich von ihrer Hände Arbeit ernährte. Er verkaufte nämlich jeden Tag die gesponnene Baumwolle und kaufte dafür rohe ein, und lebte so von dem Gewinn mit seiner Familie. Eines Tages, als er die Baumwolle verkaufte, traf er einen Freund, der in solcher Not war, daß er ihm das eben gelöste Geld schenkte und zu seiner Familie ohne rohe Baumwolle und ohne Lebensmittel zurückkehren mußte. Als er seiner Familie erzählte, daß er all sein Geld einem unglücklichen Freund geschenkt, fragten sie: »Was fangen wir nun an?« Da nahm der Mann einen alten Wasserkrug und eine alte Mütze, die er noch im Haus hatte, und ging damit auf den Markt, aber

niemand wollte sie kaufen. Endlich ging ein Mann mit einem übelriechenden Fisch vorüber und sagte ihm: »Willst du mir deine ungangbare Ware für die meinige geben?« Der Israelit willigte ein, gab ihm den Wasserkrug und die Mütze, und ging mit dem Fisch zu seiner Frau und sagte: »Brate diesen Fisch, daß wir doch einstweilen nicht hungern, bis uns Gott das Weitere beschert.« Da spaltete die Frau den Fisch, und siehe da, es war eine Perle darin, die nicht durchlöchert war. Am folgenden Morgen ging der Israelit damit zu einem sachverständigen Freund, um sie ihm zu zeigen. Dieser fragte den Israeliten, woher er diese Perle habe. Er antwortete: »Gott hat sie mir beschert.« – »Nun«, sagte der Freund, »sie ist tausend Drachmen wert, die ich dir gern dafür geben will; doch geh lieber damit zu N N., der reicher ist als ich.« Der Israelit ging damit zu dem bezeichneten Mann und dieser sagte: »Sie ist 70 000 Drachmen wert, mehr nicht.« Der Israelit ließ sich das Geld geben und rief zwei Lastträger, die es ihm bis zur Tür seiner Wohnung trugen. Als er hier anlangte, kam ein Bettler und sagte: »Gib mir auch etwas von dem Geld, das dir Gott beschert!« Der Israelit antwortete: »Gestern war ich ebenso arm, als du, nimm daher die Hälfte dieses Geldes.« Nachdem nun der Israelit das Geld in zwei Teile geteilt hatte und dem Bettler die eine Hälfte übergeben wollte, sagte dieser: »Behalte dein Geld, Gott segne dich! Ich bin ein Abgesandter deines Herrn, hierher beschieden, um dich zu versuchen.« Der Israelit sagte: »Gott sei gelobt und gepriesen«, und lebte dann mit seiner Familie im größten Wohlstand bis zu seinem Tod.

Die bekehrte Christin

Man erzählt: Der Fürst der Gläubigen, Omar, der Sohn Chattabs, rüstete einst eine Armee aus und schickte sie nach Syrien, um eine der dortigen christlichen Festungen zu belagern. Unter der muselmännischen Armee waren zwei Brüder, so kühn und so tapfer, daß der Emir der Christen oft zu den Seinigen sagte: »Wenn wir einmal diese zwei Muselmänner getötet und aus dem Weg geschafft haben, so fürchte ich die übrigen nicht mehr.« Endlich gelang es den Christen nach vielen Anstrengungen und allerlei List und Hinterhalt, den einen der Brüder zu töten und den anderen gefangenzunehmen. Als man ihn in Ketten vor den Befehlshaber der Festung brachte, sagte er, nachdem er ihn eine Weile betrachtet hatte: »Es wäre schade, einen solchen Mann zu töten, und doch wäre es schlimm für uns, wenn er wieder zu den Muselmännern zurückkehrte; das Erwünschteste wäre wohl, wenn er sich zum Christentum bekehrte, wir hätten dann eine starke Stütze an ihm.« Da sagte einer der Feldherren: »Wenn dieser Mann bekehrt werden soll, so kann es am besten durch ein Weib geschehen, denn die Muselmänner sind gar leidenschaftlich. Ich bin gewiß, daß, wenn er meine schöne Tochter sieht, er bald in sie verliebt sein wird.« Der Emir sagte: »So nimm ihn mit dir!« Der Feldherr nahm den Muselmann mit in sein

Haus, bat seine Tochter, ihre schönsten Kleider anzuziehen, um ihre natürlichen Reize noch zu erhöhen, und als das Essen aufgetragen wurde, mußte sie wie eine Dienerin vor dem Muselmann stehen und auf seine Befehle warten. Als der Muselmann sich in einer solchen Versuchung sah, nahm er seine Zuflucht zu Gott, drückte seine Augen fest zu und betete und las den Koran mit einer sehr lieblichen Stimme, die bald einen sehr tiefen Eindruck auf die junge Christin machte. Nach sieben Tagen war ihre Liebe so groß, daß sie gerne Muselmännin geworden wäre, um dadurch seine Neigung zu gewinnen. Sie bat ihn, er möchte sie doch mit dem Islamismus bekannt machen, und als er sie die Grundpfeiler desselben gelehrt hatte, legte sie das Glaubensbekenntnis ab; dann lehrte er sie auch das Gebet und die demselben vorangehende Reinigung. Als dann die Christin ihm gestand, sie sei nur aus Liebe zu ihm zum Islam übergegangen, sagte er ihr: »Nach den Gesetzen des Islams können wir nicht heiraten, außer in Gegenwart zweier rechtgläubigen Zeugen, die hier nicht zu finden sind, und vermittelst einer Morgengabe, die ich auch hier nicht besitze. Wenn du nur ein Mittel findest, daß wir aus dieser Festung entkommen, dann verspreche ich dir, nie eine andere als dich zu heiraten.« – »Ich will mir Mühe geben«, erwiderte das Mädchen.

Am folgenden Morgen ging das Mädchen zu seinen Eltern und sagte ihnen: »Schon habe ich das Herz dieses Muselmannes gewonnen und ihm vorgeschlagen, er möge sich zum Christentum bekehren, wenn er mich besitzen wolle. Hierauf sagte er mir aber: Das kann nicht sein an dem Ort, wo mein Bruder erschlagen worden; wenn ich nur an einem anderen Ort leben könnte, da würde ich mich zu zerstreuen suchen und dann alles tun, was von mir begehrt wird. Ich glaube also«, fuhr das Mädchen fort, »ihr tut nicht übel daran, wenn ihr ihn nach einem anderen Ort gehen lasset, ich verbürge mich für ihn bei dem König.« Der Vater des Mädchens ging zum Emir und hinterbrachte ihm die Worte des Mädchens. Der Emir freute sich sehr über diese Nachricht und erlaubte dem Muselmann, mit dem Mädchen in das Städtchen zu gehen, welches sie vorgeschlagen hatte. Hier verweilten sie aber nur einen Tag; sobald die Nacht heranbrach, machten sie sich auf den Weg und reisten die ganze Nacht durch. Der Muselmann hatte einen sehr schnellfüßigen Renner bei sich, und er nahm das Mädchen zu sich auf sein Pferd. Als der Morgen zu leuchten anfing und sie abgestiegen waren, um sich zu waschen und das Morgengebet zu verrichten, hörten sie auf einmal Waffengeklirr, Männerstimmen und Pferdtritte; da sagte der Muselmann zu dem Mädchen: »Das sind Christen, die uns verfolgen, wir entkommen ihnen nicht mehr, mein Pferd ist so müde, daß es kaum mehr den Fuß aufheben kann, was fangen wir nun an?« Das Mädchen schrie ihn an: »Wehe dir! Du zitterst und fürchtest dich, und hast mir doch so viel von Gottes Macht erzählt und von der Hilfe, die er denen reicht, die ihn anflehen? Komm, laß uns zu Gott beten, vielleicht beschützt er uns und steht uns mit seiner Huld bei.« – »Du hast recht«, erwiderte der Jüngling, und sie beteten recht inbrünstig zu dem Herrn. Indessen kamen die Heranreitenden immer näher, und auf einmal hörte der Muselmann die Stimme seines als Märtyrer gestorbenen Bruders, welche ihm zurief: »Fürchte dich nicht, mein Bruder, die herannahenden Truppen sind Engel, die der Herr euch sendet, um Zeugen eures Ehebündnisses zu sein. Der Herr segnet euch und hat auch zum Lohn eurer Tugend und eures Vertrauens die Erde vor euch zusammengebogen, so daß ihr bei Sonnenaufgang auf dem Berg vor der Stadt Medina anlangen werdet.«

»Wenn du dann«, fuhr der Märtyrer fort, »zu Omar, dem Sohn Chattabs, kommst, so grüße ihn von mir und sage ihm: Gott wird dich wegen deines Eifers für den Islam belohnen.« Als der Märtyrer so gesprochen hatte, erhoben die Engel ihre Stimme und grüßten den Jüngling und seine Braut und sagten: »Gott hat euch im Himmel schon zweitausend Jahre, ehe er Adam geschaffen, miteinander verbunden.« Das junge Ehepaar war außer sich vor Freude über diese Botschaft, und kaum leuchtete die Sonne, als sie vor den Mauern Medinas sich befanden und Omar, der Sohn Chattabs, mit seinen Freunden ihnen entgegenkam. Dieser pflegte sonst sehr lange beim Morgengebet zu verweilen; er las oft mehrere Suren des Korans vor dem Gebet, so daß, ehe das eigentliche Gebet begann, die entlegensten Bewohner der Stadt Zeit hatten, aufzustehen, sich zu waschen und in die Moschee zu kommen. An diesem Tag aber betete Omar sehr schnell, und kaum hatte er vollendet, sagte er seinen Freunden: »Kommt mit mir, wir wollen den Verlobten entgegengehen.« Seine Freunde staunten ihn an und wußten nicht, was er meinte; er ging aber vor ihnen her zum Tor hinaus und grüßte das junge Ehepaar, nahm sie mit in die Stadt und ließ ein großes Hochzeitsmahl bereiten, dem viele Muselmänner beiwohnten. Nachdem die Mahlzeit zu Ende war, begab sich der Jüngling zu seiner Braut, und Gott schenkte ihnen Söhne, die auf den Pfaden Gottes kämpfend ihrem Stamm Ehre machten.

Die himmlische Vergeltung

Man erzählt auch: Ein Prophet, der einen hohen Berg bewohnte, unter welchem eine Wasserquelle floß, und hier fern von den Menschen seine ganze Zeit der Andacht weihte, sah eines Tages einen Reiter auf die Quelle zukommen, der vom Pferd abstieg, einen Beutel, der ihm um den Hals hing, ablegte, sich ausruhte und Wasser trank. Der

Reiter ging dann wieder und ließ den Beutel, in welchem Geld war, unter dem Baum liegen.

Bald nachher kam ein anderer Mann, um ebenfalls von dem Wasser zu trinken; er sah den Beutel mit Geld da liegen, nahm ihn und ging damit weg. Nach diesem kam ein Dritter, es war ein Holzhauer, der eine schwere Last Holz auf dem Rücken hatte; er legte seine Bürde neben der Quelle nieder und setzte sich, um Wasser zu trinken, als der erste Reiter wiederkehrte und ihn fragte: »Wo ist der Beutel hingekommen, der hier lag?« Der Holzhauer antwortete: »Ich weiß nichts davon.« Da zog der Reiter sein Schwert, tötete den Holzhauer, durchsuchte ihn vergebens und ging wieder seines Weges. Als der Prophet alles dies vom Berg aus sah, rief er: »O Herr, der eine hat das Geld genommen und ein anderer wird ungerechterweise erschlagen.« Da offenbarte ihm Gott folgende Worte: »Beharre du nur bei deiner Andacht und kümmere dich nicht um die Weltregierung; der Vater des Reiters hat einst dem Vater des Diebes tausend Dinare geraubt, so habe ich dem Mann wieder das Geld seines Vaters verschafft; der Holzhauer aber hat den Vater des Reiters umgebracht, darum ließ ich diesen den Tod seines Vaters rächen.« Da rief der Prophet: »Es gibt keinen Gott außer dir, gepriesen sei dein Name, du allein kennst alles Verborgene!«

Lohn des auf Gott Vertrauenden

Ferner wird erzählt: Einst lebte unter den Söhnen Israels ein sehr frommer, reicher Mann, der auch einen sehr tugendhaften Sohn hatte. Als der Vater dem Tode nahe war, setzte sich sein Sohn ihm zu Häupten und bat ihn, ihm seinen letzten Willen kundzutun. Der Vater sagte: »Schwöre nie bei Gott, weder einen wahren, noch einen falschen Eid.« Bald nach des Vaters Tod kam einer von den Söhnen Israels zu dem Mann und sagte: »Dein Vater war mir soundso viel Geld schuldig, und du weißt wohl davon, gib mir also das Geld oder schwöre, daß du nichts davon weißt.« Da der Mann sich des Letzten Willens seines Vaters erinnerte, gab er ihm, was er begehrte, um nur keinen Eid zu schwören. Nach diesem kamen dann noch viele andere mit falschen Forderungen, bis der Mann endlich sein ganzes Vermögen hergegeben hatte. Als ihm nichts mehr übrigblieb, sagte er zu seiner gottesfürchtigen Frau, die ihm zwei Söhne geboren hatte: »Da ich nun alles weggegeben habe, was ich besaß, und wenn wieder jemand mich einer Schuld anklagt, ich gezwungen wäre, zu schwören, so laß uns unsere Heimat verlassen und in ein Land reisen, wo uns niemand kennt.« Er bestieg daher mit seiner Frau und seinen zwei Kindern das erste beste Schiff, ohne eigentlich zu wissen, wohin er wollte.

Aber bald wurde das Schiff zerschmettert, der Mann rettete sich auf einem Brett, die Frau auf einem anderen, und jeder der beiden Söhne wieder auf einem anderen. Die Wellen ließen sie nicht lange beisammen. Die Frau wurde ans Land gestoßen in ein kleines Dorf, einer ihrer Söhne in ein entlegenes Städtchen, der andere wurde von einem vorübersegelnden Schiff aufgenommen, den Vater aber stießen die Wellen auf eine entfernte Insel. Sobald er dort anlangte, wusch er sich im Meer und betete; da sah er verschiedenartige Gestalten aus dem Meer steigen, die mit ihm beteten. Nach vollendetem Gebet ging er auf einen Baum zu und sättigte sich an dessen Früchten. Dann fand er auch eine Wasserquelle, an welcher er seinen Durst löschen konnte, wofür er Gott dankte. So lebte er drei Tage lang, und sooft er betete, beteten Gestalten, die dem Meer entstiegen, mit ihm. Am vierten Tage hörte er eine Stimme, die ihm zurief: »O frommer Mann, der seinen Herrn verehrt und den Willen seines Vaters achtet, betrübe dich nicht! Gott wird dir alles wieder ersetzen, was du verloren hast; auf dieser Insel sind unermeßliche Schätze verborgen, die dir der Herr schenken will, und durch dich soll diese Insel angebaut und bewohnt werden; ich werde viele Schiffe zu dir hierher senden, sei gütig gegen die Leute, die darauf sind, und lade sie ein, bei dir zu bleiben, Gott wird ihre Herzen dir zuneigen.« Der Mann fand bald die Schätze, die ihm Gott versprochen hatte, bald kamen auch mehrere Schiffe auf die

Insel, und da er sehr wohltätig und zuvorkommend gegen die Leute war und sich sehr angelegentlich nach den Armen und Bedürftigen erkundigte und sie unterstützte, so kamen immer mehr Auswanderer herbei von allen Ländern her, und nach kaum zehn Jahren war die Insel angebaut und hatte eine sehr ansehnliche Bevölkerung, die den frommen Juden zum König erwählte. Der neue König wurde bald allenthalben wegen seiner außerordentlichen Wohltätigkeit berühmt, so daß sein ältester Sohn, den ein guter Mann aufgenommen hatte und sehr sorgfältig ausbilden und erziehen ließ, auch von ihm hörte und zu ihm reiste, ohne zu wissen, daß er sein Vater war. Der König nahm ihn sehr gut auf und machte ihn bald zu seinem Geheimsekretär. Bald darauf hörte auch der jüngere Sohn, der ebenfalls einen guten Erzieher gefunden hatte und ein tüchtiger Kaufmann wurde, von diesem frommen und gerechten König, und begab sich auch zu ihm und wurde bald zum Verwalter der königlichen Güter ernannt. Nicht lange nachher kam auch der Kaufmann auf die Insel, welcher des Königs Frau bei sich aufgenommen und ihr versprochen hatte, sie nie zu verlassen und ihr stets alles zu bieten, daß sie ungestört der Gottesverehrung leben könne.

Als der Kaufmann mit der Frau vor der Insel Anker geworfen hatte, nahm er allerlei kostbare Kleidungsstücke und andere edle Erzeugnisse des festen Landes zu sich und ging damit zum König, um sie ihm als Geschenk anzubieten. Der König freute sich sehr damit und machte ihm herrliche Gegengeschenke. Da unter den Geschenken des Kaufmanns einige Wurzeln und Medikamente waren, deren Namen und Gebrauch der König kennen wollte, bat er den Kaufmann, bei ihm zu übernachten und ihm alles zu erklären. Aber der Kaufmann erwiderte: »O König, ich habe auf dem Schiff eine fromme Frau, deren Gebet mir Segen bringt und der ich beständigen Schutz versprochen habe; ich kann sie nicht allein auf dem Schiff lassen.« Der König sagte: »Ich will zuverlässige Männer zu ihr schicken, die sie und das Ihrige bewachen und beschützen werden.« Da der Kaufmann nichts hierauf zu entgegnen hatte, willigte er ein, bei dem König zu bleiben, und dieser schickte seinen Sekretär und seinen Verwalter auf das Schiff und befahl ihnen, es die ganze Nacht zu bewachen. Sie gingen auf das Schiff, der eine setzte sich auf den Vorder-

teil und der andere auf den Hinterteil desselben. Nachdem sie einen Teil der Nacht mit Beten zugebracht hatten, sagte einer zum anderen: »Da uns der König befohlen hat, das Schiff zu bewachen, so wollen wir, um nicht einzuschlafen, uns miteinander von den Weltbegebenheiten oder von unseren eigenen Abenteuern und Erfahrungen unterhalten.« Da erwiderte der andere: »Ich habe schon viel erfahren, denn das Schicksal hat mich von meinem Vater und meiner Mutter getrennt; auch hatte ich einen Bruder, der so hieß wie du, wir waren auf einem Schiff beisammen, das der Sturm zerschmetterte, und so wurden wir voneinander getrennt.« Als der erste dies hörte, fragte er nach den Namen seiner Mutter und seines Vaters, und als jener sie nannte, warf er sich ihm in die Arme und sagte: »Bei Gott, du bist mein Bruder!« Sie erzählten dann einander noch vieles, was ihnen in der Jugend widerfahren, und ihre Mutter hörte allem zu, aber sie nahm sich zusammen und verriet sich nicht. Als der Morgen leuchtete, sagte ein Bruder zum andern: »Laß uns jetzt nach Hause gehen und zu Hause weiterplaudern.« Bald nachher kam der Kaufmann wieder und fand seine Frau sehr angegriffen. Er fragte sie, was ihr zugestoßen. Sie antwortete: »Du hast mir diese Nacht zwei Männer geschickt, die von mir etwas Schlechtes wollten, so daß ich sehr aufgebracht gegen sie bin.« Der Kaufmann ging ganz zornig zum König und erzählte ihm, wie sich seine Vertrauten gegen die Frau benommen. Der König, der sie wegen ihrer Ehrlichkeit und Zuverlässigkeit sehr liebte, ließ sie sogleich rufen; auch nach der Frau schickte er, damit sie erkläre, was die Männer verschuldet haben. Als die Frau erschien, sagte ihr der König: »Was hast du Schlechtes von meinen Vertrauten gesehen?« Die Frau sagte: »O König, ich beschwöre dich bei dem allmächtigen Gott, bei dem Herrn des Himmels! Befiehl ihnen, das Gespräch zu wiederholen, das sie diese Nacht miteinander geführt.« Auf den Befehl des Königs erzählten sie wieder einander die Geschichte ihrer Trennung. Da stand der König von dem Thron auf, fiel über sie her, umarmte sie und schrie: »Bei Gott, ihr seid meine Söhne!« Hierauf nahm die Frau ihren Schleier vom Gesicht und rief: »Und ich, bei Gott, bin ihre Mutter!« So blieben sie denn beisammen und lebten in Glück und Freude, bis sie der Tod erreichte. Gepriesen sei der, welcher den Diener rettet, der sich zu ihm wendet, und den nie beschämt, der auf ihn sein Vertrauen setzt.

Ein Bagdadenser und seine Sklavin

Einst lebte in Bagdad ein wohlhabender Mann, der von seinem Vater ein großes Vermögen geerbt hatte. Er liebte eine Sklavin und kaufte sie und wurde auch von ihr zärtlich geliebt. Für diese Sklavin machte er nach und nach so viele Ausgaben, daß endlich sein ganzer Besitz dahin war und ihm nichts mehr übrigblieb, wovon er leben konnte. Dieser Mann hatte in seinen besseren Tagen die Gesellschaften von Leuten gesucht, die Kenner der Gesangkunst waren, und selbst darin eine große Meisterschaft erlangt. Als er daher einen seiner Freunde um Rat fragte, sagte ihm dieser, er wisse keinen besseren Erwerb für ihn, als daß er mit seiner Sklavin singe, das werde ihm viel Geld einbringen, wovon er gut essen und trinken könne. Dieser Rat gefiel aber weder ihm noch der Sklavin. Diese sagte: Ich halte es für das Beste, du verkaufst mich, dann sind wir aus aller Not, denn mich kauft nur ein wohlhabender Mann und es findet sich schon wieder Gelegenheit zu unserer Vereinigung. Da führte er sie auf den Sklavenmarkt und der erste, der sie sah, war ein edler gebildeter Haschimide aus Baßrah (aus dem Geschlecht der Propheten) und er kaufte sie für fünfzehnhundert Dinare. Als ich das Geld in Empfang genommen – so erzählt der Bagdadenser selbst – reute mich der Verkauf, ich weinte und die Sklavin weinte mit mir, und ich wollte den Handel wieder rückgängig machen, der Käufer ging aber nicht darauf ein. Ich legte nun das Geld in einen Beutel und wußte nicht, wohin mich wenden, denn mein Haus schien mir durch ihre Abwesenheit verödet. Ich seufzte, weinte und schlug mich selbst, wie nie zuvor. Endlich trat ich in eine Moschee, legte den Beutel als Kissen unter mein Haupt, fiel, vom vielen Weinen erschöpft, in einen Zustand der Betäubung und schlief ein. Da kam, ohne daß ich es bemerkte, ein Mann, zog mir den Beutel unter dem Kopf hervor und lief schnell davon. Hierauf erwachte ich in großem Schrecken und da ich den Beutel nicht mehr fand, wollte ich aufstehen, um dem Dieb nachzulaufen, aber meine Füße waren mit einem Strick zusammengebunden, so daß ich umstürzte. Da weinte ich wieder und schlug mich und sagte zu mir selbst: Nun ist dein Leben fern von dir und dein Geld ist auch dahin. Meine Verzweiflung war so groß, daß ich an den Tigris ging, mein Gesicht mit meinem Gewand bedeckte und in den Fluß sprang. Als aber umherstehende Leute dies bemerkten, sagten sie: Gewiß hat ihn schweres Unglück dazu veranlaßt, sie sprangen mir daher nach, brachten mich wieder ans Land und erkundigten sich nach meinen Umständen. Ich erzählte ihnen, was mir widerfahren, und sie bedauerten mich sehr. Dann kam ein Greis auf mich zu und sagte:

Willst du, weil dein Besitz verloren ist, auch deine Seele zugrunde richten und dich in die Hölle stürzen? Komm und zeige mir deine Wohnung! Ich führte ihn dahin und er setzte sich zu mir, bis ich ruhiger wurde, und ich dankte ihm für seine Teilnahme. Als er sich wieder entfernt hatte, war ich nahe daran, meinem Leben ein Ende zu machen, aber ich dachte an das Jenseits und an die Hölle, darum verließ ich in Eile mein Haus und begab mich zu einem Freund und erzählte ihm, was mir zugestoßen. Er weinte aus Mitleid mit mir und schenkte mir fünfzig Dinare und sagte: Folge meinem Rat, verlasse Bagdad sogleich und lebe von diesem Geld, bis die Liebe aus deinem Herzen weicht, dann wende dich an irgendeinen Statthalter, du kannst als gewandter Schönschreiber und gebildeter Mann leicht Mittel finden, mit Gottes Hilfe wieder zu deiner Sklavin zu gelangen. Ich beherzigte diese Worte, die meinen Schmerz einigermaßen linderten, und beschloß, nach Wasit zu reisen, wo ich Verwandte hatte. Als ich an das Ufer kam, sah ich ein Schiff vor Anker liegen, nach welchem Matrosen kostbare Gerätschaften brachten. Ich bat sie, mich mitzunehmen, sie sagten aber: Dieses Schiff gehört einem Haschimiden, wir können dich nicht so mitnehmen. Da versprach ich ihnen einen großen Lohn, worauf sie sagten: Wenn du es durchaus willst, so ziehe deine vornehme Kleidung aus, und kleide dich als Matrose und geselle dich zu uns, als wärest du auch ein Matrose. Ich ging sogleich und kaufte mir Matrosenkleider, zog sie an und bestieg das Schiff, welches nach Baßrah fahren sollte. Kaum war ich eingestiegen, da erblickte ich meine Sklavin, welche zwei andere Sklavinnen bedienten, da war ich getröstet, denn ich dachte: Nun kann ich sie ja sehen und singen hören, bis zu unserer Ankunft in Baßrah. Bald darauf kam der Haschimide mit einer Anzahl Leute herangeritten und schiffte sich ein. Er setzte sich zur Sklavin und aß mit ihr, während die übrigen Leute in der Mitte des Schiffes ihre Mahlzeit hielten. Der Haschimide sagte dann zur Sklavin: Wie lange soll noch diese Trauer währen? Wie lange wirst du dich noch weigern, vor mir zu singen? Du bist nicht die erste, die von ihrem Geliebten getrennt wird. Daraus schloß ich, daß sie mich noch immer sehr heftig liebte. Er ließ dann an einer Seite des Schiffes, wo die Sklavin saß, einen Vorhang anbringen, setzte sich außerhalb des

Vorhangs zu den Leuten, die sich mit ihr auf dem Schiff befanden und die, wie ich hörte, seine Brüder waren, ließ Wein und Früchte auftragen und hörte nicht auf, in die Sklavin zu dringen, daß sie doch etwas singe, bis sie sich endlich eine Laute bringen ließ, sie stimmte und folgende Verse sang:

»In finsterer Nacht ist die Karawane mit meinem Geliebten geschieden, sie zog ohne Schonung fort mit meiner Herzenslust, und seit ihre Kamele aufgebrochen sind, glühen feurige Kohlen im Herzen der Geliebten.«

Da überwältigten sie ihre Tränen, sie warf die Laute weg und hörte auf zu singen. Die ganze Gesellschaft wurde bestürzt und ich fiel in Ohnmacht, so daß man mich für einen Fallsüchtigen hielt und mir etwas ins Ohr las.* Man gab dann der Sklavin so viel süße Worte und bat sie so inständig, weiterzusingen, daß sie ihre Laute wieder stimmte und folgende Verse sang:

»Ich blieb stehen und weinte über die Dahinziehenden. Sie sind in meinem Herzen, wenn sie auch weit weggezogen sind. Ich blieb bei den Trümmern stehen und fragte nach ihnen, und ihr Haus war verödet und ihre Wohnung stand leer.«

Hierauf fiel sie wieder in Ohnmacht, es erhob sich ein Weheklagen aus der Mitte der Gesellschaft und auch ich stieß einen Schrei aus und fiel in Ohnmacht. Die Matrosen wurden besorgt um meinetwillen, und ein Diener des Haschimiden sagte ihnen: Warum habt ihr diesen Besessenen mitgenommen? Dann sagte einer zum anderen: Wenn wir an ein Dorf kommen, schiffen wir ihn aus und schaffen uns Ruhe vor ihm. Dies versetzte mich in große Angst, ich nahm mich daher zusammen, soviel ich konnte, und dachte: Es bleibt mir nichts übrig, um nicht ans Land gesetzt zu werden, als daß ich sie von meiner Anwesenheit in Kenntnis setze. Wir fuhren dann weiter, bis wir gegen Abend in eine schöne angebaute Gegend kamen, da sagte der Herr des Schiffes: Laßt uns hier ein wenig an

* Die Fallsüchtigen gelten bei den Arabern als Besessene und man liest ihnen Koranverse vor, um die bösen Geister zu verjagen.

das Land steigen! Als alle Leute ausgestiegen waren, machte ich mich auf, ging hinter den Vorhang, stimmte die Laute um und spielte in einer Weise, die ich die Sklavin gelehrt hatte, und nahm dann wieder meinen früheren Platz auf dem Schiff ein. Bald nachher stieg auch die ganze Gesellschaft wieder ein, und der Mond beschien das Ufer und den Fluß. Da sagte der Haschimide zu seiner Sklavin: Ich beschwöre dich bei Gott, trübe unser Leben nicht länger! Sie nahm daher die Laute, betastete sie und schrie laut auf, so daß man glaubte, ihre Seele verlasse sie. Dann sagte sie: Bei Gott, mein Meister ist bei uns auf dem Schiff. Der Haschimide erwiderte: Bei Gott, wenn er bei uns wäre, so würde ich ihn nicht aus unserer Gesellschaft ausschließen, er könnte deinen Schmerz lindern und uns den Genuß an deinem Gesang verschaffen, doch ist es nicht wahrscheinlich, daß er sich auf diesem Schiff befinde. Sie aber versetzte: Ich kann nicht Laute spielen und mich zu verschiedenen Liedern begleiten, wenn mein Herr bei uns ist. Da sagte der Haschimide: Ich will einmal die Matrosen fragen. Als er auf ihren Wunsch jene fragte, ob sie einen fremden Mann mitgenommen, sagten sie: Nein. Da ich nun fürchtete, er werde keine weitere Frage an sie richten, lachte ich und sagte: Ich war ihr Lehrer und habe ihr Unterricht erteilt, als ich noch ihr Herr war, und sie sagte: Bei Gott, das ist die Stimme meines Herrn. Da kamen die Diener und führten mich zum Haschimiden, der mich alsbald wiedererkannte und mir zurief: Wehe dir! In welchem Zustand bist du? Was ist dir zugestoßen? Ich erzählte ihm unter Tränen, was mir widerfahren, alsbald hörte man das Schluchzen der Sklavin hinter dem Vorhang her, und der Haschimide selbst und seine Brüder weinten mit uns aus Mitleid. Dann sagte er: Bei Gott, ich bin dieser Sklavin nicht nahe gekommen und habe sie bis heute nicht einmal singen hören. Ich bin ein Mann, den Gott mit Reichtum gesegnet und bin nur nach Bagdad gereist, um meine Pension vom Fürsten der Gläubigen in Empfang zu nehmen und um schön singen zu hören; als ich daher beides erreicht hatte, dachte ich, nun will ich doch, ehe ich heimkehre, noch einmal eine Bagdadenserin singen hören, und kaufte daher deine Sklavin, ohne etwas von eurem Verhältnis zu ahnen, ich nehme aber Gott zum Zeugen, daß ich bei unserer Ankunft in Bagdad diesem Mädchen die Freiheit schenken und sie mit dir verheiraten und euch mehr als nötig zu leben geben will, jedoch unter der Bedingung, daß, sooft ich Lust habe, sie singen zu hören, mir dies hinter einem Vorhang gestattet werde, du sollst dann einer meiner Freunde und Gesellschafter werden. Ich freute mich mit diesem Vorschlag und der Haschimide steckte seinen Kopf zur Sklavin hinein und fragte sie: Bist du damit einverstanden? Sie dankte ihm und wünschte ihm alles Gute. Er rief dann einen Diener und befahl ihm, mich zu entkleiden und mir kostbare Kleider anzuziehen, mich zu beräuchern und ihm wieder vorzustellen. Als dies geschehen war, wurde mir wie den anderen Wein vorgestellt und die Sklavin sang dann in schönster Weise folgende Verse:

»Sie tadeln mich, weil ich beim Abschied vom Geliebten Tränen vergoß, sie haben den Trennungsschmerz nie gekostet und das Feuer nicht gefühlt, das mein Inneres verzehrt. Nur die Betrübte, deren Herz in diesem Lager verlorengegangen ist, kennt die Liebespein.«

Alle Zuhörer waren entzückt über diesen Gesang und ich selbst nahm im Übermaß des Glücks die Laute aus ihrer Hand und sang mit schönster Begleitung folgende Verse:

»Verlangst du eine Wohltat, so wende dich an einen Edlen, der nur Reichtümer und Wohlhabenheit kennt; eine Bitte an einen Edlen bringt Ehre, eine solche an einen Gemeinen bringt Schande. Bist du gezwungen, dich zu erniedrigen, so tu es nur vor einem Großen, du erniedrigst dich nicht, wenn du einen Edlen verehrst, wohl aber, wenn du vor einem Geringen dich beugst.«

Die Leute hatten ihre Freude an mir und wir fuhren nun so fort, die Sklavin und ich, abwechselnd zu singen, bis das Schiff an einem gewissen Ufer anlangte und alle Leute ausstiegen. Ich ging auch in trunkenem Zustand ans Land und wurde vom Schlaf überwältigt und schlief noch fort, als alle wieder ins Schiff stiegen und weiterfuhren. Sie hatten meine Abwesenheit nicht bemerkt, denn auch sie waren vom Weine erhitzt und langten ohne mich in Baßrah an, ich aber schlief, bis mich die Sonnenglut weckte, da fand ich mich ganz allein und ohne Geld, denn ich hatte es der Sklavin gegeben. Auch hatte ich vergessen, den Haschimiden nach seiner Wohnung und seinem Namen zu fragen, so daß ich in größter Verzweiflung war und das freudige Wiedersehen der Sklavin für einen Traum hielt. Ich blieb trostlos am Ufer sitzen, bis ein großes Schiff vorübersegelte, da bestieg ich es und gelangte nach Baßrah, ohne jemanden in dieser Stadt zu kennen und ohne zu wissen, wo der Haschimide wohnte. Ich ging zu einem Gemüsehändler, forderte Tinte und Papier und schrieb etwas, und da er meine Schrift schön fand und mich in schmutzigem Kleid sah, erkundigte er sich nach meinem Zustand, und als ich mich für einen armen Fremden ausgab, schlug er mir vor, bei ihm zu bleiben, um sein Buch zu führen, und bot mir für meine Dienste Kost und Wohnung und einen halben Drachmen Lohn für den Tag. Ich willigte ein und blieb einen Monat bei ihm, besorgte sein Geschäft und führte Buch über seine Ausgaben und Einnahmen. Nach einem Monat, als seine Einnahmen gestiegen waren und seine Ausgaben sich vermindert hatten, gab er mir einen Drachmen täglich, und als das Jahr zu Ende war, bot er mir seine Tochter als Frau an und gab mir Teil am Geschäft. Ich nahm das Anerbieten an, heiratete das Mädchen und besorgte den Laden, war jedoch nicht glücklich, denn mein Herz war zerknirscht, so daß ich auch, wenn mein Schwiegervater mich zum Trinken einlud, ihm nicht folgte. So vergingen zwei Jahre. Eines Tages sah ich viele Leute mit Speisen und Getränken vorübergehen, und als ich fragte, was dies bedeute, sagte man mir: Dies ist der Tag der Lebenslustigen, an dem die wohlhabenden und fröhlichen jungen Leute am Ufer des Obollakanals unter den Bäumen zechen. Da überkam mich die Lust, dies auch zu sehen, denn ich dachte, vielleicht sehe ich unter den vielen Leuten auch meine Geliebte. Der Gemüsehändler, dem ich mein Verlangen danach äußerte, richtete mir Speisen und Getränke her und ich begab mich an das Ufer, um mit anderen den Kanal zu befahren. Da erblickte ich den Kapitän des Schiffes, auf welchem der Haschimide und die Sklavin sich befunden hatten. Ich rief ihm zu und er erkannte mich und fragte mich, ob ich noch am Leben? Dann umarmte er mich und ließ sich meine Abenteuer erzählen. Als ich damit zu Ende war, sagte er: Da du sehr betrunken warst, glaubten wir, du seiest ins Wasser gestürzt und darin umgekommen. Ich fragte dann nach meiner Sklavin und er sagte mir: Als man dich vermißte, zerriß sie ihre Kleider, verbrannte ihre Laute und fing an zu weheklagen und sich zu schlagen. Als wir in Baßrah anlangten, sagten wir ihr: Lasse jetzt dein

Weinen und dein Weheklagen! Sie erwiderte: Ich werde mich jetzt schwarz kleiden und mir an der Seite dieses Hauses ein Grab graben lassen und in der Nähe desselben leben und nie mehr singen. Wir widersetzten uns ihrem Vorsatz nicht und so lebt sie jetzt bis zu dieser Stunde. Ich ließ mich dann zu ihr führen und fand sie in dem vom Hauptmann bezeichneten Zustand. Als sie mich sah, stieß sie einen furchtbaren Schrei aus, so daß ich glaubte, sie sei des Todes. Ich hielt sie lang in meinen Armen und der Haschimide sagte: Nimm sie hin! Ich erwiderte: Schenke ihr die Freiheit, wie du mir versprochen hast, und gib mir sie zur Ehefrau. Er tat dies und schenkte uns kostbare Gerätschaften, viele Kleider und Diwane und fünfhundert Dinare, indem er hinzusetzte, so viel bestimmte er uns für jeden Monat, jedoch unter der Bedingung, daß wir in seiner Gesellschaft leben und er die (ehemalige) Sklavin singen höre. Er wies uns dann eine Wohnung an, in die er alles Nötige an Mobilien bringen ließ und in welche sich auch meine Gattin begab. Ich ging hierauf zum Gemüsehändler und erzählte ihm, was sich mit mir zugetragen, und bat ihn, mir es nicht als Sünde anzurechnen, wenn ich seiner Tochter, ohne daß sie etwas verschuldet habe, nach Entrichtung ihrer Morgengabe, einen Scheidebrief gebe. Als dies geschehen war, kehrte ich zum Haschimiden zurück und lebte wie früher mit dem Mädchen in großem Wohlstand, Gott verscheuchte jeden Kummer von uns, überhäufte uns mit seiner Gnade und belohnte unsere Geduld, indem er uns an das Ziel unserer Wünsche gelangen ließ.

Das Märchen von Maruf

In Kahirah lebte einst ein Schuhflicker, mit dem Namen Maruf, der eine sehr böse und schlechte Frau hatte, die ihn auf alle mögliche Weise kränkte. Er ließ sich alles gefallen, um öffentliche Szenen zu vermeiden, wurde aber auch immer ärmer, weil er, um Frieden zu haben, alles, was er verdiente, für seine Frau ausgeben mußte. Eines Tages sagte ihm Fatma, so hieß diese böse Frau: »Heute muß ich einen Honigkuchen von Bienenhonig haben.« Er antwortete: »Gott gebe mir die Mittel dazu, so will ich dir ihn verschaffen; im Augenblick besitze ich aber keinen Drachmen. Doch Gott wird mir helfen.« – »Ich lasse mich nicht auf solche Redensarten ein«, erwiderte Fatma; »bringst du mir diesen Abend keinen Honigkuchen, so erwartet dich eine bittere Nacht.« – »Gott ist gnädig«, sagte Maruf tief seufzend; dann betete er das Morgengebet, ging in seine Butike und flehte Gott um Arbeit an, daß er in den Stand gesetzt werde, seiner Frau einen Honigkuchen zu kaufen. Aber sein Gebet blieb unerhört: Er saß bis mittags in seiner Butike, ohne daß ihm die geringste Arbeit gebracht wurde, so daß er nicht einmal Brot, viel weniger Kuchen kaufen konnte.

Mit Tränen in den Augen schloß er seine Butike und machte sich auf den Weg nach Hause. Da winkte ihm ein Kuchenbäcker, den sein betrübtes Aussehen rührte, und fragte ihn, was ihm zugestoßen sei. »Ich fürchte mich vor meiner Frau«, antwortete Maruf, »denn ich soll ihr einen Honigkuchen bringen und habe nicht einmal Geld zu Brot.« – »Beruhige dich«, sagte der Kuchenbäcker, »wieviel Pfund willst du?« – »Fünf Pfund«, antwortete Maruf. »Schon gut«, sagte der Bäcker, »ich habe Butter und Honig, zwar nicht von Bienen, jedoch von Zuckerrohr, der besser als Bienenhonig ist, ich will dir einen Kuchen backen, der wert wäre, Königen vorgelegt zu werden. Willst du nicht auch etwas Brot und Käse? Nimm nur, was du bedarfst, ich borge dir einige Tage, bis Gott dir hilft. Hier hast du auch noch etwas Geld, gehe dafür ins Bad und bringe dann einen vergnügten Abend bei deiner Frau zu.« Maruf ging, dem Kuchenbäcker und Gott für diese Gnade dankend, mit Kuchen, Brot und Käse nach Hause und brachte alles seiner Frau. Als sie aber sah, daß der Kuchen nicht von Bienen-, sondern von Zuckerrohrhonig gemacht war, fragte sie ihn: »Warum handelst du gegen meinen Willen? Habe ich nicht einen Kuchen von Bienenhonig begehrt?« Maruf entschuldigte sich damit, daß er ihn nicht für bares Geld kaufen und daher auch nicht lange wählen konnte. Aber Fatma kehrte sich nicht an seine Worte, sondern geriet in heftigen Zorn, schmähte ihn und schlug ihm einige Zähne aus; als er hierauf seinen Zorn nicht länger bemeistern konnte und auch ihr eine Ohrfeige gab, faßte sie ihn am Bart und schrie so laut, daß alle Nachbarn herbeieilten, um den Frieden wiederherzustellen. Sobald sie wieder allein waren, schwor sie, sie werde nichts vom Kuchen essen; Maruf aber, den sehr hungerte, aß davon. Da sagte sie: »Möchte der Kuchen doch zu Gift in deinem Leib werden!« Er ließ sie aber fluchen und erwiderte lachend: »Da du geschworen hast, den Kuchen nicht zu berühren, so muß ich ihn wohl allein essen; ein andermal bringe ich dir einen Kuchen von Bienenhonig, den magst du dann allein verzehren.«

Am folgenden Tag saß Maruf in seiner Butike, da kamen auf einmal zwei Gerichtsdiener auf ihn zu und luden ihn vor den Kadi. Hier fand er seine Frau mit verbundenem Arm und blutigem Schleier, und die Augen mit Tränen gefüllt. Der Kadi sagte ihm: »Fürchtest du Gott nicht, daß du deine Frau so mißhandelst?« Da erzählte ihm Maruf die Ursache ihres Streites und berief sich auf das Zeugnis seiner Nachbarn. Der Kadi, welcher ein sehr guter Mann war, schenkte ihm einen Viertelsdinar und sagte ihm: » Kaufe dafür einen Kuchen von Bienenhonig und lebe in Frieden mit ihr.« Maruf bat den Kadi, das Geld seiner Frau zu geben, und hoffte nun wieder einige Ruhe vor ihr zu haben. Aber kaum war er in seine Butike zurückgekehrt, da kamen die Gerichtsdiener und forderten ihren Lohn für die Vorladung. Maruf sagte ihnen: »Der Kadi hat mir ja nicht einmal etwas abgenommen, ja, er hat meiner Frau sogar noch Geld geschenkt, wie soll ich euch etwas geben?« – »Der Kadi mag tun, was er will«, erwiderten die Gerichtsdiener, »wir müssen unseren Lohn haben, und wenn du ihn uns nicht gibst, so werden wir ihn schon nehmen.« Hierauf schleppten sie ihn auf die Straße und nötigten ihn, die Geräte seiner Butike zu verkaufen. Er saß jetzt trostlos in seiner Butike und dachte mit Schaudern daran, daß ihm nunmehr kein Mittel mehr bliebe, etwas zu verdienen. Da kamen wieder Gerichtsdiener und forderten ihn vor Gericht wegen Mißhandlungen, die er sich gegen seine Frau zuschulden hatte kommen lassen. »Aber der Kadi hat ja den Frieden zwischen uns hergestellt und mich entlassen!« sagte Maruf. »Wir sind die Diener eines anderen Kadi«, erwiderten sie, »bei dem dich deine Frau von neuem angeklagt: Folge uns also.« Maruf ging mit ihnen und erzählte dem Kadi den ganzen Vorfall im Hause und vor dem ersten Kadi. Fatma behauptete aber, er habe sie nachher wieder geschlagen; indessen wurde Maruf doch wieder entlassen. Aber auch diese Diener mußte er bezahlen, so daß ihm von dem Geld, das er für seine Gerätschaften gelöst hatte, nur noch einige Pfennige übrigblieben. Er ging dann wieder in seine Butike und saß ganz von Sinnen wie ein Betrunkener da, als einer seiner Bekannten ihm zurief: »flüchte dich, so schnell du kannst, denn deine Frau hat bei der hohen Pforte eine Klage gegen dich erhoben.« Maruf schloß schnell die Butike, kaufte für sein übriges Geld etwas Brot und Käse, lief vor das Siegestor und flüchtete sich in ein verfallenes Gebäude, das ihm auch gegen den wie aus Schläuchen herabstürzenden Regen einigen Schutz gewährte. Hier weinte er bitter und

rief: »Wo finde ich Ruhe vor meiner verruchten Frau! O Gott, sende mir doch jemanden, der mich in ein fernes Land bringt, wohin sie keinen Weg findet!« Bei diesen Worten spaltete sich die Mauer und ein sehr langer Genius trat heraus, von schauderhaftem Aussehen, und sagte ihm: »Was störst du mich in meiner Ruhe? Ich wohne nun schon zweihundert Jahre hier und bin von keinem Menschen beunruhigt worden; doch sage mir, was du begehrst, denn du flößest mir Mitleid ein.« Maruf erzählte ihm, wie er von seiner Frau stets gepeinigt werde und daß er nichts sehnlicher wünsche, als irgendwo hingebracht zu werden, wo sie ihn nicht verfolgen könne. Der Genius nahm ihn auf seinen Rücken und flog mit ihm die ganze Nacht durch. Beim Anbruch der Morgenröte setzte er ihn auf dem Gipfel eines Berges ab und sagte ihm: »Am Fuß dieses Berges findest du eine Stadt; gehe hinein, du bist darin sicher vor den Verfolgungen deiner Frau.« Maruf blieb, über seine Lage mit Erstaunen nachdenkend, auf dem Berg liegen, bis die Sonne aufging; dann stieg er den Berg hinab, um in die Stadt zu gehen. Er fand sie außerordentlich schön, von hohen Mauern umgeben und mit zahlreichen Palästen geschmückt, so daß ihr Anblick jedes Herz erfreuen mußte. Er erregte aber so großes Aufsehen in der Stadt, daß viele Leute sich um ihn versammelten, um seine Kleidung, welche von der ihrigen ganz verschieden war, zu bewundern. »Ihr seid hier fremd«, sagte ihm einer von den Bewohnern der Stadt; »woher seid ihr?« – »Ich bin aus Kahirah.« – »Und wann habt ihr eure Hauptstadt verlassen?« – »Gestern abend.« – »Ich glaube, ihr seid verrückt: Wie, ihr wollt gestern abend noch in Kahirah gewesen sein, während man von Kahirah hierher ein ganzes Jahr zu reisen hat?« – »Ihr seid verrückt, nicht ich, ich sage die Wahrheit; hier könnt ihr noch Brot sehen, das ich gestern in Kahirah gekauft.« Er zeigte ihnen hierauf das Brot, das er in der Tasche hatte; alle Leute drängten sich heran, um es zu sehen, denn es glich dem ihrigen gar nicht. Viele glaubten nun, was Maruf von seiner Reise erzählte; andere indessen hielten ihn für einen Lügner und verspotteten ihn. Während nun die Leute so miteinander über Maruf stritten, kam ein Kaufmann, von zwei Sklaven begleitet, auf einem Maulesel herbeigeritten, trieb die Leute auseinander und machte ihnen Vorwürfe, daß sie einen fremden Menschen so zum Gegenstand ihres Spottes machten. Er nahm dann Maruf mit nach Hause und ließ ihm sogleich schöne Kleider reichen, in denen er wie der Oberste der Kaufleute aussah; dann ließ er ihm die köstlichsten Speisen und Getränke vorstellen. Erst als sie gegessen und getrunken hatten, fragte der Kaufmann seinen Gast nach Namen, Stand und Heimat. Als Maruf über alles Auskunft gegeben hatte, fragte der Kaufmann: »Aus welchem Quartier Kahirahs seid ihr?« – »Seid ihr denn in Kahirah bekannt?« – »Ich bin daselbst geboren!« – »Nun, ich bin aus dem roten Quartier.« – »Kennt ihr den Drogisten Ahmed?« – »Allerdings, er ist mein Nachbar; sein Haus steht dicht neben dem meinigen.« – »Befindet er sich wohl?« – »O ja, es geht ihm recht gut.« – »Wie viele Kinder hat er und was ist aus ihnen geworden?« – »Er hat drei Söhne: Der eine heißt Mustafa, der andere Mohammed und der dritte

Ali. Mustafa ist Professor geworden, Mohammed Drogist, und Ali, der als Knabe mit mir in den Kirchen herumlief, um die Bücher der Christen zu stehlen und zu verkaufen, ist vor zwanzig Jahren aus Kahirah entflohen, weil er einmal von den Christen ertappt wurde und sein Vater ihn deshalb gar zu arg prügelte. Seither hat kein Mensch mehr etwas von ihm gehört.«

Der Kaufmann erwiderte: »Nun, Maruf, ich bin dein Jugendfreund Ali, Sohn des Drogisten Ahmed: Sei mir willkommen und erzähle mir, wie du so hierhergekommen bist.« Maruf erzählte ihm hierauf die ganze Geschichte seiner Frau bis zu seiner Flucht vor das Siegestor; dann, wie ein Genius seinen Wunsch, an einen Ort gebracht zu werden, wo Fatma ihn nicht finden könne, erfüllte und ihn auf dem Gipfel des Berges vor der Stadt absetzte. Dann bat er Ali, ihm nun auch zu sagen, wie er hierhergekommen, wie diese Stadt heiße und wie er zu so großen Reichtümern gelangte. »Meine Reise hierher«, antwortete Ali, »ging nicht so schnell, ich trieb mich seit meinem siebten Jahr in der Welt umher, bis ich hierherkam. Hier beschloß ich, mich anzusiedeln, weil ich bald sah, daß die Bewohner dieser Stadt, welche Ichtían Alchuta heißt, sehr gute rechtschaffene und mildtätige Leute sind; auch bemerkte ich, daß man hier gar nichts von einer Lüge weiß. Ich gab mich daher für einen fremden Kaufmann aus und bat einen der hiesigen Kaufleute, mir tausend Dinare zu leihen, bis meine Waren ankommen würde. Für dieses Geld kaufte ich Waren, mietete mir einen Laden und fing an zu handeln, bis ich reich wurde. Benutze auch du nun den Umstand, daß dich hier niemand kennt, und gib dich nicht für einen vor seiner Frau geflüchteten Schuhflicker aus; sage auch nicht, daß du in einer Nacht von einem Genius hierhergetragen wurdest, denn man würde dich nur verspotten, und diejenigen, welche es glauben, würden sich vor dir als einem verhexten Menschen fürchten und deine Nähe scheuen. Morgen will ich dir tausend Dinare geben und einen Maulesel mit einem meiner Diener leihen. Du reistest dann auf den Basar, wo ich dich erwarten und mit vieler Auszeichnung aufnehmen will; ich werde dich nach allerlei Waren fragen, worauf du stets antwortest, du erwartest sie demnächst. Die Kaufleute werden mich dann fragen, wer du seist: Da will ich ihnen viel

Gutes und Schönes von dir erzählen und dir ein geräumiges Magazin für deine Waren verschaffen; stelle dich nur recht reich: Wenn ein Bettler zu dir kommt, so gib ihm recht viel Almosen, damit man meinen Worten glaube. Ich werde dann dir zu Ehren eine große Mahlzeit geben, die angesehensten Kaufleute einladen und sie mit dir bekannt machen. Du kannst nach Belieben handeln, denn du findest überall Kredit und in kurzer Zeit kannst du ebenso reich sein, wie ich.« Am folgenden Morgen benahm sich Maruf so, wie Ali mit ihm verabredet hatte, und dieser nannte Maruf den ersten Kaufmann der Welt und sagte von ihm, er habe Handelshäuser in Ägypten, in Indien, in Arabien und China, und besitze so viele Waren, daß kein Feuer sie verzehren könne. »Neben ihm«, sagte Ali, »bin ich ein ganz untergeordneter Krämer!« Als die Kaufleute Ali so sprechen hörten, faßten sie eine hohe Meinung von Maruf und boten ihm alle ihre Waren an: Auch warteten sie ihm einer nach dem anderen mit allerlei Kuchen und Sorbetten auf.

Während Maruf sich mit dem Obersten der Kaufleute unterhielt, kam ein Bettler vor Alis Laden und bat um ein Almosen. Die Kaufleute gaben ihm einige Pfennige, Maruf aber griff in die Tasche und reichte ihm eine ganze Hand voll Dinare hin, was den Kaufleuten noch eine höhere Meinung von seinen Reichtümern beibrachte. Bald kamen aber so viel Bettler, daß Maruf, der einem jeden eine Handvoll Geld schenkte, nichts mehr von den tausend Dinaren übrigblieb. Da schlug er die Hände zusammen und sagte: »Wie es scheint, gibt es hier viele Arme; hätte ich das gewußt, so hätte ich einen ganzen Sack voll Dinare mitgebracht; was soll ich nun tun, wenn ein Armer mich um etwas bittet, da ich kein Geld mehr bei mir habe?« – »Sage ihm: Gott stehe dir bei!« antwortete der Vorsteher der Kaufleute. »Das kann ich nicht«, versetzte Maruf; »willst du mir nicht für die Armen tausend Dinare leihen, bis meine Waren ankommen?« – »Recht gern!« antwortete der Vorsteher und schickte sogleich einen seiner Diener nach Hause, um das Geld zu holen. Maruf verteilte auch dieses Geld wieder unter die Armen, welche vor der Moschee, wo er sein Mittagsgebet verrichtete, sich um ihn drängten. Er ließ sich dann von einem anderen Kaufmann wieder tausend Dinare leihen, die er bei dem Nachmittagsgebet austeilte, dasselbe tat er beim Abend- und Nachtgebete, so daß er an diesem Tag fünftausend Dinare verschenkte. Ali sah ihm mit Bewunderung zu, durfte aber, ohne sich selbst zum Lügner zu machen, nichts sagen. Des Nachts war eine große Mahlzeit bei Ali, während welcher Maruf nicht aufhörte, von seinen vielen Waren und Edelsteinen zu reden. Am folgenden Tag wendete er sich wieder an andere Kaufleute und fuhr so fort, bis er sechzigtausend Dinare entlehnt hatte. Als aber noch immer keine Waren ankamen, verloren doch die Kaufleute ihr Vertrauen zu ihm und fragten Ali, warum denn Marufs Waren so lange ausblieben. Ali wußte ihnen nichts zu sagen als: »Habt Geduld, sie werden bald ankommen.« Als er aber allein mit Maruf war, machte er ihm Vorwürfe darüber, daß er so viele Schulden mache, die er nie zu zahlen imstande wäre, da er nichts besitze noch etwas durch Handel zu erwerben suche. »Was sind sechzigtausend Dinare?« erwiderte Maruf; »wenn meine Waren kommen, so lasse ich meinen Gläubigern die Wahl, ob sie Geld oder Waren wollen.« Ali nannte ihn einen Lügner und drohte ihm, ihn vor allen Leuten zuschanden zu machen; indessen konnte er, ohne sich selbst zum Lügner zu stempeln, nichts gegen ihn sagen, denn das Sprichwort lautet: Wer jemanden lobt, dann schmäht, der lügt zweimal. Als daher die Kaufleute wieder zu ihm kamen, sagte er ihnen: »Ich wage es nicht, Maruf etwas zu sagen, weil er mir selbst auch tausend Dinare schuldig ist, übrigens habe ich euch keineswegs geraten, ihm Geld zu leihen, wollt ihr also die Ankunft seiner Karawane nicht abwarten, so klagt ihn bei dem König an.« Die Kaufleute begaben sich hierauf in den Diwan und trugen dem König ihre Klage vor. Als aber der König hörte, daß Maruf alles entlehnte Geld wieder an Arme verschenkt habe, dachte er: Dieser Mann ist kein Gauner, er ist gewiß außerordentlich reich und erwartet die kostbarsten Waren, die es nur gibt, darum will ich mir ihn zum Freund machen, so daß seine Schätze mir und nicht diesen Kaufleuten, die schon reich genug sind, zufließen. Übrigens will ich einmal an einer Perle, die ich besitze, sehen, ob er dergleichen wertvolle Gegenstände zu schätzen weiß. Der König ließ also Maruf zu sich rufen. Dieser bestätigte die Aussage der Kaufleute und erklärte, er würde bei Ankunft der Karawane einen jeden nach Wunsch mit Geld oder Waren befriedigen. Der

König zeigte ihm hierauf eine Perle, so groß wie eine Haselnuß, die er für tausend Dinare gekauft hatte, und fragte ihn, wieviel sie wert sei. Maruf nahm sie zwischen seine Finger, zerdrückte sie und sagte lachend: »Das ist keine Perle: Was nicht so groß als eine Nuß ist, verdient den Namen Perle nicht, doch ihr seid arme Leute, darum schlagt ihr auch so eine Perle hoch an, bei uns aber gibt es Perlen, welche siebzigtausend Dinare wert sind.« Des Königs Habsucht wurde dadurch noch mehr gereizt und er fragte Maruf, ob er solche Perlen erwarte und ob sie ihm feil sein werden? – »Ich erwarte deren eine große Anzahl«, erwiderte Maruf, »und werde dir mit Vergnügen einige davon zum Geschenk machen.« Der König entließ dann die Kaufleute mit dem Befehl, die Ankunft der Karawane abzuwarten, und beauftragte den Wesir, Maruf die Prinzessin anzutragen; denn auf diese Weise, dachte er, gelange ich am sichersten zum Besitz aller seiner Kostbarkeiten. Der Wesir versuchte vergebens Maruf als Gauner darzustellen. Der König hörte ihn nicht an, weil er glaubte, er möchte lieber die Prinzessin seinem eigenen Sohn zur Frau geben. So mußte denn der Wesir zu Maruf gehen und ihm die Tochter des Königs als Gattin antragen. Maruf nahm die Heiratsvorschläge an, sagte jedoch, er wolle mit der Hochzeit bis zur Ankunft der Karawane warten, denn er brauche fünftausend Beutel zur Morgengabe, tausend Beutel für die Armen in der Hochzeitsnacht, ebensoviel für die Frauen der Prinzessin, auch müsse er hundert Perlen für die Königin haben und ebensoviel für die Sklavinnen der Prinzessin, auch wolle er wenigstens tausend Arme kleiden, und das alles könne er erst nach Ankunft der Karawane. Als der Wesir mit dieser Antwort zum König zurückkehrte, bat er ihn nochmals, vorsichtig zu sein und dergleichen Windbeuteleien nicht zu glauben; der König wurde aber immer begieriger nach Marufs Reichtümern, drohte dem Wesir mit dem Tod, wenn er noch etwas gegen Maruf verlauten lasse, und befahl ihm, ihn zu holen. Der König sagte ihm dann: »Deine Gründe, die Hochzeit mit der Prinzessin zu verschieben, sind nicht triftig genug; hier hast du den Schlüssel zu meiner gefüllten Schatzkammer, nimm daraus so viel Geld, als du brauchst; wenn die Karawane anlangt, kannst du mir ja alles ersetzen.«

Der König ließ dann den Großmufti holen und den Ehekontrakt schreiben; die Festlichkeiten begannen, die Stadt war geschmückt, die öffentlichen Schauspiele, denen Maruf auf einem hohen Thron beiwohnte, belustigten die ganze Stadt. Maruf warf Hände voll Geld unter die Ringer, Taschenspieler und Musiker, und verschenkte so viel an Arme, daß der Schatzmeister zum großen Ärger des Wesirs gar nicht Geld genug herbeischaffen konnte. Diese Festlichkeiten dauerten vierzig Tage lang; am einundvierzigsten Tag wurde erst die Hochzeit mit erstaunlicher Pracht gefeiert. Als Maruf des Nachts allein bei der Prinzessin war, schlug er die Hände übereinander und rief: »Es gibt keinen Schutz und keine Macht, außer bei Gott, dem Erhabenen!« – »Was hast du?« rief die Prinzessin; »warum seufzest du so?« – »Dein Vater«, antwortete Maruf, »hat unsere Hochzeit so übereilt: Ich wollte warten, bis die Karawane ankommt, da wäre ich auch imstande gewesen, dir deiner würdige Geschenke zu machen, aber so schäme ich mich vor dir und deinen Sklavinnen, denen ich auch, um dich dadurch zu ehren, von meinen Perlen schenken wollte.« – »Gräme dich nicht darüber«, erwiderte die Prinzessin; du bist niemandem etwas schuldig, und was du geben willst, wird später ebenso angenehm sein; laß uns deshalb die Freuden der Hochzeitsnacht nicht vergessen.«

Maruf setzte noch zwanzig Tage lang sein bisheriges Leben fort und verschenkte, was die Schatzkammer an Geld und Ehrenkleidern enthielt. Am einundzwanzigsten Tag, als der König allein mit seinem Wesir war, trat der Schatzmeister zu ihm herein und meldete ihm, daß die Schatzkammer bald erschöpft wäre. Der Wesir benutzte diese Veranlassung wieder, um Maruf als einen Abenteurer darzustellen, so daß der König, wegen des allzu langen Ausbleibens der Karawane selbst argwöhnisch, zum Wesir sagte: »Wie fangen wir es an, um endlich einmal Gewißheit über den wahren Zustand Marufs zu erhalten?« – »Das beste ist«, antwortete der Wesir, »du bittest deine Tochter, in Maruf zu dringen, daß er dir die Wahrheit über seinen früheren Stand gestehe, denn selten kann ein Mann lange seiner Frau ein Geheimnis vorenthalten.« – »Das soll geschehen«, versetzte der König, »und ist er ein Lügner, so soll er den schlimmsten Tod sterben.« Er ließ sogleich seine Tochter rufen, und der Wesir,

den nur ein Vorhang von ihr trennte, belehrte sie, wie sie es anzufangen habe, um hinter die Wahrheit zu kommen. Die Prinzessin, welche selbst der vielen Prahlereien und Versprechungen ihres Gatten müde war, erbot sich, alles aufzubieten, um ihm sein Geheimnis zu entreißen. Als er des Abends nach Hause kam, trat sie ihm mit vielen Liebkosungen entgegen und sagte ihm Worte, süßer als Honig. »Geliebter«, redete sie ihn an,

»Freude meiner Augen, Frucht meines Herzens, möge das Schicksal uns nie trennen, denn mein Herz ist so voll von Liebe zu dir erfüllt, daß ich ohne dich nicht mehr leben könnte. Aber ich bitte dich, fahre nicht länger fort, meinen Vater in bezug auf deine Reichtümer zu täuschen, er wird einmal die Wahrheit erfahren und dann im Zorn Maßregeln gegen dich ergreifen, die wir nicht mehr verhindern können; gestehe mir lieber alles, ich werde dann schon Mittel finden, dich außer aller Verlegenheit zu bringen.«

»Nun«, sagte Maruf zu seiner Gattin, »wenn du die Wahrheit hören willst, so wisse, daß ich kein reicher Kaufmann, sondern ein armer Schuhflicker aus Kahirah bin«, und hierauf erzählte er ihr seine ganze

Geschichte. – »Du bist ein gewandter Lügner«, sagte die Prinzessin, »und hast es ziemlich weit mit deinen Lügen gebracht; indessen hielt dich der Wesir immer für einen Abenteurer, und auf seinen Rat hat mein Vater mich ersucht, alles aufzubieten, um dir dein Geheimnis zu entlocken. Ich werde mich aber wohl hüten, es ihm mitzuteilen, er würde dich mit dem Tod bestrafen, ich gälte in der Welt als die Witwe eines Schuhflickers und würde gezwungen werden, ein zweites Mal zu heiraten. Darum folge meinem Rat; hier sind fünfzigtausend Dinare, kleide dich als Mameluck, nimm ein gutes Pferd aus dem königlichen Stall, reite in ein Land, das nicht mehr meinem Vater untertan ist, und lasse dich daselbst als Kaufmann nieder; gib mir dann Nachricht von dir, damit ich dir schicke, was ich für dich auftreiben kann. Dort bleibst du, bis mein Vater stirbt, dann lasse ich dich sogleich wieder hierher rufen; stirbt aber eines von uns zuerst, nun, so wird der Tag der Auferstehung uns vereinen.« Maruf nahm zärtlich Abschied von seiner Gattin und machte sich vor Tagesanbruch auf den Weg. Einige Stunden darauf ließ der König seine Tochter kommen, um zu hören, was sie von Maruf entlocken konnte. »Gott schwärze das Angesicht deines Wesirs«, sagte die Prinzessin. »Als gestern Nacht mein Gatte bei mir war, trat mein Eunuche mit einem Brief herein und sagte: Zehn Mamelucken, welche vor dem Schlosse stehen, haben ihn gebracht. Ich öffnete den Brief, und siehe da, er war von den fünfhundert Mamelucken, welche meines Gatten Karawane begleiteten; sie meldeten ihm, daß sie von Arabern angegriffen worden und in einem langen Kampf zweihundert Lasttiere verloren haben, sie seien darum so lange ausgeblieben, weil sie, um ihre Ladungen wiederzuerlangen, mehrere Angriffe auf die Räuber gemacht hätten. Mein Gatte rief dann: Gott verdamme meine Mamelucken! War es wohl der Mühe wert, wegen zweihundert Ladungen mich so lange in Verlegenheit zu lassen? Das macht ja höchstens siebentausend Dinare. Aber ich will mich schnell aufmachen und ihnen entgegengehen, damit sie sogleich kommen. Hierauf verließ er mich, ohne im mindesten über den erlittenen Verlust betrübt zu sein, und ritt mit zehn Mamelucken davon, welche schöner waren, als der Mond, und deren jeder ein Kleid anhatte, das wenigstens zweitausend Dinare wert war. Ich dankte Gott, ihm noch keinen Zweifel über seine Reichtümer gemacht zu haben, er würde sonst mich und dich verspotten.« So wurde der Wesir abermals zum Schweigen gebracht und vom König mit Vorwürfen überhäuft.

Maruf ritt indessen, von herbem Schmerz gefoltert, immer vorwärts, bis gegen Mittag. Da fand er in der Nähe eines kleinen Dorfes einen Bauern an seinem Pflug; er grüßte ihn und bat ihn, ihm etwas zu essen zu verschaffen. Der Bauer, welcher ihn für einen Mamelucken des Königs hielt, lud ihn ein, abzusteigen und sein Gast zu sein. »Du hast ja selbst nichts«, sagte Maruf. – »Steige nur ab«, erwiderte der Bauer, »ich eile ins Dorf und hole dir zu essen.« – »Aber ich kann ja selbst ins Dorf gehen«, versetzte Maruf, »und mir etwas zu essen auf dem Markt kaufen.« Darauf antwortete der Bauer: »Das Dorf ist so klein, daß es in demselben keinen Markt gibt, darum warte lieber hier, ich gehe schnell und hole dir etwas.« Während nun der Bauer ins Dorf lief, dachte Maruf: Ich will einstweilen weiterpflügen, damit der arme Mann keine Zeit verliere. Als er aber die Ochsen antrieb, stieß der Pflug auf etwas Hartes, und das Vieh konnte ihn nicht vom Platz bringen. Da er sehen wollte, was den Pflug aufhalte, fand er einen goldenen Ring an eine marmorne Tafel befestigt. Er räumte die Erde weg, hob die Platte auf und entdeckte eine Treppe, die in ein unterirdisches Gemach, so groß wie ein Badesalon, führte, welches ganz mit Gold, Smaragden, Perlen, Rubinen und anderen Edelsteinen gefüllt war. Er sah unter anderem auf einen kristallenen Koffer, welcher mit Perlen von der Größe einer Nuß gefüllt war, ein kleines goldenes Kästchen, dessen feine Arbeit seine Aufmerksamkeit ganz besonders auf sich zog; er öffnete es und fand einen goldenen Siegelring darin mit allerlei Talismanen beschrieben, so klein wie Ameisenfüße. Als er an dem Ring ein bißchen rieb, ließ sich eine Stimme hören: »Was beliebt, was beliebt? mein Herr! Fordere nur, es wird dir alles gewährt. Soll ich ein Land blühend machen? Soll ich eine Stadt verwüsten? Einen König töten, oder einen Sturm aus der Erde hervorrufen? Der Schöpfer des Tages und der Nacht erlaubt mir, alle eure Befehle zu vollziehen.« – »Wer bist du denn?« fragte Maruf. – »Ich bin der Diener dieses Ringes«, antwortete der Geist, »und gehorche dem, der ihn besitzt. Mir ist alles möglich, denn ich gebiete über alle Genienhäupter und

meine Armee besteht aus unzählbaren Geistern jeder Gattung; reibe nur den Ring, sooft du mir etwas zu befehlen hast, und fordere von mir, was dir Freude macht. Reibe aber den Ring nie zweimal nacheinander, sonst bin ich des Todes.« – »Wie heißt du denn?« fragte Maruf. – »Ich heiße Abu Saadat (Glücksvater), war der dienstbare Geist des Königs Schadad, der Sohn Ads, und du befindest dich in seiner Schatzkammer, wo er mich aufbewahrte.« – »Kannst du«, fragte Maruf, »diese Schätze auf die Oberfläche der Erde bringen?« – »Nichts leichter als dies«, antwortete Abu Saadat. Auf seinen Wink spaltete sich die Erde, und nach einer kleinen Weile erschienen hübsche junge Burschen – es waren die Söhne Abu Saadats – mit goldenen Tragkörben, und trugen alles, was in der Schatzkammer war, auf die Oberfläche der Erde.

Nachdem die Söhne Abu Saadats diese Arbeit verrichtet hatten, fragte dieser seinen Herrn, was er nun weiter befehle. »Jetzt«, sagte Maruf, »bringe mir Kisten und Maulesel, lege alle diese Schätze in Kisten und lade sie den Mauleseln auf.« Abu Saadat stieß einen Schrei aus und sogleich erschienen seine achthundert Söhne, von denen die einen die Gestalt von Mauleseln und die anderen die von Treibern und Knechten annahmen. Letztere brachten dann Kisten herbei, und die Schätze waren so zahlreich, daß sie dreihundert Maulesel damit beluden. Maruf forderte dann noch hundert Ladungen von den feinsten Stoffen Ägyptens, Syriens, Griechenlands, Persiens und Indiens. Abu Saadat versprach bis zum folgenden Morgen alles zu liefern, und sandte sogleich Genien nach allen diesen Ländern aus, um die gewünschten Waren zu holen. Maruf erbat sich hierauf ein Zelt, um die Nacht darunter zuzubringen. Abu Saadats Söhne schlugen ein schönes Zelt auf und brachten ihm auch einen Tisch mit Speisen beladen. In diesem Augenblick kam der Bauer mit einer Schüssel voll Linsen aus dem Dorf zurück und wollte sie Maruf anbieten; als er ihn aber in einem königlichen Zelt von Mamelucken umgeben sah, hielt er ihn für den Sultan und dachte: Hätte ich doch ein paar Hühner geschlachtet und gebacken; er wollte schon wieder umkehren, um dies zu tun, da rief ihn Maruf zu sich und fragte ihn, was er in der Hand habe. »Ich habe nur Linsen«, antwortete der Bauer verlegen, »und ein bißchen Gerste für dein Pferd; ich glaubte nicht, daß der Sultan hierherkommen würde, sonst hätte ich Hühner geschlachtet.« – »Gib sie her«, versetzte Maruf, »da du, ohne mich zu kennen, mich bewirten wolltest, so will ich auch dein Gericht nicht verschmähen. Indessen bin ich nicht der Sultan, sondern sein Schwiegersohn, ich habe ihn nach einem Wortwechsel plötzlich verlassen, nun schickte er mir aber seine Mamelucken nach, um sich wieder mit mir zu versöhnen, ich reise daher wieder zur Hauptstadt zurück.« Er aß dann die Linsen, füllte die Schüssel, in der sie waren, mit Gold und lud den Bauern ein, ihn in der Stadt zu besuchen.

Der Bauer kehrte glückselig mit seinem Gespann in sein Dorf zurück, und Maruf brachte die Nacht in fröhlicher Gesellschaft von Genientöchtern zu. Am folgenden Morgen rückten die Genien mit den fremden Stoffen heran, Abu Saadat ritt als Karawanenführer voraus und meldete Maruf, daß alles zum Aufbruch bereit sei. Maruf schrieb dem König einen Brief, in welchem er ihm seine Ankunft an der Spitze der Karawane meldete, und ihn bat, ihm mit einigen Truppen entgegenzukommen. Diesen Brief befahl er Abu Saadat durch einen Genius in Gestalt eines Boten voraus zum König der Stadt Ichtian zu schicken. Der König war eben im Gespräch mit dem Wesir, welcher behauptete, Maruf sei entflohen, um nicht zuschanden zu werden, als Marufs Brief anlangte.

Der König machte dem Wesir neue Vorwürfe, sobald er den Brief gelesen hatte, gab Befehle, die Stadt festlich zu schmücken, und ging zu seiner Tochter, um ihr die erhaltene Nachricht mitzuteilen. Die Prinzessin war außer sich vor Freude, und dachte bei sich selbst: Gewiß hat Maruf mich nur prüfen wollen; gottlob, daß ich so gegen ihn verfuhr. Nicht minder als die Prinzessin war Ali erstaunt, als er die Vorbereitungen zur Ausschmückung der Stadt sah, und hörte, sie gelte der Rückkehr Marufs mit einer großen Karawane. Dieser bestieg, sobald der Bote zurück war, eine Sänfte und ließ nicht anhalten, bis er dem König mit seinen Truppen begegnete, dann zogen sie zusammen mit großem Pomp in die Stadt, wo alle Kaufleute ihn zu begrüßen kamen. Auch Ali stellte sich ein, und da er glaubte, das Ganze sei nur eine List der Prinzessin, sagte er: »Willkommen, Abenteurer, du hast deine Sache gut gemacht.« –Maruf lachte. Als er in den Palast kam, ließ er die Maultiere abladen, die Lasten Gold in die Schatzkammer seines Schwiegervaters tragen, die kostbarsten Stoffe, Perlen und Edelsteine aber vor sich bringen. Er ließ dann die Kisten öffnen und nahm die schönsten Stoffe und Edelsteine heraus für die Frauen und Diener des Königs, mit den übrigen bezahlte er die Kaufleute und beschenkte alle Armen der Stadt. Dann griff er zu den Smaragden, Rubinen und anderen Edelsteinen und verteilte sie unter die Truppen. Vergebens rief ihm der König zu: »Es ist genug, mein Sohn! Es bleiben ja nur wenige Lasten für dich übrig.« Er verschenkte aber immerfort und sagte: »Ich habe noch viel«, und in der Tat brachte ihm sein Diener soviel er wollte.

Niemand wagte es mehr, nach dem soeben Vorgefallenen an Marufs Worten zu zweifeln, um so weniger, als gerade der Schatzmeister hereintrat und dem König sagte, die Schatzkammer sei voll und noch bleibe viel Gold übrig, er möchte ihm doch einen anderen Platz dafür anweisen.

Maruf begab sich dann zu seiner Frau, welche ihm lachend entgegenkam, und er erbat sich von Abu Saadat für sie ein prächtiges Kleid und eine Halskette von vierzig Solitärperlen nebst äußerst wertvollen Armbändern, Ohrringen und Gürteln. Sie wurde fast närrisch vor Freude, als sie alles dies sah, und sagte zu Maruf: »Ich will dieses Kleid und diesen Schmuck für Festtage aufbewahren.« – »Das ist nicht notwendig«, versetzte Maruf, »denn ich habe deren noch viele.« Als er wieder allein war, bestellte er bei Abu Saadat hundert Kleider mit Schmuck für die Sklavinnen seiner Gattin. Sie zogen sie an und leuchteten wie die Sterne um die Prinzessin, welche dem Mond glich. Der König wußte nicht mehr, was er von allen diesen Schätzen denken sollte; und als er den Wesir um seine Ansicht darüber fragte, sagte dieser: »König der Zeit, ein Kaufmann ist weder so freigebig, noch so reich, als dein Schwiegersohn, selbst Könige sind selten beides in einem so hohen Grad, hier liegt gewiß irgendein Geheimnis verborgen; folge daher meinem Rat und lade Maruf mit mir zu einem Spaziergang in deine Gärten ein, dort stellst du uns Wein vor, und wir geben ihm so viel zu trinken, daß er die Besinnung verliert und sein Geheimnis offenbart; wir ergreifen dann die nötigen Maßregeln für deine Sicherheit, denn ein so reicher Mann könnte dir gefährlich werden.«

Der König fand diesen Rat gut und beschloß, ihn am folgenden Tag auszuführen; sein Entschluß war noch fester, als am folgenden Morgen seine Diener ihm das Verschwinden der Maulesel und der Mamelucken, die mit Maruf gekommen, meldeten und dieser dazu lachte, als wäre ein Verlust von tausend Mauleseln und fünfhundert Mamelucken gar nicht anzuschlagen. Maruf wurde daher zum verabredeten Spaziergang eingeladen, und im Pavillon des Gartens wurde er so lange zum Trinken beredet, bis er nicht mehr wußte, was er sagte. Jetzt bat ihn der König, er möchte ihn doch mit den näheren Umständen seines Lebens bekannt machen, denn weder seine Schätze noch seine Freigebigkeit seien die eines Kaufmanns. »Gewiß«, sagte der König, »bist du irgendein Sultan oder ein Prinz.« – »Ich bin keines von beiden«, erwiderte Maruf, und erzählte hierauf seine ganze Geschichte von Anfang bis zu Ende. Da sagte der Wesir: »Zeige mir doch einmal diesen Ring.« Maruf zog ihn aus und gab ihn dem Wesir. Dieser rieb sogleich daran, und als Abu Saadat erschien, sagte er ihm: »Trage diesen Mann in eine öde Wüste, wo er weder Trank, noch Nahrung findet, und keinem Menschen begegnet.«

Abu Saadat nahm ihn auf den Rücken, erhob sich mit ihm, trug ihn in das unbewohnte Viertel der Welt und sagte zu ihm: »Du verdienst noch schlimmeres, weil du einen solchen Talisman so leichtsinnig hergabst.« – »Siehst du«, sagte der Wesir zum König, »daß ich doch recht hatte, als ich Maruf für einen Gauner hielt.« – »Du hast recht Wesir«, antwortete der König, »Gott erhalte dich! Zeige mir auch einmal den Ring.« – »Blödsinniger Mensch«, versetzte der Wesir ganz zornig, »jetzt bin ich Herr, glaubst du wohl, ich werde dir den Ring geben, um wieder dein Diener zu werden?« Er rieb hierauf wieder an dem Ring und befahl dem Diener des Ringes, den König zu seinem Schwiegersohn zu tragen.

Der Wesir versammelte dann die Häupter seiner Truppen, erzählte ihnen alles, was zwischen ihm, dem König und Maruf vorgefallen, und sagte ihnen: »Wollt ihr mich nun als König anerkennen, gut, wo nicht, so befehle ich dem Diener des Ringes, euch alle in öde Wüste zu bringen, wo ihr vor Hunger und Durst sterben müßt.« – »Tut uns nichts zuleide«, riefen alle: »Wir wollen dir gerne huldigen und allen deinen Befehlen gehorchen.« Er schickte dann zur Prinzessin und ließ ihr sagen,

sie möchte sich auf diesen Abend zu seinem Besuch vorbereiten. Sie ließ ihn bitten, doch wenigstens die gesetzlich bestimmte Frist für eine Frau, die ihren Mann verloren, ablaufen zu lassen. Er antwortete aber, er wisse nichts von gesetzlicher Frist, noch von Ehekontrakt, sie müsse ihn diesen Abend empfangen. Die listige Prinzessin zog des Abends ihre schönsten Kleider an, empfing den Wesir mit heiterem Gesicht und war so freundlich und zuvorkommend gegen ihn, daß er, vor Liebe und Leidenschaft ganz außer sich, sie umarmen wollte. Da sagte sie: »Siehst du nicht den Mann, der uns beobachtet? Ich beschwöre dich bei Gott, entferne ihn!« – »Wo ist ein Mann, der uns zusieht?« fragte der Wesir erstaunt. – »Er streckt seinen Kopf aus dem Stein des Siegelringes hervor«, antwortete die Prinzessin, »lege ihn doch ab, denn ich fürchte mich vor Genien.« Der Wesir, welcher glaubte, sie sehe wirklich den Diener des Ringes, legte ihn auf das Kissen und näherte sich ihr wieder. Sie stieß ihn aber zurück, daß er ohnmächtig hinfiel, rief ihre Diener herbei und ließ ihn festnehmen; unterdessen rieb sie an dem Ring und befahl Abu Saadat, den Wesir in das schwärzeste Gefängnis zu sperren und ihren Vater und Gatten zu ihr zu bringen. Sie setzte ersteren wieder zum König ein und ließ letzteren zum Großwesir ernennen, den Ring gab sie aber nicht mehr aus der Hand. Am folgenden Tag war diese neue Wendung der Dinge den Häuptern der Truppen und Staatsräten mitgeteilt, die sich außerordentlich freuten, von einem gottlosen Mann, wie der Wesir war, befreit zu sein und ihn zum Tod verurteilt zu wissen.

Nach fünf Jahren starb der König, da folgte ihm Maruf auf dem Thron, den Ring aber gab ihm seine Gattin erst nach anderen fünf Jahren, als sie auf dem Sterbebett lag, und empfahl ihm denselben so angelegentlichst, wie ihren Sohn, der damals fünf Jahre alt war. Eines Nachts, als Maruf nach dem Tod seiner Gattin sich allein niederlegte, fühlte er, schon halb schlafend, jemanden neben sich liegen; er schlug erschrocken die Augen auf und rief Gottes Schutz gegen die Teufel an, und siehe da, seine Frau Fatma lag neben ihm, noch viel häßlicher, als sie früher war. »Wie bist du hierhergekommen?« fragte Maruf erstaunt. – »Wisse«, hob sie an, »daß ich bald nach deinem Verschwinden es sehr bereute, dir so viel Verdruß gemacht zu haben; auch sah ich ein, was ich an dir besessen hatte, denn seit deiner Abreise mußte ich um jedes Stückchen Brot betteln. Gestern ging ich auch lange auf den Straßen bettelnd umher und niemand gab mir etwas, manche beschimpften mich sogar, so daß ich hungrig nach Hause ging und weinte. Da erschien mir ein Geist und fragte mich: Warum weinst du so? Ich antwortete: Weil ich nicht weiß, wo mein Gatte hingekommen ist, der, solange er bei mir war, mich mit allem nötigen versorgte. – Dein Gatte, sagte der Geist, ist jetzt Sultan der Stadt Ichtian; wenn du willst, so trage ich dich zu ihm. Ich bat ihn, es zu tun, und er nahm mich auf seinen Rücken, flog mit mir eine Weile in der Luft zwischen Erde und Himmel, dann setzte er mich in diesem Schloß ab, bezeichnete mir dein Schlafzimmer und sagte: Hier liegt dein Gatte. So ging ich denn herein, in der Hoffnung, du werdest mich nicht verstoßen.« Sie bat dann so lange um Erlaubnis, bei ihm zu bleiben, bis er ihren Wunsch erfüllte, jedoch drohte er ihr mit dem Tod, bei der ersten Bosheit, die sie wieder gegen ihn ausüben würde. »Hier«, sagte er, »fürchte ich deine Klagen nicht, denn ich besitze einen Ring, mittelst welchem ich nur Gott zu fürchten habe, sobald ich daran reibe, erscheint mir ein Geist, der alle meine Befehle vollzieht. Ich lasse dir die Wahl, ob du nach Hause zurückkehren willst, da sollst du so viel Geld haben, daß du bis zum Tod im Überfluß leben kannst, oder ob du bei mir zu bleiben wünschest, da räume ich dir eine herrlich möblierte Wohnung im Schloß ein, schenke dir zwanzig Sklavinnen zu deiner Bedienung und verschaffe dir die schönsten Kleider und die schmackhaftesten Speisen und Getränke.« Fatma wünschte bei ihm bleiben zu dürfen, und lebte einige Zeit wie eine Königin.

Bald hatte sie aber großes Mißfallen an Marufs Sohn und noch größeren Ärger über Maruf selbst, der bei aller Fürsorge jedoch nicht mehr als Gatte mit ihr lebte, denn sie war alt und hatte ihn zu tief gekränkt. Sie ließ sich daher vom Teufel die Idee eingeben, sich des Ringes zu bemächtigen, ihn zu töten und selbst den Thron zu besteigen. So schlich sie eines Nachts aus ihrem Gemach in das Marufs, im Augenblick, wo er herausging und sie wohl wußte, daß sein Ring auf dem Kissen lag. Aber Marufs Sohn hatte sie gesehen, und es war ihm aufgefallen, daß seine Stiefmutter zu einer ganz ungewöhnlichen Stunde in seines Vaters

Schlafzimmer gehe; er folgte ihr daher leise mit einem Schwert umgürtet, das er schon als Kind trug, und als er sah, daß sie den Ring nahm, sich damit freute und schon daran reiben wolle, zog er sein Schwert und schlug ihr den Hals ab. Maruf umarmte seinen Sohn und verspottete ihn nicht mehr wegen seines Schwertes. Am folgenden Tag ließ er Fatma beerdigen und bald darauf heiratete er die Tochter des Bauern, der ihn auf seiner Flucht bewirtet hatte, und ernannte seinen Schwiegervater zu seinem Großwesir. So lebte er nun viele glückliche Jahre, bis der allen Freuden ein Ende machende Tod ihn heimsuchte. Gepriesen sei der Ewigdauernde!

Als Scheherazade, welche während der tausend und einen Nächte dem König drei Söhne geboren, diese Erzählung vollendet hatte, warf sie sich vor dem Sultan nieder und sprach: »König der Zeit, Herr deines Jahrhunderts, darf ich nun als Lohn für meine Erzählung mir eine Gnade ausbitten?« – »Wünsche, was du willst, Scheherazade, es werde dir gewährt!« antwortete der Sultan. Da rief sie die Ammen und befahl ihnen, ihre Kinder herbeizubringen. Die Ammen brachten drei Knaben, von denen der eine schon laufen konnte, der andere kroch und der dritte noch am Busen seiner Amme lag. »König der Zeit«, sagte Scheherazade, »hier sind deine Kinder; ich bitte dich um ihretwillen mir das Leben zu schenken, damit die armen Kinder nicht mutterlos werden.« Der König, bis zu Tränen gerührt, umarmte seine Kinder und sagte: »Bei Gott! Scheherazade, ich habe dir schon längst verziehen, denn du bist tugendhaft und rein; Gott segne dich und die Deinigen!« Scheherazade küßte dem König die Hand und wünschte ihm noch ein langes, glorreiches Leben. Die Freude verbreitete sich sogleich im ganzen Palast und bald darauf in der ganzen Stadt. Es war eine äußerst freudige Nacht, lichter als der hellste Tag. Am folgenden Morgen schenkte der König in Anwesenheit aller Truppen seinem Schwiegervater, dem Wesir, ein prachtvolles Ehrenkleid und dankte ihm dafür, daß er ihm seine Tochter zur Frau gegeben, welche ihn von ferneren Mordtaten abhielt. Er beschenkte dann auch die übrigen Wesire, Emire und Großen des Reiches und ließ die Stadt auf seine Kosten beleuchten, allerlei öffentliche Spiele und

Belustigungen veranstalten und den Armen viele Almosen aus seiner Schatzkammer austeilen. Er herrschte dann noch viele Jahre in Glück und Freude, bis ihn der Tod überraschte, mit dem alles irdische endet. Gepriesen sei der, an dem die Zeit nichts ändert, und Friede sei mit seinem Gesandten Mohammed, der Zierde aller Sterblichen!